耶路撒冷

JERUSALEM

XU ZE CHEN
徐则臣
著

北京出版集团公司
北京十月文艺出版社

耶路撒冷

这么早就开始回忆了。

中国的年轻人如今像中子一样，在全世界无规则地快速运动。

——都出去了。都出去吧。跑得越远越好。

仿佛很多年前：他们站成一排。一根细长的麻绳在第一个人腰上缠一道，打个结，传递给第二个人。第二个人在自己腰上绕一圈，打完结，递给了第三个人。第三个人在腰上匝完圈，打结，绳头给了第四个人。然后，第五个，第六个……

同一根绳子，他们把自己拴在了一起，相邻的两个少年之间的距离相等。风带来鸡鸣、狗咬和炊烟的味道。这是夏日黄昏前最后的好时光，他们穿着短裤，光溜溜的后背、胳膊和腿泛出红褐色漫漶的光。夕阳拉长了他们小小的身体，倾斜的影子壮硕悠长。一百米外是运河，波浪拍岸之声细碎，潮湿的水汽穿过荒草回忆般的光影奔袭而来。

“预备——”

他们举起各自的剪刀。张开。对准捆在腰上打了结的麻绳。

“剪！”

剪刀合上。掉落到脚边时，十几双光脚下已经腾起细密的尘烟。他们撒开腿往河边跑，一路嗷嗷地叫。突然，一个少年煞住脚——他们在远去，越跑越快。他转过身，摆动起双臂，背对他们和运河，开始了新的奔跑……

目录

耶路撒冷

初平阳

CHU PING YANG

从傍晚五点零三分开始，十一个小时十四分钟，黑暗，直到急刹车，火车猛然停下。初平阳在睡眠的惯性里梦见自己穿过挡板，被扔到了隔壁的硬卧包厢里。惊醒的同时他听到有人尖叫，也有人因为情况紧急陡然放大了呼噜声，还有人放了一个短促的屁。不过这些都是背景，他的脸和身体贴在清凉平滑的挡板上，时间的速度突然降了下来，有种失重的平和，他真切地听到了不再转动的车轮摩擦铁轨的凄厉之声。那声音让他的牙齿缓慢地发酸，身上发痒，毛发因此懒洋洋地竖起来。他在眼罩后面分明看见了摩擦绽放的火花连绵不绝，像雨天里车轮甩带起的一大片水珠，如同孔雀开屏。他的眼罩是在北京最大的家乐福超市买的。那天阳光不错，买完出来看见一群人举着牌子聚在家乐福的北门抗议，让家乐福滚回老家去。那段时间，法国把咱们得罪了，北京的马路上拐个弯就能见到"抵制法货"的字样：不开标致车；不用爱马仕、迪奥、香奈儿；不吃法国大餐；脱掉你身上的LV。一个年轻的女记者堵住他想采访，他避开了。眼罩十九块钱，面子是蓝布，里子是黑的，戴上后可以确保这个世界如想象的一样黑。

在停下之前，火车一直穿行在平原的暗夜里。这片大平原至今不能习惯一列寒光闪闪的铁家伙奔驰而过：所有的鸟都被提前惊飞，虫子停止鸣叫，夏天才有的蚊蝇也潜伏不动，张大嘴控制着呼吸节奏。火车终于一动不动的时候，车厢内外有一瞬间是绝对的寂静，某种梦幻般的安宁；大家都傻了，搞不清是不是在梦里。当然没醒的继续睡，他们的梦里不可能同时出现火车和急刹车这两件事。然后列车的喇叭打开了，先是一阵惊慌失措的电流声划过所有人的大脑皮层，初平阳听见床铺一阵喧哗，五湖四海的方言挤成一团，接着广播员棉花糖一样甜美的声音盖过他们，车厢里的灯也亮了：

“各位旅客请注意，各位旅客请注意，我谨代表本次列车的列车长和全体乘务人员抱歉地通知您：因突发事件，列车暂停行驶，请大家耐心等待，继续休息，我们的列车很快就将继续前行。给您带来的不便我们深表遗憾，祝您旅途愉快，祝您旅途愉快！”

寂静之后车厢里乱起来，嘟嘟囔囔地说梦话和骂娘。睡不醒的乘客翻个身继续打呼噜，火车半路停靠这种事谁都经历过，大人物的列车经过你得停，给快车让道你得停，有时候错个车你还得诡异地停一下。火车不准点我们早就习以为常，它与天气预报和新闻一样，一旦准确无误那多半是巧合。此刻，骂娘的也半真半假，针对的主要不是停车，而是停车的方式，你妈的，急刹，这家伙一激灵，做得好好的梦生生被甩了出去。

初平阳拉下眼罩，窗帘已经被下铺的乘客拉开。下铺伸出一颗中年男人的谢顶脑袋，把脸贴到了窗玻璃上。车厢里灯亮着，窗外一片空洞的黑，玻璃上映出那男人虚胖的油脸，大鼻子像颗草莓。“去哪儿呀，小伙子？”他问。

他的扫帚眉像是两笔没写好的毛笔笔画贴在玻璃上的。“淮海。”初平阳说。

草莓鼻子看看表，“如果车不停，半小时就到。”为了让大家尽快安静下来，车厢里的灯灭了。草莓鼻子往上仰起脸，脖子上肥厚的肉艰难地摞起来，脸终于朝向了初平阳。“下一站，淮海。”

一股隔夜的口臭，还有变质的酒味。初平阳迅速把脑袋缩回，静止不动的窗外一点点亮起来，成为一张透明幽蓝的油纸。野地、荒草、庄稼、树木和遥远处低矮的房屋，在油纸上一一浮现。有人开始起床，用脚找鞋的声音，走动，咳嗽，小心地清嗓子。都是勤劳的人，习惯于早睡早起。初平阳每次坐夜车都有个错觉，认为离北京越远的人起得越早。他从北京坐车到外地去，总是天刚亮车厢里就有成群的人走来走去；而从外地回北京，大部分人都要睡到快进城区才开始潦草地起来，匆匆忙忙地去抢夺卫生间和盥洗室。当然，错觉就是一个错误的感觉。隔壁的包厢里飘过来桶装泡面的香味，香辣牛肉面。初平阳再也睡不着了。

“我就知道这车迟早要出事！”下铺盯着玻璃，“去淮海出差？”

“回老家。”

“就是为了你们淮海的大人物，”下铺说，“这趟火车才提前通车。要庆祝大人物的多少年诞辰！我就说，操之过急必然出事，看看，还说什么突发事件，绝对是故障！故障！”

淮海市有很多人物，大大小小的人物的诞辰都要想办法庆祝一下；初平阳不知道他说的是哪一个，但他相信草莓鼻子说的是真的。据说这趟车计划是年底开通，前几天母亲突然在电话里说，通了通了，你可以坐火车回来了；初平阳才知道，从此回故乡又多了一条路。刚开始的几趟车他没买到票，人们都来尝新鲜，做“处女游”。他每天晚上七点都在北大南门的售票点排队，即使排在头一个，售票员也告诉他，票没了。刚开始放票就没了，票都卖到哪儿去了呢？漂亮的小姑娘回答他，可能是她敲键盘的速度太慢，抢不过人家。好吧，就当全卖团体票了。一周后，他总算开了窍，不排队了，从票贩子手里高价买到一张卧铺。父母希望他早一点回，他们的行李都收拾好了，三口人能在一起多待一天是一天。

“幸好不是飞机。”草莓鼻子又说，“那要半路停下，就得一头栽下来。”他的脸再次仰向初平阳，挑着眉毛翻白眼，神秘地压低声音，“像林彪和叶群那样。”说完了他克制不住对自己的博学和幽默的欣赏，咧开嘴笑了。

初平阳怕酒，也怕酒糟味和酒臭味，反正睡不着，下了床去洗漱。据说，有人能根据隔夜的酒臭判断出来昨晚喝的是什么酒，产自哪一年。够牛的。从盥洗室回来，他顺便帮草莓鼻子带了一杯水。漱漱口也好。

这是个生意人，枕头底下放着密码箱，所以轻易不离开床铺。他很想告诉初平阳，他将在淮海市的下一站下车，他当年经常去淮海和人交易，不过现在，他的生意做到了北京，做到了比北京还北的地方。生意大了你就没办法，只能整天拎着密码箱天南海北地跑。“你猜我是干什么的？”

“领导。”

“你再猜。”

“还是领导。”

“再给你一次机会。”

“只能是领导。”

“我就这么像当官的？”

“比副市长都像。”初平阳在走道的窗边坐下来。天光渐明，下铺坐在床上，右手大拇指和食指端着下巴，一副摆出来的威严官僚相。在这边的窗户前，初平阳看见一条河贴着铁路向前流，在看不见的地方拐了一个弯。在河流与铁路之间，生长了一丛丛芦苇。依照他不那么可靠的方向感，他觉得这条小河必定通向运河，也就是说，这条河是运河的一个支流。如果它的确流向运河，那他过去肯定来过这里。很多年前，他跟杨杰、易长安、景天赐沿着水到处跑，对千手观音一般从运河伸出来的所有支汊都熟悉。那是很多年前。车厢里的空气有点闷，他试着把窗户拉下来一条缝，一天里河流的最好的味道侧着扁身子挤进来。他抽着鼻子深吸几口，清冽、潮润，加上植物青涩的腥甜，这味儿在北京一百年都闻不到。

“我哪儿像呢？”

又有几个人起来，走道这边的椅子上多了两个人。“见多识广，”初平阳说，“博学多才。可以公费出差，各种飞机都坐过。”如果他接着问，初平阳打算像南大街算命的谷瞎子那样说：先生天庭饱满，地阁方圆，非官即富。

“你在笑话我，小伙子。”草莓鼻子总算听明白了。旁边有人躺在床上笑出了声。“不过我不计较，出门在外，图个开心嘛。以后有个风吹草动要帮忙的，吱一声。”

初平阳想，我连你是谁、干什么的都不知道，我到哪儿去吱一声？“谢谢。”初平阳说，“要不我现在就麻烦您一下，过会儿帮我把窗户再关上？”他向草莓鼻子比画着，把上面那半截窗户拉下来，一直拉到底，再推上去，关好。一开一关之间，清凉新鲜的潮湿空气涌进来。

“你想干吗？”

初平阳把电脑背到身上，把装杂物的旅行背包从上面的半个窗户里塞出去。背包咕咚一声落地，滚下了路基。他踩着小茶几弓腰驼背，拼命地吸瘪肚子，费了好大的力气才从窗户钻到外面去，一脚踩滑了车皮，人差点和背包一样掉下去。初平阳对草莓鼻子比画着，让他把窗户推上去。然后对车厢里围观过来的乘客摆摆手，说：

“我到家了。”

空气的湿度很大，天是阴的。河边所有的清早都像阴天。草上的露水打湿他的鞋和裤脚。他把电脑包放进背包，背在身后，沿河边向前走，脚底下升起折断的草叶的清香。河流与铁路开始分道扬镳，他越发觉得这河眼熟。他觉得应该在哪个地方有一座桥，可能仅仅是木头的，但他什么都没找到。二十分钟后，他看见了迎接这条支流的运河开阔的水面，水汽蒸腾，水边芦苇和白杨树的枝叶在风里响。他回过头，在身后的遥远处，火车像一条冬眠的长蛇，还停在那里，可现在是初夏。把背包递出窗外时，有人担心火车碰巧此刻启动，他出不去怎么办。初平阳感谢他们的忧虑，这种事很难出现。

入河口是个三角。初平阳认出了它，十二岁那年跟父亲来这里挖芦根入药，因为水流交汇处芦根的药效更好。父亲在岸边忙活，他靠在半下午的船头瞌睡，一翻身掉进水里。他在岸边的一块石头上坐下，抽了根烟。二十年前他在这里偷过西瓜。他们把衣服扔在运河对岸，光着屁股游到这一边，从水里爬进瓜地，挑最大的摘，一人偷两个，然后凫水推着瓜走。

抽完那根烟，天暗下来，初平阳抹了一把头发，下小雨了。

雨下得像笨重的雾。他背起包沿着运河北岸往东走。依旧是芦苇和菖蒲疯长。菖蒲也能入药，断其根，剥掉外皮，肥白皎洁的那部分还可以做汤，其味甘冽清爽。野鸟在深密处叫，初平阳喊了一嗓子，几只鸟飞出来。在他遥远的记忆里，以现在的步速，再走一刻钟应该有个御码头。据说乾隆下江南时经过这里，心血来潮停了一下，从此成了御码头。码头上长年备有小船，方便来往的行人过河。但初平阳走了二十分钟也没见着码头在哪儿。穿过一片直往天上长的白杨树林，他看见两间小屋歪斜着杵在河边上。雨点变大，往脖子里钻。要经过四公里外的运河大桥才能到对岸。初平阳没带伞，背着包两脚泥朝小屋跑。前方亮起闪电，似乎很遥远，雷声传过来也沉闷。他走到小屋前，东南的半空里，一个巨大的闪电把天劈成两半，他在心里数到五，霹雳声才到。天文知识说，如果闪电之后三秒才能听见雷声，基本上可以确定这道闪是在一公里之外。

一只鹅受了惊吓，大叫一声，从小屋东山墙的圈里像滑翔机一样跑出来，翅膀张开到最大，一直飞到初平阳跟前，拧着脖子咬他的裤脚，然后将大屁股往后坐。接着一条大黑狗从门洞里走出来，冷冷地站在门槛前的石头上。它的尾巴一寸寸硬着垂下来，盘绕到两条后腿中间。初平阳举起手，对大黑狗说：

“我就想避个雨。”

屋里有浑浊的咳嗽，一个老头走出来，弯腰将黑狗的尾巴拽出来，说：“进五月就响霹雳，不是好年头。鹅，我说的是你，别盯着人裤脚拽！迷路了还是要过河？”

“老伯，我过河。”初平阳说，灰颜色的鹅松开嘴，慢慢踱到黑狗旁边，一畜一禽并排站着，一起气度非凡地把脖子往后仰。“也可能迷路了。我记得前面有个御码头的。”

“进屋坐。”老头说，踢了黑狗一脚，“去看老大醒了没有。本地人？那把舌头捋直了说话。来啊，屋里坐。”

黑狗向另一间屋跑去，灰鹅跟在后面。门低矮，门槛高，初平阳低头进了屋，屋里黑灯瞎火的。老头递给他两张竹凳子，一张坐，一张放背包，他自己坐在靠西山墙的床上。被子没叠，床上挂着乌黑的蚊帐；老头赤脚穿拖鞋，干瘦的脚踝像柳树上的瘤子。

“打哪儿来？”老头问，褪了色的塑料蓝拖鞋挂在脚指头上晃悠。

“北京。”初平阳用花街上的方言回答。

“大地方来的。毛主席还在？”

“在，”初平阳看不清他的脸，只好把它当成玩笑说，“水晶棺里躺着哪。”

“那就好。”老头嘎嘎地笑起来，抓起烟袋问初平阳，“听口音你河南的？来一袋不？”

初平阳摆摆手，发梢上往下流雨水。“花街的。”河南指的是运河南岸。

“花街的日子好过死了，哪还要往天安门跑！”

黑狗进来，拿脑袋往老头腿上蹭。老头拍它的头，说：“我就知道还在挺尸。”灰鹅也跟过来，站在门外不知道该不该进。“你去下蛋，这儿不用你操心。”灰鹅摇摇晃晃走了。门外突然间雪亮，三秒钟之后霹雳响了。鹅又叫起来。

屋里有股湿霉的鱼腥味，门槛上粘着星星点点的鱼鳞。靠门的墙壁是初平阳唯一能看清楚的地方，贴了张十年前流行的年画，左上角没钉牢耷拉下来，抱着金元宝的财神的微笑因此变得很忧伤。十年前初平阳家也有过这样一张年画。他到北京也已经五年多了。他告诉老头，他乘火车从北京来，火车抛锚了，他下来，想搭个船到对岸。

“我姓何。”

“何伯。”

“过了河到花街还有老长的一段路。”老头说，“你是花街谁家的？”

“我姓初，我家先前开诊所。”

“你爸是初三针？大和堂？”

初三针的大和堂。运河上下没几个人不知道初三针跟大和堂。初医生中西医兼营，中医尤善，倘若没有特殊情况，银针只出三针，扎合谷、行间、申脉三穴。合谷在手背虎口处；行间和申脉在脚上，前者位于大脚趾和二脚趾之间、趾蹼缘的后方赤白肉际处，后者在足外侧部位，脚外踝中央下端一厘米凹处。根据病情，这三针在穴位周围分毫之间游移，百病可医，所以，有“初三针”之美誉。在别的大夫看来，这三针扎得扯淡，人体三百多穴位，各司其职，功能各异，你只盯着那三个地方扎，讲不通。初三针就笑，讲不通我不讲，只扎，扎完了你就知道通不通了。扎完了真就通了。初平阳到北京后，请教了几位中医药大学的著名老教授，他们都弄不明白，只说：扎不死人。初三针说，对他们来说是扎不死人，对我来说，是扎不死人又能扎好病。

“你等一下，”老头跳下床，“我去叫我儿子，让他送你。他有水蹦子，跑起来快。”他跟黑狗说，“走，老二，叫老大去。”出了门又回头，“叫叔就行，你爸比我大。叫老何也行。”

一点都看不出来老何比他爸小，那样子起码大十岁。风吹日晒，脸上的皱纹都是黑的；还有点灰暗，这不是好脸色。不过从这张脸上你还是很难看出死亡的迹象，所以，几天后听到老何半裸身子暴毙在床上，初平阳极为震惊。这是后话。当时，初平阳想的是，要跟老何站一块儿，他爸肯定怎么看都是弟弟。好像中医都那样，年轻时显老，老了反倒显年轻，还有几分仙风道骨。他爸一年四季端着泡了铁观音的紫砂壶，戴圆镜框老花镜，闲了看古书、写书法，从不主动给他打电话，坚持写信，用宣纸和毛笔，笔是貂毫的，纸要半生半熟宣，苍劲的行楷都是竖着走，抬头永远都在右边：平阳我儿如晤。落款在左，天干地支的年份，然后一个字：父。

这是老何第二次去看他儿子醒没醒。初平阳猜第一次其实根本不是要看儿子醒没醒，老何不过要通过这种方式告诉一个陌生人，别动歪点子，还有一个人在。

听见那边小屋里有争执，初平阳出门过去看。老何的儿子还躺在被窝里，满屋子臭脚丫子味，露在被子外面的脑袋像火鸡窝，他竟然挑染了几绺红头发。小何的眼睛只睁开一只，睁开的那只也是眯缝着，嫌灯光刺眼，他说："说了不去不去，还啰唆！"

老何说："初医生是咱们家的大恩人。要不是初医生，你妈难产，哪还有你这个鳖羔子！"

"没有倒好了！"小何把头蒙进被子里，声音嗡嗡的，"早知过成这样，我还不如那会儿就死了清爽！"

"个狗日的你再说一遍！"

"不去不去！就是不去！啊啊啊——"

老何没脾气了，直搓手，带上小何的门感叹，儿大不由爷。二十年前，老何的老婆难产，羊水快流光了，还是生不出来，再耗下去要出人命。接生婆怕了，赶紧让老何划船去找初医生。初医生来了，搭过脉，又看了一下产妇的肚子，滚圆的肚子上凸出来一个小点，摁下去又出来。初医生说："送医院，得剖。胎位不对，胎儿脸朝上，为自保，不愿入盆。"老何立马往医院送，剖出来，果然脸朝上。

雨还在下，雷电隔三岔五地来，天从幽蓝转成灰黑。水面上无数小圆圈拥挤在一起，运河仿佛变宽了。老何说的那个水蹦子就是艘水上摩托，系在岸边的小码头上。已经相当破旧，白蓝相间的油漆剥落得差不多了，车头也改装过，用的是陆地上三洋摩托车的车头；水蹦子的屁股很大，装了一个白铁皮焊成的大盒子，盒子侧面歪歪扭扭地写着红漆字：高级日用杂货。初平阳看不明白，"日用杂货"跟水蹦子有什么关系？老何说，个狗日的他瞎弄，吃饱饭就在运河上乱跑，给跑船的卖东西，烟，酒，方便面，辣椒酱，还有避孕套；烟酒和避孕套卖得最快；我都不知道，在船上要避孕套干什么，一辈子我都没用过那玩意儿，急了我用鱼泡泡。

初平阳就笑，老何真牛，一下子就回到了避孕套的源头，最早的避孕套就从鱼鳔来的。其实水边的人都知道，水上长途和陆地长途一样，最想的就一件事：睡觉。养精神的睡，和跟女人睡。老何因为儿子卖这玩意儿有点不好意思。他又感叹，儿大不由爷。你看他染了红毛，心早不在这里了。他要搬到风光带去，我不同意，我才不去伺候那假御码头呢。

"何叔，我正想问，那御码头呢？"

"搬走啦。"老何说，"这事待会儿说。我看现在要紧的是先把肚子填饱，你得喝两口热汤祛祛寒气。早雨晚冰，一样伤人。"

老何手上已经开始动家伙了，准备做早饭。任初平阳如何推辞，老何坚持要做，已经早上六点，饭点儿上不留人，没这道理。你是嫌我老头子的饭菜脏，吃不下吧？初平阳才不吭声。他不愿给人添麻烦，但饭菜的不干净的确是个重要原因：看老何的黑手指，和拿在手里的自从他老婆去世以后就再也没洗干净过的盘子，尽管肚子在叫，还是提不起食欲。老何说完了又替初平阳解围，初医生家的人我知道，茶饭不挑。你爸在运河上下出诊，谁不晓得他和气，坐下就吃，葱头蒜脑都不嫌弃。医生那该是讲究人吧，你爸不，与民同乐嘛；我也没啥复杂的做，烧点鱼汤，你凑合着暖暖身子就行，回花街的路还有一段呢；鱼？昨天刚抓的，我养在河边，新鲜着呢，要我说，你在北京吃不到这么正宗的运河鱼，照你们城里人的说法，是绿色鱼。听说大城市里的鱼都是饲料填出来的，鱼肉嫩得像石膏豆腐，吃到嘴里都瘆得慌，那鱼除了长肉不干别的，最后都胖得不会游了，只能半躺着歪在水里，有这事没有？老何慢条斯理地杀鱼、冲洗、下锅，整个过程嘴都不闲着，初家兄弟你看，做鱼汤我从不放调料，味精几十年没用过；我老婆当年看上我，就是因为到我家，喝了我做的鱼汤，喝第一口眼就直了。她妈跟着一起来，看闺女眼珠子不动下巴直往下挂，就问，石蓝子，哪里不好受？我老婆指了指鱼汤，说，妈，你尝尝。我老丈母娘跟喝毒药似的尝了半口，眼也直，吓得我老娘直拍她后心，说石蓝子她妈，没出啥事吧？我丈母娘呼地站起来，握住我老娘的手说，就这么定了，亲家母！你不信？要是我老婆、我丈母娘和我老娘随便哪一个还没死，你就可以去问问她。对，问你爸也行，初医生喝过，我特地炖了一锅白大雁汤给他喝，白大雁你知道，就是运河也只有咱们这一段里才有，这鱼好啊，出了淮海地界人家都不知道是什么东西，还以为是天上飞的呢。

碗筷都不干净，白瓷碗的豁口上全是黑油腻，但鱼汤真是好，香喷喷醇厚的奶白色；刚入口是一个味儿，咽下去又是一个味儿，咽完了留在舌面上的还有一个味儿，张开嘴凉空气进来，出现第四个味儿；分层次，立体感很强。初平阳觉得母亲的厨艺算一流的，这些年出门在外，想家里的饭菜比想家还多，也得承认，母亲的鱼汤烧不出来这味道。初平阳看老何的一双手，指甲囫囵，污垢层生，因为长期划船、撒网，手指头变了形，满手都是老茧，但这双手在小屋旁边搭建的更小的灶房里烧出了好汤。他喝了四碗，舌头差点咽下去。

“烧鱼汤关键在火，用柴火，该大时大，该小时小。”老何说，“说了你也不明白。你们这辈人，不会再用柴火煮饭烧汤了。”

四碗汤下肚，浑身每一个毛孔都眉开眼笑，初平阳觉得幸福的早上就应该是这个样子。假如这是标准，那他过去的很多年里都是不幸福的。可是，有多少人能在一个冷雨浇身的早上让所有毛孔都眉开眼笑呢？可见，对绝大多数人来说，以不幸福开始每一天是生活的常态。

现在他们在船上，穿雨衣戴斗笠。老何划船，初平阳扶好搭在凳子上的背包，以防被雨水湿掉。天阴得浓郁，看不出雨什么时候能停下。身上渐渐凉下来，但他心情很好，他在回家的路上。东边的天上还在打闪，雷声忽远忽近。有极遥远的闪电划过天空时，巨大的光穿透阴霾和雨帘，像有头暴躁的动物在天上为非作歹。几年前初平阳去东北，在夜晚的白桦林边上看见远处连绵不绝的闪电，只看见闪电，听不见雷声。那闪电映照到他所处的清朗的夜空下，如同很多只天蝉在扇动银白色透明的大翅膀。

他当时的描述是：天蝉振翼。

“御码头也能搬？”初平阳说，“乾隆是在那个地方上的岸。”

“人都死了，说他在哪儿上岸他就是在哪儿上的岸。”老何顶着风雨说，他划船的样子比那张脸要年轻，“沿河风光带管委会的领导说，要让乾隆到繁华的地方上岸，就把御码头搬到风光带里了。”

“刻着御码头字样的石碑呢？”

“那块几百年的破石头啊？进博物馆了。弄了一块新的，比老的大三圈，黑底金字，太阳一照都晃眼，进了风光带你就见着了。他们让我跟儿子也搬过去，当船夫，给间屋住，叫什么‘御码头船坞’，发工资，工作就是天天把看景的人摇过来送过去。”

“那挺好啊。”

“好个屁！扮清朝人，穿死人的衣服，我不干。这辈子我做自己还没做出个味儿来，倒去演别人！再说，那哪是摇船的地方！没菖蒲没芦苇，连根草毛都没有，没土没泥的，摇船像走水泥路。我家老大，我儿子，这个理儿你跟他十辈子也说不清楚，他就知道人多热闹好，拿工资好，跟水、跟草、跟泥都不亲，我这船他正眼都不带看一下的，屁大的事也要夹着水蹦子去。他就跟你闹。闹我也不去，老婆子的坟还在屋后头呢，我不能把她一个人撇在这里。初家兄弟，你说是不是？”

初平阳不置可否。这事说不好，年轻人有年轻人的活法，你把他捆在荒郊野外也不见得有道理。他跟水、草、泥土和船不亲，也许有他的道理，现在还有几个年轻人想跟这些东西过到一块去？他们要天大地大，要繁华高亢，要漂亮光鲜，二十出头，他们要得着，到了他初平阳这个年龄，过了而立往四十数，喧嚣和热闹可能已经不重要了，你让他要他都没心思要。“我们说点别的吧，何叔，你说你小屋前也是个御码头，到底有多少御码头啊？”

“搞不清楚，真真假假的。我小时候，能见着像模像样的御码头，这段三十里地的运河，有三座，后来都拆得没影儿了。来场运动就砸，破四旧，皇帝嘛，都是封建的坏东西。臭狗屎现在成香饽饽了。有真有假。立块碑就是御码头。也没准儿，过运河的皇帝多了去，哪个脑子热了，进了水，要上岸撒泡野尿拉泡野屎，到村村镇镇里霸占个好看姑娘，他脚点地了，你能说那不是御码头？”

这倒真是，立了碑是，不立碑也可能是。沿河风光带管委会就这么用“不可知论”跟你辩，你还真没办法。

本来初平阳只打算让老何送到对岸，他步行或者路上搭个车回家，老何不答应。但凡跟初医生有点儿关系的，一概要送，要不他死去的老婆都不答应，何况天还下雨。他们一路走一路说话，有一搭没一搭。老何像个话痨，初平阳明白说话可能仅仅是他打发时间的一种方式，相当于自言自语，不是非得要你个答案；但你来我往中，初平阳还是跟他实话实说，这次回来主要是想把房子给卖了。大和堂要卖？不是大和堂要卖，是大和堂的房子要卖，他需要钱。当然，花街上的大和堂从此也不会再有了。初医生夫妻俩将要去三百公里外的另一座城市，那里有另一个大和堂。初医生的女儿，初平阳的姐姐初平秋和丈夫在他们生活的城市里开了一家大和堂，中西医药兼营，场面很大，让父母去给他们坐镇。小两口都是医学院毕业，一个学医，一个学药，待人和气，孝顺父母，有一个三岁的女儿，他们的事业和生活现在都急需父母的帮助。那干脆就卷铺盖过去吧，正好儿子需要钱。

“我能多句嘴吗，初家兄弟，”老何小心地在很多雨线的后面张开嘴，“你干什么需要那么多钱？大和堂可是两层楼的大房子啊。”

“念书。”

“你都念到了北京，还念？”

“到国外念。耶路撒冷。”

老何听明白了他要出国留学，但不知道耶路撒冷是个什么东西。初平阳没告诉他耶路撒冷在以色列，老何也不会知道以色列在世界的哪个地方。不知道地球是圆的我们照样可以过得好好的，百分之九十的人的确就不需要知道。但是老何还是很高兴，耶路撒冷好啊，名字都好听。初平阳说，他就是因为这名字好听才要去的；你听，耶——路——撒——冷。老何想，蒙我，读书人把事都想得深远，你会为一个好听名字跑去念书？他不相信。好船夫是不会随便走下道的；天下的道理都一个样。

“你看这船，”老何指着身后赶上来的一艘单放货运船，“到前面的岔路口就得拐弯。”

看不出那艘船是运什么的，油布把货物遮得严严实实，吃水很深。柴油发动机像患了哮喘，震得运河都跟着抖。驾驶室的一块玻璃坏了，临时找了件衣服挡风雨。一个小伙子打着伞，光着上身穿着大红的三角裤衩站在甲板上往运河里撒尿，看见老何的小船，缩着身子对他们挥手。这家伙可能是直接从被窝里爬出来的。

“兄弟，往哪儿去？”老何敞开嗓子吆喝。

“盱眙。”红裤衩答道，“东边的雷电好大！”他尿完了抖抖身子，钻进了船舱。

单放船超过了他们，果然在前面的岔路口拐到了外运河。在这个岔路口上，运河一分为二，一条靠近城区，叫“里运河”，一条往南绕了一个巨大的弧形，叫“外运河”，里外运河在十公里外重新汇合。从分离到汇合这一段，如果从天上看，你会看见里外运河形如半月，或者像一枚皮薄馅大的饺子。外运河是多年前洪灾泛滥，夺了片低洼之地流成了河。河运的主干道依然是里运河，外运河只在防汛时派上用场，多余的水分流过去；最近几十年水患治理得恰当，外运河逐渐荒废，虽是水流恒常，但底下泥沙淤积，行船就更少了。

“里运河要搞加长版沿河风光带，机动船彻底熄火了。”老何像个激愤的义务导游，“外运河清了一年淤，开大了河口，这些突突冒烟的大家伙就被赶到那里了。里运河，我这小不点儿也只能溜边走走。看见没，初家兄弟，前面那花花绿绿的东西，就是风光带里的花船。他们叫什么‘画舫’，我看就是个花船。我亲眼看到一个小女伢子被一个老头抱在怀里，老东西对她又是啃又是咬，两手还在女伢子衣服里乱摸；那老东西比我还老，做姑娘的爷爷都得超龄，你说不是花船是什么！看不见？你四只眼都看不清楚？”

初平阳用贴身的干衣服擦掉眼镜上的雨滴，总算含混地看见远处雨雾中一个彩色的框架，犹如电影里艳鬼朦胧的华盖。那地方就离花街不远了。这时候，初平阳的手机响了，铃声是他下载的《我和你》，北京奥运会的主题歌，刘欢唱：我和你——手机刚放到耳边，母亲就开始说话了：

“儿子，你在哪儿？坐过站了？”

“在河上，”初平阳说，“马上到家。”

“儿子，火车开到水里去了？”

初平阳说：“妈，我都三年没回来了，你总得让我到处看看。”

“咱家门口就是运河，睁开眼你就看，还没看够啊？快回来吧，你爸一早起来，铁观音都泡三泡了。”

老何吃了力，船行加速，两岸的芦苇、菖蒲和野草开始倒退着消失，泥沙的河岸变成了石头、水泥的堤坝，房屋越长越高，隔三岔五有高楼在不远处拔地而起。那些高楼上的招贴广告画，也被雨雾漫漶，有种害了病似的衰弱的美艳。初平阳觉得，现在不是他们的小船进入了城区，而是运河上的生活进入了城区。

进了城区也就到了家。初平阳看见在雨水里依然油亮的石码头，六十岁的父亲和五十六岁的母亲各打一把伞站在倒数第二阶的石阶上。父亲和母亲都发福了，因此看上去在风雨里站得十分稳当。落满雨点的河水澎湃着爬上第一个台阶，船靠上码头。

老何喊：“初医生！”

初平阳的母亲喊：“儿子！”

在雨里，天光也不明朗，所有人看起来都和三年前一样，没变老，当然也不会变得更年轻。三年四个月零六天，同样是雨天，初平阳的左脚重新踏上家门口石码头的台阶上。上了石码头迎面就是大和堂，两层半的大房子，门楣上挂着初医生自题的“大和堂”匾额。字是行楷，有沙孟海遒劲苍古之风。初医生好书法，尤好沙孟海，习沙到了形神兼备的地步。从大和堂左边的石板路进去，就是花街，每一块青石板都发出墨玉一样清润的光。泊好船，初医生坚持让老何到家里坐坐，他把伞举到老何头上。初平阳的母亲也习惯性地让雨伞遮住穿雨衣背背包的儿子。四个人一起进了大和堂。

跨进门槛老何吸溜一下鼻子，说：“这药味！”

初平阳也吸溜一下鼻子，说：“淡了。”

父亲行医的一套家伙都在，写字台、诊疗器材、诊断床、药柜，柜子上横平竖直上百个盛放药草的小抽屉，每个抽屉的把手上边还写着药名。靠着北边的墙，父亲写字用的梨木长条案子也在，上面和三年前一样铺着羊毛毡子，摆放了笔墨纸砚。案子上方挂了装裱过了的父亲自题的条幅：仁者医。什么都没变。但是药味淡了。即使三年没闻到，初平阳也敢肯定药味淡了。

“抽屉都空了，”母亲说，“快送光了。儿子，把行李送上楼，你那房间我们没动。”

卷毛狗阿尔巴尼亚听见动静，戴着铜铃铛从楼上跑下来，在离初平阳两步远的地方站住，以便抬起头能够看见这个一身水汽的闯入者的脸。它的小眼睛藏在黑白相间的长毛里眨巴几下，往前走几步，然后撒欢似的围着初平阳的两只脚转圈。“妈，你看，阿尔巴尼亚还记得我！”初平阳说，放下包去抱它。这个长不大的小东西在初平阳的手上哼哼唧唧地叫，铃铛一直响。它的洋名字是初医生老婆取的，因为毛长，一绺压在一绺上，像她打毛线里的阿尔巴尼亚扣。“阿尔巴尼亚，阿尔巴尼亚。”初平阳说，和它顶过脑袋后把它放到地上。阿尔巴尼亚躲到初平阳的母亲后面，伸着小脑袋继续看他。

初平阳谢过老何，脱了鞋，光脚踩着槐木板楼梯上楼。从做阳台的走道经过，姐姐的房间和客房除了床、桌椅和衣橱等基本家具，都收拾空了，要带走和留下送人的都打了包，不需要但街坊邻居还用得着的东西已经提前送了人。这是母亲的主意，能送人的都送人，眼不见为净，免得三天两头看见，怀旧的心重起来，更走不了了。女儿那边眼巴巴地等着帮忙，儿子这里也火烧火燎地要钱。咬牙跺脚，当断就断。初平阳的房门关着，他打开，一张纸片都没有少。新洗过的床单折痕还在，枕头和被子都在它们该在的位置，床前是拖鞋。墙上是他在姐姐的婚礼上咧开嘴大笑的照片，母亲说这张喜庆，到南大街的巨星洗印社放大成三十二寸，镶到镜框里挂进他房间。葡萄牙作家若泽·萨拉马戈的长篇小说《修道院纪事》还在书桌上。这是他最喜欢的几部小说之一，每一个他住过半年以上的房间都会有这本书。

洗了个热水澡，躺到床上，打算在脑子没乱之前想想明天一早就得交稿的专栏。《京华晚报》的小白给他短信：明儿都大年三十了，咱这债可不能再拖了。作为责编，小白是个好同志，充分体贴初平阳的苦衷：你忙着买票，那我不催你；你忙着收拾行李，我也不催你；你忙着赶火车回家，我还不催你；现在你该到家了，总该忙活专栏的事了吧？要是本期报纸开天窗，我老人家被老板开了，直接买票到你们家吃去。

可是还有什么好写的呢？他的专栏主题是“我们这一代”，就写70后这一代人。你觉得什么好玩什么值得写，你就写什么，想怎么写就怎么写。半个月一篇，小白说，我可以把版面给你留着，但发版前三个小时你得给我，总得让我看看有没有错别字，再让领导把把关，咱们不能随便犯低级错误。一晃一年多写下来了，不是个小数目。他给自己的要求是，好玩固然要写得好玩，但必须找到真问题。这一年来，他每天都在琢磨三十到四十岁之间的这拨同龄人，当然，更得盯着自己看，看哪些是大家共同的问题，看一天到晚我们忙忙叨叨的都是什么，想的是什么，焦虑的又是什么。一个问题提出来，总得有一半的人点头你这文章写得才算有点意义。因为这个专栏，他被“意义”追着跑，他觉得自己已经患上了高雅的“意义焦虑症”。

听到跟他乘坐的那趟火车有关的消息已经到了中午。沸腾的人声从楼下漫上来。

他睡着了。想找一个像样的意义有多么难。他躺在床上手指点着脑门，困倦袭来，头一歪睡着了。在火车上他从来睡不好，戴眼罩也不行。他被嘈杂声吵醒，十二点十分，很多人在楼下说话。初平阳从床上坐起时下意识地往两边找，找了半天也不知道要找什么，等他迷迷糊糊地穿上拖鞋，猛然想起来，他在找梦。睡着了的两小时二十七分钟里，他这个课间十分钟打个盹儿也要做梦的人，竟然一个梦都没做。在他的记忆中，在进入新世纪的这近十年里，在他待过的很多个地方，在他睡过的许许多多个房间里，这是他头一次睡了一个空白觉。

老何早已经离开。老头子很高兴在初医生夫妻俩远走他乡之前又来了一次大和堂，他更难过，因为大和堂从此不在了，下一次见到初医生是在什么时候谁都说不好，而大和堂跟初医生对运河上下的人来说如此重要，如果他能够代表方圆三五十里的水边人家，可以并且具有挽留能力的话，他会堵在大和堂的门口，不让他们出花街一步。当然，他知道别的事情一定也很重要，那是初医生一家共同做出的决定。所以，虽然他每天一醒来就不住嘴地唠叨，但现在他其实不知道说什么好。初医生说，那就什么都不要说，顺其自然，地球是圆的。他查看了剩下的草药，临时给老何开了几服治疗风湿和关节炎的药。在水边，年纪大了都躲不掉这些毛病，可能死不了人，但严重起来比死了还难受。当然是免费，从他们决定离开花街的时候，剩下的针药全都免费送给了病人。仁者医。应该的。他还让老婆从他带不走的衣服里，找了三件合适的、体面的，送给老何。

送老何上船的时候，初医生忽然说："我说老何，你刚才说到你儿子的事，我有句话，供你参考。咱们一把年纪，黄土埋半截的人了，放到哪儿也不过是个活着，年轻人的路如果帮不上忙去开辟，咱们不能挡着道儿。让他们闯去。天下好地方多得是，哪里不比咱这两间破屋大。你说是不是？"

"初医生你都说话了，我听。"老何站在船上，雨还在下，远处有雷声和闪电，"我这回去的路上就好好想。我烧鱼汤等着你哪。"

等初平阳下楼时，雨已经停了，阿尔巴尼亚卧在楼梯口，看见他，摇摇铃铛跑下了楼梯。父亲的诊断桌前围了一圈人。他在楼梯上就听见一个男声高过众人，"我把火车弄坏了，雷就追过来了！我把火车弄坏了，雷就追过来了！"翻来覆去重复同一句话。初平阳越过一圈人头，看到一张狂乱的脸，头发凌乱，胡子拉碴，一身泥水，两只眼睛血红，因为恐惧，他全身都在哆嗦。就算十年没见，他也能一眼认出来那是铜钱，东大街上的一个傻子。围观的人除了铜钱的父母和两个哥哥、一个姐姐，其他的都是东大街和花街上的街坊。米店老板孟弯弯的老婆先看见初平阳，尖声叫道：

"呀，北京人儿回来了！"

大家都转脸看他，搞得初平阳觉得回家回错了地方。他赶紧向叔叔阿姨、兄弟姐妹们一个个问好；都打过招呼了，他才觉得自己重新是个花街人了。他正打算跟铜钱叫声哥，铜钱瓮声瓮气地先说话了："平阳，你从北京回来啦？"连初平阳都认识了，大家以为铜钱正常了，谁知道铜钱接下来说，"平阳，我把火车弄坏了，雷就追过来了！平阳，我把火车弄坏了，雷就追过来了！"

铜钱的母亲说："初医生，要不再扎一针？"

"我把火车弄坏了，雷就追过来了！"

"嫂子，该扎的都扎了。"初医生说，"铜钱受刺激太大，要等会儿才能稍稍平复。家里镇定安神的药已经没了。"

"我把火车弄坏了，雷就追过来了！"

"被雷盯上了，这可怎么办？"铜钱的母亲说，这个每天在老歪杂货铺门口卖菜的胖老太太，一着急身上的肉就乱颤。“他会不会更傻？”

“我把火车弄坏了，雷就追过来了！”

铜钱的姐姐叫同意，她说：“妈，说什么呢你！咱们铜钱要傻，会想到外面去啊？”

“我把火车弄坏了，雷就追过来了！”

初医生老婆看看丈夫，商量说：“要不，我给他召一召试试？”

“我把火车弄坏了，雷就追过来了！”

初医生不吭声。

孟弯弯老婆说：“阿姨，你召一召。你召一召肯定能召回来！”

“我把火车弄坏了，雷就追过来了！”

同意说：“铜钱，你住嘴！”

铜钱咧开嘴要哭，委屈地说：“我说的是真的。我把火车弄坏了，雷真的就追过来了。”

这个铜钱，比初平阳大六岁，初平阳记事起，他就傻，脑袋被猪踢了。这在四条大街上多少年里都是笑话。曹平凡家的一头猪竟然养了五年。那是差不多三十年前的事，那时候花街、东大街、西大街和南大街主要还是乡村，除了少数人到河北岸的城市里上班，种地的种地，养猪的养猪，跑船的跑船，打鱼的打鱼。到十五年前，四条街就完全不再是乡村了，成了淮海市的郊区，庄稼地上建了工厂、企业和各种名目的房屋，四条街上的人都有了城市户口。进入新世纪，市区南扩，四条街已经成了正儿八经的城区，离新建的市中心坐公交车也就五六站路，四条街上的人说起自己的地盘，已经习惯了说“咱们市区”。三十年前，曹平凡家养了一头猪。全家人都是慢性子，养猪也拖拉，别人家的猪三五个月就出栏，长个两三百斤拉出去卖钱，曹平凡家不这样，懒得卖，就晃晃悠悠养着，想养出个神话来。如果照五个月要出三百斤计算，一年起码都长六百斤，四五年下来，能把猪养成大象。反正是长肉，多养一天就多长一天的肉，着什么急卖呢。他们一直养着，的确养得很大，那头猪站起来扑扇耳朵，整个圈都乱晃，像头牛。但五年下来，因为猪把他们最小的儿子铜钱的脑袋踢了，只能卖了，上了秤，曹平凡都哭了，比儿子被踢还难过，只有五百三十二斤，离一头大象还很远。他忘了猪长到一定程度也累得不愿长了，不能因为你按比例喂，它就照比例长。

铜钱四岁时一个秋天的下午，五百多斤的猪躺在圈里打瞌睡，他从栅栏的空隙里钻进去，蹲下来给猪抓虱子。他抓得很认真，像他奶奶给他抓虱子一样仔细，脑袋凑到猪后腿前，两眼瞪得溜圆。很可能猪做了噩梦，反正它突然就跳起来，尽管因为肥胖跳得很艰难，还是跳起来了，后腿往后猛地一扒拉，结结实实地踢到铜钱的小脑袋上。铜钱一个仰八叉，前脑门被踢，跟着后脑勺撞到喂猪的石槽上，两眼一翻不动了。等曹平凡的老婆喂猪时，看见小儿子和猪睡在一起，头上有两处流出了血。那猪醒来发现可怕的事情只是个梦，走两步平复一下情绪又睡了。因为对孩子用了暴力，证据确凿，连邻居们都不能容忍曹家再把这头猪养下去，只好卖掉。卖前给它灌了一肚子糠菜，也就五百三十二斤。但是，等铜钱头上的伤好了，他们发现，小儿子跟过去不一样了，经常两眼不在一个焦点上，吃东西时嘴角总是留条缝，让饭菜出来让空气进去，一笑会往外流口水，说话时舌头早早地就往后拽，虽然发音时鼻腔共鸣相当好，但说出来的都不是好消息。

四条街上的人都说："完了，曹平凡的小儿子被猪踢傻了。"

从那时候一直傻到现在。

初平阳看见母亲从口袋掏出两枚一块钱的硬币。他知道母亲要干什么，如果是两枚袁大头或者铜钱会更好，是真正的那种铜钱，孔方兄的那种。这种事三十年里见母亲做过好多次，开始只是觉得好玩，后来开始怀疑，现在，不怀疑也不赞成，姑且听之任之。母亲让周围的人都让开，她把两手放到铜钱的肩膀上。“铜钱，乖，听阿姨的话，别动。”母亲对所有受到惊吓的人都说“乖”。铜钱真就不动了。母亲将一枚硬币放到铜钱的正头心，另一枚捏在自己手里，她闭上眼，口中念念有词，捏着那枚硬币围着铜钱的脑袋转圈。从头顶开始转，一圈圈往下绕：绕着脸转，绕着肩膀转，绕着胸部转，绕着腰转，绕着坐在凳子上的屁股转，绕着腿转，最后绕着脚转；转到铜钱胸部时，她的胳膊够不过来，只能捏着硬币绕着铜钱走，走着转圈；转完了脚，然后重新从脚往头上转；一枚硬币转完了，换了另一枚硬币同样从上到下再从下到上转一遍。都转完了，母亲大喊一声：“水缸！”大家都去找水缸，大和堂里根本就没有水缸。初平阳愣愣神，抱一个金鱼缸冲到母亲跟前。母亲睁开眼，满头满脸的汗，她长出一口气，将两枚硬币丢到了金鱼缸里。四条肿眼泡的大金鱼看见硬币晃晃悠悠地往水下沉，吓得躲到鱼缸一角，四条金鱼并排盯着硬币看。

母亲说：“铜钱，你再说说，雷追到你哪儿了？”

铜钱果然就镇定多了，说：“雷追到我脚后跟，我的腿，左腿，就跟被人抢走了一样，被撕下来，就没有了。我成了瘸子，我想跑，扑通跌到泥水里了。”

母亲说：“雷为什么要追你？为什么不追别人？”

铜钱说：“我把火车弄坏了。我把大石头抱到铁轨上，我想让它停下来，我把石头放上去，火车就坏了。坏得一动不能动。我就想让火车停下来，不是要让它坏。我就跑，雷就在后面追我。”

母亲说：“儿子，就是你坐的那趟火车。”

曹平凡把细脖子伸过来，问：“平阳，你坐的那车真坏了？”

“不知道。”初平阳说，“停倒是停了，半天没动静。”

“那你怎么回来的？”

“爬窗户，先走路，再坐船。”

“他爸你看，”曹平凡老婆叫起来，“铜钱好像没事了！”

终于有了好消息，大家重新围上来。铜钱的脸色和眼神的确有所好转，不像刚才那么暴烈惊惧，现在有点儿蔫，害了一场大病似的，腰杆塌下来，一个劲儿地想往下出溜。孟弯弯老婆说：“你个臭铜钱，没事儿你拦什么火车呀你？你以为那是驴拉的，要停就停啊？”

铜钱翻着白眼说：“我想坐火车到世界去。”

大家都笑了。就你铜钱，还坐火车到世界去？世界在哪儿你知道吗！不过这事不重要，重要的是铜钱现在没问题了。初医生给他扎了针，初医生老婆给他施了术，功劳该算在谁头上呢？

“当然是我们家老初，”初平阳母亲说，“起码他没扎错地方。这是科学的胜利。”

初医生笑笑：“算平阳他妈的。”

这是老两口多年来的交流风格，以貌似不拆台的相互拆台为乐。初医生从来都瞧不上这些歪门邪道，一旦有人请他老婆出去搞点类似的“迷信”活动，他就在她出门前开玩笑，记着，别说你跟大和堂有啥关系。他老婆就说，大和堂是个什么地方？我只知道太和殿，在北京，我儿子带我去看过。看不上归看不上，初医生也不会把它一棍子打死，人世间的确有很多我们解释不清的东西。爱因斯坦聪明成那样，也有很多事情弄不懂，想找个神来问问。拿中医来说，很多西医也瞧不上，望闻问切，都什么呀；他们认为中医有太多的经验之谈，很多时候跟着感觉走，感觉这东西科学吗？中医从来都理直气壮地反驳，当然科学，只是这种科学你们理解不了而已。初医生既懂西医，也行中医，他端得好这其间的分寸，已经不跟自己打架了。但是，对招魂、请个笔仙、用杯子碗问个吉凶等迷幻之术，即使他想不明白，也依然持保守态度。老婆倒也无所谓，这东西她也说不出成花成朵的大道理，就算能说，肯定也不正大周全，所以非不得已她不会在医生丈夫面前露这手。

铜钱的确是安静了，两眼里狂躁的血丝逐渐退去。这个铜钱天生爱招雷电，二十年前招过一次。那一年运河上下出了鬼，一个夏天雷电交加，简直就是自然界的一场盛大的焰火表演，光南大街上的直径接近一米的泡桐树就被劈了五棵。闪电的高温让泡桐树的汁液沸腾，如同树的血管膨胀爆裂，五棵泡桐被一分为二、为三、为四。那个夏天铜钱将大裤衩提到胳肢窝，一手握着生锈的铁铲子，一手端着曹平凡平常喝水的大搪瓷茶缸，在每一棵树下认真地找知了猴洞。他天生一双好眼，入土三分，只要地表面稍有风吹草动，他就知道一铲子下去能挖出几只知了猴。他弓下腰，把铲子插入运河南岸紫穗槐根部潮湿的泥土里，一道闪电贴着他的后背划过。他觉得那是哪个家伙拿铁铲子，在他脊梁上拉出了一条血口子，灼痛过十秒以后才想起来惊叫。从河北买黄豆回来的蓝麻子正好经过，看见铜钱的头发全都直直地竖起来，正丝丝缕缕地冒着青烟。豆腐坊的蓝麻子说，傻子都命大。只是擦着他脊梁过，要是随便从哪个地方进了身体，傻子就再也见不着了。

也是在那个夏天，福小的弟弟景天赐在运河里游泳时被闪电吓出了毛病。想起天赐如同想起一道闪电，初平阳在驱赶掉这个念头的两秒钟内，算出了从天赐之死至今的漫长时间，一共是十九年。他要避开这漫长的十九年，他问铜钱：

“你想到世界的哪个地方去？”

“到世界的世界去，”铜钱疲倦地说，“就跟你一样，远得几年不回一趟家。”

街坊们在寒暄时听到这句话，嘲讽如同关爱，哎呀，铜钱跟个大人物似的，整天惦记着到世界去呢。曹平凡一家人对此笑笑，自从铜钱被猪踢成了傻子，三十三年里他们已经习惯了别人对儿子善意的取笑。他们一家人和四条街的邻居一样，只要不出意外，对铜钱说过的任何一句话都不愿放在心上了。在大和堂里，上心的只有初平阳，当铜钱再次重复“到世界去”时，他的头脑里一亮，专栏有了。阿尔巴尼亚爬到他脚上，初平阳抱起它，跟铜钱和邻居们打了招呼就上楼。本来他应该满足一下大家的好奇心，尽职地就首都各方面的问题答乡亲们问，同时恭敬地接受他们对远来游子的嘘寒问暖，但是现在，他抱着长毛狗上了楼，进了房间坐到书桌前，打开电脑。

这一坐下，基本上就没站起来，除了中间下楼吃了一顿午饭、一顿晚饭，去了两趟厕所。中间母亲还送来两杯茶水、一个苹果、一只香蕉和一条淮海市晚间新闻。等他写好专栏，离开电脑走到北向的窗户前，黑夜已经来到花街：城市的万家灯火次第点亮，从河北岸大兵压境而来，正在跨越运河；运河被两岸的灯火照耀，水面犹如一张起伏荡漾的画布，泼满了细碎癫狂的油彩；石码头上有人走动，影子被路灯从一边拉到另一边，胖瘦不等，忽短忽长。

到世界去

写这个专栏的时候，阿尔巴尼亚趴在我的脚面上；三年之后我重回故乡，这只长毛狗很快认出了我。铜钱此刻也在楼下，他因为要拦下火车而遭到雷击，受了惊吓，两眼像吃了生肉一样血红。我父亲给他扎针，我母亲为他施了法术，科学和迷信并用后，他恢复了常人的肤色和眼神。傻子中的常人。他陈述雷击的感受时说，那是有人偷走了他的一条腿。可以想象一下，雷击的感觉在一瞬间如同消失，由充满导致的什么都没有，所以他摔倒在泥水里。毫无疑问，这是一系列巧合，在他放下石头准备让火车停下时，火车碰巧出了故障；在他准备逃跑时，一道闪电碰巧经过他脚后跟，但这个傻子以为是他弄坏了火车，以为闪电来袭是火车在向他报复。在我们这个刚通火车的地方，对一个没见过几次火车的人来说，火车可能具有的力量你不知道究竟有多大，包括某种通灵似的力量。他的确是个傻子，小时候被猪踢坏了脑袋，他大我六岁。

有意思的地方不在铜钱是个傻子，也不在他拦火车和被雷击，而在，这个傻子想到世界去。街坊们为他这个想法笑了，个傻子，也想到世界去！但我呆立一旁，瞬间仿佛也遭了雷击——傻子也要到世界去！

请允许我说一说铜钱，我叫他哥。多少年里他都站在路边，要么被别人取笑，要么没有人理。冬天里他如果不去擦清水鼻涕，两只手在化冻之前都不会从棉袄的袖筒里拿出来；到了夏天，他总是把裤子一直提到胳肢窝，为了防止被别人扒下来。四岁被猪踢了以后，很多年里大人们都以从身后猛地褪下他的裤子为乐，直到有一天，他的裤子被住在西大街的兽医朱永久褪下来，吓哭了迎面走过来的两个年轻姑娘。那两个姑娘现在早成了中年妇女，孩子都快结婚生子了，但那时候她们还年轻，头一次看见男人两腿之间毛发峥嵘，像个黑色的鸟窝，当然，还有猛然壮大的男根，她们就哭了，捂着失去贞操的双眼跌跌撞撞地跑，差点撞上对面开过来的拖拉机。朱永久因此被在场的中老年妇女骂得狗血淋头。他也没想到铜钱突然之间成了男人，这个他妈的傻子啊，都长齐全了也不吱一声。现在朱永久得了肺癌，正托人向法院起诉西大街旁边的沿河风光带管委会的大楼，他说因为这栋十二层楼，拆迁、挖掘、施工建设，一年多里尘土飞扬，让他染上了肺癌。他们家饭桌上每天都能擦下的一层灰尘可以为证。再没有人从背后扒铜钱的裤子了，但他还是谨慎地一直提到腋下，他的裤子必须跟花街上的裁缝林婆婆定制，全世界只有他一个人穿如此之高的高腰裤。他依然习惯站在路边，漠然地看着来往的行人，但见到我，他就咧开嘴笑，说：

——平阳，回来啦？

这些年，我从小学回来，从初中回来，从高中回来，从大学回来，从教书的大学回来，从北京回来，他见着我都会说：平阳，回来啦？他从来不问我是从哪里回来的，但他显然知道，他什么都知道，刚才我去楼下看他，他还在弄坏火车和雷击的恐惧中没有出来，但他说：

——平阳，你从北京回来啦？

谁告诉他我去北京了？他怎么知道我就是从北京回来的？当然，这些都不重要，重要的是，他知道我去了外面的世界。

“世界”这个宏大的词，在今天变得前所未有的显要。我相信在“第一次世界大战”“第二次世界大战”乃至放话“解放亚非拉”的时候，中国人对“世界”的理解也不会像今天这样充分：那时候对大多数人来说，提及“世界”只是在叙述一个抽象的词，洋鬼子等同于某种天外飞仙，而现在，全世界布满了中国人；不仅仅一个中国人可以随随便便地跑遍全中国，就算拿来一个地球仪，你把眼睛探上去，也会看见这个椭圆形的球体的各个角落都在闪动着黑头发和黄皮肤。像天气预报上的风云流变，中国人在中国的版图和世界的版图上毫无章法地流动，呼的一拨刮到这儿，呼的一拨又刮到那儿。“世界”从一个名词和形容词变成了一个动词。

在花街，在我小时候，世界的尽头就是跑船的人沿运河上下五百里。一段运河的长度决定了我父辈的世界观。跑船的老大和水手们带来远方的消息、零食和礼物，偶尔还带回来皮肤姣好的女人，他们说到连绵起伏的山，说到漫无边际的海，说到比我们市更高更大的楼房时，我们想，哦，那是另一个世界。我们的世界的尽头是另一个世界的开始。在我念大学之前，去过最远的地方是江西，那是个非常偶然的机会，我和三个朋友去寻找一个女孩。迷路、饥饿、流浪，举目无亲。没找到，我们沉浸在挥之不去的失望和忧伤里，同时我们也空前地兴奋：世界竟如此之大，任我们怎么走下去它还有。现在，我们四个人和要寻找的那个女孩，每一个人曾走过的地方都比江西要远得多。据我所知，即使现在他们有的人已经停下来，他们所到之处也大大超过了父辈们的想象；而只要他们还愿意，无穷大的世界就可以随时在他们脚底下像印花布匹一样展开。

的确，我们赶上了。可以出门念大学、读研究生、进修、工作、做生意、当兵、当兵之后的转业和提干，可以到任何一座城市打工，可以到国外劳务输出，可以留学、申请绿卡、变成外国人，当然，还可以全世界地杀人越货专干歪门邪道的事。据我父母的“情报”，仅在我故乡的四条街上（我说的花街、东大街、西大街和南大街），方圆三公里内，四十岁以下的年轻人，如果在本地没有一份相对满意的工作，如果他不是小时候曾被猪、驴或者马踢过脑袋，如果他的身心足以鲜活得上蹿下跳，他一定在外面的世界上跑——近到两百五十公里外的海陵市，那地方靠海，沙滩漫长，传说有的岛上住着很多猴子和神仙；远至地球的对面，那里的人黑的很黑，白的很白，说着百分之九十九点九的花街人听不懂的鸟语。

四条街上的年轻人如今散布各处。中国的年轻人如今像中子一样，在全世界无规则地快速运动。此情此景，花街上的老同志经常抱有疑问：世界究竟有多大，能让你们一年三百六十五天马不停蹄地跑？他们怀疑你在一个无穷远的地方如何存活下去，吃米饭还是馒头？喝水吗？猪肉和鱼都从哪里来？那里有多少田地可以种出芹菜、芫荽、蒜苗、豆角、土豆、茼蒿、冬瓜、韭菜、茄子、丝瓜、山药、萝卜和大葱？因为他们看不见。他们不相信一架钢铁制造的巨大房屋可以在天上连续飞上十三个小时之后到达美国的城市芝加哥，那么重的东西怎么可能不掉下来？你在上不着天下不着地的铁盒子里，能放心地睡安稳？多科学的解释他们都认为是扯淡。现在，继本地开通火车之后，“为促进经济发展，提高竞争力”，在另一位伟大人物的故乡，离花街三十公里外的一个区，即将建成一座现代化的机场。从机场挖出第一锹土开始奠基的那天起，我们四条街上就一拨拨自发组团去瞻仰，他们想知道，这东西到底是怎么就能跟世界建立起了联系。

我爸早年在海陵学医，在此之前因为车船免费，混进了大串联的队伍里，到过上海和北京。尽管那时候南京路和长安街上没几辆车在跑，父亲也算是见了世面的人。我妈生在比当时的花街还乡下的乡下，串联没她的份儿；在我决意去北京之前，她见过的最大的城市就是三百公里外我姐姐嫁给我姐夫的那座城市，所以，她对我去北京直犯嘀咕，那么大（她当然知道北京很大），远得不知道在哪儿了（我妈对地图的理解局限在运河地区，她必须以运河为坐标才能判断出东西南北），咱儿子能行吗？我爸连回忆加虚构，把近半个世纪前的北京搬到现在的首都，说得像家门口一样熟悉，我妈才勉强战胜了自己的恐惧。为了让自己更踏实一点，她每天晚上都跟我爸抢电视遥控器，我爸要看本地新闻，她要看北京台的新闻，天气预报也不放过。而现在，我妈每次回乡下给外公外婆上坟，回来都要感叹：

——都出去了。都出去吧。跑得越远越好。

她说的是村子里空了，年轻人都出门打工，到南京、上海、深圳、广州、苏州、宁波和北京。待在家里的都是老弱病残，每天通过电视、电话和手机短信想象远在世界上的亲人。尽管他们和我妈一样，头脑中缺少完整的中国和世界地图，但所有人都接受了这一事实：到世界去。必须到世界去。如果谁家的年轻人整天无所事事地在村头晃荡，他会看见无数的白眼，家人都得跟着为他羞愧。因为世界早已经动起来，“到世界去”已然成了年轻人生活的常态，最没用的男人才守着炕沿儿过日子。

无法想象的，无法理解的，现在是最基本的现实。现实总是正确的，于是所有人都知道要到世界去。如你所知，世界意味着机会、财富，意味着响当当的后半生和孩子的未来（我所了解的三十来岁的打工者，倘若不能将孩子带在身边，他们的异乡打工生涯多半计划在五十岁之前结束，挣够了辛苦钱，以便供养孩子、老人和自己的后半生），也意味着开阔和自由。后者往往被我们忽略。

生存固然是我们活着的第一要务，不过我们一定也知道，在当下无穷动的年轻人中，出门，出走，到世界去，毋宁说源于一种精神的需要。通俗的说法是：出门透透气。天下氧气的成分都一样，一口气吸下去你不会比别人抢到更多的负氧离子，你抢到的只可能是更多的一氧化碳、二氧化碳、工业废气和汽车的屁。比如北京。全中国乃至全世界的城市里，污染程度超过它的没几个，我和四条街上的伙伴们还是烈士一般尖着脑袋去了。我们在北京的天桥上打着被污染了的喷嚏，然后集体怀念运河上无以计数的负氧离子，怀念空气的清新甘冽如同夏天里冰镇过的王子啤酒，但是怀念完了就完了，我们继续待在星星稀少的北京。而在花街，每个夜晚，你抬头都会看见幽蓝的夜空里镶嵌了无数的水晶。北京不宜人居，但它宽阔、丰富、包容，可以放得下你所有的怪念头。所以，说“透透气”的时候，我们的谈论对象不是两叶肺，而是大脑。

生活可以很苦，住地下室，吃盒饭，出了门照样乐乐呵呵。我朋友的朋友，在北京付不起房租，自己用钢条、泡沫和防水材料做了一颗巨大的蛋，有床铺、书桌和简单的洗漱设备，关上门百无禁忌，他活在创造的快乐和对未来美好的幻想里。我朋友的朋友的朋友，弓腰驼背挣了两年的钱，揣在兜里去了西藏，每天除去吃睡，专职围着八角街转圈子。他说转街时自己变成一朵云，转得越久，精神上的杂质越少。一年过去，他重新作为一个最穷的人，眉毛胡子长到一起地回来了，声称挣下点钱还去。

到世界去。我忽然想起花街上多年来消失的那些人：大水、满桌、木鱼、陈永康的儿子多识、周凤来的三姑娘芳菲，还有坐船来又离开的那些暂居者。他们在某一天突然消失，从此再也不见。他们去了哪儿？搭船走的还是坐上了顺风车？

晚饭的时候我顺嘴问了爸妈。

——我要知道早就把他们找回来了。这是我妈说的。

——天要下雨，娘要嫁人。要走的你挡不住，找回来他还会走。这是我爸说的。

——老初，你是说平阳？我妈说，儿子，你就不再想想？“以色列”这名字我怎么一听到就觉得心慌呢？

——我想好了，妈。事情转到了我身上。

——那国家就是偶尔会打仗。我爸说。

——还偶尔会打仗！我想起来了，巴勒斯坦，加沙，大马士革！我妈说，你知道什么是打仗吗？儿子，你再想想。咱们的房子可以卖，你想用这钱干什么都行，咱能不能不去那地方？

我已经想好了。很久以前就想好了。事情转了一圈转到我身上。为了免掉各位读者的猜谜之苦，需要告诉大家的是，此番回故乡我是为了卖房子。我将去耶路撒冷念书，那个有石头、圣殿和耶稣的地方。我不信教，只是去念书。耶路撒冷，多好的名字，去不了我会坐立不安。

——他们坐船和汽车走，你坐飞机走。我爸说，声音很忧伤。

——那，我妈说，你会回来的吧，儿子？

——什么话！我爸用右手中指的骨节敲了一下饭桌。

——我不是担心咱们儿子嘛。我妈眼圈就红了。

吃饭吃饭。阿尔巴尼亚从我脚面上跑出去，坐到电视前。我回来了，我妈不再抢看北京台，现在播放淮海市新闻。一列火车停在电视屏幕上，火车四周是苍茫阴郁的野地。一条河贴着火车流淌。主持人用干硬的声音说：

——今天清早，从北京始发途经我市的某某次列车因故滞停一小时十六分钟。据专家介绍，本次故障系动力装置问题所致，经检修迅速排除故障，顺利抵达我市车站。在此，铁路方面特向我市乘客致以诚挚的歉意，对我市市民的理解与支持报以由衷的感谢！

火车一直停在野地里，直到主持人的声音消失，画面切到了下一个新闻。没提到铜钱，也没提到铜钱放到铁轨上的大石头。没有闪电和雷击。

——可怜的铜钱，我妈说，火车哪是你想拦就拦下的？

铜钱走丢过。三年前的夏天，他跳上一艘临时停靠在石码头的运麦子的拖船。船开动了，快到下游的鹤顶地界才被发现，他钻在遮盖麦子的雨布底下。跑船的把他揪出来，上来就是一顿猛揍，打完了发现他是个傻子，不忍心，在鹤顶又托一艘往上走的船把他带回了石码头。我妈说，铜钱鼻青眼肿地下船后，坐在石码头的台阶上撇撇嘴，突然号啕大哭。

一个傻子因为要拦火车，被雷击了，像他妈说的，会不会更傻？可是，比傻更傻究竟是多傻？我叫他哥的一个傻子，每天站在路边沉默地看人来人往，我走过他就会笑起来，说，回来啦？说话的时候他一点都不傻。小时候他带我玩的时候，我也从不觉得他傻。这个我叫哥的不傻的傻子，他想到世界去。他不知道世界在哪里吗？他想到世界去。

听过一个故事：

有一个比四条街还荒远和偏僻的小村子，每天有一列火车从村庄外经过。火车从来不停，最近的一个车站也在一百多里之外。这个村庄里人人都见过火车，人人都没坐过火车，但他们知道，这每天一次呼啸着摇撼整个村庄的火车去往一个神奇的世界，那个世界像仙境一样遥远和缥缈，那里什么都有。只要你坐上了这列火车，你就能到达那个完全不同的世界。一个村庄的人都被遥远的想象弄得躁动不安，每次火车将至，他们就站在村边的泥土高台上，看它荒凉地来，又匆忙地去，你怎么招手它都不会停下。日复一日，年复一年。有一日，一个人拉着一辆平板车去野地里收庄稼，想在火车赶到之前穿过铁路，很不幸，他对时间的判断出了点误差，火车碰到了他的车尾，连同他的人一起甩到一边。火车有史以来头一回在这个地方停下来，那人骨折，无生命大碍，火车带着他到了一个陌生城市的医院为他治好了伤。他回到家，说火车真好，外面的世界真好。一个村的人心里痒得更难受。但这种方式拦火车风险实在太大，没人敢再尝试，就是坐过火车的人也不愿再次尝试。又一日，一个年轻人拖着一辆平板车等在铁路边，等火车即将从他面前经过时，他闷头拉车就往对面冲。

故事的结局是：火车的确停下来了，那个年轻人死了。围观的人一部分哭着回家了，一部分哭着继续站在那里，在想一个“到世界去”的大问题。

舒袖
SHU XIU

晚上十点，初平阳去了南大街的“地球村网吧”，把专栏给小白发过去。花街上一大半人都睡了，只有店铺和路灯还发出光。初平阳一阵疾走，他在“地球村网吧”待了四十五分钟，发了邮件，用英文回复了耶路撒冷希伯来大学塞缪尔教授的邮件，在凤凰网上匆忙浏览了一会儿新闻，然后付了网费。待不下去。“地球村”在一个五十平方米的大房子里，台式电脑摆得密密麻麻，每台电脑前都坐着一个或者两个人，大部分中学生的样子，穿着怪异，发型和头发的颜色也稀奇古怪，戴着耳机打游戏或者看电影。初平阳在紧里面拐角处找到一台空闲电脑，旁边是一对年轻人，骨感的男孩和女孩。他们正在看的电影涉嫌情色，屏幕里一个后背缀满油汗的宽肩膀男人伏在一个光溜溜的女人身上，金发女人把两条腿像手铐一样锁在男人的腰上。男孩和女孩戴同一副耳机，右耳塞在男孩的左耳朵里，左耳塞在女孩的右耳朵里。初平阳看见男孩和女孩的手分别在对方的衣服里蠕动。他们根本不搭理身边是不是多了一个人。

黏稠的汗味、脚臭味、荷尔蒙味、烟味、酒味、口臭味、酸腐的打嗝味、劣质化妆品味、屁味，以及众多初平阳找不到来路的气味，这就是“地球村”。凤凰网的新闻显示，这个世界同样乱七八糟。管理员坐在吧台的电脑前昏昏欲睡，初平阳把一小时的费用放到他面前，赶紧拉开门。不满一小时按一小时计费。

外面的空气依然很好。故乡最让他怀念的人和事里，好空气是其一。除了和陌生的网吧管理员说过两个字“上网”，在“地球村”里他一声没吭，但他从网吧出来之后，第二天四条街都知道，大和堂的初平阳从北京回来了，要卖房子。当然这也是后话。现在，夜晚十一点刚过的故乡空气潮湿，他点上一根烟，天上没有星星，烟雾带出了他肺里的浊气。他开始往回走。

从南大街往花街走，十字路口处，他在一栋四层建筑的玻璃橱窗上看见了自己。这家品牌鞋店的橱窗里，摆满了各种款式的男女鞋，在鞋子中间，在鞋子之上，黑暗的玻璃如同镜子浮现出初平阳的脸。确切地说，他看见了自己的两只耳朵。三年半来，他每次照镜子总是先看见自己的耳朵，然后才是五官和整个脑袋。即便在黑暗的镜子里，也可以看出他的耳朵有很好的弧度，形状和构造曲折精巧，该挺拔的地方挺拔，该温厚的地方温厚，既不喧嚣张扬地去招风，也不贫薄小气、拘谨地贴住脑袋；他的耳垂圆润丰厚，相书上说，该耳有福。但初平阳对此并不关心，他看好自己耳垂的原因是，舒袖说：“看见这对耳垂我就心安。”舒袖是他前女朋友。他的耳朵是舒袖表达两人情爱的信物，他们不在一起的时候，舒袖就说：想你的耳朵。后来，舒袖从他们租住的未名湖边的小屋里搬走，一个人返回故乡嫁了人，结婚的前一天晚上，她给初平阳写了一条短信：想你的耳朵和未名湖。

他们恋爱不久，舒袖就把他的耳朵挂在嘴上。有天晚上，那时候初平阳还在淮海师范大学教授西方美学，在他的单身宿舍，在床上，窗外的灯光照进五楼的黑夜，他看见舒袖撑起上半身，一张脸悬在他面前。

“你干吗？”

舒袖摩挲着他的两只耳朵说：“我想吃掉你的耳朵。”

“又不是猪耳朵，不好吃。”

“一定很好吃。”舒袖说，头发披散下来，声音和气息一下子充满了情欲意味，“你不知道我有多喜欢你的耳朵。”

“好，让你吃。”他胳膊一撑翻到她身上。

后来，黑夜平息，舒袖摸着他潮湿的耳垂说：“我怎么就喜欢上你了呢？我还以为你有多帅，你看看这张脸，眼睛不大，鼻子不高，嘴倒不小，下面的牙齿也没长齐。”

“那怎么又喜欢了呢？”

“耳朵。”她像复仇一样揪住了它们，“我喜欢你的耳朵。”然后一口咬住了右边的那只。在他觉得耳朵可能要流血之前，她松开嘴，说：“平阳，我决定了，你辞职我也辞，和你一起去北京。”

那时候初平阳实在忍受不了师范大学的生活，决定辞去教职到北大去考博士。所有人都觉得他疯了，就算你要念博士，就算你不愿在这里教书，那也可以考上以后再辞职。工作如此难找，好工作更难找，真是疯了。父母发动了能够说得上话的任何人，他姐姐初平秋，他的朋友杨杰、易长安，他的同事吕冬，他的女朋友舒袖，他的那时候尚未去世的外公外婆，每个人都苦口婆心，大道理加起来可以编多卷本的《劝慰宝典》，都没用。他铁了心要走，多一天都待不下去。他可以教书，每天的课排得满满的都没问题，但他就是不愿意继续兼任系里的辅导员。

中文系有九百八十二个学生，吃喝拉撒睡再加上日常学习和管理，完全可以想象这近千号人的杂事有多大的一摊。丢了饭卡要找你，衣服晾没了要找你，练字的毛边纸被人偷偷拿走擦屁股了要找你，班费开支要找你，选举一个小组长要找你，迟到早退要找你，自行车放错了地方要找你，教材缺了一页要找你，同学打架要找你，和兄弟系科足球联谊赛对方啦啦队骂粗话要找你，女学生第一次接到匿名情书要找你，男同学揍了情敌也要找你——这还都是学生的事。学校领导和老师们那头的事更多：领导开会要找你，布置任务要找你，找人打扫卫生要找你，给学术讲座凑人头要找你，某学生无故旷课任课老师要找你，不守纪律课堂捣乱要找你，作业不交要找你，临时调课要找你，突然想出来的课后作业通知要找你，学生课堂上晕倒了要找你，系领导被学校领导批评了撒气泄火要找你，系科工作计划的撰写要找你，学生工作学期总结、年度总结要找你，领导写发言稿要找你，系里信息查询要找你，教室更换要找你，开会音响设备的租借要找你，教师之间和家庭内部出现矛盾纠纷要找你，陪领导和显赫的家长喝酒吃饭要找你，等等等等。只要是一个人可能出现的事，只要是一个系科可能出现的事，只要是一所大学可能出现的事，包括那些稀奇古怪、匪夷所思的事，这所大学中文系的辅导员都可能遇到，而且必然能遇到。从早上睁开眼，到半夜终于能在自己的小床上安静地躺下来，这一天又一天，初平阳觉得自己是在沼泽地里永无尽头地跋涉，他经常在梦里看见自己长变了样，高雅的时候是绝望的西绪福斯，通俗的时候是个疲惫的老妈子。

初平阳刚毕业进来时，系里还有一个辅导员，开学半个月，四十二岁的女辅导员病了，什么病医生也说不清楚，但休养是必须的，如果不累应该问题不大，若劳累肯定每况愈下。辅导员的工作怎么可能不累呢？她请假休息了。系领导不知道她啥时候能够回到岗位，又不愿意随便增加辅导员岗位，养活现在的教职员工已经够他们受的了，只能拿年轻教师开刀。初平阳新来的，看上去身体也经得住折腾，就你了。

初平阳坐在系主任办公桌对面的椅子上，提着半个屁股谨慎地说："我想认真地把书教好。"

"没问题，你只管好好教。"系主任说，一边往自己的烟斗里塞香烟。他把烟点上，烟斗在嘴的前方下降再升起，白色的烟卷如同身材姣好的舞女，烟雾袅袅，系主任所有的牙，包括依然健在的智齿都是黑的，像北大荒的土地一样充满质感，在这个前知青灰暗的面孔前，那舞女甩动愁肠百转的长袖子。"你可以教得和方鸿渐一样好。"他是"钱学专家"，以擅长给《围城》作注闻名。

"我的意思是，主任，我只想教书。"

"在我看来，不存在只能教书的好大学老师。"

"可是——"

"没有'可是'。我的中文系没这个词，"系主任说。舞女的袖子越来越长，越来越大，袖子背后主任的脸像窗外的阴天，雷声从遥远的地方正往这个城市赶。"初老师，你可能不知道，我只喜欢递进，不喜欢转折。"

"那，我得兼职多久？"

"丁老师上班的时候。"

丁老师，女，四十二岁，离异，得了一种不知名的病，已经开始在家休养。初平阳想起刚进系里时看见的丁老师，如果忽略她灰白的长头发，不论从前面看还是从后面看，他都以为那是一个枯瘦的男人。多年烦琐忙碌的辅导员工作模糊了她的性别。有一天她和刚下课的老师开玩笑："只有我女儿叫我'妈妈'的时候，我才想起来我是个女的。”老师们都笑了，初平阳没笑。他在想，如此乐观的人老天为什么要让她生怪病呢，不公平。她在多么努力地生活啊。

雷声奔跑的速度极快，因为闪电已经到了学校里。二十五岁的初平阳看见一道红色的霹雳划过中文系楼前的天空，仿佛天空突然分裂，伤口红艳灼灼。主任办公室的窗户不够大，初平阳的视野受限，但凭感觉，他知道这道闪电一定很长，长得足以横穿整个校园。一道闪电最短的也有一百米，长的可达数千米。数千米有多漫长？他坐在系主任对面一下子很难恢复对数字的明确概念。他觉得空气中热了一下。闪电的温度在摄氏一万七千度至两万八千度不等，相当于太阳表面温度的三到五倍。

“困难系里都明白，”系主任等咔嚓嚓的霹雳声过去，用手指直接掐灭烟头，“我和系里的其他领导商量过了，你就辛苦一点，挑个头，吕冬老师做副手，配合你工作。就这样吧，要下雨了。”主任站起来，咳嗽一声，呼吸道里的痰像又一声雷在游荡。

初平阳只能从了。他备课、教书，奔波在辅导员的岗位上。一年零八个月。在初平阳不到二十七年的人生里，时间的流逝从未如此缓慢，他觉得二十个月占据了他的半生，生命漫长得让人厌烦。他缺少处理乱哄哄的生活的能力，每天他只能专心做好最多三件事，多一件都乱，对他都是折磨；他总是学不会睁一只眼闭一只眼，学不会敷衍塞责。如果一万件事放在面前，他最后得把自己扯碎成一万份。他羡慕那些面对一万件事只取三件施以专心的人，他想不通剩下的九千九百九十七件，他们是如何漫不经心地处理好的。在这二十个月，他咬着牙支离破碎地活着，每一秒里都充满了厌烦、绝望和恐惧。

他为自己穷于应付自责，为忙于琐事疏于备课自责，为自己把宝贵的时光浪费在各种毫无意义的形式主义上自责。辞职以后他几乎不喝酒，听见喝大酒就怕，在辅导员的位子上他喝怕了。他要陪各种领导和权贵喝，这是工作。领导们说：小初，我意思，你干掉。他觉得喝下去的不是酒，而是眼泪，每喝下一杯他就增加一分悲伤，每喝过一次他就积累一重绝望，直到他把无以复加的悲伤和绝望全部吐到洗手间，然后找个没人的地方失声痛哭。别人以为他痛哭是醉酒的一种怪异的表现，其实他是难受，难受得不可自持。

他要感谢吕冬，很久以前他们就是朋友。一年零八个月里，吕冬帮他做了不少事。同时他也觉得十分对不住这个朋友和同事——他辞职之后，吕冬被迫担负了他的角色，而且没有另外一个吕冬来帮忙。那时候，吕冬教中文系的写作和其他系科的大学语文，他比初平阳还要沉默，比初平阳更不擅长应付繁杂凌乱的生活。在中文系的同事们看来，吕冬老师只是一个影子：两脚出了教室的门，话立马就少了；开会坐在最后，从不发言；进阅览室他偏安一隅。他生就一张忧郁和腼腆的脸，辅导员的工作让他那张脸雪上加霜。去年三月，初平阳在北大见到一个来参加学术会议的同事，问及吕冬，同事说，吕冬啊，头脑出了点毛病。初平阳唰地出了一身冷汗。

辅导员生活进入一年零七个半月时，初平阳在为是否辞职做最后的考虑。他又一次想到中性的丁老师。那个周五，舒袖从实验中学的讲台上下来，直接来到初平阳的宿舍。他们照例先干坏事，初平阳的表现不是很好。两人倚在床头看二手电视里转播的一场足球赛，国家队对韩国队，国足上半场踢得就很难看，下半场更惨不忍睹。初平阳问舒袖：

“你觉得我还是个男人吗？”

国足又丢了一个球。

“基本算是吧，”舒袖说，“好赖挺过了上半场。”

初平阳悲哀地笑了。

舒袖及时发现了这一点，她把初平阳的脑袋揽进自己的怀里，小声在他耳边说：“宝宝，你当然是。你是最棒的男人。你的耳朵还在呢。”

“辞职！”

“嗯，辞！”舒袖说，“咱们不让自己不高兴。”

上完那学年最后的二十三天课，初平阳递交了辞职信。舒袖也辞掉了实验中学的教职。八月初，两人一起去了北京。一年零四个月后，舒袖返回淮海；回到故乡，基本上意味着两人分手了。她给他的最后一条手机短信里，第一句是这样写的：

——想你的耳朵和未名湖。

初平阳坐在湖边简陋的小屋里反反复复地看那条短消息，直到确信舒袖再也不会回来。他把镜子从写字桌上拿到面前，有生以来头一次，在镜子里最先看见的是两只耳朵。从此以后，这个视觉选择上的怪现象不曾改变过。对所有镜子来说，总是先映照出他的耳朵，然后再出现脑袋和五官，接着是身体的其他部分以及背景。因为舒袖，镜像打破了共时性规律，有了层次和步骤。

“不管你什么时候回来，”在那条短信的第二句，舒袖写道，“都要让我知道。”第二句也是最后一句。

这条短信是三年前的，初平阳没有回复过，因为三年里他一次也没有回来。十字路口空无一人，他站在品牌鞋店的玻璃橱窗前，犹豫是否要告诉舒袖。站着不动从来都做不出好决定，他开始往花街上走，低头看着脚尖，好像那决定在路上，小心别让自己踩没了。到了蓝麻子豆腐店门口，他决定发一条短信，共四个字：

——我回来了。

走到石码头也没有回音，初平阳有种失落的放松。他告诉她了，但她没回。也许没收到；也可能早换了手机号；也许早就删掉了他的号，根本不知道是哪个疯子大半夜的发这种莫名其妙的短信；或者，手机早关了，那就等明天再说。反正他告诉了。他有一种逃兵般的庆幸。进了家门，父母都在等他。母亲知道儿子有开夜车的习惯，用家里所剩不多的黄芪和红枣熬了一瓦罐汤，补气，增加免疫力的。她盛好了端给初平阳，要看着儿子喝下去才放心。刚喝一半，手机响了，短信提示声是只蛐蛐在叫；初平阳的手抖了一下，幸亏碗里只剩下了一半。他提醒自己把碗端牢靠。

“谁啊？半夜三更还来短信。”母亲说。

“可能是编辑收到了邮件。”初平阳不抬头地喝。

快喝完了，手机又响了，刘欢在唱《我和你》。初平阳慌了神，最后一口差点把自己呛着。

“这谁啊！”母亲说，“儿子，接电话。我再给你盛一碗。”

初平阳说：“妈，别盛，喝不动了。我上去了啊。”捂着口袋就往楼上跑，楼梯的响动惊醒了睡在楼梯口的阿尔巴尼亚。小东西一个激灵跳起来，跟着也往楼上跑，看见上楼的那双脚是初平阳的，才哼唧着慢慢走下来，还没走到窝边眼睛已经闭上了一半，钻进窝里呼噜声就响起来。到二楼初平阳掏出手机，又一次失望的放松，易长安的电话。

“我就想你还没睡，干脆打电话。”易长安用花街上的方言在电话那头说，“帮我找个北大的博士毕业证样本，有笔小生意。”

“啥时候要？”

“看你方便。找到了给我个信儿，我去请你吃饭。”易长安的声音背景嘈杂，听着像在北京的马路上。

“我在花街，回去再说。”

有女声在叫易长安。汽车的喇叭嘀嘀地响。“没问题。我有点儿事，”易长安说，“抽空再打给你。”就挂了。

初平阳打开那条短信，果然是易长安的，他说：兄弟，睡了没？

易长安是他发小，一条街上光屁股长大的，办假证。在这个非法和危险的行当里，这家伙半路出家，但他头脑好使，应该说相当好使，简直就是搞“山寨”的天才。只要给他一个母本，不管多复杂的东西他都能给你弄出个像模像样的山寨货。他去北京比初平阳晚几个月。他到北京的当天晚上，寒风浩荡，初平阳和舒袖招呼来同在北京的杨杰，一起给他接风。酒至半酣，他还不知道自己来北京该干什么。

舒袖说：“跟我们一起攒书卖吧。”

易长安说：“我再想想。”

杨杰说：“不怕苦，跟我去卖水晶挂件？”

易长安说：“我再想想。”

初平阳说：“慢慢想，只要别想着进中南海就行。”

易长安说："那是我唯一不想过的日子。有时候我觉得，让我造个航空母舰没准我都能造出来。"

杨杰说："神舟五号上天了，正在造神六，要不你试试？"

易长安说："你还别刺激我。只要你让我把神五摸熟了，我保证给你整出个神六。"

三个人都笑他胆大。易长安说，胆大的人膀胱都小，喝了一肚子啤酒，我得先去个厕所。一刻钟过去，他还没回，初平阳想，就算半条昆玉河也尿完了，这家伙怎么还不回来。他们在北大西门外的一家小馆子"西门鸡翅"吃饭，往西再往西就是昆玉河，这河一直流到颐和园。初平阳出了馆子，到北边的公共厕所看了，没人。门外的大风是黑的，像扯起来的一匹匹黑布，很多人都说，北京的大风会让陌生人失掉方向。初平阳正疑惑，看见易长安低着头从南边顶着风往这边走，走几步停下来，拿出笔在手掌心写点东西，然后继续往前走。

"算账啊，你？"初平阳说。

"平阳，我知道该干啥了，"易长安拍着初平阳的肩膀，"走，屋里说。"

他向大家报告了最新决定：做一个伪证制造者。撒尿的时候，借着昏暗的灯光他看见厕所墙上涂满了小广告：治疗狐臭、阳痿和性病的，寻人启事的，同性交友的，重金招聘公关小姐和公关先生的，祖传治疗癌症、白血病包治包好的，低价代考英语四六级和代写毕业论文的，诚聘敷衍父母的假男友、假女友的，最多的是办假证和提供假发票的。广告上写：代办各种证件，包括护照，有意者请拨电话：12345678。易长安觉得脑门一亮，一下子看见了开阔的未来和美好的北京生活。他把办假证的电话抄在手心上，往外走的时候发现地上也写了一些办假证的电话号码，他就跟着这些号码走，边走边抄，一直抄到了硅谷电脑城门口。再往前就是海淀桥了，才想起来饭没吃完，掉过头往回走，把漏掉的电话全给补上了。他把左胳膊的衬衫袖子捋上去，不仅手心里是电话号码，半条胳膊上全是一串串数字。他拍着那堆电话号码说：

“只要我跟他们聊了超过十句话，我肯定能把活儿做得比他们好。”

事实正是如此，两年之后，北京的这一行当里，没几个人不知道从运河边来了一个家伙，叫易长安。他做大了。

初平阳刚把电话放下，手机又响了。他觉得蛐蛐的叫声来自他的心脏，惊心动魄的。竟然还是易长安的：替我看看我妈。我爸顺便也看一下吧。

初平阳先打出了一个无奈的表情，然后回：放心。已和我妈说好，明天下午去。

现在北京时间已过午夜，好，可以关机了。蛐蛐又叫。这个易长安，烦不烦啊。初平阳随手打开短信：待多久？不像易长安说的。初平阳确信蛐蛐已经钻进他的心脏里，正在上蹿下跳，手机显示短信从“袖袖”那里来。

初平阳：五天，也可能一周。

舒袖：嗯。

舒袖：家里好吗？

初平阳：挺好。你呢？

舒袖：挺好。

初平阳：嗯。

这二十来个字花掉两人近十分钟。他们不知道该说什么，也可能是要说的太多，反倒说不出来了。初平阳“嗯”后五分钟，舒袖才回复：

什么时候能见耳朵？

初平阳一下子觉得自己乱了，说不清是怨恨还是渴望。对他来说，渴望从未断过，也就无所谓渴望，而怨恨似乎也从没出现，从舒袖一声不吭地离开，他有的就只是感激。他很清楚。她逆着父母和他在一起，陪了他近三年。她为他辞了职，过打零工和住小屋的生活。他没法有怨恨和更多的要求。但是现在他发现，在她离开后的空旷的三年里，他还是隐隐地怀抱悲壮的怒气，他把这悲壮和怒气变成冰凉的偏执与耐心，结结实实地坐住了学术的冷板凳。他是一个好学生，导师的得意弟子，有所有人都看得见的才华和远大的学术前景。眼下，此时此刻，他有点乱，因为“耳朵”让他坚持了三年的结了冰的悲壮突然受了热，可能要软掉乃至融化。他听得见这两个字的声音，分别从舒袖的灵巧的舌面和舌尖发出：耳——朵。

他回复了一条模棱两可的短信：耳朵一直在。

然后，舒袖：嗯，晚安。

然后，他：晚安。

一场猜谜游戏到此结束。这一夜初平阳恢复了失眠的习惯，最后一次看手表是凌晨三点半，清醒了这么久，他开始累了；根据丰富的失眠经验，他知道自己快扛不住了，脑子里逐渐糨糊化——不能思考意味着就要睡了。而在此之前，他的大脑像苹果电脑一样高速运转，他想到了很多久远以前的事，有多久了呢？久得仿佛Apple和Blackberry还只是两种水果。

舒袖停在三年前。舒袖停在更远的地方，六年前，八年前。舒袖停在一把椅子上、饭桌前、卡拉OK练歌房里、马路边上，停在一张窄小的单人床上。

2001年7月13号晚上，舒袖坐在“椰林星诺”的露天酒吧座上，藤椅，可以将两只胳膊搭在椅背圈上，可以跷起二郎腿。十几号人围坐成一圈喝德国黑扎啤，整个淮海市只有这一家酒吧卖纯正的德国黑啤。天有点热，但晚风清爽，此去往南步行二十分钟是运河，天上和水里都有星星，冰凉的扎啤喝到胃里，浑身的毛孔都吹起了舒爽的小喇叭。嘀嘀嗒，嘀嘀嗒。舒袖穿白色短袖衬衫，袖口是马蹄形，每个袖口缀有两枚淡蓝色的纽扣，褶皱布白底蓝碎花长裙，光脚穿一双跟高三厘米左右的淡蓝色凉鞋。这一年她二十二岁，刚刚大学毕业，准备去实验中学教初二年级的语文。初平阳当时根本不知道她是哪个部分的、跟谁来的，好几拨朋友聚在一起，人多了都没法一一介绍，介绍了也记不住。他连她叫什么都不清楚，他们只是碰巧坐在一起，舒袖正对着椰林星诺外墙边摆放的电视，初平阳稍微侧对着电视屏幕，一抬眼就看见舒袖的侧脸。酒吧外的灯光不是特别亮，被南方来的老板调成了适合谈情说爱的柔和的橘黄色。在这种灯光里，舒袖的马尾巴头发和圆润的脸颊侧影发出一种奇异的光，家常、温和但有质感；鼻子饱满，光在鼻尖上聚成了一个点；笑的时候整齐的牙齿闪烁，初平阳想到了骨瓷和玳瑁，她很少说话，大部分时间微笑；在初平阳接下来八年的记忆里，他总要从鼻子、牙齿和眼神开始想象舒袖，所以，必须说到舒袖的眼神。

在此之前他从没有在别的女孩眼里看见这样的眼神：邈远但不至于苍茫，平和但绝非天真和滞涩，她的眼神是亚光的。不像二十二岁的眼神那样光滑鲜亮，也不像四十二岁的眼神，开始复杂和浑浊，它的朴雅表明它什么都看见了，但杂质永远也进不了它的视野；难道一个女人在三十二岁会有这样的眼神？初平阳不知道。初平阳还发现，乍一看她是单眼皮，其实是双眼皮，她的睫毛没有经过夸张和变形，是它们该有的样子。在此之前，初平阳见过这个年龄的女孩只有别样的眼神：单纯的、天真的、热烈的、燃烧的、绝望的、悲苦的、矫饰的、凄厉的、乖戾的、木然的、呆板的，一个人有一个人的样子，但她们还是太像了。所以，那个晚上吕冬老是让他坐到对面他旁边的椅子上，初平阳坚决赖在原地不动。他喜欢一抬眼看见这样一个让他无比舒服的女孩，尽管他不认识她，不知道她从哪里来。

还有，她能喝啤酒，这一点出乎他的意料。德国黑啤醇厚，他也只能浅尝辄止，服务员一扎扎往桌上端，他从头到尾也就喝了两杯，而舒袖喝了八杯。别人说，喝，她就微笑着端起杯，豪爽但不生猛。别人说，干掉，她就认真地干掉，虽然包括提议干掉的人也只喝了一大口。她喝酒的样子让初平阳踏实，觉得她不可能喝醉，喝醉了也仅仅是继续微笑，在橘黄色的灯光里，让鼻尖、牙齿和眼神发出自己的光。

初平阳记住这一天并非因为见到了美女，而是因为这一天有大事，他们正是为此聚在一起：电视正在直播，看2008年奥运会的举办权将花落谁家。现在你就明白了为什么初平阳能够把这个日子记得如此之牢。北京时间22点10分46秒的时候，在莫斯科，时任国际奥委会主席的萨马兰奇站在麦克风前，向全世界宣布：北京成为第29届奥运会的举办城市。初平阳听见他所生长的整个城市都欢呼起来。椰林星诺的老板端着啤酒走到他们跟前，跟每一个人都碰了一下杯，说：

“各位，放开来喝，今晚打八折！”

一向寡言的吕冬也叫起来：“老板，再来十扎！”

舒袖转过身向初平阳举杯，说了那天晚上对他说的唯一一个字：“干。”

不过非常遗憾，舒袖一直想不起他们第一次见面曾碰过杯，她记得的是，那个叫初平阳的研究生在那天晚上预言过纽约世贸大楼的灾难。这一年的9月12号，也就是差不多两个月后的一天，她发现全世界都在谈论一起可怕的纽约撞机事件，“双子星座”被恐怖分子劫持的飞机洞穿了，两座摩天巨楼在短短的几秒钟内变成废墟。然后她想起7月13号晚上。

拿到奥运举办权的兴奋到了午夜才慢慢淡了，一些朋友回家，剩下的继续天南海北地乱扯。扯到中国就加入WTO的问题与美国和欧盟的谈判，扯到中东和巴以问题，扯到世界局势，扯到发达国家和第三世界。当时初平阳正在念研究生一年级，回故乡过暑假。他说起保研之前随学校的代表团去美国，参加一个中美大学校际学术交流活动。他说，从美国回来整理照片，吓了一跳，他发现自己拍了一张飞机撞击方尖碑的照片。在飞机头马上触及方尖碑的一刹那，他摁下了快门。他放下照片就去网上搜索有关新闻，方尖碑好好地矗立在那里。他再回过头研究照片，发现是个视觉错误。拍照时他站在国会大厦下面的栏杆前，对着华盛顿国家广场，他想拉出一个纵深，把方尖碑也放到取景框里，碰巧一架飞机从东北往西南飞，去华盛顿杜勒斯国际机场，在某一个瞬间必然要与方尖碑重合。就在那个似是而非的瞬间，咔嚓。大家都觉得他大惊小怪，还以为真出事了。

“这个世界很难说，”初平阳当时说，“惦记美国的人太多了。不怕贼偷，就怕贼惦记。方尖碑实在太招眼了。世贸大楼也是。经过世贸大楼时，我往上看了看，眼晕，突然冒出一个念头：恐高的人待在上面会是什么感觉？看到飞机与方尖碑即将交错的照片时，我的确想到了‘双子星座’。当然，这只是瞎说。吕冬，你看过萨缪尔·亨廷顿写的《文明的冲突与世界秩序的重建》那本书吗？”

接下来他和吕冬讨论了《文明的冲突与世界秩序的重建》，还有两个人参与进来，其他人没有任何兴趣。在那本书里，萨缪尔·亨廷顿谈到，冷战后的冲突源于文化的差异，而非意识形态，但文明的冲突同样让世界很不安定。一个不安定的世界，发生什么事都没必要惊讶。

“你说话时我才注意到，声音低沉，好听的男中音。”后来，舒袖说，“你谈的问题我丝毫兴趣都没有，但我喜欢你说话的样子，打着手势，像在转动一个地球仪。我突然觉得很久以前就认识你了，那声音也熟悉，好像上辈子见过的一个人。你说话的时候，你不看我的时候，我才敢看你。平阳，你相信这世上有熟悉的陌生人这回事吗？”

“相信。”初平阳说，“我妈会请笔仙、碟仙，会给受了惊吓的小孩招魂。我还相信这世上有陌生的熟人。你天天和他在一起，依然觉得你和他没有任何关系。”

这是两年半之后他们的某次对话，这时候两个人已经在一起了。在此之前，还有漫长的路要走，当然这个漫长他们无从知晓，因为第二次见面距第一次，差十七天就满两年了。这近两年，七百一十多天里，初平阳和舒袖偶尔会想起对方，想到的时候总能心生温暖，如同想起一个遥远的亲人。所有的回忆只能来自北京申奥成功的那个晚上，但初平阳依然不知道那个穿白色短袖衬衫的女孩是谁。他继续念研究生，在六朝古都南京，埋着头坐在大学的图书馆里，按字母顺序把馆藏书一架一架地读过去。2003年6月26号，初平阳研究生毕业后，背着铺盖卷离开南京，回到故乡的大学里报到。他将成为中文系的一名教师，教授西方美学。这一天，恰好杨杰从北京回来，约上在鹤顶一所乡镇中学教书的易长安，到一家名叫“老店”的馆子里吃淮扬菜。初平阳和吕冬先是朋友，现在成了同事，吕冬带来了舒袖。初平阳招呼的局，他坐在老店的一个没亮灯的包间里，看见两个人从明亮的灯光里走过来；初平阳打开灯，吕冬身后跟着一个扎马尾巴的姑娘，这一次是粉底白花大连衣裙。她从吕冬身后偏出脑袋，眼神，鼻子，微笑，贝壳一样的牙齿，七百天仿佛只是二十四小时，她只是回家换了件衣服。初平阳站了起来。吕冬说：

“舒袖。你们见过的，她就喜欢跟大人玩。一个院儿的，楼上楼下，我看着长大，跟亲妹妹似的。”

舒袖说：“就是亲妹妹。”

吕冬说：“对，就是亲的。”

初平阳说：“嗯，椰林星诺。”

舒袖说：“嗯，9·11。”

吕冬问：“什么9·11？你们在猜谜？”

“冬哥你忘了？那天晚上在椰林星诺，”舒袖说，“初老师成功地预言了世贸大厦撞机事件。”

“别叫老师，我没吕冬老。”初平阳说，“我一点都不想要这样的成功。我希望所有人都能好好地活下去，包括恐怖分子。”

吕冬说：“这境界，袖袖，你一定得叫初老师。”

“我听冬哥的：初老师。”

这个日子也好记。大大小小的媒体上都有，2003年6月24日，世界卫生组织宣布，鉴于北京的非典型肺炎疫情明显缓和，已经符合世界卫生组织的标准，因此解除对北京的旅行警告，同时将北京从非典疫区名单中排除。该决定宣布当日生效。25号，杨杰坐上当晚北京开往南京的火车，26号一大早到南京，转汽车晃悠了四个小时回到淮海。在南京中央门车站转长途大巴时，杨杰遇到秦福小，才知道他们乘了同一趟火车。因为北京的非典传闻沸沸扬扬，好像死神在每一个人头顶上都逗留过，他们只能待在北京不敢动，免得到了哪里都被人视为瘟神；受歧视倒次要，让别人心里不踏实就不好了。现在，警报解除，在北京待过的人终于恢复了良民身份。福小回来是为了让家里人知道，她好好的，啥毛病没有；杨杰回来完全是因为憋坏了，得找两个亲人朋友好好喝喝酒说说话。他住的那栋楼，因为楼下有个老太太染上SARS，去了医院就没能回来，整个楼都被隔离，门口拉着警戒线，有人二十四小时轮班值守。他每天待在家里像头野兽在三室一厅的房间里乱窜，除了看点营销和水晶方面的书，想想将来的生意该往哪里做，就是上网打游戏，把肚子都坐大了。从三月份风声渐起，接着草木皆兵，三个月他大部分时间都窝在家里，吃了睡睡了吃，体重净增十二公斤。本来个头就不尽如人意，现在整个成圆的了，走快点都得把肚子抱着，以防上下颠动把哪个零件给甩下来。

这个晚上初平阳发现舒袖挺能说，之前沉默只是因为她没想开口。她对首都的SARS过程保持了高度的兴趣，很想知道非典型肺炎的精确长相，两位北京来客都没法给她一个上好的答案；为此要祝福他们，要是能解答清楚，在座的谁也没机会见到他俩了。那说点别的。随便说什么都行，说说你们的恐惧吧，说说恐惧下的荒诞吧，这的确是一个荒诞的世界。杨杰说，那还跟你说SARS，说点好玩的。他天天在家喝板蓝根；听说抽烟能防非典，他把自己弄成了一根烟囱，一天到晚嘴里都在冒烟，最多一天抽过四包中南海；又听说吃海带管用，市场上的海带一天之内脱销，连含碘的食盐都卖光了。是很荒唐，随便一个传闻都有人相信。不过他也有乐趣。楼下的老太太没出事时，他倒是觉得风声鹤唳也挺好，大街上没人，都缩在家里不敢出来，公交车上除了司机和售票员，没有第三个人，哐啷哐啷地一遍遍跑空车。喧嚣的北京突然安静了，简直就是死寂，你都无法想象一个一千多万人的超大城市突然变得空空荡荡；那感觉特别像小时候的一种游戏，在地上撒满细小的铁钉，然后从口袋里掏出一块广播上用的圆柱形磁铁，哗，地上干干净净，所有的钉子都粘到磁铁上。他喜欢那个时候，一个人走到大马路上，走反道，闯红灯，大声唱“蓝脸的窦尔敦，盗御马”。

“我怀疑，”杨杰说，“1949年之后，北京就没有那么安静过。”

“1989年呢？”福小说。

初平阳他们一下子没反应过来。

“有几天。”舒袖说，“我二叔说的。那段时间他在北京，他说有点闷，晚上也没人出来遛弯儿。”

2003年6月26号的这个晚上，在老店里，舒袖坐在初平阳旁边，她说初老师，这酒你要喝不下去，我帮你。饭后一起去了“麦乐迪”卡拉OK练歌房，舒袖也坐在初平阳旁边，她说初老师，你要想听我唱黄梅戏，你就得先把这杯啤酒喝下去。初平阳去看她，说完话的舒袖还是那模样，眼神，鼻子，微笑，贝壳一样光洁的牙齿；昏暗的灯光下，她脸颊动人的弧度让初平阳感到心碎。她唱得一口好黄梅戏。

“别叫我初老师。”

“嗯，好的，初老师。”

她怎么会有这样的眼神。那天晚上初平阳在练歌房里喝多了，他喝一杯，舒袖陪他喝两杯；杨杰、易长安、秦福小和吕冬在一边聊了些什么，第二天他一句话也想不起来。他想，黄梅戏真他妈好听，过去母亲唱的时候他怎么就没在意呢。

应该有两个舒袖，一个是睁开眼有邈远眼神的舒袖，一个是闭上眼的舒袖，或者说，是一个背着他让他看不见她眼神的舒袖。

然后，他教书，上网，在QQ上遇到她。她的网名叫“大风如袖”。他们不咸不淡地聊着天，开矜持的玩笑，说貌似亲密的话。她说：初老师。他说：舒老师。一天晚上，十点四十五了，初平阳歪着头在看俄罗斯作家伊萨克·巴别尔的短篇小说集《红色骑兵军》。《两个伊凡》这章看到一半，舒袖从QQ里跳出来，就三个字：我哭了。

初平阳回：哭多久了？

舒袖：十五分钟。

初平阳：再哭十五分钟。

他拿了车钥匙就往楼下跑。从教工宿舍骑自行车穿过校园再到舒袖家的小区，速度快点大概需要十五分钟。小城到了这个点儿，路上的车辆和行人都少，初平阳屁股不沾座地蹬车，后悔白天犯懒没及时给自行车打气。舒袖家和吕冬家一栋楼，在市委大院，据说院子里住的都是当领导的。吕冬结婚前他常来玩，知道舒家在三楼；现在吕冬搬走了，和老婆住到了富华园小区的新房子里。初平阳在楼下停好车，他用了十四分钟半，剩下的半分钟他给舒袖发了一条手机短信：

我在楼下。

然后他看见三楼一扇窗户的橘黄色窗帘拉开了，窗户打开，一颗脑袋探出来，停留三秒钟，缩了回去。两分钟后，舒袖披散着头发，穿着睡衣和拖鞋跑下来，一头扎进初平阳怀里。

初平阳说：“你认错人了。”

舒袖捶了一下他后背，说：“那我再哭。”

“好吧，当你认对了。”

晚上舒袖年级组聚餐，几十号人，分管年级工作的副校长开玩笑，让她透露一下最近的生活动向，比如谈恋爱啥的。舒袖说，忙着伟大的教育事业呢，哪有时间谈恋爱。副校长就嘿嘿地笑，据我的情报好像不是这样啊，已经有某些积极要求上进的同志放出风了，希望你能酌情考虑，可不止一个啊，小舒。要在过去，这种事舒袖肯定一笑置之，毛病，还积极要求上进，哪儿凉快哪儿待着去。但今晚上不一样，酒喝杂了，一会儿白酒一会儿红酒一会儿啤酒，还整了两杯黄酒，胃里打架，怎么扭身子都不舒服；更要紧的是，她突然觉得委屈，喜欢的人不吭声，没感觉的人倒整天摩拳擦掌磨刀霍霍，八字还没一撇就把风撒出去，这成什么事了。她委屈。餐还没聚完，她说胃难受，打车就往家跑，担心慢一点眼泪掉在路上，丢人。进了家插上门就开始哭，哭了二十分钟胃舒服了，去洗澡，洗完了还委屈，继续哭。跟初平阳说的那“十五分钟”已经是第二茬了。她想，凭什么让我一个人委屈？就上了QQ。

舒袖在他胳膊上掐了一把，说：“你为什么不早来？”

“早来了，小区门卫不让进。”

“还贫嘴！我再哭！”

初平阳慢慢地抱住她，一是希望延长时间给自己壮胆，来得有点突然了；另一个，为了验证是否跟想象中的感觉一样，但是临到抱住了，他却忘了想象中的感觉是什么。算了，不管了，抱住再说。他想，哦，这就是抱着一个美好的身体的感觉。忽然楼上传来一个女声，声音不大，但足够威严："袖袖，回家。"初平阳和舒袖同时撒开手，把对方放了出来。他们抬头，看见三楼刚刚打开的窗户里又悬着一颗脑袋，一动不动。

"我妈。"舒袖小声说，"你先回去。今晚不许早睡，在QQ上等我！"

初平阳看见舒袖转身往楼上跑，赤裸的脚后跟闪动一下温润的光。他们在QQ上聊到凌晨四点。她说，我妈的态度有点凉；她又说，这么多年终于等到你，我像已经过完了半辈子。

那些久远的事就到这里；从那天晚上开始，Apple和Blackberry就不仅仅只是两种水果了。花街的后半夜十分安静，没有狗咬，没有鸡叫，走夜路的人都提着脚，运河上的船只能顺水漂；不是因为这一段辟为旅游区不能随便让船走，而是行船的人担心，一桨子下去掀动水声，会把自己给吓着。初平阳清醒累了，清醒的确是件相当费力劳神的事，他开始混沌。而赤裸的脚后跟显然又是一个饱含情欲意味的象征，初平阳在混混沌沌、似梦非醒之间想到了舒袖的身体——我说的是清除了所有衣服遮挡之后的身体，唯一的那个身体，伸手就能触摸到温度和爱的那个身体。初平阳想，舒袖，她的眉眼、眼神、鼻子、嘴和牙齿，她的下巴，她的脖颈与锁骨，她的胳膊与桃子一样的乳房，她的圆润、富饶的小腹和启示般的肚脐眼，她的最美好的从小腹到两腿之间的三角洲，她的弧度和幽深，她的并拢和交叉的两条腿，她的闪着光的脚踝和脚后跟，以及小巧、干净的脚指头。她不瘦，但也不胖，她把自己的每一个部位都长得恰如其分，她的她，他的她。初平阳在昏沉中觉得自己流了眼泪，他多想伏在这样一个青草地般的身体上啊，然后他睡着了。

至于夜里做了什么梦，就不必详细说了。初平阳被嘈杂声从睡眠深处一寸寸拽了出来，很多人在远处说话，机器沉闷的轰鸣，石头和铁器的撞击声；上午九点二十五分，初平阳伸了一个懒腰。他从楼上下来，父亲在练字，母亲在给阿尔巴尼亚打毛衣，一边听着电视戏曲频道里的黄梅戏。他们将要去的姐姐的城市冬天比花街冷，阿尔巴尼亚出门需要穿件衣服。当年母亲非常喜欢舒袖，固然是因为她和儿子好，长得漂亮，家庭也好，还因为舒袖的黄梅戏唱得好。唱得如何，起第一个调就知道，她做姑娘的时候是文艺宣传队的骨干，那时候正值"文革"，村村镇镇都要文艺宣传。她觉得舒袖条件好，第一声她就喜欢。她给儿子冲了一袋高宝白咖啡。

初平阳的生活有自己的规律，早饭在十点左右吃，午饭拖到下午一点半。所以初医生两口子早饭从不叫他，午饭一家三口一块，一点半左右。初平阳冲个澡，洗漱完毕，吃早饭时问母亲，外面闹哄哄的都在干什么。母亲给他削了十个荸荠，生吃败火的。

"那劳什子翠宝宝纪念馆，教堂旁边。"母亲说，"太阳出来了，趁天好赶紧干活儿。"

"谁的纪念馆？"

"翠宝宝，就那妓女。"初医生插了一嘴。

"文化局让你给写文章的那个。"母亲说。

初平阳差点被鸡蛋黄噎着，那个翠宝宝就是一个传说啊。就算有这么个人，也轮不到花街来给她建纪念馆。去年他在写博士论文，市文化局一个姓顾的科长打电话给他，说是受文化局领导和旅游局以及沿河风光带管委会的委托，打算约他写一篇研究翠宝宝的长文。翠宝宝你是知道的，运河上下无人不晓的名妓，满清入关，她一介风尘女流，持志守贞，誓与大明共存亡，最后不堪清兵凌辱，沉尸运河，成就千古佳话。你在花街长大，花街你也是知道的，多少年来都是方圆闻名的烟花地；你是故乡的大才子，由你来写我们放心。初平阳发现这里有个奇怪的逻辑，就因为他从花街出来，就该他来写？翠宝宝只是个人名而已，那时候别说运河上下游，单在运河的行船上就有一大群妓女。

“我们打算让她住到花街上。”顾科长拉直了舌头跟初平阳说普通话。

“问题是此人真假尚须考辨，但肯定没在花街上待过。传说中她在大馆子里做生意，花街只是条巷子。”

“所以我们说‘打算’，让她先住过去再说。”顾科长说，“只要你们这些大学问家多写几篇文章，说这人活过，她就活过。再说，你怎么知道就没这个人？你怎么知道她就没在花街上待过？咱们花街再小，几个像样的妓女总是盛得下的。”

这种道理初平阳谈不下去，赶紧以毕业论文任务太重回绝了。两个月后，顾科长又打电话，初平阳说论文还没过半，另请高明吧。顾科长相当惋惜，说：

“家乡的百年大计啊，你是能尽一份力的。”

初平阳想，你让我给故乡扛大包我都愿意，这事不行。原来是要争个名人来搞旅游。初平阳觉得怪怪的，不是不能给妓女建祠立传，很多风尘女子比我们这些道貌岸然的家伙干净一万倍，只是，煞有介事地将一个传说强行坐实到花街上来，简直就是明火执仗地无中生有。想想吧，花街上突然出现一座富丽堂皇的妓女纪念馆。

“儿子，别自作多情，”母亲给阿尔巴尼亚比画着毛衣长短，“我跟你爸和房子都在，三年你也就回来这么一次；等我们都走了，大和堂也没了，十三年你能回来一次就不错了。别故乡故乡的，跟嘴上挂着猪头肉似的。”

初平阳吃完早饭准备上楼，父亲叫住他。早上有两个人来电话，打听他们的房子。初医生没听明白对方是干啥的，反正报上来一大串名字，听着像公家人有了兴趣。

“你怎么说的，爸？”

“我说，这事不归我管，咱们家我儿子和我老婆当家。”

“听你爸话说得跟花喜鹊似的，”母亲哼一声，“三十多年了，我买哪一双袜子回来没跟他报账？当了一辈子甩手掌柜还喊冤抱屈。”

初平阳笑笑。“爸，再有人问，就说房子有主了。”

外面响了一下喇叭，一辆红色的甲壳虫停在大和堂前。车门打开。初平阳看见他妈的脸瞬间撂下来了。舒袖抱着个孩子走过来，她把头发剪短了，人胖了点；孩子剃了个光头，大脑门，穿一件迷彩背带裤。她站在大和堂门槛前，对初医生两口子说：

“叔叔、阿姨好。平原，对爷爷奶奶笑笑，笑大一点儿。”

那孩子听话地把嘴咧大，露出上下一共四颗小牙。

“他叫什么？”初医生老婆眼神聚了一下光，板着脸问。

“平原。他爸爸姓周。”

有五六秒钟，大和堂里寂静无声，那个叫周平原的小男孩转动脑袋把四个大人逐个看过去，撇撇嘴要哭。这里的气氛和阳光底下一点都不一样。

“哎呀，是袖袖，快进来。”初医生走过来说，向平原伸出手，“这孩子真可爱，虎头虎脑的，来，爷爷抱抱？”

小平原一扭身抱住妈妈的脖子。

“叔叔，不好意思，”舒袖说，“平原很少出门，认生。”

“对，认生，”初医生说，他可能也没想过会遇到这种场面，“孩子都敏感。我身上药味也重。平阳，你招呼袖袖上楼说话啊。”

初平阳嗓子发干，出口的声音都涩：“你该提前告诉我。”

舒袖说：“平原，谢谢爷爷。”

初医生老婆脸还吊着，阿尔巴尼亚抓着她的拖鞋尖，被她一脚拨拉到一边。

“阿尔巴尼亚。”舒袖说，转向初医生老婆，“阿姨，我带着孩子。”跟着初平阳上了楼。她知道初平阳他妈在想什么，散了，跟了别人，还生了孩子，还过来。所以她要跟初平阳他妈强调，她带了孩子。我带了孩子来，做不了什么的。

脚步声在上升，然后停止，消失。初医生坐在他的太师椅上摇着头。“多疼人的小东西，”他说，摸着滚烫的紫砂壶，“要是咱们的孙子就好了。”

“好什么好！”他老婆又哼一声，“要是你孙子，叫平原，跟你儿子一个辈分儿！”

阳光从阳台的窗户里照进来，初平阳终于看见在远处，花街的上空，在倾斜的教堂旁边，脚手架上走着很多人。昨天晚上只顾走路，竟然没注意花街上有了大动静；翠宝宝纪念馆，听着像个神话，而翠宝宝只是个传说。

“吃过了？”

“你就不能问点别的？”舒袖坐在长沙发上，儿子抓着她的左手大拇指，两只眼睛滴溜溜地看初平阳，然后扭头看见了墙上放大的照片，初平阳在姐姐的婚礼上咧着大嘴笑。小家伙想，照片上那人的嘴比面前这个人的嘴大很多。

“我也不知道该问什么。”

“想问什么问什么。昨晚吃的是什么；开车过来路好不好走；每天早上都几点起床；为什么把孩子带来？”

“那你为什么把孩子带来？”

舒袖低着头，把头发理到耳朵后面去。“没什么。我就是怕。”

“怕我？”

“怕自己。”

舒袖抬起头，眼圈已经红了。“我看过你写的每一个专栏，还有网上的那些文章，”她说，“你从来没怪过我。”

“都过去了。”初平阳说，“要怪也得怪我。都说一辈子漫长，其实时间过得很快，昨晚还想到2001年在椰林星诺喝酒，一晃奥运会结束都一年了。”

“椰林星诺也换了老板。”

沉默。

“看过一个专栏，”舒袖说，“叫《一半是海水，一半是火焰》，她还在科罗拉多？没听你说过。”

“能说的都在文章里。”

小平原忽然在妈妈怀里噢了一声，嘴巴和眼睛一样圆，看着初平阳。“平原”是初平阳取的名字。有一天舒袖问，要是咱们有了孩子，你觉得叫啥名字好？初平阳说，平原。要是女孩呢？也叫平原。都是“平”字，人家还以为你们是兄弟或兄妹呢。随他们怎么说去；我的“平”是辈分儿的“平”，他们的“平”是平原的“平”。好吧，你觉得好就好，就叫“平原”。这是几年前的事了？沉默。

“我自己的决定，我不怨天尤人。”舒袖说，数着儿子胖乎乎的手指头。孩子一岁了，她数了一年，数一下在心里叫一声

“平原”，“我知道我缺少一些你认为的那些好品质，比如坚持，再坚持一下的坚持。那段时间我实在扛不过去了，我不知道干什么好，心里空落落的，我爸在电话里吼，我妈在电话里哭。有几次我在未名湖边走，恍恍惚惚地就想走到水里去。我知道我也缺少我想要的那些好的品质。”

“不是你一个人缺，所有人都缺。”初平阳说，这几年不仅情感上的事他想了不少，世间的人和事他也尽力去琢磨；他把自己翻来覆去地推敲了个底朝天。“我们都缺少对某种看不见的、空虚的、虚无之物的想象和坚持，所以我们都停下了。我本可以再找你，但我也停下了。每个人都有一堆借口。”初平阳给舒袖倒了一杯水，他很想抱抱那孩子，但小平原的眼神十分警惕，对他来说，这个用低沉的声音跟妈妈说话的叔叔很可能是个坏人。“我们还缺少对现有生活坚定的持守和深入；既不能很好地务虚，也不能很好地务实。”

“你还留着短发。”

“习惯了，”初平阳摸摸自己的寸头，“耳朵遮住了我很不舒服。”

孩子开始哼唧，不安地扭动身体，两手在舒袖胸前抓。

“不好意思，儿子饿了，”舒袖说，“我得喂一下。这个点儿通常都有一顿。”

初平阳说好，你喂吧，我转过身。他坐到写字台前，翻看电脑里存的老照片。有半年时间没打开过这个文件夹了。这里的照片大部分是他们买了数码相机之后照的，还有一部分是胶卷相机照的，初平阳把照片扫描后存进来。他们刚到北京后租住的第一个地方，北大西门外蔚秀园里的一间平房；舒袖在一家南京影视公司驻京办事处工作的照片；后来他们搬到未名湖北岸的一间小屋；在北大校园里的照片，以及在北京各个地方游玩和与朋友聚会的照片。那时候很年轻。小平原在他身后哼哧哼哧地吃着奶。

喂奶的时候不宜说话，乳房裸露在外，说什么都别扭。初平阳闭上眼，回忆那两只乳房，毫无疑问，它们是世界上最好的东西之一。五分钟的时候，他听见舒袖说，平原，咱们换一边吃好不好？十分钟的时候，他听见舒袖说，儿子，你又睡着了？醒醒，我们不能在叔叔家睡。

“困了就让他睡。”初平阳转过身，舒袖正弯腰抱着平原，打算把他晃醒，但小家伙睡得香甜，两只胳膊放松地垂挂下来。“把他放床上吧。”初平阳很想叫出孩子的名字，可是到了嘴边又咽回去，有种自己的儿子被别人生了的古怪感觉。

“对不起，儿子昨晚被我搅得也没睡好。”舒袖说，“那就睡在沙发上吧，没带尿布，别尿了床。”她转身将孩子放到沙发上，脱下外套给他苫上。

初平阳从后面抱住她。他知道自己不该伸手，他还是把手伸出去了。哺乳服的扣子舒袖还没来得及扣上，两只乳房从衣服的开口处露出来，一大半都被初平阳握在手里。舒袖在嗓子里叫了一声。初平阳慢慢地把她翻转过来，看着她躲闪的眼神，然后低下头含住了乳房。舒袖听见身体里那台生锈的马达重新发动了。“平阳，别——别，别，这，样。”她的声音如此不自信，她必须把眼睛闭紧才能想象出一个完整的男人。这个男人像儿子一样叼住了自己的乳房。她把十指插进初平阳的短发里，把他的脑袋往自己身体里摁。她反方向地把自己拉成一张满弓，想把自己射出去。我不该在这里给孩子喂奶的。哪怕你觉得我不要脸，我们再也没办法回到过去了，可我真的只爱你一个人。这是舒袖被放到床上之前想的最后一个问题。她的头脑已经转不动了。

她被放在床上，但她不允许他离开她哪怕一寸。她把他摁在她的乳房上。吃吧。她说："我经常恍惚，以为吸吮我奶水的人是你。"初平阳用手霸占着她的胸，嘴放到她的脖子上，舒袖电击一般抱住他的后背，"平阳，耳朵，"她说，"我要你的耳朵。"初平阳把耳朵送到她嘴边，被一口咬住。他腾出两只手开始脱她的衣服。非常好，天不凉，裸露在空气中的皮肤依然保持了良好的色泽和弹性。他的手在所有裸露的地方慢慢走，所到之处他都感到舒袖在抖，他也听见了三年前她身体里熟悉的马达声。脱她内裤的时候，舒袖说：

"门。门。"

初平阳起来关上门，插上。舒袖已经把自己埋到了被子里，被子拉过头顶。初平阳看着呈现出一个女人体形的被子，站在床边把自己脱光了，拉开被子一角钻了进去。在被子撑起的黑暗世界里，舒袖抱住他，她迅速升高的体温让初平阳后背出了一层汗。他们沉默，在黑暗中寻找对方的舌头和身体，他们是两个劳作的人；直到他的手触到了她湿润的两腿之间，她才像缺氧的鱼一样把嘴伸出水面，在被子外边张大嘴伸长脖子。她说：

"啊。"

"你想到我里面来吗？"舒袖一手端着初平阳的一只耳朵，把他的脸捧起来。

初平阳看着她，细小的皱纹已经出现在她三十岁的眼角。他的右手拿起她的右手，放在他的下身上，他说："放它进去。"

三年了，他完全忘记了那种神奇的做爱的感觉。他觉得进入她体内的不只是他身体的一小部分，而是他的整个人：从脑袋开始，一种被拥抱、包裹和需要的紧张与温暖逐渐覆盖他全身，随着他进入越深，身体被覆盖得越多。几乎是透明的覆盖。然后，他听见自己身体里的马达也响起来。

他的耳朵一直在她嘴边。她遵循一种节奏艰难地说话。她说，平阳，我想你住在我身体里。她说，我想吃了你，我想吃了你的耳朵。她说，我想把你放在身体里带到全世界去。初平阳想，这话应该我来说，可是，如果我住在你的身体里，我们该怎样才能到耶路撒冷去呢。他们协调地动作，支离破碎地思考和感受，像一对即将烟消云散的亲爱的敌人。后来，他几乎是咆哮了一声，结束了。他最后的表情怎么看都像一个坏人。这是几年前舒袖说的，不过舒袖接着又说，我是多么喜欢这个坏人哪。

他们躺在一起，他想起来他甚至都没来得及认真地看一看她美妙的三角洲。他把手伸到她小腹上，她抓住，带着他在丰饶的土地上缓慢地行走。一条十厘米长的疤痕。

“怎么回事？”

“生平原的时候，脐带绕颈，”舒袖说，“挨了一刀。你不觉得，”她看着他，“我已经是中年妇女了吗？”

中年妇女，一个残酷的词。所以她用了调侃的口气来说。他摸着那道伤疤，一个生命的诞生。他又兴奋起来。他把她的身体扳过来，两个人面对面，他像回家一样长驱直入。她的下巴抵住他的锁骨，那个凹进去的空间还和过去一样适合她的下巴。她胖了一点，而他瘦了。在北京的时候，有一回初平阳就说，这两个锁骨是为你生的。

也许还应该有第三次，但第二次即将结束的时候，他一歪头看见了躺在沙发上的平原。平原醒了，正歪着脑袋睁大眼睛安静地看他们俩。初平阳觉得那应该是自己的儿子，他不该叫周平原，而该叫初平原。他的动作慢下来。舒袖睁开眼，问：

“怎么了，你？”

“没什么。”他回答。

重新快起来，但很快不得不慢下来，他闭上眼也遏制不住自己走神。这孩子有他自己的父亲，这孩子一直看着他。这不是一个道德和伦理的问题，也不是一个干净与肮脏的问题。初平阳不这么看。这是一个单纯和复杂的问题。他们这样重叠着运动，尽管他们身上遮挡了一部分被子，他们的这种行为对一个一岁孩子的单纯的眼睛来说还是太过复杂了。假如平原现在能思考，他也一定理解不了，何况他根本没能力思考。他被迫看见。而他，初平阳，将一个复杂的世界强硬地推到了一双单纯无辜的眼睛面前。初平阳觉得下身的力量开始溃散，像一股烟丝丝缕缕地飘出自己的身体；那东西在软，带着愧疚和忏悔。这孩子在证明，她不再是他的了。

“你怎么了？”舒袖从梦幻般的表情里挣扎出来，“是不是因为，我是中年妇女？”

初平阳从她的身体里彻底脱落出来，他觉得两腿之间空空荡荡。在他不知道如何作答的时候，周平原代他回答了。一岁的周平原说：

“爸爸。爸爸。”

舒袖推开初平阳，一下子坐起来。“平原，你醒了？你说什么？”她问儿子。

“爸爸。”

“再说一遍，儿子！”

“爸爸。”

舒袖掀开被子，下床的时候顺手披了初平阳的衬衫，光着下身、赤着脚走到沙发前。“儿子，”舒袖说，“你会叫爸爸了！你终于会叫爸爸了！你爸听了会高兴死的！”她背对着初平阳，把儿子抱在赤裸的怀里。他终于会叫爸爸了。八个月时就会叫妈妈，会叫爷爷奶奶，甚至外公外婆，但一直不会叫爸爸，现在，他终于会叫爸爸了。初平阳用被子围着下身，看着这一对母子。衬衫遮住了舒袖的屁股，他看见她的大腿、小腿和光着的脚。她的腿粗了一些，脚在胖，能看见大腿上出现的细微的橘皮现象。中年妇女，初平阳再次想到这个词，无端地觉得悲从中来。

穿衣服的时候，母亲在楼下打来电话，让他们去喝茶。

“你妈在赶我走，”舒袖说，“我是个有夫之妇。平阳，你看我头发乱吗？”

初平阳端着她的脸，他的房间没有梳子，他用手指把凌乱的头发理顺。梳完了，他把嘴唇放在她额头的头发上。如果这场景拍下来，逆时针转动九十度，你会觉得像在和遗体告别；千万别误会，不是向舒袖告别，而是向初平阳自己告别，向初平阳自己，以及那段遥远的时光告别。时光本是无情物，初平阳悲伤得揪心，差点儿哭出声来。

舒袖没喝茶，其实也无茶可喝，她抱着平原跟在初平阳身后下楼。她和叔叔阿姨再见，让小平原和爷爷奶奶再见。她上了车，给孩子系好安全带和自制的另外两条保险带，以确保一岁的孩子在副驾座上绝对安全。开车前，她把窗玻璃拉下，对初平阳笑笑，在她眼泪掉下来之前，初平阳转过身，在石码头的台阶上坐下来。运河里有几条小船在走。

等他进门，母亲让他坐到她旁边。舒袖的头发和潮红未尽的脸，她看得一清二楚。

母亲说：“别跟我说爱不爱的。”

初平阳说：“妈，你不明白。”

“你们的事我的确不是全明白，”母亲说，“不过就我明白的，已经足够。我只告诉你，我希望我儿子干干净净。要么有，要么没有。你要是还喜欢她，她也还喜欢你，她离婚你们结婚，你娶个离过婚的女人我都不反对。要不然，所有人都会很不舒服。”

“我的事自己会处理。”

“知道跟你说也没用。”母亲转向初医生，“他们这代人就是太放纵自己。”

初医生摊摊手，说：“让你别瞎操心，不听，我看你安安心心给阿尔巴尼亚织毛衣才是正事。儿子，我们上楼说两句。”

翠宝宝纪念馆热火朝天的建设之声重新涌进初平阳的房间。荷尔蒙的气息已经被风吹散。“平阳，你大了，私生活我不想管，也管不了，”父亲坐在刚才平原睡觉的地方，手指下意识地拍着沙发扶手，“男人只有到了这个年龄，才能找到处理这个年龄事情的能力与方法。爸爸当年和你一样。所以，我不是要劝你，而是告诉你，生活是自己的，凡事有主张不后悔即可。我和你妈帮不了你，能做的就是在这里安个家，以后在你姐姐那里安个家，让你想回来的时候能放心回来，房间的摆设都不给你变。人活一生，很多事情无所谓对错，你想清楚了就行。”

初医生当年也有过桃花事。那时候初平阳刚念初中，经常在母亲上班的时候来一个漂亮的女病人。那女人第一次来，母亲就说，她面带桃花。初平阳不明白什么叫面带桃花，也没关心过。后来，那女病人不来了，父亲开始出诊。经常有人告诉初平阳的母亲，你们家初医生又去哪里哪里出诊了，在运河上看见了他的船。然后父母开始吵架，初平阳和姐姐知道出事了。好在就折腾一年半，生活又回到了正轨。那时候，初平阳恨死了那个面带桃花的女人，也瞧不上父亲；现在，他多少理解了父亲。一个男人对另一个男人的理解。

“我妈还记着三年前的事。”

“想记就让她记着吧，谁让你是她儿子呢。”初医生说，“当初是袖袖离开你的，你妈现在想起来还睡不着觉。其实啊，她比你还想把袖袖娶进门，刚刚还嘀咕，要是三年前袖袖就嫁到咱们家，大和堂该多热闹。”

“爸，你跟妈说，都过去了。”初平阳递给父亲一根烟，早就戒烟的初医生接过来，让儿子给点上。多年以后，爷儿俩又一次面对面抽起烟来。初平阳说，“在北京的时候，袖袖真的不容易。别怨她。”

一半是海水，一半是火焰

编辑大人一周里转来十二封信，十一位读者希望能在这次专栏里谈谈这一代人的爱情问题。其中一读者来两封信，第一封只是提出要求，接着又来一封，把自己失败的爱情和婚姻故事和盘托出，希望我能对症下药。可我对此毫不在行，在专栏里也尽量避免这话题。编辑大人提醒，几周前的某专栏中我说过这么一句话：爱情这事，说来话长。搞得他们就以为我很懂。真是抬举了我。我那“说来话长”纯属自我安慰，想绕过去又不甘心，留下的只是个无奈的叹息。我一点都没打算谦虚；

知之为知之，不知为不知。年逾而立，依然孤家寡人，在爱情上我有的都是失败的心得，如何把女朋友谈跑了，我略知一二。想必大家也不喜欢我拿这些凉飕飕的经验给你们解暑。

不过爱情还是要谈。不知死，焉知生；不知爱，一定也不知道生。这是得琢磨一辈子的大学问。那位在上班的地铁里给我写信的兄弟三十九岁，四年前从保定来北京闯天下。三十五岁闯北京，显然不是最佳年龄：没年轻到什么公司单位都能进，也没老到甘心随便俯就，而老婆孩子多半还在千里之外嗷嗷待哺——尽管保定没那么远，但它在河北。这位仁兄在保定过得其实不差，事业单位，老婆孩子热炕头。但单位是清水衙门，大财发不了。新任的头儿只比他大五岁，在某油水大的地方犯了错，空降来悔过兼养老的；这么一算，即使中间不横生枝节，等他顺利爬上老大的位子也要十五年以后，脸都等黄了。老婆先等不及，“一家人的幸福不能老牛拉破车地往前走”。那老兄引用了他老婆（现在已经是前妻）原话。前嫂夫人还说：“当断不断，必有后患。”她喜欢有魄力、有闯劲儿的男人。

——去北京！

他们有和美的家庭，泰山一样安稳；新领导空降之前，前嫂夫人对老公孩子热炕头无比满意，只羡鸳鸯不羡仙。现在她认为动荡会更和更美，因为动荡了至少比眼前要多一点希望。那位兄台的来信让我确信，他是个老实人，像老黄牛一样勤勤恳恳吃苦耐劳；他的文字表明，他其实对马不停蹄的生活心怀忧惧；但他还是挤上火车进了北京。（坐长途客车会舒服些，但火车票便宜。他在信里说：“单脚站到北京，又能有多久呢？”）经过天安门广场，他对毛主席挥挥手，说：“我来了。”

对一个三十五岁的陌生男人，北京肯定不会表示隆重的欢迎。不过我们的兄弟靠着老黄牛精神站住了脚，信里说：“我立住了，还突然开了窍，绝对像我老婆要求的那样‘有魄力、有闯劲儿’。四年间我跳了五家公司，越干越好，好到我十分满意但又十分地不满足。”请注意措辞：“十分满意但又十分地不满足。”好到了已经胸怀大志、不展宏图誓不罢休，好到他决定扎根京城不再挪窝了。没在公司里待过，我不知道三级跳式的春风得意是个什么好感觉，不过我相信老实人的意气风发应该可靠——结果却像个三流电视剧的情节陡转：他老婆勒令他速回保定。与团聚和天伦之乐相比，一切又都不重要了，她和孩子需要泰山一般安稳的和美日子。他不回，人生才刚刚开始他放不下，他已经从老黄牛进化成了昂扬的骏马，不用扬鞭自奋蹄，但他目前又没能力把老婆孩子接过来安置好。然后就僵着，然后结果你也知道，离了。再然后，他在地铁上给我连写了两封信。在后一封信的末尾，他用带着哭腔的纠结字迹问我：

——初先生，我错了吗？您能告诉我，我们（主要是我前妻）究竟需要什么样的爱情和婚姻？

他用了两个庄严的书面语，爱情和婚姻；如果主要针对他前妻，我觉得他想问的其实是：她究竟需要什么样的男人。假如把该老兄的怨气也考虑进去，那他想问的是：她究竟希望男人怎么做！

可是老兄，我得让你失望了。如上所说，谈了几个失败的恋爱后，我于此道至今是门外汉。我给不了你确切答案，也不能代你去谴责或者啥啥啥，但我可以给你转述点别人的高见——碰巧我昨天和朋友吃了顿饭。

昨天中午朋友聚会，席间说起金庸小说里的人物。年轻女士说：

——我喜欢杨过，那一只痴情的空袖子，酷毙了。

中年女士说：

——我看好那郭靖，越过越发现这种人才最可靠。

女人谈男人，从来都是个有意思的话题；男士们便不分年龄大小，跟着起哄，撺掇她们深入开阔地谈下去，都报一报自己的喜好。结果显示：年龄大一点的喜欢郭靖者居多；小一点的无比热爱杨过和乔峰；只有个别喜欢插科打诨的更小女生说，其实跟段誉和韦小宝谈谈恋爱也不错；没有一个女同胞说她喜欢段正淳和慕容复。

这只是个即兴闲聊，人多嘴杂，从中提炼出科学的论断或为不妥，不过推究一下也有点意思。其一，于爱情观，我们往往能从金庸的小说里获取例证。他老人家庞杂的武侠巨著中充满了情爱秘籍，惊天地泣鬼神的爱情比比皆是。其二，喜欢杨过和乔峰的女士，而立和不惑之间者甚众。这一拨人，就是我们通常所谓的“70后”，正是“我们这一代”。限于我可怜的情爱经验，也限于专栏的主题，别的年龄段暂且不表，单说同龄的这群杨过和乔峰爱好者们。

我相信各种“观”都是被建构出来的，很难一成不变。改变是必然的，席间迥然不同的爱情观已经说明问题：某女士在十年前经常看见杨过骑着白马穿过她的梦境，十年后，她觉得空袖子过于轻飘，白马失之唯美，像被柔化加工过的艺术照，还是靠着郭靖憨厚的肩膀更踏实，糙是糙了点，有质感。由此，我也基本断定，那些打算和韦小宝跟段誉玩过家家的小女孩，谈婚论嫁的时候如果没有怪异的爱好，断会一脚把韦爵爷与大理国的小皇帝踢出备选老公的短名单的。他们在正大的婚姻面前，还是偏僻了点，也嫩了，看上去都不结实。

那么，建构是如何形成的?

首先是阅读，文学作品和影视剧。《红楼梦》的宝二爷和林妹妹，《少年维特之烦恼》的维特与绿蒂，《霍乱时期的爱情》里的阿里萨和费尔米娜，《围城》里的方鸿渐与苏文纨和唐晓芙，《家》里的觉新和梅表姐；舒婷的《致橡树》和《神女峰》，不做凌霄花与在情人肩上痛哭一晚；电影《庐山恋》《被爱情遗忘的角落》《芙蓉镇》《本命年》《霸王别姬》《阳光灿烂的日子》；当然包括金庸、琼瑶、岑凯伦的小说，甚至还有《查泰莱夫人的情人》和手抄本《少女之心》，等等。这些爱情大概奠定了我们这一代人爱情观的底色，不管认同与否，在我们接触爱情这种陌生事物之前，它们告诉你，是这么一回事。它们给了我们最初的爱情想象。你喜欢哪个就盯着哪个，看到哪儿算哪儿。不过，真正决定你的爱情观的是：生活。不仅是你的出身、性格、年龄，还有一个社会潮流和大环境。你身在其中，被自己和人流裹挟着往前走，跌跌撞撞，边边角角都碰了个遍后，你慢慢地知道该憧憬什么，你需要的是啥。比如我，纸上的爱情见过了成千上万，也为无数情爱焚身的可人儿着急落泪，但百分之九十以上依然抽象，看过了、感动过了、眼泪流过了，依然故我，爱情是他们的爱情，我是我。更年轻的时候内心里也曾狂野，怀揣了七八只兔子，仅仅想到“爱情”两个字就像打了鸡血，誓要遇上个林妹妹、绿蒂和唐晓芙，觉得那种情才值得爱，那种婚才值得结；在想象中下了无数次决心要飞蛾扑火，哪怕争取到的只是一两秒钟的爱情，我得让它惊天动地；等一脑门子的血压降下来，就对自己嘿嘿一笑，我要的好像不是爱情，而是一个惊天动地的造型。

我们常常会被爱情的造型迷惑——它不是一个“观”。“观”是个长久的需要和相对稳定的价值判断。在这个意义上理解“70后”的杨过和乔峰式的爱情，也许更及物一点。

不能排除这一代人过几年会改弦更张，像热爱郭靖的人一样认为，那只空袖子和乔峰飘零的观念爱情不过是个空泛的情调和姿态。但是，在这个年龄段上，空袖子的浪漫是要的，爱情观高蹈一点、务虚一点挺好，否则，年纪轻轻就务实成婚姻观，后半辈子可怎么过。由此，我对杨过和乔峰很有好感，也比较认同这一类型的爱情想象。

你想，他们忠贞不渝，一个甩了十六年的空袖子等待老婆，几乎站成了望妻石；一个再无所爱准备孤独以终老，思之让人落泪——这世上还有几个痴情至冥顽不化的人？然后，他们亦正亦邪，正时正得心怀天下敢为黎民担当，处江湖之远却得以万人仰敬；邪又邪得气象宏伟，沧桑而不乖戾，作秀都作得自然妥帖舒服到你心坎里。有个性，说明他们有激情，活生生的可感触可追逐，他们是百分之七十的人加上百分之三十的神的合成品。既满足了而立之年脚踏实地的实干期待，又鼓舞了不惑之前人生中那一部分神采飞扬的浪漫跳跃；以务实为主，济之必要的务虚，虚实相生，宽阔、果决、柔韧、丰厚、沧桑又有弹性，人生无憾矣。

所以，爱情观这东西还真不能一概而论，本身也没有高下之分，五十步笑不了百步，走了百步也别回头羡慕五十。你需要什么，你可能需要什么，你能够认同和接受什么，在你说出它之前，天时地利人和已经给了答案。

——对这一代，人生也罢，爱情也罢，一半是海水，一半是火焰，才美不胜收。

这一番慷慨铿锵之论都快把我自己说服了。痛快是痛快了，不过说完了心里还是不安妥，这跟地铁上的老兄有关系吗？就算它在逻辑上能够自圆其说，放到琐碎卑微的日常生活里，是否管用？而且，爱情观和婚姻观对绝大多数人来说是两个不同的问题。众所周知，梁启超和胡适，在彼之世皆为闯将与先锋，对爱情肯定有着满脑子自由和罗曼蒂克的想象，但仍然舍掉红颜，回家守着原配的老婆，他们觉着就该这么干。传统也罢，责任也罢，总之他们维护了一种婚姻观。到鲁迅，就跨出了梁启超和胡适家的门槛，不管他心中是如何的“颇不宁静”，朱安只是朱安，他还是找了许广平。多年来，朱安成了鲁迅研究中被遗忘的角落，偶被提及，也多半作为伟大爱情的注脚，从未作为个体对象征意义上的家庭和婚姻发出过哪怕微小的叹息。某日读书，看到一雄文，关于鲁迅先生遗产的纠葛问题，石破天惊地冒出来朱安女士的一句话，年迈的朱安说：“……我也是鲁迅的遗物……”她在“象征主义”的丈夫去世之后，质疑对鲁迅遗物的保存。她当然赞同鲁迅的遗物须妥善保存，但她，一个活生生的人，作为“鲁迅的遗物”，难道就不该受一点好的照料？这“遗物”二字，字字泣血；活生生的婚姻牺牲品的申诉——她的开始就是她的结束。此三位皆巨无霸，爱情观和婚姻观犹大相径庭，何况咱们平头小百姓。“观”不是云南白药，撒到伤口上就能消炎止血。

所以，在这个意义上，我对地铁兄爱莫能助。你说他错了，我肯定不同意，好好学习、天天向上，怎么就错了？奋发图强、竿头尺进怎么就会错了呢？把责任都推到前嫂夫人身上，我同样不赞成。老婆希望老公有点出息有错吗？一个女人希望男人回来、一家老小长相厮守有错吗？反正我看不出来错在哪里。

写到此处，忍不住想到我的前女朋友，如你所知，是之一。我们的爱情比点燃一根火柴的时间长不了多少。就那么一下，火光四射，我们恨不能把对方折成一块小手帕随身携带，以便一天能够在一起待上二十四小时；但就那么一下，迅速剩下了灰烬和废墟。我们没有分歧，像榫卯一般契合，关于爱情和婚姻我们达成共识：一半是海水，一半是火焰。这句话最早是她从王朔的一个小说题目里借过来，以表达我们理想的爱情和婚姻。那时候她只有两个打算：一是和我在一起；另一个是出国。非此即彼都是长远打算，一辈子的事。我说留下，没事往国外跑啥呀，大鼻子和卷卷毛有什么好看的。咱俩在一起，再生一个孩子，啥都不缺了。

就是这句话点了炸药，她像蘑菇云一样腾空而起——我真不知道她是顽固的“丁克主义者”，好说歹说都不要孩子。她说把一个无辜的孩子带到这个浑蛋的世界上，是一桩罪恶；我也认为这世界的确相当浑蛋，把孩子召唤来的确也是坑了他（她），但我还是想要个孩子。我们像地铁兄夫妇一样戗着，就在我准备放弃要孩子的念头时，她做出了决定，只身飞过太平洋。理由是：与其勉强，不如放弃，要不一辈子疙疙瘩瘩谁也过不好，还耽误事。现在她在地球的那一边，科罗拉多，很好听的地名，我擦亮一万根火柴，也看不见她。现在她会做牛排、披萨和超过十八种西点，英文说得比我的汉语还好。

你看见了，地铁兄，我们俩半斤八两。关于爱情，我知道的就是这个题目，一半是海水，一半是火焰，觉得爱情应该是这么回事，多好听的汉语啊。希望以后咱俩能搞清楚，一半的海水有多深、多广、多冷，一半的火焰又有多大、多高、多热；现在，先让我们为她们祝福吧：无论如何，都要万事如意！

易长安

YI CHANG AN

脚手架在降低，脚手架上的人在减少，一根根铁管子和木板在往下传运。从花街往里拐进一点，就能看见翠宝宝纪念馆露出越来越多的尊容。一座传统的南方古典小楼，三间屋的位置，因为在两边的建筑之间实在没有更多的地方让它扩张。左边是老教堂，倾斜，古旧，屋顶和墙缝里长满荒草，但它还在，站着一动不动，你就没法强占它的地盘。右边是易长安家的老屋，一个平房小院，翠宝宝纪念馆的南山墙紧紧地贴住易家的北山墙，其间的空隙仅有一斧头的距离。这个距离也是长安的父亲易培卿攥着斧头赢下来的，他对沿河风光带管委会的领导和建筑工人说，好，你们建，但谁也不能碰我的墙，谁要碰着了，我这把斧头跟他没完。纪念馆青砖、灰瓦、白墙，墙基和台阶用的是电机切出来的长条石，一楼用两根漆成黑色的粗楠木做支柱，撑出一个宽阔的走廊。二楼有阳台，如果真有翠宝宝这个人，那时候阳台肯定不叫阳台，所以用的是雕花镂空的木头做了两边的窗户，中间留了一段美人靠。想象中的古装美女往栏杆前一靠，翠宝宝真就有点意思了。屋顶上雕着龙凤呈祥，檐角饰有吉祥的小兽，下雨的时候初平阳没看见，雨水从瓦楞上流下来，再从蹲在四个檐角的麒麟的嘴里吐出来，先往上吐，接着一个抛物线垂下来。

“折腾呗，”初医生老婆说，“拿咱们老百姓的钱不当钱用。”

初平阳和母亲拎着礼品去看易长安的父母，经过翠宝宝纪念馆停下来。主体工程已经结束，脚手架拆除后，安置好翠宝宝的香榻、梳妆台以及搜集和杜撰出来的纪念文字和物品，就可以开放供游客参观了。当然还需要有厨房、卫生间、后花园和一个长满虬槐、丁香、海棠、美人蕉与芍药的精致小院子，但这些现在还没法进入日程，因为地方不够。走一步看一步，眼下要做的是尽快把卧室和展厅布置好，过两天“运河旅游文化节”开幕，这个旅游点必须开放。因为没有院子，“翠宝宝纪念馆”的匾额只能挂在门廊上，黑底烫金的行书，一个风雅的市领导题字，“念”字写得松松垮垮，让人觉得该领导对翠宝宝心存不敬。初平阳认为这字很不怎么样，与父亲写的差距相当于从北京到花街。

他们拎着一桶牛栏山二锅头和两只全聚德烤鸭。易培卿好酒，喝了一辈子酒，最后发现最好喝的不是茅台、剑南春和五粮液，而是牛栏山二锅头。易长安第一次从北京回来，带了两小瓶在到南京的火车上喝，喝剩下的带回家，老爷子闷第一口就喜欢上了。从那以后他就有事没事在儿子面前提，电话里也说。他知道儿子不喜欢他，也知道儿子更不喜欢他喝酒，但他还是说，过嘴瘾也得过。易长安后来想，一把年纪了，就这点爱好，随他去吧，从北京回来或者别人回来，都会捎上几斤给他爸。初平阳也明白长安的心思，每次回家就顺手捎两斤过来。他们和易培卿约好了三点在老屋见。

“听说还要给翠宝宝立个雕像，”初医生老婆说，“不知道她能长成什么样。”

这显然不难，反正也没这个人，所以一定会往最完美的标准里长；雕出来什么样翠宝宝就长什么样。为了这个雕像，有关方面还召集了专家商议，就翠宝宝的身高、脸型、三围和脚的尺码问题展开了充分的讨论。综合各家意见之后，根据黄金分割律，经过电脑计算，然后上报市领导得到首肯，最终确定了翠宝宝的长相。眼下，据说印刷厂正在加班加点印制翠宝宝的标准照，以备“运河旅游文化节”之用；当然，也用来向全市的老百姓乃至全国推广。管委会的领导十分确信，翠宝宝必将是古往今来全世界最漂亮的妓女，没有之一。“让男人们看见她的雕像就开始晕，”这是管委会的一把手说的。

易长安的母亲从花街上跑过来，一路叫着“易培卿”。初平阳和母亲回头，看见她拿着一本稿纸在追一只花猫。她说：“易培卿你站住！该死的，你就不能跑慢点？”她瘦了，比三年前初平阳看见她时至少掉了五斤，现在头发花白，慢跑起来胳膊有节奏地往两边甩。她见到初平阳母子，说：“平阳回来啦！变白了，你得多吃点，男人有点肚子才好看。平阳他妈，帮我拦一下易培卿；这小东西，你就不能撒手！”

易长安的母亲养猫，从初平阳记事起就没见过他们家没猫的时候。如果哪一天四条街只剩下一只猫，那肯定是易长安的母亲在养着。三十多年了，她前前后后养过二十一只猫，每只猫的名字都叫易培卿。名字从不会弄混掉，她一次只养一只，绝不多养，大猫产了崽，她会把小猫养大后分别送给亲朋好友，初平阳家原来养的猫就是她送的。所以二十一只猫可以叫一个名字。初平阳念中学时学了历史，知道查理一世、查理二世，就跟长安他妈说：“阿姨，你们家的猫应该叫易培卿一世、易培卿二世、易培卿三世。”

等她弄明白了什么是一世、二世、三世后，她说：“要那么多世干什么，我只养易培卿一世。”

猫用自己的名字，易培卿刚开始很不高兴，再通人性它也是个畜生。那时候易长安已经出生了。“我嫁给你，给你生了儿子，叫一下你的名字还委屈了？”他老婆说，“你不是说我男人多吗？你要不乐意，我给它取个别的男人的名字好了。”易培卿翻两个白眼，心想那就这样吧，这个疯女人能给所有的猫都取同一个名字，她就能给每一只猫都取一个男人的名字；那么多男人一亮相，藏都藏不住，还是用我一个人的名字让人心里踏实。此后，每一只猫都理所当然地叫易培卿，不管公猫母猫。起初易培卿不适应，老婆叫猫的时候他也应声，后来发现，老婆叫猫时说的是“易培卿”，叫自己时是“培卿”，就高兴起来，毕竟老婆对自己比对猫亲热。他也就把自己和易培卿们区分开了。

“阿姨好，”初平阳说，“易伯伯呢？”

“在老屋里当钉子户呢。”易长安母亲抖着手里的稿纸，难为情地说，“对了，老东西还想当作家，跟咱们平阳抢饭碗了。你看这稿纸，非得这种八开纸、淡蓝格子的，换种纸他就跟得了便秘似的，一个字也写不出来。他说很多大作家都是这样，平阳你也是这样的吗？”

初平阳说：“我是瞎写，平整点的纸都行。”

初医生老婆说：“我们家平阳不用纸，用电脑，直接在键盘上敲，咔嚓咔嚓的。”

“拿什么敲？锤子？”易长安他妈说，“长安也要给老东西买个电脑，老东西说，那得用多少小锤子才能把所有键都敲到？长安说，那不买了，喜欢你就写吧，写不好起码也能练练字，废纸也能卖钱。六十多岁的人了，还练字，想想我都要笑。”

推开老屋的院门，果然看见易培卿坐在堂屋的写字台前，姿势像小学生一样端正。他戴上老花镜伸着脖子往外看，抽两下鼻子，说：“一准是平阳来了，我闻到牛栏山二锅头的味儿了！”

“你就吹！”易长安他妈说，“人家酒瓶盖子封得严严实实的，风都钻不进去。”

“风哪有我鼻子好使，”易培卿站起来，把桌上的一大堆稿纸小心整理好，搬凳子让平阳娘儿俩在院子里坐。“屋里潮气大，霉味儿重。”

这个院子半荒废，只有堂屋里有点人气，易培卿住着，兼做书房。其他房间更潮，没人进，霉斑和苔藓慢慢地往墙上爬，门一打开霉湿味儿简直成了半流质，让人窒息。“今晚把易培卿留在这儿，”易培卿说，“老鼠太多，半夜里成群结队往我蚊帐顶上爬，一趟一趟跑。”

“吃了你才好！”易长安他妈说，“让你逞强，爱待着你就待着。猫我得带走。”

“跟你说不清楚。我不是非得要出这个风头，”易培卿说，“我是在维护一种尊严。平阳，尊严你懂的。为什么我就得搬？凭什么你盖个什么狗屁纪念馆我就得让路？房子是我的，我有权在我的屋子里住到死，平阳你说是不是？”

初平阳说：“是。”

一墙之隔，翠宝宝纪念馆的脚手架正在拆卸，人影在半空中晃动。有工人对着这边的院子吹口哨打招呼。都混熟了，他们都知道这院子里住着个倔老头，死活不愿把地方腾出来给纪念馆建二期工程，还不时拿把斧头对他们跳脚，别碰着我的砖头和瓦，否则小心你们的脑袋。他们等着看他能撑到什么时候，他一松口，他们就会拎着大铁锤爬上屋顶，三下五除二，把这个祖传的小院夷为平地。

“你看平阳都支持我！”易培卿说，“我就不信了，权力就那么好使？钱就那么好使？他们让我搬，三天两头来威胁，还说可以给我三十万。三十万算个屁啊？给我五十万、一百万我也不稀罕！有本事你把我拎去坐牢！”

易长安他妈撇着嘴说：“妹子你听听，还三十万算个屁啊。有本事你放几个三十万的屁给我看看啊？放个三块钱的也行。跟你过了三十四年，把掉进粪坑里的一分两分的钢镚都算上，加起来你也没挣过三十万！”

“别跟我说什么钱！这是尊严问题。平阳，跟老娘儿们说不了正经事，咱爷儿俩谈谈，谈这个尊严的问题。”他回身从房间里拿来四只玻璃杯，两只给女人们倒茶喝，两杯用来盛二锅头。初平阳不喝酒，要了茶，他就一个人喝白酒，过一会儿从裤兜里摸出几粒生花生米扔进嘴里。

初平阳一点都不想跟易培卿谈什么尊严的问题，他倒愿意走走神，回想一下小时候给易培卿打酒的那些事。他和易长安光屁股时就在一起玩，进易家跟进自己家一样随便。快到饭点儿，花街上空飘满炊烟，易培卿从田地里回来，对着压水井冲洗脚上的泥，撅着屁股对长安和平阳说，你们两个，到老歪家给我打半斤酒来！如果碰巧只看见平阳，他就让平阳去。初平阳就攥着长安他妈给的五毛钱，抱着洗干净的葡萄糖玻璃瓶去老歪杂货铺。老歪的酒端子一下二两，两下半正好半斤粮食烧酒。初平阳会打满半斤回来。如果长安也去，只会打回来四两，剩下一毛钱买二十粒彩色的糖豆。一分钱两粒，吃起来比后来的巧克力要香甜。长安从小就讨厌他爸，因为他爸老是打他妈；他更讨厌易培卿喝酒，因为喝了酒下手更狠。易培卿总是骂老婆是“千人骑、万人睡的烂女人”。

在花街，即使是初平阳、易长安这样五七岁的孩子都懂什么是“千人骑、万人睡”，懂什么叫“烂女人”。从明朝后期建了石码头开始，这条街成了烟花集聚之地。因为在运河边上，码头是驿站，出出进进的人多。那时候没有飞机、火车和汽车，有钱的没钱的都走水路，上下游来的男人在船上寂寞了多日，不管身份高低，上了岸裤裆都顶起来，赶着败火。有人买就有人卖。当地的女人，讨饭来的女人，跟着船慕名来大赚一笔的外地女人，源源不断地来到花街。白天一个个小院浮在睡梦里，到晚上睁开眼，做生意的门楼上会挂一盏小灯笼，你摘下灯笼敲响门，吱呀一声侧身进去。接下来的事情需要既高雅又低俗的想象力：你想象得高雅，这事情就很高雅；你想象得低俗，它的确也低俗，你就会像易培卿一样，骂出“千人骑、万人睡”这样的话来。但是易培卿这个人也不是一味低俗，他也玩高雅，他也“骑”和“睡”。在易长安长大之后某一天当面给他两拳之前，他的“女人次”也达到了相当高的两位数，他高雅地把这种“骑”和“睡”称为“挣回尊严”。关乎尊严，兹事体大。

不管怎么说，市场经济在花街上几百年前就建立起来了；食色性也，挡是挡不住的。明朝的时候花街叫水边巷，名字很文雅，听起来像住着一群写诗的人。诗人们的确也经常来水边巷，他们在船上看遍祖国大好河山，喝了酒写了诗，抒情的欲望平息了，下半身骚动起来。他们立志要在女人的肚皮上写出更好的诗。“水边巷”三个字，入诗不如花街简洁有表现力，往往遇到平仄的障碍，也不如花街生动响亮，易于在水面上口耳流传。清军入关以后，水边巷就没人叫了，花街成了运河沿岸声名远播的地标，连当地人都叫花街。初平阳闲来翻淮海史志，发现这一沿革。史志载：初为水边巷，后流俗习称花街，久之，以花街名；

新中国伊始，以为花街之名腐朽，乃更之以解放街；然解放街之名庸平，声调沉闷，遂复初名水边巷；至20世纪80年代后期，花街发而展之，规模空前，欣喜之象如花，乃复更名花街。史志上有一小段评论，说：花街就花街，取其正大之义，不畏花街柳巷之淫邪猜忌，恰恰表明政府和人民胸怀的宽阔与坦荡。

长安的母亲嫁给易培卿之前，没在门楼上挂过灯笼。那时候没人敢挂灯笼，如此封建流毒一旦被揪出来，游街批斗都能把你整死。但到“文革”后期，很多人也就睁一只眼闭一只眼了。所以，逐渐有女人在门口悄无声息地贴红纸条。通常是在后半夜，花街本地人都睡了，看不见，院门怯怯地响两下，如叹息，红纸条就被糨糊粘到了门楣上。上了石码头的外地人，当然也有一些本地人，只要在花街上来回走一圈，就会发现有张红纸条比别的纸条大，也更鲜亮。因为她比别人更需要钱。那个时候，贴红纸条的基本上都是苦命人，不像现在，前卫的女孩子们把它当成挑战身体的娱乐。

想必你能理解一个父亲在“文革”武斗中被造反派打成重度残疾的姑娘不得已的出路。她父亲腰部以下形同虚设，生活无法自理，但他的大脑和脏器功能运转良好，可以健康、清醒地依赖唯一的女儿活下去。这个家没有第三口人，他活一天，她就得伺候他一天，他是她父亲；她年轻，没有力气，缺少靠山和帮助，她的身体是她负担这个家的唯一方法。父亲仰卧在床上，每天后半夜把耳朵堵上，以免听见隔壁女儿房间里的动静；那些猪一样的男人经常发出畜生般的号叫。这种时候他就痛恨自己当初被狗血浇了心，参加什么“东方红派”，说到底哪个方向更红跟他有屁关系？他屁颠屁颠地跟年轻人混在一起，举着旗子风风火火地冲在最前面，一顿乱棍涌向他的双腿；他只感到疼了一下，最初疼的那一下，从此双腿就消失了。现在他保存着无比健康的上半身，靠女儿的身体生活。

1975年元旦第二天，运河后半夜的冰越结越厚，易长安的外公摸黑吃下去一包大剂量的老鼠药，在床上等死。他是如何弄到的老鼠药，世上没有第二个人知道，这在四条街都是个谜。长安的母亲不怕狼，也不怕蛇和蟑螂，怕老鼠；那个时候家里没养猫，她把所有老鼠可能出没的地方都放上了老鼠药。她当然是把老鼠药化整为零地分散在家里，所以她一直想不明白父亲是如何聚了那么一大包老鼠药。

上个世纪70年代的中国，假冒伪劣产品还没有现在这样大面积覆盖我们的日常生活，老鼠药的效果很好，有的药叫“三步倒”，有的药叫“含笑半步癫”，药一下肚，老鼠都来不及想一想自己会死得多难看就死了。长安的外公吃完了就觉得肚子里有老鼠开始乱窜，老鼠越窜越多，从胃开始往上半身的各个角落奔跑，一直冲进他大脑。他想安静地死，但老鼠药实在不是一样体面的自杀工具，他不听使唤地扭动身体，想把自己从肋骨中间扒开，想让老鼠们都跑出来，让肚子里凉快一下。那夜很冷，但他很热，大汗淋漓。他的确也把自己扒光了，皮肤差点也扒下来，在他意识到自己马上要死的一瞬间，突然高兴了，因为终于解脱，因为从此可以不再成为女儿的累赘，他甚至感到没有了腿脚的自己在生命之末一下子飞升起来。那种飞翔很像传说中的去天国。然后他就死了。

他不知道，他不是向上飞，而是向下飞，他滚到了床下。他不知道，是因为他在掉到冰凉的地上之前、在半空里就已经死了。咕咚的落地声惊动了隔壁的女儿和一个男人。这个男人此刻也很热，他早已经把自己扒光了，正大汗淋漓；此刻他也体会到了即将飞升的快感，他在向金光灿烂、花香馥郁的天国奋力冲刺。在他张开嘴准备喊叫的时候，听到咕咚一声。他不得不停下来，因为身下的女人一把将他推开，等他回过神来，她已经囫囵地穿好了棉衣。她打开门就往外跑，一阵冷风刮进来，男人湿漉漉的身体上刹那结了冰；他感到两腿之间被一只冷入骨头的手猛地抓了一把，整个人骤然紧缩起来。隔壁传来女人的哭声。他既懊丧又茫然地把被子裹到身上，怀着愤怒赤脚走到隔壁门前，看见一个女儿正在哭死去的只有上半身的爹。他对那天夜里的冷记忆犹新，因为他的光脚开始踩在门槛外的石阶上，后来进了屋，又踩到前“东方红派”带头大哥的呕吐物上，黏稠的秽物已经结了冰，和石头跟冰一样冷。也因为冷，他对正在哭的女人充满怜惜，他对她说：

“你若不怕穷，就跟我过。”

这个男人就是易培卿。1976年7月，他们的儿子易长安出生。

易培卿是个穷光蛋。但一无所有的人通常喜欢认为自己怀才不遇，因为他念过高中；在花街，除了初医生，他的确算有学问的人。其实高三只念了没几天，不过念完高二已经足够了，开始闹革命，学校都关门了，他的高二依然是花街当时的高学历。易培卿晃荡几年，没有轰轰烈烈的知识分子事情可干，做农民又不乐意，他怜惜自己手上的皮肉太嫩，最后相当勉强地当了生产队的会计。大小是个官，应该能过上好日子，可他好酒，挣点家当全换成酒了，喝醉了然后尿出去。他把爹妈送下地，跟两个哥哥分了家，一个人喝得更欢快，一年下来拳头攥紧了，也撇不下几个钱。刚开始喝酒是做着样子装怀才不遇，晕晕乎乎的感觉也确实相当诗意，搞得自己很忧郁似的，后来成了习惯，慢慢上了瘾，酒杯端起来就放不下了。他对女人相貌挑剔，一般姑娘看不上，在地头上记工分都不愿抬眼看人，把自己给耽误大了，结婚时都快三十了。后来他去了运河文化站管理图书，没事开始瞎琢磨自己，发现自恋的人往往对自己和别人的相貌都很看重，他就是这类人。他能下决心揭了长安他妈的红纸条爬到她的床上，那是因为长安妈长得好，他喜欢所有长得好的人。

做姑娘的长安妈他看着舒服，在她身上他也舒服，动啊动，像跟死亡赛跑，然后大叫一声成了仙，虽然他要付钱。易培卿自认为是个有“审美”的人，长安妈符合他的审美。那个后半夜他觉得长安妈痛哭的样子也很美，在棉衣里抖动的光身体不显臃肿，有别一样的美，他想把这个美长久地留下来。他就说：

“你若不怕穷，就跟我过。”

两个哥哥反对他娶这样一个女人，大家都知道的。易培卿嫌他们庸俗，“审美”的一辈子才值得过。此外，一想到他把一个姑娘从水深火热中拯救出来，他就激动，觉得自己英雄救美，很是那么回事，充满了道义上的成就感。结了婚，独独属于自己的了，易培卿开始不舒服，老婆固然是漂亮，可她的漂亮被很多人用过。他字斟句酌地使了一个“用”字。他不舒服，想起来懊恼，这得靠喝酒来消愁。喝了酒，尤其喝大了以后，他就管不住自己的嘴，开始深入浅出地翻老婆旧账。越翻越不舒服，越翻就越想喝酒，喝了酒就更想翻，翻完了忍不住要动手。这个恶性循环愈演愈烈，到了长安和初平阳都能给他打酒的时候，已经成了易家日常生活的一部分。

现在易培卿依然保持着三十年来的习惯，喝酒的时候吃生花生米。喝几口酒，扔两粒花生米进嘴里。这个比例关系说明他的情绪控制得很好。如果花生米扔得频繁，事情可能就在起变化，喝完了他会骂，“千人骑，万人睡，烂女人”；如果他喝酒不坐凳子了，蹲在饭桌前，那喝完了肯定要动手。这个规律连初平阳都总结出来了。易长安小时候最怕的就是易培卿蹲在饭桌前喝酒，一顿酒要吃掉很多花生米。花生米多贵啊。只要看见父亲把屁股底下的板凳抽掉，易长安就往石码头跑，找初平阳来自己家里吃饭。他知道易培卿忌惮初医生。在花街，能镇得住易培卿的，初医生是屈指可数者之一，他悬壶济世，有好名声。忌惮初医生顺带也会给初平阳点面子，酒后不至于打骂得那么不节制。抽掉凳子易培卿的量通常会变大，喝到半截瓶子就空了，眼睛开始迷离但还要喝，就让易长安和初平阳去打酒。

去老歪杂货铺的路不远，出门两人撒腿就跑，打四毛钱酒，买一毛钱的彩色糖豆，然后抱着酒瓶继续往河边跑。找个没人的地方，易长安拔下橡皮瓶塞倒掉一两左右，补充进一两运河水，或者俩人中谁的尿。注水还是注尿，要视易长安情绪来定。这套动作他做起来很溜，葡萄糖瓶子上标着刻度，露不了馅。若在平常，易培卿端杯子就能闻出味儿不对，但他酒至半酣，想着即将到来的发泄，味蕾的敏感度会急速降低，稀里糊涂地能下肚的全喝了。等他喝完，这顿饭差不多就算结束了，易长安母子俩和初平阳也吃完了，两个孩子就会被母亲支出去。“到河边玩，”易长安的母亲说。她把院门从里面插上。很快他们俩在门外就听见易培卿骂骂咧咧，然后是女人坚忍的呻吟和哭泣声。易长安坐在门楼底下，把脑袋低到裤裆里，抬起头的时候两手捂住脸。

“我想买点老鼠药，”他咬牙切齿地对初平阳说，“我要把狗日的毒死！”

“别瞎说。”初平阳说。

作为医生的儿子，他对待所有药都承袭了父亲的谨慎。好医生不轻言用药，包括老鼠药。他以为易长安也只是说说。小学三年级的秋天，那时候易长安进入四年级，易培卿已经到了运河文化站当了文化人，两个男孩星期天到运河北岸的集市上玩。卖什么的都有，满大街吆喝声，空气里充满了劣质塑胶制品的刺鼻味道。他们在包子铺前停下，每人要了三个水煎包子。三个水煎包子一碗辣汤，这是初平阳三十年来最信得过的美食。远处有人用手提喇叭喊：南来的北往的，哈尔滨的香港的；东跑的西逛的，连云港的西藏的；抽烟的喝酒的，没事满街乱走的；走过路过不能错过……闹哄哄的初平阳听不清卖的是什么，他的心思只在包子和辣汤上。易长安吃掉一个，放下筷子循声走过去，等初平阳剩下的两个包子吃完，他回来了。

“有好看的？”

“郑晓禾她爸在耍猴，猴子给了他一耳光。”易长安哑着嗓子说，“鹤顶唱大鼓的老魏在说《隋唐演义》。”

第二天傍晚他们给易培卿打完酒，跑到河边的紫穗槐树丛里。这一次易长安没有往外倒酒，他从裤兜里摸出一个纸包，攥了半天开始打开，脸色发白，两只手一起哆嗦。淡黄色的粉末，像一撮灰尘。“我外公就是吃了这个死的，”易长安说，“他吃的应该没有这个毒。卖药的说，它能放倒一头牛。整整一头牛。平阳，你帮我数，就数一二三。数到三我就倒。”

夜晚从运河上升起来，紫穗槐和周围的草木在风里摇摆，仿佛三步之外伏兵百万。“一，二——”在“三”出口时初平阳一把抓过纸包，团成团扔进了水里。两个人一屁股坐到地上，张大嘴喘气，额头上的汗珠子直往下掉。易长安哼哼唧唧地哭，说：

“狗日的喝了酒就打我妈。”

那包老鼠药可能比较厉害。次日清早，初医生端着铁观音到河边散步，回来跟老婆孩子说，码头旁边漂了不少死鱼。这事不常有。

这个时候易长安还小，过两年明白了大人的事，除了恨易培卿喝酒、打他妈之外，还恨他乱搞女人。易培卿在花街是最早一批有班上的人，提前成了“城里的”。一周六天，穿上中山装，出门前把皮鞋擦亮，拎着人造革黑皮包穿过花街和西大街去文化站。人五人六的挺像国家干部，去的还是文化单位，虽然就是个整理图书的（其实也没几本图书可以整理），但还是挺能唬人；正走着回头清个嗓子，两条街的女人眼就有点晕，忍不住倚着门楼跟他调笑。她们撒着眼风说，培卿啊，有空来家坐坐嘛。

四十岁以后他不那么挑了，知道追求完美会很痛苦。标准必须降低，看着不难受就行，反正蒙上被子谁都一样。现在他要的不是“审美”，是“尊严”；他要把被别人“用”掉的重新“用”回来。他要把老婆的“千人骑、万人睡”转变为自己的“骑千人、睡万人”。兹事体大，关乎尊严。作为男人，他常想，我堂堂易培卿，凡事都得有点样子。

有兴致了他也嫖。小城有小城的好，哪条巷子里有香味大家都知道，下了班他就骑着半旧的永久牌自行车过去了。咳嗽两声，整理一下中山装的风纪扣，推开门进去；咳嗽两声，整理一下中山装的风纪扣，拉开门出来。

易长安对易培卿在外的行径一无所知，偷听了父母吵架才知道，原来父亲也是个“烂男人”。老婆肯定知道丈夫这些年的光辉事迹，三次五次可以混过去，十次八次可能也会混过去，再多一回你就得露馅，身体撒不了谎：你把你的不应期弄得一两个月那么长，解释不通。但她不说，我过去不清白，你现在很混乱，既然大家都不是“好东西”，大哥别说二哥，扯平了；就算抱怨一下，也仅限于两人在卧室，压低了嗓子，不能让孩子知道。但这次是过不去了，易培卿跟文化站隔壁的剧院售票员搞上了，大白天的。

那天放的电影是《金镖黄天霸》，电影开始后半小时，易培卿进了售票室。放了半小时不会再有人买票半路进场，没人这么傻。娇小的售票员把窗口关上，拉上窗帘。没有床，他们就因地制宜靠着一把椅子。难度相当大，但两个人都勇于探索，充满了“与人斗，其乐无穷”的革命大无畏精神。售票员的丈夫带着刚来访的侄子敲响售票室的门时，易培卿正把对方的老婆抱在腰间颠动。若干年后，易培卿开始研究中国娼妓史，屡屡看到一个句子，“正弄到好处”；一看到这句话，他就想起售票室里的那个下午。他们正弄到好处，他觉得售票员的下身像一张销魂的嘴，简直要把他整个人吞下去，而他也全身心地希望她把他吃了，骨头都不吐。售票员的两条光腿盘着他的腰，动若脱兔，两只圆满的乳房随时要飞出去，听见敲门声两人突然定住，售票员差点掉下来。

磨蹭半天门总算打开，多好的口才也说不清楚。售票员的丈夫让侄子到门外去，此事儿童不宜。他对易培卿说，把你的裤门扣好。这家伙只是想带着侄子来走走后门，省掉一张票钱，让侄子进去看大半部电影，没想到撞到这种事。

“你想怎么办？”易培卿问那家伙。

此后的很多年里，易培卿都觉得售票员的丈夫冷静得如同一场阴谋。“把我老婆弄成正式工。”售票员的丈夫说。这个块头巨大的年轻男人，抡起拳头完全可以把他活活砸死。

“难度太大。”

“那我去请你们站长帮忙。”售票员的丈夫说。

“不要随便麻烦领导。”易培卿扣上裤门，他知道躲不过去了。

事情的结果是，他把家底子全拿出来，买通了运河影剧院的领导，给售票员争到了唯一的一个转正名额。他把这件事办妥了以后，售票员的丈夫找到文化站站长：贵单位的流氓易培卿勾引我老婆，如果你们处理不好，我找别人来处理。站长想了想，说好吧。易培卿就由图书管理员变成了个文化站看大门的，兼及邮件收发。售票员的丈夫走了一招险棋，但他成功了：老婆成了正式工，老婆的情人变成了个看大门的；他了解自己的老婆，成了正式工之后她绝对不会看上一个看大门的；他可以放心了。在上个世纪80年代，在淮海市的运河南岸，正式工很重要；在上个世纪80年代，在淮海市的运河南岸，这样的事情完全可以这样发生。一旦"正式"，虽然你还在南岸，其实已经是北岸的城里人了，售票员的身份就此过了河。到了21世纪，初平阳、杨杰和易长安坐在北京城南锣鼓巷的一家茶馆的屋顶上，回首父辈的往事，易长安觉得父亲这辈子唯一值得同情的事就是这一件。

"如此荒唐的事情竟也成了。"易长安转着手里的德国黑啤，抬头到灰蒙蒙的夜空里找星星。"他被吓着了；他们都被吓着了。才二十年，世道变化简直是个梦。如果现在谁还拿通奸这种破事来要挟，你会觉得这人是个疯子。不要脸也就罢了，你都不好意思——这事算个屁啊。"

杨杰说："有几个能像你这样活得与时俱进。"

"别说我，谁也保不准自己一屁股屎。"

三个人在南锣鼓巷的屋顶上笑起来。伪证制造者易长安现在混得很好，"用"过的女人比他信誓旦旦要"挣回尊严"的父亲还多，但他和父亲的区别在于：他静下心来想她们时，会有一种雾气般缥缈的爱。爱很抽象，他习惯性的表述是：想到她们时，我不愿意靠前，我只心疼。至于专治水晶工艺的老板杨杰，其私生活初平阳知之不多；不是对杨杰本人的生活知道得有限，而是对杨杰所处的整个中产阶级的生活知之甚少，他不知道他们如何处理情感和性，不知道他们如何处理男人和女人。

二十年前的运河南岸不存在这样的洒脱、对话和质疑，易培卿等人乖乖地遵照指示做好了一切。他从图书馆的办公室里搬出来，坐进了院门口的小屋里。在一张从小学校搬过来的旧课桌前，他要问清楚所有打算进来的陌生人所为何事，让他们出示有效证件或者签下名字。他负责把所有信件分发到身边的一个个木头小格子里。现在因为出门头不会仰得那么高，他不再扣风纪扣，这样下巴和喉结更舒服一些；皮鞋也经常忘了擦，为了走路和坐下来养脚，更多时候穿老婆做的千层底布鞋；他和街上那些倚门的女人不再高调调情，还会招呼，但主要是在沉默的状态下成就好事；他更加严重地想到老婆的过去，想到“用”，想到“尊严”，但是酒量变小了，打老婆下手越来越轻，次数也越来越少，他把对男女之事的理解从外向内转，往心里去，就像挖个坑把它埋在里面。一年后，他在文化站门口再次见到已经转正的售票员的丈夫，他从小屋里出来，伸出右手，掌心向上勾动四根手指让后者靠过来。当那个志得意满的大块头走近，他靠近他左耳朵，小声说：

“你老婆的叫声毫无美感，在音阶上缺少必要的过渡。”

这话说得相当恶毒，不是易培卿的风格。但他实在太恨那家伙，他觉得他过分了，让老婆踩着别的男人的两腿之间往上爬，还把他多年的积蓄全弄光了，然后成了看门的。职位变了工资也跟着缩水，事后第一个月工资拿到家，易长安他妈才确信出事了。之前从家里拿钱，她还以为是要借给做生意的朋友临时周转，原来是去还风流债。两人在卧室里吵起来，易培卿如实交代还不算完，老婆觉得委屈，把她看在眼里的多年来他的花花事全抖了出来，一件件一桩桩，多得易培卿自己都吃惊，这些年原来自己挺忙啊，喝完酒打完老婆依然没闲着。他们的后半夜吵架，易培卿被记录在案的风流史，易培卿本人听进去了多少，他儿子在隔壁就听进去了多少。二十年前在隔壁的易长安听得眼冒金星，恨不得到厨房拿了菜刀替母亲报仇。他咬牙跺脚地对着墙说：

"狗日的真流氓！要不是亲爹就好了！"

对父亲的这个论断一直持续到21世纪，易长安成了一名乡村中学的英语教师。有一天他上完课准备去看一个女孩，在离校门五十米外的岔路口，突然不知道该左拐还是右拐，因为左和右各通向一个女孩的家。他在岔路口蹲下来点上一根烟，一边抽一边骂自己：狗日的真流氓。然后想起当年对着一面墙骂隔壁的父亲。在那根烟抽完之前，他用一枚硬币帮自己决定了拐弯的方向。过两天又到岔路口，他再拿出那枚硬币时，又一次骂自己是个流氓。接着，他想，难道我们爷儿俩天生真的就很流氓吗？要是所有男人里只有我和易培卿两人流氓，那他只能是我亲爹。要么他就不算那么流氓——可是，易培卿不是流氓又是什么？他把我妈的一辈子都糟蹋了。

时间改变一切。运河南岸的花街在21世纪里雄赳赳气昂昂地往前走，一切都在变。花街在往新里变，往时髦和现代化里变，往好日子里变，新楼和新房子一觉醒来就冒出来，很多人只有穿上了品牌的衣服才好意思出门，做皮肉生意的女人懒得挂小灯笼，都懒得躲，她们光明正大地坐在胡大成开的美容院和洗脚房里，大冬天也穿着超短的小皮裙，男人们可以隔着玻璃在门外就开始挑选，从她们的光腿开始，一寸一寸地往上审美，直到你对哪一个满意。易培卿也在变，老了，彻底退休了，头发少了肚子大了。他从文化馆（上个世纪90年代后期，运河文化站升格为大运河文化馆。新任站长在升格申请报告中写道：为了跟上时代的步伐，为了与时俱进）的门卫小屋里走出来，对着夕阳扶住老花眼镜，觉得太阳落在了东边。他真的觉得自己在某些方面有些老了，比如常常想不起来自己的下身，想起来的时候也常常觉得裤裆里轻飘飘的如同灰烬。他在退休之后又被返聘回来继续负责门卫和传达室工作，因为这样文化馆里就可以省掉一部分开支。反正这个工作也无足轻重，但没人干也不行，总还有人来（有文凭的人越来越多，借书的人越来越少，倒是偶尔邀请来的流行歌手演唱会大受欢迎），总还有些信件和书籍邮寄过来（书是必须要买的，没人看也得买，否则你的财务报告师出无名，向上面要钱都没法开口）；最重要的，馆长一想到单位还有个门卫，就觉得这领导当得还是挺体面的，有点派头。

易培卿一直坚持到他决定写《群芳谱》时，才彻底从门卫的岗位上退下来。不退也不行，因为他坚决抵制拆迁，让上面很不高兴，上头数度委托馆长做他的工作。劝说无效，馆长也急了，话里话外都夹着威胁，若不答应拆迁，返聘很可能到此结束。易培卿想，正好，老子不干了，一门心思写我的《群芳谱》；没准这世上少了一个老门卫，多了一个大作家。他从小屋里走出来，对着夕阳扶住老花眼镜，终于说服自己太阳其实还是落在西边的。他对着太阳说：

“老子撤！”

就带着两大箱子资料回家了。从几年前起了要建翠宝宝纪念馆的风开始，他就开始搜集资料，满满的两大箱子。如果真写出了《群芳谱》，这辈子就他妈的值了。

易培卿身上的有些东西时间改变不了，比如“尊严”。他坚决不同意搬迁，把自己的地盘让出来给一个妓女建后花园？笑话！他甚至都不能忍受自己跟一座妓女纪念馆做邻居。用一个从此长久存留下来的标示妓女的符号，来提醒自己和世人，他易培卿的老婆过去就是干这个的，这几乎跟走到哪屁股后头都有人举着一块写着“我戴了无数的绿帽子”的牌子一样，是羞辱。别人在不在意他不管，他在意。太在意了。我可能最终无法躲开你要举的牌子，但我不能逆来顺受，我得抗争，得有所表示；羞辱只有在默认者面前才真正成其为羞辱。从当年的尊严到现在的尊严，当他想到这个词时，易培卿觉得自己是条汉子，他颇为自豪自己能将尊严贯穿了始终。所以，必须顶住。

“你一定明白男人的尊严问题，平阳，”易培卿喝下一口牛栏山，舒服得咧开嘴往里抽风，跟吃了辣椒一样过瘾。“不仅是单纯的男人的那个尊严，你懂的。还有别的尊严：真理的尊严，意志的尊严。”

初平阳一下子没回过神来。

“看看，你一定狭隘地理解了你伯伯我，平阳，”易培卿得意地说，“你伯伯境界没那么低，起码现在高起来了。当初我在文化馆的小屋里潜心研究中国娼妓史和运河两岸的风物史，一是为了证明，在花街这样的地方建一座妓女的纪念馆，是对从业人员及其亲朋的侮辱；第二个目的是，证明这世上根本没有翠宝宝这么一号人。文化馆里的书没人看，正好我来看。每年和每个季度要订购什么书，也没人关心，我就给他们开书单，我想看什么书，就订购什么书。我敢跟你吹这个牛，平阳，你们北京大学的教授未必有我看过的史料多，北大有专门研究妓女的教授吗？”

初平阳说："可能有吧。也可能没有。"

"不管它了。我跟你说，据我的研究，根本没有翠宝宝这个人，我可以百分之两百地肯定。至于侮辱，这几乎都无须证明，只要领导的智商超过三十，用膝盖想都知道。"

"嗯，我也觉得应该没有。"

"可是，这帮肉食者，我把《论妓女翠宝宝之不存在》的论文寄给沿河风光带管委会、市委宣传部、文化局、地方史志办，前后分别寄了六次，没一个人理我。泥牛入海。然后建筑队来了，拆了卢三家和陈兴多家的房子，开始建纪念馆。卢三和陈兴多这两个没骨气的东西，一看见二十万腰都直不起来了！老子看不上！我不能让我的两年时间打水漂，连个响都听不见。我有两箱子资料呢！我想写本书，把中国历代的名妓的故事全写出来，书名叫《群芳谱》。平阳你觉得这名字好不好？"

"好。"

"你看，有学问的人就是有眼光。你还说听着像搞园艺的，"易培卿对老婆说，"你给文具店的老冯打过电话没有？让他再进点那种稿纸，再一个月我第五稿就杀青了。"

易长安的母亲白他一眼："打过了，跟你说多少遍了！"她弯下腰把手伸向猫，"易培卿，别滚纸团玩，你又不识字。"易培卿停下前爪，听话地跳到她两只手掌心里。驯猫她是高手，每一只易培卿最后都能听懂她在说什么。她说，吃饭了，去睡觉，抓老鼠，去叫培卿，去叫长安，易培卿翘翘尾巴就去执行。她把易培卿抱在怀里，对初医生老婆说，"妹子，这些年他总提过去那点事，我也习惯了，怎么活不是一辈子？要脸也好不要脸也好，最后谁还能不死？妹子你别笑话。"

初医生老婆说："嫂子看你说哪里话，谁活得不容易谁知道。我和我们家老初还有平阳，敬你还来不及呢。咱别听他们说，咱姐俩到门楼底下说去。这叮叮当当拆脚手架的也够烦人。”

“她们不在眼跟前最好，”易培卿说，“平阳，咱爷儿俩接着说尊严。真理的尊严，意志的尊严。”

易培卿用毛巾抹了一把喝酒就出汗的脖子，准备发表长篇演说，初平阳的手机响了。初平阳下意识地走到院子东南角的海棠树下，那地方最安全。不是舒袖。

“平阳，事儿有点急了，”易长安在香山附近的一座新楼盘前打来电话，“那哥们儿要两个北大的博士毕业证，他和他老婆都要。没见过这么不低调的，两口子都要北大博士，也不怕暴露目标。你今晚就得帮我找到个母本。”易长安压低了声音，“兄弟，价钱相当合适，这哥们儿够二。”接着是一串坏笑。

如果不是两个，如果价钱不是“相当合适”，易长安对一小单生意肯定也不会这么上心。初平阳想了想，让他五分钟后再打过来。他开始翻手机里的通讯录，在几个北大毕业的博士师兄师姐里权衡。私人关系既得好，还要人家愿意帮这个忙，毕竟是造假。有些知识分子习惯于做着样子爱惜自己羽毛。他找了一个在某新闻社工作的师兄，把电话打过去。那师兄说，没问题，随时来拿，送他都行；早知道这玩意没啥用，当初就不撅着屁股哼哧哼哧去念那鸟博士了。该师兄对学历向来不太在乎，加上在单位里，因为是名牌大学的博士，经常受别人排挤，窝着一肚子火。该师兄说，他打算去非洲清静两年，正好有个派驻任务，别人都躲，他主动接了；不跟这帮鸟人钩心斗角、消磨生命了，烦也烦死了。

初平阳把师兄的电话告诉易长安。长安说：“有人在你那边说话，听着像我妈。”

“就在你家老屋。”

“我爸是不是又跟你说他的《群芳谱》了？随他说。要让你帮忙找出版社，你答应着就完了。他真以为自己写出经典了，非要在三联、商务印书馆和人文社出，那才配得上他的书。还不愿意自费。他把版税都想好了，就百分之十二吧，也不欺负人家出版社了。真有想象力。我快被他整疯了。”

“刚开始说，还没深入。”初平阳说，“现在谈的是尊严。”

“是不是真理的尊严和意志的尊严？”

“就这两个。听上去来头挺大。”

易长安在香山脚下笑了。“老爷子开窍了。我跟他说，啥方法都可以用，只要扛住了，坚决不搬。您不是整天把尊严挂在嘴上么，好，咱们就捍卫一下尊严。弄一个子虚乌有的古人往那里一放，就得给她让路？凭什么？还有事实和真理没有？就跟他们耗，得保住咱们意志的尊严。要不是担心我妈心里受伤害，我他妈早回去跟他们打官司了！”

老爷子的理论支持原来是从儿子那里来的。初平阳不得不感叹，易培卿的变化还有极为重要的一条被忽略了，那就是：他终于被儿子收拾利索了。这个家的一把手不再是易培卿，而是易长安。过去他喝酒、打老婆、训斥儿子、搞女人；现在，除了喝酒，所有趾高气扬的恶习全戒掉了，自然地戒掉或者被迫地戒掉，他已经习惯了沿着儿子指引的方向前进；就算唯一剩下的喝酒，他也依赖儿子，因为牛栏山二锅头只能从北京来，花街上买不到。

初平阳透过海棠的枝叶看易培卿，此刻他鬓发斑白，坐在一把旧藤椅上，有滋有味地喝着二锅头，老花镜挂在鼻尖上，往嘴里数生花生米。他的嫉妒和暴戾从眼角消失殆尽；他老得不得不慈祥了。这个年过六十的老男人，迎来了一个父亲的黄昏。

“伯伯和阿姨都挺好的。”

“你说什么，平阳？”

“我说你爸你妈都挺好的。”

“折腾一辈子，我爸他该消停了。”易长安说，“有一天早上洗脸，离开盥洗池的一瞬间，我在镜子里看见了我爸的脸。吓我一跳。我走回去看，是我自己的脸；准确地说，我在我的脸上看见了我爸的表情。平阳你知道的，所有熟悉的人都说我长得像我妈。但那天早上我在我的脸上看见了我爸。所以我想，有些东西是任你怎么掩藏和篡改都抹不掉的，那就顺其自然。一把年纪了，他们想干什么就让他们干什么吧。我把他斗趴下了又有什么意义呢？我的脸上有个父亲，心里一定也有，身上一定也有。我们身体里都装着一个父亲，走到哪儿带到哪儿，直到有一天他跳出来；然后我们可能会发现，我们最后也是那个父亲。”

易长安从来不缺表达上的才华，但这番话还是把初平阳给震了，尤其是在易培卿面前。在初平阳看来，世上最不和谐的父子关系就在易家。多年来易长安像反对暴君和敌人一样反对父亲，几乎到了凡是易培卿反对的他都接受、凡是易培卿接受的他都反对的地步；他愿意做一切能让易培卿跳起来的事。当年，易培卿让他学理，他学了文；易培卿让他到城里教书，他去了乡下；易培卿让他考公务员当国家干部，他跑到北京当了个办假证的；易培卿让他好好守着老婆过日子，他用鼻子笑了一声，说：“你也配跟我说这个！”他把经手的每一个女人的照片都寄回家给他看。

“行了，不说这个了。忘了问你，半晌不夜的你这会儿回花街干吗？”易长安问。然后初平阳听见他在那边说，“等一下，我在跟平阳打电话呢！”他重新转向电话，“不好意思，惠惠叫我，咋咋呼呼的。”他和女朋友在一起。

“忙你的，家里放心好了。我回来收拾一下，把房子卖了；上次跟你说过，想出去念几年书。”

“那啥耶路撒冷？枪林弹雨的，还真打算去啊？你卖哪儿的房子？”

“大和堂啊。没那么严重，那么多人还不好好的。”

“大和堂要卖？等一下，”易长安说，他的嘴离开手机，扯起嗓子喊林惠惠，让她回来，“平阳，别卖了，大和堂归我，价钱你说多少就多少。”

“你也来救济我呀？”

“救什么济！我真的想要。需要救济也没问题，多少你说话。”

“救济就免了。房子卖了足够。不过，杨杰定下了。”

“他凑什么热闹？用大和堂养二奶？”

“他没你花。”初平阳说这话还是压低了声音，担心被易培卿老两口听见，“他说做生意。我也搞不懂他做什么生意。”

“在石码头上做水晶生意？”易长安沉默了几秒钟，“风光带整起来，倒也不是不可以，但目前基本上还是瞎起哄。这事你别管了，我跟他说。我还真有点急用。”

初平阳想不通他有什么急用。易长安一年前已经在南大街买了一套两百四十平米的大房子，复式，父母住楼下，他带某个女人从北京偶尔回来，住楼上。现在只有他妈一个人住，易培卿为了防守阵地，坚决不从老屋挪窝。易长安他妈说，幸亏那猫整天跟着自己，要不那么大房子就一个老太太住，听见自己咳嗽的回响都觉得瘆得慌。

“你知道我现在干什么？来香山看房子。”易长安说，“我得找个地方把林惠惠弄安稳了，省得她想起来就跟我别扭，今天给你整一出，明天又给你整一出。没有比大和堂更合适的地方了，找点生意啥的让她做，就老实了。”

“是不是有人要造反？嘿嘿。”初平阳猜可能是某些红颜成了祸水。

“造反倒没有，但惠惠她老想镇压。”易长安说，“别跟老头老太太说啊，他们降压药吃完了。就这么说，我不跟老头老太太通话了，替我带个好。晚上我打过去。我找杨杰去。”

初平阳挂了电话，告诉易培卿，长安有点急事，让他带个好。

易培卿说：“什么事急成那样，连句话都没时间跟他妈说？”

“挣钱的事呗！”初医生老婆说，“培卿，你这儿子算养值了。我估摸一圈，四条街就长安最能挣钱。”

易长安的母亲说：“妹子，快别说挣钱，我这心里就没踏实过。长安要有平阳一半就好了，咱们家怎么就没有个像样的读书人呢？”

易培卿咳嗽两声，声音里有老年人的书卷气。“平阳，咱们说咱们的。尊严。”

如果不是因为跟易培卿讲话必须打起精神、拿出足够的谦恭和耐心，初平阳倒是愿意领教接下来的两个尊严。易培卿开始啰唆了，车轱辘话转着圈说，初平阳只能让自己耐心点，再耐心点，然后在适当的时候点头表示高度赞成。

易培卿要捍卫一个真理。假如存在一个翠宝宝，即使此人活在先秦，他也认了，但现在所有的资料证明她只是一个民间传说。他找到翠宝宝最早的出处源于明末的一本富家子弟的八卦谈话录里，在那本极为冷僻的线装书中，三十八岁的二少爷喝醉了，跟记录他言行的门客兼秘书说：长春苑有妓翠宝宝者，容艳，肉白，性子烈。文后，门客兼秘书又注：翠宝宝疑为崔宝宝。该二少爷倒是生活在运河边上，不过已经远在河北境内了。而且这个二少爷的谈话多在头脑不清醒的状态下进行，他的段子和八卦往往前后打架。果然，此书的倒数第八页中，门客兼秘书又记：少爷与友人冯某冬日温酒，冯某问及翠宝宝（崔宝宝），少爷如梦方醒，反问道，此何人也？

刚刚出现的翠宝宝又在同一本书中消失了。易培卿历数他所读过的资料，与“翠、崔、宝、宝宝、妓”这几个关键词中任何两个沾上边的女人都算上，一共六百九十二个，再和运河挂上钩，只有两个：一个就是二少爷的谈话录；另一个是淮海史志办编的一本民间故事大全，1984年出版，一则传说题为《名妓翠宝宝舍身取义》，采写者注明该故事来源于一个耄耋之年的老渔民。其他所有关于翠宝宝的消息都来自民间的口耳相传，关于她的故事漏洞百出、前后打架，她仿佛活在所有时间里，什么事情都做过。

“传说我不反对，虚构我也不反对，以讹传讹我还不反对，”易培卿张开十指，挥动两只手，“但我坚决反对把传说、虚构和以讹传讹坐实，而且是以行政干预和如此隆重的方式。这是明目张胆地无视真理和事实，是伪造历史！在我们眼皮底下肆无忌惮地把历史变成一个任人打扮的小姑娘！就算不上纲上线，它起码是在篡改花街！我们没法规划花街的未来，我们总能替老祖宗保住花街的历史吧？真理必须捍卫，历史也必须捍卫，平阳你说是不是？所以你伯伯我很生气——现在咱爷儿俩谈另外一个问题：意志的尊严。”

关于这个尊严，易长安在电话里已经简洁通俗地解释过了：耗就耗到底；站直了，别趴下。易培卿对这个问题的解释比儿子更具学理性，他老想往宏大和高尚的层面上绕，越绕就越啰唆。要用无数的小补丁把大而无当的想法包裹严实，以免四处漏风，确实有点费事。他把这个上升到公民的权利，上升到财产的私有权神圣不可侵犯，上升到虽千万人吾往矣的荣誉。

“这是全中国老百姓面临的共同问题：拆迁，你要给我一个心悦诚服的理由。”易培卿说，“谭嗣同说：我自横刀向天笑，去留肝胆两昆仑。这诗写得好！花街上如果真有拆迁钉子户，就从我易培卿开始！挺住，意味着一切！”他把“易培卿”三个字说得很重，那只叫易培卿的猫以为在叫它，停下推纸团的游戏，在海棠树下对着这边叫了两声。易长安的母亲在门楼底下说：“易培卿，你又玩纸团！”

接着易培卿喝了一口酒，抹一下嘴，小声说：“平阳，你说我必须得挺下去吧？现在要认输了，我这老脸往哪儿搁呢？太没面子了。”

初平阳差点笑出来，最后这句才是他最日常的困境：骑虎难下了。就算没有那些庄严正大的理由，他也得逼着自己耗下去，他丢不起那个人。

一玻璃杯二锅头至少三两五，易培卿喝完了，还要再倒，初平阳劝住。易培卿说，不喝也好，进屋抱了两大摞稿纸过来，八百个空格的稿纸每一页都写满了字。三十万字应当不成问题。易培卿谨慎地翻动给初平阳看，一边翻一边将该页上的好句子念给初平阳听。他一笔一画地写出来的，抱着填补中国文学和娼妓文化研究的空白的巨大愿望。很多句子听上去都挺好，信息量也大，第一本稿纸翻完时初平阳已经听到八个陌生的名字，她们分别活在战国、两汉、南朝、唐和后周。易培卿耐心地为初平阳翻了十二本，累得直喘粗气，重新坐正到藤椅上时，开始抱怨出版社有眼无珠。他已经从最初的三联、商务和人文社的范围拓展开去，只要是口碑好的出版社，哪怕是一家省级的，他也不是不可以考虑；版税也可以商量，不必非要达到百分之十二，百分之十一、百分之十也可以嘛；退一万步说，如果出版社真能慧眼识珠，看到它的价值，一次性稿费付清也不是就一定不行，但是，可但是，但可是——

“我绝对不接受自费出版，也不接受作者包销，”易培卿相当严肃地戴上眼镜又拿下，“这是对我的侮辱。不是对我易培卿的侮辱，而是对《群芳谱》的侮辱。早晚学术界和文学界会发现它的价值！除了《红楼梦》，我还没有看到哪本书像我这本一样，写出了那么多鲜活的女性形象。”他的后背离开藤椅，把花白的脑袋伸到初平阳面前，“我想尽快把它出出来，我还有一部书要写。”

这倒出乎初平阳意料。还以为他是无心插柳、水到渠成地写了本书，现在竟列出了自觉的写作计划。他明白易培卿的意思，主动承诺回到北京后跟出版界的朋友联系，看能不能“保质保量”地把《群芳谱》给出版了。长辈们有求于人经常是这样，说一半留一半，你得把头脑放灵光点儿，主动请缨，搞得像你求着他给你一个表现的机会。易培卿对初平阳的回答很满意，他拍着他的肩膀说：“平阳，伯伯看着你长大的。你真是长大了。”初平阳笑笑，感谢长辈们的关爱。他对他的下一部书有些好奇：“易伯伯，您是说，还要写《群芳谱2》？”

“只有准备不足的作家才那么干。我要写《花街传》，大纲我都拉好了，初步规划六十万字，分三卷。”

初平阳抽了一口气，六十万字，全写在八百字一页的稿纸上，放在屋里得占多大的地方啊。

“平阳，在你们文学界，大器晚成的作家都多大成名的？”

“易伯伯，我在界外。不过就我所知，苏老泉成名就晚，就是苏轼他爹。葡萄牙有个大作家叫若泽·萨拉马戈，六十岁才成名，又过了十六年，获了诺贝尔文学奖。”

易培卿揪着下巴上一根没有剃干净的白胡子，缓慢地点头：“七十六岁。嗯，嗯，还来得及。”

易长安的母亲突然喊：“培卿！易培卿！”易培卿和那只猫同时竖起耳朵。

初平阳看见门楼外的夕阳光线中站着几个人。隔壁的纪念馆依然叮叮当当在响，脚手架上有人在喊，地上的工人在接应，还有人齐声喊着嗨哟嗨哟的号子；工人为赶工在加班。因为聊天，作为背景的劳作之声经常被他们忽略，现在每一点声音都很清晰，仿佛纪念馆已经提前把他们的院子囊括进去了。易培卿瞥一眼门楼外，把后背靠在藤椅上，坐得更深了，跷起二郎腿开始看稿子。初平阳慢慢站起来，他想，站在中间偏左的那个留着披肩卷发的女人这么眼熟。那个三十多岁的女人显然也看见了他，先把手对他举起来，然后才犹豫但又热烈地叫出他的名字：

“你是，初——平阳！”

初平阳看见她下巴上的那颗黑痣，大小和位置都对，确认自己的判断没错。“齐苏红！吕冬呢？”

他们俩的热情招呼让气氛有所缓和。初平阳走到门楼前，易长安的母亲也不再像刚才那样死死地把住大门。五个人，四男一女。齐苏红向站在中间靠前的秃顶男人说：“鲁局，这就是大才子初平阳，原来在师范大学教书，现在是北大的博士。”

姓鲁的秃顶男人是市文化局的副局长，一张嘴露出一口黑牙，他的笑声里都有一股浓重的中华烟的味道。初平阳搞不清一个地级市的文化局副局长是副处还是副厅级别，但局长的笑声之爽朗和开阔，完全是副部级以上干部才有的高屋建瓴。初平阳觉得如果不看他的头脸和牙齿，此人可以给《西游记》电视剧里的佛祖如来配音。如果这种宽洪的笑声并非与生俱来，或者只是代表身份的假声，那更能说明此人极具表演才华，适合做配音演员。鲁局长握着初平阳的手说：

“久仰大名，果然后生可畏。淮海的希望就寄托在你们身上了！”

他的手肉肉的，厚实得像长老了的大丝瓜。初平阳握一下赶紧松开。另外的三个男人分别是城建局的房主任、文化局的顾科长、沿河风光带管委会的宣传干事小刘。初平阳被迫和他们一一握手。最后，鲁局长说：“小齐，你得向咱们北京来的领导自我介绍一下啊。我代劳吧。初博士，这是咱们沿河风光带管委会的齐副主任，省里的三八红旗手，劳动模范。别看只是个管委会，级别可不低啊。”

初平阳说：“齐主任。”

“平阳，自家人就别搞那一套了。”齐苏红说，“过会儿再说吕冬。现在领导下来现场办公，为易家拆迁的事。”

易培卿坐在藤椅里头也不抬，说：“国家总理来了也不好使。两个字：免谈。”

鲁局长、房主任、齐副主任走进院子，宣传干事小刘和文化局的顾科长走在后面。顾科长绕过小刘走到初平阳边上，说："初博士，还记得我吧？给你打过电话，约你写翠宝宝的文章。"原来是那个顾科长，怪不得一听他说话就有想把他舌头捋直了的冲动。你可以说不好普通话，但也没必要把普通话说得这么难听啊。

鲁局长坐到初平阳的椅子上，给对面的易培卿递上一根中华烟。易培卿摆摆手，戒了。鲁局长又高屋建瓴地笑了，说："这烟不是假的，放心抽。就当给老弟我一个面子。"易培卿接过了，顾科长要上去给易培卿点火，鲁局长一挥手，亲自点。"还有牛栏山二锅头啊。这酒好，我也爱喝。要我说，二锅头未必就没有茅台好喝。"

易培卿说："那好啊，我用二锅头跟你换茅台。"

"没问题，一句话。"鲁局长说，斜靠着椅背，一点都不像谈公事的样子，"我那点工资，一年也就能喝上两三瓶茅台，以后它们全归你了。"

以两个谈酒的老同志为中心，外面站了一圈，都不吭声，听他们接着谈文学。鲁局长看到了《群芳谱》的手稿，第一页没翻完就开始说好。花街真是藏龙卧虎啊，年轻的有初平阳这样的才子，老同志里，竟然也出了位大作家，到底是底蕴丰厚的宝地。这《群芳谱》里有咱们的翠宝宝吗？

"我只写有的人，没有的人我不写。"易培卿说，"我不能给历史造假。"

鲁局长说："我很佩服老哥实事求是的精神。不过话又说回来，翠宝宝可能无法证实，但也无法证伪吧？历史是人民创造的，民间传说中的翠宝宝活灵活现，那就说明不会是空穴来风。在这一点上，我是充分尊重和相信人民的。"

“我不是人民？为什么不相信我？为什么不尊重我作为人民不愿搬家的权利？”

“今天我来，就是跟老哥交交心，谈谈这个问题。”鲁局长说，对下属们挥挥手，“你们不必陪着我们老哥俩聊，该干什么干什么去。”

大家散了。齐苏红对初平阳说，她先陪房主任和顾科长他们看看纪念馆的进度，一会儿过来说话。初平阳送他们出门楼，他妈拉住他衣角，这女的真是你朋友？当然，吕冬老婆。吕冬你忘了？我朋友和同事，很多年前就认识的。初医生老婆想起来了，哦，和舒袖一个院子里的。既然是朋友，那还是说一声好。“一会儿她过来，问问她是不是最近不舒服，”初医生老婆说，“气色不对。”

初平阳没看出齐苏红哪地方气色出了问题。多年前他第一次见到她时，她就这样，永远一副女强人的架势，精力无比充沛，工作狂，能把生活中的每一根草都摆放到它应该在的地方。当年很多师大的男同事都羡慕吕冬，人家找老婆只能找一个，你找了仨，一个老婆，外加一个妈和一个生活秘书，吕冬你真是赚大发了。那时候齐苏红比现在年轻和瘦一点，但现在显然更干练，眉眼间的风光那么一流转，你就知道她对这世界了然于胸。下巴上的那颗痣没变，还在毛泽东那颗肉瘤相反的位置上，这也是朋友们说她有经纬之才的原因之一，有领袖相。据说她祖辈世居湖南，到祖父一辈因为战乱，背井离乡走水路来到淮海，从此扎下根来。越发觉得齐苏红非同寻常。

心还在继续交。从门楼底下看过去，易培卿和鲁局长都心平气和，偶尔还有笑声。鲁局长给易培卿点烟，两个脑袋往一块凑，如同一对失散多年的好兄弟。初平阳坐在石墩子上，听两个母亲相互夸对方的孩子。

花街的这条青石板路走了几百年，石头被磨得油亮，他想象无数透明的脚印叠加在这条路上，究竟有多少双脚、多少双鞋呢。在脚步踩不到的边边角角，苔藓在生长。叮叮当当的声音还在，在这声音里，飘浮着五月初的槐花的甜香味。出门的多年里，他也有乡愁，也常想起花街的人和事，但转个身也就过去了；只有在文字、图像中看见运河、青苔和石板路的时候，一个结结实实的花街才会占据整个大脑，有时候像一根闷棍把自己打晕，这时候他才不得不承认，自己和花街的确是有扯不断的关系的。他低下头，在石头上看见了自己的影子。母亲们第一千零一次重复他们对孩子的夸赞。在他的印象里，随便两个母亲在一起，最重要的话题就是说孩子，表扬和相互表扬。易长安的母亲说，看平阳多文静，我要有个闺女，死活也得让平阳娶了；要被别人招了女婿，那我得多心疼啊。初平阳在心里笑，没见过这么别致地夸人的。

齐苏红他们看过了纪念馆，又绕着斜教堂转了几圈，四个人走过来。初平阳给齐苏红介绍，这是我妈。齐苏红上前搀住初医生老婆的左胳膊，说阿姨好，来花街很多次了，每次来都想去看您和初叔叔，又怕冒昧，就拖了下来，真是该死。初医生老婆拍着齐苏红的手说，这样见着了也挺好。她对初平阳使了个眼色。初平阳说：

“苏红，工作很忙吧？我妈刚刚还说，你得注意休息，别太累着。”

“阿姨您看出来了？”齐苏红又把初医生老婆的胳膊抱了抱，“最近我是有点儿不舒服呢。”

“说说。”

“阿姨，我总做噩梦。三天两头做，梦也大同小异。老梦见从右手手心开始，”她抽回胳膊，把右手手掌心摊开，左手比画着，“出现一条黑线，然后往胳膊和身上绕，就这么绕，一直绕回到左手手心为止。开始我觉得那只是一条黑线，后来我在梦里仔细看，那黑线竟是由从皮肤里渗出来的黑芝麻一样大小的东西排列成的。看着都瘆得慌。我婆婆说，可能是体内的寒气淤积所致，也不知道真假。正打算方便的时候请初叔叔给号个脉，诊断一下呢。”

初医生老婆把她拉到一边，说：“到海棠树底下，我给你试试。”她们俩斜穿过院子到了东南角。初平阳看见母亲的手掌平摊在齐苏红的后背上（其实没有碰到她的身体，中间隔了两到三厘米），沿顺时针方向一点点转圈，圈子越转越大，直到把整个后背都覆盖一遍，然后她从齐苏红的两个大臂往小臂和手上渐次驱赶。前后大概八分钟。初平阳听见母亲在叫自己。他走过去。母亲先拿起齐苏红的左手，让她五指张开。母亲说：

“打火机。”

初平阳递上去。

此刻母亲一脸的汗。她把左手压在齐苏红左手的上方，右手对着齐苏红的大拇指摁动打火机。初平阳当时就呆了，齐苏红的大拇指里冲出一道幽蓝的火苗，五秒钟左右火势减弱，直到消失。接着是食指、中指、无名指和小指。每一根指尖都喷出一道蓝火苗。然后是右手，相同的程序和做法。齐苏红显然也吓呆了，她只在武侠小说里读到过，大理国的国王高僧修炼出一种武功叫一阳指，能够使出六脉神剑，就是这样从指尖里发出剑气一般的功力来；她还读过高手解酒解毒，通过丰厚的内力将酒或者毒从指尖里逼出来；除此之外，她就只知道指甲能从那地方往外生长、手指头破了或者被削掉了指尖会喷出血了。现在她亲眼看见自己的指尖喷出蓝色的小火苗，像氧气焊，相当诡异。

初平阳也想到了那些武侠小说。母亲把打火机递给他时，他也才逐渐回过神来。几年不见，母亲神秘的招数好像更多了。

初医生老婆说："平常多活动。多和家人在一起。少生气少发火，慢慢就会好一些。"

齐苏红连忙感谢，摇晃几下身体，果然觉得轻松许多。

交心的声音突然放大了。易培卿从藤椅上站起来。鲁局长说："房主任、齐主任，你们过来一下。"看样子还是没谈拢。

初医生老婆看着齐苏红的背影，忧心忡忡地对儿子说："你这个朋友，寒气重倒次要，要命的是她戾气重，只用我这法子调理是没法根除的。这是性格上的问题，心病，还得让吕冬多帮帮，自家人才是最好的医生。"

这番话初平阳完全听不懂，他不知道那蓝色的小火苗到底是个什么东西。一点就着，他真担心烧着齐苏红。

站着的易培卿又坐下了，他在自己眼前把两只手像蒲扇一样摇，扯着嗓门说："不搬，坚决不搬！你们把我埋在这里吧！"

所有人都围到他们跟前。鲁局长坐着，脸色已经相当不好看了，微笑早变了形，像剪好了临时贴在脸上的，因为仓促贴错了位置；左手手指不停地敲击桌面，他希望用这种方式让自己平静下来。"不搬。不搬。"他说，"好。"然后站起来，"小顾，你们几位先起草一个报告，我审定后上报给佟局长和市领导，准备拆教堂。"

"真拆啊？"顾科长说，"那是文物。"

"就是个市级文物保护单位，"鲁局长说，"不拆早晚也得倒掉，都歪成了那样了。没办法。就这样吧。"

"教堂不能拆。"初平阳说。

所有人都看他。鲁局长笑笑说："你倒给我说说，为什么不能拆？是整个淮海市的发展和五年规划重要，还是一座荒废的危房重要？"

"反正不能拆。"

"你的心情我能理解。都是文化人，知道每一处文物要是没了就不会再有了。"鲁局长走过去拍初平阳的肩膀，"可是没办法，上面的指示我们都得服从。纪念馆的二期工程眼见着要上马。走吧，让易老哥好好写作。"他跟初平阳握了手，也勉为其难地跟易培卿握了手。一行人向门外走。

"要拆什么时候拆？"初平阳在身后问。

城建局房主任回头答："报告批了就拆。一周吧。"

初平阳觉得自己有点乱，尽管站在原地没动，已经觉得自己在转圈子了。这几年每次遇到重大的事情，他站在原地或者坐着不动时，总感觉还有一个自己正在他待的地方像拉磨的毛驴一样不停地转圈子。

齐苏红出了院子又回来，和初医生老婆告了别。然后走到初平阳旁边，说："忘了跟你说，吕冬他，进三院了。听说你们家的房子要卖？"

"你说什么？"

"我说你回来真的要卖房子？"

"我是说，你刚才说吕冬怎么了？"

"进精神病院了。"

这么早就开始回忆了

朋友通知我，这一次活动地点在西直门外大街的一幢居民楼里，我提前十分钟到。沙发、椅子和地板上已经坐了十三个人，唯一让我感到回忆之沉重的，是大部分人都叼着香烟。接下来十分钟里，陆续来了另外八个人。这是“回忆者俱乐部”的常规活动，每月一次。大家在QQ群里提前约好，时间、地点、聊天内容和主讲人。这是昨天晚上的事，我第一次来，加上我，一共二十三人。朋友给我的资料显示，这个俱乐部里，最大的四十二岁，最小的二十七岁；这个晚上的活动者，算上我，平均年龄三十五岁。

你可能从没听说过“回忆者俱乐部”。我也是一周前刚知道。不是官方社团，也不是非法组织，就是一帮年龄相近的人凑一起，交流、活动，比如聊天、远足、卡拉OK等，但核心的志趣相同，都喜欢没事往回看，就是所谓的“回忆”。他们认为自己在生活中是一群热爱回忆的人，为了方便传递聚会消息，召集人给这个集体冠名“回忆者俱乐部”。该俱乐部从不公开招新，也没有起草过入会规则和启事，不存在级别和职称，完全是朋友间的口耳相传，有兴趣就过来，场所轮流坐庄，AA制。刚从朋友那里得知这个俱乐部，还以为是一帮老同志在玩，就跟小区里的老头老太太在公园里凑成一个合唱团，每晚高唱革命歌曲那样，忆往昔峥嵘岁月稠。不是，他们大部分三十来岁，我们是同一代人。正是这一点吸引了我，我想去看看。无论如何，这不是一个回忆往事的好年龄。

——多大才是回忆的好时候?

昨天晚上，我与旁边一个三十一岁的兄弟谈及我的疑惑，他如此反问。是啊，多大才算回忆的好时候?我不知道，但我可以断定三十来岁绝不是个好时候。以我浅陋的见识，正是成家立业的多事之秋，哪有工夫对着过去抒情。有哥们儿说过句粗话：真他妈忙，性生活都忘了。可能夸张了点，但话歪理正。这个三十一岁的兄弟在某时尚杂志工作，一身纤巧的休闲西装，留莫西干头，看上去比实际年龄要小四岁。但是，他说，他是个回忆爱好者。世界很大，匪夷所思的爱好者很多，比如集梦爱好者，比如外星人爱好者，比如鬼片爱好者和笔仙爱好者。回忆爱好者还是头一回听说。

——我们都是回忆爱好者。时髦的莫西干人一挥手，把现场的二十二个人，以及有事不能来的同志全代表了。他说，哥们儿，没准你也是。

——我不是。我很肯定。

——别板上钉钉。你不是只是因为你不知道，这个年龄，还有人不擅长回忆？即使你不喜欢、不乐意，你也将被迫回忆。“被迫”，记住我用的这个词。

他比我小，言之凿凿、居高临下的口气我不喜欢。我很想告诉他：我就不是，怎么了？但是灯暗下去，主讲者的回忆开始了。莫西干人小声说：听西哥（音）的。房间里只剩下西哥的回忆和烟雾缭绕的声音。请允许我将西哥的演说节录如下：

从十二岁时出门，读书，工作，再读书，又工作，一晃二十三年。每年回家一到两次，名为归乡，实是小住，总是鬼撵着似的匆匆去来。回到家也难得外出，关在房里东翻翻西看看，偶尔出去，也只是房前屋后遛上一圈，漂泊不得安宁的心态常让我感觉自己是故乡的局外人。除了周围的邻居，稍远一点的都在逐渐陌生，那些曾是我同学和少时玩伴的年轻人，早已经婚嫁生养了。生疏是免不了的，要命的是他们的孩子，完全是用异样的眼光看我，好像我与这个村庄无关。

尽管这样，我依然没能太深地发现村庄的变化。大约是这种变化正在缓慢进行，而我一年一两次的还乡，多少也对此有些了解，孩子们的成长与谁家的一座平房竖起来并不能让我惊奇。都是生活的常识了，有些东西的确在人的心里也展开了它们的规律，它们的生长节奏不会让我们意外，也就无法把它称作变化。我常以为我的村庄是不会变化的，年复一年日复一日地相同，院门向南开放，白杨和桑树还站在老地方，后河水的荣枯也只是遵循着时令的安排。当我从村庄后面的那条土路走向家门时，沿途的景物让我失望地一成不变。我就想，还没变。外面的世界一天一个样，故乡却像脱离了时光的轨道，固执地守在陈旧的记忆里，生活仿佛停滞不前，一年一年还是老面孔。

若是从生活质量论，现在的乡村绝不是一片乐土。小城市正跑步奔向小康，大都市早已在筹划小资和中产阶级的生活，而乡村，比如我的家乡，多年来依然没有多少起色。当看到他们为人民币深度焦虑，而将正值学龄的孩子从教室里强行拽出来的时候，我是多么希望她也能与时俱进，希望故乡富足祥和啊。那些田园牧歌的美誉，那些关于大自然的最矫情的想象，加在乡村干瘦的脑袋上是多么的大而无当。生存依然是日常最重大的话题的村庄，要田园牧歌和大自然的想象干什么？看到他们和若干年前一样，扛着茫然的铁锹走进田野，我常觉得自己在这片大地上想起诗歌是一种罪过。他们当然需要诗歌，但更需要舒服滋润的一日三餐，和不再为指缝里的几个硬币斤斤计较，需要所有人都和他们一样，把粮食高高举过头顶。

可是祖母说，村庄一直在变，一天和一天不同。她又向我历数我离家的这半年中村里死了多少人。祖母越来越执着地谈论死亡了。这几乎是年迈的一个标志，在乡村像老人斑一样不可避免。祖母八十多了，有理由为众多的生命算一算账。祖母说，东庄的某某死了，才六十八岁；南头的某某得了癌症，没钱治，活活疼死掉了；路西的某某头天晚上还好好的，一早醒来身子就僵了，那可是个能干的女人，六十五岁了还挑着一担水一路小跑；还有卖烧饼的媳妇，一口气生了三个丫头，刚得了个儿子没满三岁，莫名其妙地一头钻进烧饼炉里，拽出来人已经烧焦了。

祖母坐在藤椅里，在阳光下数着指头，讲述死亡时只看天。她说日子一天一个样了，他们那一代人差不多都没了，出门满眼都是不认识的人。他们都走了，少一个人村子里就空出一块地方，能感觉出来院子里的风都比过去大了。没人挡着，风想怎么吹就怎么吹，来来往往都不忌讳了。

这是祖母的变化。村庄越来越让她不认识了，世界因为死亡在一点点地残缺，她所熟悉的那个村庄在逐渐消失，属于他们的往事和回忆被死去的人分批带走了，剩下的最终是面目全非的别样的生活。在祖母变化的生活里，不停地走进陌生的面孔，那些身强力富朝气蓬勃的年轻人；而这正是我所不解的，他们像血液一样奔突在村庄的肌体里，但是为什么多年来故乡依然故我，连同我们的土地都要为粮食焦虑？

这一段过去，西哥重又说起他的老祖母：

祖母年迈之后，回首往事成了她最为专注的生活。听父亲说，祖母睡眠很少，夜里一觉醒来就要把祖父叫醒，向他不厌其烦地讲过去的事。那些事祖父要么经历过，要么已经听过无数次，反正他已是耳熟能详。但祖父还是不厌其烦地听，不时凭着自己的记忆认真地修正。他们在回首过去时得到了乐趣。人老了，就不再往前走了，而是往后退，蹒跚地走回年轻时代，想把那些值得一提的事、那些没来得及做和想的事情重新做一遍想一次。他们想看清楚这辈子如何走了这么远的路。祖母显然常常沉醉在过去的时光里，或者真是太阳很好让人想睡，她讲着讲着就闭上了眼，语速慢了下来，仿佛有着沉重的时光拖曳的艰难，讲述开始像梦呓一样飘飘忽忽。

他还谈到了祖父、父亲和母亲，谈他们如何在充满回忆的生活里缓慢地勇往直前。限于篇幅，我只能节录这么多；限于昨天晚上只有西哥一个人主讲，我只能引述他的演说。这段精彩的演说中，有他本人关于过去和乡村的真情实感。在此，我不打算对他的忧患和担当加以论述，我只想就他的演说探讨一下“回忆”。这是一个“回忆者”的演说，毫无疑问。

西哥在回忆中像他的老祖母一样怀旧，一样感叹生命之卑微与流逝，感叹生之艰难与茫然。如果单从“回忆者俱乐部”这个主题来严格框范，这段演说可能并非最具代表性，但是，如若咱们把思路放开，让它发散那么一点，这个演说反倒具有典型性。这从接下来的谈论中可以发现，西哥的演说让群情激奋，几乎所有人都有话说。这些人来自中国的各个阶层，从事你可能想到的各种职业，政府官员、律师、资本家、小商贩、教师、无业游民，以及我这样的老学生，很可能也不乏作奸犯科者。就“回忆”展开讨论。很难想象，比我们在博士生课堂上的学术论辩还激烈。在讨论中浮出了众多关键词：

过去；历史；童年；乡村；乡土；民生；生命；城市化；生存压力；政治；改革；理想主义；我们这一代。

漫长的名单。他们，其实是我们，多次触及了这些巨大的词汇。开始大家还是拿着“怀旧”的语调去各自回首往事，不论出身乡村还是城市，过去都像一帧泛黄的老照片，面对过去我们充满深情。大家的语调仿佛不是在谈论已然发生过的真相，仿佛不是在追寻逝去的时光，而是在审美，像我们在博物馆欣赏与我们无关的旧照片。审美。就是这个词，我不知道大家在讨论时是否察觉了自己的这个心态。当“回忆”变成“怀旧”时，就已经在“审美”了。在这个喧嚣、慌乱、茫然的加速度一统天下的时代，能点上根烟聚在一起怀旧和审美，多少让我对我们这一代人还有了一点信心：我们还有能够安静下来的时候。

不过，我也听到了弦外之音，那就是在怀旧与审美时，精神中隐匿的一种无力感；怀旧在一群而立的青年身上呈现出了颓废的美。我不知道这个东西是好还是坏。即使大家对着“回忆”深度掘进，因为触及了宏大的命题，比如民生、城市化、政治改革、理想主义等而情绪昂扬时，我依然感到了声音、情绪和面孔背后的虚弱、乏力和心有不甘，好像每个人头脑里和身上都缠了一团乱麻，头绪纷繁，我们没有能力理直气壮地把它们理清楚。让我们试着探讨一下，别着急，一个一个说。

——比如历史。谁都有过去，所以谁都有历史，但不是谁都有可供无数次反刍的大历史。大历史，请原谅我在用一个大词，我想谁也不能否认，每个人都有大历史的情结。波澜壮阔的时光，我们错过了，我们没赶上，我们为此遗憾一辈子。上个世纪50年代出生的人有，60年代出生的人也有，到了70年代，气壮山河、山崩地裂、乾坤倒置的岁月都过去了，我们听见了历史结束的袅袅余音。如果听不见就算了，可以心无挂碍，在无历史的历史中自由地昂首阔步；问题是我们听见了，那声音参与了我们的身心建设，像60后，被革命的浪漫主义和集体主义规训了；区别在于，60后对这“革命”看得真切，而对我们来说，它只是幽灵，我们被一种看不见摸不着的东西塑造了生活。60后与大历史的撕扯我们没有，他们看见过，切肤之痛过，顺从过也反抗过；我们只有牵连，但我们却获得了类似他们的世界观和人生观，当我们伸出手，去握去推，手边只有虚无和空气。一个抽象的历史改变了我们，我们的过去是个无物之阵。这让我们的回忆只能是怀旧，对一个看不见的东西深情地向往与批判；如果你认为这就是“审美”，那我们只能审美。

——理想主义。我想插一句，顺着这兄弟的话说。

正因为和60后具有精神同构性，我们传承了理想主义。可能我们自己都不明白理想主义究竟是个什么东西，但我们有，所以我们才像老人一样回忆，才去像“夕阳红”栏目那样怀旧。在比较和鉴别中寻找一个更适宜精神飞翔的东西，在我看来就是理想主义。为什么相对于更年轻的一代，我们缺少足够的现实感和物质感？可能，我们已经是最后一代的理想主义者了。只有老人和理想主义者才会如此频繁地回忆。

——说得好，不过我倒想谈谈你所谓的现实感和物质感。我们缺这个吗？假如以现实感和物质感作为衡量财富的标准，我们都是富翁，但事实上，我们基本都是穷光蛋；就因为我们是穷光蛋，现实才逼迫我们比谁的怀里抱有的现实感和物质感都更多。成家立业，说的就该是我们这个年龄吧？上有老下开始有小，也是我们这个年龄吧？“雄关漫道真如铁，而今迈步从头越”，说的也是我们这一伙吧？高失业我们赶上了，金融危机我们赶上了，房价像火箭一样上天我们赶上了，哪天我们不在为现实和物质焦虑？简直是他妈的焦头烂额！别人我不知道，反正对现实和物质，我“感”得实在太深，深得快要人命了。对我来说，回忆是另一种形式的虚构，怀旧是可以自欺欺人的逃避。不怕大家笑话，我就是抱着这个目的进了咱们这个俱乐部的。在这里，我才能乐一乐。

——我很想谈一谈政治，谈一谈这个社会，可是谈了又有鸟用？咱们谁能使得上力气？老顾，你是政府官员，公务员，人民的公仆，你能使得上劲儿吗？你也不能。所以我不想谈了。但是我私下里会想，乱七八糟地胡思乱想。这是不是理想主义在作祟？算了，不管谁在捣鬼了。有两三年时间，我在看历史，看晚清一直到现在的历史，你当然可以认为我在怀旧，呵呵，怀到晚清怀得是有点太旧了。我就是想看看，世道是如何一步步走到了现在。如果那一天李鸿章、慈禧、康梁、袁世凯或者孙中山走了另外一步棋，咱们在“回忆者俱乐部”里会回忆点啥呢？

——回到拉萨，回到西哥，回到咱们的村庄和老祖母。我赞同西哥，百分百赞同，举双手双脚赞同。我家在农村，出来闯北京的头一天还在放牛。我放的是小牛犊，我爹刚从邻村买回来的，断奶没几天。吃完草我牵着它回家，一个小母牛，还没扎鼻眼，突然它就跑起来，缰绳缠在我手脖子上，拖着我直往前跑。要在平常，我跑得肯定比它快，可是它突然启动，弄得我没回过来神，就被它拖倒了，摔在路上，缰绳脱手之前被拖了好几米。你们看，我胳膊上的疤掉了，痕迹还在，这么长的口子。我趴在到处是车辙和牛蹄印的土路上大骂，牛日的你发什么疯！它还是跑，跑了五分钟，停下了。那地方有一头老水牛。我赶到时，它正往后退，眼泪汪汪地哞哞叫。它把那老水牛当成它妈了，跑到跟前发现看错了，很难受。看得我也很难受。现在我经常想过去的事，想那个小牛犊，想着想着我就继续很难受。但不由人，不想都不行。我在家时从来不想过去，现在每天穿过大街小巷给人送快递，闲下来我就想，就是你们说的“回忆”。所以一听到聚会的消息，我就来了。我没啥文化，不知道到底什么是正儿八经的回忆，也不知道回忆究竟有啥用，我就来了。就说这个，说得不好你们别笑话。以后给各位送快递时，我会更加小心轻放，及时按点地送到。谢谢。

…………

还是因为限于篇幅，我必须用省略号代替接下来的发言。作为一篇文章，从作法上讲，不管你让我证明这回忆是早了还是晚了，我自信都能把论点给囫囵周圆了。但现在我不是在做论文，只是相对客观地陈述一个事实：他们的确这么早就开始回忆了。如果说我还有什么主观的想法，那就是，对我来说，只一次聚会就够了，他们说服了我。或者说，他们让我发现了我，其实我也很早就开始回忆了。想必你也是。信不信由你。

秦福小

QIN FU XIAO

到五月，楼里出来散步的人就多了。天开始热，燥了一天的风凉下来，吹到身上很舒服；小区对面的万泉河公园很宽敞，有花有草，有喷泉和假山，还有很多长条椅可供休息，坐下来，躺着，风一吹人就睡着了；到九点多钟醒过来，哆嗦两下往家走，排着队堵在电梯门口要进来。八点半到十点之间，电梯得上上下下不停地跑，福小忙着按钮、和人说话，十八层楼的居民都认识。今晚安静，过了八点电梯就不动了，因为刚下了一阵雨，温度立马降下来，都待在家里不露头了。北京就这样，天气稍有点儿风吹草动人就乱。眼看着满大街出租跑空车，只要落了五分钟的雨，想打到一辆车比你现造一辆都难，到处都是惊慌逃窜的人，所有车都在摁喇叭。社会心理学的专家们认为，这是因为大城市里的生活缺少安全感。福小不知道这论断是否科学，以她的经验，小地方对雨雪等天气突变倒是有过剩的平常心，大雨瓢泼也照样光着脑袋在外面走。照专家的推论，那些偏远的小乡镇就该有充沛的安全感；在贫困落后的生活中心安理得，这个论断要推过去好像不太容易。

福小在工作服里面加了一件长袖T恤，坐下来不动的时候才觉得正好。天气预报又放了空炮。她刚从收音机里听到，今天下午平谷区的山里还下了一毫米半的雪；五月飞雪，反常的自然现象是在进一步强调我们的生活缺少安全感吗？安全感的确相当奢侈，傍晚时候，一个中年男人跟着房产公司的中介到十三楼看房子，上下电梯都在抱怨，房价高成这样，还想不想让人活。让房主今晚就定夺，别明天早上一觉醒来，价钱又上去了。中介说，放心，这绝对是跳楼价。顾客回答，是你跳还是我跳？中介说，价钱跳。顾客哼了一声，你说的是价钱从十二楼往十三楼跳吧？他们离开后，电梯继续上行，缆绳碰巧在十二楼往十三楼上升的时候嘎吱嘎吱响了几下，福小想，房价上涨的声音可能就这样。

最后一个乘客是十五楼，下了以后电梯就停在那里。福小不喜欢悬在半空的那种上不能顶天、下不能立地的感觉，于是将电梯运行到一楼，在一楼她更有安全感。没人的时候她也不喜欢将电梯门敞开，那样她也觉得没有安全感。她的安全感在于，在一楼但关上门，别人看不见她，而一旦天送出了事，她打开门就可以往家跑。这个时候天送只能一个人在家，四岁零两个月的孩子，一个人爬上床，拉上被子，灭掉灯，闭上眼睡觉。福小上小夜班，傍晚六点到午夜十二点，这期间只能偶尔回去一趟，看一眼天送就往回跑。五分钟前，她正做数独，天送打来电话，说：

“妈妈，我想跟你说完最后一句话就睡。”

“不是已经跟妈妈说过了吗？”

“那是倒数第二句，现在才是倒数第一句。”

“那你说吧。”

“妈妈，我想跟你说，你要在电梯里害怕了，就给我打电话。”

福小当时眼泪就往下掉，挂了电话在电梯里想天送。这孩子养得值——值不值都得养。第一次在初平阳拍到的照片中看见小家伙时，她觉得他眼神里有种说不清道不明的东西。初平阳刚考上博士，跟着导师和同学做一个社会福利方面的课题，把北京周围的养老院和孤儿院转着圈子考察了一遍，最远的已经考察到了河北地界，收集了不少文字和音像资料。杨杰婚后一直没孩子，一直在犹豫是否要收养一个，初平阳就把他在孤儿院带回来的信息发给他看，照片里有天送。那时候天送叫蓝石头，负责他们几个男孩的阿姨姓蓝，蓝阿姨喜欢他，希望这孩子能像石头一样健康、坚强、有棱有角。在杨杰召集的一次聚会中，初平阳把这些照片带到知春路上的无名居，在这家淮扬菜馆里，杨杰夫妇希望初平阳、易长安和秦福小能给他们出出主意：领养还是不领养；若领养，领养什么样的孩子。在众多孩子照片中，福小看见了蓝石头。一岁多的蓝石头小细胳膊小细腿，顶着颗大脑袋，躲在一群孩子的后面，大眼睛里那种与生俱来的忧郁让福小的肠胃骤然扭结了一下；这疼痛只有在她想到死去的弟弟天赐的时候才会有，二十年来，只要天赐的名字和嘴角上翘的笑脸出现在她头脑里，肠胃就要扭结。但这事很快就过去了，照片里的蓝石头占的空间很小，眼睛更小，是否有福小认为的忧郁都很难说；即使有，也不稀奇，这世上有多少人，每个人眯缝小眼以后表情都会显得很深沉。

一周后，他们驱车前往河北的那家孤儿院。在乡下，离最近的村子半里路，一个大院子里有前后三排红瓦房，院子后面是条水流向西的河。这地方原来是养老院，一个做家具生意发了财的老板建的，最多时有过二十三个老人；经营了三年，老板生意砸了，养老院也挣不了几个钱，老板决定把院子卖掉，老人们从哪里来回哪里去，转手之后成了孤儿院，政府出钱来维持。福小在院子里的小操场上看见了蓝石头，怯怯地靠着滑梯，半张脸躲在阴影里。他们给孩子们带去糖果和巧克力，分发的时候杨杰老婆问福小，你觉得哪一个孩子最好？福小说，都好。的确都好。她看他们高兴觉得好，她看他们羞怯、难过也觉得好；那些有残疾和缺陷的孩子，她也觉得好，是让她心疼的好。这么小的小东西，她抱着他们，捏着他们肉肉的小屁股蛋，觉得这些都是刚长出来的果子，新鲜得让人不知道怎么才好。

杨杰两口子在离开孤儿院时没表态，他们还在踌躇。领养孩子是一辈子的事，必须慎之又慎。易长安从开始就不赞成领养，他连自己生孩子都嫌麻烦，要什么孩子嘛，能把自己喂饱整快活了已经不容易了。他喋喋不休一路，让杨杰和崔晓萱心里浮上来的几个目标又慢慢沉下去。回到北京，晚上没事的时候福小翻看数码相机里的照片，但凡有蓝石头的镜头，她都在自己身体里听见咯噔一声，仿佛一扇沉重的铁门被打开。他们俩在发黑的红砖围墙下有张合影，福小蹲着，揽着蓝石头的小身体，蓝石头很不情愿地将右手搭在她肩膀上。福小觉得肩膀上的那个位置现在还热着。围墙固执、强硬、傲慢地充满整个镜头，在想象的空间里可以无限延伸，直到成为蓝石头的世界的隐喻。她盯着照片里的蓝石头看，在他的脸上看见了天赐。天赐被一道墙隔在另外一个世界。凌晨两点半，她在近百次辗转反侧之后，起床给初平阳打电话，如果她要领养一个孩子可不可以。

“你疯了？”初平阳从中英文对照的《圣经》上抬起头，两眼酸涩。“这事首先得问你男朋友。”

“你只要跟我说，没结婚的女孩子可不可以领养。”

“当然可以。”

“没年龄限制？”

“无配偶的男性收养女孩时，年龄限制才比较严格：收养人与被收养人的年龄要相差四十周岁以上。”

“那好，我要领养蓝石头。明天你陪我去。”

初平阳抽了一口凉气，福小还是原来那个福小，就算把天下走遍了，她也不会改。她从十七岁离家出走，在中国的版图上从东走到西，从南走到北，在北京停下来，她还是秦福小。

第二天阴雨，一大早找杨杰，杨杰关机，易长安开着他的尼桑越野车带他们俩去了孤儿院。手续繁复，要体检，要出示很多证明，填很多表格，签很多字，条条款款都得过一遍，关键是这个流程中的负责官员不是你不在就是他缺席，全等齐了，手续办好，晚饭都吃过很长时间了。北京的雨一直下到河北，又从河北下回来。车在泥泞的野地里畅行无阻，易长安跟初平阳说，你还说我买越野车嘚瑟，这要杨杰的宝马来跑，早趴泥坑里歇着了。蓝石头瞪大眼看着雨线抽打车窗，在福小怀里恐惧得一动不动，他把哭声憋在肚子里，带着恐惧睡着了。等他再睁开眼，躺在福小的床上，看见的是北京明亮的阳光，他哇的一声哭起来，要蓝阿姨。福小把他抱起来，说：

“乖，从昨天晚上开始，我就是你妈妈了。”

杨杰和崔晓萱一周半之后决定领养那个大脑袋的男孩。初平阳告诉他们，蓝石头已经成了福小的儿子，改叫景天送。崔晓萱当即在电话那头叫起来，这叫什么事，参谋成了挖墙脚的！杨杰你他妈的都找了些什么人！

“不发疯会死吗？”杨杰说崔晓萱，然后问初平阳，“平阳，她怎么会领养孩子？”

“她说，”初平阳心事重重地说，“蓝石头像天赐。”

杨杰在那头没吭声，半天才说：“没看出多像啊。”

“她说像。”

“像个鬼！她就是不想让我们好！”崔晓萱的讨伐里带了哭腔。为了要孩子她把北京所有医院和专家都看遍了，也做过无数次艰难的尝试，最后一个老教授跟她说，孩子，认了吧。她花了一年时间才接受这结果，又花了一年时间接受领养一个孩子的建议，因为杨杰希望有个孩子，现在她失眠十个夜晚之后终于决定领养一个男孩，却被秦福小挖了墙脚。多少年里她其实就挺烦这个女人，只要一提起秦福小和景天赐，杨杰那沉痛和游移的眼神就让她不舒服。除了有点娴静和坚定的姿色，她就没看出这个十几年来漂泊全国各地、干过无数匪夷所思的工作的女人究竟有什么好，让杨杰、易长安和初平阳言谈举止中都小心翼翼地护卫着。“像什么像！她就成心跟我们找别扭！”

“真让他姓景？”杨杰把电话免提关掉，崔晓萱消失了。

“福小亲口说的。景天送。”初平阳说。

“这名字好。”杨杰点上烟，“像吗？”

那个时候的确没那么像。但是现在，三年过去了，所有见过天赐的人都不得不承认，天送简直就是天赐翻版。初平阳他们见了，后背直冒冷汗，像到了骨头里。接着他们惭愧，在蓝石头的脸上和眼神里看见景天赐的，只有福小，而不是他们中的任何一个人。

福小坐在电梯里。数独是做不下去了，晚报上今天的数独题很难，就算心平气和她也未必做得出来。看上去就那么几十个不起眼的小格子，要把数字不重样地摆对位置，让任何两个方向的数字总和都相同，难得要死。福小是数独高手，起码在物业公司的所有电梯工里没人玩得过她。电梯工都爱玩这个，一道题能把一个晚上都打发掉，还不觉得烦。资源也丰富，报纸订户喜欢让邮递员直接将报纸送到电梯里，下班时懒得开信箱，顺手就从电梯工的小桌上取走了；很多报纸后头都有数独题，随便做，反正人头都熟。

很多同事和朋友向福小请教数独的心得，福小说，没心得，就是直觉，然后就是让自己的思维跳起来：三级跳你们都知道，一跳，再跳，又跳，在头脑和眼睛里给数字留下开阔的变换空间，别让它们挤在一块儿打架。同事和朋友照此方法试验，回头苦着一张脸对她，数字跳不起来，脑子里的空间不够。福小说，那就没办法了。

她没说实话。在她头脑里三级跳的不是数字，而是地名和工作；虚拟的空间的确足够大，但那空间不是为数字准备的，而是中国的版图，她因为流浪和谋生曾不得不在九百六十万平方公里的大地上跳来跳去。从南京到杭州到九江到长沙到昆明到潮州到深圳到郑州到西安到石家庄到银川到成都到北京。她在数独的小格子里看见了一个个城市，她正在从一个城市奔赴另一个城市的路上。助跑，起跳，腾空，落地；助跑，起跳，腾空，落地；每一个动作都很艰难，每一次都仿佛连根拔起，每一次也都成功地助跑、起跳、腾空、落地；吃了多少苦，忘了，时光流逝就到了今天。她做的是地理学式的数独，这其中包含了一条比数理更坚强和有效的逻辑。说实话也没用，他们没法理解。

709室的订户出长差，他的《京华晚报》已经在福小的桌子底下积了一摞，这段时间福小就盯着晚报做。让每一行的数字加起来都等于29，跟让每一行数字加起来等于92一样艰难。福小觉得自己在城市之间跑累了，助跑、起跳、腾空、落地的动作都开始变形，腿脚不听使唤，很像噩梦里跳起来悬在半空动不了，迟迟落不下来。她揉揉眼，翻开报纸，看到初平阳的专栏，“我们这一代”，文章标题是：《到世界去》。

福小看了报纸眉头上的日期，今天是该有平阳的专栏了。和每次阅读初平阳的专栏一样，福小开始总要笑，她一直无法将憨厚腼腆的初平阳和他幽默清峻的文字对应起来，这个洒脱、侃侃而谈的人是初平阳吗？也和每次阅读一样，到最后她总要难过得沉下心来，想哭。她搞不清初平阳是如何在字里行间实现这样一种情感和思考的逆转。想笑，当然好；想哭，当然也好；以福小对文字和文学的理解，她确信初平阳写出来了好东西。所以每次读平阳的专栏，都像一次亲人的私密约会，她为平阳和自己骄傲；还因为这专栏的公之于世，而为平阳和自己生出浅浅的羞涩与难为情。有时候她也会想，这也许是弟弟天赐的声音，因为他们同年，生日只隔了七天，光屁股一起长到了天赐把手术刀片割向自己左手静脉的那一天。

铜钱、朱永久、裁缝林婆婆、大水、满桌、木鱼、陈永康的儿子多识、周凤来的三姑娘芳菲，还有小狗阿尔巴尼亚，福小都认识，读这个专栏如同她走在花街上。初平阳说，他曾“和三个朋友去寻找一个女孩”，这“女孩”是福小。他们在寻找之路上吃了不少苦头，为此在任何时候想起来，福小内心都充满愧疚、温暖和感激。但在这个专栏里，福小发现最重要的信息是：大和堂要卖。如果把岸边高大的槐树、灌木和芦苇都忽略，站在船头可以在一两公里外就看见大和堂；这等于说，站在大和堂二楼的窗户前，若能将草木抹掉，你可以放眼运河至无穷远处。在花街，包括东大街和西大街，开窗看见运河、出门走上船头的，只有大和堂。福小拿出手机，号码拨出之前又取消了。她从桌子底下抱出一摞《京华晚报》。

一个加班刚回的住户进电梯，问是否要帮忙，福小说谢谢，她准确地找到半个月前的那期《京华晚报》。半个月来她第四次阅读初平阳的上一个专栏：《这么早就开始回忆了》。

初平阳把一件琐碎平常的事情弄得这么复杂和深入。福小认为，这种事只有知识分子才干得出来。福小不是知识分子，高中毕业证都是假的，她甚至会在初平阳的专栏里遇到不认识的字词，必须回家查了字典才能彻底弄明白一句话的意思。偶尔聚会，她会和杨杰、易长安一起取笑初平阳的学术腔和八股调。不过看完这篇，她认为知识分子看问题也是有可取之处的，初平阳用六千字的篇幅逮着一个问题翻过来掉过去地说，直到让她秦福小也意识到，回忆和乡愁在她的确已经是大问题。

很多年里，她拒绝承认回忆和乡愁。那是些什么东西？回忆是廉价的，乡愁是妥协，你怎么能身在远处心怀故乡？你可以在那里，或者走。问题还在于，它值得你牵肠挂肚吗？她从石码头上跳上一条过路船，为的不就是扔掉所谓的回忆和乡愁？

那个十七岁的凌晨，薄雾从运河上升起，船老大和水手们要么刚从自己的床上起来，要么刚从花街上做生意的那些女人床上起来，他们一起背对码头仰天打着哈欠，准备抄两捧河水洗把脸就启程。福小看右手腕上别人送的电子表，离约定时间已经过了二十六分钟，送她手表的人没来。那人说，就算睡过头也不会迟过半小时。福小轻巧地跳上船，拉开褪色的绿色旧雨布钻进一堆煤炭里。如果能迟到二十六分钟，就能迟到半小时；能迟到半小时，就能迟到一辈子。没什么好解释的。（他说，就算睡过头。）如果这样的凌晨都能睡过头，那她不相信还能有什么事情可以让他及时醒来。煤是黑的，雨布里的光线几乎跟煤一样黑，她把电子表解下来，想扔掉，转念一想，异地他乡同样需要手表告诉她此刻身在一天里的哪个位置，于是将表戴到了左手上。以后决不将手表戴在右手上。送表的时候他说，女孩子把表戴到右手上，洋气，然后小声地贴到她耳朵上说，也性感。柴油发动机响了，船像做梦一样晃悠起来，没有人在岸上呼喊她的名字。

洋气——性感。她仰脸躺到煤堆上，两串眼泪掉下来。她在黑暗里说：

“屁！”

他不来她也得走。

他们是同班同学，同桌，但只在同学看不见的地方好。“好”有个隆重的名字叫“早恋”。他说不能让任何人看见，到处都有他妈妈的眼线。他们从运河的南岸去学校参加高考模拟考试，他着急，她却想和他一起慢慢走，拽着他的胳膊，把他的每一步都拉下三分之一，为此差点误了考试。迟到半小时不得入场，他们迟到了二十八分钟。出了考场他还一头汗，要是让他妈知道了，死都不知道怎么死。

“你妈就这么重要？”

“如果你是我妈，你就知道她重不重要了。”

她说：“好吧，你妈重要。”

他不来她也得走。再待下去她会疯。跟功课没关系，以她的成绩，念不了好大学念个二流的大学应该没问题。但她受不了了，一看见父母脸上像皱纹一样与日俱增的忧伤，她就自责和愤恨；看见祖母踮着脚幽灵一般进进出出那座倾斜得随时都会坍塌的教堂，她也自责和愤恨。祖母的表情接近于空白，你可以想象一张揉皱了的白纸，祖母的表情就那样，那张脸上唯一的内容就是皱纹。父母脸上的皱纹与祖母的区别在于，前者在追赶，后者在深化。他们长久地沉溺于丧子与失去孙子的悲痛里。起码看上去如此。他们的生活里笼罩着一层铅灰色的静寂的悲哀，即使在饭桌上，即使饭桌中央放着一盘香味扑鼻的红烧肉。从山东顺运河而下来到花街的父亲，景侉子，一生嗜肉，他对红烧肉的热情令人发指，他指着一大碗红烧肉用山东话说：我的人生观。这是天赐死前的事。天赐死后，他的红烧肉胃口更大，到了让人恶心的地步，吃红烧肉像往嘴里掀颤巍巍的大石头，两个嘴角一起往外冒油；但他再也不指着红烧肉说，那是他的人生观了。

福小做了噩梦：看见弟弟在船上走，像渔夫和水手一样对她做鬼脸；弟弟在水里游，露出鱼一样的脑袋，两只眼长在太阳穴上，咧开嘴对她笑；她看见雾气朦胧的半空里飘下来一张张正在滴血的照片，天赐在照片上从不同的方向用各种怪异和悲苦的表情盯着她看。还没醒来她就开始自责和愤恨，直到哭声和尖叫声响起来，她醒来。遇到所有比她小两岁的男孩，她也自责和愤恨；甚至听见别人叫“弟弟”、小她两岁的男孩叫“姐姐”，她都自责和愤恨。在高三这一年，她觉得积累经年的自责和愤恨终于全方位爆发，以至于无边无际到她无论如何也安慰和说服不了自己。

福小端着报纸走了神，逐一想过噩梦里的弟弟。手机里响起了敲门声，短信来了。天送最喜欢敲门声，门响说明妈妈回来了，所以他强烈要求福小将手机铃声都设成敲门声。短信是嘭嘭嘭三声，电话是一连串嘭嘭嘭。高天短信：

喝多了，今晚不去总控制室了。

福小回：忙你的。

高天回：有事给我电话。喝多了，难受。

福小回：早点睡。

回完了她以为事儿就完了。敲门声又响。

高天说：福小，你知道我难受。

福小就烦了。没见过这么腻腻歪歪的男人，总把自己的那点儿小情绪放大到天上去，福小不再理他。两分钟后他又来短信：福小，我真的煎熬。福小用鼻子笑一下，你可以不煎熬。但毕竟是因为自己，福小还是回了他一条：睡醒了啥事都没了。

第三副总高天喜欢福小，整个物业公司的人都知道。高天本人也不避讳，晚上没事就往总控制室跑，在那里他可以通过电梯里的探头看见福小，还可以用对讲机和她说话。高天三十六岁，离异，女儿判给了女方，人不错，条件也没得说，平常挺照顾福小。他给福小安排的宿舍是电梯工里最好的，在地下室最靠近出口的一居室，理由是孩子需要新鲜空气；除了上厕所和应付突发事件，电梯工里能在上班时间离岗十分钟的人，只有福小，理由也是孩子，她需要在心里不踏实时回家看看。此人优点一大堆，否则早被更大的领导和员工们在背后指戳死了。但他在天送的问题上就是拿不起放不下，让福小很看不上。他总问，天送真是领养的？头两次福小还认真回答，是，可别跟天送说。问多了她就知道问题来了，他怀疑天送是私生子。到这里她也能理解，因为天送像天赐，跟她当然也比较像。问题是，他倒不是多在乎天送是个小拖油瓶，在乎的是福小跟别的男人生过一个孩子。你想，跟别的男人生了一个孩子。他立马觉得这不洁让他受了侮辱。

莫名其妙。福小想不明白，一把年纪了，男女那点事又不是不懂。你不就是在意我有过男人吗？那就坦白地告诉你，我有过男人，不止一个，十年前开始不是处女。她的确经历了不止一个男朋友。十七岁的秋天，她在船上不时地探出脑袋，希望能看见一个男孩在岸上追着船跑。她想船速不快，腿脚没毛病的都追得上。船行到老船闸，一长串的单放、拖船、小火轮、小舢板和竹排等候提闸放行，她依然没有失掉希望，她把脚从雨布里伸出来，如果他看见，他就明白那是她。过了闸，下雨了，船加速，她把脚缩回来，又哭了，满天满地都是她的眼泪。在众多城市之间辗转，她还喜欢过两个人。一个至今还在深圳，老婆孩子想来都有了；当初散伙是因为她要离开，他不想动。一个领养天送后散掉的；他不能理解为什么放着自己的好零件闲置着不去生养，偏要从孤儿院里领养一个；而且，尤其让那个跟她从郑州一起来北京的男人不能理解的是，为了保证给天送足够的爱，她不打算再生孩子；那好吧，那男人幽怨地说，跟你的天送一起过吧，我撤。

“我知道你不是处女，”高天绞着两只手，“这个年龄要还是处女，有点儿可怕。我就是一想到天送可能是你跟另外一个男人生的，我就不舒服，半夜想起来都要挠墙。”

“区别就在于一个生了孩子，一个没生？”

“对不起，允许我打个恶俗的比喻：我知道有扇门被别人进过了，但是你知道被进过跟看见门边写着‘某某到此一游’，那感觉还是不一样。”

“明白了，如果天送是我生的，那他就天天提醒你，某人到此游过了。”福小说，“我还以为有在职博士学位的人都没能力恶俗了呢。高总，你不应该来找我，应该找心理医生。”

“对不起。我真的很喜欢你，一看见你乌黑的长辫子，我就止不住地兴奋。”

“辫子我可以剪。”福小说，“你前妻也留了长辫子吗？什么样的男人有那么好，让她玩命地跟你离？”

“别提那女人！”高天噌地站起来。“她怎么能跟你比！”

福小说：“高总，是你在比。”

“不能把天送给别人抚养吗？抚养费我来出。”

“不能。”

“为什么？”

“因为不能。”

十八年前，弟弟割破左手的静脉，福小眼睁睁地看着他血流光了死掉。

十一岁的夏天，天赐在傍晚的运河里游泳，黑云像赶集一样往花街奔跑，雷声和闪电在后面追赶。那个傍晚仰脸看过天的人都说，分明看见一只大手在天上推动，从岸上往水里推船见过吗，在布满车辙和牛蹄印的土路上推十二只大汽油桶见过吗，割倒的麦子打成捆往打谷场上推见过吗，三匹马或者两头牛拉着的直径一米三的石磙子见过吗，黑云和雷电就以那种形式往花街和运河云集。东半天是黑的，西半天是红的，黑暗的河水从底下往上翻。天赐和伙伴们在石码头西边两百米处游泳，别人都上岸了，他还在跟另外两个孩子比试，看谁能在最短的时间里把运河从南到北游上四个来回。天赐游得很快，在他最后一个来回即将靠岸时，一道雪白的闪电擦着他鼻尖插进运河，他被吓傻了。

很久以后从水里抬起头的伙伴才听见雷声。在岸上的伙伴说，那闪电有几千米长，一直通到天上。但是天赐说，哪有什么闪电，他只看见一条白蛇从天上钻进水里，眼睛血红，牙齿靛蓝，嘴张开来有笆斗那么大，进了水就像钨丝一样缠上他，搅得河水咕嘟咕嘟冒泡泡；他看见自己光溜溜的身体如同灯泡一般亮起来，他感到有一种类似疼痛的麻从头到脚贯穿了他，身体就透明了，空起来，像枚鱼鳔那样漂起来。

天赐坚持认为自己遇到的是很长很长很长的白蛇。说“很长很长很长”的时候，他的下嘴唇包不住舌头，口水流了一肚皮。说完了他就笑，眼睛也开始不聚焦。单从眼睛看，你不知道他究竟在看什么，因为他的两只眼看的是不同方向。下次再说，在“很长很长很长”之后又多了一个“很长”。此后，直到他血流尽而死，单白蛇的长度这一条就够他说上五分钟，口水得流上半碗。他被吓傻了，傻得很彻底，初医生的针灸和中西药治不好他，初医生老婆的招魂术也召不回游泳前的景天赐，初医生他妈，就是初平阳的奶奶，那时候还活着，她的道行比儿媳妇据说要高（当年，初老太太替儿子相中这个媳妇时，看上的就是初平阳他妈行巫方面的天赋。尽管那时候作为姑娘的初平阳他妈专心地相信马列主义、毛泽东思想和科学，根本不懂法术为何物，看见了也十分地瞧不上，那啥呀，封建迷信），老太太拿出了珍藏多年、秘不示人的民国元年的四块银圆，画地为城，分青龙、白虎、朱雀、玄武四个方位给天赐召唤过去，累得差点虚脱，白头发掉了一把，依然没能召回。

景侉子带天赐也去了很多家医院，镇上的，县里的，市级的，省级的，据说还到过北京，连传说中可能有偏方的僻远之地都去了，含有壁虎尾巴、蜗牛角和公推磨虫左腿的粉末的大黑药丸子就吃了一百多个，天赐还是没治好。不仅没能治好，眼看着越发严重，稍微受点刺激就突然暴戾起来，摔锅砸碗倒是小事，关键是会伤人。过年点个鞭炮，过路的船只响个汽笛，自行车爆了胎，狗见到陌生人的狂吠，肺活量大的人打一个大喷嚏，都能让十一二岁男孩的神经立马动荡起来，逮着什么砸什么，所有器物在他手里都可能成为武器，包括他自己的两只手。

有一天孟弯弯家的公鸡经过他身边时突然打鸣，天赐迷蒙的眼神瞬间尖锐，一把抄起公鸡的脖子，以成人都望尘莫及的速度扭断了鸡脖子。断了脖子的公鸡继续往前跑，脑袋垂在一边，如同一架失事的战斗机。

有一天他正坐在门楼底下吃午饭，去林婆婆家做衣服的朱永久老婆因为着急赶路，不小心努出了一个短促的响屁，天赐的头突然就歪到一边，放下碗追上去，在朱永久老婆的胖屁股上一边插上了一根筷子，疼得朱永久老婆跳起来，嗷嗷直叫。身体发福之后她从来没有跳过这么高。

有一天福小在教他做数学题（受惊吓之后天赐不再上学，为了治好病再去学校不被落下，福小每天负责辅导他功课），坐着的木头椅子腿折了，这咔嚓一声也惊动了天赐。他挥起手中的三角尺，用那个三十度的锐角划破了福小的胳膊。划完一下还要划第二下，被福小抓住手腕，幸亏景侉子来得及时，否则福小还真不一定能制得住他。受了刺激的天赐力气会在突然间成倍地往上翻。

有一天秦奶奶给他熬好药，把滚烫的泥瓦罐放在灶台上去取碗。天赐自己不小心碰掉了瓦罐，摔到灶前的砖头地上，哐啷碎了，汤药泼了一地。天赐的眉毛忽地站直了，弯腰抓起瓦罐把手，将破裂后的瓦罐碴口挥向闻声赶来的奶奶，矮小的奶奶左脸当时就开了一道血口子，然后一屁股坐到热气腾腾的汤药上。这道伤口留下的疤痕到老太太死，一直都在。多年后的一个深夜，天降暴雨，为了漏雨的教堂里的木头十字架不被淋湿，她用雨衣裹着十字架往家扛，死在蓝麻子豆腐坊门前的阴沟里，雨水泡胀了她的脸，那道伤疤看上去和当初的血口子一样大。

显而易见，如果天赐受了惊吓就跳起来，大大小小的“有一天”必须无限地排下去。四条街都知道秦家出了颗定时炸弹，你不知道他什么时候会爆发。谁也不能保证这世界永远安静得如在后半夜，所以只能有意无意地躲着天赐走，经过他家的门楼时都要瞻前顾后，确定一切正常才敢快步经过；还得像猫一样放轻脚步，免得惊动天赐那根谁也没法安抚的狂暴神经。

当秦福小在辽阔的陌生城市间游走时想起这些，当她坐在北京晚上八九点钟的电梯里历数这样的过去，算不算回忆和乡愁？在过去，她觉得不算，因为她是多么不愿意想起这些——回忆和乡愁是自愿的，而她是被迫，被一种叫生命和时光的东西所迫，回忆和乡愁只是生命与时光经过漫长累积导致的副产品，如同垃圾。

在过去的很多年里，在忙碌的间歇，在睡着之前和醒来之后，在混沌与清醒之间，在脚放进热水中和面包塞进嘴里时，她还会被迫想到更多事情。

景侉子。这个被花街人称为景侉子的男人叫景钢，被叫多了，他自己在填写各种表格和签收邮件与汇款单时，必须拍拍脑门才能想起来自己的名字是景钢。他是秦福小和景天赐的父亲，山东济宁人。山东人说话侉，口音重，舌头总是着急往后拽，南方人喜欢称他们是侉子。年轻时景侉子住在济宁城里的大油篓巷，1973年他和打绳街上的一个叫罗多的小伙子打架，被逼得差点掉进运河之前，抓起河边的一块老砖头就抡过去，罗多被拍得直直地躺倒在河边。景侉子吓坏了，跳进河里往最近的一条货船上游。船老大伸手把他拖上船，让他湿淋淋地站在写着“无产阶级文化大革命万岁”和“毛主席万岁”的货箱前同意，答应在船上白干一年活儿他就带他走，否则送他去公安局。景侉子答应了，一泡尿混在河水里顺着裤腿流下来。他的确干满了一年的活儿。

一年结束时，船老大在半路被以“革命”和“专政”的名义打死了，执行者是另一艘船上他的几个临清老乡，理由很简单，“我以毛主席的名义枪毙你！”没有枪，他们用的是铁棍，往后脑勺打。他们说他私下里“大搞资本主义”。其实就是每次跑船时，两头捎点私货，这边卖给那边，那边再卖给这边，赚点小钱。这样也会被人看不顺眼，打死拉倒。因为是“以毛主席的名义”，所以他们不怕景侉子泄密，他们跟他说，要么跟他们继续干，要么滚蛋，有多远滚多远。景侉子胆小，觉得还是拍屁股走人保险。他在离出事最近的一个码头下了船，进了花街。

这地方他熟，每次经过都要到石码头上采办给养，打打牙祭，偶尔也会揭哪个女人贴在门楼底下的红纸条。这一天他坐在蓝麻子的豆腐坊里，吃老豆腐就烧饼，吃着吃着眼泪汪汪，因为吃饱了以后他不知道去哪儿，现在已经差不多饱了。买豆腐的秦环看见了。

秦环。这一年秦环五十六岁，两年后，福小出生，她成了奶奶。事实上，几乎花街上所有的孩子都叫她奶奶；叫的时候加上姓，秦奶奶。易长安，初平阳，铜钱，到花街来玩的杨杰和吕冬，都叫她秦奶奶。时间久了，大人们也跟着孩子一起叫，易培卿两口子，初医生两口子，也习惯了叫她秦奶奶。这一天，五十六岁的秦环觉得这个两眼泪的小伙子眼熟，就问他大白天的哭什么。景侉子顾不上难为情，说自己没了下家，船老大被人“专政”了。为什么不回老家？济宁是个好地方啊。有家难归，年轻气盛，拿砖头拍人了。家里还有谁？父母？老婆孩子？父母跟哥哥姐姐们过，不必操心，现在光杆儿，一人吃饱全家不饿。

“花街怎么样？”秦环问。

“好。”

“想留吗？”

“想。”

“倒插门也行？”

景侉子眨巴眨巴眼，吧唧两下嘴，还真没考虑这问题。有点突然。

“先想想。到运河旅社里住一晚，”秦环端起一斤二两的热豆腐往外走，“明天早上我还来买豆腐。”

第二天一早秦环真来了。景侉子红着一双兔子眼在吃豆腐脑加烧饼油条。这一夜他想得辛苦，躺下了起来，起来后又睡下，把一枚硬币翻来覆去地扔，正面反面，反面正面，天亮时突然想到，我还没见过那姑娘呢。这才睡上了一个囫囵觉。秦环买了豆腐脑在他旁边坐下。景侉子说：

“姨，我能见见人吗？”

秦环说：“你这声音可真侉。”

门外进来一个姑娘，叫秦素文，两条粗黑的辫子拖到屁股上。她只看着秦环说：“妈，我端走了。”闪个身出去了。

景侉子下巴都掉下来了，来花街多少趟咋都没见过呢？他站起来说：

“姨，豆腐脑钱我来付。”

一条街人对秦环的主张都持疑虑：一个外地人，你知道他多少？你能保证他安心地留下来？秦环说，谁不是外来的？一个人可不可靠，跟你了解他多少没关系。要走的，本地人你也留不住；要来的，外地人你也挡不了；我就是外地人，这辈子不也耗在这条街上了？口音都硬生生地变过来了。

秦素文说：“那他打死过人。”

“死没死两说呢。”秦环说，“我想让他回去看看，不管那人死没死，得有个交代。他要还能回来，我就没看错人；回不来，那也只能随他去。谁也守不了一个人一辈子。”

她给景侉子一些钱，说：“侉子，出来晃荡一年了，得像个堂堂正正的男人。这钱你带回去，用你觉得合适的方式，看看那人，那人不在，就看看他家人。也看看父母。能不能回来看你自己的了。我闺女就等你半年。”

两个半月景侉子回来了。罗多没死，晕晕乎乎倒下，又晕晕乎乎站起来，昏睡了几天，再醒来就没事了。他请罗多喝了两场酒，说罗多，你要觉得委屈，就给我两砖头，咱俩扯平了。罗多拍拍他肩膀说，兄弟，你也不容易，在外躲了一年，担惊受怕的，碰上我脑袋硬挣，倒是你委屈了。景侉子眼泪一下子掉下来，抱住罗多肩膀就哭。一年了，他都没认真想过自己内心是如何的动荡不安；不过他也因此弄明白，为什么他比较爽快地答应秦环，秦素文的大辫子固然怎么看都好，拿得起放得下的丈母娘固然也难得，更重要的是，他想让自己颠沛流离的一颗心安妥。他把父母托付给哥哥姐姐，然后告辞，说：“我去倒插门了。”

父亲把他拉到一边耳语：“钢儿，不能养老俺不怨你，你哥生了仨都是丫头，景家的香火靠你了。就一条，生个小子得姓景，你跑天边了，俺和你娘也闻得着老景家的香火味儿。”

景侉子进门就和秦环谈条件：“倒插门的规矩我懂。就一条，儿子姓景。”

“闺女呢？”

“姓秦，姓景也中。”

秦环说：“必须姓秦。”姓了秦，周游了列国你还得回到花街，秦的根在这里。

秦福小和景天赐。1976年景侉子有了女儿，姓秦，说好了的；取名福小，为的是福大，但名字得低调。有了女儿还得要儿子，这是在济宁城里许下的诺，也是香火关天的大事。两年后有了天赐，出生在半夜，听说是个“带把的”，景侉子对着黑灯瞎火的济宁方向扑通跪下来，给父母磕三个头：景家有后了。他背井离乡成了别人家的人，他还是给爹娘留下了一根香火苗，他还了债了。有了福小之后，景侉子一直很焦虑，一会儿担心老婆再也生不了，一会儿又担心再生还是个丫头，到了每个月那几天，他把自己弄得像头驴，在床前直转圈子。搞得秦素文觉得夫妻那点事乏味得很，还不如在田里挖坑种玉米有意思。倒是母亲开导她，侉子心重，随他，你看看四条街，除了咱们家侉子，谁愿倒插门？秦素文就明白了，倒插门是身在曹营，心分两处，一半在曹营，一半去了汉。若干年后，初平阳再和福小谈起景侉子，用了个理论词，“认同”：侉子叔的心理认同和身份认同是分裂的，这个好男人想把两边都料理好。

收拾好，秦环招呼景侉子进屋。秦环说：“侉子，给我孙子取个啥名？”

景侉子看着儿子的小鸡鸡，咧着嘴笑，难为情地说：“妈，啥名都能取？”

秦素文虚弱地说：“当然，你儿子。”

“那叫景天赐！刚我蹲在院子里攥拳头，看见一颗星从咱家院子上飞过去，我就想，老天要赐给我儿子了。”

“那就天赐。”秦环说，“明天给咱天赐爷爷奶奶发个电报，多说几个字，好好报回喜。”

看着儿子，景侉子还有点后怕，这一胎要不是儿子，那就没戏了。去年老婆刚怀上，上头的文件就下来，计划生育政策落实到四条街上了。之前你敞开来生也没人管，但从1978年开始，有孩子的，不管男孩女孩，响应国家号召，想生你也得忍着。天赐赶上了最后一班车。济宁的爷爷奶奶先回电报：好好好好。过几天信也到了，老景在信里深刻地总结：

“钢儿，俺和你娘就知道，你在哪儿都是咱儿子；俺和你娘也知道，天赐在哪儿都是咱孙子！社会主义好啊！”

花街人见过世面，一致认为景侉子这样的山东男人少有，心细，顾家，带孩子都是一把好手。天赐出生后，除了喂奶的事要秦素文亲自出面，吃喝拉撒睡景侉子全管，他知道天赐冷了、热了、饿了、渴了、要拉、要尿、拉了、尿了分别是什么反应，总能在第一时间把问题迅速解决。花街上同年出生的孩子里，周岁之前没生过任何毛病的只有天赐，连湿疹都没出过一粒。初平阳比天赐早出生七天，五个月时有次小感冒，七个月出了湿疹，九个月时脑袋碰了桌角起了个包，初医生两口子就算够专业了，他们还是感叹：侉子可以去儿科做专业护理了。

天赐被照顾得越好，福小就越不舒服，她知道父母的心眼儿长歪了，明显偏到弟弟那边去。好东西紧着弟弟先吃，好衣服紧着弟弟先穿，弟弟跟父母一块儿睡，她却得和奶奶住一屋。闲暇时母亲钩了花、纳了鞋垫拿到市里去卖，带的也是弟弟，她只能和奶奶一起去倾斜的教堂里看十字架上光着膀子、歪着头的男人。最让她不能忍受的，是姐弟俩不一个姓。

小时候还无所谓，家里五口人三口姓秦，她是多数派，赚了。后来进了学堂，发现多数派既不值钱，也不安全；同学们都跟爸爸姓，就她跟了妈，这说明什么呢？呀，她爸倒插门！这话说出来味儿虽然不对，毕竟是实情，就怕那些天马行空的空想派，什么名目都能给你找到：她爸不喜欢她呗，姓都舍不得给她姓；她爸一定另有其人，所以不姓景；这是个秘密，听说景侉子到花街之前，秦素文的肚子就大了；你们都别乱猜——还用猜吗？不跟父姓肯定来路不正！她外婆姓秦，她妈妈姓秦，她也姓秦，谁能告诉我，他们家姓秦的男人都到哪儿去了呢？

福小在斜教堂里问秦环："奶奶，我妈为什么也姓秦？"

秦环眼睛盯着耶稣，说："你妈是我在石码头上捡的，就跟了我姓。"

"我也是你们在石码头上捡的吗？"

"要能捡到乖福小，"秦环从耶稣的脸转向孙女通红的小脸，"奶奶早就挎着篮子等在石码头上，每天捡他十个八个了。"

尽管如此，福小还是不放心，念三年级了还是经常到石码头上坐着，心想没准能捡到个孩子。她看着来来往往的船只，既渴望又恐惧某艘船上突然向她抛过来一个小孩，如果接到了，她该让那孩子姓什么呢？

当然，福小足够大，念了初中，明白倒插门的奥秘、知晓父母们经常偏爱男孩子时，也明白作为姐姐她应该包容和忍让弟弟，天赐的顺利成长她也肩负了一份推不掉的责任，她就不那么钻牛角尖了。他们的姐弟关系在四条街上堪称典范，不比平秋和平阳的姐弟关系差。好吃的好穿的好玩的，她让天赐先拿，过去被迫养成的习惯现在认为理所当然，尽管有时候她也得靠说服自己才能视之等闲。

"我是姐姐。"她把这句话写在日记本的扉页上，打开就能看见。

若干年后，她经常通过梦境重返天赐的死亡现场，噩梦醒来，她总要质问自己，我是姐姐，我有充分的理由让弟弟去死吗？

经由梦境回到过去，这算不算回忆之一种？梦是个相当奇怪的东西，同一个梦不仅可以重复做，而且这个梦越做越详尽，越做越清晰。如果把当年她站在院子中间的青砖小路上目击死亡现场看作第一人称，那么，一次次梦境对现场的描述就是第三人称，在自己的梦里，福小有了全能的上帝视角：

她看见自己站在过去的院子里，看见了天赐，看见了所有可能看见的房屋，砖石，泥土，生锈的压水井，墙角的槐树、月季、丁香和海棠，看见水台上猫在自己的碗里喝水、两只麻雀在傍晚的时光中神经质地跳跃在瓦楞上，甚至看见了院子之外更广阔的背景，仿佛电影里俯拍的镜头：每一家房屋的瓦楞上都跳着几只麻雀；所有草木都在风里摇晃；运河水在傍晚一半蓝黑一半血红；有的船走过来，有的船走过去，水面波光鳞动，醇厚得如同油彩；花街上的青石板路照见低头走路的行人干亮的影子。福小在梦里听见了风吹过天空、屋脊和树叶的声音，听见猫的叹息、鸭子的腹诽、麻雀压抑在嗓子眼里的尖叫，她还听见穿行在运河里的船只自己给自己数着一二三、左右左，听见阳光落到行人头发上折断的灰色的声音，当然，她必会听见血液从天赐切开的一厘米长的刀口里汩汩流出的声音，那声音在梦中经常被突然放大，仿如饥渴的吞咽声附着在她耳鼓上。父母在河北的菜园里拉水斗浇菜，这是土地逐渐萎缩之后，他们所剩不多的田野劳动，他们正在告别农民身份，水斗被拉起来，冲破空气的声音像在撕裂一块破布，然后水被倒进菜地，辣椒、西红柿、黄瓜、韭菜一起张大了嘴，然后空水斗再次撕裂破布，落到从运河流过来的蓄水沟里，灌满水再拉上来，景侉子和秦素文的汗滴落到面粉一样细腻的干土上，发出噗噗的隐秘声响。祖母在教堂里和十字架上的耶稣说话，教堂歪斜，每天都在向陈兴多的房子靠拢，祖母没和耶稣说话的时候，多半在练习读《圣经》，她听见祖母在念：

耶路撒冷啊，我若忘记你，情愿我的右手忘记技巧。我若不记念你，若不看耶路撒冷过于我所最喜乐的，情愿我的舌头贴于上膛……

（《旧约·诗篇137：5-6》）

这个梦她反复做，每做一次梦里就增添几棵花树、多几只麻雀和鸡鸭（有时候出现鹅，这种时候很少，她总觉得鹅张开嘴的时候舌头会变成一把刀）；运河里就会多一艘船；花街上就会多一个行人（影子必然越走越长）；风会渐大，猫的叹息变得悠长；屋脊上要多长出几丛荒草。父母还在拉水斗（父母那天下午的确在拉水斗浇菜园，老歪提醒景侉子明天不下雨后天肯定下，景侉子说，他浇水是为了青菜们今天就有水喝。他们为什么偏要在那个下午去浇菜呢？），他们在后来的梦里水斗越拉越快。祖母还在斜教堂里（那天下午她的确在教堂，她可以在任何时候做礼拜，只有她一个人。她供奉着一个人的主——耶稣，而世界上再也不可能找到如此倾斜危险的教堂了，她对自己和耶稣的安危从不怀疑。祖母为什么那个下午必须得在教堂呢？），在无数个梦里，祖母认识的字越来越多；多年以后，她在平安夜进了南京的金陵神学院，听见五湖四海来的神学生在用普通话诵读《圣经》，很不习惯，在她听来，《圣经》根本上应该是用花街的方言写成的。

在这个细节越发琐碎和详尽的下午，天赐死了。他的死经过无数个梦境的增补和修复，也许已经超越了现场真实，因为福小站在他十五米之外的地方，但在梦里却如在眼前一般，最微小的死亡细节都不曾被忽略。

罪魁祸首是两条船，它们交错经过石码头时各向对方鸣了一声笛。这是水路表示友好的规矩，但在陆地上引发了血光之灾。嘟，像放了一个屁；嘟，像放了又一个屁。第一声让半下午就开始午睡的天赐右腿抽动了一下，如果只这一声，他会继续睡，和最近的四天一样，平平安安度过第五天；但是第二声又响了，他的左腿也抽动了一下，随即人像弹簧一样从床上跳起来。他在昏暗的屋里（福小的梦中屋子里是昏暗的，尽管如此她还是清楚地看见弟弟的一举一动。此刻，她本人放下手中的作业，从门楼底下站起身，想看看两声汽笛是否惊动了弟弟的神经。在梦里，她看见了身后的一把大椅子和一把小椅子，大椅子上放着课本和作业本，小椅子上还留着她的体温）像喝了酒的猫机械而又安静地摇晃身体，光着脚寻寻觅觅。他在惊醒之后突然觉得身体里烧开了水，有很多泡泡想往外跑；同时，他无端地觉得这世界过于完整，需要什么东西把它给稍稍分离一下（这种主观唯心主义的结论也只能出现在第三人称的梦境里）。他像后来福小才见过的机器猫一样，摇摇摆摆地爬上凳子，摘下挂在墙上的、只有在姐姐辅导自己时才用的废弃的书包，从里面拿出文具盒，打开，颤抖的右手大拇指和食指捏起削铅笔的手术刀片。它怪异的造型让天赐在捏起它的一瞬间笑了。手术刀片很小，可再小也是刀，所有人都忽略了这一点；他们以为他只对那些日常的、手边的凶器感兴趣，菜刀、镰刀、斧头每次用过后，都藏在他看不见找不着的地方；自从戳了朱永久老婆的屁股，筷子也被列为重点藏匿对象。他下来，居然没蹬倒凳子。开始在空气里切割。天赐如此明确地直奔刀片，福小也只有在梦中才敢如此还原真相，它缺少必然的逻辑，因为天赐更擅长把手边的东西变成凶器；但她的确在无数个梦中看见他摇摇摆摆直奔刀片，然后开始切割。空气切开了又复原，世界依然完整；天赐开始切割被褥，很好，割开来再也合不上，被褥打开了一张张尖锐和修长的嘴。福小听见天赐在梦里笑了，声音单纯，像闪电到来之前。

如果天赐那天下午的傻笑没有从散漫、平旷骤然变为压抑和癫狂的尖笑，福小就接着回去做作业了。那她看见的弟弟的血就只能是静态的了。她走在半路上，担心弟弟会被两声汽笛吓着，这时候天赐已经割完了被褥，世界破碎之后他愈发感到身体里有水在沸腾，咕咚咕咚的泡泡到处在找门路，他凑近门以便在更好的光线里看清沸水和泡泡们在哪儿。他把刀片指向左手腕的静脉，一刀下去，如同梦境里的画外音，福小听见弟弟说：嘿嘿，找到你们啦！

血开始像市中心的喷泉那样往上冲，也像焰火，吓了天赐一跳。但是舒服，沸水和泡泡们出来了，一路欢歌。血喷出来时吹着口哨，福小听得见，调调很像后来听到的《欢乐颂》。她看见了，弟弟的血升起来又降下去，逐渐成为驯服的溪流。天赐在门前坐下来，对着她笑，说：

“姐，有人在我肉里给我挠痒痒。好受。”

福小喊：“天赐！”就要往上冲。

天赐右手里的手术刀片往前一挥，像往常一样划了一道颐指气使的楚河汉界，“姐，不许你过来！”那口气跟说“姐，不许你吃！姐，不许你动！姐，你再不听我就告诉爸妈，让他们打你！”一样。他把刀片又来回挥了两次。

福小站在那里四秒钟，却像十四年那么漫长，看不见的时钟的秒针在动，每走一格都地动山摇。但在梦里，福小看得见整个世界，听得清这个下午所有的声音，闻得到新鲜的血液扑鼻的温热和甜腥。父母的水斗停下来，汽笛声之后任何角落都没有尖叫声跨过运河，他们大眼瞪小眼相互看看，水斗接着拉起来。祖母从《圣经》上抬起头，耶稣的脸色没变，花街还是汽笛响起来之前的花街，她又接着往下念：“母亲怎样安慰儿子，我就怎样安慰你们，你们也必因耶路撒冷得安慰……”有人在花街上缓慢地走，有人似乎在他们家的门楼下停留。但这些都不重要，重要的是，福小往前走一步接着就往后退两步，仿佛一种游戏。

福小那天下午听见了十二只蝉同时叫起来，千真万确。重复做了差不多二十次梦之后，她才一一辨出每一只蝉所在的方向：东南三只，西南两只，正北一只，正南两只，东北一只，正西两只，西北一只。弄清楚方向后，她画了一张蝉声分布示意图，想从图中看出点东西，苦思冥想一无所获。福小确信当时她因为蝉声走了神，她站在距离弟弟十五米的青砖小路上，样子很像灵魂出窍。后来，她听见天赐的声音摇摇晃晃：

“姐，我冷。”

福小猛然看见脚底下自己的影子，两只胳膊张开，脑袋歪在一边，像祖母每天礼拜的十字架上的耶稣。她开始往屋里跑。

弟弟在她怀里笑的力气都没有，脸像一张空荡荡的演草纸。天赐说：“姐，我真冷。”福小抱着他叫弟弟，同时扯开嗓门喊人。花街那个下午出奇地安静，福小听到天赐说的最后一句话是：“姐，我把景给你。”声音断断续续。福小号啕大哭，悲痛和恐惧瞬间贯穿了全身：原来死真的会来。

天赐死了。在梦里一遍遍地死。天赐每死一次福小都要大汗淋漓地醒来。在蝉声响起之前天赐漫长的流血过程里，她在想什么？等到很久以后她敢于直面此事时，她发现，这在此前很多次梦里被刻意回避掉了。她开始在接下来的梦中睁大眼睛，像间谍一样潜入梦中的福小体内，开放身体的每一个神经末梢，几经完善，现场可以如此复原：

天赐手持刀片，不许过来！她站住了，她突然想，也许这样更好。你伤害自己，从此知道伤害别人的痛苦；从此你可能再也不会痛苦，再也不会让别人痛苦；如果你解脱，也解脱别人，再不必半夜为你忧愁。

她也在想：让你横；让全家人围着你转；让你一个人姓景；让你把所有都占据了。那好，去死！

她被这个“死”字吓了一跳。她又往前走，安详的微笑浮现在天赐疲倦的脸上。他坐在一大摊血上，说：“姐，我真舒服。”

济宁。福小不能肯定从深圳取道郑州时，中途拐到了济宁算不算怀旧或者乡愁。济宁这地方她去过，天赐满一周岁，父母带他们去寻根。三岁记不了事，脑子里除了剩下一个地名，别无其他。天赐倒是三两年会再去一次，景侉子带着，那边的爷爷奶奶只想看孙子。二十六岁那年秋天，福小在火车上想起天赐临死前跟她说，“姐，我把景给你”，决定去济宁看看。爷爷奶奶应该还在，因为她没听到他们过世的消息；也可能已经不在，天赐死后，景侉子也不再回济宁，相当于断了消息。景侉子怕父母问，咱孙子咋样了；他们知道天赐死了也问。不孝有三，无后为大，景侉子没脸去见大油篓巷老屋里的爹娘。想天赐和济宁的爹娘时，他就到年午的肉摊子上买五花肉，回家结结实实焖一顿红烧肉。

关于济宁，福小知道得比北京还多。离家之前，全世界对她来说只有三个城市，河对岸的淮海、山东的济宁，以及贵为首都的北京，从育红班开始，老师就挥着两手说：“同学们，我爱北京天安门，预备——唱！”景侉子对她和弟弟把济宁城的每一块砖头都讲到了，吃过红烧肉还要对姐弟俩背家谱，一直背到唐朝去。

景家的祖先和大诗人李白是哥们儿，李白你们都知道，床前明月光，疑是地上霜，举头望明月，低头思故乡。你们的老祖宗也是大文人，差点考上了进士。东西？进士不是东西，是个文凭，也是级别和职称，反正考上了就是大人物。咱们景家的祖宗虽然不是进士，但在济宁城里照样是大人物，要不怎么会和李白成好朋友呢。李白在济宁住了二十三年，搬了八次家，有六次都是你们祖爷爷给找的房子。李白传世的诗文九百八十余篇，跟咱们山东老家有关的诗文就有一百篇。我听你们爷爷说，多少年前咱们家还有李白的手稿，用毛笔写的，搬家搬丢了。具体是哪首诗我记不得了，长大了你们自己找。

还有戚继光，福小的历史书上学的打倭寇的那个，他就出生在你们老家微山县鲁桥镇西大运河里。不是生在水里，是在运河的船上。他爹是江南运粮的把总戚景通，带个“景”字，可能跟咱们老景家也有关系。明朝嘉靖七年闰十月初一，戚把总携带妻女押运漕粮，天黑了船停在鲁桥镇西，半夜，戚继光他妈肚子疼，就生下了戚继光。戚继光长大后，抗倭，把小鬼子打得嗷嗷直叫。

还有，虎门销烟的林则徐，也在咱们老家当过官，官名叫济宁河道总督。天赐你老是忘，就是管运河的。跟你们说过多少次了，济宁的运河比石码头这运河名声大多了。明朝永乐年间，因为漕运搞得好，济宁被称为“运河之都”。咱们老景家祖祖辈辈住在济宁城里，当过官，发过财，写过书，逢年过节都到太白酒楼吃饭。福小你忘了？太白酒楼，爷爷奶奶还带你们去看过。福小说，才三岁我哪记得住？又没让我和弟弟在那里吃一顿。

再次站在太白酒楼前，福小怀疑三岁时根本就没来过济宁，父母只带了弟弟；那种生冷的陌生感让她充满了深刻的自我怀疑和否定，仿佛揭了骗局的谜底。就算在梦里她也没见过这座著名的酒楼，但她还是请人帮忙跟太白酒楼合了个影。太白酒楼显然开了个坏头，接下来的景点和古迹无论多么耳熟，都无法把她从怀疑和防范的情绪中矫正过来，包括大油篓巷和打绳街。

她在两条街上转悠了半天，几乎是数着砖头和石块来回走。街不长，她有足够的时间把每一家都看清楚。爷爷奶奶在大油篓巷，她盯着每一个老头老太太看。白发苍苍的，腰驼成了九十度的，拄拐杖的，坐轮椅的，坐在门口十分钟都不转动一下眼珠子的，背着手若有所思地散步的，他们每个人都可能是她的爷爷奶奶，每个人也可能都不是。福小一点都不想走过去问，您姓景吗。这有悖于下火车时的想法；那时候她想，她应该代表天赐来看看景家的祖宗。现在她不想让他们知道她是谁，让他们和昨天、前天、大前天过得一样安宁平静也许更好。她代表不了天赐。天赐说，姐，我把景给你。福小在每一个老人的对面坐下来，努力让自己对他们微笑，给我也没用——秦还是景有意义吗？我不知道这些牙齿掉光了的人都姓什么。她对他们再笑一下，站起来，走到下一个老人对面坐下。她看见积攒了多年的微笑从自己的两个嘴角慢慢浮上来。

如果这也算回忆和怀旧，那她对可以追溯到李太白身边的景家列祖列宗的乡愁，到此为止了。福小离开济宁，转车去郑州。

初平阳在这个专栏里写道：当“回忆”变成“怀旧”时，就已经在“审美”了。

福小不知道这样的结论是否科学，她对“审美”的确切含义也不甚了了，但她本能地觉得这句话看上去很美。不过，以她多年来的经验和反省，也许怀旧还有另外一个面向，那就是敢于正视，好的坏的，你都得迎上去。你不可能永远躲避和逃亡。她把初平阳的两篇专栏同时摊在面前，《这么早就开始回忆了》，《到世界去》，她的目光从这个标题转到那个标题，再转回来。

几经反复，她觉得这其中貌似相反的路径其实是通往同一个方向；起码对她来说如此：心安处是吾乡，心不安处更是吾乡，心安与不安，同系一处。

喇叭在左上方咔嗒响一声，高天在里面清了一下嗓子。

“没人呀，福小，”他说，又清一下嗓子。“我让小关去买王老吉了，替他一会儿。”

福小继续盯着报纸看。

“什么报纸看得这么认真？”高天坐在监控室里，录像的效果不太好，看不清福小看的是哪家报纸。

福小把报纸头版举起来，红色的“京华晚报”报头出现在镜头里。

“今晚在酒桌上，有个哥们儿跟我说，有篇文章写得好。我一看，那不是你老乡嘛。要不，方便的时候我们请他吃个饭，一块儿聊聊？”

“要请你请，别拉上我。”

“你不出面，人家认我是哪山的猴子？”

福小又回头看《到世界去》。初平阳要卖大和堂。

“福小，”高天说，“我刚想了一路，决定了，以后不再计较天送的身份。”

福小回头看了摄像头一眼。

高天说：“我把他当亲儿子养。”

福小说：“不必了。”

“我都妥协成这样，你还不满意？”

“满意。我很满意。”福小说，开始在手机里找初平阳的号码。“天送没那个福气。我要带他回老家了。”

“你想回家看看也好，打个报告我就批你的假。想在家待多久？”

“下半辈子。”

“多久？”

初平阳的电话通了。福小说：“平阳，在花街？”

“你怎么知道我回来了？”初平阳说，“我在南大街，跟朋友喝茶呢。”

“大和堂我想买。”

“你要大和堂干吗？”

“天赐最大的愿望就是能住在河边，”福小说，她担心电梯里信号不好，尽力将声音放大，“推开窗户就能看见运河，推开门就能走到水边。”她停下来，初平阳那边也是空白。福小听见一个女声问初平阳，谁？也想买大和堂？平阳，你在和谁说话？福小把手机换到另一只耳朵前，说，“我想回去了，平阳。我不能一直逃下去。”

初平阳点点头说：“福小，我懂。”他抬起头看天，看不见星星在哪里。酒吧的霓虹灯一照，天就显得脏兮兮的阴沉，仿佛只要一个霹雳就可以随时下起雷雨。“我考虑一下。天送好吗？”

“好。很乖。现在一个人在家睡觉。”福小说，眼睛开始酸涩，她以为再谈起这件事自己不会再哭的。“我不想让他这么小就跟着我漂。他得有个户口，有稳定的家，安安心心地去上学。爸妈年纪也大了，身边得有人照应了。”

“嗯，我明白。”

接着，初平阳在电话里听见一个男声说：“福小，你真打算回老家？北京户口我不是有嘛！”而福小在电话里听见的是那个女声在问初平阳：“福小？是那个秦福小吗？”

夜归

他从拥挤的人群里看见父亲。他们围在出站口的铁栅栏门边，接客的，拉客的，大旅馆的服务员，小旅馆的老板和老板娘，开出租车的，蹬人力三轮的，骑电动摩托的，亲人、朋友和乞丐，父亲踮着脚，脖子越伸越长，想从众多人头里冒出来，他的火车头棉帽子在昏暗的灯光下摇晃着十年前的光。这帽子是他硕士毕业后，工作第一年给父亲买的。他带父亲在商场里逛，想买一个时髦洋气的棉帽子，父亲看中的还是火车头栽绒帽，厚，重，戴在头上心里踏实。这个除夕夜，天不好，昏昏沉沉的不太平，随时可能飘下雪花。下车的人很多，他和老婆孩子从背光的通道里走出来，父亲无论把脚踮得多高都不可能看到他们。

父亲搓着手说：

——回来了啊。

——晚了半小时。他说。

正常这趟车晚上九点到站，因为是普快，其实相当于慢车，见着像样的车都得让道，晚了半小时才到。父亲的脚踮了至少半小时。他发现三年不见，父亲又变矮了。

老婆叫一声：

——爸。

——冻坏了吧你们？今年冬天冷得邪乎。父亲说，伸出手要抱一下孙子，来，牛牛，给爷爷看看冻着了没有。

孩子被老婆抱着，歪着小脑袋刚醒过来，对这个陌生的开阔世界还没回过神来。车站前的广场很大，寒风浩荡。几天前下了场大雪，一垛垛堆在广场边缘。白天化过雪的地方结了冰，经过的人颤颤巍巍。孩子看见一个陌生的老人向自己伸出手，吓得哇地哭起来。

——牛顿乖，不哭。老婆颠着哄孩子，爷爷就是想看看咱们宝贝牛顿。

——牛，顿。父亲为了这个转折一口气差点没接上来。牛顿，爷爷就是看看你，那爷爷回家再抱你。不哭不哭。

牛牛是当初父亲给孩子取的小名。父亲说，贱名好养，这名字听着身体就好，精神。都定了，临到孩子出生，他老婆不乐意了，牛牛？土死了！心眼歪的人没准会叫咱儿子“小鸡鸡”呢，不能叫。坚决不能叫。他熬了几个通宵终于想出了两全之策，叫“牛顿”。老婆才满意，跟巨人同名，这多敞亮。

——邻居有个孩子叫牛牛。他跟父亲说，就改牛顿了。

——牛顿好。父亲笑了笑，说，这名字好。回家得跟你妈说说，她不知道牛顿是谁。牛顿不哭，爷爷这就带你坐车回家。

父亲租了邻居的昌河面包车，开车的是邻居的儿子天北，他念大学那年这小子刚出生，小脸皱得像核桃。论辈分天北得叫他叔。来之前他跟父亲说，没必要租车，他直接打个车回去就行了，这么空车来再跑回去太折腾。父亲一定要来接，他说这几年变化大，县城变化大村里变化也大，河流填平了田地里建起了房子路也改道重修了，大晚上的，雪重路滑，你回来都摸不着家门。还带着媳妇和宝贝孙子，冻坏了可不行。那就接吧。他对回家的路的确没太大把握，头脑里的路都在太阳底下，不管拐多少个弯，总能明晃晃地从火车站通到家门口；那是三年前的路，乃至三年之前的很多年前的路，比如他在县二中念书的回家的路；现在从北京回老家的火车突然改到白天了，一大早从北京西站出发，晚上九点到县城，下了车他看到的只能是黑路。黑夜里他不敢确定能准确地走上正道。

变化很大，火车站这一带就很大。过去没这么多人在除夕夜回家，谁会赶着在团圆之前才往家赶？也没这么多人堵在出站口，都回家过年了，谁会放着年夜饭不吃跑这里冰天雪地地挣那几块钱？不是不缺钱，是这钱不能挣。大过年的，没钱也得好好过，都这么想。现在变了，鞭炮声已经远远近近地响起来，他们还围在这里想再赚一点儿。他觉得这是个好事，陈旧的脑袋瓜子终于开窍了。天北问父亲：

——爷，原路回？

——原路。父亲说，从副驾驶座上转过身，对他和媳妇说，你们要不要看看县城？都变了。我也几年没来，路都不认识了。

他看看老婆，牛顿又歪着脑袋睡了。老婆说：

——看看你读书的中学吧，你总说有多好多好。

——二中？天北说，叔，二中搬了，盖商场了。叔你想看老二中还是新二中？

——新的老的都想看。老婆说。

老婆比他小九岁，且不说年龄上和他基本上是两代人，就是性格，也看不出有多少相似处，很多观念和想法完全是两代人。老婆“80后”，从小长在城市，独生子女，分不清麦苗和韭菜。他第一次见到肯德基和麦当劳时，她已经吃腻了好多年了。乡村对她来说要么是美丽新世界，是陶渊明的桃花源，要么就是万恶的旧社会，看哪里都觉得脏乱差，时刻准备哀民生之多艰。她对他过去的一切事情都感兴趣，那股劲儿和小时候她对她爸的历史满怀好奇差不离。他想，那就看看吧，毕业以后再没去过。他经常想起母校，怀念那时候青葱勃发的年轻生活，但他就是没回去过。回到一个经常记忆的地方他总感到难为情，就像碰到一个念念不忘的故人一样让他难为情，说不清为什么。

车在县城的街道上穿行，经过积雪未消的地方车轮咯吱咯吱响。借着路灯看两边，他觉得完全置身于一个陌生的地方，从来没到过的地方。很多楼房、商厦、店铺，仿佛刚刚才拔地而起。他的县城还是高中三年的县城，二十年前的房屋和街道焕然一新，当年街道两边的悬铃木都不见了。天北放慢速度，成了导游，他对这个小城的各个角落如数家珍。他对他们共同的小城里商品房的价格一清二楚，哪个地段多少钱，高一点和低一点的原因是什么，他告诉叔叔、婶婶和爷爷，此处如何彼处如何。他让天北把房价说得详细一点，几年前他就想要在县城给父母买一套房子。家里的房子实在太旧了，三十年前盖的小瓦房，用多少泥灰也弥合不了山墙上越来越多的裂缝。但时间一晃就过去，愿望流于空想与空谈，像抽象的疼痛间歇性发生，某个时候他会想起，哦，房子还悬着。

——天北，父亲说，你怎么对这里房子这么熟?

——爷你不知道?天北说，咱村的年轻人有点钱的都要住县城，我陪他们看房子都不知道看多少次了。

他问:

——爸，你觉得县城怎么样?

——没村里好。路太多，楼太高，绕得我眼晕。

他老婆笑起来，说:

——老公，你们县城比我想象的要好得多啊。哪天咱们也在这里买套房子，靠水边的，小地方过日子惬意。你母校在哪儿呢?

天北自作主张刹了车，指着一座六层高的建筑说:

——这地方就是老二中的大门。

老婆把儿子递给他，她要下车看。他不想那么大动静，在车上瞅瞅就行了。商场的名字用霓虹灯次第亮出来，然后唰的一下全亮了。不管你想象力有多好，你都不可能在这座高大的玻璃墙上看到一所中学的大门，更不会看到近二十年前他的高中生涯。后来车子继续往前开，在二中新址前，他也没下车。校门很气派，宽大，豪华，绝对不比北京任何一所中学的校门差。太新太好了，他觉得自己不可能在这样的中学里念过书。老婆站在路边的一个雪堆上，用脚尖往路面踢雪。她对他的激情疲乏症很是不满，到母校了也不下来看看，也不带她进去转转。

父亲坐在副驾驶座上，看着车前面一个看不见的点，一声不吭。

——天冷。他把车窗摇下来，看看天，说，上车回家，要下雪了。妈包了饺子等着呢。

他们在双头路灯的照耀下驶出县城的水泥大道。城外是村庄，爆竹和焰火在各个角度的空中绽放。跟着星星点点的小碎东西打在车前玻璃上，下雪了。这条路曾是沙子路，然后是柏油路，三年里，他先后骑一辆破旧的永久牌自行车、坐五毛钱一票的三轮车、一块五毛钱一票的中巴车来回于学校和村庄。现在据说中巴车也换成了带空调的豪华那一款，跑在水泥路上听不到声音。

——记得这路不？父亲说。

——记不清了。

他本可以说当然记得，但出了口就变了。三年前他回家时，在白天，这条路尘土飞扬，正由柏油路艰难地转变成水泥路，他在中巴车上颠得差点吐出来。照他过去的打算，每年至少应该回一次家，可事到临头总要生变，不是休假时间太短，就是有别的安排，然后是老婆怀孕他得在身边照顾，接着是孩子太小受不了冬寒夏暑的长途奔波，就一次也没回来了。一拖再拖，路变了，世界也变了。就是这一次，也是最后时刻老婆拍板要回来。她这两年因为怀孕和生孩子，浪费了两个春节长假，今年上刀山下火海也得出去转一圈，要不人憋得发霉了。春节几日游的名目很多，国内玩遍了可以去国外，他说，要出去还不如回家过年，就当旅游，爸妈还没看过牛顿。老婆噘了半天嘴，好吧，只要不窝在北京，去你家就去你家吧。冻死了也比被蚊子苍蝇吃了舒服。三年前的夏天他们回老家结婚，苍蝇蚊子闻见生人味儿，隔着几条巷子的也赶过来了，把她弄得不胜其烦，恨不能随身带着苍蝇拍。她跟过来喝喜酒的村长说，给领导提个建议，咱村当务之急不是抓经济促生产，是除四害。

雪大了，星星点点变成松散的一朵朵一片片。车跑得坦荡顺畅，路上只有他们一辆车。村里有好几辆车，在平常都可以拉出来跑，只要价钱合适。可是这大年夜没人愿意往外出。春节联欢晚会再不好看总比没得看要好，酒再不好喝也比没有酒喝好，天气预报说今夜到明天晴，但是大家抬头看天，有彤云从远处往这边走，别指望这个年消停，天气预报经常会和新闻一样不可信，我们不想出车，我们就想待在家里抱着炉子和酒乐一乐，叔，大爷，你找别人吧。父亲只能找天北。天北答应得干脆，接别人我不去，接叔我去，必须的。

——叔，天北对他说，只要你和婶儿回来，我准接，必须的。小时候你给我带了那么多好吃的。

他老婆笑起来，说：

——老公，天北叫我婶儿时，我咋老觉得是在叫别人呢？

——婶儿，论辈分我哥家的子午要叫你奶奶。

——哎呀，那多瘆得慌。她叫起来，那你让他千万别叫，我可不想那么老。

——不能乱说。父亲说，该叫什么叫什么，辈分在。

她蹭蹭他胳膊，在黑暗里对他吐吐舌头。

车拐上一条土路，刚跑上五十来米，耸动一下像人突然咳嗽了一声，停下了。这条路他不熟。

——这是哪儿？他问。

——前面修路，只能走这里。天北说了一个地名。地名他熟，但这地方他觉得相当陌生，他无法把那名字和这地方对上号。天北骂了句粗话，车又出问题了。

——严重不？父亲问。

——不知道。天北说，我先倒腾一下看。上回送我二姨，半路上也这样，我把零件快拆完了也没修好，最后还是找辆拖车拖到修车铺的。

——那你快修。父亲说。下了车，帮天北打手电照明。

——你抱牛顿坐车里，他跟老婆说，外面冷。我抽根烟。

他给父亲和天北各点上一根烟。起风了，雪花大起来，开始变密，只能在灯光附近才看得清雪花到底有多大，像撕开了一件优质的羽绒服。雪围着灯光如飞蛾扑火，快落到地上的雪花重新翻卷着往天上飞。从这里到家还有八里路，他们已经走了五分之四。这条路念书时他经常走，自行车单挑着一个宽阔深奥的车辙里跑，和一个村里的同学比谁能在同一个车辙印里骑得更远。那时候觉得四十里路很远，骑到这里才觉得家有个盼头了。天北倒腾了三根烟的工夫，最后把抽了一半的第四根吐掉，挠额头时涂了一头脑的机油。他把扳子扔到地上，说：

——爷，叔，我整不了了。

很远的地方是村庄，只有含混的几点灯光，倒是鞭炮声响亮，提醒那地方人口密集。雪越下越大。北京今年大旱，没雨也没雪。瑞雪兆丰年啊。

——你们在这儿等着。父亲说，我回去再找辆车。

——爸，他说，你待着别动，我去。

——爷，叔，还是我回去。天北说。

——你们都留下。你陪他们娘儿俩，父亲对他说。天北，你把车里的暖气一直开着，别停下。牛顿冻着了我找你算账。

老婆打开车窗问：

——老公，能走了吗？

——快能走了。父亲说，你先在车里歇会儿。他碰碰儿子的胳膊，让他安抚一下。然后甩开步子往前走，走几步变成小跑。

他看见父亲臃肿的小个子消失在风雪夜里。八里路，他想，父亲六十三岁的身体，这连走带跑要多久呢。别人家的鞭炮声轮番响起。他跟老婆说，再等等，父亲回来了就能走了。他说，小时候鞭炮声没这么多，舍不得买，只在守岁到零点时才大片大片地燃放。老婆百无聊赖，儿子也醒了，看见雪花飘过车窗兴奋得嗷嗷叫。老婆对牛顿说，冷。打算继续百无聊赖地坐在车里。但他却把车门打开，对牛顿说：

——儿子，出来，看看你爹生活过的大自然。

小东西很开心，在雪地里又蹦又跳。老婆也看得心痒痒，下了车带着孩子一块玩。天北又捣鼓一阵子，还是使不上劲儿，趴在方向盘上打起了瞌睡。如果有陌生人路过，会发现这是一个古怪的场面：大年夜，半道上，一辆车四个人，车里开着灯，司机正瞌睡，三口人在黑暗的雪地里打闹。半小时后，如果再有人路过，会发现又一个古怪的场面：大年夜，半道上，一辆车四个人，车里开着灯，司机睡着了，母亲抱着孩子在温暖的车里打瞌睡，他们玩了半小时，累了，困倦正在缓慢地淹没他们，还有一个人，站在车外清冷的风雪地里抽烟。当然，没有人在这个时候经过这条路，一个都没有。

他觉得差不多抽了半包烟，嘴都麻了。他在想着自己与这个时间、这个地方产生的古怪关系：故乡，老家，父亲，母亲，走出去又回来，弹指三十七年。他想着因为这些，他把一个陌生的女人和一个陌生的孩子带到这里，被迫停在半路上成了有家难归者。本来扯不上关系的人和事，此时此刻相互建立了严格的逻辑。这就是一个人的出处，你从哪里来，终归要回到哪里去，所以你才是你。

因为等待，老婆显然不高兴了，两岁的孩子也不耐烦了，不过还好，睡眠战胜了他们。今夜真是够冷的，他戴上了羽绒服的帽子，眉毛上还是神出鬼没地落了一层雪。他听到黑暗深处传来一阵急促的吆喝声：

——驾！驾驾！驾！

父亲的声音，因为着急变了调，有点尖细。父亲赶着一辆牛车从黑暗的风雪里走出来。

——只有这个了。父亲充满歉意，能开车的都喝大了。你们坐车里，我赶车拖着你们。

——谁家的牛车？他问。

——老栓家的牛，田七家的车。我和你妈跑了大半个村，才把车跟牛凑成对。你老栓叔的车坏了，田七的牛早卖了。现在满村找不到三头牛，牲口都不喂了，耕种收全是机器，再过两年，干活的人也没了，都出去挣钱了。你妈还让带了两床被子，怕车里暖气也坏了。你给他们娘儿俩抱过去？

父亲拿下火车头棉帽，擦满头的汗。

——车里暖着呢，用不上。他说。

——那也拿去。牛车上泥雪屎尿的都不缺，别脏了被子。

结果如父亲所说：他们坐在车里，天北打方向盘，父亲赶着牛车，车尾上一条绳子拴住昌河面包车。一头牛拉两辆车，一辆木头的，两个轮子，一辆铁的，四个轮子。天北把大灯打开，给父亲和牛照路。道路上积了一层雪，白茫茫地向前伸展。父亲坐在牛车左前方，灯光被他的身体挡住，在路上投下一个狭长巨大的黑影子，影子的脑袋一动不动。牛的影子是一个模模糊糊的庞然大物，看上去就像是挨着父亲的一个起伏的大草垛。

老婆坐过很多车，从来没坐过这样牛车拉着的汽车。她跟儿子说：

——牛顿，回到家要谢谢爷爷，爷爷让你坐了一回六个轱辘的牛汽车。

儿子啥也不懂，但他还是被这怪异的情景弄乐了，像翅膀没长好的小鸟一样甩着胳膊叫：

——车！爸，车！

他不吭声，看着父亲缩着脖子坐在牛车上，在汽车灯光里，仿佛全世界的雪都落到父亲一个人身上。父亲越长越矮，越长越小。老婆看他直愣愣地盯着前面，觉得不对劲儿，就看见他眼睛里聚了一大团光，越聚越大。她让儿子别叫，抽出一张纸巾递给他，说：

——要不，你给咱爸拿床被子过去？我猜他会冷。

他擦了眼，对老婆笑一下，抱了抱老婆和儿子，夹着一床被子下了车。两辆车都在走，速度不快，他下车几乎悄无声息。他悄无声息地走到牛车的右前方，坐上去，把被子展开披在他和父亲身上。

——你怎么来了？父亲说，赶快回车上去。我不冷，你看，这棉袄是新棉花做的，你妈买的最好的棉花。

——没事，我就陪你说说话，抽根烟。他给父亲点上烟。

车晃晃悠悠往前走。雪继续下，前面村庄里的鞭炮声越来越响。

——你们大老远回来，还遭罪。父亲依然充满歉意，牛走得慢，别着急。他们娘儿俩不冷吧？

——不冷。他说，爸，你记不记得，我念高一那年，放寒假时下了大雪，两尺多深，没到膝盖以上。

——怎么不记得。几十年没见过那么大的雪。又二十年了，也没见过。

——你赶着牛车去县城接我，吱吱嘎嘎走了一上午。同学都羡慕我，放了假就能回家。别的车都跑不动。

——那牛我养了十年。再没喂过那么好的水牛了。

他记得起那头牛的模样，暑假回家他就牵它到野地里吃草，来去都骑在牛背上。他也想得起那年的大雪，像棉花包裹了整个世界，那真叫大。他听说只有东北才会下那么多的雪。工作后，他特地争取了一次冬天去黑龙江的出差机会，就为了亲眼看一看东北的雪有多大。他很失望，即使被当地人称为多年不见的大雪，他也觉得没法跟他十六岁那年的大雪相比。

父亲被烟呛得咳嗽起来。

——我知道，父亲说，你还记恨我。

——记恨你什么，爸？

——你只念了二中。

——没有，爸。我从来没想过这事。你多心了。

——记着就记着吧。这事是怨我。那时候我哪里想到咱家老祖坟上还能长出你这棵蒿？也没想到就一车麦子的时间，人家办事就停了。这些年我也在懊悔，想起来牙就疼。

父亲说的是他当年报考初中的事。那时候他念五年级，成绩很好，老师忙了他会帮老师给同学们上课。那天他替做副校长的语文老师给同学讲试卷，下了课他去办公室交样卷。副校长正在填一张表格，上面是他某同学的名字。那同学是学校一个老师的女儿。副校长说，他在给那女同学办理跨学区中考手续，办好了她就可以直接往镇上的中学考了。按学区划分要求，如果不办这个跨学区中考手续，只能考本学区的联中，就在村子西边。联中的学生素质和教学质量当然不如镇上的中学，那里既有初中部也有高中部，全镇最好的老师都在那里。他问：

——老师，我能不能申请跨学区中考？

副校长很喜欢他，说：

——可以，我试试，看能不能再拿到一个名额。不过前提是必须家长同意，走完一套程序。今天是最后一天，中午十二点我就得把材料报上去。你现在就让你爸来学校，马上。

他一口气跑回家，门锁着。邻居说，他父母在麦田里。他马不停蹄又往麦田跑，正赶上他们刚往平板车上装好麦子，准备拉回打谷场。他说老师让他去学校，急事，现在就去。

——有多急？父亲有点烦躁，一趟趟运麦子累得他脚底发软。他们家那会儿没有牛，只能靠人来拉车，父母的肩膀被绳子磨出的红印子要渗出血来。天不好，眼看着一场雨说来就来，他们必须赶在下雨之前把麦子运回去。父亲说，能比天要打雷下雨还急？

他跟父亲说不清楚。只能一路哭着跟在车后，等麦子运到打谷场上，卸下来，堆好，才一起去学校。进校门时是中午十二点半，打铃的老马说，副校长刚走，临走时还说，等不到了那就是命。迟了半小时，也许只有十分钟不到，他失去了考镇中学的机会。中考他进了村里的联中，成绩全校第一，那成绩放到镇中学也是前三名。再后来，成绩不如他的女同学考上了县中，他在联中成绩最好，也只能考上县二中。二中又不如县中好。他考取的大学离他理想的大学还有不小的距离。

真的是一步出问题，步步出问题？在联中里他怨恨过，到了二中，还真没想过这事。

——爸，刚才她要看二中，我没下车，跟这真没关系。他说，我感谢二中还来不及呢，在二中里我才知道跟别人的差距在哪里。

——那就好。父亲半天才说。牛车拐了一个弯，又一个村庄的灯火亮起来，鞭炮声连绵不绝。再给我根烟。

他给父亲点上烟，掸掉父亲帽子上的雪，牛车就进了村。他听见老婆在车里大声叫：

——牛顿牛顿，咱们进村啦！

牛车下了中心路进巷子，他看见家门口站着个人。邻居的焰火升上天，照亮母亲的脸。父亲对母亲喊："回来了！"母亲迎过来。更多的鞭炮声响起，谁家聚在电视前看春节联欢晚会，一群人跟着电视里零点倒计时数数：

——六，五，四，三，二——

嘭！盯紧了北京时间的那朵烟花精准地飞上了天，大雪笼罩村庄。

杨杰
YANG JIE

“老板不是人干的活儿。”几年前杨杰这么说，初平阳和易长安都觉得他矫情，数钱数出了筋膜炎，就抱怨有钱人的日子辛苦，典型的没事找抽型。后来易长安也做大了，手下招募的一帮办假证的小兄弟源源不断地给他送钱，他发现，收钱的日子的确没那么好过，你不能白拿人家钱，得操心几十张嘴，整天忙得屁颠屁颠的。初平阳没机会吃老板那份苦，对“不是人干的活儿”还停留在无知阶段，杨杰已经改说法了，“老板是机器才能干好的活儿。”血肉之躯扛不住。

昨天晚上刚从台湾回来，凌晨一点上床，整个下半夜都在那家玻璃工艺企业的车间里转悠，在梦里他把人家的雕刻机器又仔细地研究了一遍。保姆夏姐叫醒他时，他还赖在台湾的雕刻机器前不想走，那会儿已经上午九点一刻。崔晓萱带女儿去了幼儿园，上午的课结束后，她要亲自帮点点请假；这是“淘淘”幼儿园的规矩，私立的，你出了很多钱，你就得为这些钱负责任，一板一眼照规矩办事，这钱出得才值。夏姐说，小文送了份文件，在客厅桌上。吃早点时，杨杰打开秘书送来的未来半个月工作计划要点，除了去淮海的几天日程空缺外，每一天至少有两件加星号的事要做。他给小文打了电话，务必空出完整的一周来，宽裕点，他想在老家多待几天，所有的活动都想办法往后顺延。

“可是杨哥，周四魏总的家宴请柬已经到了，”小文端坐在大班椅上，对面的天上是太阳，这个思虑周至的姑娘提醒老板，“魏总的秘书特地又电话嘱咐过我。一定要取消吗？”

“什么家宴，就是个流水席。”杨杰说，打着手势问夏姐，还乡的礼品都准备好了吗？夏姐点头，用她类似手语的手势说，一大早她对着单子又清点过，没问题。然后指着门外，司机贾凡已经站在了花坛旁。杨杰指指礼品，又指指贾凡。从张家港来的夏姐向来话不多，但会意极快，转身让贾凡把礼品先放进宝马车的后备厢里。“老魏最近有两单买卖不顺，情绪上不来，就以为自己抑郁了，整天担心自己会跳楼，非得让人前呼后拥夜夜笙歌才觉得不孤独。一把年纪了还玩过家家。”

“魏总已经在考虑我们新的报价了。”

“必须在酒桌上才能做成的生意，我宁可不做，”杨杰走回到卧室，拿出西裤和衬衫又把它们放回去，找了件牛仔裤和圆领T恤，边打电话边往头上套。穿衣镜照出T恤前面的四个字，“我很年轻”，被他的肚子顶起老高；转身出了房间，镜子里照见背后的八个字，“那是多年前的事了”。“咱们不能把谁都当爷供着。不少人已经被惯得没人性了。都搬妥了？同志们对新地盘感觉还满意？”

“明白，杨哥。”小文说，声音一下子晴空万里，“大伙儿都挺高兴，宽敞，时尚，办公桌大得能打乒乓球了。谢谢杨哥给我的办公室，终于推开窗户就能看见阳光了。”

“应得的就不必谢。”

杨杰走出家门，挂了电话。这栋花岗岩贴面的欧式联体别墅分东西两半，杨杰住东边，崔晓萱现在更羡慕西边的邻居，因为邻居家门前有游泳池。杨杰对这种小玩意很是看不上。跳进老家的运河里那才叫游泳，这就是个洗澡盆子，一口气没憋到头，脑袋撞瓷砖上了。贾凡装完礼品，高高低低地耸着两肩在学着跳街舞。

“二锅头买到了？”杨杰问。

“有了，杨哥。”贾凡说，“全北京最好的牛栏山。上车。”

车往派出所开。“你应该叫我杨叔，”杨杰说，“我大你一轮还多。你叔叔就大我两岁。”

“我叔叔叫您杨哥，我也就跟着叫了。”

贾凡的车开得稳当。他叔叔老贾给杨杰开了五年车，最近阑尾炎手术，正抱着小肚子在家养伤，让侄子来顶一阵子。“这小子车技没得说，”老贾推荐侄子时一点也没替他谦虚，“就是贪玩，80后嘛。”杨杰看了他的车技，一分钟后就同意了。贾凡玩了一下停车漂移，启动，加速，急刹车，车钻进空当时甩了一下屁股，完美地停在两辆车中间。“不贪玩哪叫年轻人？就他了。”杨杰对老贾说，“怎么对你，我就怎么对他。必要的规矩我也不会客气。”老贾说：“那当然，年轻不是借口。”这孩子挺好，唐山人，一高兴就学乐亭话给杨杰听。说话不怯场，不像有些八面玲珑的年轻人，察言观色像个人精，当老板面脊椎是软的，一转身腰杆硬得像电线杆子，满嘴不着调地臧否前辈。

“杨哥，我真有点激动，”贾凡说，“这是我第一次跑这么长的长途，一千多里啊，听着我就兴奋。对了杨哥，您要不嫌老，我就叫您杨叔。反正您别觉得自己亏了。”

杨杰拍拍自己的肚子，又拍拍后背，说：“还是杨哥吧。”

他从后视镜里看见了三个明晃晃的东西，扭头看贾凡，果然右耳朵上打了三个小银环。他对着镜子指了指，贾凡看见了镜子里晃动的那根手指头，自豪地说：

“杨哥，这耳钉帅吧？朋友给介绍的最好的师傅整的。”

“你要不介意，开车的时候我不想看见它们仨。”

贾凡扭头看看老板，“不好看？”

“耳朵就是耳朵，我不想在耳朵上面看见多余的东西。”一个男孩子长得文弱，他能理解，刻意地去哈韩哈日把自己弄得不男不女，他不习惯。男人要有男人的样儿。我很保守，那就保守吧。

“很贵的，纯银。”

“在公司干就得听我的。”杨杰说这话的时候为了照顾贾凡的面子，往后倚了倚，装作困倦闭上了眼。

“这么说，杨哥，您同意要我了？”

“八字只有一撇。”

“谢谢杨哥。”贾凡左手掌方向盘，右手已经在摸索着摘耳环了。

这小子比他叔叔头脑还好使。老贾的心思他明白，一个小小的阑尾炎手术，哪需要兴师动众地休息这么久？他就想给侄子找个展示的机会，公司添了辆车，需要招个新司机，肥水不流外人田。车子开久了就成了老江湖，行万里路跟读万卷书一样，长不了智慧起码也长心眼儿。老贾把心眼儿传给侄子了，或者，80后小孩本来就这么聪明？

路上车很多，听喇叭声就知道。老贾肯定已经告诫过贾凡，老板不喜欢没事就摁喇叭。堵车人会上火，摁了喇叭更上火，年轻人必须沉得住气。车越来越多了，如果不是工作日两个尾号数字轮流着限行，全北京得有四百多万辆车在路上跑。你就想象一座浩瀚的停车场吧，如果人造卫星长了眼，它看见的肯定就是这么一幅壮观的景象，好像北京住的不是人，而是在太阳底下闪闪发光的一堆机器。贾凡没事扫一眼左手腕上的“忍”，上班前他就用黑笔重写一遍，因为杨杰是个喜欢安静的人。在车上，杨杰常听古筝、二胡、洞箫、古琴和佛乐，悠扬、荒凉、慢条斯理，即使前头的车走得比蜗牛还慢，贾凡也轻易不敢摁喇叭。有一天贾凡实在憋不住了，问杨杰：

“老板您过去开车，也不摁喇叭吗？”

“摁。我把喇叭都摁坏过。摁烦了，所以现在不摁了。”除了不得不摁，他自己开车时，能不摁就不摁。

初平阳和易长安刚到北京那两年，北京的交通还没现在这么操蛋，法拉利也只能当QQ用，跑不起来。作为先富起来的人，他每周开车带他们俩在二环到五环之间乱转。转快了就是飙车，随便找前面一辆车就跟人家比画，在后半夜的环线上咋咋呼呼地摁喇叭狂奔。一边摁喇叭一边超车，有把全世界都不放在眼里的快意。那叫一个爽。据他所知，到北京混的人，得意的失意的都喜欢在后半夜围着这个城市飙车，飙的时候大声叫，叫完了经常满脸泪。某个周末后半夜，喝了酒，他们仨在四环上放开了跑，一路唱能记起来的所有老歌，连幼儿园里教的“小汽车，嘟嘟嘟嘟喇叭响”都唱出来了。转到肖家河桥附近，杨杰摁喇叭要超车，前面的车在超车道上就是无动于衷。见鬼。他把窗玻璃放下来，打算用唱歌的嗓子痛骂前面的司机，初平阳的耳朵在旗帜一样猎猎而动的风里动了动，他说杨杰，喇叭你还在摁吗？杨杰说，我他妈的就没撒过手。易长安说，操，我怎么只听到黑乎乎的风声？他们才发现喇叭根本没响，被摁坏了。

派出所里办事的人不多，尽管如此，出门迎接的所长还是让他加了塞，他从户籍警的一堆身份证里亲自找出杨杰的新身份证。杨杰在第一个身份证上叫杨杰，在第二个身份证上叫杨杰出，现在他又改回叫杨杰。他得把先前改叫杨杰出的手续再走一趟，提申请、报批、备案、户口簿、身份证，等等，仿佛新生。新生是多么不容易，幸亏认识这所长的顶头上司，公安局的副局长；副局长跟他所属的派出所所长说，折腾来折腾去的确挺烦，但人活着不就是折腾吗，能折腾说明有活力，能折腾也说明有能力。他家里的多宝格上摆着一颗水晶圆球，纯水晶，市价在三万以上，杨杰送的。派出所的所长说，那当然，改名字是公民的自由，我们理当竭诚服务。他的兜里装着一个绿水晶观音像挂件，价值人民币八千，杨杰送的。崔晓萱不心疼三四万块钱，心疼那个漂亮的水晶球，半点杂质都没有，放到水里根本找不着；不就改个名字吗，他们的分内事。杨杰对在一家时尚杂志做美编的崔晓萱说，亲爱的崔老师，你没看见你老公被人训的惨状，改来改去你烦不烦啊？一会儿出，一会儿又不出，你到底想出还是想不出？你以为派出所是你们家的？训你都不集中精力训，他向崔晓萱演示女户籍警喝茶时跷起的兰花指，模仿老北京躲在舌头后面的嗓子眼里的声音，那爱搭不理的腔调阴阳怪气，崔晓萱以为他在客串流行的清宫戏里的太监。

反正杨杰见这种人就怵，公事公办你也觉得在求人，欠他们似的。所以他宁愿拿钱消灾，你别当爷，我也不做孙子。这感觉肯定不是他一个人有。跟所长亲切握完手，往停车处走，经过马路对面的地税所，一个穿牛仔短裤的小伙子抱着电话在打，杨杰听见他对着手机抱怨，说地税所工作人员的傲慢：

“我以为纳税人是爷，现在发现，纳完了还是孙子。”

上了车，距和福小约定的时间还有一小时；走，去公司看看。杨杰把身份证放进钱包。又回到自己了，但还不是最初的那个杨杰。在他当兵之前，他叫杨杰出，母亲给取的名字。母亲把十九年里的一大半时间用来嘱咐儿子：你要出人头地。结果很不理想，儿子一听“出人头地”就头大，成绩一直赖赖巴巴跟在全班同学的最后。在鹤顶那样的小城郊区，作为一个前竹器厂工人的儿子，他和所有乡镇年轻人的命运相同，念不好书的唯一出路是当兵。当兵就有可能提干，有可能念军校，就算这些都捞不着，转业时国家也能安排个体面的工作。但凡有点事做，也比继承父业编竹器强。高三念了两次，母亲终于对儿子绝望，动用了所有资源为杨杰出争到了一个名额，让他拖着两只平足戴上了大红花，成了光荣的人民子弟兵。

到了军队开始办士兵证，他私自把名字改成了杨杰。这些年，因为多了一个“出”字，他觉得背了两座大山：一座是母亲压过来的，你要杰出杰出再杰出，恨不能让他干什么都拿到世界冠军；另一座山是同学们免费送的，小样儿，就你这烂成绩还要“杰出”，胆子真够大的。因为你“杰出”，人家自然对你高要求；完不成任务，那你就得忍受嘲弄；别抱怨，谁让你起个名字也要跑到别人的前头去。到后来，杨杰出听见别人叫他名字都觉得是在骂他。总算等到了办士兵证，他把手高高地举起来，首长，我申请改名！改完名的第二个春节，部队给家属发慰问信，统一格式，只在信中间的空白处提到一次儿子的名字，你们家杨杰在军中表现良好云云；母亲收到后很生气，给部队回了一封信，严肃地写道：

尊敬的首长，你们应该慎重对待一个人的名字，即使他只是一名普通的士兵。去年你们写错了我儿子的名字，我可以理解为笔误；今年再次出现同样的错误，我只能认为你们的工作态度可能需要提醒了。一个“出”字花不了多少“英雄”牌蓝黑墨水。

这封信让新调来的首长莫名其妙，但他非常欣赏杨杰母亲的文笔，调查时他问杨杰：“令堂在哪里高就？”

杨杰说：“家庭妇女，偶尔种种蔬菜。”

“业余作家？”

“除了信，什么都不写。我妈是北京下乡的知青。”

首长点点头，说：“难怪，北京下乡的知青，有内涵。”

改回“杨杰出”在四年前，杨杰转业多年，水晶生意已经做得相当可观了。东南亚来了个大师，据说相当灵验。生意场上的朋友抢着请他看风水，杨杰也重金发出邀请。现在想来那大师实在装腔作势，长相也是，白白胖胖的，还有点婴儿肥，所有的胡子加起来不到二十根。五十五岁长成那样，要在平常很让人难为情，但作为大师，他被归到天生异相的队伍里——如果在大街上拨溜半天都辨不出来，那还叫什么大师？那张老小孩的脸一出现，杨杰就被唬住了。他花了十万请他“简单地看一下”。

大师捏着那几根珍贵的胡子在他公司转了三圈，往真皮沙发上一坐，长了四个小酒窝的肉乎乎的右手漫不经心地划拉一下，门开错了。这问题很大，杨杰的公司租的是写字楼的第十六层，二十八层里所有同样格局的房间都是东南朝向，他不能随便乱改。但是大师说，门开错了。补救的方法呢？大师不说话。杨杰让文秘书放了两万人民币到沙发上。大师睁开眼，说：

“在西北角挂一面镜子，利用光的反射原理，相当于西南方向也有了门。向着西南走，财源天天有。”

杨杰立马让人去买镜子。大师又转了三圈，杨杰聪明了，让小文拎着人民币跟在他身后，哪个地方出问题，现场办公，一手交钱一手消灾解惑。这其中包括：各个部门办公桌抽屉里或者桌腿下，分别需要放进去玉石、铜钱或是镇灾的吉祥符；杨杰的办公桌最下面一个抽屉要放一个貔貅，这种传说中的神物只吃不拉，是聚财的行家；公司进门处（就是西北角悬了镜子的那个房间）要设置屏风（屏风上要绘有长城或者塞外边关，因为杨杰从南方来，要雄壮的气魄给予他支持），类似中国四合院里的影壁，该留的必须留住，该驳的也必须驳回；屏风前的长条几上要放玉做的蟾蜍，嘴里衔着钱串的那种，要和田玉（要荟萃大西北的精华），蟾蜍越大越好，上班时面向里摆放，意为向内送钱，下班后要掉转方向，意思是跟着你，走到哪发到哪（大师特地强调，很多冒牌货不懂，蟾蜍要么脸朝里，要么脸朝外，一屁股坐下来就不让它动，不动怎么能让它时时帮你招财呢？必须让它忙起来）；每个房间该如何调整布局，墙角需要添加何种器物，以便改善风水；等等。

三圈结束，大师又在沙发上坐下来，满头虚汗，因为看破天机极其耗神。这一切听上去相当在理，杨杰打算报酬之外再请大师吃个海鲜。大师摆摆手，说：

“你们的名字和生辰八字也很重要。”

小文对杨杰递了个眼色，包里的现金没了。杨杰在大师对面坐下，说：“大师，先喝杯茶，待会儿您慢慢赐教。”泡的是台湾的极品冻顶乌龙，这茶一直放冰箱里，也就初平阳、舒袖他们喝过。喝茶的工夫里，小文和财务迅速到楼下的银行取来了钱。

在接下来一个小时十二分钟的点拨里，杨杰做出了两个后来认为极为荒唐的决定。一个是把名字改回“杨杰出”，一个是辞退了从公司草创时期就跟着他混的兄弟平头。大师说，百分之九十九点九的人都会对杨杰的前途抱以乐观，“水晶坊”的效益蒸蒸日上，有眼就看得见，但他颇感遗憾：以杨杰的商业才华和经营理念，如果解决了诸多非商业的障碍，在他坐在沙发上的此刻，杨杰公司的规模至少该是眼下的一倍半大。

“一倍半。”大师叼着烟斗说，“懂我的意思吗？”这个精确的概数让杨杰心动过速了。大师看着守灵一般列队站在他周围的员工，小肉手又一摆，“一个个来。”

杨杰必须“出”。不是因为“杰出”，而是要让“人杰”充分地发挥“出”来。好东西不能憋着，更不能堵着，是雄鹰就让它自由自在地翱翔；杨总，你，就是雄鹰，所以，“杰”必须“出”来。杨杰痛苦地嘬着牙花子，想到背负两座大山的那十九年，历史总是以简单、粗暴和可笑的方式轮回，但他还是点头同意了。重返少年时代已经够纠结了，看完了员工们的生辰八字，杨杰更纠结。大师说得很直：这个外号叫平头的，得拿下，犯冲。有他，该你的可能就没了；没他，不该你的，没准儿也来了。这个天机本不该泄的，阿弥陀佛，罪过罪过。大师端烟斗的手都抖了。三天以后杨杰才下了狠心，兄弟，对不住了。为了跟平头说清楚这事，他先把自己灌醉了，他说平头，你回家扎我的小人都可以，这钱你务必留下；我给你找了两家公司，都是好位置，随你挑。平头去了其中一家公司，也痛快地拿了杨杰提前支付他的三年薪水。

三年后，在同一家馆子“辣婆婆”里，杨杰又把自己灌醉了，为的是开口把平头请回来。他说兄弟，我想通了，什么生辰八字、阴阳五行，都没有人心和情谊重要，都没有平常心和踏实的干劲儿重要；投机和侥幸现在就算能成事，我也不在乎了；公司里的位置随你挑，只要你答应回来。平头把当年的薪水原封不动地退给杨杰。红包都没拆封，他知道自己一定会回来。他挑了一个合适的位置，作为筚路蓝缕开创基业的兄弟，他知道该在哪个位置上。

恢复成“杰出”，杨杰疙疙瘩瘩了四年。只在陌生人和要签署的合同文件面前他才叫杨杰出，其他时候，记着，鄙人杨杰。这让他有种古怪的分裂感，仿佛世上还有另一个自己，每天两个自己在对峙。他经常梦见两个自己，杨杰出与杨杰舌战不已，争夺对自己的所有权；天气不好的时候，或者梦中的天是黑的，两个人还可能大打出手；有一次甚至梦见在厕所里，为了仅有的一个便斗，二杨相持不下，最后杨杰自己被尿憋醒了。在签名和接受陌生人的问候时，必须提醒一下自己才能适应那个“杨杰出”。点点现在还经常疑惑地问，是不是当了爸爸就可以同时叫两个名字？如果可以，那到底哪个才是我爸爸呢？杨杰说，你爸叫杨杰，公司老总才叫杨杰出。

点点说：“我爸爸就是公司老总。”

杨杰说：“不，你爸是你爸，公司老总是公司老总。”

现在好了，他可以不分裂了，也不必让女儿跟着分裂了。回到自己是个多么艰难而又漫长的过程，不是多一个字少一个字的问题。当然，字少了一个，原来签订的合同和许诺依然有效。

这两年他想清楚了，就两个词，往“简单”和“真诚”里过。花里胡哨的，能删掉的都删掉。这个难度很大。他有点钱，但又没那么有钱，顶多算大老板里的小小老板。他所在的圈子也相应地不上不下，想往极品里高雅高不起来，没那个实力，把世界撇在一边自己玩，没那资格，但又想玩得好一点，隔三岔五能往上走两步，所以，整天就得上上下下地勾连，要疏导和交通，那就免不了一年到头在花里胡哨的事情里打滚，不管有多琐碎、无聊、附庸风雅、荒唐和恶心——这个圈子和阶层整体上就这水平和境界，一块儿玩，才能共进退，躲一边玩，那基本就死路一条——你不待见人，人也不待见你。可是杨杰有点玩腻了，应酬、场面、形式主义、百无聊赖的花花事，他当然都能干，干得也相当不错，但他越来越克服不了自己对虚假和意义的质疑。

在过去，他陪客户和别的老总去唱歌，包了场，有小姐来，每人抱了一个南腔北调地唱，即使只是鬼哭狼嚎，但内心里喜欢，投入，他觉得就好——多滥的事若能真诚投入，起码在敬业角度值得尊重；现在，他没法让自己真诚地进入到里头，他就在外面待着，仿佛灵魂出窍，看着自己的肉身虚与委蛇，戴着面具在酒桌上、麻将馆里、KTV包厢中、夜总会的舞池边，跟一帮厌恶的家伙称兄道弟，把满脸的假笑送到对方面前，他一点都不喜欢，这个时候，他跟自己同时叫杨杰和杨杰出一样分裂。出了聚会的门，他就开始瞧不上自己：积极主动地“杨杰出”了。这些事真是非干不可吗？就没有别一种有意义的、行之有效的方式存在吗？一定是有，他在找，因为公司必须做下去，他的商业理想不能放弃。时至今日，他还在困惑中摸索，能做的就是尽可能把花里胡哨的东西从生活中删掉，往简单里做，同时尽可能真诚。

公司在十六楼，出了电梯就听见众声喧哗，看见杨杰都不吭声了。

“别走，”他对要散去的员工说，“说完了再走。”

还是没人吭声。他示意一下平头。平头说：“大家在商量这玉蟾蜍还要不要继续放在门厅里。”

“大家的意思是？”

“放吧，吉利，但担心你不高兴，也不符合咱们‘返璞归真’的企业精神；不放吧，心里还是不踏实，风水这东西，同志们都觉得宁信其有、不信其无，而且，它毕竟跟着咱们四年了。”

“那就放，”杨杰说，“照大多数人的意思来。”

“那大伙儿还想让晓萱来给玉蟾蜍系一根红绸子。当初就是她系的。”

“没问题。”杨杰说，用手拍了拍放在仿明雕花条几上的玉蟾蜍，它的脑袋和嘴里的钱串被很多人的手摸得温润发亮，“不过得等几天了。她和我一起回老家，这会儿正等着点点下课。”

小文说：“杨哥，大伙儿还想知道，抽屉里还要不要再放点吉祥的宝贝。”

“想放吗？”

一大半人举起手。

“那就放。今年是牛年，”杨杰说，“小文你让计划处的林总拟个简短的申请，给大伙儿每人做一个水晶奔牛，用上等好晶。跟公司乔迁的红包一起发。咱们水晶也主财、避凶、辟邪嘛。”

所有人都欢呼。上等天然水晶雕刻的奔牛，就算只有火柴盒大小，市价也在四五千以上。是个不小的福利。

杨杰到办公桌前坐下，翻了过去一个月的日程安排，做完的事情后面都打了钩。这个月除了两宗大订单，最重要的事就是对那家台湾玻璃工艺企业的考察。那家企业细雕车间的雕刻机让他印象深刻。他们对传统的雕刻机做了更科学的改造，对研磨粉尘的控制及滴水的处理极为到位。即使所有雕刻机器同时工作，你也很难闻到呛人的粉尘味，水滴总能及时、迅速地随雕刻刀落到坯料上，粉尘都没机会扬起来。征得台方的同意，他让随行的工程部胡总将机器和操作过程详细地拍摄下来，从网上发回公司，让技术人员赶紧投入研究，尽快改良雕刻机器。

“要为雕刻师的健康负责，”他和技术人员通话，“顾客是我们的衣食父母，雕刻师也是。没雕刻师，水晶就是一块石头。”然后又给远在淮海的弟弟杨泽打了电话，他在那里负责水晶制品的生产线。杨杰嘱咐弟弟，天热了，一定要将车间里的空调等硬件设施配备齐全，四层活性炭口罩的质量必须过关，雕刻师的体检工作也要做好。除了个别难度较大的大件水晶工艺品在北京、福建或者扬州等地做，因为要请著名的雕刻大师亲自上阵，公司的雕刻生产线主要在淮海。千里之外的故乡产水晶，地下的水晶储藏量占全国的一半还多，原料供应充足便捷，且水晶制品的加工生产已成规模，正在逐步进入产业化，有一大批可供挑选的从业人员，雕刻师的手艺信得过，正好适合杨杰的小挂件批量生产的经营思路。

两年前，杨杰突然向几个水晶雕刻大户收购水晶废料。那帮哥们儿觉得这家伙头脑被驴踢了，从来没听说过谁靠收集水晶废料发财的。这年头逻辑很简单，玩大的发大财，玩小的发小财，不玩的永远发不了财；越玩越小说明你正在退出历史舞台。可杨杰又不像赶着要日薄西山，他的“杨杰水晶坊”在业界虽然算不上大码头，但也不是你打个哈欠就可以吹跑的。他工作坊里的重头项目设计和雕工绝对一流，最大的特色是，在原生态的语境下让艺术拔地而起：尽量不破坏原石的状态，在最合适的地方动脑筋、操刀子、出形象。有件作品叫《慈悲》，高挑细长含杂质的原石，只在最上端雕出一个半身佛陀，双耳垂肩，双目微阖，双手合十，面目从容淡定，颇有观万象聆世音的浩荡风度；人与原石自然衔接，剖出来的水晶表面坚决不抛光。另有一件“杨记”

作品《创世记》，把包裹在岩石里的水晶球从中间破开，打磨，抛光，在纯度达百分之九十五的澄澈水晶体的右下角，雕出一个新生不久的蜷曲婴儿，光着小身子，小鸡鸡清晰可见，双手抱拳，面对世界微笑地睁开眼，脑袋和手脚和小鸡鸡用糙面，身体的其他地方抛光，整个石头就是包容他的房屋和世界，既有质感又极其精致。

他们弄不明白的是，杨杰理当越做越大，不仅生意往大里做，作品也要往大里做，怎么冷不丁就开始玩边角料了呢。杨杰一笑："哥哥们玩大的，我玩哥哥们剩下的。"哥哥们想，那好吧，这世上最难治的病就是自甘堕落。也可能杨杰怕了，那更没办法，谁也救不了，把石头往大里玩，靠的就是个气魄：你得有为了一块石头死的勇气，你也得有就靠这块石头生的胆量。不就要点儿边角料么，拿去，都给你。

杨杰的心思转到小的上了，决定主攻小挂件的批量生产。从大到小，开始的确是因为他见不得水晶边角料的浪费。他去回龙观的工作室，福建来的雕刻大师老侯正在开石头。要做的名为《飞天》，九天仙女挑起一条腿反弹琵琶，胳膊、琵琶和那条右腿优雅地从身体上宕开去，整个身体支棱着，必须把多余的石头全部切掉。这就意味着半个石头将要化整为零。"整"是原料，"零"就成了废料，看得杨杰心尖直颤。从小到大，每年寒暑假他到花街，都要扛着铁锹去运河边挖水晶，挖一两天可能一无所获，就算挖到，多半也是花生和花生米大小的，比现在被机器开掉的还要小；他也是靠着倒腾一块块水晶石头发家的，小到数克，大到上吨；水晶是二十三亿年前的地壳运动遗留下来的宝物，也就是说，哪怕芝麻粒大小的边角料，也得穿越浩瀚的光阴才能到我们眼前，二十三亿年，杨杰觉得仅此数字就令人肃然起敬；他的心尖乱颤，过去怎么就没想过善待水晶呢，吃人家的喝人家的，买房置地也靠人家，还可着性子糟践人家，简直罪过，心不能安。

碎水晶落地如在哭泣，杨杰蹲下一块块捡起来装进兜里。出了工作室，两手就在裤兜里摸，一直摸到家。手指头被锋利的石头尖刺破了好几处，他盯着两手的血对崔晓萱说：

“老婆，我要从小石头做起。”

“做什么？”

“小挂件。批量生产。”

“只挣碎银子，跟你能过上好日子吗？”

“好日子不敢说，心安的日子肯定没问题。”

挂件耗石少。雕完了，打磨好，穿上漂亮的丝线就可以挂到脖子上。最大限度地节约和利用水晶资源固然是原因之一，以挂件作为主攻方向还有另外的原因，这大概是很多同行没法理解的。杨杰私下里免不了也因此为自己骄傲，我不仅仅是个商人，我他妈还是个文化人呢。这些年东奔西走，与水晶打交道，他隐隐地认为，作为一个淮海人，作为一个水晶从业者，他有责任通过小挂件生产这种相对平易的方式，将水晶这一价值尚未得到充分认知的珍奇之物引入平民百姓的日常生活。玉产业在这方面就很成熟，大的做得好，小的做得也好，玉石小挂件挂满了中国人的脖子；外国人也认，他们来了，也尖着脑袋买，一照相就把小挂件拿到衣服外面，对着镜头咧开大嘴笑。他要做水晶价值认识的普及工作。做大件水晶工艺品的雕刻生产利润空间当然更大，一块原石售价几千几万，一旦经过奇绝的构思和雕刻刀，成为精美的艺术品，就等于坐了火箭，身价直往上跑，几十万、几百万都不是神话。但是大件雕刻对原料消耗极大，边角料抖落一地全成了废品，而咱们脚底下的水晶储量是有限的，放开来挖，二十三年绝对挖光，经不起这么奢华的浪费。杨杰弯腰把它们都捡起来，我不惮于做小事，我也不羞于挣小钱。

一个频繁出入拍卖会的大制作水晶艺术品的商人，变成了一个精打细算、收拾零碎的车间工头。业界站了一排子人，看他笑话：见过生活上堕落的，没见过生意上堕落的。你们笑吧，杨杰觉得值：勿以善小而不为；家有万贯，不如日进分文。

至于在挂件里又以佛像为主，一则跟市场有关，男戴观音女戴佛嘛；另一个，是因为杨杰想在红尘滚滚里过几天朴素的日子，这几年也逐渐素食，一来二去就有了点佛缘。当然，只是好奇，心向往之，没信，没剃度的打算，也没想过做居士。他就是觉得与佛有关的东西让他内心笃定，身心都清新爽朗。这感觉在他那个浑浊的圈子可太难得了。

杨杰素食纯属偶然。2006年10月他去首尔，到韩国外国语大学做关于水晶的演讲。一个对中国古典文化颇有研究的收藏家委托外国语大学邀请的，其时外大正在举办中国文化周，收藏家朴先生跟主办方的领导是朋友，隆重推荐了杨杰。这年轻人对水晶有感觉，朴老头子对外大的朋友说，当年他就是从杨杰手里得到第一件观赏水晶，从此开始了自己收藏的一个新门类：水晶。做他翻译的金小姐身世复杂，母亲是朝鲜人，抗美援朝时期到了延边，嫁给姓金的朝鲜族中医；金小姐五岁时，母亲去世；到她十八岁，突然从韩国来了消息，她的外公外婆还健在，战争结束以后被划到“三八线”以南，成了韩国人，金小姐成了他们财产的唯一继承人，前提是，金小姐必须到首尔生活，成为韩国人；这好办，金医生爽快地答应了，首尔的日子当然比延边好过，还有一大笔钱拿，女儿过去他放心；金小姐在首尔念了大学，毕业后当了翻译。第二天午饭后，杨杰坐在咖啡馆里昏昏欲睡，金小姐说：

“冒昧地问一句，杨先生您血稠？”

“何以见得？”

“脸色偏暗。饭后即困。体重稍有增加，精神就会萎靡。如果短时间内频繁肉食，也有这些症状。”

要在国内，有人这么说杨杰肯定不信，谁知道是不是提前做了功课；但在国外，头一回见，就把症状说了个八九不离十，杨杰上心了。继续问：“该如何医治？”

“无须医治，饮食上注意即可。”金小姐说，“我也就是点儿三脚猫功夫，随便说说看。少吃荤，多吃素，不熬夜。杨先生童年生活未必宽裕，应该以粗粮素食为主。”

“这都能看出来？”

“只是猜测。人的脏腑功能跟最初的食物是相匹配的，那时候的粗茶淡饭规定了您脏腑的功率。现在富足了，频繁的酒肉让身体的各个器官不堪重负，马力跟不上了，人就出问题。”

“您的意思是，我这小身板享不了现在的福？”

“用汉语，通俗地讲，大体是这么回事。”

“明白了，我就是个潦草的手机充电器。前三次每次电都没充满，现在想充满也使不上劲儿，电容打不开了。”

“杨先生讲话跟演讲一样有意思。吃素。”

嗯，吃素。杨杰回来就开始有意识地吃素，果然，两个月后体重下去了四斤二两，很有点神清气爽，他觉得走路时想飞。他给大和堂的初医生打了电话。初医生说，宁信其有，吃素不是坏事。那倒是，吃素起码证明你是个有钱人。有钱人才吃素，穷人一天到晚把肉挂在嘴上。

吃素吃到了甜头，崔晓萱都觉得老公在床上像换了个人。当然海鲜是吃的；涮羊肉偶尔也得吃，不然北京的冬天过得就不地道。反正杨杰的肠胃和其他脏器是回到了二三十年前，像人之初那样自如地运转起来。吃惯了素，大荤慢慢就扛不住了，某天与老板们去香河的“农家乐”吃杀猪菜，喝点酒有了食欲，吃了一堆肉，离了桌就吐出来。那些肉里仿佛伸出了小手，挠他的胃，直犯恶心。此后，一想起大荤，空落落的胃里凭空就长出小手，心理和生理同时起不适的反应，逐渐就戒了。跟初平阳和易长安聚，一看见他们俩见到红烧肉都两眼放光，杨杰就作清高状，说：

“君子近素。”

因为素食，应酬里的声色味道也就淡了，因为会扫别人的兴。扫兴也好，不到万不得已，朋友喝大酒不招呼你，酒桌上的生活跟着就少了。这是杨杰这几年想要的，他想起酒桌上拍着胸脯说出的响当当假话，那个虚伪和腻歪，就觉得满桌子都摞满了红烧肉。因为素食，身心静下来，人一静就往悠远和玄虚上想，自然跟佛就搭着了缘分。佛乐好听，佛经好看，慢慢有能力沉到那些高深又平易的道理中了。

杨杰的佛缘也曾遭初平阳和易长安质疑。谁都知道现在中产阶级礼佛是个时髦，好像不跟高妙的精神世界搭上边儿，你就算穿着燕尾服打高尔夫，也只能是一身铜臭的俗物，没信仰，没文化。

“魏晋的士大夫爱谈玄，”初平阳说，“不谈你都怀疑自己没文化。”

“我跟他们的区别就在于，没信仰、没文化，如果这个信仰单指宗教信仰。”杨杰说，“他们怕，我不怕。我才懒得去表演，非得把自己包装成两手都很硬的精英？老老实实做我杨杰就够了。没文化我比谁都清楚。我也没信仰，在找到之前我不打算逮着什么信什么。”

易长安说：“那你还把自己整得煞有介事？又是吃素，又是听经，还主打佛像小挂件。”

“顺其自然。兄弟，你只有上了道，才明白什么是顺其自然。”

现在杨杰对自己很满意，焦虑和操心是另一回事，他满意的是，他在尽量照自己的想法做事。他请初医生写了这两幅字：顺其自然；返璞归真。装裱好，前者挂家里的书房，后者挂在办公室，抬头就能看见。

小文送来林总的申请让签字，杨杰抬眼看见的就是“返璞归真”。签完后，小文顺嘴问：“杨哥，有点不明白，你不是说不再搞那些五迷三道的求财、保佑之类的事吗？为啥还摆玉蟾蜍、给大伙儿送小牛？”

“不想要水晶牛？”

“想。”

“那不结了。”杨杰点上烟，“犯不着刻意。大家喜欢，那就放着。”

“可它摆在那儿，跟咱们要的现代的科学的理念脸对脸，别扭啊。”

“现不现代，科不科学，在咱们心里和脑子里；玉蟾蜍爬不进去。”

小文表示明白，看看表，提醒他时间差不多了。福小也来了短信，她和天送已收拾好，随时可以出发。

福小牵着天送站在楼前，脚边立着两只大旅行箱和两个鼓鼓囊囊的包。在她旁边搓着两手的男人戴无框树脂眼镜，他很想把所有的行李都给搬回到福小的地下室里。你真走啊？他说，真的不回来了？再考虑考虑吧。他的嘟囔像自问自答。天送好奇地看着这个文绉绉的高个子男人。杨杰下了车，那男人走上去跟他握手，委屈地说：

“杨先生，你帮我劝劝她，留下吧。”

杨杰从他的三七开分头一直打量到熨得笔挺的西裤和老人头皮鞋，知道这家伙一定叫高天。博士和副总也是人，急起来也会忘掉自我介绍。杨杰同情他，一个认真追求爱情的男人，你没理由鄙夷和看笑话。但他看看福小，这个三十三岁的女人依然和多年前一样，她的目光斜上十五到二十度，有点空旷，有点凉，侧着脸看爬到小区铁栅栏上的一群喇叭花，喇叭花是蓝的，他又觉得高天即使追不上她，也值。他握住高天的手，说：

“我尽力。”

“我要开车送，她不让。给她订机票和火车，也不要。”

高天把他当成大舅子来哭诉了，杨杰只好再次握住对方的手，“有我在。”他觉得不应该告诉这个悲情的男人最终结果，那就是，秦福小决定了的事，只有她自己能改，但通常你最好别抱指望。

福小对天送说：“儿子，叫叔叔。”

天送说：“叔叔好。”

杨杰说：“天送乖，叫舅舅。”

天送糊涂了，看福小。福小在一瞬间眼里就有了泪。天送可以叫叔叔的人全天下成千上万，但能叫舅舅的，只有一个或者几个。“叔叔”只是个礼节和形式，“舅舅”意味的却是亲情和责任。同时它也是个限制，你可以对“叔叔”变身为“继父”或者母亲的男朋友习以为常，但你永远无法想象“舅舅”也来这么一下大变活人，它在伦理的范畴里被定义为另一种血缘，一动就不洁。如果福小作为女人的感觉没错，她肯定杨杰多年来都在喜欢自己，但他不会说，而是把自己弄成一副大哥范儿，凡事不遗余力。现在，他主动把自己改成“舅舅”，就是告诉她，帮她是理所当然，不必有任何心理负担；别人也无须质疑，他已自断念想，给自己立了一道不可翻越的纯洁的铁栅栏。

福小说：“乖，说舅舅好。”

天送拍着巴掌说：“舅舅好。”

杨杰把天送抱起来。多像一个小两号的天赐啊。贾凡要帮高天往宝马的后备厢里放行李，杨杰制止了。让他一个人搬吧，悲情的男人需要一个告别的仪式。装好行李，上车。杨杰坐副驾驶座，福小和天送坐后排，高天站在后窗外。贾凡只等老板发话就起步，杨杰示意他别着急。车里开着空调，宝马车的制冷效果很好。终于，福小摁下了窗玻璃。高天几乎把脑袋伸进了车里，这对他的身高有一定难度。他把两手搭在车窗上，说：

“福小，不逼你。但你一定要相信我，天送，没有任何问题。”

福小涩涩地笑，把手叠在高天的手背上，用力往下按了按，“高天，我会记得你。”转向贾凡，“走吧。”然后低下头。

天送歪着头往上看福小，说：“妈妈——”

福小把他揽到怀里，说：“天送，我们回家了。”车已经出了小区。

拐弯的时候，杨杰从后视镜看见高天站在原地。路上颠了一下，高天的镜片骤然一亮，反了两道太阳光，像喷出了两股泉水。

都不说话。从立交桥盘下南五环时，首先沉不住气的是贾凡。出了小区，天送的眼就不够用，扒在窗边到处看，辽阔的北京把他吓着了。先前他以为北京就是从家到妈妈开电梯的楼，再到幼儿园和散步的公园，顶多再加上家乐福超市和去超市的那一截路。环线悬在北京的腰上，他能看得更高更远，如果不是总看见无数的高楼上都有的“北京”两个字（这两个字不是从幼儿园阿姨那里学的，是妈妈教的），过几分钟他就得问妈妈，他们现在到哪里了。森林一样的北京。他在动画片中见过很多大森林，高楼为什么都照树的样子长呢？他来不及问，一张嘴就会错过好风景。可是那无数的楼房都长成树的样子，北京开始变得单调。因为要出远门，他从昨天晚上就开始兴奋，一大早醒了再不愿睡回笼觉，困意现在席卷而来。等福小发现时，天送已经趴在窗边睡着了，他跪在座位上，脚后跟安稳地支撑着屁股和身体。福小把天送抱到怀里。

沉不住气的是贾凡，长时间的寂静像石头一样沉重。过去杨杰也会长久地不说话，但车里总会响着音乐；音乐是车里的第三个人，足以分担石头一样的沉默，让他觉得这拷问般的空旷的场面不必他独自承担——因为老板可以为所欲为，不必承担任何喧嚣和寂静。现在，音响根本就没打开，隔音玻璃效果显著，沉默，沉默，仿佛仇恨一般的安静责任都在他一个人。他还没到理解“舅舅”这个称谓的年龄，他想当然地以为，老板和这个怀抱孩子的女人有理不清的爱恨情仇；他甚至也认为，他有责任为他们打破僵局。所以，尽管割掉阑尾之前叔叔一再告诫他，老板不说话你就别吭声，这是成功司机的经验之一，他还是开口了。感谢一辆横冲直撞的军车从应急车道飞速驶过，他有了话头，问杨杰：

“杨哥，您开军车时经常在应急车道上跑吗？很爽吧？”

“很少，”杨杰揪着下巴上的胡茬说，“不爽。觉得车屁股上堆满了仇恨的眼珠子。”想了想又说，“你叔叔的阑尾炎看来没那么隆重啊，我当司机的事都不忘告诉你。”

杨杰的语气贾凡一时辨不清轻重，想自己可能犯忌了，多嘴就他妈的会惹事，于是囫囵着舌头说：“对不起。”

“没事。”杨杰的声调反倒明朗了，“空调打高点，孩子睡了。”他转身看福小娘儿俩，福小已经给天送搭了件外套。小孩觉沉，说话声是吵不醒他的。“我就那点破事，公司的人都知道，也不必瞒你，省得你不知道憋得慌。”杨杰让自己兴奋起来，他想说说当兵时开车的事。其实也不是要“想当年”，而是他终于找到了打破沉默的由头；军车对他的意义甚至比对贾凡还大。沉默是种瘟疫，过了该打破的点儿，就更难处理了，说也不是，不说也不是，能把你别扭死。从北京到淮海那可是标准的长途，开不了一个好头，十几个小时真不知道该怎么过。所以，他其实暗暗感激贾凡的多嘴，这小子运气好，弄拙也会成巧。“刚进部队你猜我干吗？别猜了，你不会想到的。养猪。”

“真的养猪？”贾凡也有绝处逢生的庆幸，声音一不留神就夸张了。

“养猪。两百四十三头，分十二个圈，每个圈二十头，加起来有操场那么大。”

“还有三头呢？”

“死了。两头猪打架，你咬我，我咬你，就那么巧，都啃到对方血管上了。等我发现，现输血也救不回来了。还有一头脾气暴，嫌地盘小，一头撞墙上把自己撞死了。”

“猪养死了，领导不找您麻烦？”

“连长谢我还来不及。全连我养得最好，一头头膘肥体壮，才损失三头，战友们哪个不养死个五七八头十来头的。因为猪养得好，还得了个三等功。”

贾凡对养猪和三等功没有任何概念，也没什么兴趣，心思都在车上。“那怎么突然改开车了？”

“伺候猪没出问题，伺候人出问题了。”杨杰的手机响了，短信提示。一品陶瓷总汇的钟老板约周末打高尔夫，杨杰给回了。钟老板喜欢约杨杰，因为杨杰打得不好，他就很有成就感，好像每次赢了都预示着生意上也能步步登高。这项上流社会的标志性高雅运动之一，杨杰把它归为形式大于内容的作秀型运动。往回数几年，他还有热情，为的是往成功人士的圈子里挤，现在想通了，成功与否是自己的事，不必做给别人看。钟老板的约，能不去就不去了。

贾凡继续说。秦福小抱着孩子坐在后座上不动声色，你都不知道她在没在听。

“立功后，副营长来视察，临走前站在闹哄哄的猪圈里拍照留念。照片洗出来，正好连队要做一期简报，连长觉得照片拍得不错，照片上副营长咧开嘴笑，围在他身边的猪圆溜溜的也都喜庆，就嘱我写段文字附在图片后面，趁机展示一下我们养猪的成绩。”杨杰让贾凡把所有车窗打开，对流一下新鲜空气，关上后继续说。“我花了两天时间写了五百三十三个字。简报的编辑，江西新余来的小刘规定，不能超过五百五十个字。在拟定副营长的照片下面的那行说明时犯了难，写‘副营长和猪在一起’不合适，写‘副营长在猪圈里’也不合适，反复斟酌，最后写的是‘某副营长（前排左四）视察我连养猪事业’。说‘前排左四’是按照脑袋数的，也为了突出一下首长。马屁拍马腿上了，副营长看到简报很不高兴。除了他，照片上就是一群猪，还‘前排左四’，分明是把他和猪混为一谈。他给我们连长打电话，说，嗯，那个叫什么杨杰的，”杨杰敞着嗓子学副营长的河南平顶山方言，“我看他根本就不是养猪的料！连长就撤了我的猪倌儿。”

贾凡咧开嘴笑，这事的确挺好玩，好玩得像个段子。但它不是段子，是亲身经历，杨杰说，他的生活里充满了这样的小滑稽和小荒唐。福小也笑了，甚至表示了好奇，自车子开动以后说了第一句话：“没继续给你穿小鞋？”

杨杰一下子轻松很多，他费了很大力气才这么惟妙惟肖地讲一件事。他根本不具备讲故事的才能，平顶山的方言他知道学得四不像，但他在尽力。一个人是无法真正打破沉默的，它需要双边努力。秦福小在响应。

“连长人挺好，觉得副营长小气，‘左四’怎么了？又没有特别注明‘左四不是猪’。他说当不成猪倌儿也是好事，当几年兵光学养猪，意思不大，干点别的吧。连里缺一个勤务兵，也缺一个跑长途拉饲料、运猪粪的卡车司机，你想干哪个？连长提醒我，勤务兵可是有提干的机会的。”

贾凡问：“杨哥，您怎么回答的？”

“当然是卡车司机。我说，养不了猪，闻闻猪粪心里也踏实。连长骂我，没出息，多少人盯着这个勤务兵的位置，两眼都盯出血了。那我也想当司机。开车多好啊，可以满世界跑。车轮子就是你翅膀。”

“我也会选司机，”福小说了第二句话，“满世界跑。”这些年她正是这样做的，不是司机，但满世界跑。

有了第一句就有第二句，有了第二句就会有第三句。杨杰希望僵局就此打开。

“我听叔叔说，现在您很少开车，不喜欢。”

“也不是不喜欢，是怕。应酬多了。屁大点事都得端着酒杯才能谈，一喝就多，喝少了还不让你下桌。晕晕乎乎容易出事。但我还是喜欢坐在车上跑长途。”

这也是杨杰没坐飞机和火车去淮海的原因。崔晓萱建议一家人都乘飞机，杨杰坚持开车回，他喜欢在路上的感觉。多年前他开解放牌大卡车运饲料和猪粪，独自昼夜兼程，扯起嗓门吼不着调的歌，看房屋、车辆、行人和草木倒退着远离自己，他就会庆幸当初做了无比正确的选择。在路上，向前跑，开阔、自在、舒展，仿佛从世界包裹在他身上的巨大铠甲里挣脱了出来，有飞翔的快感。他要在回故乡之路上重新体验一下飞起来的好感觉。当然，他的理由还有：到淮海，有车在手上方便。至于秦福小决定搭车，是后来的事，杨杰也没和老婆通气。

“平阳说，喝多了你就看到第二条路。有这事吧？”福小第三次开口。有了第二句就会有第三句，然后就会有无数句。

杨杰的心又往下落了落。“这事他也跟你说了？”杨杰自然地衔接上问话，往侧后方扭了一下头，声音却对着贾凡，“又该跟你说段子了。”然后他才彻底地向后座看了看福小，说，“平阳跟你说是在哪一年了吗？2005年，年初，他来北京不到半年。长安刚来北京。我们去南城吃贵州酸汤鱼，喝大了。那是真的大，加上舒袖——那时候还不知道你已经在北京了，四个人喝了五瓶古井贡，还有十六瓶燕京啤酒。我经常会纳闷，那顿饭怎么会喝了这么多酒。对，舒袖好酒量，那天不下八两。我开车送他们回北大，他们打算半夜到未名湖上溜冰。车一开动我就觉得不对，眼前多了一条路。该走哪条呢？我用的是司机的老办法，轻易不大动方向盘——贾凡你知道的，只要不乱动，方向盘经常比人可靠。好在那是条直路。到十字路口我晕了，眼前一堆路，他们说，杨杰你怎么不走了？我说，我得在八条路中挑最正确的那条，给我点时间。”贾凡已经笑了。“别笑，路不仅多了，还浮了起来，当时我确实担心，如果上错了道，会一直开到天上去。

“平阳提醒我，杨杰你喝喝喝多了。我说你瞎说，我没多。舒袖说，你一定喝多了。长安在副驾驶座上，拍我的肩膀说，别听他们两口子的，我相信你没没喝多，绝对没没喝多。在我喝没喝多的问题上，他们争了不下三分钟。我都在找路。”

“十字路口哪能停这么久？”贾凡说。

“大冬天，半夜了，都在抱着暖气睡觉呢。路上连条狗都没有。争论的结果是，舒袖站到了长安那边，相信我没喝多。舒袖说，路翻倍，完全是因为两只眼的缘故，捂上一只就行了。我们三个觉得舒袖太聪明了，这方法好。我就蒙上左眼，松了刹车。可是走了几十米，发现路又多了一条，只好停车。从后面来了辆车，被平阳拦下，司机是个小伙子，听说我们去北大，让我们跟他走，他去中关村。我就蒙上一只眼，盯着他的车屁股走。又走了十来分钟，那哥们儿突然一个急刹车，吓得我本能地踩刹车，一肚子的酒变成冷汗出来了。酒醒了一半，两条路终于合并成一条了。那哥们儿是个新手，听着摇滚，一激动脚踹到刹车上了。跟着他继续走，我才看见他车后头贴着张纸条：新手上路，请两百米外伺候。”

车过了天津。很多年杨杰都没有一口气说这么多话了，公司开会商讨上市的问题时，那么重要的时刻，也没说这么多。但他确信话不会白说，因为秦福小在经过漫长的预热之后，已经活络一点了。她说，真没想到，你这么能说。她的意思是，多年里她都认定他是沉默寡言的人。他是他们所有人的大哥，她、初平阳、易长安、景天赐、舒袖、吕冬，所有人的大哥，他们在一起的时候，他通常是用做事代替说话。她对他的印象还停留在十六年前，她离家出走的时候。尽管这几年他们在北京隔三岔五也会聚，但都是集体活动，跟他们俩比，初平阳和易长安那就是话痨，整顿饭就听他们俩嘚啵嘚啵没完，曲终人散，他们基本上还是沉默着。

这种沉默深究起来意味深长。他有浩荡的十六年光阴需要翻越，如果从天赐之死算起，时间更长，他本来就不是话多的人。翻越时光如此艰难，得掐准了每一个必要的点儿往前走。而秦福小，不沉默就不足以解释她为什么在很多年里，像一滴水融进了大海，音信全无。一声不吭是最好的答案。当两个人相遇时，尤其是像现在这样单独面对，只有沉默才能把这些年沉重漫长的空白页真正地翻过去。

这些年的确需要长久的沉默。

不过现在好了，沉默正在被像纸页那样翻过去。沉默的消失和沉默本身一样，让人心安。

两天前，秦福小给杨杰打电话，杨杰刚从台北的桃园机场出来。

“我必须给你打这个电话，”福小说。事实也如此，她只有不停地对自己强调“必须”，才有勇气摁杨杰的手机号。“如果你不那么迫切需要大和堂，我想考虑一下。”初平阳告诉她，他在北京时就已经许给了杨杰。

杨杰握着手机停顿了两秒钟，说：“继续说。”

因为之前易长安气急败坏地给他电话，几乎是同样的内容。“如果不是离了大和堂不行，务必帮兄弟一把，”易长安说，“我得把这女人给处理了。”让女人不折腾你，最好的办法就是找别的事折腾她。你不是要房子吗？你不是还想要事业吗？那好，回我老家，在运河边上，在咱们前途远大的沿河风光带里，开一家店，只要不违法，你想卖什么就卖什么。这是易长安的逻辑：只有不让女人把你当成事业，你才能把更多的女人当成事业。他不想她整天跟着烦他。

易长安说："哥，给个态度啊。"

"可以给你，但有两条。"杨杰说，"一，女人的事悠着点儿，大和堂只有一个；二，价得给平阳出到最高，他需要钱，你不差那几万。"

"我就知道，你要大和堂是变相帮平阳。放心，大哥是哥，二哥也是哥。"

"我想回花街，"秦福小说。因为长年累月的沉默，说出每一个字都艰难，但她"必须"得说出来。"我想让天送住上门和窗户都对着运河的房子。天赐喜欢的，天送一定也会喜欢。"

杨杰说："稍等，过会儿我打给你。"

工程部的胡总提醒他，接他们的车到了。让他们等一下，杨杰说，他在拨易长安的电话。

易长安的声音很喜庆。"你可帮了我大忙了，"易长安在哐啷哐啷的噪音里接的电话。他在距北京一百六十公里外的一家私人铸造作坊里验货，最新一批汽车牌照质量顶呱呱，喷好漆就可以乱真。私人作坊就这点好，只要钱到位，想要什么就给你弄出什么；就像作坊的老板说，神舟飞船都没问题。"搞定。她都开始抛硬币，决定卖工艺品好还是开茶馆好了。什么？听不清，我出来接。"到了门外空旷的野地里，荒草疯长，知了在白杨树上叫，他听清楚了杨杰远在宝岛发出来的声音。"靠，福小想要？留着梦游？"

“这么多年，”杨杰说，他谨慎地选择措辞和音调。“她没对我们开过一次口。”她从不接受帮助，也从不要求帮助。漫长的沉默赋予了这个要求绝对的分量。“你还记得那时候天赐最喜欢去谁家？对，你记得。平阳家。他喜欢推门开窗就看见运河。”

“懂了。”易长安的反应出乎杨杰的预料，“就这么整。给福小。”

杨杰担心易长安有情绪，继续说：“她想回花街。她想让天送推门开窗就看见运河。”

“你咋也唠叨上了？没有比天赐更大的理由；谁都不行；没二话。我再想别的招儿吧，你也帮我留个心。”

挂了电话，杨杰给秦福小打过去。“没问题。”在驶往酒店的路上，杨杰想，长安说得对，没有比天赐更大的理由，也没有比福小更大的理由。他在台北的高速公路上突然感到了时间的重量，一晃十年，一晃又十年，福小在外漂泊也十六年了。十六年，弹指一挥间，那该得多大的指头啊。

天送醒了，一骨碌坐起来。“妈妈，饿。”

杨杰转过身，做了一个逗点点时常用的鬼脸，毫无想象力地伸舌头、翻白眼，说：“天送乖，再忍五分钟，我们就到服务区啦。”

“跟叔叔说，想吃什么？”

天送纠正秦福小：“妈妈，不是叔叔，是舅舅。”

“对，是舅舅。妈妈说顺嘴了，妈妈错了，是舅舅。”

服务区里午餐只供应快餐盒饭，好在有两样菜天送喜欢：五丁蛋饺和冬瓜脯。都是淮扬风味。饭菜都摆上桌，杨杰却觉得少了点东西，秦福小从包里拿出一个广口玻璃瓶，打开，说：

“这个吗？”杨杰大喜，就这个，辣椒。秦福小自制的泡椒，多年前在深圳打工时，跟同屋的一个重庆姑娘学的。材料和做法都简单：

把酱油、醋、八角和花椒用热锅煮沸，凉透，倒进瓷坛里；再将事先洗净晾干的青椒，在肚子上划一道口子，也放入坛内浸泡，以便入味；辣椒最好是细长的尖椒，肥胖的菜椒和灯笼椒吃起来像瓜，没劲儿；一周后捞出，其味清新鲜美，该辣的辣，该酸的酸，该麻的麻，该香的香；可以吃多少捞多少，也可以边吃边往卤汁里续青椒。简便家常，但是切记：不能见生水。辣椒必须晾干，捞辣椒的筷子、勺子等工具也不得沾生水，否则卤水易变质，辣椒会腐烂。

这东西杨杰爱吃，初平阳和易长安也好这一口。因为它的辣新鲜，有现场感，原生态，比超市和食品店里买到的那些瓶装的辣椒酱和青剁椒、红剁椒不知道要爽口多少倍，还环保。对杨杰他们来说，发现这道美食纯属偶然。三人约好了，突击去福小家看他们娘儿俩。只能突击，福小一直不愿意他们去她的地下室。因为终年不见阳光，无论福小如何努力，想多少办法，霉斑是防住了，但厨房和卫生间里淡淡的潮湿和霉味是消除不掉的。如果卫生间的门平常不开，那潮湿和霉气更难祛除；一旦敞开，它们就像阴魂徘徊在一居室的各个角落。所以，福小从不在家待客。但是他们三个人敲响了门，你不能打开门后对客人说：我不在家。

三人落座，两岁半的天送发现客厅变小了，他得在人群里曲折地穿梭才能到达冰箱前。他拉开冰箱门找果冻。杨杰侧着脸，抽抽鼻子说：“什么味儿？”

在厨房里洗水果的福小说：“对不起，一定是天送忘了关卫生间的门了。天送，帮妈妈把卫生间的门关上；还有，把厨房门也关上。”

“卫生间里出不来这个味儿，”杨杰说，“平阳，长安，你们闻到没有？”

他们俩抽抽鼻子，易长安去了冰箱前，把脑袋伸进冷藏柜里，端出来一个蒙着保鲜膜的小龙碗。半碗辣椒。“我说杨杰，”易长安对着龙碗嗅，“当兵时你在养猪和开车之外，一定当过警犬。这保鲜膜缺了一角，你就闻到辣椒味儿了。牛逼！”他把辣椒端出来，杨杰确信就是它的味儿。易长安已经揭开保鲜膜，捏了一根辣椒放嘴里了，然后张大嘴直抽冷气，“靠，爽！这味道，杨杰，平阳，不尝尝你们下半辈子吃多少辣椒都是白活。”

辣椒是三人为数不多的共同爱好之一。在北京待，吃不了辣的跟没钱一样，混不下去。满街都是川湘菜馆，有点特色的云南菜、贵州菜，也少不了辣，还有火锅，满屋子的麻辣味儿里你都不好意思要清汤的锅底。杨杰和易长安每人捏了一根，吃完了杨杰又捏了一根。然后三人一致决定，一会儿到知春路上的“无名居”吃饭时，带上一碗秦氏泡椒。

好这口，杨杰就想把这手艺带回家，让崔晓萱照此拷贝一下。崔晓萱不干，也就那种野女人才会做这么野蛮生猛的菜，老子怎么说也是个文化人。她一想到福小抢走了天送，鼻孔都往外冒烟。好在易长安的女朋友林惠惠，也是无辣不欢，迅速领会秦氏泡椒法，做好了能送一些给杨杰。有时候他们聚会，福小也会带一些分给他们，杨杰回家就说，长安的老婆做的。此外还要补充一句，人家原来是学财经的，也是文化人。

“你说的是长安的哪一个老婆？”崔晓萱阴阳怪气地说。

“还有哪一个？”杨杰说，“当然是林惠惠。”

“当然是！嘁，你还替他谦虚了。我敢肯定，易长安的女人绝对比他的内裤多。”

“说话过点脑子啊。你可是当嫂子的。”

“要不是当嫂子的，我早当面抽丫的了。有这么祸害姑娘的么！”

这个问题不便深究，否则结论必定是“男人没一个好东西”。杨杰会就此打住。但他有一条坚持住了，就是无论谁做的秦氏泡椒，一概都出自林惠惠之手。因为这种所有权的专一，崔晓萱也就不那么较真了，她不碰那泡椒，但能够容忍它出现在饭桌上。

泡椒断顿有阵子了。杨杰忙公司发展和运营，迎接上市评估有一堆事要做，三个多月没和初平阳、易长安和福小他们聚了；林惠惠最近心思有波动，不在家务上，想结婚，对付花心大萝卜最有效的方法就是用一张证把他捆起来，但未果。作为对稳定感和归属感的补偿，她整天揪着易长安的耳朵要房子，自家的泡椒坛子也空得连卤水都蒸发完了。

今天终于将泡椒给续上了。就着辣椒，杨杰竟然吃了两份快餐，贾凡都觉得老板的饭量有失体面了。杨杰说，怎么着？我吃得越多，你们就能吃得越好；哪天我滴米不进，你们就准备卷铺盖滚蛋吧。泡椒的确相当下饭，但他也不必逮着快餐一顿猛吃，除了这一小瓶，福小的包里还给他准备了一大瓶。反正不回来了，她把坛子捞了个底朝天。

“实在没什么好送你的，”福小说，“就两瓶辣椒吧。”

辣椒是最好的礼物。他们在服务区超市里给天送买零食，杨杰从手包里拿出两个紫红色缎子包裹的小首饰盒，盒子上印有他公司金黄色Logo。两个天然紫水晶雕刻挂件，一个送给福小，一个给天送。福小的是最新开发出来的弥勒佛雕像，一块钱硬币大小，稍显卡通化，这个弥勒佛的脑袋、嘴和光脚丫子都比别的弥勒佛大一倍，有种夸张的喜庆，寓意翻倍的智慧、快乐和平安。天送的是水晶雕的桃核长命锁，把水晶雕成像是用桃核做成的长命锁，成年男人的大拇指指甲盖大小，方寸之间尽显高明的雕工，桃核几可乱真，每一道纹路都交代得清清楚楚；锁的正面刻着“长命百岁”，魏碑字体，背面刻着“景天送”，楷体。

“公司最好的雕刻师的手艺，”杨杰说。“同一块水晶下的料。”

福小谢过。打开天送的水晶桃核长命锁，手抖了。“你还记得？”她问。

这个锁和天赐当年的长命锁一般大，区别在于，天赐的锁是真正的桃核雕刻成的。一直在他脖子上挂到他死，埋到了地底下。

杨杰说：“刀片是我送的。”

那时候杨杰一到节假日就来花街，坐船或者车。他更喜欢待在花街上的大姑妈家，而不是二十里外的鹤顶自己家。大姑妈对他好，大姑父老歪对他也好，杂货铺里任何他喜欢的东西都可以随便拿；更重要的是，花街有他的朋友，初平阳、易长安、景天赐，还有初平阳的姐姐初平秋和景天赐的姐姐秦福小。他从大姑父的杂货铺里拿好东西给他们吃，他也从自己家里拿好东西给他们玩。他的小姑妈在遥远的海陵市当妇产科主任，带回来废旧的手术刀以备家用。尽管已经被医院淘汰，但它们依然和刚打开包装纸时一样锋利，寒光四射。它们很漂亮，有着传说中关羽的青龙偃月刀一样的造型，所以，他带了三把到花街，送给花街上的朋友。初平阳和易长安一定是把它们玩丢了，因为以后再也没见过；只有天赐一直珍藏，用它来削一头红一头蓝的彩色铅笔，然后，用它割断了左手的静脉。

“你从来没说过。”

“正因为从来没说过，”杨杰说，从包里拿出一包中南海烟，“所以放在心里，记一辈子。”他很少抽烟，但现在点上一根，点着了才想起福小，“要来一根吗？”福小没回答，他已经把烟送过去了。福小领养天送后再没抽过烟，但她接了。

手机响了。弟弟杨泽在电话里气喘吁吁地说：“哥，到哪儿了？出问题了！”

“着什么急。”杨杰说，“天塌下来也能让你把话慢慢说完。”

“镇政府刚来电话，合同期一满就收回厂房，不再续租给我们了。原来谈好的几间空房子也不给了。”

“知道了。我晚上到。”

第三十九个平安夜

同学们下午好!

钱老师邀我来讲文学。关于文学我的确有很多话可以说,搞了二十年的文学,心得多少有那么一点儿,不过很对不起钱老师和诸位同学,我临时决定讲一讲昨天在绵阳的经历。你们可以把它当成一个外地人的奇谈怪论,当然,也可以当作文学——如果说站在文学的课堂上必须说文学的话。

我努力不把一天的经历讲成流水账,但还是必须按时间顺序,从早上八点讲起。手机闹钟叫醒我,照我的习惯,起床之前先躺着想想昨天做过的事和今天要做的事。请注意前者,如果你打算搞写作,回忆的能力比想象力更重要,因为想象力归根结底是建基于回忆之上的。如何恰切有效地回忆,去粗取精去伪存真,需要长久的训练。前一天我来绵阳，飞机落地，我从北方枯白萧索的冬天骤然置身于绿树丰肥的湿润南国，猝不及防的不仅是眼睛，还有干燥的皮肤和肺叶。绵阳之好，我想不必我再夸了，你们比我感触更深。绵阳有好景，也有悲惨和壮烈事，河山在，历史和遗迹也在，我想尽量都看了，我只有一天的时间，因为这个演讲结束我就该回去了。这就是昨天早上八点之后我在想的。九点钟，我的好兄弟，你们的钱老师，将带我去梓潼的七曲山。

七曲山上有大庙，旧称"文昌宫"，"文昌帝君"张亚子的专庙，后来被张献忠占了，弄成了"家庙"。这个你们都知道，我不是旅游局的托儿，就不擅自宣传了。钱老师跟我说，文化人要来文昌宫，得拜拜老祖宗；据说高考前举子们来朝，个个都中了状元。我现拜也晚了，只能表示一下遥远的敬意。七曲山很好看，昨天下了点小雨，雨中的七曲山更好看，青山、古柏、古建筑群，苍翠，幽深，古朴，尤其像我这样被北方的冬天弄得两眼干枯的人，看见了眼睛里都湿漉漉的。一点都不夸张，我跟你们一样喜欢青山绿水，喜欢祖国的大好河山。但我今天要说的不是游山玩水，也不是探古寻幽，而是大庙里的送子观音。经过观音殿，钱老师说，兄弟，拜一拜，很灵的，一把年纪了，得考虑要孩子了，带钱没？说话时他就开始掏钱包。我带了，无论如何不能让别人代我捐香火钱。实话实说，我是个无神论者，但我突然将信将疑。当时的想法是，既然钱老师说了，还有陪同的朋友也在，不捐是不合适的，一定得捐；同时，这是私心，我还有所想往。这大概也是中国人的实用主义信仰的表现之一：有所求，才拜佛。我一直鄙弃这个实用主义，但昨天我没有免俗，把钱塞进功德箱时，我在心里念念有词。

你们想知道我对观音说的啥？没错，是和孩子有关，和送子观音我还能说别的吗？但不是让她老人家送给我一个孩子，而是希望她能保佑：嗯，没问题，这事儿就这么定了。没听明白？马上你们就明白了。

其他的景点我就不说了，文昌宫挂满了举子们敬献的锦旗，但张献忠那凶神恶煞一般的坐像我实在不喜欢。承蒙梓潼朋友的盛情，享用了一顿美味的山野饭。现在说路上，师傅的车技真是好，几十里路风平浪静。我和钱老师还有另外一位朋友在车里说话，谈文学，也谈政治和经济，男人都免不了有这点装模作样的爱好——我是说我自己啊，你们钱老师是个真正关心国计民生、忧国忧民的人。他喜欢顾炎武，钱包里都放着“天下兴亡，匹夫有责”的字条，你们知道吧？我谈得心不在焉。我在想着送子观音，我在想，灵还是不灵呢？拜完了观音娘娘，钱老师嘱咐我，有了娃要回来还愿啊。我说当然当然，我把孩子也带过来还愿。车快到绵阳市区，我老婆发来短信：

——验了。中奖了。

简洁得如五字真言。

——确定？可靠？

——嗯。老婆回道。

我一把捂住手机，我不想让任何人看见我脸色变了，不过我确信我的脸色变了。我觉得有那么一瞬间我的心跳出了嗓子眼儿，直接飞到了窗外。这辆奥迪车太小，根本盛不下它。如果信息属实，请各位恭喜我，我要做爹了。我老婆的意思是，她通过验证，确定怀孕了，而且方法科学可靠。他们还在谈论国是，我一声不吭，憋着，我想找个没人听见的地方打个电话，了解更具体的细节。只有五个字还是太抽象了，好像不那么可信。我也可以发短信，但是发起来实在太麻烦，我根本等不了。对，你们问得好，为什么不在车里打电话呢？我不敢，我担心事情从文字落实到声音时会发生变故，我不想让大家都听到，本来以为中奖了，最后发现看错了数字。我已经三十九岁，不能一惊一乍地过日子了，我得沉住气，直到好消息明确无误，在向世界宣布之前经得起任何挑剔和烦琐的推敲。

钱老师当时问我：

——两眼空洞，焦点游移，还笑眯眯的，咋回事？

——有点晕车。我说。

其实我平衡能力极好，坐宇宙飞船都不会晕。我就是不踏实。终于逮着了机会，车子进市区没油了，停在一个加油站，我下了车就躲到墙根开始打电话，像审问一样把最尖端的科学都弄清楚了，最后跟我老婆说：感谢上帝！我知道我应该感谢的首先是我老婆，接着是观音娘娘，然后才轮到上帝。这说明我完全高兴得昏了头。

再坐上车，我的眼神就不空洞了，眼睛就聚焦了，笑眯眯的嘴咧得更大了。我想板也板不下来脸。如果你们到了我这岁数，以为再也没机会要孩子的时候，突然观音娘娘和天籁一般的声音告诉你，你一直想要的孩子到了，我怀疑你也扛不住。来绵阳之前我就在心里打鼓，老婆的确有了怀孕的征兆，但我们不敢确定，经过这么多年漫长的等待、惊喜和失望直至绝望，我们变得如此胆怯，担心核对号码时，又发现弄错了几个数字。我们战战兢兢地从而立之前弄错到不惑之年，那个无中生有、似有还无的小生命一直折磨了我们十几年。好了，现在，那个小生命实实在在地来到了，我跟我老婆通电话时一度像梦呓：

——我真要当爹了？难道我真的要当爹了？

一个小生命。我终于说到了这个词：生命。如果你们还想笑，那么现在该停下来。对任何人来说，生命都是件至为严肃的事。那时候我脸上的确有朵花，但我觉得后背变重了，从此我背负了另外一个生命，他正在孕育，逐渐成为一个完善和美丽的生命，直到有一天，他在我的后背上把嘴凑到我耳边说："爸。"想到这个称呼我眼泪都快下来了。

这不是煽情。不需要任何人为生命去煽情。下午我们去了北川老县城。地震之后我第一次去那里。来之前我搜集很多关于这场灾难的资料，看了很多介绍、图片和影像资料，我担心自己面对废墟扛不住。还没到老县城，我就发现什么心理准备都白搭，钱老师和陪同朋友沿途指示哪些山体曾经滑坡，哪些道路曾被中断，哪些厂房过去热火朝天现在像沉睡一样冷寂，你的心就开始往下沉，开始感到绵阳的十二月底同样寒气逼人。你们一定都见过那途经的几座山，大地摇晃，山的肩膀坍塌下来，露出灰白的山体像凉森森的骨头。我当时的感觉是，大地果然是不可靠的。车驶向一条狭窄的路，几块巨大到难以形容的石头滚在路边，下到坡底拐个弯就是老县城了。我们进入老县城关口，白纸黑字张贴在关卡处，那些字为了追怀、悼念、感谢和壮志，我觉得像在进入一个巨大的露天灵堂。

我不知道这个说法是否妥当，我的确是预感到无以复加的悲伤迎面扑来。车在转弯处的平地上停下，站在那里可以俯瞰老县城全景。一片废墟，楼房倾斜倒塌，在这个峡谷里，哪怕一座完整的县城也不过是造化手中的一堆卑微的积木或者火柴盒。昏了头的上帝说，让它散，一瞬间墙倒屋塌，世界变了模样。我看了旁边一块展板上展示的地震前后的对比照片，你得出的唯一结论只能是：不是一个人间。陪同朋友的手在废墟照片上划拉一下，像给一座死去的小城合上了眼。他说：

——他们都死了。

那些被埋在废墟里的北川人。这个时候，我意识到为什么觉得像进了灵堂。建筑倒了不要紧，要紧的是，这每一座建筑里、每一个房间里都有一个个完整的家庭和一个个活生生的人。一个个生命。废墟会给你震撼，是倒塌、破坏和毁损，是对完整、美和庄严的颠覆和否定；但死亡却是消失、不在，是再也看不见摸不着，是你喊断了嗓子也回不来，它是取消、铲除和彻底从地球上抹去，去了就永远不会再有，它是唯一、不可逆转、不可循环——人只能活一次。很多年前我还小，经常去坟地里去放牛，夏天坟地里清凉，草木丰茂，牛吃草，我就倚着坟堆睡觉。从这个坟堆睡到那个坟堆，与半个村的死人为邻，我以为我再也不怕死亡，在北川老县城我发现，还是怕，不是一般的怕。坟堆里死去的那些人，死亡缓慢、平和、历经多年，是人生的叹息到了最后，自然而然收了尾，他们安然地闭上了眼。而这里，一碗饭还端在嘴边，一声呼唤还没来得及出口，一个手势没能做完，一段美好的生活才刚刚起了个头，咔嚓一声，天翻地覆，不管你的一生走到了哪个阶段一律活生生掐断，你都来不及画一个逗号和省略号，更别谈奢侈的句号。

我在废墟之间走——你们一定看过那些图片资料，如果有哪位同学的亲人和朋友在地震中遭了难，请原谅我提起了这件痛心事，你们一定知道那些楼房坍塌后的形状，一定知道一座房屋如何重新回到建筑之前最原始的材料，石头和砖瓦，钢筋水泥和混凝土，一定知道墙体如何分裂成为片段、门窗如何变形成为断木和废铁，一定知道二楼如何变成一楼而一楼消失了不见，一定知道曾是邻居的两座楼房变成了远亲，而曾相对而立的两间屋子融为了一体——每一座楼房和每一间屋对我来说都不是被毁掉了的建筑材料，而是一个个半路消失的生命，每一扇门、每一扇窗对应一个再也看不见了的人。我看过有文字说，楼房淹没了道路，这地方变得凌乱拥挤；我的感觉恰恰相反，这地方变宽敞了，空空荡荡的那种空，一个人没了就空出一大块地方，一群人没了就空出更大的地方，这个地方，几万人没了，你想该要空出多大的地方。我真是感觉空，因为空，冷风长驱直入，我的后背一阵阵发凉。

钱老师和陪同的朋友向我说起那些有幸逃生的人，他们如何在死神的镰刀到达脖子之前逃脱。一个老太太从缓慢倾斜的四楼顺着雨水管道爬下来。一个小伙子走到两座楼之间，被两座楼突然合并到一起的气流推出来。一个孩子因为弯腰系鞋带迟了五秒钟进屋，房屋倒在她面前两米处。更多的人连一丝生的机会都没有。死亡如此浩荡，你会有何感想？如果我在地震现场，我会尽一切可能抓住生的机会。看了那么多废墟和死亡，你会觉得，你对死亡妥协只能是不道德。最朴素的意义上的那个不道德，一切意义上的那个不道德。就在这个时候，我收到我学生发来的一条短信：

——老师，今天早上又有一个研究生跳楼自杀了。这是三年来的第三个。

要在平常，我会沉痛地惋惜一下，多好的年华啊，一切才刚刚开始。但当时我没有惋惜，只有愤怒，也许我免不了武断，但我的确很愤怒，我回短信：

——如果他到北川来，就会明白自杀是罪过。

不知生，焉知死。不知生，死或许也是白死了。刚下过雨，老县城空落落地冷，我走得浑身冰凉，到附近一家羌人饭馆里吃晚饭时，我让老板搬来火盆，恨不能一头钻进去才能暖和过来。吃饭时，我听到自杀的事。北川政府里的一个口碑很好的官员，孩子在地震中丧生，震后他拼命工作，但终不能从辽阔的死亡之痛中摆脱出来，自杀身亡。我见到了他的岳父，一个强壮的羌族老人，让我想起西夏王李元昊。老人为我们唱羌族传统的祝酒歌，歌声慷慨昂扬。他的女婿自杀前即将满三十九岁，和我现在差不多年龄。我不知道该对他的自杀说什么，谁也无法真正理解他面对死亡所承受的精神压力。正如前面所说，一个生命。我给我学生又发一条短信：

——帮我查查，那学生为什么自杀。

晚饭结束在六点，这一天还没有结束。这一天很重要，对，你们昨晚一定也庆祝过了，平安夜。今天圣诞节。这个洋人的节日越来越被大家接受，很好，节日可以让我们多一点快乐的理由。啊，你们也觉得生活不容易？呵呵，你们的感觉对头，生活的确不容易。大概咱们的钱老师也有同感，所以建议我去教堂过平安夜。一个乡村教堂，一个多小时车程。多年前我在南京的时候，在金陵协和神学院度过一个平安夜，从那时到现在，所有关于教堂的平安夜知识都来自那里。这些年陆陆续续看过不少国内外著名的和无名的教堂，在去乡村教堂的路上，我用既有的教堂和平安夜去想象它。这一次钱老师亲自开车，在这里我得严重夸奖一下钱老师的车技，从高速路下来，在黑暗曲折的乡村夜路上，我们的车如行云流水。很多年没走过乡村夜路了，我老觉得车要飞起来，不是出事的飞，而是鸟一样自由的飞翔。黑夜此时干净纯粹，极为养眼。

经过一个村庄，又经过一个村庄，前面光影斑驳，人声杂乱。到了。几百号人站在路边，我们的车停下时，旁边放起了烟花。因为黑夜黑得彻底，乡村之夜的五彩焰火，你们可以想象，比城市里逢年过节的焰火表演更漂亮。还有人在放鞭炮，空气里充满了好闻的硫磺味。钱老师的一个学生在这里做镇长，带着几个朋友迎过来。镇长说，圣诞节在这里是个盛大的节。这一晚，方圆百公里的教众都来这座百年天主教堂过平安夜。在进教堂之前，我们要先来个篝火晚会，喝啤酒吃烤羊。节日就要当节日来过。

就不详细描述篝火烤羊的诱人场景了，免得大家流口水。不过你们完全可以想象，在一个宽敞的大院子里，一堆熊熊燃烧的大火，肥羊刚刚宰杀，鲜嫩的羊肉在火上滋滋冒油，香味如大风无孔不入，咬一口羊肉喝一口啤酒，大块肉大碗酒——好了，不说了，再说我真要口若悬河了。这一段略去。镇长带我们去教堂。

去过这所教堂的同学请回忆，没去过的同学就尽情充分发挥你们的想象力。它很大，国内的乡村教堂大小我也看过几十座，头一次见到这么大的，可以容下上千人同时做礼拜。继续想象：一百年前的西洋建筑，尖顶，彩绘玻璃，哥特式的礼拜堂。也许曾经繁华富丽，但现在，被乡村的风雨吹打一个世纪，请继续想象：门窗有所坏损，神圣的色彩开始剥落，天花板和墙壁上渗出水渍，没有长条座椅，只有一张张宽窄参差的长条凳。我们进去时礼拜已经结束，还有四五百余教众不愿离去，坐着、站着、跪在长条凳上沉默着祈祷。教众、观众，大人、小孩，从三扇洞开的门里进进出出，各得其所，热闹得如同乡村庙会。请大家不要误会，说这些时我毫无贬损、批评之意，相反，我很欣赏；在我的理解里，乡村教堂就应该具有如此丰盛的俗世气息。也许宗教的仪式需要庄严正大，安宁清净得可以随时聆听到神意，但我以为更需要将信仰给日常化，像水溶于水，进入到最平常的悲欢与哀乐中。不管你心情如何，你都知道，这宗教和信仰最终要成就于我们的，是一个欢欣的世界。在教堂里，在那些出入教堂的乡村人身上，我想到另外一个重要的词，它与“生命”一样是我们文学的最重要的关键词，这个词是：众生。

关于教堂，我还想提供一个细节，我们见到了教堂里年迈的修女。她安静地坐在狭小的房间里，靠着炉子烤火，九十八岁，面目清朗，身体康健，我们向她问好。她说，圣诞好，你们坐，一起烤烤火。她一生独身，但她像老祖母对孙子辈那样家常地说话。

如果我说，这位与我们老祖母同龄的修女就是一部长篇小说和一部经文，想必大家不会反对。她的年龄在，她的修为在，这样一个生命，众生之一，一定是说来话长。一座百年乡村教堂，一个说着方言的年迈修女，我感到的是生命的无上尊严。

如果要把这些写成小说，说到这里我可以打住了。我相信就算原封不动地寄给杂志的小说编辑，也不至于被判定为非小说，糟糕到看不下去。但是我还想继续说下去，因为这一天还没有完。接下来我们回到绵阳市区。钱老师问：

——歇着还是再走走？

——我想喝两杯。我说。

钱老师以为听到了笑话，他知道我的酒量不堪入目，且对酒毫无兴趣。可我昨天晚上就是想来点酒。我没有告诉他，这一天，在我此生的第三十九个平安夜，我在绵阳经历如此之多，喜与悲，动荡与平和，如此之大，不弄点酒把自己整晕了，我觉得愧对这一天。

好了，最后该道歉了。因为昨晚超水平发挥，我成功地把自己放在了酒吧的吧台上。宿醉未消，只好把原定上午的演讲推迟到现在，还把本该演讲的内容给忘了，不得不临时说了这一通力求不是流水账的流水账。务请钱老师和诸位同学见谅，希望对大家理解文学有哪怕一丁点帮助。现在，我在等着我的学生告诉我那跳楼同学自杀的原因。谢谢。

景天赐

JING TIAN CI

你在梦里经常迷路，因为耶路撒冷布满石头。梦里的“和平之城”石头茫然无序，黑的石头很黑，白的石头很白，用你理解不了的方式堆积、排列、摆放在建筑、道路和山顶上。

沿着沙漠里生出的第一条石头小路进入耶路撒冷，云在天上积累，层层叠叠的白云遮住阳光，石头变换着形状逐渐长大，像庄严的阴影大军开进了城市。那些石头，黑色的和白色的，被敲碎、打磨、镶嵌，组装出这座陌生的城市。你的双脚踩在幽暗的黑石板路上，沿向上倾斜三十度的之字形街道往高处走，房屋在升高，你手扶墙壁，身上落满石头上的白垩粉。有时候行人如织，他们穿黑衣戴黑帽，顶着水流般的黑色头巾，他们低头疾走，男人的下巴上长满茂盛的胡须；有时候看不到一个人影，只有石头在风里歌唱，耶路撒冷仿如寒冷的空城；你把包背在身后，汗滴到脚前，你走啊走，从一条街升高到另外一条街，永远是石头，黑色的和白色的，永远是城堡和房屋，永远是临街关闭的窄小的门，你直起腰，看不见残存的大卫王城堡拱门，看不见哭墙、圣殿山、圣墓教堂和阿克萨清真寺金碧辉煌的穹顶，你看见你到达之处是你已经经过无数次的同一个地方，你知道，在耶路撒冷的老城，你又迷路了。石头，石头，石头，你认识它们又不认识它们，它们长得相同又相异——你总是梦见你第一次去耶路撒冷，你总是梦见你跋涉在耶路撒冷九九归一的路上。

事实上你从未去过耶路撒冷，梦里的城市来自阅读、推衍和没来由的虚构。但是你的确总是做类似的梦。

雅各布·塞缪尔教授问："你真喜欢耶路撒冷？"

你答："真喜欢。"

教授说："那你来吧。"

雅各布·塞缪尔，以色列人，耶路撒冷希伯来大学社会科学学院教授。认识了快两年，塞缪尔教授向你发出邀请；此时离你博士毕业已经很近，申请希伯来大学的博士学位是来不及了，条件也不充分。"你可以先来希大做一年访问学者，"教授建议，"有足够的时间来申请读博。"当时你们坐在淮海路上的一家酒店里喝茶聊天。这一天，你陪塞缪尔教授在虹口区过了一个中国春节后，第二次陪他来上海访旧，你们刚从淮海中路1380号回来。1380号是汉学家罗逸民的故居，这位曾经参与编写了著名的《德华标准大字典》的前罗马尼亚人，本名埃尔温·赖夫勒，奥地利著名汉学家罗斯托恩的高足，上个世纪20年代来上海，接下来的二十多年里一直在上海教书授业。1945年到1947年间，塞缪尔教授的父亲爱德华·塞缪尔，曾在罗逸民先生的中文班上学过汉语。塞缪尔教授此行就为了圆父亲生前的一个梦；爱德华和妻子艾格尼丝1948年离开上海去以色列后，再也没有回过中国。

"你到城市与社区研究所来。回去我就让他们给你发邀请函。"

塞缪尔教授是希大社会科学学院的元老，他认为学院下面的城市与社区研究所很适合你。的确如此，你在北大念的也是社会学，专业方向是城乡社会发展研究。

“到了希大你可得好好学希伯来语啊，”教授又说，“你知道身处异国不懂得她的母语是多么痛苦。”

这正是塞缪尔教授需要你陪同他来上海的原因之一。他不会说汉语，而你可以用流畅的英语为他翻译和导游。你说当然，你对希伯来语一直充满向往，自从你知道《圣经》和耶路撒冷都是从这种神奇的语言中来，十几年里你就对这种语言满怀好奇。你想知道《圣经》和耶路撒冷用希伯来语精确地念出来时是何等奇妙的声音。当然你听过，在网上和市面上流通的真真假假的音频资料里，听过很多次，甚至也听塞缪尔教授亲自用希伯来语朗诵过一大段《圣经》文字，作为庆祝新年的节目之一。他朗诵的那部分里有你最熟悉的段落：

“耶路撒冷啊，我若忘记你，情愿我的右手忘记技巧。我若不记念你，若不看耶路撒冷过于我所最喜乐的，情愿我的舌头贴于上膛。”“我必因耶路撒冷欢喜。”“母亲怎样安慰儿子，我就照样安慰你们，你们也必因耶路撒冷得安慰。”“你们要为耶路撒冷求平安。”“耶路撒冷啊，谁可怜你呢？谁为你悲伤呢？”

但是，你当然希望有朝一日能让这最原初、最美妙的声音从自己的唇舌间发出来。“语言让我们得以自我确证。”这是你的导师顾念章教授说的。一年多前，塞缪尔教授来北京参加一个题为“城市与现代生活”的国际研讨会，会后拿出一沓老照片供滞留在会场的几位学者教授传阅。黑白的，因为年深日久已经泛黄。照片传到顾教授手上时，会场上只剩下他和塞缪尔教授两个人。

顾教授完全是出于礼貌才将翻阅照片的速度放慢。其中的一张让他彻底停下来。他看着照片上穿西装、打领带、梳着中分发型的年轻男子，有点愣，仿佛不经意扭了一下头，看见了远处的镜子。他看看照片再看看塞缪尔教授，然后翻转到照片背面看，背面除了茶水般的岁月陈迹，别无其他。顾教授指指照片又犹疑地指指自己，塞缪尔教授伸长脖子看照片，然后盯着顾教授看，接着指指顾教授又犹疑地指指照片。他在顾教授的手里仿佛也看见了那面镜子。顾教授除了汉语只会说俄语，塞缪尔教授除了希伯来语外还能说四种外语，但这四种里既不包括汉语也不包括俄语；他们只能像两个哑巴似的啊啊啊地相互指点。正好你从场外进来，临时充当了翻译。此次会议，你不仅要在会上宣读关于“中国小城镇化”的研究论文，还和同门的师兄弟兼做会务。导师的表情少见的激动。导师说：

“平阳，快帮我把意思表达一下。”

你看着那张照片，又看看导师，眉眼间似曾相识。你用英语说：“塞缪尔教授您好。顾教授想问，这照片是从哪里来的。”

塞缪尔教授用英语答：“我父亲40年代在上海拍的。”

你接着翻译导师的下一个问题：“上海哪里？”

“提篮桥。”

“提篮桥！他是——我父亲！”顾教授一把抓住以色列客人的手，重复道，“他应该就是我父亲！”

提篮桥。当天晚上你就从上海地图上查到了这个地方，在虹口区。

二战期间，大部分逃亡到上海的欧洲犹太难民都住这里。虹口地处公共租界和华界交叉地带，房租和物价比较便宜，所以大批流落上海的犹太难民扎堆到这里。一间屋挤了三五十号人是常事，最拥挤的房间里能住一两百人。刚到上海的爱德华·塞缪尔夫妇，那时候还没有结婚，别人称他们爱德华·塞缪尔先生和艾格尼丝·弗兰克尔小姐，在一间摆了四十张高低铺的房子里住了两个晚上。两人之间隔了十八张床，临睡前必须越过几十双臭鞋子相互道一声晚安。两天之后，爱德华通过一个从德国北方城市基尔来的朋友帮助，在提篮桥旁边的一个弄堂里租了一间小屋子。

“我父母只告诉我，他是他们在提篮桥的邻居，”塞缪尔教授为不知道照片上那位先生的名字深感惭愧，“家父一再叮嘱我，如果来中国，一定要打听到这位先生的名字，当面致谢。如果真是您的父亲——令尊曾在1939年10月底，开车送了他们去一家医院。”

六十多年前的一个黄昏，犹太姑娘艾格尼丝做晚饭，菜刀从案板滑落，掉在脚上，割破了血管，血瞬间灌满了拖鞋。护士出身的艾格尼丝撕了一件衣服简单地做了包扎，男友爱德华背上她就往外跑。弄堂口一辆黄包车都没有。一个中国小伙子刚好停下车，他打开车门，招呼让两个外国人上车。他把他们送到医院，等他们包扎好，再开车把他们送回来。一路匆忙，爱德华都没来得及问对方的尊姓大名，但知道他也住这个弄堂里。有一天他站在路边，用他的莱卡相机拍过这个和他一样年轻的中国人，后者对他笑笑，并没有介意他的偷拍。爱德华和艾格尼丝一直打算，再见到那个中国小伙子，一定要认真地感谢。偏不巧，接下来的一个月都没遇到。到了十二月底，艾格尼丝在法租界迈尔西路

（今茂名南路）上的罗生特诊所找到一份新工作，在诊所边就近租了房子，离开了那个弄堂。此后的九年里，他们常回提篮桥一带的咖啡馆与朋友聚会，从著名的麦斯考特屋顶花园出来，他们总会拐到住过的弄堂转一圈，依然没能遇到送他们去医院的好心人。

“听我外祖母说，我父亲二十多岁就开车，”顾教授眼睛看着照片上的父亲，“他在哈同洋行做房地产生意。”

“老人家现在呢？”塞缪尔教授问。

“四十年前就去世了，”顾教授笑笑，捂了一下两只眼睛，“当时我只有十二岁。你知道，1966年，中国的‘文化大革命’开始，我父母都曾在外国人的公司里做过事，被当作劣迹拿出来批斗。大冬天只准穿一身单衣，被绑在学校操场的单杠上，一根立柱上捆着我父亲，一根立柱上捆着我母亲。革命群众斗完了回家吃饭，把他们给忘了。半夜下起大雪，连着又下了一天，等堆雪人的孩子发现他们时，我父母已经被冻成了冰棍。”

“非常对不起，”塞缪尔教授说，“非常对不起。这实在是个让人悲痛的消息。”

“没关系，多少年过去了。要谢谢您，塞缪尔教授，如果看不到这张照片，我差不多已经忘了父亲长什么样了。我父母的照片保留下来的很少，要不是因为提篮桥和那辆汽车，我都不敢断定他就是我的父亲。”

塞缪尔教授再次道歉。在他看来，中国的“文革”和纳粹屠杀犹太人差不多是一回事。此类比较并不新鲜，但当一个犹太人下此断语，你就知道他说出的每一个字都具有石头般的力量。“人类的灾难和耻辱。”你竭力寻找最准确的词语转达出以色列客人的意思，“尊敬的顾教授，我们的父辈有相同的遭遇。我父母当年就是为了躲避纳粹屠杀才来到中国的上海。当然，他们比较幸运，躲过了浩劫，去了刚建国的以色列。但是我的祖父母和外祖父母，以及叔伯阿姨，无一幸免；有的在家中自杀，有的死于集中营。”塞缪尔教授握住顾教授的手，“家父和家母直到去世，都在想念中国，想念上海，想念每一个帮助过他们的中国人。”

既缘于学术上的惺惺相惜，也因为父辈的灾难，塞缪尔教授和你的导师顾念章教授成了语言不通的好朋友。你是他们的喉舌，会议一结束就坐在他们俩中间，你把语言转化成语言，再转化回去。交流对于两位师长来说，是倾诉也是对话，还是回忆和寻找。当你殚精竭虑找到一个准确的词语完美地表达出双方的意思，两位教授一起表示感谢，一个拍你的左肩膀，一个拍你的右肩膀。塞缪尔教授说：“太棒了，小初博士！”你的导师用的是他感谢弟子的一贯方式，把赞许隐藏在貌似不搭边的格言里，他说：

“语言让我们得以自我确证。”

会议满满当当开了两天。第三天，主办方邀请与会的专家学者看一看北京，塞缪尔教授婉拒了，他在中国剩下的时间极有限，他要用在去上海的寻根之旅上。顾教授脱不开身，你代表他陪伴塞缪尔教授的上海之行。你知道塞缪尔教授全世界最想去的城市就是上海。在会议间隙的茶歇时，五湖四海的学者聊起来最向往的城市，一大半洋教授说的都是北京。塞缪尔教授搅动咖啡杯说：

“我做梦都想去上海。”

“为什么？”从纽约来的教授颇为失落。除了北京，剩下的人基本上都在谈论纽约。你们都知道现在的学者也擅长逢场作戏，把北京挂在嘴上，姑妄听之而已；不经意地提到的纽约，多半才是真心话。

“因为我父母做梦都想回上海。”塞缪尔教授说。

你把塞缪尔教授的理由翻译给顾教授，然后随口用英文说了一句：“我最想去的城市是耶路撒冷。”

“Really（真的）？”塞缪尔教授惊喜地睁大眼。他听到了自己城市的名字，唯一一个人发出了她的声音。

“Sure（确定）。”你说。

“Why（为什么）？”塞缪尔教授将你拉到一边。

“因为，”你放慢语速，谨慎地搜索最恰当的英文词汇，如同很多年纷至沓来，“从来没有哪个地方像耶路撒冷一样，在我对她一无所知时就追着我不放。”

耶路撒冷。作为一个音译外来词，作为四个汉字的发音，十几年前就纠缠着你。

如同很多年纷至沓来。如果从九岁的傍晚算起，距今已经二十二年。但你不能确定那天晚上是否就听见了“耶路撒冷”这四个字；你甚至敢肯定，与《圣经》有关的任何具体的声音，那天晚上都没有听见。

水边的傍晚来得总比别的地方快，夜色从运河上先升起来，一阵风就刮进了花街，黑暗无孔不入。孟弯弯的米店里狗叫了几声，满桌娘的三只母鸡跳到院墙边的桃树枝上，老歪杂货铺的灯率先在柜台上方亮起来，1987年夏天的傍晚就算正式来到了花街。你们装模作样地坐在石码头上抠脚丫，你，杨杰，易长安，抠一抠闻一闻。你们的眼睛瞟着从河边走过来的老太太秦环。她从西边来；晚饭后的例行散步，从花街出来，绕到东大街，再从西大街绕回来。杨杰用姑妈从深圳出差带给他的电子表计算过，这一圈绕下来，慢了四十分钟，快了只有半小时，那要取决于天气和是否与街坊邻居聊天。你们看见穿黑衣服的老太太从石码头拐进花街，在她的背影即将被黑暗吞噬之前，你们站起来，赤着脚跟上去。石板路的热度还没散尽，光脚踩上去你觉得你像一只心动过速的猫。

没带上天赐，三人中你最小，所以你觉得你的紧张情有可原。不带天赐，因为秦环是他奶奶。秦环旁若无人地穿行在花街上，快到长安家时往左拐，黑洞洞的教堂歪斜着杵在夜空里。那个时候天上的星星比现在多，比现在亮，团团簇簇地挤在天上，夜空几乎不堪重负，你时刻担心它兜头掉下来。天上亮，教堂黑，你父亲调出来的墨那样的黑。你们躲在墙角后面，看秦环从口袋里掏出一把扁长的铜片钥匙，在黑暗里熟练地打开那把总也不生锈的老式铜锁。两扇国槐木板门饱经风吹雨打，四周已经朽烂，推开时发出老鼠一般尖厉的叫声。你觉得那声音紧急、明亮，像黑夜里一道雪白的伤口。没有电灯，秦环在黑暗里消失了半分钟，先是火柴微小含混的光，然后是蜡烛，亮，更亮，在她身前，毛茸茸的一个淡黄里泛红的光晕在教堂里渲染开来。光让她的背影极其巨大，满满地堵住了教堂的门，一直推到你们脚前。

你闻到潮湿发霉的教堂味道。夏天的花街上，没有一间房子是干爽的。秦环转身离开烛火，往门口走过来，你们往后缩了缩；在缩回去之前，你看见没有了老太太遮挡的烛光照亮了墙上巨大的十字架；钉在十字架上的那个外国人上半身昏暗模糊，下半身从让你难为情的缠腰布往下，看得比较清楚。那时候你的眼睛很好，从没想过以后要戴眼镜。你甚至看见了那个外国人光脚穿的解放鞋面上的一道道鞋带；当然，解放鞋、鞋带和十字架和那个几近光身子的长头发的外国瘦男人一样，都是木头雕刻出来的。又是两声同时响起的老鼠叫，门关上了。只有门四周朽坏的木头边缘挤出来的亮光。你们松了一口气，相互做一个鬼脸，吐一下舌头。

杨杰一挥手，“上！”

你们猫着腰往门口小心地走。根据白天里无数次实践的经验，你们直接趴到了地上，因为门板靠近地面的部分腐烂得最多，空当最大。你们一个个屁股撅得像油壶，浓烈的霉潮刺激得你们要打喷嚏；同样根据先前的经验，你们拧着鼻子搓动，悄无声息地化解了鼻腔里难以名状的痒。你歪着脑袋往上看，以便目光进入了教堂也能逐渐上升，直到看清楚黑衣服的秦奶奶在干什么。教堂的地面铺着很多年前的砖头，正在被磨损、风化和销蚀，你的目光磕磕绊绊地往前走，地面上布满阴影。你看见秦奶奶跪在一个圆形的蒲团上，缩小了的身形被蜡烛镶上了光。那个外国瘦男人继续一动不动；你见过很多个菩萨，见过很多个如来佛，见过很多个元始天尊，见过很多个财神和灶老爷，吊在十字架上的人你只见过这一个。秦奶奶有节奏地点着头，点头的时候嘴里发出蚊蝇一般细小的声音。那声音之所以轻微，是因为她只让声音在嗓子里转圈，并没打算放它们出来。五分钟左右，你感到了脖子发硬，酸酸地疼，汗水从后背倒流进脖子；他们俩依然撅着屁股，他们不动，你也不动。然后你看见秦奶奶的右胳膊抬了一下，侧身抹一下脖子，你确定她老人家在驱赶蚊子——那天晚上的蚊子实在太多了，回到家你发现，两条腿上被咬了十五个疙瘩，两只脚后跟上一边一个，咬得相当对称。秦奶奶侧了那一下身，你看见了她的左手里捧着一本书；绝对是一本书，赶完蚊子她用右手翻了一页。

你小声对他们俩说："书！"

他们俩回复你："书！"

那本书就是你后来看到的《圣经》。封面和封底都没了，没有开头也没有结束，后来你看到完整的《圣经》，你才确认当时秦环看的正是《圣经》。孟弯弯家的狗突然一阵狂吠，你们听见秦老太太跟着放大了声音，依然是含混不清，你不知道她在说什么。你不知道在那团陡然大起来的声音里，是否有"耶路撒冷"这个词；应该没有，因为你一直知道，秦奶奶是个文盲，她不识字。写自己名字时，她只会像阿Q一样画一个圈。

因为狗叫，因为秦环提高了声音，你们担心自己已经被发现。杨杰一挥手，撤。你们撅着屁股一直退到石板路上，然后直起腰，三个人撒腿就往石码头方向跑。到了老歪杂货铺前，灯光照亮了路边黑暗的青苔，你们一起放松和兴奋地大喊大叫，大声地笑。老歪从柜台上探出脑袋，说：

"杰出，杰出，还疯！你姑妈让你回家睡觉！"

谁也不理老歪。他是杨杰的大姑父，说话的时候左边的嘴角会往上扯。这种毛病叫面瘫，脸上的神经出了毛病。他的小姨子，杨杰的小姑妈从大医院给他带来了药。几年前就吃好了，现在面不瘫，但老歪习惯了，你不让他左嘴角往上扯他就不会说话。杨杰的大姑妈小姑妈都很生气，真是贱命，好日子不会好过。花街上的人劝她们，让他扯去，顶多是个坏习惯，又不算病。老歪就这么扯下来了。他扯着嘴角让妻外甥回家睡觉，杨杰已经和你和易长安跑到了石码头。

你们在石码头上一直坐到被父母揪着耳朵拎回家。拎杨杰耳朵的是他大姑妈，老歪的老婆，她以脾气冲性子直著称，火撒完了对人就更好了，是那种打你一巴掌要给揉半天的人，所以五个姑妈里，杨杰最喜欢大姑妈。你们觉得终于掀开了秘密的一角。尽管你们早就知道天赐的奶奶经常去教堂，你们知道她像求神拜佛的善男信女们一样，求拜的是一个外国的男人；但你们不知道，她一个人在岌岌可危的教堂究竟干什么，怎么求拜。四条街上只有她一个人进教堂，这本身已经说明了问题：她隐秘、古怪，让人恐惧，像她四十岁以后一直穿的黑衣服。当你是当年那个孩子时，在你看来的确如此，只要她和教堂联系在一起，你就觉得她和那个和蔼平易的秦奶奶、你的同伴景天赐的奶奶，不是一个人了。那秘密的一角是：她静静地坐在洋神跟前的蒲团上，也许还念念有词，手里竟然捧着一本大书。目不识丁，她在看什么呢？

“所以你被卷入一个老太太的神秘活动里？”在后来你和塞缪尔教授的交流中，他说，“从此你被带进了‘耶路撒冷’？”

“算是吧。当然还有别的。”你说，“如同您的上海？”

“人这一生其实是往回过，平阳，”塞缪尔教授说，“不知道你这么年轻能否理解：后半生往前半生过；下一辈子往上一辈子过。所以，我父母回不去的上海，我要替他们回去。”

你点点头。算懂了？

在塞缪尔教授第一次上海之行的火车上，这位以“犹太人与现代城市”为主攻研究方向的国际一流学者，胳膊支在窗边的小茶几上，向你讲述他父母的上海之行。一直讲到凌晨一点，周围的乘客早睡熟了，英语成了他们催眠的谣曲。教授认为，你知道了，你才明白他寻根的意义，你也才会更理解一座曾经接纳和厚待过犹太人的城市。“城市精神与这个城市的人的精神，无法分离，”塞缪尔教授说，“如果你到耶路撒冷，你一定也会有此发现。”

爱德华·塞缪尔生长在德国北部的一座小城吕贝克。塞缪尔教授去过这个波罗的海边上的城市六次，两次是随父母回乡祭祖，三次是一个人独自去的，父亲去世后他又去了一次；遵照父亲的遗嘱，他把父亲的一部分骨灰撒进了波罗的海。在吕贝克，他的家谱齐斩斩地断掉了，纳粹势力完整地扫荡了他的家族。

“那是一座美丽的城市，有13世纪的古老城门。”塞缪尔教授后来的邮件里屡次提到吕贝克，“有哥特式圣马利亚教堂和罗马风格大教堂，一条环形的护城河将最古老的城区抱在怀里。”如果这些你都一知半解，因为迄今为止你还没有机会去德国，那么，“托马斯·曼你一定知道，据我了解，中国人非常理解这位伟大的德国作家。对，他妻子也是犹太人，吕贝克是他的故乡。他的故居现在被称作‘布登博洛克之家’；他的同名小说即以祖居为原型写就的。还有现在依然健在的伟大作家，想必你一定也知道，君特·格拉斯，你告诉过我你喜欢那部叫《铁皮鼓》的电影，改编自他的小说。每年他交替住在柏林和吕贝克，他住在距城区十五公里的一个村庄，有事才进城。在‘布登博洛克之家’的北边不远，是‘君特·格拉斯之家’，如果你到吕贝克，你会看到这所房子里摆满了与作家相关的书籍、资料和纪念品。在吕贝克，如果你在一个公众场合说你喜欢托马斯·曼或者君特·格拉斯，你将得到我父亲的城市里的人热烈的掌声。我父亲的祖居与‘君特·格拉斯之家’隔两条街，不过很遗憾，现在已经变成了一间精致的咖啡馆。”

爱德华·塞缪尔毕业于汉堡大学，专业是哲学，但因为天赋和兴趣，倒精于绘画和时装设计。艾格尼丝·弗兰克尔，雅各布·塞缪尔教授的母亲，在汉堡大学留学，学习医学，低爱德华两届。有一天，爱德华在校园的小路上捡起了一把缀着绒球的钥匙，丢失钥匙的奥地利姑娘就成了他的女朋友。艾格尼丝毕业后，爱德华随女朋友到了维也纳；一个从事时装设计，一个在医院做护士。1938年3月，纳粹德国吞并了奥地利，盖世太保穿着硬底厚跟的高筒皮靴穿过维也纳的大街小巷，整座城市有一大半的音乐都停了下来。

亲爱的维也纳市民们，请站好，但是犹太人出列；必须出列，请，往前走两步，一，二；请跟随我们伟大的元首的卫士们往前走，一直往前走！

维也纳金色的阳光不见了，乌云压在头顶，爱德华和弗兰克尔一家一起被赶进集中营。关于集中营，平阳，任何一个中国人知道的都不会比我少。我的犹太同胞们在铁丝网内成批成批像蚂蚁一样死掉，像中国的韭菜一样被一茬茬割掉，不过人和韭菜不同，割掉了就再也不会重生。先是艾格尼丝的父母、我的外祖父母，染病死掉，你能想象出来的疾病在那种地方都有，人口密度实在太大了，生存环境无须我详细解释；接着是我从没见过的舅舅逃跑时被打死，他拖着轻飘飘的两条腿奋力往前奔跑时，一颗子弹钻进他的后脑勺，然后从眉心钻出来。据家母说，他们走出集中营时，阿姨也患了重病，肚子大得像十月怀胎，里面装满了透明的黄水。我父母能逃离集中营，除了因为他们在最危险、最恐惧、最饥饿的时候，只要有机会就手拉着手，还因为，家父托了一个朋友帮他弄到了两张去上海的签证。那朋友叫大卫·海尔曼，一个跟政府有关系的富商，自家父来到维也纳，他的衣服都由家父设计。八岁的时候我随父母去维也纳，拜访了这位海尔曼先生。他已经七十二岁，留一部大胡子，头发向后梳，如果他谢顶不是很严重，看上去很像卡尔·马克思，他们都有宽阔的前额。海尔曼笑声爽朗，笑起来时，右眼角边上的小肉瘤会跟着红起来，越高兴，小肉瘤越红；他说自己现在很少出门，要不还得请家父给他设计新衣服。在1939年8月，海尔曼先生给集中营里的我父母带来了好消息：签证没问题了。

你查阅了这个时期的相关资料。反犹狂潮如日中天，纳粹当局发出指令，只要这些犹太人能够离开奥地利，即可释放。听上去如同福音，可当时的英美等国借口移民名额已满，拒绝他们入境。正在这种危难的时候，中国驻维也纳的总领事何凤山先生向犹太难民敞开了中国的大门，向申请入境上海的奥地利犹太人发出了2000份签证。

资料显示，其实当时的上海正处于一种“护照签证失控”状态，欧洲的犹太难民完全可以不需要签证就能入境，不过，犹太人必须持有证明目的地的签证才能离开奥地利。何凤山先生当然明白，持有中国签证的犹太人未必想要来上海，他们只是要一个“借口”或者“驿站”，逃过鬼门关就转道他国，去东南亚或者更远更安全的地方；他还是批准了他们的申请，因为一种广大的人道主义的理解与悲悯。

“你一定听说过何凤山先生的大名，”塞缪尔教授在火车上说，“在我父母那一辈奥地利犹太人看来，何先生就是中国的‘辛德勒’。1939年8月，我父母从意大利乘船，漂洋过海抵达上海。同船的部分人中转取道新加坡、马来西亚或者印度，我父母留在上海。何先生与上海，让他们活了下来。”

多年后，在老塞缪尔顽固的回忆里，上岸的那天上海艳阳高照，的确是个得救的日子。所以踏上陆地，他把行李扔到一边，在女朋友面前跪了下来，亲吻了上海的砖头路面；他对她说：“甜心，我们得救了！”仿佛上海也是应许之地。塞缪尔夫人只好一遍遍纠正他，码头上是阴天，上海还深陷梅雨季中不能自拔；爱德华的确跪下了，也说了“得救”，只是他亲了一嘴的泥水，因为他正好跪在一摊水汪里。她记得清楚，是因为男朋友被同船的一个非犹太同伴取笑了，“至于吗？”那个来上海做生意、坐头等舱的维也纳银行家撇撇嘴，“太夸张了。”

事实上太至于了，一点都不夸张。到第二年，他们俩开始经常去霍山公园旁边的一堵墙上查看犹太死难者名单，一不小心就看见自己的亲人和朋友赫然在列。那些不完全名单由人从欧洲不定期带回来。没看见名字的亲友，他们不断写信去打听，石沉大海；果然，所有人都没能得救，世界末日一般死得如此彻底。

生逢乱世，上海也不太平。在开头的一个多月里，爱德华和艾格尼丝主要依靠随身携带的一点可怜的积蓄和大卫·海尔曼先生赠送的临行路费过活。搬到提篮桥的一间小屋里后，艾格尼丝收拾家务，爱德华上街去找工作。幸好他有艺术天赋，绘画、广告、设计都能干，活儿少的时候就坐在街头给人画肖像，所得勉强够两人改善一下食宿，以及支付爱德华拍照用的胶卷和冲洗照片的花销。他喜欢摄影，有机会就抱着莱卡相机出门。他当然不会想到，这些照片最终成了联系他们与上海这座城市的重要纽带。他也不会想到，多年以后，他的儿子雅各布·塞缪尔代替他们重返上海时，在众多无主的照片中，有一位中国教授发现了自己的父亲。而这个中国恩人，后来遭遇了与他们何其相似的灾难。

塞缪尔教授很想多知道一点关于你导师的父亲的事情，但你的导师只能抱歉；并非不愿重提痛苦的往事，而是他所知甚少。关于父母的记忆主要来自外祖父和外祖母，你们都已经知道他的父母去世时他只有十二岁。十二岁的少年没法指望他记得更多，还经历了漫长的岁月，时光消磨了记忆。而在1966年之前的两年，风声已经紧了，他被父母从上海送到了苏北的运河边。如果以运河为乡愁，你和顾教授堪称老乡，你从花街坐船一直往上走，再拐一个弯，就可以到达导师成长的河边。那时候，顾教授的外祖父母长年生活在船上，外祖父带领了一支公社的船队。

1966年严冬，十二岁的顾念章吃完了父母托人带来的上海糖果，公社邮递员骑着自行车送来了电报。顾念章记得穿着制服的邮递员英姿飒爽，但他这一次没有带来好消息。外祖父披着棉袄站在船头读电报，腰杆越来越硬。外祖母从舱里钻出来问：

"说的什么？"

顾念章缩着脑袋也问："外公，我爸妈说什么了？"

"什么也没说，"外祖父说，在船头蹲下来，电报掉进了运河里，"他们说上海很好。"柴油发动机还在轰轰隆隆响，整条船像在咳嗽。过一会儿外祖父又说，"当初还不如让他们跟着我跑船了。"

即使柴油机在响，即使北风在水面和岸边的枯草尖上呼啸，顾念章和外祖母也听出来背着他们蹲着的外祖父鼻塞了，他的声音在抖。

"他外公，"外祖母说，"有事？"那张纸围着船头打转，她俯下身想把它捞起来，一个漩儿漂到顾念章旁边。

顾念章蹲下来伸手去够，用力过猛，胳膊送出去的时候人也跟着出去了，扑通一声栽进水里。他对活着的父母温暖的记忆到此结束。冬天的运河水仿佛上海风雪的后半夜。他被捞上来，突然放声大哭，不是因为寒冷扎在身上疼，也不是因为惊吓和恐惧，而是因为两个老人此刻泪流满面。他被裹在被子里，被子被外祖母抱在怀里，他在外祖母的怀里冻得牙齿打架。

外祖父和舅舅第二天坐长途汽车去上海料理后事。所谓的后事，就是把遗物收拾一下。尸体已经火化，顾念章的父母分别变成一只黑色的盒子和一只白色的盒子，颜色区别开来为的是不贴姓名也能判断出来男女：男人黑，女人白，历来如此。没有结论；如果非要结论，那两只小盒子就是结论。外祖父一辈子跑船，舅舅也在船上度过了一生中最初的三十二年，他们只擅长与水打交道，对上海、对单位的人事部门、对革命委员会等响亮的事物满怀敬畏，他们不知道也不懂得与他们交涉、理论。当然理论毫无意义，革命压倒一切：跟无产阶级文化大革命理论，你找死。他们沉默着抱紧骨灰盒，一人抱一只。遗物所剩无几，家里早被革命群众洗劫一空，偷的偷抢的抢，没收的没收，实在没用的东西点把火烧了，资本主义安插在人民内部的特务，每一个指纹都必须消灭干净。

回到船上，舅舅对外祖母说："家里像个战场。"暴乱，清冷，任何象征生命和温度的东西都消失殆尽。两间房子的废墟。一张照片都没有留下。顾念章记得父亲长年写日记，但带回来的遗物里，连张纸头都没有。干干净净的人生，仿佛从没有来过这世上。跟顾念章有关的只剩一个被揪光了头发的洋娃娃，父亲在哈同洋行做地产生意时，一个姓卢的同事从法国带给他的。

大学毕业后，留校任教的第一个寒假，顾念章去了上海。按照上个世纪60年代的上海地图找到捆绑父母的操场，操场还是操场，看不见陈年的血迹，雪都没有。上海的雪下得越来越少了。他还找到了他们家的大致位置，平房被置换成六层的民居。后来，顾念章又去上海，六层的民居也不见了，取而代之的是摩天大楼。顾教授仰头往楼尖子上看，觉得眼晕。这一次，他打听到了送他洋娃娃的卢叔叔的下落，登门拜访。卢叔叔下肢高位截瘫，“文革”时被打的。

“别为你爸妈难过，”卢叔叔拍着轮椅说，“提前走了倒清净。那才是刚刚开始。你知道接下来的十年，我受了多少罪？要是知道这辈子必须瘫，我宁愿开始时就瘫。所有折磨人的法子我全被试过了，快熬到头了，屁股挨了几根闷棍，我瘫了。有一天我做梦，在老哈同洋行遇到你爸爸。他还和年轻时一样年轻，而我老了，坐在轮椅上。他说，老卢，我愿意像你这样老。我说，兄弟，我倒希望和你一样年轻。你知不知道，一年在这上面坐365天，比死还难受？你爸爸就不说话了，推着我在楼道里来回走。”卢叔叔对顾念章摆摆手，笑笑，“别劝我。一把年纪了什么道理我不懂？活着，是，能活下来已经烧高香了。我这不是好好地活着了吗？我活着，我不能忘记。”

现在你导师还保存这唯一的纪念品。会议结束，你导师设了家宴邀请塞缪尔教授，饭后向塞缪尔教授出示了光头的洋娃娃。那是个穿着咖啡色背带裤的男孩，几十年了眼睫毛还很长。此外还有五张有他父亲的照片：一张结婚照；两张三口人的全家福（一张是你导师周岁生日那天拍的；一张是他们把你导师送回外祖母家前拍的，那年你导师十岁）；一张他在哈同洋行与同事的合影（左边第二个穿背带裤的小伙子就是卢叔叔）；一张是1958年他在一次工商系统骨干培训会议上讲话的照片（戴黑框眼镜，穿中山装，面前是一个硕大的麦克风）。

“这就是我的父亲，”你导师把五张照片平摊在玻璃茶几上，“仅有的父亲。”他把塞缪尔教授带来的照片和五张照片里的父亲比较了一下，的确是一个人。“对我来说，父母永远是黑白的。”你导师说。他把照片做成只有他自己明白的排列组合，突然说，“塞缪尔教授——”

塞缪尔教授插话说：“请叫我雅各布。”

“好，雅各布，你看，”你导师说，“我刚发现，我父亲和犹太人有缘。他在哈同洋行做过事。据我所知，哈同本人就是犹太人，1873年到上海后，从看门人做起，后来创办哈同洋行，成了地产大亨。我父亲后来送令堂去医院。现在，因为这件事，你带回了令尊拍的照片。历史又接续上了。”

“遗憾的是，你父亲和我父亲没法再见上一面。”

“见过了：你在，我在，照片也在。”

上海。耶路撒冷。北京。你见证了两位父亲六十八年后的再次相遇。

“耶路撒冷”。

你明确地听到这个声音是什么时候？不过你应该先向塞缪尔教授解释一下那座歪斜的教堂和穿着解放鞋的耶稣，小时候你把他称作“长头发的外国瘦男人”。你和塞缪尔教授下了火车，到了上海。“长头发的外国瘦男人”，塞缪尔教授笑了。上海的早晨和艾格尼丝·塞缪尔夫人回忆中的一样，刚下过雨，车站广场上汪着一摊摊浅浅的雨水。塞缪尔教授深吸了一口上海的空气，闭上的眼睛半天才睁开，他说：

“爸爸，妈妈，这就是上海。”

除了几分钟后就坍塌的房子，你从没见过比花街上的斜教堂更歪的建筑，比萨斜塔也歪不过它。比萨斜塔一度倾斜到5.55度，斜教堂的倾斜度是5.68度。如果双方的统计数字都准确科学的话。“你们为什么不申请吉尼斯世界纪录？”塞缪尔教授说，“这是我听过的建筑里最大的倾斜度。”哦，吉尼斯世界纪录。谁去申请？花街上的人忙的忙，闲的闲，忙的和闲的都没心思关心世界。那条运河边上的小街离世界很远。再说，现在重要的不是申请什么世界纪录，而是有人分出一点时间和精力稍加保护——据你所知，自秦奶奶在一个大雨之夜抱着十字架死在石板路上，再没人关心过这座教堂。四条街的人都叫它“斜教堂”，因为它的确是倾斜的，从教堂的基础开始往右歪。

教堂初建于何时，你查阅了《淮海市志》《淮海史志》《运河沿河地方志》《大运河史话》等九本涉及花街的资料，每本书里都言辞凿凿该教堂建于某年，但几本书里的时间相互又是矛盾的。比较集中的说法有三种：

一是明末，意大利传教士从杭州坐船，沿运河而上，远远看去石码头气象宏伟：这地方适合干大事业。当其时，天主教进大明王朝有段日子了，局面尚须进一步拓展，姓名不详的传教士让船家在石码头泊定，下船走进了花街。那时候花街还叫“水边巷”，装束成和尚模样的意大利人手持罗盘，在易长安家旁边转了几圈，右手食指隆重地点了三下，事情就定下了。

二说清初。这回是荷兰传教士，一个红头发的男人。为了不那么吓人，他把红头发剃掉了，但胡子还是红的；胡子他不愿剃，稍微剪短了一点儿。眼睛深蓝，跟阴天里运河水的颜色接近。红胡子的荷兰人也是坐船来的，他的方向与意大利人相反，他从北方来，据说是北京；与意大利人相同的是，他也在远处看见了石码头方向有大气象，连绵的雪白槐花中间，隐约有紫气上升。紫气、气象之类，一看就是演绎而来的，每个小地方都认为自己整天冒紫气、呈现大气象，是世界的中心，要出大人物，但多少个世纪过去了，小地方还是小地方，它忘了世界，世界也忘了它。

在此两种说法中，教堂落成的具体年份都没弄明白，传教士的眉眼倒是摸得一清二楚，史志专家们把历史当小说写了；但史志专家们显然又希望读者确信其有，为增加可信度，把妓女翠宝宝也扯进来，他们说，翠宝宝在明末就经常与意大利传教士讨论人生要义；在清初没事就到教堂，和荷兰传教士探究信仰与民族大义。荷兰的传教士手里没拿罗盘，但他也相当慎重，在一所屋子门口坐了一天一夜，最后与屋主商议，花了二十二两纹银买下了这块地，相当于今天的拆迁费，他在原地建起了教堂。

你认为时间上稍微靠谱的是第三种说法，建于清代中后期。但细节就不能深究了。英国传教士比尔·拉法罗从英格兰南部的一个小城索尔兹伯里来华，在南京下关的一座教堂里待了一年半后，受命来到花街。那时候的花街已经有了不小的艳名，因为有清一代运河实在太繁华了，只要三五船的人同时停下来，吃顿饭住上一夜，那地方就可能成为温柔绮丽之乡。拉法罗传教士听说花街上醉生梦死，无所执，无所信，不知今夕何夕，顿生恻隐之心，募捐了一堆银子来到花街。他希望这地方的浮靡之人能过上有“主”的庄严肃净的生活。

你曾在网上搜集过全国各地的小教堂，发现始建于清代中后期的小教堂，在风格上跟斜教堂都有那么一点相似，左右两侧的窗户造型尤其像。你也曾把斜教堂与花街上一座清代中期的老房子做过比较，后者早已经成了废墟，但基础上的老砖头还在，跟斜教堂石头基座上的砖头比较接近。你不考古，也非专家，只凭好奇判断个大概。单从倾斜度来看，歪成这样绝非百八十年之功；假若八十年就能歪成这样，那它早塌了，而事实上，它顽强地健在。上个世纪90年代末，淮海市决定授予它“市级文物保护单位”的光荣称号，请专家测量了一下，报告指出：在过去的二十年里（上一次测量是在“文革”结束时），斜教堂歪了0.18度。照这个数字即使不那么科学地推断上去，也至少可以断定，它绝非本地一些地摊民间故事集上说的那样，建于1902年。为什么要建于1902年呢？故事里没给出任何理由。

你告诉塞缪尔教授，“斜教堂”这个名字不好听，“歪教堂”这个名字也不好听。“歪”和“斜”在汉语里都不是“正价值”，“正”才是好的。尤其前者，很容易让人误以为是“邪教堂”。所以，秦环秦奶奶在世时，听不得别人张嘴闭嘴“斜教堂”。“你要是实在想说，”秦环说，“你可以说教堂。”在秦奶奶看来，进到教堂里，她觉得它比四条街上任何一间房子都正，一点都不歪。有一次你在天赐家，说起教堂，你说：“斜教堂屋顶上有个鸟窝。”天赐和天赐的姐姐福小竖起右手食指对你摇一摇，天赐说：“平阳你小声点，小心被奶奶听见了。”但还是被秦奶奶听见了，她从她住的耳房里探出一张严肃的脸，说：

“平阳，记着，是教堂。”

但是深入人心的还是“斜教堂”，一个“斜”字把它和所有教堂都区别开了。淮海市的官方文件里提到这座教堂，也叫它“斜教堂”。

塞缪尔教授不知道什么样的鞋叫“解放鞋”，你在纸上给他画了一双。可是颜色你的黑自来水笔画不出来，而颜色对解放鞋而言，甚至比它的帆布帮、橡胶底都要重要。军绿色。您知道“文革”时全中国人都穿的军绿色吗？对，就是那种颜色。军人的专用鞋，然后普及到全中国，现在还有人在穿。全世界只有一个耶稣穿解放鞋，在花街上的斜教堂里。因为给耶稣穿上鞋时，解放鞋在花街还很时髦，人人脚上都是解放鞋。那是1979年。

斜教堂里彩塑的泥十字架在“文革”初期就被砸了，榔头、锤子、棍棒和石块一起上。观音菩萨砸了，弥勒佛烧了，灶王爷也不要了，何况一尊国外的洋神。帝国主义的神比咱们露着大肚子的罗汉还不体面，病歪歪的，长一张难看的刀鞘脸，只在要害部位围了一块布，穿没穿裤衩都很难说。砸。叮叮当当，帝国主义的神碎了一地。拜洋菩萨的只有前妓女秦环一个人，都老太太了，还没事对着一个大半个身子光着的男人磕头作揖，年轻时见的光屁股男人还不够多？花街上被批斗的人里，无论如何得有秦环：年轻时做过妓女的，靠身体吃饭，还有比这更堕落和腐朽、更需要批判的吗？现在隔三岔五往斜教堂里跑，关上门叽叽咕咕，像个通敌卖国的特务，公然搞迷信活动；和一个光身子的男人共处一室，有伤风化——不管他在墙上还是在地上，不管他是泥塑的还是肉长的，男人就是男人，光身子就是光身子。

这个地方你要多说几句：另一个必须批斗的是你祖父，初凡子。初凡子是个老私塾，是四条街上屈指可数念过之乎者也的人，解放前就开始教书，解放后继续教书。闹了“文化大革命”，上头下了硬指标，花街上必须揪出来四个人。秦环算一个，没文化，但却是没落文化的代表，又做皮肉生意又搞洋迷信；初凡子有文化，那更切题了，要搞有“文化”的“大革命”，他必须得算上；有文化的要斗，没文化的也要斗，这才是“大革命”。四条街的革命委员会去小学校揪出你祖父之前，还给他送了另外一顶帽子：地主。你们家祖上做小生意，你祖父的父母做挂面、炸馓子卖，生意淡季还会租船到运河上下游贩米卖，顺便倒腾点银圆，比平常人家多置了二亩地。所以你爷爷才有钱去念私塾——没钱的人家谁念得起书？现在你祖父的父母都死了，虽然土地都充了公，挂面机子散架了，炸馓子的大铁锅也漏了底，米一粒不存，银圆一个不见，你初凡子依然是地主。地主是个世袭称号，就像“革命世家”，就像“无产阶级英雄”。

每次游街和批斗，要么是你祖父初凡子打头，要么是秦环第一个；接下来的人排名不分先后，谁命不好谁倒霉，犯了事被抓了现行，就把剩下的两个名额补上。偷鸡摸狗的，损害国家财产的，出工误点的，窥视女人洗澡的，好吃懒做的，偷人养汉的，通奸扒灰的，朝别人家院子里扔砖头的，喝醉了骂人祖宗的，逮谁是谁。通常你祖父会戴一个白纸做的大高帽，帽子上前后分别写了毛笔字，前面是“地富反坏右”，黑五类的罪名一口气全列上去，后面是“阶级敌人”。秦环不戴高帽子，被剪了个阴阳头，脖子上挂一双破鞋。这是民间智慧：男男女女的事，全在这阴阳和破鞋上了。

你们家和秦家（包括景侉子）关系好，就始于这个时候。“批友”和“游友”，算患难之交，感情自然非同寻常。四条街的人都不敢搭理你们家，秦环和她闺女搭理。再有一个原因，你祖父很是敬佩秦环。初凡子是个文人，胆子却小，稍有点儿风吹草动就低下头不敢吭声，怎么批怎么挨着，怎么斗怎么受着；秦环不，批斗游街从不把脑袋垂着，就仰着脸：想打的过来打吧，想丢石子的丢吧，想吐口水的吐吧！当年批斗会在石码头上开，初凡子、秦环和另外一对通奸的男女一起站在高出地面一米的台子上（六条船倒扣在地上，上面铺了木板），你祖父和那一对男女都快把脑袋低到裤裆里了，秦环挺着腰杆硬邦邦地站着。她的手被绑在后面，不能指着观众，她用下巴点，下巴对着人群里一个个批她骂她的人点：

“你，你，你，你，你，还有你！现在你们都站着说话不腰疼，说我卖屄。是，老娘我卖了！我卖给谁了？你，你，你，

你，你，还有你！你们哪一个敢站出来说，你从来没进过我的屋，从来没爬过我的床，从来没上过老娘的身，从来没有跟狗、跟猪一样叫唤过？哪一个？有种你站出来！”

现场静下来。突然就像一场文明人的聚会，大家学会了含蓄、矜持和隐忍。男人们低下头。女人们也低着头，因为羞愧，也为了掩耳盗铃，不想在众人面前让丈夫雪上加霜；她们不吭声，但两眼喷着火，盘算着回家如何收拾这帮虚伪无耻的臭男人；同时她们中阴险的人也在心里骂，不要脸的婊子，裤裆里的事也好意思拿出来说，斗，斗死这个烂屄！

你父亲后来说，批斗完回家，你祖父感慨，愧不如秦环，那真是巾帼英雄。你祖父由此对初家的人交代：如果花街上只有一家人可交往，那就是秦家。这也是你和姐姐平秋与天赐、福小打小一起玩的原因之一，长辈们鼓励你们去秦奶奶家。在四条街，秦家不是人缘最好的那类人家。人都很好，但大家就是觉得有点隔。老太太秦环年过四十就只穿黑衣服，经常一个人进神秘可怖的斜教堂，在那个时候，“破四旧”的遗风尚在，秦环本人性格又刚烈，能不惹都不愿去惹；景侉子来花街，因为倒插门心里免不了自卑，话少，见着人能躲就躲，慢慢地，这一家都冷冷的有点人不沾鬼不靠了。大人们敬而远之，倒是小孩子们相互交好，那另当别论了。

1976年，“四人帮”被抓起来，家家户户的小广播和街上的大喇叭同时在讲，天下太平了，都消停吧。远离北京的花街担心领会错了中央的精神，拖拖拉拉又把“运动”坚持了两个月。到年底，批斗和游街已是强弩之末，早就从政治斗争转变成一种全民游戏。你祖父的高帽子还戴着，但上面没人愿意再写字了；秦环左边的头发已经长起来，没人督促她再剃掉，脖子上的鞋子也没那么破，有时候没挂也没人记得起来。大家嘻嘻哈哈地说：“集合啦！游街啦！批斗啦！”游街和批斗时耐不住寂寞的人，主动跳起来，唱起来，文艺宣传队的骨干们在队伍里演起了地方戏，经常把被游街的人甩在了队伍的最后头，把他们给忘了；热热闹闹的像过年。再后来，“年”也懒得过了，没人招呼他们。1977年2月17号，除夕，傍晚，你祖父从南大街买了炮仗走进花街，看见秦环站在斜教堂门口往里看。

“他秦姨，不回家包饺子？”

“他初伯，你说这以后真就不斗了？”秦环答非所问，“咱们都有阵子没上台了吧？”

“听政府的话音，是这么回事。可谁知道呢。”

“政府要是反悔，说继续‘革命’呢？”

“要真继续，这年你不过他也继续。过了年再说。你没见着，街坊邻居也斗不动了？”

“你看这冷风灌的，”秦环说。她把洞开的教堂门关上，手里突然多了把铜锁，“他初伯，我想信这个教，你看行不？”

你祖父一下子愣了，慌慌张张说：“他秦姨，这个你别问我。我不知道。”

“那你能不能帮我找个手艺好的木匠，我想做个十字架。”秦环说，“他初伯，放心，不连累你。”

你祖父为自己的胆怯难为情。“不是那个意思，”你祖父说，“我的意思是，你不是已经信了吗？”

“我那是进来坐坐。沙教士一个人蛮孤寂的，过来看看他。”

她说的沙教士是斜教堂里最后一个洋教士，奥地利人，上个世纪30年代初来中国，辗转传教，40年代中期来到花街。刚传了几天教，还没发展出够一张桌吃饭的教友数，新中国成立了。教友们转身开始积极要求入党，坚决不进教堂了。中央政府下了文件，所有的洋教士全部停止传教活动，一律各回其国。沙教士倒是想回奥地利，叶落归根当然是美事，但年纪大了，要回去非把老身板弄散架不可。他早也适应了中国生活，汉语虽然还带着口音，但肯定比德语说得利索；筷子用得也比刀叉顺溜，喜欢上了喝豆浆吃油条包饺子，胃也被改造过来了。他给淮海市领导写了份申请，风烛残年，实在动不了了，教不再传，只求终老花街；他可以在河北岸辟三五分田园，自食其力，不给政府和人民添麻烦。经讨论，宗教局批复：鉴于沙教士多年来靠医术造福中国人民（沙教士懂西医），以华夏为家，特许留住花街，政府施以少量月俸，慰其安度晚年。一个传教士最终靠医术在花街得以安身。

其人汉名沙约翰，四条街人只称他沙教士，本名叫什么忘了。解放后沙教士没活几天，1952年深秋去世，死在白天。那天花街暴雨，阴历十月大雨，这没什么，关键是大雨伴着惊雷和闪电，这有点怪。还有人看见一团蓝色的火球在教堂屋顶上乱飞。到晚上，雨停了，屠夫冯半夜经过斜教堂，看见门敞开，伸头往里看了两眼，发现沙教士倚着墙一动不动。叫他也不答应。冯半夜进门推了他一把，沙教士以盘坐的方式歪倒在地上。冯半夜吓得叫起来，声音都变了："沙，沙，沙教士，死，死啦！"他害怕不是因为没见过死人，而是没见过外国人死。

秦环念着沙教士的好，花街人都知道的原因是，沙教士救过她的命。1949年夏天她患疟疾，照药店坐台先生的方子吃，差点死掉。沙教士给了个新方子，把她从死人堆里拽了回来。你祖父初凡子理解她的感恩。

过去她只是进去坐坐，现在，她要信了。信沙教士一辈子都搭进去的洋宗教。你祖父不懂得怎么信，但秦环要信，只能由她信；在你祖父看来，这人完全有资格说一不二。问题是，她现在要请个木匠做十字架。你祖父迅速做出判断：只能答应；尽量减少麻烦。他想起了三十里外的上游的白塔镇，很多年前他在那里教过书，班上有个年龄最大的学生是小木匠，那时候做出来的木工活儿已经小有名气，全镇人都看好他，现在理所当然成了该镇最好的木匠。

“我试试。大年初六给你回话。”

照花街的风俗，大年初六可以出门了。他把姓曲的木匠学生从白塔镇带过来，交给秦环。木匠远在白塔镇，出了事也没人会去找他碴儿，最保险。曲木匠没见过耶稣，但他通过秦环的描述，靠出色的天赋和专业技能，迅速在头脑里画出了最接近耶稣本人的形象。他用秦环给自己准备的棺材木料，上好的槐木，在斜教堂里哼哧哼哧干了八天，元宵节晚上，秦环给他送来了元宵，曲木匠指着竖在墙边的十字架说：

“就它了。”

秦环端着油灯走到十字架前，抽了一口冷气，曲木匠雕刻出的耶稣脸，比泥塑的耶稣逼真多了，和沙教士描述的耶稣一模一样：那从容、哀伤的神情，嘴角的血迹，头上的荆棘王冠，凌乱得暗含另一种章法的胡须。这的确就是耶稣本人的脸。再往下看耶稣光裸的胸膛、肌肉、肋骨的形状、伤痕、扭曲的姿势、腰布，直到两条瘦腿，如果忽略掉木料的纹理，这绝对是活人之躯。但是再往下，秦环看见了一双解放鞋。她把油灯往前凑了凑，没错，在脚踝处的那颗钉子下面，耶稣穿着一双所有人都在穿的解放鞋。和曲木匠脚上的一样。

“他是光脚的呀！”秦环说。

“脚保暖很重要，”曲木匠一边吃着猪油红糖元宵一边说，“天太冷。他穿得已经够少的了。”

“那也不能让他穿解放鞋啊！”

“他可以脱掉，但我必须让他穿。”曲木匠说，“有了这双解放鞋，我就不是在帮外国人干活儿。谁敢帮洋鬼子干活儿啊？”

秦环想想也是，自己不怕批斗游街，早早准备了棺材板，人家木匠不能引火上身。得允许人家留一手。“也好，”她说，“在中国，穿解放鞋走起来更稳当。谢谢你曲木匠，多吃几个元宵啊。”

穿解放鞋的耶稣让塞缪尔教授目瞪口呆。“曲木匠太有想象力了，太有想象力了！”他惊叹道，“你们应该跟他说，耶稣本人也是个木匠，但很可能技术比不上他。”塞缪尔教授嘴里念叨着“解放鞋、解放鞋”，然后说，“对着一个穿着解放鞋的耶稣祈祷，会是什么感觉呢？”

你当然不知道，你从没在他面前祈祷过。你没有宗教信仰。但你相信，当秦奶奶的头低下来的时候，她是看不见解放鞋的，她的心里也不会有这双解放鞋，当她念诵《圣经》时，耶稣永远是光着脚的；因为她的声音和往常相同，不过是有时候分贝提高一些，吐字更清晰了。你终于听见她跪在十字架前，嘴里发出“耶路撒冷”的声音。

你们继续偷窥秦环在斜教堂里。在那个暑假，这种偷窥几乎是常态，隔三岔五你们就撅着屁股趴到教堂门前，或者踮着脚尖、扒着教堂左边仅存的窗户往里看（教堂右边的窗户因为紧贴着人家，被砖头堵上了。左边的窗户，为了采光好一点，秦环请人把“文革”时被捣毁的窗户修整了，装了两扇很小的玻璃窗。装好的玻璃最下面的一块很快被人砸掉，她用报纸糊住了挡风），你们把旧报纸用手指往上挑，看见秦环跪在十字架前的蒲团上，手里抱着那本词典一样的厚书。很多年后，你才知道，洋神跟咱们中国的神不一样，祈祷和诵经时并不需要磕头跪拜。但秦环坚持中国式的敬神方式，蒲团，跪拜，磕头。三只手都去挑报纸，步调不一致，发脆的旧报纸哗哗响起来。秦环陡然放大了声音：

耶路撒冷……

你的耳朵动了动，一个奇怪而又悦耳的音节。“秦奶奶说什么？最响的那几个字。”你压低嗓音问杨杰和易长安。

“一路撒冻？”杨杰说。

“是‘野猪瞎蹦’！”易长安纠正。

“要不，是一路瞎蹦？”杨杰也不确定了。

你觉得都不对。凭你的直觉，“野猪”和“瞎蹦”不足以让你的耳朵动起来。你的耳朵会动，比较稀罕，也是小时候你引为自豪的为数不多的资本。你母亲以为你能通灵，可以子承母业，但你仅仅耳朵会动，其他方面实在天资平庸。塞缪尔教授对你的耳朵神功很好奇，在此技荒疏多年之后，你还是让耳朵动了起来：上下动，前后动，转着圈子动。看得塞缪尔教授抚掌称妙。你相信你的耳朵。你们蹲下来，在窗户底下争论那四个字最可能是什么。争论半天，杨杰说：

“神经病！就是‘太上老君’又跟咱们有屁关系？争得一头子劲儿！”

他站起来，打算再趴到窗户上。一个人影到了他们面前。“你们都进来。”秦奶奶站在一米外。你们一起叫“秦奶奶”，顺从地进了教堂。秦环点了蜡烛旁边的一盏煤油灯，浓重的油烟飘摇而上。“帮我认几个字。”秦奶奶把书捧到你们面前，翻到某一页。掐头去尾的一本书，那么厚，一只手都很难拿得动。你们的目光跟着秦奶奶的手指和声音走：

那时，摩西急切地寻找那作赎罪祭的公山羊，发现已经烧了；他就向亚伦剩下的儿子以利亚撒和以他玛发怒，说：“这赎罪祭是至圣的，耶和华又把祭肉给你们，要叫你们担当会众的罪孽，在耶和华面前为他们赎罪，你们为什么没有在圣洁的地方吃呢？这祭牲的血既然没有带进圣所里去，你们就应该照着我吩咐的，在圣所里吃这祭肉。”

都是繁体字。秦环逐字地念，不认识处停下来等你们认。认识的你们就说，或者三个人凑在一起像算命一样猜，实在不认识的就跳过去。一段文字念了十来分钟。然后秦环又顺了一遍，边顺边猜，整段话的意思她基本就弄清楚了。你们可以走了。她把油灯吹灭，满屋子呛人的煤油味。杨杰和易长安左顾右盼地往外走，这地方还是有让你们不知深浅的神秘。你站着不动。秦环指指门外。

“秦奶奶，”你说，“刚刚你念的是‘一路瞎蹦’吗？”

“‘一路瞎蹦’？”秦环迷惑了，翻开书，一个字一个字指着看，“你说的是‘耶路撒冷’？”

“耶路撒冷！对，就是耶路撒冷！”你都没想起问这四个字是啥意思，追着杨杰和易长安跑出来，告诉他们，“是耶路撒冷！”

你第一次清晰地听见这四个字。你第一次清晰地说出这四个字。从此，这四个字总会不经意地窜到你的舌头上，钻进你的脑袋里，你张不张嘴都会发出和听见这四个字的音：耶路撒冷。在你还不懂外语时，在你还不知道它是一个音译外来词、代表了什么意思时，在你还没有明确地意识到汉字之美时，你已经在惊叹这四个汉字组合之后所呈现的韵味和美感。美在哪里，你说不清楚，至今也理不出头绪，但你确信它就是最美的汉字之一。

出了教堂，你又站住了：秦奶奶不识字啊，怎么这书看得头头是道？

易长安说：“谁也不是生来就认字的，学呗。”

杨杰说：“我妈认了一堆字，有时候还得查《新华字典》呢。”

一闪念就过去了。过了两天，你去天赐家玩，看见福小的《新华字典》又想起来这事。天赐豁着一颗牙，满嘴跑风：“奶奶可认真了，天天追着我和姐姐教她认字。还让姐姐教她查字典，你看，字典都快让奶奶翻烂了。不知道她那破书有什么好看的！”福小说：“天赐你多嘴！奶奶说了，别乱说！”天赐说：“哼，我怎么乱说了？我没乱说。你能说那不是破书？”福小说：“你还乱说！”天赐说：“就说！就说！我还要说，奶奶的破书是洋教士给的！洋教士死了屁尖子都没留下，就剩这本破书！我说了你能怎么着吧！”福小知道拦不住弟弟，只好在他泄密的时候拼命拍打《新华字典》，希望噼里啪啦的声音能盖过弟弟。

你跟福小说：“我什么都没听见。”

很多年后，你在北京王府井遇到一位瑞典的老先生，这老先生手拿一本中文版《圣经》，站在街头，逢人就指着某一段文字请教路人该段怎么念，是什么意思。他说他在学习中文。其实他的中文说得相当不错，那些汉字他全都认识。初平阳问他为什么还要假装请教，瑞典老先生说：“我想让主的声音走进每个人的心里。”初平阳想到了秦环。那个时候，主的声音只能走入一个人的内心。

流亡上海的欧洲犹太人里，艾格尼丝·弗兰克尔和爱德华·塞缪尔运气算相当好了。艾格尼丝放在前面，因为女士优先，还因为从提篮桥搬到法租界迈尔西路附近生活，完全是艾格尼丝的功劳。著名的大夫乐孙特聘用了她。这位汉名“乐孙特”的奥地利人原名罗生特，也是犹太难民，维也纳大学医学系泌尿科博士毕业，他和后来的塞缪尔夫妇遭遇类似。德国吞并奥地利后，他被关进了集中营，一年后，幸运地得到了何凤山签发的赴上海签证。他在迈尔西路上的“葛罗凡纳花园”公寓内，与别人合开了一个泌尿科与妇产科的诊所。此人擅治肾脏、膀胱、前列腺疾病和妇科疑难杂症。艾格尼丝拿着一封她和爱德华共同推敲过的求职信来到诊所，罗生特看过信，和她聊了半小时。两人共同回顾了集中营的生活，以及亡命上海的历程；然后罗生特让她给一个产后的上海女人做了一次护理。护理结束，奥地利的犹太医生罗生特说：

“就你了。”

这份工作艾格尼丝做得很开心。罗生特先生人好，也总能在必要的时候勾起她的乡愁，然后又巧妙地把它化解掉。不仅对她，对爱德华也如此，他们有共同的身份与记忆。乡愁是他们必需的身份认同。罗生特先生的正直与敬业，很多年后艾格尼丝在耶路撒冷也念念不忘。她记得罗生特先生接待完病人就开始读报纸，《黄报》和《上海犹太早报》。读过以后，他会告诉艾格尼丝最近外部世界和犹太人世界又发生了什么，纳粹恶势力又干了什么坏事。事关纳粹与战争，他必拍案而起，这个时候，艾格尼丝觉得他更像一个战士。诊所里清闲下来，他会和她谈政治，谈中国的抗战，俨然是个革命家。她的猜测没错，1941年2月底，罗生特先生请她和爱德华去了霞飞路（今淮海中路）和亚尔培路（今陕西南路）路口的罗威饭店，那是一顿丰盛的法式西餐。如此隆重令人疑惑。果然，餐后罗生特先生向他们告别：他即将启程去江苏的盐城，加入新四军。

这家名叫“罗威饭店”的馆子，大年初一那天你带塞缪尔教授去过，现在它叫“红房子”。按照父母的回忆，塞缪尔教授和你坐到西北角的窗户边，当年，罗生特医生和塞缪尔夫妇就坐在那个位置。从罗威饭店到红房子，变的显然不仅是一个店名，但你和雅各布·塞缪尔教授愿意相信，你们精确地坐到了当年他们坐的地方。

红房子西餐馆现在大概无人不知，在上个世纪40年代初，它也同样声名浩荡，它推出的法式传统菜“洋葱汤”足以和淮海路上俄式饭店里的招牌菜“罗宋汤”一比高下。罗生特先生请他们喝了“洋葱汤”；六十六年后，塞缪尔教授和你也点了“洋葱汤”。味道香浓，你能喝出上好的牛肉和胡椒味，稍嫌油腻。六十六年前，艾格尼丝和爱德华喝完洋葱汤，对罗生特先生说：

“这个味道让我们想起欧洲，想起德国和奥地利。”

六十六年后，塞缪尔教授喝完洋葱汤对你说：“这个味道让我想起已故的父母。”

母亲去世前，对塞缪尔教授交代的几件事情中，有一条是：如果他能来上海，一定要去罗威饭店再喝一次洋葱汤，为他自己喝，也为她和爱德华喝，还要为罗生特医生喝。罗生特先生曾为罗荣桓治疗严重的肾病，他在中国的军队里工作长达十年，担任过东北民主联军第一纵队卫生部长。塞缪尔教授对你说，他其实见过罗生特先生，不过那会儿他还在艾格尼丝的肚子里。1950年，罗生特先生去以色列探亲，让人悲痛的是，他去了以色列就没能回来，两年后病故。艾格尼丝挺着大肚子和丈夫爱德华去看望病中的罗生特先生，夫妻俩在病床前一人握住罗生特先生的一只手。罗生特先生用衰弱的声音鼓励他们说汉语。他们曾约好，孩子出生后，就随罗生特先生一起回上海看一看。爱德华说：

“中国人爱说给予自己巨大帮助的人是‘贵人’。我们等着我们的贵人好起来，一起去中国。”

“呵呵，”罗生特先生疲惫地笑笑，他已经深解中国式幽默，“贵人等不到啦。”

罗生特先生很快与世长辞。塞缪尔夫妇照中国的葬仪，对着罗生特先生归西的方向摆了食物与美酒，三杯泼地以示祭奠，然后，夫妻俩面对浩浩长空拜了三拜。当其时，高天上有鸟飞过，其声悲切，听上去像乌鸦，但他们坚定地认为那是喜鹊；必须是喜鹊。

罗生特先生是他们共同的贵人，艾格尼丝在诊所安定下来，他把爱德华引荐给了“朋街”服装店的老板立希纳。熟悉20世纪三四十年代的老上海的人都会知道，1935年，一个德籍犹太人创办了一家名叫“朋街”的服装店。此人并非裁缝出身，但对服装经营极有悟性，招募了一批当时上海时装界的设计高手，制作新款时装，还在每年春秋两季举办时装发布会，邀请外国的模特来走台。店铺在南京路61号的二楼，店名源自他家乡的一条街名，Bong Street。此人与罗生特是朋友。他们在南京路上的一家咖啡馆里见面，爱德华从皮包里拿出自己拍摄的一些照片，和前一天晚上临时设计的几件时装的草样。

从那些照片和几件时装设计的急就章中，立希纳先生断定爱德华·塞缪尔就是他想要的人才。爱德华把欧洲的风格与中国气象很好地结合到了一起，有相当的品位和文化内涵。

“老兄，别以为我搞的就是个砸钱的事儿。”他对罗生特说，“时装不仅要领奢华、富贵之潮流，更要开审美和文化的先河。你这位朋友，塞缪尔先生，我用了。”

爱德华一进“朋街”，就成了最抢手的几大设计师之一，薪水也在最高的那个梯队里。因为艾格尼丝爱穿旗袍，他把设计的重心放在旗袍上，尽力寻找旗袍这种中国传统服装里中西合璧的分寸。他拿捏得非常好：中国女人看上了它若隐若现的西化；外国女人又喜欢它充沛的东方风情，既古典又现代，穿着塞缪尔款的旗袍仿佛走在香榭丽舍大道上。那些年，“朋街”时装成为上海时尚的标签，名媛淑女们都靠“朋街”的商标来显示自己的身份和地位，而塞缪尔款旗袍是其中焦点之一。

在南京路上，“朋街”服装店旧址的楼下，你和塞缪尔教授站在上海湿冷的寒风里，一手拿着一张艾格尼丝年轻时的照片，一边抬头往二楼的窗口张望。窗户紧闭，你们都搞不清那扇窗户里如今究竟在做什么。此去经年，物是人非。塞缪尔教授的母亲在照片上穿着一件塞缪尔款旗袍，爱德华特地为她量身设计的。她在对爱德华的镜头微笑，高鼻梁深眼窝，一头长长的卷发；尽管照片是黑白的，尽管因为岁月悠久画面有些模糊，尽管你对服装尤其是旗袍毫无研究，但你依然能够发现，那件旗袍穿在这个西方女人身上是多么的合适与和谐，有浑然天成之美，仿佛她天生就该穿这样的衣服。

那天傍晚，你们在前“朋街”服装店街对面的一家馆子里吃饭。还是靠窗的位置，为了能在吃饭和聊天的间隙看一眼二楼的那些窗户。如果当年这地方也有饭馆，爱德华很可能经常在这里就餐。你看见塞缪尔教授在椅子上用力地扭了几下屁股，他在找父亲当年的感觉。

“一座城市不会记住两个相依为命的犹太人，”塞缪尔教授看着前“朋街”的窗户，幽幽地说，“但是，两个流散的犹太人会记住一座伟大的城市。”

你插了一句话：“第三个犹太人也会记住这座伟大的城市。”

“对，第三个犹太人也会记住。”塞缪尔教授笑了，“不仅第三个，还有千千万万的犹太人都会记住。告诉你平阳，穿行在这座我父母遭遇苦难与幸福的城市，让我心安，就像我走在耶路撒冷。这两天在街上走，我一直有个错觉，仿佛一转身就能看见父母的背影。”

很多年里，你经常在转身的时候想起秦奶奶。为什么当你从一个方向侧身转到另一个方向时会想起秦环，是因为转了身就要出现背影？你也弄不明白。但当你想起秦奶奶时，出现在头脑里的秦环的确是个背影。穿一身黑衣服，摇摇摆摆地在花街上走，是因为衰老，而不是因为小脚。在你祖母这一辈，花街上的女人基本都裹了小脚，脚指头攥到脚底下。指头们被一块细长的白布条狠狠地缠住，收紧，再收紧，听到骨头变形、折断和重新生长的声音；然后拆掉布，指头顺从地长到脚底下，一只脚就是一只粽子、一把锥子，一双脚是一对粽子和两把锥子。小脚的女人更值钱，男人们以为自己喜欢这个，女人们也以为男人喜欢这个。做妓女时，姐妹们建议她赶紧缠，价钱还来得及往上提，她哼了两声，去他妈的，爱谁谁，我才不受这个罪。秦环不裹脚，当年从运河上下船，光着脚走上了石码头，裤腿卷起来，露出白嫩的脚踝和小腿。男人们看傻了，那白皙圆润的脚踝、小腿和脚后跟，还有十根鲜活的脚指头；脚大，却也有另一番的好看。女人们也傻了，光天化日之下胆敢露出腿脚，竟然还是个不裹脚的，真让人难为情；这个来讨生活的外地傻姑娘！一个月之后，都知道她没事就光脚，还知道她脚底生了茧，全身上下只有脚底的皮肤最糙。男人和女人都在暗地里高兴了：男人高兴是因为，这个女人原来也不是从头到脚都是根葱，在可以染指的范围内；女人们高兴是因为，嘿嘿，果然就是你的软肋。那时候花街人不知道什么是“阿喀琉斯的脚踵”，否则，肯定会弄出一个外地女人“秦环的脚踵”的典故来。你记忆里的秦环就用这一双老茧丛生的大脚走在花街的青石板路上，穿一身黑衣服，瘦弱，晃晃荡荡像个衣服架子。她越走越远，远处的花街开始变窄，夜幕垂帘，消融了街两边的人家，天底下就这么一个老太太，摇摇晃晃地走，仿佛要走进青幽的石头里。当她消失不见了，你知道她拐进了斜教堂。

依然是一个背影。她坐在蒲团上，跪在蒲团上，挺直或者弯曲的脊背虔诚而又衰老。你从门缝里看她，或者和杨杰、易长安从窗口里看她，看见的都是她的背影，只有在转身时，在她让你们进去，在她问你们某一个字怎么念、什么意思时，在她待在家里和任何一个正常的老太太一样和蔼可亲时，你才能看见她的布满十万道皱纹的脸。就算在这些时候，当你的目光从她脸上移开，当你在遥远的地方，比如北京，闭上眼，看见的依然是她的背影。她的背影不屈不挠。

念大学以后，你养成看《圣经》的习惯，随手翻，风吹哪页读哪页。同学和朋友以为你玩深沉，要找个上帝来信了，你告诉他们，你只是在读一部伟大的文学作品，就像读托尔斯泰、歌德、曹雪芹和萨拉马戈一样。这当然没错，有比《圣经》更好的文学吗？你没告诉他们，你其实也在把它当字典来读，当童年的回忆来读。你在被风和你的手翻开的每一页上，寻找当年秦奶奶苍老枯瘦的右手食指指点过的汉字，她问你，她问你们：这个字怎么念？这个词什么意思？从第一次被“请教”开始，直至你考上大学离开花街，秦奶奶请教你成百上千次。知道的你告诉她，不知道的，你查过字典再告诉她。你几乎是她可以“请教”的唯一的人：你们两家过从相对稠密；你是了解她“秘密”的为数不多的几个人之一；先是天赐割腕血流而死，然后福小离家出走，能教她识字的人没几个了。也许最重要的，是你从没有对她待在斜教堂里这件事本身有所排斥。

——在那个时候，秦环信奉的一个人的宗教是多么的不合时宜。就算在之前，之前到解放前，沙教士和教堂跟花街上的妓女和她们挂在门楼上的红灯笼一样是道独特的景观，信教的人也极少。进教堂的人也许挺多，但多是在石码头上歇个脚，进教堂“到此一游”，那时候无照可拍，就偷偷找块尖角石头在教堂的砖墙上刻下几个字，风吹日晒久了，化作风尘；那些真有信仰的外地人，祷告一下，隔着一块手织蓝染布对沙教士忏一下悔，忏完了，像洗了个澡似的身轻如燕地离开了。本地人对洋玩意儿相当谨慎，别扭，对着一个外国男人跪拜，跟一个说曲里拐弯的汉语的洋老头说花街话，多难为情啊。更主要的，你不好意思在他们面前烧香，求他们让你升官发财、儿孙满堂。如果不能生子、升官、生财，不能免灾去病，那你拜他又有什么用呢？所以，假如男人信了沙教士的教，花街人会想这家伙是不是入了反动会道门了？要是女人没事就往教堂跑，嘿嘿，那话就不好听了，难道就一定可以排除男女私情吗？沙教士是男人，又不是和尚或太监，听说洋人那玩意儿厉害着呢，八十岁也能让十八岁的姑娘肚子大起来。总之那是非我族类的神秘兮兮，沾上了绝非光荣的事。秦素文的态度含混不清（作为善解人意的女儿，多年来她总能与秦环达成共识），景侉子的不高兴是一不小心就吊在脸上的。有一天晚上，你和天赐坐在秦家门楼底下的石臼上“翻单被”，一圈线被你们的手指拉扯出几十种形状，秦奶奶穿着黑衣服从院子里走出来，出门往教堂方向走。景侉子叼着一根自制的卷烟过来，叫天赐回去洗脚，你听见他对着秦奶奶的背影嘟囔一句：

“又玩幺蛾子。”

“幺蛾子”为何物？那口气充分证明不是个好东西。很多年后，你到北京，才明白这是北方话，说的是那些爱作的人。景侉子肯定是在顺流南下的运河船上听来的，跑船的人五湖四海，可以一口气从北京通州坐到浙江去。船油子们南腔北调的鸟语都明白。景侉子的态度想必也影响了儿子，天赐经常把眉毛挑到制高点，把眼睛睁到最大最圆，既夸张又自豪地对你说：

“平阳，我奶奶又去那里啦！”

他的夸张和自豪意味着：我奶奶就是跟别人不一样。在花街，区别于众人其实是件让人难为情的事，街坊们更习惯于泯然众人，过被大家淹没的生活，那样才安全。年幼的天赐夸张里的自豪是反方向的，忠实地继承了景侉子的血统。

秦环打开斜教堂的木板门，一个人进去，关上门，一个人待在里面：礼拜，祷告，阅读《圣经》，想象一尊神，枯坐，以及发呆；一个人的宗教。据你所知，她从未说过信仰这件事；据你的推测，秦环很可能都不会在内心里使用“信仰”这个庄严宏大的字眼。她当然知道这个词，沙教士对每一个向斜教堂探一下脑袋的人都说：“你要信仰主。”《圣经》里也一再强调，要“信仰”。但她不会用，她一定会认为，当一个人动辄说到“信仰”将是多么轻慢和草率，多么让人难为情；她要把自己的调子压到最低。她说：

“我只是过去和他坐坐。”

你也不信宗教，所以，这些年来你对秦奶奶的敬畏并非来自宗教本身，而是来自她对沙教士的持久的忠诚，以及对斜教堂里穿解放鞋的耶稣谦卑的敬畏。她一个人的宗教在花街人看来，也许就是一个人与整个世界的战争，但她毫无喧嚣和敌意，只有沉默与虔敬。她侍奉自己的主。她的所有信仰仅仅源于一种忠诚和淡出生活的信念，归于平常，归于平静。她戴着老花镜，从目不识丁开始，到死之前几无障碍地通读了残存的《圣经》数十次。她也许甚至都没想过要把这部书彻底弄懂，她只要安妥与笃定。

在师范大学教书的第一年，你绝望地坐在辅导员的办公桌前，接到了母亲的电话；大雨初霁，雷声在另外一个城市滚动。母亲告诉你，秦奶奶昨夜死在花街的石板路上，怀抱木刻的耶稣；雨水泡胀了脸，皱纹不见了，表情安详。昨夜闪电交加，球状闪电到处乱跑，秦奶奶担心斜教堂漏雨湿了耶稣，半夜去取十字架，摔倒在半路上，耶稣身上穿着她的雨衣。放下电话你泪流满面，这个结果如同眼泪要从上往下流，水到渠成，你丝毫没有震惊。

少年顾念章：在水边生活三年，足以让顾念章成为一个乖张和忧郁的少年。上海这个大都市规训了他十二年的文雅和拘谨，全被河边的生活推翻了。外祖父家长河绵延，野地阔大，让他跋扈和野了起来。管教他的人少，管教他的时候更少，因为他现在已经是个孤儿。无父无母的孩儿，要对他好一些，再好一些，无限地好一些。少年顾念章发现了天赋的权利，越发乖张、任性和暴烈起来，说一不二。吃鱼必须吃两腮上的那两小团肉，别人谁也不能动他喜欢吃的鱼肚子，谁没眼力见儿先伸了筷子，这顿饭他就绝食。跟外祖父和舅舅跑船，兴致来了想开船，驾驶舱里第二个人都不能进来。心情不好的时候，他会把船上的小狗一脚踢进水里；如果钓某条鱼花了他超过半小时，钓上来后他就先把鱼摔死。

老人对他乖戾的一面看得很清楚，但一想到冻成冰棍的女儿女婿，眼就热了，心就软了：随他去，只要孩儿高兴。乖戾的一面他们看得很清楚。他们还看见他没事就一个人呆坐在船头和岸边，一声不吭，外祖母端着热鱼汤叫他，他也不搭理；他们以为这还是乖戾的众多表现之一，就没往心里去；由此，他们忽略了一个少年的孤独和忧郁。这既源自他是一个孤儿，也因为广大的世界——天大地大，他的确常常生出世界上只剩下他一个人的感觉，这感觉让他无端地就悲伤和忧郁起来。少年顾念章对孤儿的理解，不仅在于，他从此不会再有乡村里的伙伴他们都有的父母，每天要拎着他们的耳朵训斥，要攥着根柳枝和芦苇在屁股后头追撵着讨伐；更在于他觉得周围过于宽松，仿佛空气稀薄了：父母是贴着皮肤缠裹在自己身上的一件衣服，祖父母和舅舅他们，充其量是冬天里披在棉袄外面的大氅，有着空旷的距离感。他们表达爱的方式近乎泛滥，而不满和责骂却又如此矜持和节制，仿佛冒犯一个没了父母的孩子是种罪过。多年后，他明白这是一种失去了平常心的爱，但在他的少年时代，他只感到晃晃荡荡的不自在，这提醒他，他可能就不属于这样一个世界。大上海来的少年忧郁了。

不过事情总是很吊诡，他的乖戾和忧郁赢得同学和伙伴们的敬畏与迷恋。乖戾和暴烈是他们敬畏的，而忧郁是种迷人的禀赋：他有心事了，他有思想了：似乎只有从大城市来的人才配拥有。顾念章在十五岁时成了孩子王。他在班上年龄不是最大，既不是班长也不是杂七杂八的小干部，成绩也没有好到可以众望所归，可同学们就是唯他马首是瞻，进退看他眼色。

河边初级中学的教育本就不正规，又逢乱世，不上课是常态，聚到土坯墙、茅草顶的摇摇欲坠的教室里反倒成了师生们的休闲。举国上下都在搞革命，船民和渔民们兴趣不大，因为那是以文化的名义，他们识字的没几个。但是他们又不能不搞，举国上下都在搞，不能拖国家的后腿，公社领导每天在大喇叭和小广播里喊：要把伟大的“文化大革命”进行到底！今天是这个领导喊，明天换成另外一个领导喊，传播小道消息的人说，因为前一天的那个领导已经被“革命”了，下台啦。再过几天，又有一个新声音在无线电里喊出同样的话来。既然得搞，既然不得不搞，船民和渔民们只好分组值班搞革命，要批斗的，要游街的，要武斗的，大家看着办，别弄得收拾不了局面就行。开会分配工作时，大家都信心十足，没文化也照样能搞出个有文化的革命来。可搞着搞着就搞乱了，失控了，家长里短、姑嫂勃豁、公恨私怨、小心眼、小心思慢慢地都搞进革命里了。水上还好，岸边有点乱。搞出甜头的，搞出悲愤的，同时想起了初级中学里的半大小子和丫头们：

响应中央号召，革命要从娃娃搞起！

闲着也是闲着，让孩子们斗起来。伟大领袖毛主席他老人家不是说吗：与天奋斗，其乐无穷；与地奋斗，其乐无穷；与人奋斗，其乐无穷。其乐无穷，正是若干年后他们也会使用的新词

“休闲”的义项之一。顾念章被推举为“革命闯将尖刀排”排长，第一个任务是批斗数学老师，因为在任课老师里，只有张老师上课之前经常忘记背诵一段毛主席语录。

批斗当天顾念章不在，跟舅舅去里下河接外祖父了。外祖父的公社船队队长职务被副队长抹掉了，副队长造了反，纠集了几个下属逼他下了台。理由是，他女婿在资本主义的企业里干过，曾是假洋鬼子，洋买办；他肯定受到了敌对势力的污染，这样的人做社会主义国家的船队领导，怎么能信得过呢。实际上，这个副队长和顾念章的外祖父邻村，两个村步行也就十五分钟，从手拉手一块长大，对方屁股上有几颗痣都一清二楚，但他就是拿顾念章的父亲作起了文章。让外祖父交权，外祖父就交了，免得扯出更多。新上任的队长准他三天假，回家用艾灸治疗肩周炎和风湿病。舅舅带着顾念章，撑船把外祖父接回家。

教数学的张老师被斗瞎了一只眼。一个学生对着他的眼镜挥了一拳，镜片碎了，扎进了左眼里。这事当天晚上顾念章才知道。那孩子弄瞎了老师的眼，还是挺害怕，天都黑了还在顾念章外祖父家的院墙外转悠，时不时吹两声口哨呼唤老大。他必须得到顾念章的支持，顾念章是排长，尽管没在现场，拿数学老师开刀是他点了头的。顾念章对玻璃片扎到眼球上没什么概念，他只想着去大商店里打二两烧酒给外祖父暖胃。他对那孩子摆摆手，多大的事，把胆子好好放回肚子里。不就瞎了只眼么，哪有革命不流血的？下一个你们要斗谁？

“蒋老头。”那孩子稍稍安了些心，“刘大刚说，下一个目标是村东的蒋老头。”

“嗯，”顾念章点点头，“回家睡吧。”

蒋老头姓姜，不知道哪里人，都说是个苏联特务。小孩子搞不清苏联在哪里，一听到“特务”，就认定是国民党从台湾派来的；既然从台湾来的，那必定姓蒋，天下的特务都姓蒋。后来顾念章慢慢弄明白了，老姜其实是个俄语翻译，中国跟苏联好得穿一条裤子时，他给支援中国社会主义建设的苏联专家当翻译，市领导、县领导见着他都得点头哈腰的，更不用说公社书记啥的。然后，因为中国和印度的边境冲突，苏联不高兴了，发表一个袒护印度的公开声明，两国关系开始微妙；屋漏偏逢连阴雨，苏联对中国斗志昂扬的大跃进和人民公社化也不满，而中国对赫鲁晓夫涎着脸和美国拉关系也看不下去；大眼瞪小眼，心里都不爽，相互都要背过身去，一使劲儿，中苏友好的裤子撕裂了。第二年，苏联单方面撕毁同中国签订的六百个合同，撤走了全部在华专家。当然，事情远不止这么简单，说来必须话长，不过就老姜来说，故事讲到这里足够了——苏联专家都走了，他也就没用了；没用倒还在其次，掉过头还要挑你毛病：你跟“苏修”究竟什么关系？是不是“苏修社会帝国主义”收买的特务？

这种事情你哪说得清楚？你说你不是就不是了？如果不是，你那一口舌头乱蹦的俄语是怎么回事？老姜就不吭声了。跟革命领导和革命群众你用汉语是讲不明白的，用俄语更不行，那只好沉默，离得越远越好。他主动要求被发配到偏远的运河边。

他以为躲到村边就太平了。这下好了，一帮小知识分子敲锣打鼓地来了。批斗一个特务，听上去都激动人心。这一次顾念章亲自去了。老姜一间茅草屋门大敞着，人不见了。顾念章坐到老姜门口的一个藤条马扎上，“革命闯将尖刀排”副排长刘大刚带着一帮人到河边找。十来分钟后，一帮人吆五喝六地押着老姜回来。老姜腰弓头低，像一辆破败的独轮车被推到顾念章跟前，又长又稀的白头发遮住了两只眼。旁边有人端着他在河边正洗的一盆衣服，端着搪瓷脸盆的少年兴奋地说：

“报告排长，我听见蒋家特务蹲在河边洗衣服时嘴里咕哝说：这衣服，就是领子和袖子最脏。排长，他辱骂我们的领袖！”

老姜蹙着额头，打算用皱纹把遮住眼睛的白头发支起来，但这种反动的企图是徒劳的，头发还是低垂在脑门儿上。“我没说。还没洗到袖子。”

若干年后，这是世人皆知的段子。但在1969年运河边的村庄里，如果是刘大刚欲加之罪，那只能说明刘大刚是个天生的“革命”好手，“革命人永远是年轻”。若干年后，顾念章已经在北大留校任教有年，他回河边看舅舅，得知当年的副排长刘大刚已升任副县长。该县人民都知道刘副县长口才一流，对一无所知的事情绕了半圈也能说到点子上。人民说：刘副县长天生就是当领导的命。

1969年，刘大刚上来就给了老姜一个耳光。“这罪更大，领袖你都不洗完整！”

老姜又咕哝了一句。这句谁都没听懂。

“你说什么？”刘大刚掐着腰问。

老姜摇摇头，表示没出过声。大家也就把这事忘了，兴冲冲等着顾念章发话，开始花样翻新的批斗。顾念章没听懂那句话，但他听见了，他觉得老姜的舌头上像装了一个性能良好的弹簧，当舌头弹性十足地击打上颚和牙齿时，老姜发出了悦耳的声音，如同某种深沉的鸟叫。凭着依稀的记忆，他觉得这声音似曾相识。

“别急着上手，”顾念章站起来，让手下们把老姜松开，“给他一天时间，等他把电报机找出来再说。”

“不斗了？那咱们不是白来了？”刘大刚歪着脑袋看正排长。

“对一个国民党的特务，批斗他重要，还是搜出敌台重要？”顾念章向更多的手下挥挥手，“你们知道特务靠什么传送情报？”

“电报机！”大家一起说。

公社电影院巡回在各村庄放映的露天电影里，所有反特片里的国民党特务都有一台电报机，每天夜里躲在诡秘的角落里，嘀嘀嘀嘀地发报，向蒋家王朝传递有关共产党和革命的重要情报。这个大家都懂。

懂就好。那就先散了吧。

顾念章去了河边，对着芦苇丛装模作样地撒了一泡子虚乌有的长尿，等“革命闯将尖刀排”的成员们都散了，他又回到老姜的茅草房前。老姜坐在马扎上继续洗衣服。这群小崽子们狠起来可能也像狼，但他还是止不住地觉得可笑，更觉得可悲。世道如此，终老河边又有什么意义。他先对顾念章开了口：

“你不会真要搜敌台吧？”

“我想听你再说一遍那句话。”

“哪句？”

“我们都听不懂的那句。舌头上蹿下跳的那句。”顾念章犹疑地说，“——外语？”

“你怎么知道是外语？”

“在上海的时候听过。”

“哦，”老姜用手背撩起遮眼的白头发，“你就是老章家的外孙，从上海来的？”

“嗯，我外公姓章。”

老姜笑了笑，根本不像即将要被批斗的样子。他的舌头再次在嘴里跳了一串踢踏舞，这一次美妙的声音持续的时间更长。

他本能地相信这个少年，不仅因为他是老章的外孙，从上海来；还因为他为了确认一种陌生的声音重新折了回来。“俄语。好听吗？”

顾念章说：“好听。刚才那句短的是什么意思？”

“骂你们的。有娘养，没娘教。”

“嗯。”顾念章说，“我得回去找我外公了。”转身往家跑。

他们家的船在水上。外祖父蹲在船头抽烟袋，外祖母在灶间里做晚饭，炊烟和鱼汤的香味弥漫河面。跳上船，外祖父站起来，对着鞋底磕烟袋，问他去哪了。

“带人批斗特务老蒋了。”

“带人？”

“‘革命闯将尖刀排’。”

“就是弄瞎张老师左眼的那帮人？”

“我是排长，”顾念章没当回事，他都没看见外祖父脸上的皱纹全都垂下来了，“管事的。弄瞎数学老师时我不在。”

外祖父一脚就踹过来了。十五岁的顾念章抱着肚子一屁股坐进运河里。这是他第二次在非常时刻掉进运河。等他抱着肚子湿淋淋地爬上船，发现外祖父慢慢蹲下来，抢在他前头哭了，老泪咕嘟咕嘟往下掉。外祖父的哭相实在不怎么样，乍一看像在笑，长时间没哭过，基本的技巧都忘了。

“知道你爸妈怎么死的？”外祖父指着他说，“就是被批斗死的！你爸妈被捆在操场上，活活冻成了冰棍！”

这顿骂立竿见影，一下子就让十五岁的顾念章理解了“批斗”最终可能意味着什么。苦难，离散，死亡，失去。他把一肚子委屈咽回去，湿漉漉地蹲到外祖父对面。他不会去道歉，他还没有修炼出后来才有的雅量、真诚和本色，在过错面前及时地认领；他只是蹲下去，一声不吭，外祖母只好把干外套披在他的湿衣服上。在接下来祖孙两个蹲在船头的近半个小时里，外祖父只说了一句话：

“不用想别的，就想想你爸妈。”

顾念章此后时刻想着爸妈。他没有辞掉“革命闯将尖刀排”排长的职务，为的是不让下面的人找老姜麻烦。如果他的命令不那么管用，一旦刘大刚带人冲到老姜的茅草房前，就会发现他已经坐在老姜的马扎上了。顾念章把声音放大，让他们听见，他在用上海话审问老姜。他告诉他们，他正在循循善诱，迟早会套出发报机的下落。上海话他们听不懂，叽里咕噜的，但上海话是从大上海来的，洋气，意味着某种权力；他一张口就把他们比下去了。他们的自信和革命斗志在听不懂的上海声音里一点点后退，一直退到偏远的运河边的村庄里。刘大刚挥挥手：

“我们走。让排长审。”

俄语比运河边的方言难学，一天下来顾念章舌头都学麻了。蹦蹦跳跳，这哪是学说外国话，完全是体操训练。新鲜劲儿过了，顾念章开始懈怠，老姜不干了，软硬兼施让他学。他向顾念章描述了苏联的莫斯科、列宁格勒、基辅、明斯克，它们漂亮得如同天上的城市；他跟他讲他在西伯利亚的冒险经历，告诉他在匪夷所思的俄罗斯白夜，他抱着酒瓶子跟苏联人民围着熊熊燃烧的篝火跳舞。最后，老姜总结：你若想亲眼见到这些，你如果想经历比上海更冷的大雪之夜，你就得学好俄语。只能偷偷地来他的小屋里学，别让任何人知道，外公外婆、舅舅舅妈和你的表哥表姐表弟表妹们都不能知道。只是他们两个人的俄语。顾念章答应了。弹跳的声音已经够诱人了，还有广阔的俄罗斯风光。他想象着北方连绵的异国大地，舌头越发欢快地跳起舞来。

老姜教得极认真，免费授课，经常还要搭上饭菜。这是他这辈子最后使用俄语的机会，顾念章是他这辈子最后一个学生。在这块辽阔的乡村野地，不会再有更好的人选了；他甚至想过，即使顾念章不主动送上门来，他也会想办法去找他。剩下的日子不多了，他不能让一肚子美妙的语言跟着他进棺材。

如果塞缪尔夫妇把罗生特先生视为“贵人”，那毫无疑问老姜也是顾念章的“贵人”。他在他学业荒疏的时候及时地喂养了他一门外语；重要的固然在于早早地掌握了一门语言，更在于修习俄语的过程中获得了一种类似“专业”的学习习惯和精神；他把他迅速地从乡村初级中学的同伴中区别了出来，成了一个潜在的知识分子。顾念章逐渐静了下来，读书和思考慢慢成了他的日常生活。四年后，顾念章在省报上发表了一篇题为《文化革命与运河生产》的两千两百字文章，谈“革命切要，运河生产更切要”，县委书记碰巧读到了，觉得不错。一打听，这个叫顾念章的待在村里，已经从放散牛似的学校里辍学，跟舅舅跑船了。他找人通知船队队长，就是篡了顾念章外祖父位子的那人，要见“有学问”的“革命接班人”。见了面县委书记被震了，这小子肚子里墨水的确不少，尤为难得他还说一口好俄语。县委书记念书时学的就是俄语，两人在办公室里还用俄语你来我往了三五十个回合。书记纳闷，整天在野地里跑，哪来这么一口标准的好俄语。顾念章告诉他，老姜教的。他把老姜供出来，是因为老姜已经不在了。在他进县委大院的半年之前，老姜肺结核、肺气肿发作，夜半死在床上。次日清早，顾念章推开老姜的门，老姜已经像冰棍一样凉。

“老姜是谁？”书记问。

顾念章摇摇头。他只知道他叫老姜，做过苏联专家的翻译，其他什么都不清楚。

县委书记找来教育局局长，今年推荐工农兵大学生的名额留一个。几天后，局长来汇报，这个姓顾的历史有问题，他爹做过洋买办。

“爹早死了。爹是爹，儿是儿。”县委书记说，“让他念了书，更好地反省一下他爹的问题。”

那一年全县有两个北大推荐名额，他占了一个。

坐船去北京的前一天，顾念章去老姜坟边坐了一下午。带了饭菜和酒，带了两刀火纸，他用俄语和老姜说了一下午的话。坟在运河边上，离老姜的茅草屋不远，旁边是芦苇荡，风吹过来，所有的芦苇和野草都弯腰，喤喤之声不绝，如成千上万人在哭。顾念章没有哭，跟老姜说话的时候他才意识到，他是多么想离开这个地方。不是不回来，而是离开，到更远的地方去。所以，尽管他的俄罗斯渺茫得近乎抽象，他依然认真地学习俄语。他没哭，这也是老姜的愿望，老姜托付给他的愿望——他终老于此已经够了，他必须到世界去。

走到通往外祖父家的岔路口，顾念章觉得应该向老姜行拜别礼，他在路中间跪下来。三拜之后，抬起头，大风骤起，芦苇潮水般涌动，老姜的坟不见了。

在长阳路62号的上海犹太难民纪念馆门前，塞缪尔教授摸着脖子，颈椎疼了。“中国有这个说法么，”教授问你，“颈椎有毛病的人上辈子是个吊死鬼？”

纪念馆比你想象的要小，一栋三层的、带阁楼的花园住宅式小楼。红灰两色砖建造，一楼是礼拜大堂，正前方和左侧手是一扇深咖啡色的木门，巴洛克风格的石拱门廊。当然这是现在装修过的，1927年迁到这里的时候，它叫摩西会堂。

“有。”你回答，“您怎么知道？”

“我父亲告诉我的。”塞缪尔教授站在大门外给纪念馆拍照。二月里潮湿的寒风吹过他拿下围巾的脖子，颈椎病犯了。“有中国人跟他这样说过。你知道吗，平阳，我父亲和我母亲结婚那天，他的颈椎病也犯了，因为筹备婚礼累的。塞缪尔家族颈椎病遗传，听说我祖父有，我父亲有，我哥哥有，我也有。那扇窗户，”教授指着小楼二层最左边的一扇窗户，“我家有一张照片，我父母结婚时站在窗前，朋友站在楼下给他们仰拍的。忘了跟你说，他们的婚礼在这里举行。很多犹太人都到这个会堂来结婚。”

1941年的1月，爱德华和艾格尼丝在摩西会堂结为夫妻。在此之前，他们在《以色列信使报》刊登了订婚启事。他们考虑了好几个可以举行婚礼大典的犹太会堂，最后还是选在摩西会堂，尽管来这个会堂结婚的更多是俄罗斯的犹太人。因为初至上海时，提篮桥这一带，包括摩西会堂，对他们如此重要，安妥过他们惊恐的流亡之心；犹太难民们在摩西会堂聚会交流，相互安慰和传递亲人们的消息。照犹太民族的规矩，婚礼当由拉比或哈赞主持，但他们决定请罗生特和立西纳两位先生主持，见证他们患难中的百年好合。那一天也有潮湿的寒风，还飘了一点小雪，楼下常青的枝叶上如同顶着一头蓬松的花朵。婚礼进行到一半，爱德华摸摸后脖颈，对妻子说：

“颈椎病犯了。”

“亲爱的，这些天你累坏了。”塞缪尔太太说。

“也可能是，”你说，“颈椎病是因为虔信上帝，要低头祈祷啊。”

塞缪尔教授觉得这个解释很好。“看来我的颈椎病犯得恰当，”他说，低下头，做犹太人的作揖状，“我要在摩西会堂，现在的犹太难民纪念馆前，感谢，祈祷。你无法想象摩西会堂对上海的犹太人有多重要。”

它的重要性证据之一：塞缪尔教授的哥哥取名摩西。婚后艾格尼丝生了个胖小子，夫妻俩总算对上海有了点归宿感。他们带着小摩西转遍了上海的各个角落，到拉都路（今襄阳南路）和霞飞路路口的儿童用品店给儿子买“彼得·潘”童装，他们希望逐渐长大的小摩西能记住这个异国的城市。随着二战结束，希特勒垮台，他们预感到悬在犹太人脖子前的绳索将会慢慢消失；果然，以色列建国了。上海的犹太人奔走相告：犹太人自己的国度诞生了！

在塞缪尔教授的叙述里，你能感受到当年饱受惊恐、压抑和磨难的塞缪尔夫妇如何的兴奋。上海固然是个已经开始建立起归宿感的城市，但他们依然更向往婴儿般新生的以色列。他们自己的家园需要他们去建造，事实也是如此，全世界的犹太人风起云涌般赶赴以色列。塞缪尔教授纠正了你的一个词，不是“赶赴”，是“归赴”。没错，是归赴。塞缪尔夫妇决定归赴以色列。

1948年12月，第一位由以色列政府派到中国的外交官，摩西·尤瓦尔，到达上海。此人大笔一挥，发出了七千张去以色列的签证。塞缪尔夫妇带着八岁的小摩西拿到了其中之一。他们坐船离开上海。在黄浦江码头上，爱德华再次跪拜在地上，不同的是，这一次不只他一个人，还有他的妻子艾格尼丝、儿子摩西；这一次不是庆幸逃亡成功，而是拜谢上海；这一天，上海没下雨，太阳很好，万里无云。

第二次上海之行结束，塞缪尔教授回了以色列，断断续续通过几封邮件，半个月后，又给你发来一封邮件：

收件人：chupingyang@gmail.com
发自：Jacob.samuel@yahoo.com
主题：耶路撒冷

亲爱的平阳：

昨天携妻儿去祭拜了父母，我把上海之行的照片摆到他们墓前，我想他们的在天之灵一定很愿意重新看一看上海。这个城市对他们来说既熟悉也相当陌生了，世界变化太快。必须再次感谢你的陪同和导游，如果说这是父母的遗愿，那我已经完成了一半；剩下的那一半是我自己的，我还会继续通过对上海的研究、旅行和体悟，以及对整个犹太民族的磨难的深入体认来完成，希望有机会能再次到中国，到北京，到上海。

我告诉过你吗，平阳，回到以色列我的失眠好多了，晚上不用折腾那么久就能睡着；睡眠的质量也有极大提高，不必每天夜里通过数绵羊才能把一个个梦连起来（过去我经常数绵羊，有时候把羊羔都数完了还睡不着）。我太太说，这是因为上海之行让我心安。我觉得很有道理，每个人都必须找到一种让自己心安的方式；还愿之旅，祭奠之旅，感恩之旅，我找到了。

也正是在这个意义上，我想，“耶路撒冷”必定也是让你心安的一种方式；但是，我又不免疑惑，仅仅因为一个地名发出的美妙的汉语声音，和秦环女士皈宗的神秘性，就能让你如此神往耶路撒冷？我已经问过希大的城市与社区研究所，没有问题，他们非常愿意你来做研究，所长先生也嘱我转达对你的欢迎。你可以待一年，也可以待两年，如果你想在希大接着念博士，那必须在访学期间掌握一定程度的希伯来语；你说已经在学习希伯来语了，我很高兴。来耶路撒冷是个大动作，没准对你一生都有大影响；鉴于我的疑问，我还是提请你三思：其必要性和必然性在哪儿。尽管我非常希望能在希大见到你。你有耀眼的才华，我很喜欢，我年轻的朋友。

一切好。

你的朋友雅各布

这是一个问题。终于有人发出了这样的疑问。很多年里你都固执地认为这是一个“到世界去”的问题，就是精神需要突围和漫游，就是寻找一种让自己心安的生活方式。你在寻找与“耶路撒冷”四个汉字发出的声音相对应的出路，有一天，一个从耶路撒冷来的老人跟你说，来耶路撒冷吧，你立刻觉得对，就是它，你找到了。可是，你为什么要做朝向“耶路撒冷”的突围呢？你为什么只有听见这个四字之声才觉得内心安妥呢？

——仅仅因为一个地名发出的美妙的汉语声音，和秦环女士皈宗的神秘性，就能让你如此神往耶路撒冷？

你在楼下公园里一圈一圈地走，把公园里的每一个景点、每一片枯草地都走遍了，圈子越绕越小，这跟你内心里的感觉极为相似：你此刻也觉得内心里的路越绕越少，越绕越没得可绕了，该直面和正视的东西再也躲不过去了。然后，你发现，无路可走的地方坐着一个人。开始你和过去一样，以为是跪在穿解放鞋的耶稣面前的秦奶奶，走近了，原来是景天赐。

竟然是天赐！你在内心里惊呼。接着你就意识到自己的声音夸张了，因为你并不是头一次发现他是天赐；很多次你在转圈子时，模模糊糊地看见那就是你小时候的玩伴、同学，十二岁的景天赐，你只是不愿意承认；你把眼睛眯起来，虚着视线，那个人影就开始变大，你就敷衍着对自己说：

“那人肯定是秦奶奶。她后面还有一个黑魆魆的大影子，那一定就是斜教堂了。”

然后你就信了。一下子信了这么多年。现在，在塞缪尔教授的质疑下，你不得不斗起胆，擦亮眼镜，睁大眼睛，走到跟前看：除了天赐还有谁？景天赐对你咧开嘴迷狂地笑着，右手拿着一枚明晃晃的、小巧的、青龙偃月刀般的锋利手术刀，左手高举，为了让你看得更清楚；你看见他左手腕上伤口如同一张涂了口红的嘴，浓艳的血正往外喷溅，当他的嘴咧得更开，笑变得更大，血喷溅得也更凶猛，简直像天女散花；天赐一定是把自己当成天使了，他的胳膊翻飞起舞，他对你笑，希望得到你的赞叹，或者别的，比如断喝、制止、救助，他希望你发出声音，希望你有所行动；但是你只是捂紧了自己的嘴巴，像长在了原地一动不动；你什么都没做，看着他血一直流，直到惨白的笑爬到他嘴边，直到他的眼神像煤油灯即将熄灭，直到他将缓慢地倒在地上，你转身撒腿就跑；再回到你站立的地方，天赐已经死了，变成了一个再也不会笑的冰凉的小尸体。

你不敢肯定血腥的场面里绝对真实的比重有多少，也没必要追究这个百分比：看见了就是看见了，没吭声就是没吭声，死了就是死了。你尽力回忆起那个午后，这些年其实你正在一次次回忆，因为回忆之努力，因为回忆之频繁，它可能让你距真相越来越近，也可能让你离虚构越来越近。有多少回忆能够忠实地还原现场？在回忆里，你看见天赐的同时也看见了天赐的姐姐秦福小，你看见她侧过脑袋对你笑了一下，那笑跟她让你依恋的、因为转脸轻轻飘过去的马尾巴一样具有某种迷幻的、慢镜头般的气质，她的右手食指竖起在嘴边，做了一个“嘘”的动作，她让你别说话，于是你便立在原地，没发出任何声音。在记忆里，那个午后真静啊，旷古才有的空荡荡的让人心慌的静。但是阳光无比灿烂，抬头看看太阳能灼伤人的眼，根本不像要到傍晚的样子。

有时候，你又怀疑福小是否真看见了你，也许那只是你的一个错觉？你们在北京第一次相聚，无论如何也绕不过天赐，但又不能摆在桌面上说，只好兜着圈子感叹岁月的流逝。你玩了一点修辞，说：

“那天半下午的阳光亮得能杀人。”

福小正在夹着一根青菜，茫然地接了茬：“哪天？什么样的阳光才能杀人？”

易长安大大咧咧地说：“平阳在计划他的撒哈拉沙漠之旅呢。”

福小接着说：“去过撒哈拉的朋友回来说，撒哈拉除了沙子还是沙子。”

你说：“福小，你的长发好像与生俱来似的，难以想象你曾扎过马尾巴。”

“我也想象不出来，”福小摇摇头，“我扎过马尾巴吗？”

她是不记得了，还是故意回避？你搞不明白，但她脸上的确风平浪静。而你也确信你记得清楚，那天午后你甩掉了姐姐，独自去了秦家。平秋说，她也要找福小说说月考的事。你说，我找天赐，各找各的，各走各路，别跟着我。平秋哼一声，稀罕！懒得跟你一起去呢！这正是你不喜欢姐姐的地方，清冷，孤傲，像父亲开的处方一样较真，缺了点人情味。父亲这些年断断续续地教授你们姐弟俩医药知识，平秋学得投入，你却吊儿郎当、兴味索然，让父亲很是失望；他更希望子承父业。最终女承父业，平秋进了医学院。也许就是学医学坏的，你觉得所有医生性格里都有冰片的成分，再热情的医生，他们的亲和力也是冷的。福小不这样，她的亲和力是暖的、热的，她让你天然地生出归属感。她的学习成绩挺好，但又没到平秋那样好得一骑绝尘，让别人绝望；跟成绩一样，福小的所有好都可以容人，无须防备，她从不修习拒人于千里之外的优点。在童年直到少年，在你还无法分清懵懂的爱情时，你对福小的依恋远远大过对自己的亲姐姐，你经常想，要是福小是平秋就好了。她让你心安和踏实。

小时候一群孩子玩藏猫猫，男孩子一伙，女孩子一伙，一人盯住一个，你总是让福小找你。你躲藏的技术甚好，但也因为藏得太深，福小经常找不着；你就慢慢从黑暗和隐秘处往外挪，希望能被她找到。你这个念头被男孩们看穿后，遭到众人的耻笑，成了吃里爬外的叛徒。后来你决定不再往外挪，沉住气躲在运河边的一棵老槐树后一动不动。你等啊等，等啊等，你相信福小一直在找，一定会找到你。夜晚的运河静下来，石码头也空了，等到花街上人声消散，只剩了狗咬，福小还没有来。不知道几点，直至世界彻底没了声音，你从树后走出来，贴着花街小心地往里走，瞻前顾后，你依然幻想福小会从某个角落突然跳出来，大喊一声：“哈，平阳，我逮到你了！”一直走到秦家门楼底下，没有任何一个影子跳到你面前，你的后背因为总贴着墙壁，都被石头擦伤了。景侉子蹲在门楼底下刷牙。你说：

“侉子叔叔，福小呢？”

景侉子满嘴蓝幽幽的泡沫，说：“睡了。都几点了！”

你磨磨蹭蹭往家走，到石码头上终于哭出来。福小早就回家了。满月落在河里，天地皆白，石码头上风打着旋欢喜地来回跑，你觉得悲凉和委屈。等了那么久，她却回家睡了。你在石码头的台阶上坐下来，一直坐到石头的寒气从尾椎爬到了后脑勺。

尽管如此，你依然喜欢福小。她的笑，她的长相，她的马尾巴，她走路的样子。那时候你缺少词汇来形容一个女孩子的美，你只会说她好。你总是对平秋说，人家福小对天赐多好啊，比你对我要好一百倍一千倍一万倍！平秋又用鼻子哼，人家好，到人家去啊，侉子叔叔才不会要你呢！好吧，你撇撇嘴。侉子叔叔的确不会要你，他用一辈子来疼天赐都觉得疼不够，恨不得睡觉的时候都把儿子夹在胳肢窝里。但是你得承认福小对天赐就是好，你说。你向姐姐摆事实讲道理。

天赐六岁才断奶，你们刚念一年级。半中午天赐的奶瘾准犯，胃里的小手伸到嗓子眼里不停地挠，天赐就得往家跑。通常那时候秦素文会在家等着，远远地听见儿子急促的脚步声就开始敞开怀，以便天赐扑过来就能叼到奶头。这样不耽误时间，吃完了天赐再往学校跑，就算赖一点皮多吃几口，也能踩着铃声进课堂。那一天他们的同学房小小也在课间回家拿橡皮，看见天赐玩命地在前头跑，觉得奇怪，这家伙天天趁这十五分钟练跑步？就跟上去看。到秦家门楼下，从洞开的院门往里看，他的同学景天赐正趴在妈妈的怀里吃奶！房小小傻了，把这个震撼的场面带到了学校，立马成了特大新闻：六岁了还吃奶！等天赐上气不接下气地跑进教室，同学们嗷嗷地叫起来，一起喊：

“景天赐，吃奶鬼！景天赐，吃奶鬼！”

你看见天赐的五官慢慢开始变形，然后哇地哭起来，在讲台前愣了半分钟，才想起来往外跑。周围几个年级的学生听到动静，跑出来看热闹，很快福小也过来了。同学告诉她，你弟弟被人笑话啦。她的三年级教室与你们只隔了两间房子。福小在校门口拦住天赐，让他等着，她去替他出气。福小果然噔噔噔跑进你们教室，抢了正打算上课的美术老师的位置，指着全班同学说：

“你们听好了，以后谁再笑话我弟弟，我跟他没完！我弟弟吃奶怎么了？有本事你们也吃！想吃你们有吗？回家问问你妈，看还有没有的吃！”

大家全哑了，美术老师眼都圆了，她也没想到这丫头来这么一通。劲儿够大。此后果然就没人敢公开取笑了。当然，天赐从第二天就断奶了，全家人怎么劝他也死活不吃了。回到家你在饭桌上跟家人说起这事，问姐姐，要是你像天赐那样被人取笑，她会怎么做。平秋哼了一声，说：

“我才不去你们教室。丢人都丢死了！”

你越发希望福小是你姐姐。如果她是平秋，你就可以整天看见她，坐在饭桌对面端着龙凤瓷碗的就会是福小。八月的午后蝉声齐鸣。刚才的两声汽笛挺讨厌，欢快，高亢，你坐在藤椅里被惊醒了，《水浒传》的连环画掉在地上。你一直在想，应该立个规矩，所有船在石码头前交会时都不许鸣笛。你把连环画捡起来，决定去看看天赐，他的耳朵和大脑是个扩音器，所有出轨的声音都会在瞬间被放大，然后他就乱了。但他一定认得你，你们生日只差了七天，你们光屁股一直玩到现在。八月的午后蝉声齐鸣。你觉得后半下午的阳光也像明晃晃的刀子，所以你拿一把蒲扇挡在头顶。花街上空无一人，石板路如同刚抛过光的青黑色的昆仑玉。石头的热量透过泡沫拖鞋渗到你的脚板上，抬脚时你听见热沥青般细碎黏稠的撕扯声。秦家的门敞开着，福小做功课的椅子和小马扎摆在门楼下的阴凉里。八月的午后蝉声齐鸣。福小张开双臂、歪着脑袋站在通往堂屋的青砖小路上，十字架一样的影子在院子里拉得如此之长，直至顶到房门口。

——然后，你看见天赐在房间里举着胳膊，他的微笑既表示此刻正幸福，又表示他在向你挑衅，血从伤口里梦幻般地喷溅出来。你曾怀疑是否真的看清楚了，因为在明亮的阳光下，房间里其实是暗的。不过，从物理学角度说，你迟早会看清的，眼睛会慢慢适应房间里的光线。你站在门楼底下，血见过，流血也见过，但好朋友如此豪华艳异的流血方式你没见过。你的确认为当时看见血明亮地喷溅出来，跟后来你在城市看见的闪烁在黑暗夜空的霓虹灯一样，那诡异的、凄绝的、变态的美，你感到梦幻般的震惊，你甚至感到了自己手腕上也有疼痛和灼烧般的快感。震惊之后想叫出来，福小转身了。

——福小转身了，她的马尾巴轻轻荡漾。她侧过脸，阳光给她的半个腮镀了金，每一根纤细的茸毛都看得见。她把右手食指竖在嘴唇前，你确信自己听见了一声"嘘"。她让你安静，对，别动，不能出声。她的命令必须服从。你捂住了自己的嘴，把叫声堵了回去。站在那里，别动。你一动不动。安静，整个世界都很安静，让你心慌的静。但你以执行福小的命令而自豪。你一动不动，任由心慌。你生在医生家庭，见惯了流血，也因此更知道天赐此刻的流血可能意味着什么。你的心里充满恐惧，乱糟糟的像长满了荒草，但你依然一动不动。度秒如年，必须精确到秒来算，天赐的小身板里没那么多血可流。现在回头想，你觉得此生从没经历过那么久的时间。你觉得一生的时间也许就那么长，你几近崩溃，要瘫倒在门楼前，但是天赐先倒了；你看见福小欲进又退，终于冲进了房间里，福小号啕大哭，喊：

"来人哪！来人哪！"

很多年里你都在后悔临阵逃脱，你应该冲上去，或者跟福小一起喊；但是你没有，巨大的恐惧贯穿了你，你转过身撒腿就跑。你听不见拖鞋底与石板路面的纠缠和撕扯声，也听不见你气喘如牛的呼吸声，但你听见了浩大的风声里夹杂着十万根麦芒陆续折断的声音：你觉得你冲进了阳光里。你一直跑到石码头，每一跳越过三四个台阶，正在摇船的孟弯弯以为你要搭船到对岸，把船桨给你伸了过来，你从船桨上跳过去，落进水里溅起巨大的水花，湿了孟弯弯一身。他对你骂：

“个小东西，作死啊！”

一个猛子扎到运河中间，你露出脑袋，抹掉脸上的水，靠着脚踩水你在河中央立住不动。其实阳光没那么好，有云朵向西天上游过去，河水从东边开始往这边黯淡。你看见父亲从家门口走出来，双手按在屁股上晃动身体。坐久了腰不舒服，初医生和所有医生一样，懂得养生。父亲的脖子在做“米”字形运动。你听见福小的声音从花街的拐角处传过来：

“初伯伯，天赐！初伯伯，天赐！”

父亲在现有的姿势上停下，像个偏瘫的病人，看见福小冲到石码头上。福小继续喊：“初伯伯，天赐！天赐！”

父亲说：“什么？福小你说什么？”

福小还在哭：“天赐！天赐杀了自己！”

父亲显然明白了，转身就往屋里跑，你刚向码头游了不到五米，他已经拎着药箱冲出了家门往花街上跑。等你湿淋淋地跑到秦家门楼前，父亲已经给天赐做了简单的包扎，举着天赐的左胳膊，抱着他往医院跑了。福小跟在后面边跑边哭。你从敞开的院门进去，再进到敞开的屋子里，天赐留在地上的一大摊血正在凝结、变黑。这基本上是天赐可能流出来的所有血，他的血在家里都流光了。到了医院，医生鉴定：他已经失血过多，回家吧。

花街上传来景侉子野兽一样痛不欲生的号叫，当他的声音稍稍减低，秦素文的哭声幽幽地飘过来。你父亲悲哀地瘫坐在藤椅里，说："早十分钟到医院，天赐就不会死。"你躲在一楼和二楼的转角处，贴着墙不出声，你想把自己嵌进墙里，从此消失掉。就算你对时间没有任何概念，你也知道，你浪费的不止十分钟。你没让任何人知道，你曾浪费了足可以让天赐起死回生的宝贵时间。

那些天你一直不吭声。母亲安慰你："儿子，别难过。你得学会接受天赐的死。虽然妈妈知道这样说不好，可这是事实：迟早的事。前些天我就听你秦阿姨说，天赐对着镜子喊：我找不到自己了！我找不到自己了！我去哪儿了？儿子，你看，真是迟早的事。"

你突然发火了。"谁说迟早的事！"你对母亲大喊，眼泪哗哗地流，"他能控制自己的体温，想升就升，想退就退，他就能不随随便便地死！"

"那是另一回事。"母亲说。的确是另一回事。虽然天赐能随意控制自己的体温，让你父亲颇为惊异，事实上所有见证了天赐体温忽上忽下的医生都很奇怪，这个病例，如果算病例的话，目前淮海地区的医学界是解决不了的。也许是特异功能。在天赐被闪电惊吓之后，明明感冒发烧，浑身烫手，你把体温计塞到他胳肢窝里，他硬说没烧，体温计拿出来果然就是36度半。你说他没烧，一切正常，他说自己热，体温计一量，准在38度半以上。你若问他怎么回事，他会说：我觉得烧，就烧；我觉得不烧，就不烧。弄得医生毫无办法。好在你父亲可以不按体温计走，只管下药，所以天赐头疼脑热也从来不出大问题。这个诡异的能力慢慢成了景侉子对人夸耀的资本，天赐就是有这本事，不服不行。

“那是另一回事，”母亲向你解释，“有点说不清的能力不代表他就不会死。就像你老妈我，也算有点道行了，可你妈我还得靠吃饭活下去。我不能餐风饮露。你老妈偶尔能开开天眼，但你老妈辟不了谷。人都是要死的，你要相信妈妈这句话不会说错。”

人都是要死的，问题是，他因为什么死了。固然是天赐自己割了血管，固然福小“嘘”了一声，但你无法抹掉你所隐瞒的十分钟，因为你可以救他。没有及时阻止正在消失的生命，算不算凶手？很多年里你都在想这个问题。当然是。你也曾自我安慰，你其实在减轻天赐的痛苦，杀人手段救人心，可是，十二岁的时候你有这么善解人意吗？如果死后有知，你清楚天赐一定是怪罪你的。你有一阵子老梦见天赐问你：想看我流血吗？你一定喜欢看我割自己，那好，我再给你演示一遍。天赐重复了那个半下午他看到的场景。刀刃明亮，血腥残暴，天赐的自杀很快就和影视、小说里的场景混为一谈，以致很多年里，直至现在，你都见不得文字和影像里的自杀场面，一看后背就发毛，觉得拿刀的那只手是自己的。和舒袖在北大那会儿，每个周末你们都会去大讲堂看一场电影，很便宜，票价五块或者十块；一旦电影里的人拿起了刀，你就低下头装作看手表或者找东西。次数一多，舒袖发现了，“你晕血，”她问，“还是胆小？”

“看多了残暴，心理会不健康。”你开玩笑说。

“还指望遇了事你保护我呢，”舒袖说，“看来没指望了。”

十分钟把你和天赐连在了一起，比你们生日相差七天连得都要紧。天赐死后，每年你都会去他的小坟前看看。转悠两圈，蹲下来拔拔草，抽两根烟。有一年入夏，你在师范大学教书，淮海市电闪雷鸣，暴雨猛灌三天，夜里梦见天赐跟你说他冷，手冻得刀片都捏不住。你一激灵醒了。第二天你请了假，一大早就往花街跑，从家里拿了把铁锨，在石码头上解下小船，去了河北。你猜得没错，天赐的小坟堆被雨水冲出了一个豁口，汪了一窝子水。你刮出水，在空地处取土，一锨一锨填满坑，又把天赐的小坟垒了一遍。大了一圈的坟堆，你想象那是天赐在那个世界又长高了、长胖了。

你把这个故事用了一封漫长的邮件发给了塞缪尔教授。故事讲完，你又附上一段话：

我搞不清楚天赐、秦奶奶、“耶路撒冷”和耶路撒冷四者之间是否有必然联系，但我绕不开的中心位置肯定是天赐。天赐让我想到秦奶奶，和“耶路撒冷”；“耶路撒冷”同样让我想起他们。放不下，抛不开。既然抛不掉，那我就守着他们，走到哪里都带着。直至眼下，我还没发现哪个地方比耶路撒冷更让我神往。我想，耶路撒冷一定也是他们喜欢的地方。

塞缪尔教授当天晚上就给你回了邮件：

收件人：chupingyang@gmail.com
发自：Jacob.samuel@yahoo.com
主题：我和耶路撒冷一起欢迎你！

平阳：

看了你的信我既难过又高兴。难过是因为天赐的悲惨故事和你多年来背负的十字架；高兴的，也是你多年来一直在背负一个十字架。这也是我喜欢和看好你的理由之一，我相信也是顾教授喜欢和看好你的理由之一：你还有忏悔、赎罪、感恩和反思的能力。在今天，具备这种能力的年轻人何其之少，在世界各国都如此，中国大概也不能例外。非常好，真的，非常之好！

来吧，年轻人，我和耶路撒冷一起欢迎你！

雅各布

我看见的脸

有一天上午，我打开书桌最下面的一个抽屉，发现了那些脸。脸在照片上、书页中、图像上，一张上有一张脸。都是面部特写，五官、皮肉、毛发甚至一个小疙瘩和一颗痣都精致细微，完整地泄露了主人的秘密。一共三百五十二张。我把这些不同颜色、新旧不一的脸摊开在地板上，争取不让任何两个人相互遮蔽。他们占据了房间里所有的空地，然后延伸到与别人合租的房间的走道上。摆完后，一回头，我发现一大半眼睛都直盯着我。那感觉不知道你是否能想象，惊怵、壮观，像一个太空归来的宇航员突然置身烟火世界，像一个久旷的旅人猛地看见了众生的人间。只是他们都沉默，黑压压地沉默，不是他们不会叫喊，而是集体将声音压在了平面的嗓子后面。

好，老实交代，我有收藏脸的喜好。在打开抽屉之前，在把他们像世界地图一样铺展开之前，我都没有明确意识到，竟然收藏了这么多脸。我随即打开电脑，在一个叫“我们”的文件夹里，找到了另外五百七十六张脸，我竟然给它们编了号。最后一张是“No.576”。毫无疑问，这个名单还会继续变长。这些电子图片一部分是从网络上下载的，更多的是我用数码相机拍下来之后存储在“我们”文件夹里的。那时候是上午十一点二十六分，接下来的七个半小时，除了拿一次面包当午饭、倒三杯茶、去两趟厕所，晚饭之前我就没出过屋，我把所有的脸都认真看了一遍。

不必评价我的摄影技术有多好或多赖，也不必臧否我的选取图片的眼光有多高和多浅，因为我无一例外地认为那些脸都丰富鲜明深义饱满。限于专栏的主题，我只向你描述三十到四十岁之间的脸，如果你碰巧在这个年龄，请告诉我，他们是老还是年轻，他们是不是他们：

1．被拍的时候他碰巧油光满面。根据经验，这油光是隔夜的，否则很难分布如此均匀，而偏偏在嘴巴周围油光稀少，肯定被擦过。他也许刷过牙，或者吃过早餐，早起之后他对这张脸唯一的处理就是擦了一下嘴巴。我看见他的时候是早上七点半，第一拨上班的人挤在地铁里。还可以推断出他是个胖子，起码脸上的肉结实，事实也是如此，在呼吸的间隙他会咂摸一两下嘴，或者下意识地扯扯嘴角，脸上的横肉就出来了。照片的清晰度比较好，他的脸往斜上方扬起，他的半个黑眼圈、渗出油来的粗大毛孔还有半开的嘴清晰地进入了镜头。因为抽烟，每两个牙齿之间都有一道黑垢。这个男人的喉结在被定格的一瞬间正在上升，我听见他发出受了惊吓一般的呼噜声，然后我闻到一股既不雅又不洁的陈腐的气息扑面而来。他在站着做梦，抓着地铁扶手，身体随着地铁轻微摇晃。

2. 这张年轻女人的照片很怪异，一直到锁骨你都看不见衣服，当然，照片里的女人到锁骨处为止。她的皮肤很好，白皙细嫩，如果你往她身体的其他部位联想，乃至想到整个裸体，你的联想都不算离谱，因为被拍下这张照片时，她的确是全裸，鞋袜都没穿。她正在大街上裸奔。关于裸奔你一定会为她设计很多条理由，但现在不必猜，她刚从超市里出来，为了证明自己清白，没有像店员诬陷的那样偷了东西，两分钟前她愤怒地脱光衣服，你们看，哪个地方藏了东西？她像身体一样清白。你可以想见那是一具漂亮的身体。她没有在大庭广众之下重新穿好衣服，而是愤怒地出了超市的大门，在她迈开大步冲上马路的时候，脸上的愤怒和屈辱不见了。她跑起来，像飞入高空的鸟一样自由地伸展和跃动四肢，脱掉衣服如同抖掉尘埃、卸掉盔甲，如同出离红尘升入仙境，无羁无绊，仿佛终于解脱，她的脸上是发泄和自由的欢欣。我无法向你描述一张自由的脸是什么样子，请想象一下最平静的睡眠，此刻她做到了。后来我看到报道，这个年轻女人是一个孩子的母亲，她的生活不比我们每一个人更好，也不比我们每一个人更坏。

3. 嫖客半遮着脸，用一只眼偷偷打量摄像机。这是一张影像资料的截图。三七开的分头在左边的鬓角支棱起来，象征了他的惊惶。为什么通常的嫖客脸上都要挂满了肉？为什么这样的男人通常都会有一个下垂的眼袋？的确只有一个，另外一个被手捂住了。他的黑眼仁歪向一边，他在寻找和躲闪，嘴角像猎物掉进陷阱那样不自然地抽搐。他把一件女人的红绿相间的衣服搭在光溜溜的肥厚肩膀上。有几根黑硬的鼻毛从没捂住的鼻孔里伸出来。

4．这是个妓女的侧面照。据我推测，遮住半个脸惊慌失措的那个男人不是她的客人，因为她的背景墙壁是淡黄色的墙纸，而那个男人身后是白墙。她的衣着不多，像淑女一样端坐，这从她挺直且稍稍后倾的脖颈可以看出；她平视，像淑女一样夹着香烟的右手放在嘴边，烟雾升腾，如王维的大漠孤烟一样笔直。她的脸上也有长河落日一样平静的表情，为了生活她什么都不在乎，甚至不去点掉鼻翼上的一颗黑痣，不去用厚粉底遮住腮上一颗泛红的小疙瘩。她没有嫖客那样的身家和地位，只有临危时的努力镇定，装也得装出来，她还年轻，在任何时候都不能失掉丧家之犬的尊严。

5．他的脸从无数张含混的面孔中清晰地浮现出来。这是冬天下午的北京十字路口，骑自行车的和行人一起等绿灯亮起来。我在路对面和他们一样等那旷日持久的红灯熄灭，我把相机举起来，看都没看就摁了快门，他便鬼使神差地从人群里像浮雕一样凸出来。他咬着右边的下嘴唇，坐在自行车上单脚撑地，风吹乱他的头发，看不出原来的发型。如果不是因为咬嘴唇导致肌肉收缩，就是风吹歪了他的脸：五官在右半边脸上急剧地皱到一起。头发是干的，脸也是干的，水分被风吹走，吹来的是尘土，所以他的头发泛白脸泛黄。两只眼没有看镜头，哪儿都没看，出于茫然的散光状态，也许他哪里都不想看。如果此刻他思考某个问题，可以肯定，他在想的那件事跟红绿灯、交通、甚至北京这个城市没有丝毫关系。

6．该房地产商非常有名，因为他有钱，因为他总能把房子卖出绝大多数人都难以接受的价钱。现在他在主席台上发言，嘴靠着麦克风，胳膊肘支在台上，右手在太阳穴附近形成一个兰花指。他的讲稿我在网上拜读过，他说，现在中国的房子根本不算贵，如果你认为贵，那是因为你穷，穷还买什么房子呢？反过来说，房价如果真高，那也是消费者抬起来的，你们出不了这个价，我们的房子卖给谁呢？水涨船高嘛，你们是水。现在所有的房子都卖出去了，甚至还不够卖，可见房价并不高。他的长相改变了我们对富人的想象。现在只有穷人才喜欢胖，富人都在努力成为瘦子，他成功了。他像房价一样高，像高价的钢筋一样瘦，脸瘦削，在任何时候都精神抖擞，怎么看都不像四十岁的人。照片上该商人目光尖锐，看着我们都看不见的某个虚无地方的闪耀的黄金，两根眉毛在连接处打了一个死结。他的咬肌很发达，传说他吃多少都不长肉，没有双下巴和大肚腩，后脖子上更不会有槽头肉。嘴大吃四方，咬肌发达的人注定要发财，而他甚至讲话时，咬肌都像兔子一样一遍遍跳出来。

7．大夫的脸大，因为头发稀少。早上他曾用吹风机让头发蓬起来，但大半天过去了，头发挺不住，集体趴了下来。趴下来也不乱，趴得整整齐齐，在该在的位置。作为三十六岁的脸，他保持了男人在这个年龄应有的尊严，线条清晰，干净清爽，有来苏水的气质。我很想看看他的手指，在我的印象里，大夫的手指多硬且净，尤其指甲，每天用酒精棉球擦拭数次。当然我看不见他的胸口以下。这是一张斜侧的脸，他只是一转身，看见了专家门诊挂号处排出了漫长的队伍，像一只涣散的蜈蚣。他在微笑，眼神里有转瞬即逝的满足和厌倦。离他最近的一个排队的病人正在数钱，不知道摄影师用了什么高招，人民币的影子出现在大夫的脸上，就像倒映在玻璃上一样影影绰绰。但是千真万确，他白净宽大的腮帮子上的确是几张百元大钞的影子。

8．见过她至少五次，如果没记错，第六次时拍下了她。在中关村大街的天桥上，我把镜头向下，缓慢移动，她抱着孩子走进镜头。这个办假证的女人，也可能是卖盗版光盘的，照我对女人年龄不靠谱的估量，也就三十出头，孩子还在吃奶。有一次我经过中关村大街，看见她只是稍转了一下身子，背对马路坐在花坛墙上撩起了衣服，露出了肥白的乳房，把孩子的小脑袋摁了上去。记不得那是多久以前了，她扎着马尾辫。现在抱着的孩子已经会跑，因为要什么没得到急得哇哇大哭，用方言在骂她。她把孩子抱起来，愤怒让脸上多了皱纹和戾气，头发也乱了，她打孩子乱抓乱挠的小手。这个女人我不会记错，她的眉毛浓得像两根墨条，从没修过眉，因为怒气水洇了墨，眉毛糊成了一团黑。如果当时我的镜头继续向下，你就会看到她的肚子又大了起来，至少七个月。

9．用右手食指揉太阳穴的男人是个青年作家，患了偏头痛，戴黑框眼镜，姿势很像拿枪要自杀的知识分子。过去他不戴眼镜，因为常年住地下室，光线不好，电脑和书页上的字又太小，镜片的度数越来越高。他还有颈椎和腰椎的毛病，久坐、不运动和长期孤独地手淫导致轻度前列腺炎。但他长了一张诚恳的脸，即使现在表情痛苦他也算得上是个帅小伙子，他当然没有结婚，连女朋友都没有，没有女孩喜欢住地下室的男人。揉脑袋的时候他想到了一个同学，三十二岁就升到了副局，他对副局没有概念，只知道这个级别的官儿上班有车接送。在刚刚过去的两年一度的同学聚会上，他琢磨过对方的脸，他确信在同学的左脸上看见了清廉和希望，而在右脸上，看见的是惊恐和腐败。至于他自己，多年来他一直把苦难想象成诗歌，半夜被冻醒的某个晚上，他偶尔也会怀疑自己是不是一个虚伪的作家，因为他不能像跟家人信誓旦旦地保证的那样，断定苦难一定就会变成诗。

10. 我把两张照片同时摆到你面前，同一个人的脸，一张拍于白天，一张拍于夜晚。我不能告诉你她的名字，她是我的一个朋友，也为不吓着你。当然，看过照片你可能会发现根本不可怕，反倒很迷人。我说迷人不是指她的长相，而是表情。五官清朗、面容确信的这一张，拍于晚上十一点半，她已经睡了，然后悄无声息地起床。她像别人在白天那样准确地知道自己要干什么。她在房间里翻检，坐下抽烟，思考问题，写日记，她经过任何障碍物都能轻松地跳过或者绕开。对，她的确在梦游。她梦游时如此清醒，生活井井有条。另一张拍于正午十一点半，窗外的阳光很好，这一点你从照片上也能看到。她一脸迷茫，神情倦怠，似睡非睡，似乎歪倒就可以睡着，但此刻她的确清醒着，真正意义上的那种清醒。她的茫然、倦怠是因为正受梦游的折磨，她不怕梦游本身，而是因为没法完整地找到梦游的痕迹，她为不能重返昨夜的梦游现场焦虑。所以，她清醒时更像在梦游。我跟她说：你的任务就是夜里做梦，白天找梦。她说：这有什么不好。

11．我说：可以拍照吗？他说：施主请便。在他转身的一瞬间，我摁动快门。那一瞬间他看了一眼那口八百多年的古钟，据说是镇寺之宝，钟也在照片里。他长了一颗适合剃光头的脑袋，圆圆溜溜的，看上去只有二十五六岁。听庙里的小和尚讲，他医术高明、学问精深，每天为百姓义诊之余，闭门研究医术和佛法。如果天圆地方之类的面相之学可靠，他就该是最宅心仁厚的和尚。那张脸上尽是优点，亲和、明朗、脱俗，五官长得也恰切，怎么夸都不为过，我这个俗人有那么一会儿都替他可惜了，这么好的一个小伙子在这山里深居简出。当然这想法要深刻反省。但我仔细看过照片，还是在他看古钟的眼神里发现了邈远苍茫的东西，宽阔悠长，那东西叫什么，我说不清楚。某日一个师兄，早就留校做了老师，看到张照片，说：他是某某，医学院的，他们同级，上个世纪80年代的最后一年，他一腔抱负和激情遭遇灭顶之灾，绝望之下，毕业后出了家，飘然一杖天南行。师兄还说，高僧其实大我八岁。

12．那人长得很像大学者哈贝马斯，鼻子和嘴距离过近。这个长相适宜作漫画，只要一直往下画一个气势汹汹的鼻子，直到它被嘴巴硬生生地拦住。你不能要求一个人的嘴巴无节制地妥协，最后长到下巴上。他在法庭上唯一的一句话就是：我不能无节制地妥协。所以，他拿菜刀砍了那个每周都要上门收保护费的家伙。他就是个卖熟食的，煮点牛肚和五香猪头肉，再加上老婆拌的几样凉菜在街头卖。挣的钱都不够交保护费的。他去街道告，去派出所告，没用，那家伙上头有人，有一天还带人调戏了他老婆。天下的糟心事都一样，天下的坏人也都一样，为了防止老婆被糟蹋，他想起那句老话，软的怕硬的，硬的怕不要命的。他把切肉刀指向对方。但是对方瞧不上他，就你？有种往这里砍。那家伙在自己脖子上比画了一下。他的刀就怯怯地过去了。他只想吓吓他，给自己壮壮胆，但是那家伙没躲。刀很快，猪骨头都是一刀就开。那家伙的脖子上好像在放焰火，场面很壮观。砍了就砍了，他反倒不怕了。所以，他在法庭上理直气壮地说：我不能无节制地妥协。他说得很文气，眉宇间英气勃发。他永远不会知道世界上还有一个人叫哈贝马斯。被枪决之前，他且喜且忧，难过的是，把老婆一个人扔下了；喜的是，老婆再也不会受那混蛋的害了。

13. 据说这是一张IT精英的脸。如果在此类人的脸上的确能看到各种数字和符号，那我得说，我没法断定他的职业。我能断定他另外一个职业，准父亲；如果不出意料，在几分钟之内他将升任为货真价实的父亲。他在产房门前走动时被拍下来，表情焦虑：一张脸被神奇地分为两半，也许连他自己都不知道，左边的脸往左集中，右边的脸往右集中；他一定看见了相机，因为右眼在往这边看，右耳朵也侧向这边，与此同时，左眼盯着产房的紧闭的门，左耳向产房的方向竖起来；嘴上叼着一根没有点着的烟。烟已经被揉皱了，兜里的那盒烟至少跟了他一个月，一根都没少；现在他一定要抽一根，没有火也得叼上，除此之外他找不到别的事情能够驱除紧张和恐惧。他一直在走道里来回走动，像雪天里被追赶的狼。他把衣服领子竖起来，以防更大的冷风吹进身体里。几年前老婆做手术，他在家属等候区就是这感受，觉得身上冷。手心、脚心、后背、腋窝、大腿根处还有屁股和腰部之间，出了至少半斤冷汗，大热天他就是觉得冷。现在他依然冷，但心里有底，所有的检查都没问题，他甚至知道是男孩还是女孩，相熟的大夫告诉他，不会有任何差错，就等着做一个健康可爱的孩子的爹吧。我没有描述照片上他将升任父亲的激动和幸福，因为这张照片拍完后，他一定会两拳相击跺一下脚，在心里喊一声矫情而又通俗的“谢天谢地”，因为他听见了孩子嘹亮的啼哭。

14．他坐在轮椅上，背后是砖红色的塑胶跑道。此刻他正在转动轮圈，因为咬肌从两腮上凸出来；他刚坐上轮椅不久，因为在平坦的跑道上转动轮圈也让他汗流满面。这是黄昏，锻炼的好时候，很多年轻人从他身边跑过。要感谢那个时候的好天气，无须调光我就拍到了理想中的色彩。他的脸黑红亮泽，像某种温暖的金属，宽阔的鼻子留下阴影，每一颗细小的汗珠子里都有半落的夕阳，云霞铺展在脸上的油光里。我没有他的来历，现在是他的结果，之一。如果你还想知道更多关于他的消息，那么一切都不会出乎你意料，比如悲伤、绝望，比如奋发、图强，比如茫然和得过且过，比如，即使明天刮风下雨，他也打算来这里练习轮椅。他知道从此只能用轮子来走路；他在想，我要时刻提醒自己：我也正值好的年华。

15．摄影师的脸。符合我们对艺术家的基本靠谱的想象，我说的是眼神，有种纯粹的光，盯着虚无处也若有所思，如同在研究众生。但这一刻他的心情未必好，看了那么多脸会不会恶心？他拍人，一天要留下很多人的表情。他对“定格”这个词一直纠结，留下来，刹那静止，是死亡还是不朽？他自然地拍，也人工地拍，这要看客人的要求。如果人工地拍，他要指导，提出意见和建议，告诉他们什么时候该笑什么时候不该笑，笑该如何笑，不笑该如何不笑，怎样把最恰当的表情留在快门摁下的那一瞬间的语境里。他常常觉得他其实是在指导别人怎样生活。但是今天，他这几年的肖像照拿出来，按时间顺序排列好，沏上茶点了烟一一检视，惊恐地发现，这就是他自己的生活，他在这些客人的脸上完整地看到了几年来自己的表情。这是他放下茶、烟和照片后，仿如灵魂出窍的一瞬。

与此同时，我，正在写这个专栏的人，在这些脸上也发现了自己的生活。我在为他们回忆和想象时，也是在为自己回忆和想象：他们是我，我是他们。当初我为存储这些脸的文件夹取名“我们”，意在“他们”就是“我们”，现在才明白，不仅是“我们”，还是“我”，是我。

杨杰

YANG JIE

晚上八点二十到花街。一路上杨杰和贾凡换着开，两小时倒一次班。有时候不到两小时，天送要尿尿，从服务区出来杨杰就直接坐到驾驶座上，频繁的换驾贾凡都烦了，哪像一个前专业司机干的事，我才二十出头，昨夜睡得也好，你对我的信任就不能一次性超过两个小时吗？杨杰当然相信贾凡的能力，但淹死的都是会水的，绝大多数车祸也都是精力过剩者整出来的；车上有福小和天送，他必须把“万一”也排除在外。忍忍吧，他对贾凡说，有你开不动的时候。车到淮海，下高速有两个口，一个通往厂房所在的镇子，一个通往花街，杨杰指指花街。福小建议先去厂房看看，免得杨泽着急，杨杰说，一年到头他没有不急的时候，别耽误天送睡觉。他们穿过南大街，麦当劳巨大的黄色“m”悬在夜空里，相当的嚣张。宽敞的南大街水泥马路停下来，花街的石板路一下子收紧了，灯光照在石头上，明亮间着幽暗，缓慢的起伏和颠簸，福小觉得车像行驶在一个陈旧的梦上。她看表，八点二十，天送又睡着了。

景侉子听见敲门声走出来，打开门半天没敢认福小，昨天她把头发剪短了。景侉子看着昏黄的灯光里一个陌生的年轻女人，还抱着个孩子，为了看清楚，他把眼睛眯起来，身体下意识地往后仰。这个女人的短发包住了两腮，倾斜梳理的刘海遮挡住大半个额头，她半遮半掩地像一个人。吃多了红烧肉的景侉子觉得自己需要足够的时间才能把对方认出来，他把目光转向她怀里的孩子，眼睛陡然睁大，受了惊似的双脚起跳，向后蹦了一步，他扭头对着门楼里喊：

“他妈，他妈，快！快来！”

福小听见秦素文夹在锅碗瓢盆里的声音：“你又怎么了？一惊一炸的！”

天送被景侉子的喊声惊醒了，睁眼看见头发花白的老头，有点蒙，咧开嘴就哭，抱住福小脖子直往她脑袋后面躲。景侉子继续退，退到刚从门楼里出来的老婆身边，指着天送的指头直哆嗦，说：

“天，天，天——”

秦素文说：“福小？你回来了？”

福小说：“天送。爸，我儿子天送。”

景侉子还在指。秦素文用胳膊肘捣捣他，“老东西，咱们外孙回来了！”

福小说：“妈，不是外孙，是孙子。姓景，景天送。”

景侉子总算把脑子里的红烧肉扒拉到一边，搓着手呵呵地笑，说：“孙子，对，孙子。天送，来，让爷，爷，爷爷抱。”景侉子只在做梦和幻想的时候念叨过“爷爷”这个词，现在说出来，舌头的动作很生疏。

贾凡帮景侉子往下拎箱子。杨杰在接电话。崔晓萱电话追得紧，他都抽不出空来跟叔叔阿姨打招呼，只能向他们摆摆手。崔晓萱简直是掐着点打来的。

“到哪儿了？”她问。

“快到家了。”

“快到家是到哪儿了？”

“还能到哪儿？路上呗。”

“不到花街看看？”

“明天吧。这一路坐得，屁股都成木头了。”

“来了也不看看姑妈，小心老歪姑父不高兴。”

“不是说明天就过来看嘛。”

“车过门口也不停？”

杨杰想，啥意思？他往北看，花街南北向，基本上是单行道，小车要在巷子里掉头得有相当的技术，他这样的大宝马，想都别想，只能一条道跑下去。老歪杂货铺在福小家北边。没有奇迹，只有意外，就算花街的夜晚很黑，就算远处的灯光漫漶形同虚设，他也看得出一百多米外老歪杂货铺门前站着的那个人是崔晓萱。杨杰放下手机，向崔晓萱走过去。

“你怎么到这儿了？”

杂货铺的灯光铺满了路面，点点从油腻的柜台后面冒出脑袋，喊爸爸爸爸。杨杰对女儿招招手，让她过来。

“你不也来了吗？”崔晓萱说。

“福小想回家，我顺便送送她。”

“哦，”崔晓萱说，“顺便一送就五百公里。真是送君千里啊。”点点跑到杨杰身边，想抱住杨杰的腿，被崔晓萱一把拉到她跟前。“点点，咱娘儿俩坐飞机，你爸开车，你说，坐飞机好还是开车好？”

“开车好！”

“点点也知道开车好啊？”崔晓萱说，“开车当然好啦！”

崔晓萱一旦开始阴阳怪气地说话，杨杰就觉得极其的没意思，好像生活突然变了质。这个女人为什么就不能好好说话呢。如果不是动辄就阴阳怪气，如果不是死守着她那点狭隘的北京人的傲慢和优越感，这女人堪称完美。现在，就在眼前，她站在花街昏暗的灯光里，你也能看出她的漂亮和风韵，她衣服的剪裁和做工和别人不一样，随便从花街上找个人，问他这女人是干什么的，他一定会说，要么是演员，要么是艺术家。答对了，这是个艺术家，搞美术的；也是个演员，在朋友的电影和电视剧里客串过几回女三号或者女四号和女五号。她站在这里有让花街蓬荜生辉之感，但是，你就不能不这么阴阳怪气地说话吗？还有——果然，她又把旧账翻出来了：

“杨杰，我提醒你，要不是我，你补办个身份证都得往乡下跑！”

她从来都把鹤顶称作乡下。的确是乡下，一个小县城的郊区。但是你已经在淮海了，你就不能换个说法，“你补办个身份证都得往鹤顶跑”？他是因为和她结了婚，户口才从鹤顶迁到了北京，变成了一个有北京身份证的人。在他们家的户口簿上，崔晓萱是户主，写在户口簿的最前面；第二页是点点的；杨杰最后进京，第三页才是他的。所以，哪天杨杰惹点点不高兴了，崔晓萱就跟女儿说，闺女，你爸要再惹咱娘儿俩生气，我们就把户口簿的最后一页撕掉，好不好？点点说，好。当然这是玩笑，不过玩笑说出的是真相。

杨杰不想跟她顶，地方不合适。他只点点头，表示完全正确。

“还有，”崔晓萱得理不饶人的劲儿又上来了，“当年可是你脱了鞋子追我的！”

杨杰难堪地摆摆手。此情况完全属实，他在北戴河的沙滩上，脱了鞋子追崔晓萱，就为了得到她一句准话，同不同意做他女朋友。他摆手不是赖账，而是不想让姑妈和姑父听见。活大半辈子了，什么情啊爱啊，听见了老两口会脸红。老两口本来站在柜台外面，现在退回到柜台里了，还装出专注清点货物的样子。

“好了好了，”杨杰说，“崔老师，我全认。我就奇怪了，你下了飞机不回鹤顶，跑花街来干什么？”

“不是听说你要来嘛。”

“闺女在呢，说正经的。”

“看房子。”

“看啥房子？”

“大和堂啊。”崔晓萱说，“我去看了，位置不错。风光带要是搞大了，大和堂装修一下，卖水晶产品稳赚。”

杨杰头皮开始发紧。“我不是告诉你，平阳家的房子我不要了吗？”

“告诉了啊，你说长安想要。”崔晓萱说，“我给易长安打电话了，我说对不起，房子我们还是打算留下来。”

“你怎么能这么说！长安怎么说？”

“我这么说怎么了？这房子我想要了，犯法吗？他没怎么说。告诉完他我们想留着，我就把电话挂了，他都没来得及哼一声。”

杨杰在背光的地方痛苦地笑了。正确的行程应该是这样：崔晓萱和点点在南京下了飞机，杨泽，或者杨泽派去的人已经等在禄口机场的出口，帮她们把行李箱拎上车，开车的如果不是杨泽，一定也是最可靠的司机，三个半小时后，她们到达鹤顶。必须要最好的司机。此刻她们早应该吃过了父亲做的淮海风味的晚饭，大煮干丝一定会出现在饭桌上，点点最爱吃这道菜。但事实上是，她们在花街，崔晓萱站在姑妈家的杂货铺门口给自己打电话。弟弟及时地发来短信：

哥，嫂子要先去花街，只好从命。不知葫芦里要卖啥药。

杨杰回：明白。

其实他没那么明白，但说一点不明白也不对，这事肯定跟福小有关。鉴于老婆对福小的敌意，杨杰决定回避，别在花街上给自己找不痛快。他不记得是否跟崔晓萱说过，开车回淮海会捎带上福小，但他的确是先征求了她们娘儿俩意见，确认她们要飞才带上福小的。问题是，崔晓萱怎么知道车上还坐着另外一对娘儿俩？

从南边来了一群人，秦家四口和贾凡。天送只要妈妈抱。景侉子和秦素文哪知道中间的弯弯绕绕，上来就感谢。感谢杨杰，感谢崔晓萱，感谢点点，连老歪两口子都感谢上了。福小向崔晓萱和点点问好，向老歪夫妻俩问好；让天送也向他们问好，天送只用鼻子哼了哼。崔晓萱连哼都没哼。她行事素来果决，看不上的人正眼不瞧一下；若是你不幸喜欢她，她会真诚地告诉你：你喜欢我哪一点，我改还不行吗？问题是，她并非看不上福小，而是憋了一肚子邪火。抢先收养了天送，这一条崔晓萱肯定一辈子都过不去。杨杰对福小莫名其妙的心疼和照顾，崔晓萱没敌意也不可能；她拿不出他们暧昧的证据，但她以女人的直觉担保，他们的关系三两句话绝对说不清楚。搞不清对方是敌是友的时候，崔晓萱习惯的做法是，先视其为假想敌。她不能让福小好看。

可是，在花街此刻颇具朦胧美感的古老街道上，福小还真的挺好看。（后来崔晓萱又否认了花街之美，哪有什么美感，她说，整条街就是个没封盖的棺材。）福小抱着孩子站在那里，脸上挂着糖果店售货员一般训练有素的微笑（在福小漫长曲折的求职生涯中，的确卖过糖果，不过不在糖果店，而在河南一家商场的糖果柜台上。商场的老总要求所有售货员面对顾客都要微笑，如同见到亲人），香甜，宁和，笃定，有种沧桑阅尽之美。这种美跟容貌和服饰无关，它从内心里抽象出来，然后弥漫在五官和眉眼里，举手投足，动作的节奏和幅度都忠实地传达出此种美的气象。崔晓萱对此当然不陌生，她就是干这个的。即使抱着孩子，一脸长途跋涉的风尘和疲惫，福小让花街的夜晚亮起来的美，她看得一清二楚，比在北京时看得更清楚。要命的是，福小的美是亚光的，底子厚实，仿佛有深远的来路。崔晓萱又不高兴了。

“杨杰，”她走到老公身边，家常地挎住了老公的胳膊，声音像妻子一样温柔甜蜜。“我都想好了，咱们装修大和堂时，要请老邱，他可是清华美院搞设计的最牛的教授。”

杨杰没吭声。

“这事交给你了，他是你朋友。”

“哪个老邱？”

“就清华大学的那个呀。特爱吃芥末鸭掌的那个。”

杨杰有很多爱吃芥末鸭掌的朋友，但这些朋友里没有一个姓邱的。“回头再说。”

“别回头呀，待会儿就给他电话。”

杨杰对着老歪的杂货铺咧了咧嘴，连个自嘲的笑都挤不出来。大姑妈站在店门口开始招呼：“晓萱，帮姑妈看这黄鹤楼烟的商标真的假的。这年头人都争着抽贵的，就跟真有了钱似的。烧的。”崔晓萱只好过去。杨杰没使任何眼色，但姑妈会了意。这也是杨杰多年来一有空就往花街跑的原因之一，姑妈比母亲更了解他。小时候姑妈对他说，你翘翘尾巴我就知道你要拉什么屎。粗话就是实在。

感谢完了，寒暄结束，秦家的人回去了。贾凡捏着车钥匙问："杨哥，怎么说？"

杨杰摸了一支烟叼在嘴上。"你说的？"

贾凡的打火机伸过来，杨杰摆摆手，没胃口。"崔老师打我手机，"贾凡说，"杨哥，我也没办法。"

"该这样，有一说一。"既然问了，撒谎罪更大。杨杰把烟扔进杂货铺门前的垃圾桶里。"车开过来。"

晚上他们没在老歪杂货铺住，崔晓萱执意要回鹤顶，理由正当：回来先看父母。其实是存了小心眼，在她看来，婆婆比姑妈对她更好。婆婆是北京人，姑妈是淮海人；北京人对北京人好，胳膊肘都是往里拐的。杨杰还没见过哪对婆媳的关系好过母亲和崔晓萱的。

杨杰母亲姓李，鹤顶人叫李老师，至于李什么，年岁太久忘了。杨杰母亲还在干农活的时候就被称作"李老师"，因为有文化。1968年4月，清明节刚过，鹤顶最大的码头上出现四个知青。他们顺水而下，从北方来，最大的十七岁，最小的十四岁。四个人提着被褥和脸盆，到鹤顶县边上的棉花庄报到。十七岁的那个是姑娘，下了船就去国营的向阳理发店剪了头发。她让理发师剪得短一点，再短一点，她要响应毛主席的号召，在广阔天地里大有作为，头发短了，就可以把梳头的时间省下来建设伟大的社会主义。一短再短，这种刚过耳垂下方的短发，在鹤顶被称作"二道毛子"，只有结了婚的妇女才剪。头发短了，人就显成熟，棉花庄人就不敢贸然认为她只有十七岁。也因为头发短，你就不敢怀疑她见识也短，她能用一口北京话连着背诵二十多首毛主席诗词，中间不打磕巴。之前棉花庄人没人当面听过北京话，现在有人带来了首都的声音，而且上来就是老人家的诗词，全村人立马肃然起敬。村支书兼村革委会主任头一天还叫她小李，第二天把“小”字咽下去，叫“李老师”。在棉花庄，有学问的基本上都在小学校里，所以支书兼革委会主任习惯性地叫她老师。领导都叫李老师了，村里人不敢造次，也跟着李老师这个李老师那个。

另外三个年纪稍小的男知青和女知青，分别从天津和石家庄来。李老师是领头的，年龄摆在那儿，更重要的是，她从北京来。红太阳升起的地方，棉花庄人想想都觉得振奋，毛主席呀派人来，雪山点头笑啰彩云把路开，一条金色的丝带，把北京和棉花庄连起来。村支书兼革委会主任希望李老师进学堂教孩子，那活儿干起来不累。李老师不答应，你们可以叫我李老师，但我不会去教书，我要下地干活儿，有棉花摘棉花，没棉花插秧割麦子，我还要种玉米大豆和高粱，我要在农村的大熔炉里百炼成钢，吃最多的苦，干最重的活儿！村支书想，那好吧，打压革命积极性是犯法的。

李老师在棉花庄的头两年，的确是以一块好钢的标准来要求自己：话少，闷着头干活，那股咬牙切齿的劲儿，简直在跟土地复仇。看得棉花庄人都心酸，纳闷这女伢子是不是家里遭了事。关心她的人问（这其中以杨杰的奶奶问得最勤。李老师住杨家隔壁，老太太隔着墙头经常看见她坐在屋门前的马扎上发呆），她不说；的确也没什么事，大队部专管邮件收发的陈会计向村支书报告，李老师只往北京寄信，没见北京回她信，要有事，就算不拍电报来，信件起码是有的。陈会计常年跟钱财和数字打交道，心细，自信哪怕公社里的邮递员交给他一只苍蝇，他也不会让它飞掉。又一年过去，李老师两手两脚都长满了老茧，农活儿里的十八般武艺样样精通，连赶牛套车扶犁都会了，两里地长的麦趟子直三次腰就能割到头，比棉花庄人还棉花庄人。这时候，她突然感到了累，脾气开始变坏。

石家庄那个比她小半岁的女知青回老家探亲，走的时候活蹦乱跳，回来后，人像林黛玉一样捧着心口窝，从印着“无产阶级文化大革命就是好”的黄军包里摸出一张河北省人民医院的诊断书。主治医生的签字十分沉痛：窦性心动过速，心律不齐，建议立刻回家调养。石家庄的女知青留给她三卷本的《艳阳天》，拎着自己的柳条箱上了船，原路往北走。

比她小四个月的天津男知青过去两年一直喜欢她，有一回喝了点酒，在玉米地里想抱她，被扇了一个耳光，从此像只瘟鸡，头低毛耷，见她就躲着走。这一年除夕夜，他偷了邻居一只鸡，拿盐水煮了，躲在自己屋里喝酒，一瓶粮食烧酒下肚，头抬起来了，腰也挺直了，踩着小雪出了门。他本来打算破门而入进李老师的屋里，半路上见到棉花庄新寡的媳妇金枝，两只手没来由就伸过去，把金枝拖进了麦秸垛里。要在平常也没事，半夜三更谁会往麦秸垛里看呢，偏偏那晚是除夕，爆竹声声辞旧岁，一个二踢脚落草垛上，把麦秸点着了。火烧在那头，天津男知青抓着金枝在麦秸垛肚子里忙活，只觉得浑身淌汗，以为动作大热的；耳边哔哔剥剥地响，以为是人撞击了麦秸，头上的血管也在乱蹦。等他们听见救火的队伍围住了麦秸垛，身上忽的一冷，有人扒开了麦秸，马灯照见了他的白屁股。

事后他坚持说，有人操纵了他的手，要不他怎么会把一个嫁过人的女人往麦秸垛里拖呢？要搞也得搞个黄花姑娘。他从没想过要跟一个寡妇好，打死他爹妈他们也不会同意他娶一个克夫的女人。金枝嫁到棉花庄一年半，男人得了血吸虫病死了。明明是他爱吃螺蛳，从小鬼汊的芦苇荡里摸了一篮又一篮螺蛳，不煮，用酒、盐、辣椒和老醋生腌，每天从坛子里捞两勺子，吸溜吸溜地吃，下饭，嘬了一肚子血吸虫死了，但公婆坚持认为是金枝把他们儿子克死了。来生（这个名字取得也诡异，怎么看都不像在叫一个活人）吃了二十多年的生螺蛳都没事，娶了你就死了，不是你克夫是什么！如果天津的男知青娶了金枝，这事就算了了，金枝也满意，都在草窝里被弄过了，嫁个城市里来的知青，做文化人的老婆，不吃亏；问题是，自己的下半身被棉花庄人看了，天津的男知青还在革委会主任和民兵排长跟前一再说自己克夫，又神神道道地说，把她往草垛里拽完全是鬼使神差，什么意思嘛！金枝想不开，第二天将围巾甩到门框上，一蹬腿把自己吊死了。

在棉花庄，喝多了拽着哪个女人睡一觉，大不了被人打折条腿，拣好东西多送点，上门赔个礼道个歉，不至于出大乱子。现在有了人命，想捂都捂不住，天津男知青被鹤顶公安局带去法办了。偷鸡，流氓强奸罪，提了裤子不认账致当事人自杀；判二十年。

又走了一个。李老师想到二十年后天津男知青可能会变成啥模样，突然泪流满面。她二十一岁了，坐在马扎上听见门外有人踢踢踏踏地走动。新的一年开始了，她感到孤独，仿佛被世界抛弃了，扔在一个陌生的小地方。革命就是像牲口一样只知道埋头干活吗？她觉得四年里用崇高的精神克服掉的身体上的劳累，攒一块儿爆发了，骨头里都疲惫泛酸。她想就地躺下来，睡他个地老天荒。她终于觉得应该找个更体面的事做了。二里长的麦趟子哪天割到头啊，三十亩的玉米地，哪天才能将杂草拔得一根不剩啊。就算劳动是伟大的，但最伟大的肯定不是最舒服的。也许，还得找个人嫁了，不过这个倒不急，她等得起。她开门去找村支书。她说，我有知识，百年大计，教育为本，我想为人民教育服务，千秋万代地扎根在棉花庄。支书兼革委会主任从下巴上揪了一根胡子，说：

“想明白了，李老师？”

“想明白了，”她说，“语文、算术、音乐、美术，我都能教。”

“这就对了嘛。我就说你是李老师嘛。”

李老师就进了棉花庄小学校当了老师，语文、算术、音乐和美术都教过。三年后和杨杰的父亲，竹器厂的杨千里，结了婚。结婚那天县长和教育局局长都来了。一个北京知青在鹤顶永远地安了家，是大事，入县志也不为过。他们也想看看鹤顶县啥样的小伙子，降得住咱首都来的姑娘。杨千里老实巴交，谁敬酒都喝。别人问：

“千里，高兴不？”

杨千里说：“高兴。”

“高兴那就喝。”一杯酒递过来。

杨千里一饮而尽。

李老师的学校同事说话文雅，问：“千里同志，你幸福吗？”

杨千里说：“我不姓付，我姓杨。”

李老师的学校同事说：“我是问你，觉得生活幸福吗？”

“幸福，当然幸福。”杨千里说，“幸福就得喝酒，对吧？我喝。”

端酒的时候，所有人都看见杨千里粗大的指关节，因为长年砍竹子、劈竹子、编竹器，指关节像竹节一样坚硬结实。毫无疑问，他是鹤顶县国营竹器厂最好的工匠。

县长喝完喜酒，坐着吉普车回去，头脑里总是出现杨千里酷似竹节的指关节。一朵鲜花插在了牛粪上，县长心疼得直嘬牙花子。他问同行的教育局局长：

“老田，那女的真是北京人？”

“档案里是这么写的。”

“档案里写了，那就是吗？”

事实上，对李老师籍贯的怀疑不只领导，棉花庄人没事也琢磨。运河南岸的棉花庄人不自卑，不过对面站一个从北京来的人，那就不一样了。北京是什么地方你知道吗？首都。毛主席和他最亲密的战友林副统帅就在北京，住在中南海，旁边是天安门，还有周总理和朱老总。李老师从北京来。谁也不会轻易地从北京来的，这个想必你一定明白。一个北京人更不会轻易地离开北京，到另外一个地方扎下根的，想必这个你也明白。就算这些你都能想明白，那你告诉俺们棉花庄人，为什么这个北京人在棉花庄待了六年，从来没见着一封北京来信呢？

伟大的红太阳毛主席和林副统帅工作忙，全世界人民都尊敬的周总理和朱老总也应该会写信来啊；周总理和朱老总也忙，她家里人也应该写封信来啊。一封都没有，陈会计对天发誓。私下里他曾拆开过两封李老师寄往北京的信，一封寄的是两张白纸，另一封寄的也是两张白纸。陈会计没有勇气拆第三封了，李老师的信封封得十分谨慎，粘好了之后又在封口处写了两个字：李缄；像大队部开证明时盖的骑缝章。拆开后再封上，让两个字重新完美地骑缝，难度太大。陈会计也让支书兼革委会主任对天发誓，这事绝对不能传出去；私拆信件是犯法的。支书说，屁，咱这是政治审查！陈会计松了一口气，说，政治审查好啊！接着感叹，支书就是水平高，偷看别人信件满足一下好奇心，也可以上升到政治的高度。他回到家对老婆说，本人政治审查了李老师的信件，二蛋他妈，你猜怎么着——李老师往北京寄了四张白纸！对了，这是政治审查，不许到外头乱讲！

陈会计的老婆，二蛋他妈，颠着小碎步敲开隔壁的院门，脑袋从门缝里伸进去说："社会他妈，俺们家老陈和支书政治审查了李老师写的信，你猜信里写了啥？毛主席万岁？不是，她没写毛主席万岁，也没写多快好省建设社会主义，她什么都没写！"

社会他妈说："啥都没写有什么好说的！"

"你看你，没政治觉悟了吧。"二蛋他妈说，"寄了四张白纸！一封信四张！四张白纸寄到北京，寄给谁呢？你慢慢想吧，我回去了。别传出去啊！"

社会他妈想了想，觉得这事有点儿意思。一个字不写，忙活送信的呢。邮递员摇了两个月船到北京，就为了送四张白纸。让你们家老陈查！她在围裙上擦了把手，敲开前排马列家的后窗户。马列他妈正在屋子里擦身体。马列他妈四十多了，干了四十年农活儿，在泥土里摸爬滚打，身上还是很白。社会他妈说：

"马列他妈，知道吗，李老师每个月往北京寄了四张白纸！"

马列他妈搓了一把胳肢窝，问："那纸有我白不？"

"奶子都挂到裤腰上了，还臭美！"社会他妈说，"你以为你十八啊？"

"你可看清楚了，刚到肚脐眼儿呢！你哪只眼瞅见人家李老师寄白纸了？"

"支书和陈会计政治审查审出来的。你不懂，涮你的屁股吧你。对了，别往外说啊！"

马列他妈低头闻不到胳肢窝里的酸味了，穿上衣服去了后街的唐文革家。唐文革他爸和她是一个互助组的，干活儿时总爱靠着她，为了干完自己手上的事以后来帮她。除了床上那点事，什么都谈，马列他妈有时候觉得唐文革他爸其实是她的闺密。

“你听说没有，文革他爸，李老师每个星期往北京寄四张白纸！”

“寄白纸干啥用？”

“不知道。一个星期四张呢！”

“寄给谁收呢？”

“不知道。文革他爸，别乱传啊，政治审查查出来的！”

吃过晚饭，唐文革他爸也出了门。棉花庄人继续击鼓传花。李老师寄往北京的信越来越多，信封里的白纸越来越厚，整个棉花庄除了李老师本人以外，所有人都知道了。最后一个得到的消息是这样的：李老师每天寄往北京的白纸多得可以抄半本《艳阳天》；李老师的收信人是全中国最大的收信人，她在信封上用镰刀和斧头一样形状的美术字写道：

北京　收

北京收。这说明什么呢？

与此同时另一个消息也在击鼓传花。算不上新闻，天津知青没把金枝拖进麦秸垛之前大家就知道了。只是现在因为空白信纸，又重新回到人们的记忆里：李老师所谓的探亲，其实就是到别的地方转了一圈，根本没往北京去。

李老师休假没规律，半年一次有，八个月一次有，一年一次也有。一次休半个月。之所以只能休半个月，是参照了其他县知青工作的管理办法，因为知青总喜欢在农忙时请假，这样就可以逃掉繁重的体力劳动。照棉花庄人的估算，李老师先坐船，再转汽车，然后乘火车，来回路上要花一周左右，她还能在北京待上一周。一周够了。棉花庄没人去过北京，但鹤顶有人去过。领导去过；鹤顶唯一的全国劳动模范去过，还被毛主席接见了；参加“大串连”的红卫兵和红小兵去过；根据他们的情报，从交通偏僻的鹤顶到北京，一来一回真要六七天。每次李老师的确都是半个月准时回来。但是，第一次探亲她就被棉花庄人看见了。

她在海陵火车站边上一个早点铺上吃早饭。海陵市与淮海相隔两百公里，那地方通火车，沿陇海线可以直达北京。但按时间掐算，在那次探亲假中，这一天无论如何她都不应该出现在海陵市，她应该在北京。那个棉花庄人看见李老师吃了一碗豆腐脑、两根油条和一块小烧饼，然后心满意足地付了账，斜挎着“无产阶级文化大革命就是好”的黄军包离开了火车站。那人在她斜对面的桌子上吃早点，第二天他回到棉花庄，李老师还没回来。他向村里人炫耀，看见李老师了，想打招呼时李老师又走了。他确信那姑娘是李老师。接着他又否认了，说没看见；怎么可能看见呢，他根本就没去过海陵；因为有人问他为什么去海陵。很多年后，他重新向身边的人证实，他去过海陵，正好看见李老师；他当时去海陵，是去倒卖从花街收购到的水晶，他相信换了个城市就会有人对那些水晶出大价钱。当年，他先是显摆，接着矢口否认，完全是因为担心倒卖水晶被揪出来批斗和游街，把他当资本主义的尾巴给割了。

李老师又一次被发现假借回北京探亲之名在外地瞎逛，是天津知青在玉米地里被扇耳光的三个月前。天津知青内向，喜欢上李老师也不敢吭声。不过越是胆小怯懦，越可能干出匪夷所思的事情来，否则你没法理解这个见到老太太都脸红的人，在玉米地里竟然要强抱李老师，喝了酒就敢把寡妇往草垛里拽。且说天津知青听闻李老师请假探亲，也跟支书请了假，要回天津看看父母。李老师前脚离开棉花庄，他后脚跟上。他想知道喜欢的姑娘家究竟住在北京的哪条胡同里。

李老师坐船他也坐船，李老师换汽车他也换汽车，李老师乘火车他也乘火车，李老师半路上拦下一辆牛车，他也随后搭上一辆马车。一路尾随，发现李老师去了韶山，毛主席的老家。天津知青跟迷糊了，这哪是探亲呀，分明是朝拜革命圣地。好吧，这个跟屁虫也在韶山冲转了几圈，吃了一碗毛氏红烧肉。很久没这么大荤过，肠胃降不住，他上吐下泻，离开伟大领袖的故乡时，两条腿直打摆子。接下来李老师去了长沙，瞻仰了湖南第一师范，吃了米粉和担担面，又到橘子洲头打了个来回。等天津知青发现她坐上去江西的火车时，他在火车站停下来，坐到简陋的椅子上直喘粗气。车站的大广播在播报列车消息的间隙，反反复复播送同一条振奋人心的好消息：我国刚刚成功发射了第一颗人造地球卫星。她的假期已经过了九天，他扳着手指头算了一下，如果她去井冈山（猜得没错，李老师的革命之旅的下一站正是点燃革命的星星之火的井冈山。若干年后，她的儿子杨杰伙同初平阳、易长安和吕冬，四个小男人也到了井冈山，不为朝拜革命圣地，而是去找离家出走的福小），回到棉花庄假期正好满了。他没力气跟踪下去了，买了车票往鹤顶跑。

天津知青话少，但李老师的探亲假诡异得他憋不住要说，就跟另外两个知青讲了。不管如何千叮咛万嘱咐，都只可能有唯一的结果，那就是像鸡瘟一样最终传遍整个棉花庄。当然，李老师永远是最后一个知情者。

两次探亲都变成了周游世界。你若是上了心，那它还真是个事。她为什么不回北京呢？北京可是全天下、全银河系、全宇宙、开天辟地以来最最美好、最最伟大的地方。质疑出现了：她是北京人吗？棉花庄人无法证伪；除了户口记录和一口北京话，李老师本人似乎也不能证实。这就有意思了。

杨家奶奶不管，是不是北京人有什么所谓？我看李老师跟俺们家千里般配。老太太踩着小板凳把脖子伸过墙头，一天要关心李老师几十次。渴了送水，饿了递馒头，不渴不饿就把孙子在竹器厂用下脚料编的竹篮、竹枕头、竹狗、竹猫、竹子编的观音菩萨送给李老师。千里这孩子不爱说话，就是手艺好，李老师你看这菩萨，眉眼都编出来了，放庙里一准有人跪下来磕头；李老师这可不是封建迷信，俺家千里说了，这是艺术，艺术是个啥东西我老婆子听不懂，李老师你是文化人，肯定是明白的。你要喜欢，让俺孙子编出个毛主席都行，就是你得给千里证个明，他编毛主席也是艺术，不是为了反革命。

对李老师身份的质疑，多少让她跌了身价。尽管如此，某一天杨家奶奶踮着小脚见人就笑，神神秘秘地宣布二十五岁的杨千里要娶媳妇时，还是没一个棉花庄人敢往李老师身上想，虽然大家都知道，杨家几年来一直癞蛤蟆想吃天鹅肉。想得美，天鹅掉了价那也是天鹅！鞭炮响起来，穿上大红的新衣服的姑娘就是李老师，她和土著杨千里站在毛主席的画像前连鞠九个九十度深躬。九是最大的数，圆满之前的喜不足，又代表了对老人家的崇敬绵延无穷。棉花庄的小伙子们哭了。女人们也掉了眼泪。什么世道啊，北京人嫁给了棉花庄的竹器匠了！掉完眼泪又忍不住邪恶地想，哼，别以为得了个元宝，是不是个北京货两说呢！

这是个谜。

的确是个谜。这事没人弄得清楚。李老师咬死了自己就是北京人：我不是北京人，那能是哪里人？她把北京的儿化音咬得饱满、充分，质疑者立马耷下脑袋。他们没听过正宗的北京话，但他们不得不承认，这么好听的声音只能是北京话，因为它是来自北京的声音。婚礼一个娘家人没有。没法有，李老师说，爹妈都死了，你让我到哪儿找他们？兄弟姐妹？李家就我一根独苗。亲戚？全世界无产阶级都是我亲戚，全招呼来吗？至亲？我可没钱让他们从新疆、呼伦贝尔和西双版纳跑过来。李老师压低声音对杨千里说：

“还有一个叔叔跟蒋介石跑到台湾了，要不叫他来？”

杨千里耳朵嗡地充了血，“千万别，”他说，谨慎地朝门外看看，“李老师，求你小点声。这要被人知道了，咱们一家别过了。”

“那你跟你爹妈、你奶奶、你兄弟姐妹说清楚，随别人叽歪去，别听点风吹草动就把耳朵竖起来。我是北京人，从今天开始，我是淮海市鹤顶县临水公社棉花庄人，是你杨千里的老婆。听懂没？”

“听，听懂了，李老师。”

这样的对话方式，是杨杰父母多年来夫妻生活的基本格局。听懂没？听懂了，李老师。

出了门，杨家人提到孙媳妇、儿媳妇和媳妇时，都是“俺们家李老师”。一家人都听懂了。听懂了和不怀疑又是两回事。杨杰奶奶，也就是杨千里他妈，二十年后躺在自家的床上进入弥留之际，临死前最后一件事是，把李老师叫到跟前，说：

“杰出他妈，有句话不问出来我死不了。你跟妈说说，你到底是不是北京人？”

老太太满头白发，她的婆婆已经死去多年。杨杰正准备去当兵，李老师因为身体不好，已经从棉花庄小学提前内退。

“不是。”李老师端坐在杨千里编出来的一把竹椅上。

“那你是哪里人？”

“棉花庄人。”

老太太笑了，说：“好。”歪了歪头，咽了气。身体僵了，笑还留在脸上。老太太死得很满意。

李老师对杨杰可不是这么说的。从杨杰懂事开始，她就把杨杰叫到一边，说：“儿子，你叫杰出。妈靠你了，别给北京人丢脸。”

杨杰还小，小得只能叫杨杰出，根本不知道北京在哪里。但他知道北京有个红太阳，有天安门、故宫、长城、颐和园、圆明园、中南海、恭王府、什刹海，还有炸酱面、麻豆腐、驴打滚、茯苓饼和北京烤鸭。他使劲儿点头，心里头却烦得要死，李老师跟他说得实在太多次了，多得他烦十个来回都不算过分。他还知道北京大学。1977年恢复高考，李老师不顾杨千里和公公婆婆反对，执意参加高考，报的就是北京大学。当然，没考上。第二年，杨千里说，想考你就再考一年吧，念了大学我在家带孩子。李老师摸摸自己的肚子，已经怀上了杨泽，眼泪噼里啪啦往下掉。她把希望寄托在儿子身上，杰出，你要替妈回到北大去。杨杰没替成，高考落榜参了军，成了一名光荣的养猪士兵。但他帮李老师找了一个纯正的北京儿媳妇。

所以你看，婆媳关系不好都不可能。崔晓萱头一回到鹤顶见公婆，棉花庄只剩下个名字。村庄的建制取消了，成了毗邻县城鹤顶的棉花庄高新技术开发区，拆迁后的农民早就农转非，拿到了城镇户口，原来前后左右的街坊，现在不是你住我头顶上，就是我把你踩在脚底下。崔晓萱跟着杨杰一路爬上六楼，开门走出来个小老太太，跟一至五楼所有人的口音都不同，老太太说：

“回来了？”

进了门，崔晓萱逮着空问杨杰：“你妈这声音南腔北调的。是北京人吗？”

“不像？”

“不——太像。”

“这就对了。我都快三十了。要是移民到伦敦，我妈现在肯定是一口伦敦郊区音。”

“那倒也是。不过，”崔晓萱摸摸鼻子，“还是觉得声音的底子里哪个地方不地道。”

杨杰听明白了崔晓萱的意思。他刚到北京那几年，海淀、朝阳、东城、西城、通州、石景山、平谷、顺义、怀柔、密云、昌平、延庆、丰台、大兴、门头沟全去了，连北京周边河北的几个县都跑了，一边听当地人说话，一边回忆母亲最初的声音。他像语言学家那样深入到方言的内部去辨析：如果真要挑最接近的一个声音，那只能是河北燕郊的口音；准确地说，带着燕郊口音的普通话。

“我妈六八年来鹤顶，三十多年，北京都换了个世界，老北京人自己出门都迷路，哪还有地道的北京话？就是有，你也听不出来，你那北京话也不知道被篡改过多少回了。”

“那倒也是。”崔晓萱说，“这下好了，以后你要欺负我，我就告诉你妈。你妈和我是一头的！”

“没错，你们是一头的。”不管事实如何，杨杰想，北京已经成了他的真相，李老师用她坚强的一生坐实了这一点。

后来他和崔晓萱领了结婚证，从民政局出来给家里打电话，李老师在千里之外突然就哭了。杨杰听得出母亲克制之后的哽咽。李老师说，妈也不知道值还是不值。这句话的复杂程度，除了杨杰没人明白。“北京”是他们一家心尖上的肿瘤，是历史遗留问题。这些年它介于良性与恶性之间，历经虔信、荣耀、质疑、想往、腹诽、诅咒、维护等反反复复的诸多阶段。别人羡慕了他们就自己怀疑；别人怀疑了，他们又人为地确信，坚定地维护一个“北京”的神话。真相是什么？杨杰一直很想弄清楚，但站在民政局门口，他忽然发现了真相的无意义。或者说，假如必要找一个真相，那真相是现在这个：他娶了一个北京姑娘，将长远地待在北京，代替母亲成为一个真正的北京人。

三十多年，谁都无法知道李老师内心里是否曾翻江倒海，但她的确是貌似怡然地生活在鹤顶。她和杨千里的婚姻圆满，不离不弃，没有像淮海另外四对知青与当地人的婚姻，到头来全是悲剧。知青大规模返城后，那四个成家的知青，男知青要走，女知青也要走，终至劳燕分飞，半城半乡的孩子都成了单亲的半个孤儿。而李老师留下来了，始终是杨千里的老婆、他和弟弟杨泽的妈妈。杨杰对着电话说：“妈，不管是什么，都值。”他决定，从此将“北京”放到一边。

李老师问崔晓萱和点点北京的事情。北京的所有事情。作为一个前北京人，李老师有权知道北京任何角落里的消息，包括中南海的。杨千里在布置饭桌，大煮干丝最先上桌，接下来是生敲鳝丝（鳝鱼是野生的，从没吃过避孕药。听说北京菜市场卖的鳝鱼都是人工养殖的，为了让它们吹气一般飞速增长，饲料里拌了避孕药）、砂锅豆腐、竹叶蒸鸡、酒风猪肝、金丝瓜卷、腊肠炒青蒜、白烧四宝、清蒸白大雁（白大雁这种鱼必须再提一次，因为只有运河里才有，而运河里只有花街至鹤顶这一段水中才有）。多年来杨千里出入厨房，早已经练就了县城四星级酒店里大师傅的手艺。杨杰在看报纸，崔晓萱从北京带过来的一份过期的《京华晚报》，上面有初平阳半个月前写的专栏《我看见的脸》。

上午崔晓萱在幼儿园门口等点点下课，为打发时间，到路边的报刊亭买了份报纸。随便什么报都行，只要能看。老板就给了她这一份。看到平阳的专栏才发现过期了。要在平常，崔晓萱会把报纸直接砸到老板脸上，再把一块钱讨回来——没这么做事的，报纸卖半个月前的。看在平阳专栏的面子上，她忍了，正好带回去给平阳看。她喜欢他写的那十五张脸。她让杨杰看，她觉得杨杰的脸在花街上很不好看。谁都藏不住自己的表情。她知道当时自己的脸也不好看，所以更要让杨杰看那专栏。

“看看这些脸。”她说，“后悔在花街上没给你面镜子。”

看完报纸，杨杰站到洗手间的镜子前。初平阳若是拿镜子里的这张脸下手，这第十六张脸会是什么样子？一张疲惫的、略显浮肿的、标准的中年男人的脸？眼角开始松弛，眼袋逐渐扩大、下坠，双眼皮的眼睛也有了强烈的三角倾向；眉毛没过去密实，但有一根算一根，根根粗壮，眉梢有几根异军突起，长度是同伴的两倍，这是传说中的长寿眉吗？吃素之后，脸上的横肉平息了，颧骨耸立出来；即便排除脸上分泌出来的油光，皮肤也显见地变厚了，而且右脸的比左脸的厚。根据崔晓萱渊博的美容知识和丰富的实践经验，这是没事乱挤的恶果。杨杰有这毛病，焦虑和不焦虑的时候都爱对脸皮动手，把脸皮重叠、对折、挤压，直到感觉了疼，再继续挤。没准就是为了疼才挤，那种疼让他清醒，仿佛在潜意识里提醒他，你是谁。

鼻子不高，但也没那么低，幸亏在酒糟鼻出现之前就慢慢戒酒了。听说商人最显著的特征是鼻子，这辈子你能挣多少钱、能做到哪一步，全长在鼻子上。杨杰看不出现在的鼻子和他穷困潦倒的时候有什么区别。难道这征兆是长在鼻孔里，非得耳鼻喉科医生拿着专业的小钳子撑开来才能看到？他的嘴，就算初平阳站在他面前，恐怕也找不到下笔的地方。如果说它有什么特色，那它唯一的特色就是没特色：实在太中规中距了。父亲嘴唇厚实，一看就是个老实人；母亲有一道天然优美的唇线，作为儿子，说母亲的嘴唇性感可能不太合适，但确实很好看，李老师一生不曾涂唇膏，但头一次见到她的人都会误以为她提前在嘴唇上下了一番功夫；如此说来，在遗传的时候，嘴唇这一块完全被父母给忘了。恋爱时，和崔晓萱接过漫长的吻之后，崔晓萱经常会捧着他的脸端详他的嘴唇，咂摸几下嘴疑惑地说，刚才我是亲你这地方的吗？现在，嘴唇四周长满胡子，一天不刮就像一座废墟。废墟打开时，一口牙露出来。谢天谢地，这口牙在戒烟之后，经过牙科医生多次耐心的超声波震荡和抛光，目前看上去还比较健康，遗憾的是他不喜欢见人就笑，否则这口整齐的白牙，足以证明他已经不是一个阴郁的男人了。随着吃素的习惯进一步养成，下巴变尖了。这是好事，几乎所有圆下巴、双下巴乃至三下巴的中年男人都面露庸俗之相，下巴保留了他的一点清雅高洁之气。崔晓萱说，得感谢这个下巴，否则两口子一起出门，她都没法跟朋友解释，堂堂一个艺术家怎么找了这么个俗物。

目光上移，因为脖子除了皮肉稍显松弛、喉结相对突出外，没有大的毛病。这是年龄和万有引力的结果，潘安、吕布和国家领导人都逃脱不了。头发！头顶是片悲哀之地。额前的美人尖不见了，不知道从哪一天起，发际线开始悄悄地撤退，一种缓慢的、习焉不察的溃败。有一天早上起床后，他一边想当天的工作安排一边梳头，总觉得右手有点别扭，盯着镜子看了半天，终于在重复的动作里看出了玄机：他的动作如此审慎和轻柔，过去梳头一向大刀阔斧，三下五除二。现在三下五除二的只能是拿梳子和放梳子的时候，落到脑袋上突然变得惠风和畅、步步惊心。美人尖不见了，发际线乱了队形，他左手揪了一下头发，一小撮黑色的丝线滑过镜子，捻开来看，还有两根是白的。

现在白头发开始成几何级数增长。岁月留痕，一个中年男人纠结地站在卫生间里的镜子前。长久地站在镜子前不是因为他自恋，而是因为震惊，好像突然看见了一个新的自己。

杨杰想，放松。他对着镜子让自己放松。这张脸力求风平浪静。但他知道，这张脸里其实藏了不少小秘密。三十五年来，他虚荣过、功利过、虚伪过、算计过，甚至恶心过，他也辛苦过、煎熬过、焦虑过、绝望过、坚忍过。是不是所有白手起家、有着传奇乃至荒唐的发家史的商人都这副尊容？

白手起家的那一天，他长的是怎样的一张脸？头一回离家去北京的早上，杨杰的确狠狠地照过一次镜子，为的是要一种悲壮的仪式感。就是这张脸，那个早上，他发现，还算年轻：当兵时训练和出车晒出来的黑，已经逐渐回复到原来的白，他唇红齿白，英气勃发；但作为一个当了若干年兵、混过社会的人，他觉得自己已经没有理由再失败地生活下去了。

不成功便成仁，听上去有点夸张，他当时还真是这么想的。养猪得罪了长官，改当司机；司机当得不错，就是跑长途有点累，不过昏天黑地地睡一觉也就缓过来了；他还想继续不错地当下去，兵役结束了，复员回到鹤顶。一家濒临倒闭的碎石厂被迫接收了他，没办法，政府有义务为转业军人解决就业问题，政府指派下去，任何单位都没权力拒收。这家负责生产铺路和建筑的碎石头的原国营小厂，只有一辆破吉普可以给杨杰开，就这辆破吉普也是个抢手货，他还得和原来的司机一三五和二四六轮着开，所以他不能拿全额工资。看在他曾是英勇的人民解放军的分上，给他全额工资的三分之二。就这三分之二也没拿满一年，厂长和总经理两人合伙把厂子买下了，国有变成了私有。

你们下岗了，老板对他们说，为了让大家有本钱自谋生路，每人发两百公斤矿石；千万别小看这些外表憨厚粗糙的矿石，它们大部分从上游的沙地里来，你们知道，十几公里外盛产水晶，把它们破开来，你很可能就会看见晶莹剔透的水晶；水晶是什么你们知道吗？石头？棺材？没错，毛主席的棺材就是用这个水晶做的；在做成棺材之前水晶的确也是石头，但是，可是，它们是不一样的石头，是可以直接兑换成人民币的石头！毛主席用它来做水晶棺，你们就知道它是多么珍贵了——不是好东西毛主席会用它来做水晶棺吗！所以，发给你们的不仅是两百公斤的石头，也是两百公斤的钱。当然，你们把石头破开来，也有可能找不到水晶；这个我们也没办法，谁也看不到石头里面去，咱们摸黑分，摸黑抓，你抓到哪堆算哪堆；命好的伸手就发财，命不好的你也不能怨政府，能管天能管地，政府管不了你命不济，是不？好了，肩挑手提找车运，想办法弄回家吧，祝各位都能发财。散了吧。

杨杰把两百公斤的矿石运回家，托姑父老歪从西大街请了个懂行的到鹤顶，叮叮当当边敲边琢磨，究竟有几块石头里已经孕育出了水晶。师傅姓董，杨杰很多年前就熟，他和平阳、长安和天赐他们去看过他在“黄金海岸”南边的野地里挖水晶。“黄金海岸”是淮海人对运河边一段金黄沙滩的美好命名。此人挖水晶绝对是好手，眼神好，一眼就能盯住胭脂泥。这种泥往往伴随水晶出现，颜色越深越黏，水晶质量就越高。董师傅在“黄金海岸”挖水晶，先挖到了胭脂泥，黄泥中突然现出隐隐的胭脂粉红，他大喜，撅着屁股在地下五米深的洞里跟着胭脂泥掘进，周围一群董家的人拉着手围成一圈警戒线，防止外人破了他们家的财道。胭脂泥里常有零散的小水晶，过十来分钟，董师傅就从洞里扔上来一块裹着胭脂泥的水晶，他小儿子赶紧从裤腰上拽出一条红绸线，拦腰捆住那块水晶，为了不让整条矿脉逃掉。挖水晶的信这个，水晶跟人参一样，不拴着会跑。最后，董师傅弄到了一个大家伙，五百二十四公斤的水晶被他在地下七米深处逮到了。当然最终的结果是，公安局来了辆小车，又来了辆大车，十个彪形大汉把大水晶弄到卡车里拉回市文物局了。领头戴大盖帽的说，这个罕见规模的水晶，属于国家财产，必须上缴，小水晶你们就留下吧。董师傅跳着脚骂，老子起五更睡半夜干了两个月，光手套就磨坏了十二副，你们踩踩油门就弄走？强盗也得讲点道理吧？大盖帽说，都国有财产了你还废什么话！这样吧，一会儿给你写张条子，明天去供销社领十二副新手套，再到银行支五百块钱，买两爿猪肉打几斤洋河大曲，好好休养几天。你为国家和人民做出了贡献，你要感到光荣，荣誉是多少钱都买不到的。

此后董师傅学乖了，挖水晶只在夜间，外人一律不让靠前；超过三十斤的，挖出来连夜搬上船，朝外地送。等公安局、文物局啥的得了消息，水晶早在别的城市倒了好几手。杨杰的“水晶坊”开张后，还从董师傅手里进了一块单体绿水晶，重两公斤。这种块头的绿水晶极为罕见，把运河南岸翻个底朝天也找不到几块。2002年，正是此次杨杰回鹤顶的时节，他在北京陪福建来的雕刻大师喝茶，七十二岁的董师傅从西大街给他打来电话。

“有好货，”董师傅说，“纯绿的。”

“要。”杨杰说，价都没问。董师傅是他的长期货源，他像信任父老乡亲、街坊邻居一样信任他。董师傅地道，几年前就定下规矩：老子当你是花街老歪的儿子，按辈分，你得叫我大爷；大爷不欺负侄子，侄子也别算计大爷。

“现在就开车过来，夜长梦多。”

杨杰放下茶碗就去找车，猛跑了一夜，一大早赶到董师傅家。见到那块绿水晶，杨杰觉得再跑一千里也值。去掉边边角角的瑕疵，那块绿水晶就是一个勾魂摄魄、世上最纯洁的绿色幽灵。董师傅手捧着它，伤风落泪的两只老眼一直在淌眼泪。“要不是给老婆子治病，”董师傅说，“我就把它带进棺材。”董师母患了肝腹水，过些天肚子就像孕妇一样大起来。关于价钱，董师傅伸出挖水晶挖变形的五个手指晃了晃，杨杰说没问题，外加一万给董师母治病。交易完毕，董师傅的孙子对杨杰说，这块绿水晶对他爷爷一辈子都是件大事。

人都要老，人都会放不下。董师傅年纪大了挖不动水晶，喜欢满野地转悠，口中念念有词，不知道跟自己说话还是跟水晶说话。上个月，他顺着南大街往南散步，一路鬼话走远了，一抬头到了八条路。很多年前，“八条路”是一条路的名字，现在成了一片野地，通往南京的高速公路从八条路穿过。董师傅在高速路边的铁丝网前歇过脚，慢慢悠悠往家走，走几步天就黑了。点火抽烟时觉得远处有亮光闪动，抬眼找，夜幕四合，天是阴的，随时都可能落下雨来。只有自己的烟头在闪烁。他又低头，那亮光又出现了，仿佛擦着眼皮闪过去。再低头再出现，认真去找却一片空茫。董师傅站住了用心想，觉得这事年轻时经历过。据说人之将死，过去的生活会海市蜃楼一般让你在瞬间重温，难道大限真要来了？董师傅不信，只挖了一块五百二十四公斤的水晶就死了，不甘心。他在原地坐下来，连抽了三根烟。终于十步之外看见了那团绿光，它不是闪在他眼皮上，而是在地面上，碧玉一样的光，有时候含糊，有时候清晰得如同火焰，有时候仅仅是一个囫囵的圆圈。这样的光他见过，二十年前在运河边，以为鬼火，那地方埋过死人。小日本坐船到花街，用麻绳拴了一百多号花街、东大街、西大街和南大街上的人牵到那里，举起机枪对着脑袋扫，一百多条无头尸就地埋在河边。鬼火有红的有绿的，还有银白的和蓝幽幽的，跟夏天里的闪电差不多。他见过两次，都没当回事。

八条路这地方没做过坟地，四条街还算乡下的时候，八条路是水稻田，再往前推百八十年还是。鬼火长了腿会跑，但跑这么远还是有点奇怪。董师傅点上第四根烟。绿光一直亮着，光影里好像有个小动物在跳舞，他脱了鞋赤脚往前凑。正打算一脚踩住的时候，绿光不见了。董师傅赤着脚在旁边坐下来，又是四根烟，天地更黑。潮寒之气顺着光脚板往上爬，董师傅决定先回家。他把一只鞋丢在附近，拎着另外一只鞋赤着脚回了西大街。第二天晚上他又去，远远地看见了那光，盯准了方向走过去，绿光消失了，果然在昨天的那只鞋旁边。他把第二只鞋放在第一只鞋的对面，如果他的估算没错，绿光就在两只鞋之间闪动。第三天晚上董师傅还来，绿光时有时无，但他确信绿光就在那里。他用两只鞋尖分别画了一个圈，两道圈困住了发绿光的地面。

他让没考上大学的孙子准备好铁锹、扁担、绳索和筐；让儿子给正在念大学的孙女打电话，不管她找什么书，只要能查到长水晶的地方会发光就行，行话叫“出火”。孙子的一套家伙还没准备好，孙女坐在电脑前打来电话，咱家又要发财啦，很可能是水晶在捣鬼，那叫压电效应，也叫压电现象。互联网上说：水晶受到一定压力会产生电流，使水晶的两端带电，反过来，压力一高就会产生振荡，此之谓压电效应，或者压电现象。埋在地下的水晶在地应力的作用下，就容易产生压电效应，让附近地表的空气发生变化。地应力越大，压电效应越强，空气变化越大；空气变化到一定程度，就会发光，就是董师傅说的“出火”。出火多在阴雨天，排除了星光、人造光的干扰，空气中潮湿欲滴的水分是“出火”的重要条件。

明白了。董师傅摸着从八条路回来的路上扎在脚底板上的一根刺，真是吃了没文化的亏，过去很多年里他倒是见过几次“出火”的，没敢往发财路上想，当成鬼火给浪费了。也好，蹬腿之前弄懂了，朝闻道，夕死可矣，也算没白挖一辈子水晶。当晚祖孙三代动了手，摸黑挖了整整一夜。被两只鞋画地为牢，绿水晶没跑掉，天亮的时候，在五米深的地方胆怯地现身了。孙子把水晶捧到地面，董师傅举着它对着太阳看，他在表面还沾染污泥的水晶里，看见了一片沉静浩渺的湖水。老头子眼泪就出来了，一把将水晶揣进怀里，咕咕哝哝地说：

“死了也值了！”

因为这句话，杨杰回到北京，从晶体上裁下一块，参照董师傅多年前挖出的五百二十四公斤的水晶的照片，让雕刻师做了一个袖珍模型挂件，当礼物送给了董师傅。杨杰本是预计绿水晶有正大庄严的用途，可澳门的老板出价实在离谱，高得你都不好意思拒绝，他就从了，把它做成了貔貅。公司还在草创，嗷嗷待哺，钱是亲娘。貔貅是异兽，传说中龙的儿子，天生没肛门，只吃不拉，被当成聚财的象征。该老板开赌场，门口张贴了启事，佩有貔貅图样的挂件和首饰之客人谢绝入内，要不都被你赚了，赌场岂不都赔进去了。他却私下里做了个绿水晶貔貅，打算只进不出。价高当然是喜欢，意也在封口，咱们都闷头发大财；他把貔貅藏在了赌场的一个隐秘处。

貔貅之于澳门老板的意义，等于袖珍挂件之于董师傅。一块被强征的大水晶，一块“出火”的绿幽灵，干了一辈子水晶出土工作，全在这挂件上了。董师傅决定进棺材时就戴它。

多年的默契合作，始于鹤顶碎石厂发给杨杰的遣散费，那两百公斤矿石。董师傅用中年的胳膊举起小锤，在每一块石头的边边角角敲一遍，拿强光手电对着石体深入地探照和端详，末了对杨杰说：

“敲碎后垫路吧。要做水晶生意，让你老歪姑父找我。”

杨杰抽了一夜的烟，第二天去了花街。没别的路。喇叭里整天宣传退伍军人光荣，转业政策要落实，其实没几个单位愿意接收，像样的地方都是僧多粥少。碎石厂烂成那样，也是武装部、民政局、统战部等一堆衙门都盖了戳，硬着头皮压下去，他们才答应给杨杰个饭碗。现在碎石厂也歇菜了，两百六十二个平方公里的鹤顶是没地方让他待了。这一年：初平阳在南京念中文，因为背包里总装一本《圣经》，经常遭到同学的嘲讽；易长安在师大学英语，一口地道的美式发音让女同学着迷，他不停地和女孩子谈恋爱，因为身边女生更换过于频繁，两次被取消享受奖学金的资格；天赐死去多年；福小出门在外，天南海北地游走和谋生，让人觉得她正打算从这个世界上沉默地消失掉；除此之外，花街没有任何变化，该活着的都活着，正在死掉的跟他也没关系。老歪扯了扯偏瘫的脸，带他去了西大街董师傅家。

在董师傅家堂屋隔壁，大白天都关门上锁的耳房里，杨杰见到了有生以来最多的水晶。此后很多年他对水晶一直放不下，不愿改行做玉石买卖或者像崔晓萱建议的那样，去开一家文化公司，源头就在董师傅家的耳房里。董师傅突然打开了狭窄房间里的四盏灯，不同的角度，不同的颜色，堆满了大大小小水晶的房间恍如流动的梦境，光与光交叉、渲染、融合、漂移，仿佛那些水晶都是活的。

“每天晚上我都进来，”董师傅说，“打开灯，坐一会儿。不跟它们说说话我睡不着。”说鬼话的毛病是从这儿来的。“你再摸摸。闭上眼，用指尖，再用掌心。轻一点。”

杨杰学董师傅的样子，像抒情的荷马，把两只手缓慢地放到水晶上。他对水晶不陌生，念书时来花街玩，没事就和平阳、长安和天赐扛着铁锹往野地里走，大大小小也挖出过一些。洗净了，放在手心，贴着皮肤，或者直接放进嘴里。水晶是凉的，沁人心脾的凉，如同三伏天进肚的冰镇啤酒。但这一次，他不仅摸到了清冽的凉，还摸到了透明的凉，透明到似乎不存在；你想象你光着身子一个猛子扎进清澈的运河里，河水包容你又敞开你——那透明的水，在又不在。某个不合适的晚上，杨杰对崔晓萱描述过这次奇妙的感受，他心醉神迷的表情，在崔晓萱看来充满了色情意味。崔晓萱问，是不是觉得在摸一个女人？杨杰摇摇头，女人是女人，水晶永远是水晶。这个含混的判断让崔晓萱有点失落。她向以皮肤姣好得意，在风沙粗粝的北方，她那样的皮肉只能认为是上辈子修来的。

摸完了，杨杰让董师傅灭了灯。他们在昏暗中站了三分钟，再打开灯，水晶在灯光开启的同时重新苏醒过来，这个拥挤逼仄的房间瞬间开阔，再次变成了一个流动的梦境，仿如天上人间。此后的很多年里，杨杰看到的水晶以千吨万吨计，花街的水晶，新疆的水晶，东南亚的水晶，巴西的水晶，非洲的水晶，南美的水晶，规模、成色、纯度都远在董师傅的存货之上，但没一个让他有醍醐灌顶之感。它们没法通过他的触觉和视觉自然地融入他的生活和生命，无法在相遇的一刻就为他建立起充沛的身体性和精神性。

当然也有例外，2008年8月，北京奥运会的时候杨杰去了墨西哥，参加一个国际玉石工艺交流展，顺便参观了一个当地意外发现的水晶洞。洞内极尽曲折，灌满了高达49~50摄氏度的热水，能抽干的水全抽干，洞里的温度也在40度以上。如同扭曲的蚕蛹般的水晶洞里，生长了无数的巨型水晶柱、水晶石，其洞之大，其石之多，其形状之怪异，大自然的鬼斧神工完全在你的想象力之外。那既是一间巨大的镜子屋，也是一个让人犯晕的诡异迷宫。即使排除掉其间的高温，只那剔透丛生的水晶本身也让杨杰气短，不过他还是在洞内待到了参观时间的极限才出来。作为商人，他没法不感叹那些数十米长的巨无霸水晶柱，他无须心算也明白其惊天价值，纯粹的钱的意义上的价值。这个从事水晶交易的商人，低头又看见了布满四壁的琐碎小水晶，慢慢地蹲下身来。

影像资料上的不算，有生以来他头一回看见水晶在生长。菜花般贴着石壁生长的珊瑚状水晶；发丝一样精细，吹弹可断地生长的水晶；胆怯地仅仅冒出点针尖的水晶，仿佛刚刚萌生了面对世界的意识；这些纤弱细微的小东西，正在缓慢以致静止地生长。亿万年后，它们才能长成。杨杰的头脑里拉出一个黑暗的纵深，亿万年，这个抽象的数字在水晶洞里突然变得无比的具体。亿万年就是一分钟一秒钟逐渐叠加累积到了接近于无限的长度，他听见手腕上欧米茄手表迈着小碎步前进的声音。此情、此景、此感喟和此幽思，让写文章的初平阳来描述，会是一番怎样的篇章？杨杰的嘴里只能蹦出来几个干巴巴的关键词：历史，时间，生命。然后他站起来，重新成为一个拿水晶开刀的商人，他想到的是，决不浪费任何一点可以利用的水晶，坚决把小佛像挂件事业进行到底。

董师傅咳嗽一声。杨杰说："我干。"

老歪用手拽了一下腮帮子。"不再想想？"

"想完了。"

他把一万七千块私房钱换成水晶，装进两只带轮子的行李箱。先船再汽车，再火车再汽车，到了北京的潘家园。天津的战友跟他提过这地方，在朝阳区，东三环边上，玩石头倒玉搞收藏的人都知道，天南海北的全往这里跑。战友的舅舅没事会从天津来这里淘老物件，唐代的佛像、宋代的烛台、元末的油灯、明清的夜壶啥的，偶尔也会买两张"文革"时期保存下来的大字报，他喜欢看泛黄的纸上褪了色的红×。

去北京的一大早，杨杰照了镜子。

失眠是必然的，眼睛红得能吃人。这一夜他都在想着风萧萧兮易水寒，在他年轻的想象里，已无处可去，剩下这唯一的路。败军之将的最后出征。他的确有深刻的失败感，从念书时就根深蒂固地在了。他知道他的任何一份成绩单都不能让母亲满意，但李老师从不声嘶力竭地指责他，她只是说：我希望你可以，你是我儿子，你叫杨杰出。她的期望里有沉重的"北京人"的尊严，他的高考落榜，冒犯和伤害了这个尊严，他不是一个好学生，也不会再是一个好学生，所以李老师让他复读高三，他逃掉了，他说他想当兵。李老师用她最大力量让他当上了兵，那时候当兵也是一个好前途，他却被分去养猪。还好因祸得福，他当了司机，但谁能料到，转业几天就下了岗呢。

这是他唯一的路：逃跑，然后成功。李老师不相信儿子有多大商人的天赋，但“去北京”让她眼睛一亮。就这么转瞬的一亮，杨杰看到了，尽管母亲轻描淡写地说，你想试试，我和你爸都支持，他还是看出了母亲对他抱有的最后一丝希望。他完全可以去比北京更近的玉石交易市场，比如上海的城隍庙古董市场，苏州的观前街白玉城、拙政园玉器市场，扬州的玉石交易市场，安徽蚌埠古玩城，或者西安八仙庵古董市场、朱雀大街古玩城，成都送仙桥古董市场、河南安阳古董市场、河南南阳镇平市场，也可以去别的省份，广东的四惠和揭阳玉石市场，昆明花鸟玉器市场，沈阳南湖公园和盛京古玩市场，以及河北、湖北、江西等地的玉石、古玩市场，任何一个地方都可以。但他决定去北京，这是唯一的、最后的路，对他，对母亲，都是。

他在镜子里看见了绝望，也看见了决绝，当然也看见了野心。他半闭被失眠、金钱和欲望烧红了的眼睛，上下眼皮之间的缝隙里射出凶猛的光。这个人年轻，表情刚毅，头发浓密，眉毛斜插进鬓角，你无法想象紧闭的嘴唇负载了多大的力量。他有铜牙利齿，如果镜子里跳出来一头狮子，他确信能够生生地咬下它的皮肉。他把嘴唇打开，牙齿整齐，还那么白。他如此年轻，已经老了。牙齿如此之白，已经是最后的白。最后的、唯一的年轻。他感到力量重新回到内心，浑身又有了使不完的劲儿。

十几年前的镜子早碎了，房子也换了两茬。杨杰站在一面装饰漂亮的镜子前缅怀了过去和现在。年年岁岁花相似，岁岁年年人不同。一切都将从头再来。努力去自然，努力去坦荡，努力去从心欲，好吧，在三十五岁这一年，让杨杰出回到杨杰，让杨杰也回到杨杰。打开卫生间的门，他听见崔晓萱在客厅里说：

“还是妈好。大姑妈才偏心眼呢！”

“你姑妈和我说的是同一个意思。”李老师说，“你姑妈比我了解点点她爸。这些年，他在花街待的时间比在家还多。”

杨杰走过去，帮着父亲摆碗筷。“妈，你们说啥呢？”

“没什么。”

“当然有什么！”崔晓萱凉飕飕地说，“我说假如我提出离婚，结果会怎样。大姑妈的回答是：你不会离婚的。她说我不会离婚的。妈说的就很好听，妈说你不会离婚的。杨杰，如果我要离，你会同意吗？”

“看来姑妈那顿饭没让你吃饱，”杨杰说，“饿昏头了你。别扯那些没用的，带孩子吃饭。”

晚饭点点吃得很欢乐，在她看来，鹤顶爷爷杨千里是全世界最棒的厨师。吃得好心情就好，睡得也好，但还是被崔晓萱拍席梦思的声音惊醒了。崔晓萱有大多数女人的爱好，喜欢在床上跟老公理论；不高兴了，也喜欢砸床板。点点睁开眼，看见崔晓萱披头散发地坐在床上，衣冠不整，胳膊像两只喘不过气的翅膀在乱扑腾。

“脱了鞋在北戴河追你，既不是隐喻也不是象征，”杨杰说，“仅仅是因为我凉鞋带子断了，沙滩上又很难走。你跑在前面，不也是赤着脚？”

崔晓萱又开始拍床，好你个杨杰，我好端端八年青春砸在你手里，转脸不认账了。点点闭上眼装睡，没人看见她醒了。这些话不新奇，她希望妈妈能说点她没听过的。“我连出国都放弃了！”崔晓萱说，“我爸都跟我断绝关系了！你这个没良心的！”前面一句点点听过，通常接着妈妈还会说，要不是为了设计你那些破烂水晶，我他妈早就是国际一流的设计师了，那些当年比我差得没谱的同学，一个个都成了国际名流，我还得整天摆弄那些破烂杂志，还有你那些碎石头，我生生让你给毁了你知道吗杨杰！后一句倒新鲜，北京爷爷跟妈妈断绝过关系吗？他们既疼我也疼妈妈，一点都不像断绝过关系的样子。她对断绝关系的理解是：经过家门都不能进，一辈子不见面，电话都不打。这肯定有问题。每周她都要去北京爷爷奶奶家，不去都不行，他们说想她；每天晚上都要给她电话，她还得在电话里分别亲一下北京爷爷和奶奶，声音要大。

她更喜欢叫他们外公外婆，洋气，但是他们和妈妈一致认为不好，外公外婆是鹤顶的叫法，北京的叫法是姥姥姥爷。后来他们觉得姥姥姥爷也不好，该叫爷爷奶奶。他们只有一个女儿，女儿只有一个孩子，为什么要往远了叫？他们不叫她外孙女，叫孙女——“外”一下就远了。两头都爷爷奶奶，点点经常分不清爸爸妈妈说的是哪一个，就自己发明了一种新叫法：北京爷爷，北京奶奶；鹤顶爷爷，鹤顶奶奶。

现在，北京爷爷和北京奶奶在北京朝阳区三里屯的一套三居室里肯定睡着了。要在平常，杨杰会让崔晓萱以暴烈的方式把她的革命家史痛说完拉倒；今天不行，因为鹤顶爷爷和鹤顶奶奶也睡着了，鹤顶奶奶觉轻，喷嚏打大一点儿都会惊醒；还有点点，就在身边；还因为，他知道崔晓萱不是冲他来的，她想把一肚子酸水往福小身上倒。

“那好，半夜了，咱们谈谈。”杨杰双手摊开，手掌向下压一下，再压一下。小点声。

“谈什么？”

“谈你被我毁了啊。谈咱们是不是该离婚啊。”以他对崔晓萱的了解，躲是没用的，解决问题的唯一办法是以进为退。

果然崔晓萱静下来。她把手放到光溜溜的大腿上，蕾丝边的黑内裤配上丰腴白嫩的大腿，她知道自己有多性感。“我问你一个问题，”她说，“如实回答。你是不是因为我是北京人才和我结婚的？”

“什么意思？”这个问题杨杰没防备，有点蒙。难道她发现了婆婆的可疑之处？

“是，还是不是？”

是，还是不是。非要让杨杰给个答案，答案就是：是，还是不是——是，也不是。他去北京，因为李老师是“北京人”；要在北京混出个样儿来，固然基于自己的志气与野心，弄不出名堂无颜见江东父老，究其根本还在李老师，这在心理学上不复杂。至于见到崔晓萱就不撒手，我们可以让杨杰回忆出他在初尝成功后与母亲通的电话，他站在燕山大酒店门外的公用磁卡电话机前，告诉母亲，那两块水晶观赏石卖掉了，人民币十万。他可以在北京继续待下去了，他要在北京永远待下去。李老师高兴之后沉默了半天，说：

“好，给妈找个北京姑娘。”

水到渠成的要求，李老师还是说出了口。她担心儿子二十多年来都不能领会自己的意思？杨杰对着话筒的回答是：

“妈，我会把水晶再卖出好价钱的。”

“我跟你讲过我的第一桶金是怎么来的没有？”杨杰说。

“没有，”崔晓萱说，“咱俩认识的时候，你已经是草台班子的小老板了。是你想弄出一份满意的《奔月》雕刻图纸，你隆重地邀请的我！”

“那就好。我给你讲个故事。”

“大半夜的我听什么故事我有毛病啊？我就要知道，是还是不是！”

“你先听。我刚到北京的时候——”

——连一个正经的北京姑娘都不认识，满眼见的基本上都是不法商贩。套用个滥俗的说法：两个月来，除了睡觉，他不是在以潘家园为主要阵地的几个玉石古玩市场上，就是在去这些古玩市场的路上。大钟寺的，亚运村的，报国寺的，亮马河的，杨杰每天拖着几块水晶从这个市场窜到那个市场，他想把箱子里的石头都卖出去。住旅馆肯定是奢侈了，他在十里河租了一间平房。这地方是城乡接合部，租金便宜，靠潘家园也近，抬腿就到，玉石商人、古董贩子、倒卖字画、民间工艺品和旧货的个体户扎着堆住在这里。事实证明杨杰和董师傅的预期太乐观了，好价钱卖不出也就罢了，顺顺当当地卖掉都难。收购水晶的那帮家伙贼得像狼，打眼就知道你是个生瓜蛋子，价码压得几近无耻，经常搞得杨杰兜不住火，就是块砌墙的石头，你他妈的也不能就给这个价吧？那些水晶贩子用鼻子冷笑，要是砌墙的石头，你八抬大轿请老子，老子都没时间看一眼！

头一个月卖出去四块水晶，价钱只能说凑合。实在没办法，房租得交，一天三顿饭得吃，不能抱着一堆水晶饿死在北京。第二个月，杨杰从平房里搬出来，换了一间房东在院子里私自搭建的违章房（几年后，初平阳在未名湖边租了一间类似的小屋），单砖跑到顶，上头苫了几块楼板和石棉瓦，为的是一个月能省下来两百二十块钱。入了秋天就开始冷，小屋里感觉比外头低好几度；好在凌晨最冷的时候他已经起床了，要赶在天亮之前到潘家园占个摊位。屁股大的摊位也是摊位，晚了你拿根针都没地方插，人太多。

交易主要也在清早之前进行，到了天大亮，一不小心城管就来了，工商局的就来了，文物局的、稽查队的都来了。谁喊一声“狼来了”，所有人都跳起来，买的和卖的，卷了东西就跑。那时候潘家园不像现在这么威风：不到五万平米的院子，仿古建筑富丽堂皇地立着，店面和摊位给你划分和打理得好好的，每天可以悠悠闲闲地出入八万人，节假日更多，眼看成了跟故宫、长城、颐和园齐名的重要景点了。据说芬兰总统哈洛宁来过，斯里兰卡总统库马拉通加夫人来过，希腊总理西米蒂斯来过，美国众议院议长哈斯德、罗马尼亚总理纳斯塔塞、美国国务卿希拉里·克林顿、俄罗斯总统普京的夫人、泰国公主诗琳通、“欧元之父”蒙代尔、国际奥委会主席罗格的夫人等等近百个国家、一万多人次的各国政要和使节都慕名来过。那时候的潘家园叫“鬼市”，新《文物法》还没颁布，倒卖文物是犯罪，他们只能在天亮之前像鬼一样从各个胡同里钻出来，在街道两边的空地铺上麻袋或者蛇皮口袋，掏出东西往上一摆就算开张了。买东西的和卖东西的，人人攥着把手电筒，灯光在各个摊位上梦游一般凌乱地划动，看上的没看上的都可以咬着耳朵咕咕哝哝窃窃私语，那情景很像坟场上的大Party。杨杰入市第一天就感叹，这“鬼市”谁取的名，真他妈有才。

剩下的水晶也断断续续地往外卖，就是价钱上不去，照这个架势，卖完了等于两个月啥也没干。还是剩了两块，买家们都认为这两块有毛病。谁都知道晶体越干净纯度越高，要的就是往水里一扔，你看见的水晶也是水、水也是水晶，但那两块含了杂质，晶莹剔透的晶体里噩梦般地包裹了形状和颜色都莫名其妙的粉尘和矿物质。这相当于白玉有瑕，看那些买家挑剔的眼神，杨杰恨不能把手伸进晶体里将杂质给掏出来。从董师傅那里进货时，杨杰就对这两块石头有疑问。董师傅也不敢肯定这东西是好是坏，就是觉得不一样，放在手头有年头了，再放下去也是干耗着，没准带到大地方，被哪双慧眼看上了，草鸡变凤凰也说不好，价钱嘛，看着给。买下这两块，杨杰的确没花几个钱，但剩下它们卖不出去，让他觉得是已然失败的北京之行的尤其失败处，把它们体面地卖出去已经不是钱的问题，事关他的自尊。被拒绝的次数越多，他的反弹就越大，决意跟它们死磕下去了。

当然，死磕凭的不是蛮力和小脾气，他懵懂地就觉得这两个小东西不寻常。你看，往桌子上和床头一放，转着圈围着它们看，透过原石稍显粗糙的表面，那里头是有像模像样的东西的。具体像什么他又说不好，就是像。他也是这么跟一个韩国收藏家说，你看这是一个人吧？你看，这一块，像不像个猴子？韩国老头笑笑，普通话说得差点比杨杰还好，可是我要的是水晶啊。不过，他又说，的确跟一般的杂质不太一样，那黑色的是黑云母片吗？那绿的是绿簾吗？那鲜红色的，是矿物染色体吗？杨杰知道遇到高手了，他哪知道什么黑云母片、绿簾和矿物的染色体。他对水晶的了解完全是日常生活型的，没事就看见了，知道有这么个东西而已。

“那您要吗？”杨杰问。

“没想好。”韩国老头摇摇头，攥着手电筒走了。

第二天他们又在鬼市遇上了。杨杰又问：“您要吗？”

“多少钱？”

“一块两万。如果两块都要，便宜点，三万五。”

韩国老头笑出了声，“你这孩子，可以去抢银行了。”

杨杰还想说可以再商量，老头打着手电走远了。估计是给杨杰的价钱气的。这个价听上去是有点不厚道，出了口杨杰自己都吓了一跳，长这么大没见过摞成一摞的三万五千块钱人民币。那得多厚啊。但他硬生生就是说出来了。昨天早上韩国老头云母、绿簾一白话，杨杰立马意识到吃了没文化的亏，下了鬼市就往西单图书大厦跑，买了一本《水晶指南》，在十里河的小屋里研究了一天。书上说，跟其他玉石一样，水晶最近也出现了单供审美的观赏石，叫水晶观赏石。遗憾的是，书中只简单提到了几类观赏石，晶簇观赏石、晶洞观赏石、包裹体观赏石、原石观赏石，进一步详细的信息没有了，可能作者的研究也尚在进行中，等着看他的下一本书吧。但对杨杰来说，这点信息够了：肯定是存在这么一个水晶物种了，就是给你看着玩的；其次，手头上的两块，称之为包裹体观赏石，应该不算科学事故吧。师出有名了底气就硬，玉石的价炒到了天上去，为什么水晶就不能长点脸？他一激动，价就开上去了。

这一天因为城管出现，鬼市早早散了。杨杰抱着两块“包裹体水晶观赏石”回了小屋，撅着屁股继续盯着石头看。他在想象里把两块水晶粗糙的表面全剥掉了，想象两块水晶像固体的水一样（不是冰，冰的纯度跟水晶没法比）透明，那么，两块水晶里的图案究竟会是什么模样呢？小的那一块比较清晰，很像一个一身黑毛的猴子抱着一块大石头。大的那一块难度就大了，说像人你也可以说他是一棵老枯树，还可以说它是一块立在地上的形状不规矩的长条石，但旁边连绵苍茫的灰黑色是什么呢？杨杰的想象力跟不上了。院儿里住着个倒卖和田玉的哥们，河南南阳的，叼着烟到他屋里来。这哥们生意不错，总能将做旧的新玉当成老玉给卖掉，赚了一堆钱。听院儿里的另一个租户说，有天半夜这老兄烟瘾犯了，烟没了，屋里连张卷烟的报纸都没有，他就把地上的烟头捡起来，烟丝集中到一起，用张五十块钱的钞票卷起来抽了。河南人很奇怪，最近老看见杨杰撅着屁股围石头转圈，你这是找啥哩？

“找人。”

“找啥人哩？”

杨杰指着那片既像人又像树还像石头的地方，给河南人看。河南人也撅起屁股看，还没看清楚就直起身。“当然是要像人。”他说，“像啥都没有像人值钱。看不清？这个好办，找个人给开了，再抛上光，你想看多哩清楚都行。”

杨杰当时就呆掉了，人才啊，随口说两句都在点子上，看来用人民币卷烟抽是有道理的。他赶紧从兜里掏出“中南海”递给河南人，来一根，可是到哪儿去开石抛光呢？

“这事好办哩很。”河南人说，“我有个哥们搞了个玉雕作坊，在西二旗。两包烟钱，你想咋哩开他就给你咋哩开，你想咋哩抛他就给你咋哩抛。”

“现在就去。”

从西二旗的玉雕作坊里出来，杨杰很满意，只花了四百块钱，又花了两百块钱买了两个雕木底座让水晶坐上去，两块水晶就彻底告别了过去，像棉花庄人农转非变成了城镇户口，从里到外都光鲜起来。抛光师是老手，知道详略得当，该平面的地方很平，该素面的地方很素。开过了，抛了光，猴子果然是猴子，没有比猴子更像石头里这只苦命的猴子了；另一块水晶里，站着的只能是人：你看这个瘦高个长袍大袖、峨冠博带，就是个从古代里走出来的衣服架子，风大一点能把他吹倒——这人站着干什么呢？这是条河吗？远处好像还有芦苇。

“有点样子了，”作坊老板转着水晶看，“原石，包裹体水晶观赏石。取个好名字。名字取好了，价钱成倍往上翻。”

“能翻几倍？”杨杰怯怯地问。

“起码三倍。”

人家玉雕作坊老板就是开个玩笑，杨杰也把它当成个玩笑，但是笑完了他又把它当真了。三倍，那两块石头现在就该值十二万。杨杰感到正头顶出了汗，开始心动过速。成败在此一举。回到十里河他就给初平阳打电话。那时候初平阳的宿舍里还没装电话，一栋男生宿舍楼只有一部电话，在楼下传达室里，谁的电话来了，师傅就打开谁的宿舍的小喇叭，用镇江口音的普通话叫谁的名字。那天初平阳正躺在床上，看以色列诺贝尔文学奖得主阿格农的小说《大海深处》，小喇叭说：

“416，初平阳电话！”

“兄弟，”杨杰说，“靠你了，给想个好名字！”他把所有库存的优美和深沉的词汇全用上，为的是完美地将晶体里包裹的景观给表达出来，供初平阳参考。与此同时，他也把一肚子苦水和邪火对着初平阳撒了一通。

“那长袍大袖的人脸仰着吗？”

“仰着。两个鼻孔朝天。”

“好，那就叫《天问》。那人叫屈原。他脚前的水不是运河，是汨罗江。”

“猴子那块呢？”

“《一只名叫西绪福斯的猴子》。”初平阳说，“他不是滚石头，是抱石头。顶不住也得死顶着，手一松就会砸烂自己的脚。”

屈原杨杰知道，西绪福斯是个外国人，他不知道。初平阳跟他谈到希腊神话，谈到加缪，谈到哲学。这么高深的解释杨杰很满意，觉得两个名字取得好，都“形而上”了。“到底是文化人。”他说，“我说点俗的，回来请你吃盱眙的十三香龙虾。”

这回杨杰小心了，把两块水晶连底座用能找到的最柔软的布包好，装进斜挎的书包里，黑咕隆咚又来到鬼市。占了个屁股大的地方，但他啥都没摆出来。两边的人很生气，没占到好地势的商贩更不高兴，这小子玩的是哪一出，占着茅坑不拉屎。杨杰拍拍书包不厌其烦地告诉他们，不见兔子不撒鹰。他等韩国老头来。他根本不知道韩国老头还会不会再来，但他决定等，一天等不来等两天，两天等不来等三天——两个月都下来了，不差这一哆嗦。他像个亢奋的傻子，硬生生在鬼市上站了三个大清早，第四天黎明时分，韩国老头来了。杨杰见了就冲到他面前，问是否还记得他。韩国老头当然记得，但他摇摇头，礼貌地对他微笑，说对不起，绕过杨杰就要走。杨杰追上去，说：

“买不买都无所谓，我就是想请您再看一看。”

韩国老头摇摇头继续往前走。杨杰继续追。被追急了，老头只好问：“现在多少钱？”

“一个六万，两个十二万。”

韩国老头开口大笑的时候灌进了凉风，咳嗽了半天。停下笑和咳嗽，他板着脸说：“从现在开始，离我五米之外。”

杨杰目测五米的距离，忽快忽慢地跟着他。现在他只想让他看一看，它们已经不再是四天前的那两块水晶了，现在它们是两块打磨精良的原石包裹体水晶观赏石，一个叫《天问》，一个叫《一只名叫西绪福斯的猴子》。他一直跟着他，看他在不同的玉石摊子前挑选把玩，看他跟不同的玉石贩子交流和讨价还价，看他把中意的玉石放进一个黑色的双肩包里。在旧货市场，淘到满意的宝贝叫“捡漏儿”。眼看着韩国老头捡了四个漏儿了，天亮了。韩国老头穿过半截胡同，到了马路上，招呼了一辆出租车。幸亏那时候上班高峰没到，空车多，杨杰也叫了一辆出租。跟上，他跟师傅说，盯紧了。车在三环上疾驰，杨杰有点后悔了，他根本就不知道韩国老头要去哪里，出租车计价器上的数字不要命地往上跳，啪啪的能听见声，跳得他心惊肉跳；两个月了，起步价之外的出租车他就没舍得打过，没公交就步行。但他硬扛着，半路下去丢不起那人，再说三环上也不让两条腿的走。

韩国老头一直把车打到中关村大街边上的燕山大酒店，当代商城后面。等老头下了车杨杰才下。进了酒店大厅，除了门卫和前台服务员，一个人没有。韩国老头回房间了。杨杰发现自己太老实了，五米真是害死人。他在大堂的沙发上坐下，能进去他就能出来，不信堵不着。门卫见他头发凌乱，一脸隔夜的倦容，生了疑心，拎着警棍过来问。杨杰说，等人，韩国人；接着叽里哇啦乱说了一通，最后以“思密达”收尾，门卫被唬得咽了口唾沫，拎着警棍走了。杨杰在椅子上睡了一觉，突然惊醒，心想完蛋了，睡过去了，看看前台墙上的石英钟，竟然只睡了一刻钟。大堂里出出进进的人多起来，杨杰从口袋里掏出清凉油抹到太阳穴上，一定要把眼睛睁大。八点半钟，韩国老头西装革履地出来了，杨杰迎上去。

“你怎么在这里？”老头问。

“我就想请您看看。两分钟。”

“好吧。”老头说，都追到酒店了，这瘟神真难送啊。“在这儿？”

“也行。”

杨杰把包放到沙发上，打开最柔软的两块布。燕山大酒店的灯光穿过两块水晶，突然具有了无数的方向，屈原和猴子也仿佛突然醒了过来。老头从皮包里拿出一副白手套戴上，慢悠悠地说：

“就让我看看？”

“就看看。”杨杰说，“我说过它们是好东西。”

老头隔着手套摸了摸水晶，用包布盖上它们，合上杨杰的包，说：“跟我来。”

这个姓朴的韩国老头后来跟杨杰成了忘年交。他是首尔一所大学的历史学教授，研究中国的先秦和两汉，对玉格外有兴趣。收藏多了，就在首尔的一条古玩街上租了个门面，专门卖玉。朴先生每年都会来中国几次，每次数度出入潘家园、大钟寺等古玩市场，淘宝捡漏儿，古玉、仿古玉和新玉买上一大堆，带回首尔的店里去卖。据说首尔那条街上的诸多古玩店，出售的真假古董百分之八十五都来自北京的潘家园。

“我不藏水晶，”朴先生说，“但我对你这个人有兴趣。真没想到你盯得还挺紧，而且不为卖，只要证明这是两件好东西。你跟我在北京见过的所有玉石贩子和古董商人，都不一样。”

“我知道您懂行。只要是好东西您一定能看出来。”

“对水晶我是外行。”朴先生戴着手套反复欣赏那两块水晶。“《天问》《一只名叫西绪福斯的猴子》，名字取得好，真好。屈原是我最喜欢的诗人之一。名和景，绝配。关于包裹体水晶观赏石，我的资讯不多，只知道1990年，贵国江苏省东海县，有一块只有两百余克的小钛晶，经过打磨修饰，取名‘哈雷彗星’。据说最开始被带到东南亚珠宝展览会上，标三百元都没人要，后来竟以十四万元的高价被一个珠宝商买走，接着又被高价转手至一个台湾收藏家。因为‘哈雷彗星’，水晶观赏石才在业界逐渐兴起。这几年，我也只是当个看客，没动过心。不过这一次，小伙子，我还真有了兴趣。《天问》《一只名叫西绪福斯的猴子》，我倒觉得你就是那西绪福斯啊，把石头都抱到酒店里了。十二万，不能少？”

杨杰没料到朴先生要买。“如果您是真心喜欢，您觉得多少合适就多少！”

“各让一步，十万。”

“成交！”

“来日方长。”朴先生说，“倘若我真对水晶有了收藏兴趣，就算从你这里开了头，下次来北京我还找你。这活儿适合你，只要心正，你会越做越好。”

这个会说汉语的朴先生带着观赏石回了首尔，倒手卖给了韩国一个做电子产业的资本家。那人好水晶，一件合人民币十二万，两件二十四万。朴先生从此开始了水晶工艺品的收藏。杨杰是他最重要也最信得过的货源，因为他们成了朋友。有了朴先生的这十万，杨杰这只名叫西绪福斯的猴子，也得以将志愿坚持了下来，不停地从花街、从江苏东海、从新疆缅甸非洲和美洲搬来水晶，切割、打磨、雕刻、抛光，直至现在把事业的重心转移到佛像小挂件的批量生产上。

“我在燕山大酒店门口给家里打了电话，我妈接的。我告诉她，有这十万，我可以在北京待下去了。我妈说：好，给妈找个北京姑娘。”

“想起来了，刚结婚你就莫名其妙地带我去燕山大酒店住了一夜，就为了纪念你的‘第一桶金’？”

杨杰点头。他的北京生涯从燕山大酒店开始。

“也就是说，你找我是为了完成你妈给你下达的任务？”

崔晓萱的口气松动了，这个故事稀释了她尖锐的问责。杨杰暗暗地感激初平阳。他读过初平阳几乎所有专栏文章，发现这小子总在谈问题的时候讲故事，没故事说不了话？初平阳告诉他，老兄，这是说话和作文的技巧，你想兜圈子，最好的办法不是一轮一轮地讲道理，而是说故事。没有任何一个道理可以用道理本身来说清楚。所以你要天马行空地扯，故事是多解的，总有一种解释会把你引到想要的那条道上去。现在崔晓萱已经上了岔路，而杨杰也发现，在这个故事的语境里，以母亲为借口反倒有了别样的可爱和亲和力，如同夫妻间的赖皮和娇嗔。

“你觉得我妈下达的任务有问题？”

“杨杰，你明知道我不是这个意思，你还绕圈子！”“第一桶金”已然化解了崔晓萱正面强攻的大部分劲道。

“大半夜的坐床上，我往哪儿绕圈子？我就是告诉你，我能在北京待下去了，需要考虑将来的生活了。然后无比幸运地、隆重地邀请到了崔老师。崔老师的设计我十二万分满意，然后一次次花重金继续隆重邀请，为了能经常看见你。然后我们就在一起了。其实对我来说，你是不是北京人，跟为我设计图纸没任何关系，只要你待在北京就行了。”

这话说得聪明、放旷又深情，其实已经偷换了概念：跟设计图纸的确是没关系，问题是，娶个老婆显然不单单为了画几张图纸。不过这话对崔晓萱有效。或者说，所有丈夫说出的类似的话，对老婆通常都有效。崔晓萱知道她的圈子兜不下去了，再兜把自己也兜进去了，索性直说了：

“你就没想过娶秦福小当老婆？”

“福小？那会儿她在哪儿我都不知道。再说，她又不会设计图纸。”

“好啊，原来你娶了我就为了找个廉价劳动力！”

“后悔也晚了，你已经是孩儿她娘了。”

崔晓萱可能都没意识到，她的问题已经变成了另外一个问题，而现在的问题不具有任何的杀伤力。她的身份已经从情敌转回到妻子和母亲，她开始用妻子的手装出气急败坏的样子，撒娇地拍打丈夫，“好啊，我就说我被你坑了，果然就是被你给坑了！”

夜半危机到此该结束了。点点闭着眼，觉得这一次的危机比上次并没有精彩多少。当然，所有的危机终将会解决，所有夜间的矛盾都会在黑暗里化解。她觉得眼皮开始沉重，躺在床上像坐在气球上，飘飘悠悠地浮上了天。

事情到此结束不失为好的结局，但杨杰决定再进一步，有些问题不彻底解决，后遗症会没完没了。他抓住崔晓萱的两只光胳膊说：

“我跟你讲过景天赐的故事吗？”

“讲过啊。头脑被闪电吓坏了，拿手术刀割了自己的手腕，流血流死了。”

“你知道那手术刀是我给他的吗？”

“知道。你小姑妈从医院带回来的，你给了平阳、长安和天赐每人一把。”

“不应该给天赐的，我知道给了会有危险，但我还是给了。”

“为什么？”崔晓萱一下子来了精神。

“虚荣。”杨杰说，“我从来没对别人说过。见到福小我就想起那把手术刀。天赐受惊吓之前，我就说过，要给他们每人一把手术刀。我是老大，我有一个在医院当妇产科主任的姑妈，我希望一把手术刀可以增加我的威信。我许了诺，一年多都没有兑现，不是小姑妈没回鹤顶，就是她忘了带手术刀回来。你知道的，天赐是个骄横的孩子，喜欢较真，老是当我面揭短，手术刀呢？比青龙偃月刀还好看的手术刀怎么还没来呀？过年吃饺子前我能不能看到我的手术刀啊？脸上挂不住。我都不好意思去花街了。然后他被吓着了。小姑妈终于把手术刀带回来了。给天赐的时候，平阳和长安都劝我别给了，担心有危险，我坚持要给。我说都是哥们，当然要一视同仁。其实我是憋了口气，我想让天赐知道，大哥我说到做到。没想到后来出事了。我也没想到，平阳那把丢了，长安那把丢了，我自己的那把也丢了，四个人里，只有天赐一直保存着那把刀。他冷嘲热讽是因为他的确很想要一把，他喜欢那把刀。他一直都喜欢关羽和他的青龙偃月刀。这些年我都觉得是我杀死了天赐。”杨杰说的声音沉下来。“我的一点小虚荣害了天赐。”

“老公，跟你没关系。”崔晓萱把杨杰揽到怀里，把他的脑袋往乳房上摁，哄点点一样哄丈夫。“天赐那种情况，不是那把手术刀也会是别的什么刀。你别自责，生死有命，富贵在天。跟你没关系。”

“有关系。”

“没关系。别说没关系，即使有关系，那又如何。假设你当兵时正好来了鬼子，让你从猪圈里出来去迎敌，你就不杀人了？”

这个比喻显然不恰当。只有一个好妻子才会在这种时候慌不择辞地做这样不恰当的类比。“不一样，”杨杰说，他深陷在自责和悲伤里，“在战场上我会杀人。可是如果不在前线，一个敌人从后面拍拍你肩膀，说，哥们，借个火，我下不了手。那不是杀人的地方，那也不是杀人的时候。”

“好了好了，是我比错了。我就想跟你说，天赐的死跟你没那么大关系。没有人会怪你。他在天上会好好的。希望他安息。你也别对福小有那么大的负罪感，以后我不提她了还不成吗？”

崔晓萱听见丈夫在抽动鼻子，越发心疼起来。她把丈夫往自己睡衣里揉，一只手摸索着解开睡衣的纽扣；除此之外她找不到更好的安慰丈夫的办法。她没戴胸罩，杨杰的脸完全埋在她的双乳之间。她把他的嘴往乳头上移，吃吧吃吧，她感觉到乳头在他悲伤、温热的舌头的拨动下膨胀起来，像哨兵一样站直了。悲伤是催情剂，绝望也是催情剂。她感到丈夫的胳膊从后面抱住了自己，她的睡衣掉落在床边，她是一个光着上身的女人。“关灯。关灯。”她说，伸手灭了床头灯，然后缩回来抱住丈夫。他的正在往下梳理的嘴唇。她遵从两个人的意愿，在席梦思上躺平了。他的嘴在往下游动，悲伤里带着破坏的力量。这个男人的确有残暴的时候。他打算对着她的肚脐眼儿一直钻探下去吗？对，继续，往下。这么好的肚皮竟然没能用来怀孩子，真是可惜了。它只是恰到好处地丰腴，三十四岁的女人，整个下半身都处在她一生最好的时间里。他的嘴埋进狂飙一般茂盛的倒三角时，她剧烈地抖了两下。她说：

“你怎么不问问我，是不是真看了大和堂的房子？”

“不必问。”他从浓密的毛发里抬起头，趁机做了一次深呼吸。不用问他也知道，她只是说说，根本没去大和堂，否则他也不可能看到那篇写了十五张脸的专栏，它已经在初平阳或者初医生夫妇的手里了；而且，如果她去了，平阳知道他今天回来，肯定会和他联系的。

崔晓萱还想再问，问什么不必问，但已经问不出来了。他把她的蕾丝内裤彻底脱掉，像头野兽扑到她两腿之间。她只会压抑着啊啊啊。她在想，孩子在旁边啊，乖乖；别这样乖乖，孩子会看见的；但是乖乖，用力啊乖乖。后来，他把身体上移，直到两个人的各部位可以恰当地重合，他果断地把她空旷的部分给填满了。他的身体缓慢地下沉，同时局部地向前深度掘进，他感到了自己三十五岁的力量，发现站在镜子前看自己的脸时，实在悲观得过分，至少在有些事情上，三十五岁的的确确就是一个十足的年轻人。当他们可以相互把握至无限充实和结实的时候，她觉得如果不大喊一声肯定会憋死掉。她就张开嘴大喊了一声。然后她愧疚地说：

"点点。"

点点已经睡着了。和所有听话的孩子一样，她总能在该醒来的时候及时醒来，在该睡着的时候及时睡着。在她睡着的这张床上，爸妈还有漫长的架要吵；如果说她醒着时听见的架耗费的是情感和智商，那么现在的这一架需要的是情感和体力。在相当大的意义上，这一架是个体力活儿。

架总有吵完的时候。现在是后半夜，两个人在享受剧烈运动之后的宁和，等待五月初的汗水一粒粒蒸发和干涸。崔晓萱闭着眼，面带微笑，安详地说：

"说，你和秦福小还有什么秘密？"

杨杰侧了侧身，一只手握住老婆的乳房，说：

"一瓶泡椒。"

凤凰男

师兄又婚，邀导师和诸同门做小规模庆典。在一家中等豪华的饭店包间里，我们看到三十七岁的师兄和小他十岁的新师嫂。这事情对我们有些突然。三年前师兄二婚，二任师嫂年轻漂亮，在国字头的某媒体工作，两人站一块，我们能想起来的成语就是“郎才女貌”。婚宴上一杯接一杯地喝交杯酒，开始还是我们逼的，后来他俩喝出了惯性，端起酒就开始交杯。婚前婚后都恩爱有加，惹得我们这些光棍眼睛里都流口水，怎么说离就离了呢。的确就是离了，要不我们也没法见证他的三婚。小嫂子长得不如二嫂，气质上也差了那么一点，但是年轻，与二嫂的差距就全弥补上去了。一个小师弟对我耳语：师兄不赔不赚。

——赚了。师兄举杯给导师和同门敬酒，说，岚岚工作一般，收入一般，但人好，我们是老乡。我觉得赚了。如果你们结了婚，就知道我是赚大发了。

我和师弟都没机会结婚，不懂得他是如何赚大发了。小嫂子岚岚在一家出版社做编辑，临时工；师兄在大学里教书，这两年就该升教授了；以我等俗得掉渣的眼光看，落差有点大。但是师兄认为，赚大发了。他们俩前后村，步行半小时。

酒过三巡，师兄去洗手间，我和师弟做贼似的尾随上去。我给师弟丢个眼色，师弟点点头，等师兄尿撒了一半郑重发问：

——请问师兄，你究竟是如何赚了？

——“凤凰男”，知道不？我赚了个太平和心安。

说来惭愧，那天在厕所里我头一次听到这个词，回头就用师弟的上网手机“百度”了一下。百度是这样说的：凤凰男作为一种标签是指集全家之力于一身，发愤读书十余年，终于成为“山窝里飞出的金凤凰”，从而为一个家族蜕变带来希望的男性。他们进城市后，娶了孔雀女（城市女孩的代名词），过上了城市生活，但由于原先的农村身份打下的烙印，使得他们与孔雀女的爱情、婚姻和家庭，产生了种种问题。

根据这个定义，大嫂和二嫂都是所谓的“孔雀女”。照说“凤凰”和“孔雀”天生般配，为啥师兄一离再离呢？师兄在洗手间里长叹一声，说来话长。我和师弟只好憋着，今天是师兄的好日子，老拿人家前妻说事，对小嫂子不公平，说多了也扫师兄的兴。

一周后师门又聚，我和师弟揪住了师兄，坚决要求他痛说革命家史。师兄清醒时反倒迷茫了，他也一团糨糊，不知道为什么家庭出身就如此影响了婚姻生活。他对前两任都很满意，一个是大学同学（家在北京），一个是后来的同事（老家武汉），在为人和情感上都是知根知底，才华和能力上也相互钦慕。因为师兄小时候父母离异，对单亲家庭心生恐惧，和大嫂约定，结婚五年不离再要孩子，免得孩子遭罪。他以五年为限，心想挺过危险的前五年，那挺下去一辈子也就不会有问题了。挺到第五年，绷不住了。日常生活一切都好，就是不能回头看，一旦扭头事关师兄的老家，问题就来了。

开始是大嫂对师兄的一些生活习惯看不上，整天督促他改，“向文明人靠拢”。“文明人”的生活的确不错，师兄改了，不吃葱不吃蒜，吃饭别吧唧嘴，饭后不许剔牙，丢下饭碗就去刷牙；没事别抖腿，“女抖富，男抖穷”，总之抖腿不是正经人干的事儿。然后，没事别往老家跑。回去一趟花钱不说，七大姑八大姨三舅二叔总要找点事让你忙活儿，今天让你给娃取个名字，明天盖房子让你帮写副对联，后天哪个侄子外甥没考好，让你给补习一下功课。反正不能让你闲着。接着，老家的电话能不接就不接，不会有好事。孩子考学要咨询；差了几分问你能不能帮上忙疏通关系；有人来北京，提前问一下北京站和北京西站之间距离有多远；老人生了病，问你是否知道有根治的良方；甚至老家有人要来首都上访，也问你朝廷里是不是有关系。但凡区号是老家的电话，随他响，别给自己找麻烦。你以为你是谁啊？他们以为你是谁啊？她害怕你那一群穷亲戚和乡邻来到家里，请饭、作陪，带他们看故宫和长城，害怕他们让你帮忙买车票，害怕他们张口向你借钱。在她看来，老家就是一张张嗷嗷待哺的大嘴，就是百慕大看不见的恐怖黑三角。

——他们真的如此打扰你们的生活了？

——没那么严重。偶尔会有电话来问点事，大部分都是我办不了和不知道的，简单解释一下就结了。

——来客和借钱呢？

——哪有那么多客人要来？千里迢迢的，你没事会往北京跑？也许他们觉得我在大城市，挣了一些钱，但谁又愿意随随便便开个借钱的口呢？

——那大嫂恐惧什么呢？

——不明白。她认为接个电话也影响了我们的生活。她觉得我每天要应付数不清的人和事，生活因此残缺不全，我的爱被无数人分割掉，留给她的份额也越来越少。她觉得我老家的亲戚朋友每天都踩着我家的门槛进到屋里来，坐在沙发上、餐桌前，占据了我们的床、饭桌、煤气灶和马桶。她觉得面对无数人的责任、关系终将毁掉我们的生活。可是我们的生活好好的，结婚四年多其实没有任何变化。但是她就是像萨特一样恐惧，他人即地狱。莫须有的恐惧。

——解释清楚不就完了？

——我解释了一千五百多天，嘴皮子都磨薄了。她还是恐惧，没有发生的事，她不能证实我也没法证伪。她在这方面变成了顽固的悲观主义者，在前头只能看见黑，似乎我背负了如此之多的关系，最终都要一一落实，我必须分别给他们回应，结果是，我们的生活会像筛子一样四下漏风。

他们在第五年的婚姻生活一半时，离了。从民政局出来，师兄对前妻说："不是我以为自己是谁，也不是他们以为我是谁，而是：你以为我是谁？我当不了救世主，也没人需要我当救世主。是你自己虚构出了一个救世主。”

第二任，我们漂亮的二嫂，博士毕业，讲起理论来一套一套，天下一半以上的大道理都门儿清，过不去的是另外一道坎。这回不是救世主，是钱，是财富的“不公平”分配和流失。二嫂生在武昌城里，独生女，算不上大富大贵，但三口之家日子过得也算滋润。父母是教书的，退休金接济不了女儿女婿，但也不必他们俩负担，老两口打发自己的生活绰绰有余。二嫂那头的亲朋也少，为数不多的关系中大部分也基本上不来往，相形之下，师兄这一头就显得麻烦大了。

他有鳏居的父亲，有一个姐姐，有两个叔叔和三个姑妈，还有年近九十的祖父祖母。就算这群人中半数都住在城里，也是小城，没一个比北京大——莫名其妙的是，别人习惯性认为住在大城市的就一定比待在小城市的有钱；更诡异，二嫂也这么认为，她倒不是断定自己日子就比别人好过，而是认为别人必然会向她和师兄借钱，因为他们在北京。何况，师兄的父亲和祖父母依然守在村里。村里的生活她是领教过了，杂货店里百分之七八十都是假冒伪劣产品，能在旺旺仙贝里吃出头发和指甲来，南孚电池没有一节是真的；厕所在院子外面，蹲下来就听见巷子里来来往往走路的人声，房子老朽，早晚要翻盖，祖父和父亲多少还有点离退休的生活补贴，但大病来了，医疗费用报销不掉的，还得自己掏腰包。这钱从哪里来？当然——二嫂就是这么想的，从师兄口袋里掏。

凋敝破败的乡村生活，以及看得见的经济负担，把二嫂也吓着了。又是一个百慕大黑三角。为此师兄和二嫂有个对话，据师兄的回忆实录如下：

——老人要病了，那可是个无底洞。二嫂说。

——人有生老病死，谁也躲不过。师兄说，双方的家人我一视同仁，有病就治，钱上我不会算计。病不会只追着哪一家老人。

——我爸妈在武汉生活，生活和医疗条件好，生大病的可能性不大。

——大病来了，不管你在哪里，跑月球上照样要命。

——但是在大城市可能性就是小，每年体检，一有风吹草动就可以消灭在萌芽状态。

——大城市肿瘤医院的上座率可是远高过乡村医院的。

——请注意，我说的是我父母生大病的可能性不大。还有房子，他们的居住条件很好，不必再折腾了。（这是针对师兄打算翻盖老家的房子。）

——翻新房子用不了几个钱。师兄说，我也只是出一部分，五万块钱而已。我不能在老人家膝下尽孝，出点钱翻新房子总是应该的吧。

——不是钱多少的问题，而是，这样的事会源源不断。今天建房子，明天看病，后天支援这个亲戚，我一想到那么一长串名单头皮都发麻。

师兄明白了，不是钱多少的问题，而是两边的钱花得是否平衡的问题。从目前的情况，二嫂那头需要花钱只有她爸妈；他这头，除了祖父祖母，还有父亲，已经三个人了，再加上有可能的姐姐、叔叔、姑妈，那的确要翻了几倍。

——问题在于，他们未必就要花我们的钱啊。

——你不能完全排除这个可能。

——那你也不能排除你那些不常往来的亲戚朋友可能惦记着我们的钱。（说到这里，师兄觉得自己已经相当市侩和烂俗了。）

——请注意，人家都住城里！谁稀罕！

又绕回来了。出身的原罪。天然的逻辑就是这么形成的：你出生在一个经济不发达、生活和医疗条件跟不上的乡村，你有一个开放的、铺张的关系网，你有也被认为有义务和责任让所有人都跟你一样过上好日子，所以，你负担重，在婚姻和家庭的天平上你这头就可能先坠下去——凭什么？生活是两人共有的，财富是两人共有的，凭什么你单方面一个劲儿输出？

这就是问题所在吗？

在师兄历时两年的第二段婚姻中，事实上除了盖房子的五万块钱，他并没有别的输出项目，即使有一次借给别人三万，很快又还回来了。但婚姻还是毁掉了。潜在的输出不平衡成为他们生活中唯一争吵的源头。两人感情很好，我可以做证，以我在他们家蹭过的几十顿饭起誓，这是一对典范的恩爱型高级知识分子。

可是，有什么办法呢。师兄的叹息相当悲壮。也许真有很多胸怀大志的爱情，但开阔的婚姻你最好别抱多大希望；一进入日常生活，人就鸡毛蒜皮地变小了。不患寡，患不均，世道如此，婚姻也如此。师兄的悲观让我很不得劲儿，咱还没结婚呢，尽管年过而立老大不小了，我对爱情和婚姻依然浪漫主义地一视同仁。然而事情确切如此：每次都因为这个吵架，吵多了就疲沓了，没意思极了，越来越像个耻辱。师兄不打算再挺过五年去要孩子，形式主义说到底意思不大，离就离了吧。他们相爱到分手。我以为这只会是首流行歌曲的题目，没想到是生活本身。

师兄不想再耗下一个五年，与现在的小嫂子结了婚。请别想当然地认为，他们就没有爱情；他们很恩爱，也以我开始在他们家蹭饭的次数越来越多起誓：师兄和小嫂子都是严肃认真的人。小嫂子不会没事就去翻师兄的家谱，不是因为她的家谱同样支系纷繁，而是她能理解一个从乡村出来的男人背负的十字架。他们有着更切近的世界观和伦理观。

这的确是一个要上升到“观”的问题。看到这里，一定会有不少朋友开始撇嘴，认为我在为自家人说话，拉的是偏架。如果按照我在网上搜罗到的“凤凰男”的几条表征，我的确拉了偏架：“凤凰男”有很多毛病，诸如功利和自卑、自负与刻薄、保守与自私；但具体到我师兄这里，我得说我还是客观公正的。就我狭隘的视野，能有师兄那样深刻自我反思能力的知识分子还真不多。他的话我至少愿意相信百分之八十八。

这的确是一个“观”的问题。出身很大程度上决定了你的世界观和伦理观。可以想象我的师兄，生长于广袤的大地上，作为一个鳏居父亲养大的孩子，像竹子一样拔节生长的过程中，必将受到亲朋邻里的恩惠。在我生长的半城半乡的花街，从小也吃上了百家饭，端着饭碗能把一条街吃到头，碗里的饭菜还是满的；更不必说师兄长养的中原大地，大门对开，夜不闭户，在一个人成长的任一个阶段，所有人都伸出了援手。你是你父母的孩子，你也是所有人的孩子。开放式的空间和生活，决定了你看待世界的方式有别于城里人。在城市里，相互隔绝的生活让人更独立，我这棵苗长大追的是我自家的肥，我自成系统，跟你不搭界，谁也不欠，别把我网罗进某个宏大的关系中，网也白网，不跟你玩。你有底气有本钱不搭理别人，对门住了两年，你可能都不知道邻居家有几口人，都长啥样。你不会在一个网状的关系中去看待人事和这个世界。你也不必见着谁都感恩。乡村里的孩子不一样，百家饭吃完了你不能抹抹嘴就不认账，当然，也不是让你受滴水之恩就得涌泉相报——没人为了要涌泉相报才给你滴水之恩——只是要你最质朴的回眸一笑。

我念中学时有个老师，书教得好。有一年我去一个村，和村民聊天知道，该老师是这个村的孤儿，父母早亡，几十户本家轮流供养，一直拉扯他上大学。念了大学后，极少回村。村民们很生气，一个老先生牙都没了，嗓子沙哑，是老师的堂爷爷，说："不图得他的济，就隔三岔五回来看看，给街坊邻居递根烟，让咱们知道，养大了你，你现在好好的。"在乡邻间，恩其实事小，情才是大。

也许这才是师兄坚持接那些电话的原因。他知道自己不是救世主，他也清楚不是所有事都能帮上忙（甚至几乎所有事都帮不上忙），但他得有个回应，让遥远的故乡人知道，恩在情也在。这一声呼应是“我在我们之中”的接头暗号。

必须承认，村里的伦理观相对保守，你说封建也不算太过分。敬老护幼，慷慨重义，要孝顺、敦厚、善良、友爱，要得饶人处且饶人，要能帮人时就帮人，这都是为人基本的美德，只是村里要求得更高，有时到了刻板的程度。谁都自私，但村里的集体主义总能打败个人主义，举手投足之间你把方向弄错了，就有人对你指指点点。相互依存的生存现实造就了这种古典的生活形态，谁也没法脱离别人单个过活。你在这大潭子水里泡着，多少年这么过来的，多少年后你也得这么过去。走到哪你怀里都得揣着一大群人、一大片野地，甩都甩不掉。

在这个讲效率和先富起来的时代，到了城里你当然要落伍。别人轻装上阵，你得像个蜗牛背着一大堆行李，最先看不上你的就是自己老婆，作为“孔雀女”的我大嫂、二嫂。她们诧异然后愤怒，哀你不幸，怒你不争——在她们看来，说到底这些乱七八糟的事跟你有什么鸟关系啊。你偏偏摆脱不了。

我很不专业地查了一下，“凤凰男”之风行也就这几年的事。陈世美不时髦了，高加林也没人提了，电视剧里连篇累牍地说“凤凰男”。这帮带着泥土和青草味的拉斯蒂涅们，突然面临的，其实是一个新的“门当户对”问题。它被提上日程，被挂在嘴上，是因为冲劲儿十足的拉斯蒂涅已然不能被忽略，他们像最坚硬的那部分齿轮一样嵌入了城市发展的履带中。

某日和一女家长聊天，其千金正念大一。该家长自我标榜民主和自由，论及女儿的前程只用了四个字：顺其自然。停了两秒钟，又追加了九个字：只要别嫁给村里来的。

秦福小

QIN FU XIAO

在北京的电梯里，福小在电话里听见一个女声在问初平阳：“福小？是那个秦福小吗？”

这个女声是齐苏红，她举起扎啤对着初平阳跟前的杯子碰一下。他们坐在南大街“堂·吉诃德”酒吧的露天茶座里。晚上九点半，客人不是很多，但能看出三分之一都来自外地。这很好，说明沿河风光带的旅游业前景大好，这才刚开了头。她说：

“是吕冬高中时的女朋友秦福小吧？”

初平阳点点头。“那就说好了，明天去看吕冬。”

“我在外面等你。反正他也不想见我。”齐苏红说，“不说他了。婚姻其实挺没意思的，真的。房子的事你再斟酌，价钱没问题，我可以比他们高这个数。”她张开右手对初平阳摇了摇五个细长的手指头，“在河南，你知道这不是个小数目。”

在运河南岸，在理想的房价之上再加五万，的确不是个小数目。这里是淮海市的花街，不是北京、上海和杭州，据说这三个城市的房价飞升的速度跟“神舟五号”基本持平。初平阳约齐苏红出来，本意要谈吕冬；从他辞职到现在，才几年啊，吕冬，他的好兄长、好同事，竟然进去了。吕冬不是个开朗的人，也时常怯懦和忧郁，但这种文人中比较典型的性格离精神病院还是无限遥远的。但他此刻的确就在卢家仓。

全淮海的人都知道卢家仓不仅仅指的是一片野地。这地方在明朝时出过一个姓卢的大官，具体啥头衔记不得了，相当于今天的部级干部吧。大官多大贪，此人在老家掠了上千亩良田，丰收时谷粮满仓，“卢家仓”慢慢被置换成地名。多年后运河泛滥，一条支流淹了卢家仓，从此成了低地，可以放牧，可以养殖，但房屋不敢建，粮食也不再种，一片大野地，正常的人不喜欢往那里跑。“文革”结束后，卢家仓还闲着，政府就运了成千上万卡车的泥土和石头过去，垫高了两块地方，一块建了看守所，一块建了精神病院；这两种地方大家都不喜欢，都怕，那就放到荒郊野外。这个决策很快出了问题。精神病院和看守所做邻居，怎么想都意味深长；是精神病人要当犯人一样严加管制呢，还是犯人必须当精神病人那般对待？没办法，只好把看守所拆了，找另外一个地方重建，反正是纳税人的钱，花起来不心疼。初平阳他们念小学的时候，卢家仓就只剩下精神病院了，学名淮海市第三人民医院。但淮海人还是习惯叫卢家仓。这号人就该送到卢家仓去；说的不是让他到卢家仓的野地去转两圈，而是说他脑子坏了，该进精神病院看看了。

刚提到卢家仓没几句，齐苏红就问起了大和堂。她很直接，想要。消息从哪里来的她没说，想用大和堂干什么初平阳也没问，作为淮海市住房建设局前办公室主任，她对这套房子的价值显然有充分的认识。约好了第二天下午一起去看吕冬后，齐苏红一口气喝掉了剩下的大半杯扎啤，分手时她说：

“平阳，不多说了，看在吕冬的分上，若有可能，考虑一下。最后一句，价钱不是问题。”

“堂·吉诃德”的音响里放着英文歌《昨日重现》。初平阳继续坐在藤椅上，他想在故乡的夜晚里多待一会儿。齐苏红的扎啤杯此时显得无比巨大，她具备了做更大领导的酒量。照她刚才喝酒的架势，不在舒袖之下。而舒袖现在是别人的老婆，一个两岁男孩的母亲。他把橙汁推到一边，让服务员给他一杯和齐苏红同样的扎啤，酒量不济他也打算把这杯喝光，为吕冬和舒袖。

关于这两年的吕冬，从齐苏红那里得到的信息只有两条：一是头脑出了毛病；二是还跟过去一样瘦。前者初平阳不能随便质疑，他不是医生；人有旦夕祸福，吕冬的的确确是进去了。但后者颇可以疑惑，娶了妻生了孩子的中年男人，以吕冬那样坚决不运动的生活方式，肚子不起来真是怪事；现在进去了，那瘦下来总是应该的。初平阳的印象里，深度焦虑的人都有一双皮包骨头的大眼睛，深陷在世界后面，乖戾而又狂躁，那眼神能把火柴给点着了——这吕冬怎么依然保持了中学沿袭下来的好身材呢？从初平阳认识吕冬起，吕冬就很瘦，身材很好的那种瘦，身材好得让女生都忌妒的瘦。

他比初平阳高两个年级，和福小、平秋一个班，高二分班时，福小和吕冬念了文科，平秋立志学医，选了理科。学理科之前，初平秋最讨厌的男同学名单里就有吕冬，原因之一是吕冬太女气（现在的时髦说法是有点“娘”。整天在女生堆里玩，女孩子的游戏他全在行，跳绳、打沙包、转呼啦圈、跳皮筋、踢毽子，在这些女生绝对优势的项目上，班上的任何女生都不敢断定自己一定就比吕冬强。一到学校运动会，初平秋就会说，该让那个烦人的吕冬参加女子比赛）；原因之二就是吕冬的身材让人生气。初平阳怀疑姐姐是出于忌妒，初平秋稍微胖了点。初平阳认识吕冬，完全是因为姐姐的诋毁。大男生没点阳刚气在上个世纪90

年代初是相当不体面的，那么，不男不女的人究竟是啥样的？初平阳特地拽上易长安去姐姐班的教室窗外看。他觉得姐姐夸张了，此人脸上的线条一点都不软，像连环画里的罗成，清秀里有股英气，眉毛浓黑，鼻梁挺拔，不管你用哪国的标准来衡量，他也是个爷们儿。不过第二次见到他，初平阳的确是挺惊讶，吕冬正和几个女生踢毽子，腰身之柔韧，动作之复杂，鸡毛毽子在他身体前后左右精确地翻飞，每飞一圈都堪称花活，卫星绕地球转也不过如此。如果他不想停下来，毽子就可以永远飞下去，直到鸡毛踢光了为止。

更让初平阳叹服的是吕冬会打毛线。大到毛衣小到袜子和手套，平扣反扣正反扣阿尔巴尼亚扣，头头是道，大冬天坐在太阳底下可以和老娘们儿一争高下。一个十七岁的男孩子有这一手，听了让人心乱，觉得自己也被毛线缠住了。对初平阳这种手脚笨拙的人来说，绣花、打毛线是门高深的学问，他觉得吕冬是高人。好在初平秋分到了理科班，不再阴阳怪气地评说吕冬了，初平阳得以把这种敬畏保留了下来。成了朋友，初平阳忍不住打听吕冬技艺的源头。吕冬说，家里三个姐姐，终于盼来个男孩，小时候被当女孩贱养，为的是让他长命百岁。“在我家女人说了算，”吕冬说，“我妈是老大，我爸形同虚设。你要在女人堆里长大，你比我还心灵手巧。”好吧，初平阳想，尽管心灵手巧让人向往，还是生在女人堆外好，贾宝玉可不是人人都有能力当的。

他们成为朋友是在福小出走之后。那天凌晨吕冬准时醒了，起码在物质上做好了跟福小私奔的准备。他备好了足够的衣服和钱粮，把十七年来的压岁钱一分不剩地取了出来。在他躺在床上盯着窗外逐渐透明的天空，最后一次犹豫是否践行诺言的时候，卫生间里传来母亲刷牙时的干呕声。母亲的更年期肯定提前了，一夜只睡半夜的觉，早早就爬起来洗漱，然后在院子里像野猫一样转来转去。吕冬想，等母亲出了门他就起来，不能让她听见。那天早上母亲的干呕声没完没了，除了一个出嫁的姐姐，另外两个姐姐和他们的父亲，不得不把脑袋塞到枕头底下。他们一致认为母亲的更年期反应越来越严重了。吕冬直挺挺躺在床上，拳头紧握，脚尖绷紧，身上一轮轮地出汗，他希望母亲早点结束干呕，又暗暗祈祷母亲一直干呕下去，把天给呕亮了最好。他有点怕，一想到远游之后举目无亲的荒凉，他就觉得自己的腰弓下来了，脊背老想找个东西靠一靠；他更害怕失踪以后，母亲像头母豹子一样大吼大叫，他确信不管自己身在河南还是湖南、广西还是广东，都能听到十七年来一直让他肝颤的声音。母亲是说一不二的人，在淮海市钢铁厂里她是党委书记兼厂长，在家她是家长。他觉得不仅想找个东西靠一靠，他还想后退，后退，后退，后退到一个让母亲终于满意的完美地带。母亲的干呕持续了一个小时，胆汁都呕出来了。等她从卫生间里出来，吕冬进去撒了一泡尿，简单地洗漱之后，从床底下拖出背包出了门，从车棚里推出自行车。

坐在自行车上，他自己都觉得是在装着样子狂奔，他希望赶到石码头时，福小正胆怯地坐在石阶上，她先退却了，她决定不离家出走了，或者她连出现在石码头上的勇气都没有了。他可以用一头的汗向她证明，母亲耽误了他的时间，他拼着命地赶来，他心甘情愿、无所畏惧，即使赴死也如归，他没有辜负她。当然他也闪过一个念头，如果他来得足够迟，福小会不会等不及了先走了呢？倘若真是如此，那他也可以用一头汗来宽慰自己：我的确是来了，但是你已经不在；母亲的更年期来势汹汹，势不可当，谁知道她会没完没了地干呕呢。那个早上有雨。吕冬出门的时候雨差不多停了，福小躲在一艘运煤船的旧雨布底下，早已经顺流而下；他在石码头坐着，等到云开雾散，等到天晴了日上三竿。他站起来，拍拍被雨水湿透的冰凉屁股，突然有种不祥之感：他确信福小已在路上，而自己因为胆怯辜负了她。

两天后，消息证实福小失踪。初平阳收拾好书包，正打算找易长安一起回家，吕冬在教室门口堵住了他：

“我是吕冬，你知道福小去哪儿了吗？”

初平阳一直记得那个下午，因为吕冬的两只眼里布满血丝，噙着的胖乎乎的泪水像两只凸透镜，把血丝和迷乱的眼神放大到了骇人的地步。那天吕冬瘦得匀称，脸上有了理想中男人的东西；初平阳放弃了暴揍他一顿的想法，他知道他是福小的男朋友，但他还是当胸给了他一拳。初平阳说：

“想去一起找她吗？”

吕冬说：“找！”

他们成了朋友。从那时候起，十六年过去了：他们两个多月流浪了好几个省，最后像孤儿一样回来了，福小的影子都没看见；他给初平阳带来了舒袖；他们成了同事，吕冬给他打下手；初平阳去了北京，吕冬继续待在中文系；后来听说系科调整，吕冬被分到新闻系；然后到了现在，初平阳回来了，吕冬“头脑坏了”，去了卢家仓。十六年过去了。十六年后，吕冬“还跟过去一样瘦”。

第二天下午，初平阳提前五分钟到水门桥。到了点儿齐苏红还没来，她在短信里说，开了个紧急会，“运河旅游文化节”马上开始，杂事多，稍等。初平阳扶着栏杆往运河里看，跟前几年比，水在变清，起码招待游客不算太丢人。三三两两的人在不远处过渡，从南岸到北岸，从北岸到南岸，一艘小花船在两岸间来回摆动。有一阵子，游客断了，初平阳看见身穿清朝宫廷服饰的船夫坐在船头抠指甲，带假翎毛的帽子盖住了船夫的脸。这就是沿河风光带管委会希望老何干的事，让游客们体验一下御码头的待遇。但他实在觉得船夫穿的像太监服。老何拒绝是对的。身后有喇叭声，初平阳转身看见齐苏红从车里钻出来。她有公车，配专职司机，因为去卢家仓，私事里的私密事，她打发司机到办公室外抽烟了，亲自开车。

齐苏红陪初平阳站在桥上，身后车来人往。沿河风光带的二期工程即将收尾，齐苏红的手指从这边划到那边，又从那边划回这边，途经淮海的上百公里的运河全在她手底下了。她希望初大博士能给风光带提一些宝贵的建议和意见。刚刚结束的“运河旅游文化节”最后一次筹备会上，她向组委会再次推荐了初平阳，希望各项活动都要尽可能隆重地邀请到初平阳。外来的和尚会念经，出口转内销的和尚经会念得更好，“初平阳是咱们淮海出去的大学者、大作家，这次碰巧回乡省亲，机不可失”，她复述了她在会上的发言。

“饶了我吧，”初平阳说，“开会、参加活动等于要我的命。”

“没大事，你的任务就是出席，说上几句高瞻远瞩的话。领导的待遇。”

初平阳打算彻底拒绝，又想，没准可以趁机多了解一点淮海、运河和花街。“我可以自己挑吗？”

“当然。你说了算。”

齐苏红比画着要继续介绍稍后的风光带三期工程，有人叫“齐主任”。是那个穿太监服的船夫，他把船划到桥下了。“小何？”齐苏红说，“你不在船坞你往这边跑干什么？”

“我爸昨天网了几条白大雁，味儿很好的，抽空给您送过去？”

船夫的脑袋小，仰脸说话时帽子滑到后脑勺上，露出了挑染的红头发。初平阳看着眼熟，说：“你是何叔的儿子？”

小何不再像那天一早的愤懑和无赖，笑嘻嘻地说：“初家大哥也在啊？齐主任让我和我爸到御码头工作了！”

齐苏红摆摆手让他走，工作时间不许乱跑。“何老头突然想明白了，答应来御码头船坞了。之前那个倔啊，让他穿这身打扮跟扒光他衣服、丢了他贞操似的。还不得乖乖地来了？你看他儿子，开心得像狗啃到了骨头。别小看咱们淮海，大博士，找工作不比你们首都容易。”

“能给他们换件衣服吗？”初平阳不知道老何穿上这一身会是啥样。显然父亲的劝说有了效果，别挡了年轻人的路。应该也是老何父子透露了大和堂要卖的消息，老何妥协了，顺便告诉了初医生家的新闻。可这身衣服也太不着调了。“穿身工作服也行。”

“这就是工作服，定制好的。领导喜欢，老百姓也喜欢，这长袍大袖地伺候你，多体面，看着也喜庆。”

初平阳闭了嘴。这就是我们的趣味，要别人老爷老爷地叫着，唯唯诺诺地端茶送水递盘子，饭馆、酒店、练歌房，各种豪华的会所，连摇个船都这德性了，穿宫廷装、妃子服、丫头衣和太监行头，我们就享受了，觉得自己真成人上人了。人上人就这么重要？“不早了，看吕冬吧。”

穿过市区，奥迪A6继续往北，二十分钟后人间的繁华彻底消失，宽阔的水泥路面之外只剩下一片低洼的大野地，荒草在迎风生长。车窗里涌进复杂的湿地味道，你可以闻出草香，也可以闻出陈年的淤泥味儿，还可以闻出此地多年人迹罕至，尤其在这个阴沉的下午，生涩荒凉的味道尤其浓重。很可能是受了吕冬入院的影响，初平阳的心情沉到了底，觉得当年根本不必要在这里建起缠着电网和高墙的看守所，这地方本身就像个看守所，如同世界尽头。看守所现在是一堆漫不经心的惨白废墟，离它不远有几座低矮的楼房，被围在一个孤零零的大院子里，那就是淮海市第三人民医院，被简化的卢家仓。他们从一辆13路无人售票的公交车后面超过去，空荡荡的车里只有开车的司机。为了抵抗孤独，司机不惜违反规定把音乐声开到最大，点着脑袋摇晃身体，跟歌手屠洪刚一起唱“我站在——猎猎风中”。

“原来不是3路车通到卢家仓吗？”初平阳说。

“谁记得住。肯定是调整了。你能想象一座城市排行第三的公交车开到一家精神病院？我觉得13路挺合适，大吉大利了谁会往这边跑？”

初平阳记得，十几年前通往卢家仓的就是3路车。那时候淮海市没现在这么多条公交线路，不过十几条总是有的，到了卢家仓，售票员就用淮海话说：3路车终点站卢家仓到了，没事请赶快下车。着急得像把乘客往精神病院里赶。这地方设一站，完全是为了给进精神病院提供方便。十几年前他和长安、杨杰、天赐一起坐过。那时候的小孩子都爱来这里，寻热闹，想看看头脑出问题的人都长什么模样。他也骑自行车来过，这样可以站在自行车后座上，越过精神病院的高墙往里看。一群人，姐姐班上自发组织的春游，不知道哪个抽风，建议到卢家仓踏青，都骑着自行车。因为平秋不会骑车，特许他做随从，骑车载她；因为平阳要来，长安也跟着来了，他们俩轮流驮着平秋，冲在最前面。

那一次自驾自行车游里就有吕冬和福小。如果那个时候初平阳多长个心眼，肯定能看出吕冬和福小的关系非同平常，但他没看出来。他的眼睛大部分时间只看见了福小一个人，剩下的时间被平秋的指使和长安的惊惊炸炸瓜分了。那也是上午，阳光不错，“一切都欣欣然张开了眼”的样子，他们年少得即便身处空旷的卢家仓和精神病院围墙外，也不知道悲伤和忧愁。他们的笑声欢快干净至于肆无忌惮，引逗得墙内的病人心里直痒痒，一个个原地起跳想往墙外看；无奈墙太高，他们就头碰头研究，怎样才能找到导火索，绑到自己腿上，点燃后像二踢脚炮仗一样被送上天，他们就可以居高临下看清墙外每一个笑声的来源。

里面的人想往外看，外面的人想朝里看。踏青的少男少女架好自行车，稳定车头，轮着踩在后座上站起来。你可以想象很多年前：卢家仓跟现在一样荒凉破败，潮湿的淤泥和青草气息在野地里自由鼓荡；和现在一样，远处有挥舞长鞭子放羊的老头，山羊和绵羊还没有分开，混在一起低头吃着同一种新生的青草；和现在不同的是，那时候卢家仓没有鱼塘，现在最低的洼地里新挖了几十个水池，半亩方塘一鉴开，天光云影共徘徊，鱼塘边上搭建了护鱼的三角形简易小屋，一天只吃两顿饭的护鱼人正在收集柴火与煤炭，准备生火做饭，他们的奥迪A6惊起了一片护鱼犬的狂吠；你可以想象很多年前，那些年轻的学生站在自行车后座上，棉衣刚刚脱掉，身着单衫，身体新鲜健美，他们一律伸长细脖子往高墙里看，整齐划一的动作如同后来出现的行为艺术，风吹起他们的头发和衣服，一个说，我看见了，另一个说，我也看见了，第三第四个也说，我们全看见了，只有一个大声喊：我看见你们了，你们看见我了吗？那个人扎着马尾巴辫子，接着一脚踩滑，从自行车上摔下来，一屁股坐在地上。失足时惊叫了一声，坐到地上时再次尖叫起来，那时候卢家仓唯一的路还没有铺上柏油，路上布满大大小小的石头，坐到地上的人屁股底下垫了块石头。

这个人是秦福小，因为坐得过于准确，尾椎撞折了。扶着车头的人是吕冬，踏青到此结束。他们从第三人民医院驱车赶往第二人民医院，那里的骨科全市最好。骑车的人是他们班长，块头最大，后座上坐着吕冬，吕冬的怀里抱着福小，她疼得屁股没法落座，瘦瘦的吕冬悬空把她抱到了市二院。如果那天初平阳多了个心眼，会发现，吕冬抱着福小的漫长的一个小时里，福小的双臂至少环住了吕冬的瘦腰五到六次。

福小拍片子的时候，他们等在放射科门外。然后有同学报告结果：尾椎骨折，问题不大，但完全恢复到位有些困难。无法完全恢复到位是什么意思呢？有人插了嘴，就是长在屁股里面的小尾巴歪到了一边。因为“问题不大”，因为这个“小尾巴”，同学们都放松地笑了。一个流氓男同学说，未必是坏事，哪天福小长变样了，咱们要是拿不准是不是她，拉过来摸摸小尾巴，歪在一边的肯定是。大家又笑。涨红脸的只有吕冬，不知道该笑还是不该笑。流氓男同学说，吕冬你不许笑，你没扶好自行车福小才掉下来，要摸也没你的份儿！大家再笑。

很多年前的笑声不再了。现在第三人民医院门可罗雀，进大门都要登记。齐苏红下了车，头伸进传达室的小窗户里跟看门的老头说明情况。初平阳开始紧张，感到身上发冷，他掏出手机给福小发了条短信。他觉得这事应该告诉福小，但又不能说得太直白。短信说：

福小，我在卢家仓。

医院的侧门打开之前，收到福小的回信：在那里干吗？

初平阳回：看朋友。待会儿再给你信。随手将手机静音，探视条例上有规定。

在护理区一楼的大厅里，接待他们的是一个苍白的长着鹰钩鼻子的女医务人员，两腮上泛着病态的神经质的潮红，目光躲闪，像18世纪英国宫廷里的肺病患者。她怕见光，办公桌旁边的窗户大白天也得拉上窗帘。齐苏红递上登记卡，上面写着探视病人吕冬。女医务人员打开抽屉，在一本花名册上找吕冬的名字和相关信息，然后开始打电话。齐苏红从包里摸出一包摩尔牌女士烟，对初平阳说：

"待会儿就不陪你进去了。我到门口抽根烟。他不想见我。"

初平阳点点头，手心里握满了汗。他从没进过精神病院，更没想过到这种地方看望朋友。女医务人员对着电话嗯嗯啊啊半天，最后说，好。她把电话放下，对初平阳和齐苏红说：

"对不起，主治医生说今天病人不方便。下次探视，请提前预约。"

"等一会儿可以吗？"初平阳问。

"不可以。对某些病人，探视必须预约。"

齐苏红说："走吧。"

初平阳说："那好，我现在预约。明天下午三点可以吗？"

"应该可以。请留下联系电话，有突发情况我们会提前通知你。"

他们出了医院大门，两个人沉默着抽烟。目力所及的范围内看不见病人，齐苏红告诉他，病人的活动范围改在楼后面，免得来往车辆和行人引起他们不必要的兴奋，他们对墙外的世界的兴趣远远超过我们对墙内世界的兴趣，尽管他们都是从墙外进去的，而我们从来没有进到过墙里面。一辆救护车呼啸着从院子里驶出来，出了门向右拐，那边有一块平敞的水泥地，被他们超车的那辆13路公交车此刻停在上面。等下一趟13路车到来时，它就再次空荡荡地原路返回了。救护车一直往西跑。

“他恨我，”齐苏红说，开始抽第二根烟，“他觉得我对他要求过高。”

“你对他要求高吗？”

“我的要求跟所有妻子对丈夫的要求一样！我的要求跟所有孩子的母亲对孩子的父亲的要求一样！平阳，你说我的要求高不高？”

初平阳看着她，这话等于什么都没说。

“好，这么说吧，他认为自己是一个彻头彻尾的失败者，失败感把他压垮了。”

“他失败吗？这些年我一直把他看作榜样，能平心，有静气，与世无争，安稳地做一个没用的书生。”

“没用的书生。说得好！他的确没什么用，在这个时代，比他更没用的男人你拿着显微镜都难找了。他说，是我们逼得他没用，我和我婆婆，是我和我婆婆把他弄成了一个没用的人。我就纳闷了，一个大男人，有本事就是有本事，没用就是没用，关别人屁事？这种歪理你能想明白吗？”

初平阳听出点门道了，多年前吕冬和他聊过的事情慢慢开始苏醒。吕冬他妈是个女强人，这个全淮海市人都知道。钢铁厂的党委书记兼厂长任后，进了市委宣传部当常务副部长，除了中南海，在任何地方这都是不小的官。吕冬很多年前就抱怨，母亲管事管出习惯了，分不清单位和家；如果这样评价不够客观，那可以说，家里的事插手更多，任何事情都必须她说了算。她管家的主要方式是监督和批评，当然，她自有一套言之成理的标准。“她每天拿着游标卡尺测量我的生活，”这是吕冬说的，“稍有冒犯，过与不及，就开始了宣传部长式的批评。在我看来那是批判，直到把我说得一无是处，然后哀我不幸、怒我不争，痛心疾首后才算结束。”多年前吕冬说，她认为她都是正确的，是为我好，但她从不反省自己的尺度和判断，也从不想想我为什么变成现在这个样子。从小她把我当女孩子养，等我如她所愿茁壮地活下来了，她突然发现我养成了一身女孩子的习性，绣花打毛线我竟然都会，开始对我嗤之以鼻，说我没个男孩子样，性格谨慎怯懦，遇事喜欢躲在姐姐们身后（哪个男孩小时候不喜欢躲在姐姐身后），做事瞻前顾后、患得患失（如果我不考虑事情的后果，弄砸了她还不吃了我），缺少魄力和野心（在我们家，有自己独立的思想是非法的，我爸都不能有，所有计划和愿望都得提前报批，我妈点头方可执行。所有设想的前头都端坐着我妈，这些年她都是我的终点，我全身都是魄力和野心有意义吗？如果有了，那又变成了冒犯）。

最离谱的是，吕冬到了青春期，为了防止他沾染暴力、色情等低级趣味，他妈不仅不定期翻他的书包和抽屉（家庭规定之一：孩子们的日记和抽屉不能上锁。所以吕冬坚持不写日记，这在母亲看来也成了缺少雄心的例证，因为伟人大多有记日记的习惯，以便作为将来被众人传唱和书写传记的依据和材料），甚至会在一大早突然闯进他的卧室，让他在被窝里把贴身的内裤脱下来扔给她，以检查他是否沉迷于手淫。如果内裤上有东西，她会问这东西是怎么来的，言下之意是：自然释放还是手工操作导致的；如果连着几条内裤都是干干净净，她又会问，是不是自己糟蹋自己了。有东西没东西都是罪状。她坚持这种突击抽查，原因是，她很清楚她儿子缺少自制力。吕冬是在他师大的单身宿舍里讲给初平阳听的。那会儿初平阳刚进中文系工作，辅导员的一堆烂事弄得他心烦意乱，不能喝酒也拎着一打啤酒去了，两人频频举杯相互抱怨，吕冬说了这么一出。初平阳当时的反应是，匪夷所思；如果他爹妈有如此莫名其妙的要求，他会把他们踹门外去。吕冬的回答是："我不敢。也懒得去反抗。有意思吗？"初平阳记得吕冬当时并非我们想象的那样，声色俱厉或者义愤填膺，他呵呵地笑，云淡风轻一轮江月明，好像在说别人的事。

抱怨两声吕冬肯定会的，放谁身上也不会咬死了忍气吞声，但那又怎么样呢？以吕冬闲云野鹤的心态，来卢家仓总归是不至于的吧。

"那你还真是不了解这位爷。陈芝麻烂小豆就不说了，只说去年他工作的事，"齐苏红说，用下巴示意初平阳上车，"你可能也知道的。师大新开一个新闻系，找个噱头扩大生源多赚点钱嘛，都明白。师资不够，现抓也来不及，就从中文系抽人。中文系你清楚，全师大实力最强的系，谁愿意往一个新建的系科跑？又不是去做领导！那就得霸王硬上弓，轮谁谁倒霉。这种事跟机关里一样，只要不是找个借口，让你出去绕一圈回来升职，外放的肯定都是领导看不顺眼的。说出来我脸上都挂不住，我老公，吕冬，第一个被中文系踢出去。我没要求他跟市长似的八面来风。你是做书生的，就算所有杂事你都做不好，书生你总能做好吧？他率先被踢出去了！好了，你可能会说，出局并不意味着能力不行，这我也懂，全中国都这样，能力从来都排不到第一位，要看你关系、人缘，看领导喜不喜欢你，我懂。我努力让自己相信，我老公是因为得罪了中文系领导才被牺牲掉的，可是，你能不能给我个解释，他也是个堂堂的博士，就算在职博士他也是博士，白纸黑字有学位证书的，为什么他教了这么多年书还是个讲师，连个副教授都没混上！比他年轻的都副教授几年了！一个有关系升了副教授，两个有关系升了副教授，难道所有比他年轻的讲师都是因为有关系才升成的副教授？还有，我是中文系毕业的，如果我了解的还不算太离谱，如果你不是货真价实的作家，在中文系被安排教写作课的只能是那些最年轻的教师，如果你不年轻了，那你肯定是最没用的，因为这门课大家都认为没任何学术含量，是个人都能教——对不起，我不是说你，我知道你也教过写作，但我相信你一定也认同我的观点。如果他业务突出，学术能力高人一筹，为什么这些年一直教那该死的写作课？假如你觉得我冤枉他了，那你给我解释一下。反正我想到死也不会想明白。”

齐苏红的确相当雄辩。她的酒量可堪当大任，以她的口才，同样堪当大任。初平阳在后视镜里看见了她的嘴巴飞速地开开合合，仿佛一部拥有独立意志、自行运转的小型机器。为什么一旦孤立地盯着一个人身体上的某个部位看，滑稽和荒谬就出来了呢？初平阳觉得自己走神了，齐苏红雄辩的声音也飘飘忽忽地像从车窗外渗进来的。他保持着相同的坐姿，只是把目光稍微降低两三寸，看见了齐苏红下巴上那颗反向的伟人痣，他才觉得自己又回到了车里。那天母亲帮齐苏红调理之后，对他说：是个人物，下巴上没痣也是个人物，这女人挡不住。

要不是手机响了，齐苏红的质问他可能也挡不住。是公事，初平阳听见齐苏红对着耳机说到了“运河旅游文化节”。他从口袋里掏出手机，静音以后就忘了，振动都没开。福小回了短信：

昨晚回花街了。刚去了墓地。回后给我信。

初平阳一阵不安。福小去墓地，显然是祭扫祖母秦环和弟弟天赐。在回来的火车上初平阳还念叨这事，通电话时问过母亲，新的墓地搬到了哪里。在他远居北京的这几年，墓地搬迁了，因为无数的楼房盖起来。“活人把死人挤走啦。”母亲说，“活人住得越来越挤，死人也只能住得越来越挤了。”运河北岸的老墓地，准确地说是坟场，散乱地埋葬了四条街上往前数三四辈的祖先。其实从明朝以来的祖先就埋在那里，但我们的记忆力有限，我们的孝心也有限，能记住的也就三四辈的坟头，再往前的祖宗，因为懒惰、遗忘和疏忽，坟堆被风吹日晒雨淋和岁月铲平了，我们再也想不起他们究竟埋在哪块泥土下面。新死的人，我们找块平整的地方挖个坑，埋下，插上木牌或者立个墓碑，注明此何许人。挖坑的时候经常会掘出来枯朽的尸骨，谁也不知道这些骨头姓什么，他们是谁的祖先曾活在哪个时代，只好用两刀草纸包了再烧一遍，然后把骨粉撒掉了事；或者直接给他们挪个窝，让他们在一块不碍事的泥土底下继续枯朽，直到化骨为泥，如同他们从来没有存在过。

河北的墓地尽管拥挤，层层叠叠地埋葬了几十代的亲人，但相对还是宽敞，放眼望去，绵延一片拥拥簇簇的坟头，十分壮观。这些年，尽管城市发展和扩张的速度比齐苏红的语速还惊人，高楼大厦在周边不断地缩小包围圈，这一片坟地的尊严还是留下了。现在，政府和地产商们彻底拉下了脸，责令几百年前就安息在这里的祖先们卷铺盖走人；从河之北搬到河之南，南到很远，远到西大街的董师傅发现绿水晶压电效应的八条路附近了。每个死人只能占一平方米的位置，不准垒坟，只许竖碑；横平竖直，祖先们在地底下躺得像阅兵的军队一样整齐。据说迁坟的那段时间，四条街飘荡着哭声，唯有南大街甫定邦家七口人在笑。甫定邦的儿子托关系承包了独家定做墓碑的业务，发大了；甫定邦儿媳妇半夜做梦还在数钱，在梦里都把手数抽筋了。董师傅也分到了一平方米，当然他已经死了，碰巧埋在绿水晶的位置；他死的时候真就戴了杨杰送他的水晶挂件；墓碑也是甫定邦儿子做的，碑后的八个字是董师傅念过大学的孙女撰写的：所有的荣耀归于你；不知道说的是董师傅的荣耀归于水晶，还是水晶的荣耀归于董师傅，或者是相互归于；不管谁归于谁，这八个字都很见水平，有这样的孙女，董师傅可以含笑九泉了。

天赐和秦奶奶也各占一平方米，挤在墓地的一个角落里。这是肯定的，在河北的时候他们就被挤在边上，发了大水，运河最先爬上的就是天赐的坟堆。如果那一次初平阳梦得不及时，很可能天赐就被冲没了。关于新墓地的情况，母亲在电话里就给初平阳介绍到了这里。她断定儿子进了墓地肯定找不到爷爷奶奶，“像河北坟地上将要建起的商品房一样，大家住的都一样”。

齐苏红摘下耳机，转达邀请他参加“翠宝宝纪念馆开馆仪式暨翠宝宝研究会成立大会暨首届中国侠妓文化研讨会”的通知的时候，初平阳正在盘算，什么时候去新墓地看看天赐、秦奶奶和列祖列宗。齐苏红说，这个大会是“运河旅游文化节”系列活动之一，明天上午在翠宝宝纪念馆举行。之所以突然紧急邀请，是因为文化局的局长听了她的举荐，回去查阅了初平阳的一些资料，尤其是他的专栏，非常喜欢，钦点他参加。局长还特地提到初平阳的一篇文章，《凤凰男》，尤其喜欢。

“我不知道你在文章里写了啥，凤凰男这说法我知道。”齐苏红说，“我们佟局长就是个典型的凤凰男，老家在淮海最穷的一个乡镇上。你肯定说到他心坎上了。我这就算是当面递交邀请函了，给领导个面子，不能不去啊。”

车快到石码头，齐苏红又来了紧急电话。初平阳让她别送了，几步路就到家。齐苏红说，也好，那她先回去为人民服务了。再次叮嘱初平阳明天上午的活动，“要是放我鸽子，嫂子我可就没法混了。衙门里日子也不好过啊。”

初平阳只好答应。进了家门发现来了客人，福小带着天送，由秦素文陪着来看他爸妈。福小没想到初平阳回来这么早。天送被初平阳抱了一下，挣扎着要下来，在大和堂里转着圈子，他对剩下的几个药柜子感兴趣，趴在幽暗的木板上往一个个小抽屉里闻，闻过一种草药就扭头跟福小说一句：“妈，香。”初医生夫妇就夸，这孩子天生当医生的好材料，别的孩子闻草药味就跑，他却叫香。

说了半天话，主要是关于福小回花街的事，大家都觉得好。要不是没办法，谁愿意往外边跑呢？初平阳母亲说，带外孙女她倒是内心里很欢喜的，但一想到得去另一个城市，人生地不熟的，半夜里醒来都伤心，舍不得花街跟大和堂。平阳又要去以色列，她想想更难过了。秦素文劝她：“嫂子，都会熬过去的。”说完这句话，自己的眼泪倒下来了，她的感触比谁都深重。十六年了，福小终于回来了。初平阳母亲给秦素文递了纸巾，说：“你该高兴，看看这大孙子！”她和秦素文对了一下眼，两个人立马心照不宣，不是这孙子的来路，而是她们同时有了一个重大发现，那就是她们都老了。整天被她们挂在心上的儿孙其实很残酷，把她们都赶老了。

福小想带孩子到楼上看看。很久以前她就跟天送说过，站在大和堂二楼的窗户前可以看见更多的船。初平阳带他们上去，又回头下来端茶杯。在楼梯的转角处遇到正端着杯子上来的母亲，母亲小声说：“咋跟天赐这么像？半夜里见到了我都会怕。”客人们走后，母亲又提起这件事，她说这是她这辈子见到的最神奇的事情。初平阳祖母活着的时候，顽固地相信人能转世，说自己下辈子会成为伊斯坦布尔最靠近海边的一座清真寺里的阿訇。她知道老太太通灵，但她还是忍不住取笑了一通婆婆，就算真能转，那也转不到外国去啊，舌头打着小卷儿的土耳其语您听得懂吗？老太太不屑地斜了儿媳妇一眼，我又不是直接投到大人身上，我也要出生，要从一岁两岁长起，到了能当阿訇的年龄，我还学不会说话啊？那好吧，她辩不过婆婆，老太太的道行远在她之上。但她还是很疑惑，老太太大字不识一个，是怎么知道伊斯坦布尔的？还知道这座城市靠着博斯普鲁斯海峡，还知道土耳其人要进清真寺、清真寺里还有阿訇？看电视看来的还是听广播听来的？老太太也不解释，只说：转世。初平阳母亲说，见到天送，她正在考虑婆婆说的是不是真有道理。初医生的解释是，好像有种说法，如果你总想一件事，意念强烈和强大到一定程度，很可能事就成了；假如福小一直希望天送长得像天赐，夜以继日地想，挖空心思地想，玩命地想，会不会最后就出现了现在我们看到的结果？一家人很认真地在晚饭桌上讨论，一顿饭时间过去了，结论和坐到饭桌前一模一样：首先，的确很像，简直就是；其次，为什么会这么像呢？

在二楼，站在初平阳的窗户前，福小抱着天送往运河看。天送专注的表情和眼神，让初平阳恍然觉得回到了二十年前，那时候天赐就用这个神态看着运河。天不太好，但丝毫不影响船只往来，小型机动船和舢板从运河里经过，马达声穿过窗户传进来，连划桨和摇橹的声音都听得见。天送突然指着窗外说：

“妈妈，水！水！大船！大船！”

“乖，”福小说。不管是从侧面，还是身后或者任何一个方向看过来，这都是一个标准的年轻母亲。“妈妈要让你天天都能看到运河，看到船。”

初平阳请他们喝茶，给天送准备的是听装椰奶。天送抱着椰奶还要看运河和大船，初平阳搬了椅子让他站在上面，嘱咐他别把脑袋伸到窗外去。他和福小坐到沙发上。

“定了？”初平阳说。他重复着一楼客厅的话题。

“定了。”

“好。”初平阳说，“数独还做吗？”他把这两天的《淮海快报》拿过来，找到印有数独游戏的最后一版。他尝试做过数独，只要同一个阿拉伯数字需用三次以上，或者空格超过三十个，他准晕。

福小把报纸接过来，看了不到半分钟，指着初平阳没填数字的五个空格说：“这个是4，这个8，这个2，这个9，这个6。你要放松。你要想，除了这个，我没别的事可干。你就会觉得自己的眼睛和大脑在慢慢升高，像水落石出，空白处的数字跟着浮现出来。你那朋友还好吗？”

“什么朋友？”

“卢家仓的呀。”

“哦，不让见，没预约。”初平阳站起来给自己的茶杯里添了热水，背对着福小说，“是吕冬。”

背后沙发上的响动极其细微，福小换了个姿势。天送指着窗外喊：“妈妈，这艘船最大！”福小答应着，让儿子小心，手和脑袋都不要伸到窗外去。然后她说：“什么时候再去？”

“约了明天下午。”初平阳回到沙发上。

“我，可以一起去吗？”她在发出请求之前犹豫片刻，但她觉得必须说出来。

“当然可以。”

“你记得上次，我们在蓝旗营的五方院吗？”

“和吕冬？半路他被十二道金牌召回酒店的那次？”

福小点点头，她还是有些顾忌。

两年前的暑假，吕冬带着老婆孩子去北京玩，看完了长城、故宫、颐和园、圆明园等经典景点和西三环路边的中国青年政治学院（这是规定动作，齐苏红此生最心仪的大学。高考提前录取的志愿里，她填的就是这所大学，她以为这是中国政治家的摇篮，很遗憾没能被录取。没考上她更要来朝拜一下，在大门口深刻地缅怀了她的没有实现的政治抱负。但是吕冬更希望能让女儿趁机看看北京外国语大学，就趁齐苏红黯然神伤之际，带着女儿到了青年政治学院北边不远的北外。他希望女儿将来能考进这所大学，精通五种以上外语，去全世界如履平地），回淮海的前一天晚上，初平阳召集朋友给他们一家饯行。馆子定在北大东门外的五方院，一个湘菜馆，因为吕冬还想顺便逛逛书店，五方院对面就是著名的万圣书园。说好一家人都来，临出门齐苏红变卦了，要带女儿去王府井看夜景。说孩子来一趟北京不容易，能看的东西尽量都看看。其实她是不想见福小。她在初平阳发来的短信里看到聚会的名单，她知道秦福小是谁。酒喝到一半，也就晚上九点半钟，谈兴正浓，齐苏红来了短信，娘儿俩回到酒店了，女儿想见爸爸。

吕冬回：还没吃完，一结束就回。一刻钟后又来短信：女儿不睡，要爸爸回来再睡。吕冬没回，继续喝酒聊天。十分钟后短信又来：隔壁有诡异声响，孩子害怕。再十分钟，短信再至：孩子哭了。又五分钟，电话打过来，女儿的声音很平静，但她准确地传达了妈妈的意思：

回来，现在就回！

在吕冬的外交史上，半道上被催回家，这只是无数次中的一次。那无数次中，吕冬无数次都遵命半路早退了，但这一次吕冬希望自己能挺过去，坚持到底。和平阳、长安、杨杰还有福小多年不见，就算一肚子话不敞开说，相互安安静静地看看对方的眼睛也很好。尤其福小在场。但恰恰因为福小在场，齐苏红受不了，陈年往事她也扛不住，必须回来。她们根本就没去王府井，只在五道口的夜市上走了两个来回，就回如家酒店了。齐苏红走得心乱如麻，她知道这醋吃得莫名其妙，但整个人就是酸得腿脚都拉不动。她跟女儿说，王府井太远了，回来得后半夜了，这地方被称为“小王府井”，以小见大看看就可以了。

女儿指着13号城铁站旁边的铁轨问齐苏红：“妈妈，大王府井也有这样的铁路吗？”

齐苏红敷衍地答道：“原来有，后来被拆了。”

“为什么要拆？”

“人太多，火车走不动。”齐苏红说，“你哪来这么多问题？问你爸吧，他看了很多书，什么都懂。咱们先回酒店，然后把爸爸叫回来好不好？”

“好！”

电话都打过来了，而且开口就是女儿的声音，不管吕冬怎么坚持大家也不答应了。必须回，朋友见面重要，家庭和睦更重要，没准孩子真有事。杨杰老大，杨杰说：

“听我的，现在就回。”

吕冬笑得像哭，两根眉毛悲哀地吊着。“我还不知道她？我和孩子的事加起来也没她一半多。”

不到十点半，吕冬像个无奈的罪人离开五方院，绝望得就差扇自己耳光了。他对初平阳说，满嘴的酒气和呕吐过的酸臭味：

“兄弟，这些年我就是这么过来的。”他坐进出租车里，对初平阳，对易长安、杨杰和秦福小还有小天送挥手，在黑暗的车里眼泪噼里啪啦往下掉，“都回去吧，我没醉。我对不起你们。都回去吧，我走了。回去吧。”

齐苏红的醋意当然是福小的忧虑，福小更担心的，还是怕见了面会刺激到吕冬。他已经进去了，不管什么原因，头脑出了问题，肯定是最好别让他情绪有所波动和起伏。吕冬啥样人她清楚，怯懦是改不掉了，母亲专制的阴影像骨头一样长在了他的身体里。很多年前，他们在淮海西路上肩并肩行走，吕冬突然加速，把她甩在后头，她在后面喊，大河马（这是她给吕冬取的私密的外号，吕冬叫她小羚羊。没有理由，他们俩不像河马也不像羚羊，但恋爱时的称呼就喜欢这么疯疯癫癫的），你跑什么？大河马你等等我呀！吕冬的速度更快了，等转到了健康路他停下来，福小已经被他落下了八十多米。他对福小说，刚在路上他听见有个声音特别像他妈，他怕他们俩走一块被发现。市政府在淮海西路上，那段时间他妈经常往市委跑，组织上希望调她到市委工作。他的怯懦是福小看不上的，但她又十分看重他的真诚，他并不缺少自省和忏悔的能力，无力承担的东西也常常强以为之，因此，一旦他的怯懦伤害了别人，接下来他会加倍地折腾自己。福小提醒“五方院事件”时，初平阳立马明白了福小的意思。那天晚上，初平阳把话也说重了。

聚会上福小把天送带在身边。吕冬说：“小家伙真可爱。你先生怎么没来？”

福小说：“我只有孩子没有先生。”

“对不起，”吕冬说，“不知道你离婚了。”

杨杰说：“吕冬，别瞎说，福小没结过婚。”

吕冬脸上的表情一瞬间复杂起来。他喝了不少酒，脸红得像出锅的螃蟹，涨得有点浮肿，五官都有些走样了，但他的表情还是没办法被曲解。他想，原来是未婚有子；他又想，终于可以把负担放下了；同时又不免失落和悲伤，也许自己一厢情愿了，并未伤她有多深，或者伤害早已经痊愈，他也就是个无足轻重的过客。他那伤人表情摆在那里，藏不住。初平阳要去洗手间，拖着吕冬一起，吕冬说，没事我去干吗？初平阳说，认认门。他在洗手间的盥洗池前正告吕冬：

“别乱猜。天送是领养的。”

“领养的会这么像天赐？”

“世界就这么奇妙。”初平阳说，“因为你，才领养的。”

为什么因为他才领养？初平阳没解释，吕冬也没再问。这个问题解释不清，也无须解释。如果吕冬浑蛋到追根求源，初平阳会把他的脑袋摁到盥洗盆里。他们俩裤子拉链都没碰就回到饭桌上。吕冬话变少了，喝酒的态度积极了，端着啤酒杯一个个碰过去，然后再碰回来，接着再来一圈，又来一圈。他跟福小说：“你喝茶，我干掉。”然后他放下杯子直往洗手间跑，提前认门是正确的，他弓着腰准确地跑进男厕所，对着便斗哇哇地吐起来。请原谅，他实在忍不到上个台阶把正在消化的酒食吐进马桶里。他把胃里的东西吐得干干净净，在盥洗池前他漱好口，把泪水汪汪的眼睛洗清爽，回到饭桌上又端起酒杯，像没吃过饭没喝过酒的新人一样重新开始了新一轮的敬酒。他的酒量很一般，但他敢喝了。福小、杨杰和易长安都让他别这么喝了，他坚持要喝，见一面多不容易啊，喝。初平阳说：

“想喝就让他喝。”

要不是齐苏红十二道金牌催命，那晚上吕冬能把自己喝死。

他是这样的人。

“你的问题是，”初平阳对福小说，“先要忍受住齐苏红。至于能否适合跟吕冬见面，到时候征求大夫意见再定，如何？”

“听你的。”福小说，她走到窗前抱起天送，比起十六年前，运河里的船少多了。水运衰落了，也许这一段运河新生的机遇真的是观光旅游？它要作为玩物、作为被修饰过的人工风景重新回到人们的日常生活？福小不知道。“没什么不可忍受的。上午去了墓地，在奶奶和天赐的坟前，我觉得这些年心存的痼疾，那些恐惧、怨毒和芥蒂，都没有了。我在墓地里坐了一个上午。你猜我回到家，在奶奶的木箱底下找到了什么？”

“《圣经》？”

“对，《圣经》。我爸妈都很奇怪，奶奶整天翻看的那本《圣经》在她死后已经烧了，为了让奶奶在那个世界也能看到，怎么会又来一本？它就是有。在箱子底下。比奶奶原来看的那本要新，也干净，布做的硬封面，像一块过去用的厚灰砖头，没有奶奶标注的拼音和解释。平阳你说，是不是奶奶故意留给我的？”

“你的意思是——你也要信教？”

“没想过信不信，我就是想看看。我想看看，这书里到底有什么，让奶奶后半辈子把整个心思都放在这上面。我在墓地里问了我妈，你知道我奶奶怎么死的吧？”

四条街的人都知道。那夜大雨，又是闪电乱跑的时候。那夜里，运河上所有的船都就近停靠在码头上，因为雪白的闪电像天上发射过来的乱箭，一根根往运河里插。第二天河面上漂了一层的死鱼，有生的，有熟的，也有半生不熟的；闪电的温度高，入了水把周围的鱼电死后，顺带煮熟了。根据死鱼的盛况，完全可以想象那夜里的运河，就是一口全世界最大的高压锅，闪电所到之处都沸腾起灼烫的水花。第二天中午四条街的人家饭桌上，多半都有几盘鱼，清蒸的、白灼的、红烧的、炖汤的，还有就是直接从河里捞上来的，刮鳞开膛，用井水洗过，佐以酱油、醋、姜丝、葱花和五香粉，做了凉菜。

雨真是大，从晚上十二点一刻左右开始，刚落下就跟绳子一样粗。假如谁能跟上帝那样站在天上，他一定会看见一只神秘的巨手握紧了无数粗麻绳在密密麻麻地抽地球，施暴者一边抽一边怒吼，当他张嘴大喊的时候，雪亮的牙齿射出一道道银白的光，那就是闪电。这个假设在秦环那里实际上不能成立：能像上帝那样站在天上的，只能是上帝本人，可是上帝不可能像个旁观者看着自己用麻绳抽地球，还大呼小叫的；上帝的牙齿一定很好看，不会包大金牙，也不可能包着大银牙。但那天夜里的确就是这样，很多花街人醒来时都觉得运河在床边晃动，自己的房屋和床像脆弱的小船，随时都可能被涌过来的浪头打翻。他们觉得世界末日也不过如此，恐惧得没人敢出门：憋尿的男人只敢拉开一道门缝，一手扒住门，一手扶着把被吓得软耷耷的家伙什伸到外面，外面连绵的雨声让他们觉得一泡尿总也尿不完；憋尿的女人们只好就地取材，抓着盆就用盆，抓不到盆的就拿只碗，管他呢，过了今夜再说，雨过了还是晴天，尿冲干净了还是只好碗。秦素文和景侉子也被惊醒了，但除了雷雨交加，他们听不见外面任何别的声音，也没听见老太太起来、开门、锁门、出门、再开院门、再锁院门的任何一道程序——门必须及时锁上，要不你刚松手，风雨就将木板门推开。秦环走在大雨拥塞的花街上，此刻的花街比任何时候都更像一口漆黑的棺材。

如她所料，教堂里进了一地的水，她的低帮水靴早就灌满了水，走起路来如同两群青蛙在叫。她点燃蜡烛，照亮了雨水从山墙上顺流而下的痕迹，如她所料，雨水径直流到耶稣的头上，流过他的五官和脸面，流经脖子和瘦弱的胸膛，流过矜持苦难的缠腰布，然后顺着滴血的大腿流到脚上，解放鞋里和鞋外。她的主在洗一次漫长的冷水淋浴。秦环把十字架从山墙上小心地移开，偎依一般扛着它出了教堂的门。吹灭蜡烛，锁上教堂的门。她把自己的雨衣给耶稣穿上，背着他蹚着漫过脚脖子的积水往家里走。一道闪电照亮半个天空，秦环能看见自己背负十字架的影子远远地拉长到花街尽头，仿佛是一个巨人在背负着另外一个巨人。如果闪电换一个角度照亮，把两个巨人都隐藏好，那么十字架的影子就可以充满整个花街，整条街就是一个完整的十字架。尽管秦环把《圣经》读得烂熟，她也不敢相信，她背负十字架的姿势，和当年耶稣背着十字架上山的姿势一模一样。一模一样。

“从墓地回来我去了教堂，”福小说，“看了奶奶用她寿材做的十字架，那么粗的槐木，该有一两百斤吧。想不通，我奶奶她一个细脚伶仃的老太太，当年怎么背得动。还是个大雨夜。”

“我们想不通，因为我们不是秦奶奶。”初平阳说，“很多人也想不通耶稣怎么能走了那么漫长的路，把十字架一路背到耶路撒冷西北郊的各各他山上；据考证，那十字架一百六十磅重。”

事实是，老太太秦环把十字架一直背到蓝麻子豆腐坊前。这个过程里歇了三次。一歇为了调整一下姿势，十字架往下滑了；第二歇的确是因为有点累，她要停下来喘口气。她像耶稣那样，将十字架的底端支在花街的青石板路面上，她在大雨中对着闪电做了几次深呼吸。第三次停下来就再也没起来，她担心脚底打滑，果真就打滑了。在蓝麻子豆腐坊门前，左脚滑出去，人倒下，为了不让十字架飞出去，她腾出一只手想撑地，另一只手依然紧紧环住十字架，就因为她环得太紧，她倒下时十字架跟着倒下，重重地砸在她身上。秦环的身体在这个雨夜里已经不那么好了，但跌一跤本身还不足以要她的命，不过身上再附加上一个一百多斤的十字架，就不好说了——十字架恰好压住了她的脑袋，她的脸朝下，埋进了豆腐坊门前排水的石槽里。街上的水已经够深，石槽里的水更深，她想抬头都抬不起来。雨水从她鼻子和嘴里灌进去，身体里面也下了暴雨。她喊不出声音，也没想到喊出什么来。她利用最后的知觉尽力转动脑袋，当她从面对石槽转到侧面贴着石槽时，最后的知觉也丧失了；但在这最后的一瞬间，她觉得很满意，所以，第二天一早花街人发现她的时候，除了看见她被泡白、泡大的脸和脸上绽开来的伤口，还看见她变形的脸上微微的笑。

雨衣护住了耶稣的大半个身体，穿着解放鞋的脚泡在雨水里。从那个时候起，槐木做的解放鞋开始腐烂，到现在，斜教堂里耶稣的解放鞋和他的脚已经漫漶不清。

“我想把十字架上的耶稣像维修一下。”福小在寻找尽可能恭敬的词来表达，“也不是维修，有点像咱们佛教里给佛祖和菩萨镀金身，把耶稣的脚给重修一下。比方说，重新找上好的槐木，请个好木匠再做一双脚。你说，再做的脚是光着好，还是继续穿解放鞋好？”

初平阳明白她的意思，既想恢复到秦环的耶稣，又想让他回到秦环所信赖的那个真正的耶稣：前者要穿解放鞋，后者应该光着脚。“现在的问题不是你让他光脚还是穿鞋，”初平阳说，“而是，这教堂虽然平常从来没人搭理，但你要私自去动，肯定有人找你麻烦，大小算个市级文物保护单位。所以，先要做的，是探听一下那帮无所事事的领导们的口风。你可能听说了，上面在做翠宝宝纪念馆，地方不够，如果长安家的老房子不拆，他们就会把斜教堂扒掉。推土机来了，谈什么都白搭。”

福小有点蒙，回到家没人跟她说起这个。她当然不希望教堂被拆掉。在她翻到秦环留下的《圣经》之前，拆不拆跟她还真没什么关系；现在不一样，她把那本《圣经》捧在手上的时候，突然觉得她跟祖母之间有了隐秘的、甚至超越了血缘的契约，而教堂则向她提供了祖母幽深的内心旅程。上午她倚着发霉的教堂墙壁，坐在教堂昏暗的一个角落里，想到祖母后半辈子就待在这间歪斜的危房里，她的生活范围都没出四条街，福小悚然一惊。这些年她可是跑遍了大半个中国，论空间距离，祖母根本没法和她比，但内心跋涉的历程，她敢肯定就比祖母走得更远？她用人生几近半数的时间才弄明白，从哪里来必须回到哪里去，而祖母只是枯坐在这间小教堂里，就全明白了，因为她没动，她知道以静制动，以身体的不变应世界的万变。她只是坐在这里想，也可能并非时时刻刻都在想，但她肯定想明白了，所以她才坐得住。教堂是祖母的见证，教堂也是祖母传给她的另外一个血统。

“只能二选一？没别的办法了？”

“目前是。”初平阳说，“我也希望易伯伯能让步，但这很难。这辈子，你知道的，他最反感的就是——翠宝宝这样的职业。”到嘴边的是“妓女”这个词，他改成了“翠宝宝这样的职业”。

“明白了。”福小说。天送嘟囔开来，要去河边看看。

“着急也没用，”初平阳说，“我在和长安联系，看他能否答应。风水轮流转，易伯伯现在听长安的。”

初平阳一家把秦家三口送到石码头上，让他们自己在运河边玩。初平阳回到楼上，继续给易长安打电话，答复依然是“不在服务区”。不知道这家伙又搞什么鬼。这些年初平阳已经习惯他三天两头换手机号。办假证是非法行业，为防止被追查跟踪，易长安最疯狂的时候兜里装了五个手机，不同客户用不同的号联系。但他还是有一个相对固定的号，只有初平阳等最亲近的几个亲友才知道，他们用这个号联系。这个号已经一年多没变过了，现在一直“不在服务区”，短信发出去也石沉大海。初平阳在手机的通话记录里翻找，看是否有易长安前段时间用别的号打来的电话，没找到。他躺下来，正要考虑一下明天上午的会，如果让他发言他该说些什么，一个北京的座机号打来电话。

是易长安。初平阳说：“这两天你到哪鬼混了？”

“苦命人四海为家。”不知道易长安用的是哪里电话，背景里车水马龙，吵得很。初平阳听见有人在说五四运动，好像是前几天五四运动九十周年纪念大会在人民大会堂召开的事；也有人在谈论甲型H1N1流感，说已经有二十多个国家和地区有了疫情。他听见易长安在换气，准备继续开口，突然有人压低了声音疾呼：“老大，快走！快！”接着听见易长安说，“抽空再打给你。”电话挂了。

如果不是出了事，那就是易长安在装神弄鬼。后者初平阳已经习惯了，易长安没事就喜欢玩这一手。他会化装，会做戏，会随意地改变口音，所以办了几年假证，极少失手，由此也混成了京城业界鼎鼎有名“金赫永”。更多的人只知道他叫“金赫永”，延边人，朝鲜族，不知道他叫易长安。他在英语系念书时，二外选修的不是时髦的法语、德语、日语或者西班牙语，而是朝鲜语；原因很简单：他爹易培卿很烦韩国人说什么都“思密达”，他爹反对的他就赞成。他的朝鲜语不仅畅通无阻，东北话也相当地道（在语言上和拟音上的天赋，易长安自己都忍不住经常夸自己），不管跟谁打交道，两种语言都能流利地讲出来，你没法不信他就是从延边来的朝鲜族兄弟。至于作为金赫永的一套完整的证件，那是专业，他给自己办的假证显然更敬业：证件的材料质地，做旧程度，防伪标识，都经得起专业推敲。假如是前者呢？这个不能排除，这一行是在刀尖上走，任你艺高人胆大，任你心细如发丝，大大小小总要出点纰漏，但初平阳相信易长安会化险为夷；他有这个能力，这些年多少办假证的大佬和喽啰都栽了、倒了、进去了，易长安依然“长安”，即为明证。

这个时候初平阳要做的，就是放心地等，等易长安“抽空”再把电话打来。

初平阳想睡着了也没想出来会上该说什么。对一个伪命题有什么可说的？当一回那个大喊皇帝光屁股的小孩？齐苏红能把他吃了。问题是那些与会的专家们也都明白，皇帝光着呢，他们装傻充愣还要一个劲儿叫好，你跟他们对着干，他们肯定倒打一耙，千夫所指就你一个晃着个小鸡鸡招摇过市，其他人都衣冠楚楚庄严着呢。打这么一架，想想也挺无聊。那到底说还是不说？说该说啥？不说又该说啥？听齐苏红转达的文化局局长的口气，不说几句好像还躲不过去。然后就睡着了。

夜里打了几个闪，下了一阵小雨，天一亮地面已经干了。开馆仪式如期举行。在纪念馆门前，一早工作人员就把红地毯、条幅、气球和桌椅准备好了。参加开馆仪式的有市里、区里、沿河风光带管委会和街道的领导，有全国各地来的专家学者教授，他们都坐着；站着的是老百姓，包括四条街上看热闹的街坊、滞留此地的游客，还有从附近中学拉过来的一车学生（没有报酬，每人发一份麦当劳最便宜的午间套餐），为的是撑场面，以示隆重、热闹和正大。初平阳被要求坐在第一排最边上，一想到父老乡亲包括他爸妈都在后面站着，他就更觉得自己像个骗子，屁股底下坐着一团火。

穿旗袍的主持小姐请市委宣传部部长致辞并剪彩。致辞时部长特地提到天气，“通常电闪雷鸣的时候，现在惠风和畅，天公作美啊”。他的剪刀咔嚓的一瞬间，六个比脸盆还大、比板凳还高的焰火点燃了，一颗颗喜庆的炮弹扑通扑通飞到半空中。烟雾尚未散尽，不知道从翠宝宝纪念馆的哪个角落突然飞出来一大群鸽子，象征和平与美好。这与侠妓的精神、翠宝宝的精神是一脉相通的。据说鸽子的数量正好是翠宝宝出生至今的年龄，但是鸽子乱飞，谁也没法数清究竟有多少只，所以，在场的观众（不包括翠宝宝研究专家）也没人确切地知道如果翠宝宝活到现在，该有多少岁了。

非常好，开馆仪式不是很长。主要是领导讲话，没让那些翠宝宝研究专家讲，否则每个人都会从翠宝宝的出生一直讲到她的生命结束，她那被虚构的短暂一生会无比漫长，一个上午馆都开不了。接下来是“翠宝宝研究会成立大会暨首届中国侠妓文化研讨会”，室内举行，在纪念馆一楼的大厅里。在计划中这里是翠宝宝的会客室。工作人员把会客室两边的屏风拿开，空间竟也不小，开个百八十人的会议不成问题。为了突破尊卑和官本位以符合“侠妓”内在的精神，会议采用圆桌形式，但重要人物其实还是坐在了“翠宝宝研究会成立大会暨首届中国侠妓文化研讨会”的条幅下，正对着纪念馆的大门。看热闹的和普通民众被关在门外，学生们则到南大街麦当劳门前排队领套餐了。按照桌签的指示，初平阳坐在条幅下的那一边的最右边上：你很重要，但又没那么重要；或者是，让你坐在那里只是想向大家推介你，毕竟你还年轻。在所有与会者中，除了个别官员，初平阳是最年轻的。

专家学者和教授们来自全国各重要大学和文化研究机构，大部分老先生在初平阳看来都是传说中的人物，在业界也算德高望重、德艺双馨，他们竟然愿意来。从馆外进入馆内，初平阳问齐苏红：

“他们怎么来了？”

齐苏红右手的大拇指和食指对着捻了几下。冲着出场费来的。

“很高？”

“很高。”

“有多高？”

“相当高。”

再问下去就违反纪律了，初平阳打住。齐苏红倒是提醒他：“想钱容易。大和堂。会让你满意的。”

会议进行二十分钟后，初平阳明白了自己为什么坐在那里。他被介绍是淮海人中对翠宝宝研究卓有成就的重要代表，从而被增补为“翠宝宝研究会”副会长人选之一。文化局佟局长隆重地推出他，北大、博士、作家、青年才俊、即将赴以色列访学、社会学家、文化史研究者，一大堆金光闪闪的东西全堆到他头上。他连反对的机会都没有，因为接下来佟局长再次申明，提名他为副会长人选的另外一个理由是，作为乡贤（初平阳很多年没听过这个词了），初平阳先生担任副会长有利于研究会工作的开展，血脉嘛，他和这片热土是永远也分不开的！他还要推辞，掌声已经响起来了。举手表决，通过。初平阳稀里糊涂地就成了“翠宝宝研究会”六个副会长之一。

研究会成立，接下来召开“首届中国侠妓文化研讨会”。

初平阳哪有心思听什么研讨会，老是走神往门外瞟。因为只隔着一层玻璃窗，很多人还站在外面看里面的热闹。他看见福小抱着天送在一扇窗户后面闪了一下。花街人活了一辈子，哪里见过这么多有文化的人。这些专家学者和教授印证了他们的一个通俗的看法，头发长、见识短，头发短，那见识肯定长，果不其然，这些大学问家头顶上基本上都没毛了。花街人活了一辈子，也从来没见过什么学术研讨会，现在都赶在自己家门口了，看不懂也得看，不看白不看。他们站在门窗之外，初平阳觉得屁股底下坐的也是火，他从室外骗到了室内。正走神，大门被推开，易培卿抱着两个鼓鼓囊囊的牛皮纸档案袋气势汹汹地进来了。看他脸红的，肯定刚刚喝过牛栏山二锅头了。他指着会议上方的红布条幅说：

“还翠宝宝研究会！有翠宝宝这人吗？哪位大师能给我指一指，翠宝宝她在哪里？还侠妓文化研讨会，你们知道什么是侠什么是妓吗？”

然后就绕过一个弧线，往位置最重要的那一排走。“平阳你是了解我的，你知道我在《群芳谱》上下的功夫！你也知道根本不存在什么翠宝宝！”

会议举办方这会儿才回过神来，两个穿着像五星级酒店门童制服的小伙子追上去，打算把他强行架走。初平阳跟佟局长说，最好别这样。旁边的会长和两个副会长也说，让他说，平等交流，如切如磋，方能提升我们的学术。佟局长就对两个小伙子挥挥手。他们放开他，任由他走到主席台那一边。门大开，一下子拥过来一群人看热闹，比开会的热闹好看多了。除了坐在会议桌上的，所有官方人员都站到门口，时刻准备把大门关上。但此刻关上大门没有任何意义，易培卿在，他们就可能随时推开门闯进来，佟局长没发话，工作人员也不知道怎么办，一个个立在门前。这样反而好，不关不堵，你有平常心，看热闹的也就有了平常心，他们不过就是站在门外看看，并没要拥进来。初平阳站到一边，把他的位置让给易培卿，他希望他能坐下来好好说。易培卿不坐，就要站着，你让他坐下来他根本就不知道该如何说。研究了好多年妓女，皇皇一部《群芳谱》也写出来了，他可以随便挑个妓女的故事讲，但你要让他像那些学者似的，条分缕析地将妓女或者侠啥的上升到一个家国的、伦理的、道德的高度，他还真有点犯难；在四条街上易培卿这一代人中，他算文化人，但研讨会这种会怎么参加，他也不会，规矩不懂，而现代的学术会议探讨什么、如何探讨似乎也并非最重要，第一重要的恰恰是得遵守学术规范，懂规矩。

新当选的研究会会长，从南方某著名大学来的、从事明清文化研究的著名教授，程老先生，推了推眼镜，一副虚怀若谷的优雅姿态，请易培卿发表高见。“这位先生，不着急，慢慢说，”程会长用他的浙江普通话说，“我们的学术要探寻真理，它就需要交锋，就需要和而不同。”

易培卿肯定有一肚子话要说；憋了几十年了，一部《群芳谱》都憋出来了，你如果让他再憋，没准还能再憋出一部书来；但他憋习惯了，而且这些年他以为自己只能这样永远地憋下去了直到死，突然让他不憋了，让他在这样一个完全可以为自己正名的最为正式的学术场合上畅所欲言，他发现自己失语了，不知道该说什么了；他强烈的倾诉欲望来源于无处诉说，有阻力方能剧烈反弹，现在力撤了，他满肚子的逻辑严密的委屈、幽怨、控诉瞬间溃散于无形，他举起牛皮纸档案袋，张了张嘴，除了散发出一些混杂了二锅头味道的口臭，什么声音都没出来。现场的形势一下子变了，与会者笑了，场外他的道义上的同盟，街坊邻居们也笑了——他们不关心他究竟能在如此庄严的学术会议上说什么，敢于冲进去、敢于跟大人物们理论上几句，就是英雄，他们必会支持；现在，他们发现这个老东西原来也是尿包，大家就笑了。易培卿也急了，一着急就只能使用口号式的质疑：

“你们开妓女的研讨会！你们知道妓女怎么想吗？她们愿意吗？她们的亲戚朋友高兴吗？如果你们是妓女，你们高兴吗？如果你们的亲人曾是妓女，你们高兴吗？你们会为自己是妓女、会为自己的亲人是妓女高兴吗？自豪吗？你们不会为自己的亲人曾经是妓女感到耻辱吗？有不感到耻辱的吗？有吗？你，你，你们所有人，你们有不感到耻辱的吗？”

易培卿紧张了，也激动了，嘴角溅出白沫，语无伦次地挥动右手，把屋里屋外的人指点了个遍。他这么一说，起码四条街上的人明白了，对他老婆的陈年破事他还没放下，他的复杂情绪溢于言表。对这样的质疑和问责，四条街的人认为最好的方式是沉默，发泄完了就完了，易培卿回了家，该喝酒喝酒，该吃菜吃菜，你要跟他较起真来，那会没完没了。偏偏就有人较起了这个真。初平阳听见一个女声说：

“有！”

接着又听见一个童声：“有！”

在场的人都呆了，竟然有人自曝家丑。易培卿转着脑袋找，以为自己听错了。他把声音放大，问：“谁？”

对方答：“我！”声音从门外来。

接着还是那个童声：“我妈妈！”

初平阳看见福小抱着天送站在门外的人群里。所有人都看他们娘儿俩，有人在拉他们，但福小顽强地站在那里。她说：“易伯伯，我不觉得耻辱！”天送继续为他妈壮声势：“易伯伯，我妈妈不觉得耻辱！”

戏剧性的转变，很多人都不相信自己的眼睛和耳朵。没有喧闹也没有笑声，情绪都压抑着，相互窃窃私语。初平阳觉得场面正在失控，或者说，场面正在朝着超出常人想象力的方向迈进。他听见门外传来一串沉重的脚步声，有人在跑动，然后听见易长安的母亲在喊：

“易培卿！易培卿！易培卿你给我出来！你给我出来易培卿！”

易培卿听见老婆在外面叫自己的名字，把档案袋往怀里一揣，扭头就往外走，好像刚才的事情全然没有发生过。他低着脑袋往人群外挤，而他老婆正从门外挤进来，一边挤一边说：

“借过，借过。别踩着我们家的猫！谢谢，谢谢！”

一只猫从众人的腿缝中间钻进了会场，一抬头看见了一群脑袋上没毛的老同志，都不像花街的，猫有点蒙，围着圆桌绕，忽然看到一个见过的人在向自己招手，就跑了过去。初平阳把猫抱起来。易长安他妈走进会场，也被一群光头的陌生人吓住了，只好挤出个笑，漫无目的地说：

“对不起，我是来找我们家猫的。平阳，你帮阿姨把易培卿抱出来！抱出来啊！”

说着话，她已经往门外挤了。她对之前发生的事一无所知，她也不知道易培卿抱着两个牛皮纸档案袋闯进了会场，她只是在追他们家的猫，这只叫易培卿的猫太喜欢热闹了，哪里人多往哪里跑。

初平阳抱着猫往外走时，会场正一片笑声。程会长和佟局长让大家肃静，接着开会。初平阳听见程会长对着麦克风说：“有几句话我想重申一下：我们今天的研讨会既跟翠宝宝有关，也跟翠宝宝无关。有关，是因为翠宝宝是我们会议的由头，没有翠宝宝大家就不可能聚集到这古老的、文化底蕴丰厚的运河边、花街上；说无关，是因为不管翠宝宝是否确有其人，对我们的论题都没有影响，我们要做的是在更高、更广泛、更深远的意义上来探讨和阐扬侠妓的精神。所以，尽管刚才那位先生严厉地质疑了翠宝宝的存在问题，我以为我们尽可不必拘泥于真伪，我们的任务不是生平考据，或者说，不仅仅是生平考据。学术是永在的，理论之树常青。好，我们继续——”

出了会场初平阳就没有再进去。杨杰在外面，正打算看个热闹，他过来准备下午的水晶公益活动，在南大街，向现场所有八十岁以上的老人赠送长寿水晶挂件。这是“运河旅游文化节”的系列活动之一。当初旅游文化节筹委会一跟杨杰联系，杨杰就答应了。上好的商机：政府帮你搭台子，还给你提供一部分资助，你只要唱好戏就行；难得的大广告，而且还是在他的水晶的故乡，在淮海和花街。他必须与当地政府搞好关系，厂房和原料都在这里；他也必须把场面做大做好，政府喜欢看这个，做得越好看它就越高兴，觉得脸上有光，就会给你提供更多的便利和优惠政策。这个活动赠送的水晶挂件百分之八十由筹委会买单，他只承担百分之二十的费用；此外，他需要给游客、全国各地来的贵宾（包括参加侠妓文化研讨会的专家们）深入地介绍和展示水晶及其工艺。杨杰在花街和南大街的交叉口看见停了很多车，还以为有人抢了他的生意。他刚到纪念馆门前，看见易培卿夹着档案袋闷着脑袋走到人群外。他过去跟易叔叔打招呼，易叔叔说，待会儿再聊，他得先跟福小谈谈。果然福小领着天送走过来。

初平阳把猫递给易长安的母亲。老太太听说易培卿领着福小去老屋聊天了，跟初平阳和杨杰告了别，她要去给客人倒杯茶，再给孩子拿点糖果。初平阳陪杨杰去了大和堂，正愁找不到逃会的借口呢。杨杰给初医生夫妇备了礼物，在后备厢里，他让贾凡把车开到石码头。

杨杰从大和堂出来，直接步行去了南大街。贾凡的车一直闲在石码头上，正好给初平阳派上用场，把他和福小送到卢家仓。下午一点钟不到，齐苏红电话，又是紧急会议，看不成吕冬了，很抱歉；车也空不出来，得接客，只好委屈初平阳自己想办法了。她又转达佟局长的疑问，怎么抱了猫出去就再没回来？初平阳说，安抚易培卿了，维持稳定总比学术研讨重要吧。齐苏红听出初平阳在调侃，但这个理由在局长那里肯定能通过，稳定压倒一切嘛。宝马准时从石码头出发，穿过市区有点堵，贾凡说，这说明淮海发展得好啊。发展得不好，就没这么多车，没车就不会堵，堵车是经济发展最显著的指标。初平阳问他从哪里学来的歪理，贾凡说，实践出真知，你看北京、上海都堵吧？有钱。我老家建村三百年来从没堵过，想堵都没东西堵，除非把所有牛车同时赶出来。

初平阳说："贾凡，你跟杨杰学坏了，也油嘴滑舌的。"

"杨哥？"贾凡说，"喊，我要跟他学，早晚成圣人。你们可别告诉他啊，我叔叔说，杨哥原来还挺有意思的一人，抽烟喝酒K歌，张学友唱得特好，粤语歌都可以乱真；现在生意做大了，没劲儿透了，往车里一坐，俩钟头可以不说一句话，我都替他憋得慌。"

初平阳和福小相视而笑。杨杰有境界了，贾凡跟他看来真学到了东西。初平阳继续扯了个淡，说，老板做得越大话越少，要不怎么能一言九鼎，这个你得学着点。卢家仓的味道涌进车窗，三院到了。

昨天齐苏红做的那套程序今天初平阳做了，在门口的传达室和护理区大厅的来客登记簿上，初平阳写下他和福小的名字，与病人关系一栏填“朋友”。从昨天到现在，只有一个家属来卢家仓探视过病人，初平阳跳过这一行信息，看见齐苏红在她与吕冬的关系一栏上写的也是“朋友”。还是面色潮红的鹰钩鼻子值班，她茫然地看了初平阳超过五秒钟，才记起来昨天的预约，拿起电话开始打。她抱着电话念出初平阳和秦福小的名字，然后是“稍等”。

卢家仓用的可能是另外一种时间，“稍等”长达初平阳手表上的半个小时。在这半个小时里，初平阳得知易培卿差不多想明白了。起码在福小的表述里，可以发现易培卿的仇妓情结有了溃败的迹象。上午他执意要和福小“谈谈”，一是福小在大庭广众之下没给他面子，让他下不来台；二是他觉得感觉不到“耻辱”反倒引为“自豪”实在荒唐，他有责任教育教育这个晚辈。“我的确就是那么想的。”福小说，“在昨天以前我可能都没胆量站出来，从墓地回来，我有了这个胆量。我甚至都不觉得自己动用了胆量，我站出来理所当然，不是为我奶奶洗白身份，而是想什么就说什么。我现在一点都不觉得耻辱，我甚至因为我奶奶曾有这样的身份感到自豪——没有那个身份，我奶奶就不会成为后来那个样子。”

初平阳也蒙了，福小这是啥意思呢？

“在墓地，我和我妈坐在奶奶和天赐的墓中间。我妈指着奶奶墓碑上的十字架跟我说，你回来了，最开心的不是你爸爸和我，是你奶奶，你在外的那些年，她一直希望你能把事理想明白了。我和你爸没强求你回来，也是你奶奶要求的：顺其自然，哪天想明白了，福小就回来了。你奶奶说，想明白，就心无挂碍了。”

“你奶奶脖子上挂着破鞋被游街批斗的时候，我也觉得没脸见人。”秦素文说，“你奶奶顶着阴阳头回来，把我叫到饭桌前，说她感激沙教士，是因为沙教士当年跟她说过一句话：当过妓女不可怕，被人骂也不可怕，可怕的是自己不敢正视，自己放不下。沙教士跟你奶奶讲了耶稣宽恕妓女的故事。耶稣拿着一块石头在地上画啊画，等准备讨伐妓女的人安静下来，耶稣说，你们当中没有犯过罪的人，可以拿石头砸她。人们沉默，然后散去。沙教士说，这是耶稣对众人说的；耶稣对妓女说的是，人不定你的罪，我也不定你的罪，以后你不要再犯罪了。耶稣还应该对妓女说一句：你知道你是妓女，你觉得你干净了，你可能就干净了；你觉得你跟他们一样干净，你可能就跟他们一样干净。你可能听说了，不管批斗和游街的花样有多少，你奶奶从来没有服过软。她说她就想着沙教士跟她说的。这也是你奶奶一直去教堂的原因，她感激沙教士，让她后半辈子过得平静、心安。”

“你把这些话跟易伯伯全说了？”初平阳说。

“我妈说过后，我觉得一下子把很多年里有点神秘的奶奶看清了，我也觉得混混沌沌地奔波和躲藏的这些年一下子也清晰了，好像有种透明的东西突然贯通了三十三年。我念书没你多，也懂不了多少道理，但我真是明白了，就像成语‘豁然开朗’说的那样。一下子有了平常心。你说过，杨杰也说过，平常心。过去我跟什么都较着劲儿，现在才发现较劲儿的时候自己有多拧巴。我跟易伯伯说，阿姨当年是生活所迫，你又不是不明白；揪着不放的不是别人，是你，是你放不下，你过不了自己的这一关。你还不如一个文盲老太太，你得向我奶奶学习。”

“易伯伯怎么说？”

“他耷拉着眼皮呜噜呜噜半天，说，谁说你奶奶是文盲，她把一本《圣经》都读完了。”

六十岁老人的尴尬可以想象。最后易培卿叹了口气，自嘲说，一直以为看不开是因为自己还年轻，看来应该老了，该老的时候不老也挺讨厌。送福小和天送出门时，他从老婆怀里抱过来那只和他同名的猫，一直跟着福小走到斜教堂门口。

“你要真把易伯伯说通了，”初平阳说，“长安得做面锦旗外加一封感谢信送你家去。”

“谁是初平阳？”一个医生模样的男人穿过幽长的走道进了大厅，“跟我走。”

初平阳指指福小，“还有一位。”

“病人只说见初平阳一个人。你姓初吗？”

“听吕冬的。”福小说，“我在这儿等你。”

只能如此。初平阳跟着男医生穿过走道。医生告诫初平阳，258号现在正在康复的最后一个疗程，不要用过于强烈的言辞和信息刺激他。什么样的言辞和信息算强烈的？医生举了例子，比如你就是个废人，活该头脑出问题，亲戚朋友谁死了，你最讨厌的那个人发了大财，把你蹬掉的那女人嫁给了一个亿万富翁，等等；还有，和258说话要清晰，别支支吾吾含含糊糊，不能给病人制造梦幻般的感觉，他容易产生幻听和幻视；最后一条，时间不能超过四十五分钟，一节课是人耐心的一个阈限，过了这个点病人可能会狂躁。初平阳一路点头。医生打开一扇门，楼后面的平地上有几十个病人。医生漫无边际地指了一下，那儿！

医生的指引没有任何意义，初平阳发现吕冬完全凭着自己的直觉。他的目光像医生的手指一样漫无边际地扫射一圈，回过头，自然而然地落在一个石凳子上，他看见吕冬（没变胖也没变瘦）坐在那里，弯着腰，左胳膊肘支在左腿上，右手的大拇指、中指和无名指一直在摸额头，好像要顽强地把脑门上的什么东西给抠掉。他一个人沉默着坐在那里。医生说了，他不爱说话，开会和辩论时他也很少吭声。为了让病人尽快回归常人思维，病人们经常被要求分组讨论，都是关于人生与国计民生的大问题；病友们辩得狼烟四起，吕冬往往自始至终只咳嗽两声。初平阳朝石凳子走，斜后方一个肥胖的姑娘闪身堵住他，面带微笑地说：

“大哥，能借你手机用一下吗？”

她的大脸上酒窝也很大。初平阳下意识地去掏手机，胖姑娘又说：“给根烟抽抽也行。”初平阳又要去找烟，这地方是禁烟的。他看见吕冬从石凳子上站起来，对着胖姑娘挥挥手：“四姑娘，你去看看广玉兰花开了没有……”胖姑娘冲他翻了个白眼，对初平阳说：“叔叔，你别理他，那人脑子有问题。”拍拍颤巍巍的屁股走了。吕冬走过来，像正常人一样对初平阳说：

“……你是半个月里第一个来看我的人。”

他们在石凳子上坐下。初平阳提醒自己，别用有色眼镜看自己的兄弟。但他的眼神还是暴露自己的刻意，吕冬迅速地笑了一下，说：“平阳，我很正常……起码现在跟你说话时很正常。”

“对不起，”初平阳说，“我很不愿意在这个地方看到你。”

“没你想的那么严重……这地方挺好，看看书，想想东西，比在我家的书房里还放松……真的，在这地方，她们就不会在我眼前晃来晃去了，耳根子也清静……不过有一条是相同的，就是在他们看来，我都是大脑出了毛病的人……但他们不会命令和驱使你干你不想干的事情……”

初平阳觉得至少在场面上应该替齐苏红说句话。“要不是有紧急会议，嫂子也来了。”

“她马上就不是你嫂子了……”吕冬说，“在上次进来之后，也就是这次进来之前……这已经是我第三次进来了……我已经同意离婚了……她没跟你说？她还想继续扮演救世主……她是不是对我又哀其不幸、怒其不争了？”

初平阳没置可否。

“她和我妈一样，当官把脑子当坏了……你别怀疑，我现在的确没问题……你看我像有问题的人吗……我只是有时候因为压力太大，太压抑，出现过幻觉，其实这都正常，医生说了，谁压力大到我这样，都跑不掉……我妈，还有齐苏红，她们还说我经常分不清梦境和现实，非要把我送进来……我有时候是有点分不清，那也是因为梦境实在太诱人，我希望它们都是真的……齐苏红把我说梦话也当成罪状，还说我梦游……可是这里的医生说我从来不梦游……就算我梦游，梦游是罪过吗……”吕冬突然抓住初平阳的手，“……平阳，我是个失败者，彻头彻尾的失败者……”

初平阳紧张了一下，但很快调整了情绪，用力地握紧了吕冬的手。“没有绝对的失败者，也没有绝对的成功者。”

“别跟我玩文字游戏，平阳……失败就是失败……失败是一个强大的因果链条……从第一步开始，从你有记忆开始，从你的出身开始，你就开始一步步地失败，一环套一环地失败，一直到你明白你失败了但你无法改变和逆转，或者说你所有改变和逆转的努力全都失效，你就知道我是如何的一个彻头彻尾的失败者……我不想穿花衣服，我妈让我穿……我不想安静地坐在那里，我妈勒令我必须坐，她没让我动弹之前，连痒痒都不许挠……我不想选文科，我妈让我学，为了以后能在主席台上高屋建瓴、侃侃而谈，因为我们国家缺少口才一流的大政治家……我不想教书，我妈让我进大学，做不了政治家，当大学教授起码是个体面的活儿……我不想娶齐苏红，我妈让我必须娶，她住我们家隔壁的一个院子里，她看着齐苏红长大，她知道她的未竟事业、在我身上实现不了的愿望，可能会在齐苏红那里实现，她说我必须找一个能主导我生活的老婆，像我这样无能的人……我不想要孩子，我不想让孩子像我一样遭罪，整天在别人的规划下过日子，我妈坚决让我们生，她给我们下了指标，婚后两年必须有孩子，吕家的男人再无能，生孩子的事总是能干的吧……我每次都买最好的避孕套，我妈让齐苏红把刚用完的避孕套打个结，下了床就拎着往医院跑，放进去……放进去，我觉得那是一种侮辱……还是怀上了……我不想去评什么狗屁职称，齐苏红代替了我妈，让我念在职博士，找门路帮我发论文，甚至还考虑让我找易长安弄点假书号，到几百里外的野鸡印刷厂印上几本学术著作，以便申请破格评上正教授……在床上如果我犯困，不想做爱，齐苏红就怀疑我是不是在外面吃了野食，是不是下了课就带女学生到宾馆里开房，她用'性交'这个词，是不是又和哪个烂女人性交了……如果一段时间里我都没那心思，她就跟我小时候我妈那样，洗衣服之前检查我内裤，有时候干脆大清早突然扒我短裤，看上面是不是劣迹斑斑……如果内裤干干净净，她就怀疑我是不是已经成了太监……她让我学开车，我不学，她骂我胆小鬼，不是个男人……孩子上幼儿园，她让我托关系进最好的学校，让最好的老师来教我女儿，我哪来那本事，她说她终于看透我了，我就是个一无是处的废物……她说我这样的人，如果不是我妈还有点能耐，我早到街头讨饭三十多年了，她就忘了，要不是因为我妈在后面撑着，她哪来今天的风光……她跟我妈说，我精神出问题了，必须送医院，正常人没有谁整天蔫头蔫脑，走路都得歪着头，说我有妄想症，是受虐狂，半夜里经常站在床前盯着她，掐她脖子，要不就是梦游到厨房，拎出来两把菜刀，在卧室里像李逵那样比画……我妈说，她对我这个儿子彻底失望了，既然我自己做不了自己的主，就得有人继续帮我做，让齐苏红当断就断，那就送吧，就当防患于未然，否则说不好哪天两只手下去了，两把菜刀砍来了，老婆孩子出了事，这个家就真玩完了……她们不是打120说我疯了，而是打110说我疯了……不过挺好，卢家仓真清静，早知这样，我早就主动申请来了……告诉过你一个好消息吗，我跟齐苏红要离婚了，我会签字的，我敢肯定，离婚协议书上那名字，肯定是我这辈子签得最好看的一个……哎呀，终于要离了，我觉得我的病一下子要好了。一口气说了这么多，你是不是烦了，平阳……”

初平阳说没烦，说得很好。看来吕冬是很久没说话了，或者是这些话他已经在内心里排练了无数次。初平阳的确没烦，但在吕冬排山倒海的语言洪流里，有一小会儿他走神了。他用眼睛的余光观看了一个中年男病人吃药的全过程。他必须先闭上眼，把舌头长长地伸出来，必须用橙汁把药带下去，还必须要护士亲自喂。护士一手拿药，一手端着一杯橙汁，让他闭眼、伸舌头、缩回舌头、喝饮料、下咽。吃完药他咂了两下嘴，对年轻的小护士说：“谢谢你，妈。”

齐苏红在抱怨，吕冬也在抱怨，抱怨跟抱怨不同，但抱怨让他们都有了一个正义在握的受难者的姿态。他们都没有提到房子，这在全中国打算成家立业的年轻人中最大的政治，他们没有涉及。初平阳突然很形而下地好奇，想听听齐苏红婆媳俩在这个问题上对吕冬的挤压，接着想到他们根本就不可能有住房的焦虑，打消了这念头。婆媳俩都是级别可观的官员，哪会有住房的焦虑，吕冬在师范大学也分了房；“房子的焦虑只存在于普通人的生活里。”出了三院他和福小聊起这个想法，福小纠正他，“这是淮海，又不是北京、上海，房价高得吓死人。”那齐苏红为什么还想要大和堂呢？福小说：“全世界除了我想把大和堂当房子住，大概没别人这么打算了；那么好的地方不用来生钱，浪费了，除非当别墅来度假。”

“福小在外面。”初平阳说。

“戴医生跟我说了……替我道个歉，”吕冬说，又习惯性地用右手大拇指、中指和无名指去摩挲额头，“我不想让她在这个地方见我……你知道戴医生跟我提到她的名字时，我头脑中最先出现的是什么……”

旁边有两个病人打起来了，为北京奥运会上中国拿的金牌多还是美国拿的金牌多。一个说中国，一个说美国，突然有一个说是俄罗斯，就变成了群架。医务人员吹起了哨子，两个穿白大褂的年轻男医生跑过来。初平阳让吕冬继续说。

“……我想起我们第一次接吻。”吕冬停顿约三秒钟，眼睛里突然有了泪水。“那时候我喜欢偷偷地盯着她看……那天中午她把我叫到学校西南角的小树林里，对我说：我会一直盯着你，除非你不再看我……我说：好……我们相互盯了足足十分钟，也许没这么久，但我现在想起来还是觉得漫长，然后我一把抱住她，堵上了她的嘴……那是我这辈子唯一的一次勇猛……亲完了，她跟我说：我在你眼里看见了自己……我说：一只眼里一个……我不想让她在这个地方看到我，我担心我在她的眼里看见了自己，一只眼里一个……有两个吕冬……”眼泪骨碌碌滚下来。“……不好意思，”吕冬擦掉眼泪，“我很久没哭了……等我出去了，我去看你们……”

初平阳有了亲人般的心酸，“要不，我陪你在院子里走走？”

他们站起来。“……就这屁大的地方，哪个砖头缝里长了草我都知道。”吕冬说。群架已经平息。一个男病人因为想抱一个女病人被拒绝，蹲在地上伤心地哭了，嘴里嘟囔着，我就说我妈把我生早了，他们还不信。一个女病人撅着屁股趴在地上找蚂蚁，她说她刚刚看见一队蚂蚁，排成大雁那样的“人”字形方阵往前爬，亲眼所见。一个十四五岁的少年张开双臂作飞翔状，他梦见自己能飞上两千八百米的高空。一个老太太扭着脖子不停地转圈，希望自己的影子赶快站起来。“……早知道你来，就让你帮我带本书了。”

“什么书？”

“……《螺丝在拧紧》。”

“昨天齐苏红带我来过，因为没预约，院方不让我们见你。”

“……昨天上午？”

“下午。”

“哈，什么没预约……昨天下午，”吕冬附到初平阳的耳边，热气哈得初平阳浑身的寒毛都竖起来。他觉得这动作极为怪异。“我翻墙头去放羊了……他们一定是发现我不见了，不敢声张，找了这么个借口……离食堂一百零三步远的地方，围墙上的铁丝断了，轻轻一拨就歪到一边……墙上有个洞，能塞进一个脚尖，踩着了就能爬到墙头上……这个漏洞只有我知道，你别告诉别人啊……昨天下午我又翻过去了……老柴在野地里放羊，我跟他谈了会儿汉文化和游牧民族的关系，他们就开着车叽哇乱叫地把我抓回来了……我把自己装扮成绵羊，还是被他们发现了……你不是喜欢看《圣经》嘛……《圣经》里也有放羊的故事吧……”

初平阳想起昨天出门时，看见救护车呼啸着往西跑，八成就是找吕冬的。“除了《螺丝在拧紧》，你还想看什么书？”

“……《金瓶梅》。”吕冬狡黠地笑笑，“足本的最好……删节本也没问题，我把删掉的都给补上来……你不许笑话啊，平阳……在这地方我倒觉得自己是个身体健康的男人，有些问题自己不解决还真不行……”

时间到。他们转了一个圈绕回头，看见戴医生站在石凳子前举起了手。一个年轻的女人低着头走过他们面前，悲哀地叨叨同一句话：“谁看见我家的钥匙了？谁看见我家的钥匙了？”

“有什么要我转达给福小吗？”

吕冬又用三个手指使劲地抠脑门，抓出了好几道红绺子。“……能不能帮我问问，这些年最让她难过的事是什么……”

分手的时候初平阳要拥抱一下，吕冬推开他的手。“……我很好。”他执意以挥手告别。

又是漫长的走道，戴医生走在前面。初平阳说：“医生您好，吕冬大概多久能出院？”

“不出意外，少了十天；多了，就不好说了。”

“他现在很正常啊。”初平阳把一些可疑的情景和语调剔除掉，他觉得吕冬和过去差不多。尽管整个过程里他都有种恍惚之感，好像没能力分清真实和虚幻。

“正常吗？”戴医生停下来，猛地扭回头看他，黑框眼镜像夸张的大眼袋。“正不正常不是你说了算，也不是258说了算。”

“那谁说了算？”

戴医生笑了，似乎这个问题根本不值得回答。“你问天底下任何人，都会说自己无比正常。我问你，你是个正常人吗？”他的笑和眼镜一样夸张，也有一种不真实感。

初平阳不再追问。他觉得如果戴医生脱了白大褂，穿上病号服，混在病人堆里，他绝对不会认为他是正常人。也许可以进一步推断，在这种地方，很难有人能够自证是个正常人。初平阳不再出声，总算走到了大厅里。福小对他挥挥手，迎着他走过来；初平阳想，这应该是真实的世界吧。

贾凡在车里睡了一觉，精神好得可以去跑马拉松。他很想知道精神病院里到底是个什么样。初平阳想了想，说，就像你看电影，不管那些人在故事中有多大能耐、受了多少荣辱，不管他们打斗如何激烈、分离聚合如何壮观，你都知道他们归根结底是虚弱和无力的，他们下不来，只能待在电影里，跟我们隔着一道穿不过去的银幕。贾凡翻了个白眼，撇撇嘴说，哦，这么深奥，这地方出哲学家。现在我们回去吗？

“出门右拐，见到羊群停下来。”

福小终于开口了，说：“他，还好吗？”

“挺好。”初平阳说，“他想知道，这些年最让你难过的事是什么？”

“看来没想象的那么坏。他还是那样。做不到，又放不下。”福小说，“我明白他的意思。他多虑了。他没重要到让我必须用一辈子来恨他。我恨过他。我更恨我自己。”

“他不希望你在这个地方看到他。”

“你让他放松点儿。你也可以告诉他，这些年最让我难过的事是什么。在深圳的时候。有一天突然想家了，想得肚子疼，想得想在地上打着滚哭，我给你家打了电话。阿姨告诉我，奶奶抱着十字架死了，我抱着电话号啕大哭。后来电话掉下来，我就坐在地上哭，哭得虚脱，躺在地上动不了。奶奶临死都不知道我在哪里。”

这个电话初平阳听母亲说过。那时候秦家还没有电话，找景侉子和秦素文的电话都打到大和堂。母亲当时告诉初平阳这个电话，一是因为福小终于有了消息；二是，福小在电话那头实在哭得惊天动地，哭得她也难过得眼泪吧嗒吧嗒直掉，“这辈子我都没听过那么断肠的哭声”；三是她想向儿子证明神秘的心灵感应，福小打来电话时，秦奶奶刚刚下葬，景侉子和秦素文一身重孝从坟地回来没超过两小时。“这孩子跟奶奶亲，”挂上电话，她去秦家安慰了秦素文两口子，“福小是重情义的孩子。她总算有信了。”

福小不知道这算不算心灵感应，那天她的确想家想得厉害，从一大早就有种强烈的饥饿感，觉得整个人空荡荡地难受，似乎肠子都在盘根错节地疼。那时候她在深圳福田一家玩具厂打工，负责将一堆零散的部件组装成一个个变形金刚。她和湖南来的一个女孩，孔菊香，一起办了张假高中毕业证。必须高中学历才能进那家中港合资的玩具厂。此前她们一起在关外的一个服装厂打工，那地方只看手艺不管学历。为省钱，她们俩在关外合租一间民房，每天持边防证入关进厂。当时的深圳市区管辖还很严，没边防证别想进关内的罗湖、福田、南山和盐田四区。边防证办起来又麻烦，比现在申请港澳通行证难太多了。她俩找了黑市上的二道贩子，额外花了一个半月的工资才弄到边防证。那天深圳有个好太阳，一大早就热得福小浑身难受，奇怪的饥饿感让她有点恍惚，到边防站才发现证件忘记带了。她让孔菊香替她请假，理由是生病，她觉得自己确实病了。她从边防站坐公交车往回走，四站地之后，跟着一个中年男人下了车。

中年男人进了一条巷子，她在后头跟着，距离十米左右。那男的发现身后有了个尾巴，过两分钟扭头看她一次，过两分钟又扭头看她一次，站住了，用蹩脚的普通话说："一大早就揽生意，是不是早了点？"随后他把手伸到两腿之间，捂住了裆部掂了掂，换了更蹩脚的当地话，"但系，唔紧要，老子身体都唔知几好。五折得唔得（问题也不大，老子身体好。打个对折）？"

福小费力地调整好舌头的位置，用花街话说："你是淮海人吗？"

那男的继续用生硬的普通话说："什么淮不淮海人，别扯那没用的！老子只有打一炮的时间。远吗？"

福小这才感到了屈辱。在车上他对着手机打电话时，她的确听见他说的就是淮海话。她不过是想听他再说两句。很多年没听见淮海话了。那人走了，福小意识到翻江倒海的饥饿感其实是想家。她感到了心慌，撒开腿就往刚才路过的一个小店跑，她要给家里打个电话。

当她报出名字时，根据对方的声音，她几乎能看见初家阿姨的嘴张得有多大。也许初家阿姨以为在和一个死人说话。但是初平阳的母亲说：

"福小，你终于有信了！你要早几天打来就好了，还能听见奶奶说话。"

"奶奶怎么了？"

"刚刚下葬。"初平阳的母亲停顿片刻，决定把话说完整。"死的时候还抱着十字架。"

福小放声大哭。她都没想过要遏制一下，她自然而然就哭了，自然而然地哭声就大了。她觉得虚弱不堪，整个人往下出溜，电话掉在了地上。她就坐在地上哭，撕开喉咙、扒开心肺畅快地哭；她觉得她要把五脏六腑、把生命、把漫长的时光都哭出来；每哭出来一声都像是最后一声，每一声都高过前一声，每一声都距前一声无比遥远，远得如同窒息。她的哭声把店老板吓坏了，他谨慎地走过去把电话捡起来，隔着窗口说：

“阿妹，别哭了，起来吧。别哭了，这个电话不收你钱了。”

“最难过的事不是让你绝望，”福小对初平阳说，“是让你连绝望都忘了。是一片什么都没有的空白。我为什么没能早几天打电话回去呢。”

车缓慢地停下，贾凡不想用急刹车惊动福小和羊群。一大群羊在路边的野地里吃草，远处鱼塘边的小屋里传来狗叫。放羊的老头坐在路边，头歪在自己怀里打瞌睡，屁股底下垫着一张脏兮兮的羊皮。初平阳挨着老头坐下来。这一大片羊，山羊和绵羊没办法分开，足有两百只。贾凡和福小站在他们身后。初平阳说：

“柴大爷？”

老头的脑袋歪得更厉害了，这样反倒有了个角度看身边的人。他哼了一声，用手支起长眼皮，“又找人？”

“不找人，就过来看看您。我们是吕冬的朋友。”

“哦，”老头说，“昨天下午就被抓回去了。”

“刚见着了。他挺好。”

“要我说，他没病。”老头的语速慢腾腾的，像他的长眼皮一样无精打采。附近乡下的口音，个别字眼初平阳和福小听起来都有难度；贾凡压根就听不懂，找了块尖角石子，在路面上画羊。“一点病都没有。跟我说话，跟羊说话，要条有条，要理有理。”

“他装成绵羊了？”

“那还不是被那些穿白大褂的逼的？”老头举起鞭子，吆喝了一声正打算脱离大部队的两只绵羊。他拍拍屁股底下的羊皮，“他说我得藏起来，别让他们找着了，他就披着这张羊皮躲到羊群里。他的腚撅得太高，给戴黑框眼镜的医生看见了。羊喜欢他，不信你问问它们。”

几十只羊抬起头，对初平阳咩咩地叫。它们喜欢舔吕冬的手，他的手心里有咸味。初平阳想象吕冬瘦高的个头，顶着一张羊皮，弯腰驼背、手脚着地装扮成一只羊，觉得卢家仓的这片野地突然间更大了。天苍苍野茫茫，一只羊从羊群里直起腰，越站越高；这只羊的目光含混苍茫，大风吹来，把所有的草和其他羊的腰都吹低了，只有这只羊立在野地上，像天底下唯一的一只羊：这只羊长着吕冬的脸。

“他喜欢躺在这张羊皮上，”老头又拍拍屁股底下的羊皮。他的皱纹很多，皱纹里有尘土、青草和羊膻味，他的牙齿开始脱落，说话的时候需要用舌头控制风速。“那孩子，他说出来以后跟我一起放羊。”

福小听到这里开始哭。她想起他们第一次来卢家仓踏青。她从他的自行车上摔下来，摔折了尾椎，现在它还歪着。他抱着她的手一直在抖。那个十六年前因为胆怯迟到了的少年，和现在这个装成羊还打算放羊的男人，是同一个人，他叫吕冬；多少年前她就决定放下，多少年后她发现，还是没有放下。

初平阳的手机在口袋里振动。他拿出来，天津打来的电话。他的“你好”只说了一半，就知道对方是易长安。

“家里都挺好的？”易长安问。

“都挺好。杨杰和福小都回来了。你跑天津干吗？”

“有点小事。这几天手机停用，跟他们说一声，别打我电话。说话方便？”

初平阳握着电话走到一边。“现在身边没人。”

“我在你、杨杰和福小的卡上都存了一笔钱。跟他们说一声。需要时你们只管用，不需要就留着给我老爸老妈；一下子存到他们账上，怕把他们吓着。”

“什么意思？”

“没啥，别紧张。狡兔三窟嘛。记得一年前我借你们的身份证去免掉一笔税么，那时候我就在浦东发展银行给你们开了户头。我查过了，你们仨都没有浦发行的卡。别紧张，知道有这回事就行了。我爸妈那边你帮我照应着，有什么需要拿主张的，你就代我做个主。”

“长安，你到底搞什么鬼？听着不对。我还想着你能回来，咱们在家聚聚呢。”

“青天白日的，有啥敢不对的？一点小麻烦，so so。这几天要方便，撒泡尿工夫就能回去。先这么说。”

“长安——”

恐惧

老康凌晨一点敲我的门，穿着睡衣和拖鞋，嘴唇都青了，牙齿咯嗒嗒响。他跟我说，小初，坏坏了，资料丢丢了。我问什么资料如此重大，让咱们的心理学博士后都结巴了，他可是专做别人恐惧心理疏导的。从北大里头的博士后宿舍到我现在的住处，穿拖鞋就算小跑，也得二十分钟，他都没套上双袜子。门外的风呼呼的。

——开开电脑。他说。

我把电脑打开，给他倒杯热水。老康抱着滚烫的杯子直往胸口里摁，脸上慢慢有了点人样。他以最快的速度打开网页。在一个我从没上过的论坛，他用鼠标点着一个帖子让我看，就这个，问题就就在这里。我凑上去溜了一眼，就是几张纸的扫描件，用照片的形式贴在论坛上。没标题，上来就是人名，后头有个括弧，括弧里注明此人的性别、出生年月、籍贯、常住地、职业，跟在冒号后面的是此人害怕啥，恐惧所从何来，言简意赅。一大串人名，依次排列，冒号后头的恐惧有长有短。

——就这玩意儿？我说，我还以为政治局的最新决议被你弄丢了。

——这是大大事，小初。老康又结巴上了，涉及别人的隐隐私。

这么说我就明白了，隐私是得保密。

——这里有的是朋友，你也认认识的。老康说，各样的恐惧隐私都都有。

猎奇的心理不太好，但我还是没忍住又凑上去。果然，在那几页纸里我数出了三个熟人，他们的恐惧匪夷所思。我是说，在平常的交往中，我在他们脸上看不见一丝惊慌神色，转瞬即逝的都没有。

——这是啥玩意儿？我问他。

——恐惧调查。我在做一个关于恐惧的研究课题。

我又伸头看了看，还是没怎么看进去。

——早知道我前天就不去国图了，真是要了命。老康说。他把问题弄得很严重。

这个调查他做了有一阵子了，全国各地跑，逮着人就问，愿意接受一个恐惧调查吗？保密的。为了诱惑别人受访，他给每人送一个北京奥运会的吉祥物小福娃。他想看看人的恐惧的深层心理结构。前天下午他从图书馆出来，觉得手头的资料不够充分，临时决定去国图。从北大东门上公交车，坐下来就睡着了。这个学术狂人，每天都在压榨自己的睡眠时间。我提醒他，下手别太狠，小心榨过头，想睡都睡不着了。他在320路公交车上睡得很香，喇叭里报站“国家图书馆”到了时，他迷糊了一会儿才回过神，在车门关闭前的一瞬间冲了出去。小睡之后神清气爽，康博后登上国图高远的台阶，一路都得意：一觉醒来到国图，啥也没耽误。进门时他习惯性地摸书包，这一次他拿的不是包，而是一个印有北大标志的牛皮纸大信封，里面有一沓资料和一个新买的笔记本。啥也没摸着，冷汗唰地就出来了。下车太急，他把大信封落公交车上了。作为一个正在做博士后的心理医生，老康心里出现了剧烈波动。那几张纸和笔记本不值钱，摘抄的资料也可以重新再来，问卷来的隐私值钱。何止是值钱，他一笔一画整理出来，向所有受访者承诺过，这是职业道德。

他跳下台阶冲到马路上，招了辆出租车让师傅沿320路车这条线追。他在“军事博物馆”那站追上了320，去北京西站的车从来都塞得满满的，他坐过的位子上坐着一个老太太。老太太没看见什么大信封，她从甘家口站上车，周围除了人和行李，任何多余的东西都没看见。老康去问售票员，售票员耸耸肩，双手一摊，你看，上下车客人多得像赶集，丢个人都有可能。老康只好暗自祈祷，那个捡了大信封的人捡了就捡了，回家就当垃圾扔了，然后永远都是垃圾，直到那些纸张从地球上消失。

——等会儿，老康，你先喝点热水冷静一下。我看看都是些啥毛病。

下面摘录的就是我看到的一部分。因为专栏需要，我选的全是出生于上个世纪70年代的受访者。为了保护别人的隐私，姓名用代称：

赵甲（男，1973年生，江西修水人，常住九江，建筑工程师）：开始我做了一个噩梦，你能想到的杀人放火毒蛇猛兽我都能做出来；因为可怕，我就害怕做这个梦。总是害怕，反倒继续做噩梦，做的是害怕自己做噩梦的梦。然后又因为恐惧做害怕噩梦的梦，继而又做害怕做噩梦的梦的梦。就这么以此类推做下去，我的梦无限延伸，如同两面镜子对照，怕做噩梦的梦的梦的梦（这里必须用省略号）不断地延展和膨胀，越来越大越来越长，让我的睡眠沉重无比，苦不堪言。我都快被这个惧怕噩梦的梦弄疯了。你看我的黑眼圈，我能不睡就不睡，睁着眼熬到天亮。

钱乙（男，1975年生，浙江海宁人，常住杭州，旅游公司副总）：我对偶然性有种神经质的惧怕。人家说这是强迫症，不知道是不是。我忍不住就会想象某个已经发生的事情的偶然性，给它无数的假设，越假设我越恐惧，越恐惧我越忍不住地假设。我总在想，事情要是往那个坏极了的方向走，那会是什么样子。你知道的，当然会越来越坏，太可怕了。假设耗掉了我一天里的大部分时间和精力，要命的是我不能自拔。

孙丙（女，1978年生，江苏连云港人，常住上海，自由撰稿人）：我总觉得这世上还有另一个自己在。不论到哪里，我都会下意识地去注意看见的人名、经过身边的每一张脸，去听她们的声音。我希望遇到另一个我，但我又害怕遇到另一个我。我很纠结。

李丁（男，1970年生，山西原平人，常住北京，艺术家）：我没有大恐惧，只有小恐惧，不过，谁又能说小恐惧就一定不是大恐惧呢，是不是？六月初的一个晚上，我买了一束白菊花从天安门东地铁站出来，被警察揪住了。他问我拿花干什么，我说送给我女朋友，她最喜欢的花就是白菊花。警察不相信，非说我有问题，没收了我的花，还把我拎到局子里关了一夜。那夜空调开得太大，把我冻坏了。第二天早上他们放了我，没给任何理由。从那以后，我见着警察就跑。

周戊（女，1979年生，河南洛阳人，北京大学光华管理学院博士生）：还有人想在人群里找到另一个自己？天哪，不可思议。你知道我怕什么？撞衫！我最怕的就是看见某个人跟我穿一样的衣服。不管长得像不像，我都会浑身发痒，想挠，想把自己皮肤撕开；好像不是撞衫，而是俩人长了相同的皮肤。我想躲，觉得自己突然被当众扒光了，突然成了一个身份可疑的人，正在冒充别人活在这世上。所以你看，我这衣服，每一件都是找裁缝做的，我得让他们尽量确保从此不再做这一款式的衣服。

吴己（男，1974年生，陕西安康人，常住深圳，企业高管）：没什么不能说的。我就是想做爱，每天都想。你说性交也行，这个词更带劲儿。过了三十二岁之后突然这样，我单身，很忙，没时间谈恋爱，结婚更免谈，就算累得倒头就睡，醒来第一件事也是想性交。虽然在深圳这种地方，我也没瞎搞过，你不信也无所谓。我去医院查了，不是性亢进。心理医生问我是不是受到什么刺激，好像没有。就是想。有时候突然来了那感觉，都想把老二一刀去了。也有人说是工作太忙导致的，不明白。我在网上看到，有个女孩和我的感觉有点像。她可能比我还忙，但就是整天觉得那地方空荡荡的，总想找一根东西把它塞满，恶狠狠地塞满。跟性亢进没关系。所以担心，现在我一天到晚想搞，一天到晚担心自己想搞，更累了。

郑庚（女，1975年生，湖北洪湖人，常住天津，中学教师）：这个年龄，当然是安全感。朋友和同事们的婚姻排着队亮红灯。她们说，我撑不了十年。现在我们结婚九年，孩子五岁，一年前我就开始担心。离婚的队伍每天都在提醒我。老公工作忙，应酬也多，经常出差不在家。我越来越敏感，担心出问题。每次他回到家我都得提醒自己，别瞎猜，免得心理暗示，觉得谁都是贼。也越来越不自信。他的事业越做越大，职务越来越高，人人都觉得他光鲜，看上去也比我年轻。其实我比他小两岁。二十五岁教书，到现在还是原地踏步走，圈子和视野越来越小，我觉得我们的距离在拉大。如果他要出点什么事，我都不知道我和女儿该怎么办。真担心，经常被噩梦吓醒，我都梦见他和一个长头发的年轻女孩在一起三次了。

王辛（男，1972年生，四川绵阳人，常住北京，公务员）：怕被人超过，尤其是年轻人。八〇后。现在的孩子真是有眼力见儿，他们比你更擅长揣摩领导的心思，很多事情都能抢在你前头。领导赏识了，你才有上升空间，在机关里待过的都明白。我担心自己到头了。后来的孩子头脑太好使了。上不去本身没什么可怕，可怕的是，在你后面的都上去了，你原地踏步，等于在倒退。我带了两个徒弟，都不错，有能力也有心眼，我一想到哪一天他们成了我的上司，跟我说，“王老师，给我倒杯茶”，我撞墙的心都有了。

冯壬（男，1979年生，甘肃兰州人，常住天津，保安）：跟你说了，你得保证不告诉别人。保证？嗯。我想杀人，真的。你要在这个小区当保安，你可能比我还想杀人。他们怎么会那么有钱？开那么好的车，小的很小，大的很大，我知道都很值钱。我花了半年时间才把那些名车的牌子认全了。他们每个人都有不止一个老婆，就是二奶、小三，有的已经有小四、小五了。我管的那片就有好几个二奶，不骗你，多好的姑娘，非要给人家做相好的。我想把那些大肚子的有钱人杀了。有时候也想杀那些二奶，她们怎么就那么没志气？你问的是害怕，恐惧。对，我就怕自己哪天管不住自己的手，把刀亮出来。真的害怕，经常梦见杀人，我就吓醒了。我其实连杀鸡的胆子都没有，可是为什么我会想要杀人呢？太可怕了。

陈癸（女，1976年生，上海人，常住北京，记者）：每天下午五六点钟，我会没来由地心悸，我怕这个。几乎每天都是，晴天尤其严重。夕阳半落，彩霞满天，我觉得半个天都在流血，心跳就会加速，不敢往身后看，觉得后面是个大黑洞，内心里怕得不得了。我也不知道怎么回事。如果这个时候我正好经过天桥，我必须走在桥中央，否则一看见满街的汽车和行人，我的恐惧和心跳会立马加剧，我几乎要抑制不住从桥上跳下去的冲动。我总想，跳下去就没这么害怕了。究竟怕什么，我真的不知道。

…………

一圈看下来，要我说，也没啥新鲜的，基本上没有超出我的想象力。那点小隐私就是拿到新闻联播上说给全国人民听，也不至于家破人亡、人生突转。谁还没有点挂不到嘴上的小秘密。

——很很严重。康博后抓住我的手。他的手靠着杯子的那部分是热的，别的地方还冰凉。小初，我我有点那个啥。

——哪个啥？

——恐惧。

这就好玩了，一个研究恐惧的人开始恐惧了。老康也是经过风雨见过世面的人，比我大十岁，从中学教师做到知名的心理医生、学者，从广西的一个小镇一步步到了北京城，大大小小也算历经九九八十一难，不至于如此之不淡定。我不明白。我从书架上摸出一瓶二锅头，撕开一袋泡椒凤爪和一袋麻辣鸡肫，倒上酒。只能这样，这大冷天，北风吹雪花飘，就算知道被谁捡了也没法去找。整两个，压压惊吧。其实我不知道惊在何处。

——我怕的是泄密这事本身。酒过三巡，一斤装的牛栏山见底了。其实是他老哥一个人闷头痛喝，我只象征性地抿两下。老康两眼水汪汪、红通通地看着我，说，我怕的是泄密这事本身。我有心理阴影。

我不搭茬儿。喝到位了，我不催他也会说。我说你等会儿，我再开一瓶。

老康海量，他们家那地方过去出土匪。第二瓶没喝多少，他只顾说了，还隔三岔五提醒我认真听讲。我稍事走神就跟我急。

——小学二年级，因为打小报告我被同学押着游街。对，那会儿“文革”已经结束了。小报告不是我打的，但他们都认为是我打的，因为我成绩最好。镇上有两所小学，隔三里地，经常打群架。“文革”结束了，遗风还在，学校的喇叭里天天在说好好学习报效祖国，打架照常，三天两头。“育红班”的小屁孩就开始打。那个秋天事大，不知道结了什么仇，打算动刀子了，好几个年级学生联合起来跟外校打，几个骨干整天把菜刀别在腰后。不知道谁告的密，两百多号人揣着家伙，聚到镇外的乱坟岗子里，两校的领导和老师从坟地里冒出来，没打成。他们怀疑上了我，因为老师喜欢我，我出入办公室也最多；还有，我拒绝参加他们的行动。他们动员过我好多次，我都扯谎躲了。打打杀杀的我从小就怕，白长了这大身板。你知道的，非友即敌，我们不流行第三条道路。我就成了叛徒。除了我，所有男生都去了。班长比我们大两岁，个头也比我们大，后来成了二流子。那时候我们多小啊，他就痛惜“文革”结束早了，要是再来十年，他就要“干一番惊天动地的大事”。他把几个班委召来，说，学习委员康某某打小报告，是叛徒、内奸、告密者，是不是该表示一下？我看看其他班委，他们不敢看我，但还是一个接一个地点头。当天下午放学后我就被插上木牌、挂上土坯，双手背在后面游街了。木牌和土坯上裹一层白纸，写着“叛徒、内奸、告密者、人民的敌人”。他们不敢在街巷里游，把我拖到乱坟岗子，围着上千个坟堆一圈圈地转。

他们动员了其他年级和班级的学生来围观，浩浩荡荡的队伍能绕坟场一圈半。还有人从家里拿来锣鼓和脸盆，一路敲敲打打，班长领头喊口号，打倒叛徒内奸，告密可耻，坚决把人民的敌人消灭干净。小初，你不信？你对“文革”没概念。别不承认。我们小时候见多了，行怎么游大家都懂。记不清被游了多少圈。我身上沾满草根和泥巴，他们想起来就往我身上扔，浓痰鼻涕都有。一半人喊口号，一半人唱“雄赳赳气昂昂，跨过乱坟岗”。

——想着我都觉得瘆得慌，一群小屁孩。你就那时候开始怕的？

——不是。游了三次我都没怕。放学后我就被拉过去，不是游街，是游坟。也没哭。我怕和哭是在游坟之后。我爸打我，往死里打，我屁股都快被打烂了。我没告密，但他一边打我一边咬牙切齿地说：“让你告密！让你告密！”我被打得莫名其妙，委屈都要委屈死了。小初，我真的没告密。

——就算小报告是你打的，你爸也不应该下这个狠手啊。

——是啊。当时我就蒙了，这男人都不像我爸了，没见过他气急败坏成那样子。他说，告密者就不配活着，你活着还有什么意思啊。我才二年级，根本就听不懂。我哭，我爸也哭，下手越狠他眼泪就越多，最后一屁股坐到地上，用扇我屁股扇得紫红的右手扇他自己的耳光。你见过一个大男人鼻涕一把泪一把，报仇一样自己打自己吗？现在我明白了，真正让我害怕的，还不是我爸打我，而是我爸打他自己。他一口气扇了自己至少五十个耳光。开始还只用右手，后来左手也上了，左右开弓。一边打自己一边说：“让你告密！让你告密！”你不知道，我爸那些年一直垂首低眉，都有些窝囊了，外号叫“面团”，话少。我从没见他那么激烈过。我被我爸吓着了。

我有点晕。我给老康倒酒。哥，慢慢说。

——游了三次就不游了。花样不多，游起来也没意思，主要是观众流失严重。他们也不敢对我动手，伤了破了说不清楚。只是威胁我不许对学校和家里说。我爸还是知道了，没有不透风的墙。他在巷口看人下象棋，同学的父亲随口说了一句：“说你们家儿子告密，被同学拉去游街了。这帮小崽子，倒会玩。”我爸当时脸都青了，回家就开始收拾我。他知道我没告密，还是打。连打了我四次。后来就当着我妈面打，完全是打给我妈看。我妈越拉他越打，我好像成了他们较劲儿的工具了。

——你妈说啥?

——后来我妈干脆不拉了，想打你就打吧，打死自己儿子多光彩啊。我爸就停下来，又是一屁股坐地上，开始扇自己耳光。扇得耳朵眼里和嘴里都往外流血。老康端起酒杯跟我碰一下，兄弟，耽误你休息了。我爸妈关系一直不好。

我一下子来了精神。中心思想到了。继续，哥哥。

老康也是花了好长时间才弄明白，他爸曾经是“告密者”。说来话长，此处长话短说。年轻时，他爸在城里，喜欢上同单位的他妈（为了保护隐私，此处不纠缠他爸他妈是否军人，也隐去单位名称）。喜欢他妈的还有一个小伙子，贵州人，两人势均力敌，他妈一时难以定夺。正在三人纠结之时，单位出了件事，肯定不是好事。在老康的表述里，类似行业机密之类，反正事关重大。明摆着有人给捅出去的，大家相互猜。猜归猜，不成定论。那一天老老康头脑一热就进了领导办公室，以他的观察和推断，是那贵州人。老康他爸有公报私仇之嫌，但他的确也怀抱着赤诚之心；他认为如此，他就这么汇报了。那时候所有人都以忠于革命忠于党、忠于共产主义事业为第一要务，打这个小报告老老康不以为耻。贵州人出局了，直接打回贵州原籍。老康他爸独占花魁，爱情一帆风顺，两人结了婚。问题出在后来，某天有了确切消息，贵州人是无辜的，但这已经是两年半以后，老康都出生了。没有人会颠儿颠儿地跑到贵州把贵州人请来，给他平反。错了就错了，领导从来不会为这种冤案负责。受折磨的是老老康，虽然谁也不知道是他告的密，他还是坐立不安，无论如何那地方待不下去了。他背着老婆独自做了主，申请到远在小镇上的单位分部去。

据老康说，他妈死活不愿意去小镇，干得好好的，谁愿往小地方跑；他爸死活要走，必须的，调令已经下了。临行前一天半夜，老老康被迫低着脑袋跟老婆交了底，从此头就没有抬起来。这个告密的男人，靠打小报告赚了一个老婆，也毁了无辜者的一生；他老婆想，我是一个告密者的妻子，还有比这更耻辱的事吗？她曾喜欢过那个贵州人，甚至胜过现在的丈夫，而自己的生活不得不被绑在一起的男人，他把密还告错了。现在，他们将要逃向偏僻的小镇去赎罪。多少年里，她一直在尝试从内心里理解自己的丈夫，他为了爱自己，他也为了举报的真诚；但她还是说服不了自己，小镇上的生活她喜欢不起来，她无法装出看得起自己丈夫，日常生活是多么磨人哪。

——在小镇生活里，我爸一直憋着。老康说，我妈也使劲儿憋着，憋不住就蹿起一股邪火，屁大的事也能嚷嚷起来。我爸把头低下去，再低，一直低到了裤裆里。小初，其实我爸不是个坏人，坏人会把这个十字架一直背到现在吗？我在小镇上生活到十八岁，但我在这样的氛围里一直生活到现在，即使我一年到头在北京，那感觉还是如影随形。所以我当了心理医生。医生这个行当都是从自救开始。

——我认为你爸是个高尚的人。这世上到处都是干了坏事还理直气壮的人。

——你能理解我爸对“告密”的恐惧？

——明白。老康，你的“泄密”不一样。

——一样。只要对别人造成了伤害，就一样。即使没有，也可能一样，恐惧和十字架在你心里。

那天夜里我们聊到凌晨四点半。两瓶二锅头光了，冰箱角落里忘掉的榨菜也拿出来吃了，还有两桶“康师傅”方便面。大冬天夜里说闹心事，饿得就是快。两代人的恐惧陈陈相因，心理医生都搞不定，我更没招儿。我只好宽慰他，碰一下酒杯说一句：老哥，悠着点，别对自己那么狠。你丢的那些“恐惧”就那么回事，大家都忙得团团转，谁在乎啊。老康喝暖了身子，鼻尖上都出了汗，筷子总算不抖了。楼下有辆车叫了一声，凌晨四点半了。每周两次这个点儿响，比瑞士手表都准。也许车主戴的正是瑞士手表。邻居说，这栋楼里住了个二奶，那男的每周来两次。我打个哈欠跟老康说，没事了，洗洗睡吧。

——嗯，轻松多了。他打了个饱嗝站起来，出门的时候突然又扭回头，说，小初，你不会把我爸的事说出去吧？

我晕晕乎乎地想，一晚上白劝了。我对他坚定地摆摆手，放心。

现在我把这个晚上写出来。亲爱的读者朋友，你一定知道，有些并非绝对真实，比如老康，他可能不姓康。

易长安

YI CHANG AN

如果有经历就能写出好文章，易长安确信自己会是个不错的作家。仅这两天里，他就从北京跑到天津，再跑到秦皇岛，接着再回天津。如此反复折腾，就算写写一路上颠三倒四的好玩事，用去几个章节都没问题，何况他们这是马不停蹄的逃亡。林惠惠抱怨一直窝在车里，腰都坐断了，此刻她抱着一只双手蒙面的玩具泰迪熊，下巴抵在泰迪熊疲惫的脑门上；其实大部分时间她都是躺着的，用安全带把自己拴在后座上，尽管心怀恐惧，晃晃悠悠还是一次次把自己晃睡着了。睡久了腰也疼嘛。易长安和小舅子轮流坐在驾驶座和副驾座上，关键的时候需要日夜兼程，尼桑越野车的轮子都跑出了热辣辣的橡胶味。林惠惠一路上都在问，危险吗？易长安懒得理她，给他小舅子使了个眼色。小林就说，要危险你还能好好地躺在车后座上吗？他姐姐撇了撇嘴，不危险你们干吗没命地跑？易长安，说你呢！你摇头晃脑的坐在那里想什么？易长安说：

“我在想，假如经历和写作的成就成正比，我跑了这么多地方，该写成多大的作家。”

林惠惠笑了。“你能把情书写过五封再说。当年你可是说每天给我写一封，马上第五年了，你还停在第四封上。”

“情书能当饭吃？”小林开着车，“对你好才是真的。”

有那么一瞬间，易长安觉得这话像讽刺或者提醒，扭头看看小林，那张忠诚的脸又让他确信他是在称赞自己。这个小舅子，这种时候还能带在身边的，也就他了。小林跟了他五年，在办假证这条道上他们筚路蓝缕，有酒同喝，有肉同吃，有妞同泡。他把自己的亲姐姐也介绍给了他，他坚定地认为，这个当着姐姐的面叫“长安”、其他时候称“老大”的男人，是条汉子，肯定也会是个人物；果然，易长安做大了。易长安相信他的忠诚，一个男人名利奔驰，可能会把妹妹送进虎口，但很少会打姐姐的主意。小林把亲姐姐介绍给易长安的时候说，老大，只要你对我姐好。易长安说，你可想好了，我不结婚，不生孩子，我还会找别的女人。小林说，只要你对她好。这一点他做到了。她是易长安留在身边时间最久的女人，别的女人可以随时换，她从来不换。他怀疑主要的原因在小林，他固然要对这个女人负责，更重要的是，对一个如此信任自己的小兄弟负责。干他们这一行，钱重要，义气更重要；义气靠得住了，声誉也就立得住，钱自会排着队往你口袋里跑。当然，他也喜欢她。她有一股蛮横的韧劲儿，既闷骚又明骚，嘴头上凶巴巴的不饶人，骨子里心疼男人。

“你们男人不懂，”林惠惠说，“情书比饭管用多了。”

这回轮小林笑了，“姐，我看你才适合当作家。槽牙都酸掉了。”

“不跟你们说了，没情趣！停车！”

“下车干啥？赶着路呢。”

“荒郊野外的，还能干啥？尿尿。”

易长安指了指路标，二十公里外有服务区。“下了高速换牌照。还有，准备好驾驶证和身份证。”

小林拍了拍座椅后背。都准备好了。易长安在驾驶座上弄了点小机关，椅背有一部分是空的，平常用来放轻巧应急的东西。现在装的是四对号码不同的汽车牌照、三个人的备用驾驶证和身份证、一些现金、一把藏刀和一把小巧的手枪。现金、藏刀（易长安去西藏时买的，在林芝。卖藏刀的老妈妈说，这把刀是家传的宝物，能辟邪，可逢凶化吉）和手枪（在甘肃天水，一个退伍军人、当时民间铁匠艺人，邱师傅，根据自己离开部队时带回来的五十三颗子弹，量身定做了这把手枪。邱师傅说，如果易长安不告诉别人，那么不会有第三个人知道这世上还有这么一把枪。尽管是手工制作，但比真枪还耐看，在实用主义之外还有真枪不具备的质朴的美感）是真的，牌照、驾驶证和身份证是假的；每到一个城市，他们都要给汽车换上一个新的牌照；每到一个城市，他们都要给自己换上一个新的驾驶证和身份证，证件上有他们的标准照，他们给自己取了别致的名字。如果你打算从证件入手抓到他们，几乎没有可能。易长安是干这个的，他能把任何证件在形式上做到乱真的程度。他的敬业态度用来造假币也绰绰有余。

要不是这两年他把兴趣转移到制作假的汽车牌照上，他的工作重心很可能是建立假证信息的数据库；也就是说，他所伪造的证件，你在相应的网络数据库里都能够找到与之匹配的信息。这是个庞大的工程，科技含量比较高，需要一大批高精尖的专业人才才能完成。易长安想，劳民伤财的事，还是等赚足了钱再说。正好过去零零散散进行的汽车假牌照业务出人意料地突飞猛进。山东的某老客户找上门来，和他签了一个长期的流水订单，他们会把所需要的牌照样本提前发给易长安，易长安负责找人制作，数目之大让他眼晕。合作了半年，他才弄清楚对方的来路，那个长着络腮胡子的老家伙是个盗车团伙的头头，手下有近百号人分散在全国各大城市，开锁技术一流，百分之八十的队员能在十秒内把最可靠的车锁打开，而且不触动报警系统。偷了车开着就跑，然后换上假牌照，到三线或者四线小城市卖掉。易长安不关心络腮胡子最终把赃车卖到哪，他只管承做订单；他也以为自己只是个兼营假牌照的，没想到该盗车团伙最近突然隆重地进入了公安部的黑名单，假牌照和配套的假驾驶证成了盗车环节中一个重要组成部分，他也跟着被视为盗车集团的关键分子之一。

十天前，络腮胡子给他打了个电话，络腮胡子说："兄弟，欢迎你入伙。最近小心。"没头没脑，说完就挂了。拨回去，"您拨打的电话不在服务区"。易长安没当回事，他挣的就是每天都得"小心"的钱；假如合作也算入伙，那他早就入伙了，为什么络腮胡子现在才"欢迎"呢？莫名其妙。两天后，一个小兄弟从东北老家带了两盒雪蛤送他，易长安用不上，林惠惠也不愿吃。不管它有多白多雪，也不管木瓜雪蛤对女人有多好，听见一个"蛤"字，林惠惠就觉得皮肤上冒出一堆疙瘩，浑身痒。易长安想起来公安局的沈警官没准需要，他老娘刚做了股骨头置换手术，大动作，很伤元气，老太太又长年哮喘，雪蛤对症滋补，就让小林开车送过去。当晚沈警官回电，谢谢，但务请以后别再来往。

"多心了。"易长安在电话里说，"我是送给一个姓沈的哥们儿的，不是送给沈警官。放心，不添乱。要不我就亲自给老太太送过去。"

"哥们儿，"沈警官沉默了一会儿，说，"最近风大。好像有个什么盗车案。好自为之吧。记着，我不认识你。"

“当然，所有警察都是我易长安的死对头。”

易长安查来电显示。既不是沈警官的手机号，也不是他家里的电话，更不是他办公室的号码。看来真来事了，北京这边都要动手了。就算络腮胡子他信不过，沈警官他是绝对信得过的，他们几次交往都令人满意。

沈警官是易长安的第一个警察客户，那时候他刚干这行不久，还没学会跟警察打交道，见了戴大盖帽的腿肚子都要暗暗哆嗦；后来见多了，胆子也大了，管你局长、警司还是督察，找上门的就是客户，在商言商，该多少就多少，别拿一身警服吓人。警察也需要假证，易长安的警察客户里，相当一部分都是外地的，在当地做他们怕露馅，也担心质量不过关，千里迢迢跑北京来求个心安。沈警官的老婆评职称，紧急需要一些学位证书、获奖证书之类的东西，他从小区门口的电线杆子上看到了易长安贴的电话号码。

那时候易长安对每一单生意都很敬业，他想把这件事干好。沈警官需要1993年北京理工大学的会计硕士专业学位证书，需要1999年和2001年北京市海淀区会计系统先进个人的获奖证书。这几样母本都不好找，没有原件就没法照葫芦画瓢。他托初平阳在网上搜到几种样本，又征询了相关朋友，最后每一种圈定两个方案。易长安交货时带去六本证书，每样二选一，还对注意事项作了详细的说明，把沈警官小感动了一下。沈警官问：

“知道我是干啥的吗？”

“不知道。”

“真不知道？”

“警察。”

“你咋知道的？”

“有你太太的名字，又有你的姓，网上一搜就出来了。”

“因为我是警察你才做得这么周全？”

“对我来说只有客户，没有警察。除非你想把我抓进去。”

沈警官递给他一张名片，“只要不过分，小麻烦可以找我。”

一年后易长安找了他，遇到麻烦了。他的业务拓展太过迅速，让部分同行看不下去了。易长安的确适合干这个，嘴头上比一般人能忽悠，他在你面前站五分钟，就能告诉你多一个证件可能会带来的五百条好处；他在钱上不跟你斤斤计较，多一点少一点都无所谓；当然，关键是活儿干得漂亮，中文的证件当然不在话下，外文的活儿也能干，英文和韩语他自己处理，搞不定的法语、德语、日语和西班牙语等证件，他找初平阳（初平阳从北大帮他介绍了一群外文系的朋友。后来初平阳发现，易长安和那些外语系的朋友比他熟多了），也就是说，别人的客户只能是中国人，易长安从事的却是面向全世界的国际贸易（这一点尤其让同行们嫉恨，狗日的金赫永赚大了。都知道外国人傻，拿人民币不当钱用，不会讨价还价，你要多少他就给你多少）；此外，他还招募了两个小兄弟（小林即为其一），你说这家伙得有多少钱！他们找了三个新入行的浑不吝，借口找易长安办证，见了面把他绑架了。

那三个小杆子绑架的水平比办假证还差，把易长安弄到挂甲屯一间租来的黑屋子里，让他给能赎他的人打电话。五十万。除了杨杰，易长安把祖宗三代都想上去，也没想出谁能拿出来五十万。他拨杨杰的电话，不通，在缅甸买石头还没回来。然后他在手机上翻到了沈警官的电话，死马当活马医打过去，谢天谢地他接了。易长安心里立马有了底，因为恐惧直线下降的智商又迅速升上来。他对沈警官说：

“表哥，小麻烦，需要钱，五十万，越快越好。你知道的，一年了就求你这一次。”

沈警官一听“小麻烦”就明白了。半小时后他打过来，在警察局里做了手机定位；又过半小时，两辆警车进了挂甲屯；只在外面吆喝两声，门就抖抖嗦嗦地打开了。三个菜鸟两手贴着裤缝，犯了错的小学生一样垂着脑袋，排队走了出来。

此后他们成了朋友，有闲情就招呼一声的那种，一起喝喝茶吃个饭。两条道上的，不宜靠得太紧，都是明白人，所以喝茶就是喝茶，吃饭就是吃饭；两人也都明白，抛开职业，都是靠得住的人。易长安知道什么能麻烦人家，什么不能，别鸡毛蒜皮的都往上凑。他唯一进去过的那一次，他就没麻烦沈警官。是在绑架时间之后。好在时间也不长，两个月就被清理出来了。拘留所里人太多，管着一大堆人吃闲饭不划算，小偷小摸小毛病的就画个押赶出来了；易长安是个办假证的，在戴大盖帽的看来都不如小偷小摸体面，赶紧走吧。

事出有因，他被一个睡过的女人坑了。那女的曾是一个办假证的女朋友时，私下里跟易长安睡过几觉；她喜欢易长安在做爱时能喊几句洋文。她听不懂他叫的是什么，但洋文让她兴奋；只要听见的洋文超过三句，她准到高潮。易长安怀疑这是看多了欧美色情片的后遗症，洋人们干爽了都会“欧耶欧耶”地叫，那声音相当性感，听着让人血往脑门子上走。有段子说：色情录像带刚入大陆时，某夫妻行房，丈夫总喊“欧耶”，妻子很生气，疑夫有外遇，找男人单位领导告状。男人干活儿时总叫别的女人名字，她叫欧耶，领导得管一管。领导同是录像带爱好者，不懂洋文，他也一直疑惑，为什么所有洋人一脱光了都互称欧耶。但领导就是领导，凡事喜欢盖棺论定，他严肃地说：欧耶不是一个人，是所有的洋人，男人和女人；当他们穿着衣服的时候，他们各叫自己的名字，当他们脱掉衣服干那啥啥啥了，他们就都叫欧耶。妻子更生气了，原来丈夫不仅叫别的女人名字，男人的名字他也叫。

易长安和那女的偷欢时，录像带早就淘汰了，那女的是个光盘爱好者；除了办假证，她的业余时间基本上都交给了各种DVD故事片。她嫁人后，易长安坚决不碰了；他有他的规矩：不跟有夫之妇上床。那女的被警察抓到时，正挺着肚子在交货，当然那孩子不是易长安的。倘若她胆子大一点，什么事都没有，警察不会跟一个孕妇耗下去的，万一肚子里出现啥意外，官司都扯不清；他们就是象征性地恐吓一下，让她供出同谋，那女的就晕了，但晕得又不彻底，因为她供出来的不是她老公，而是易长安，也算报一报不再被染指的仇。她给易长安打了个电话，说遇到点麻烦，易长安吹着口哨去了，刚拐过街角就被摁住了。警察问她，确定是这人？那女的恨恨地说，除了他还有谁。易长安没争辩。没有人可以白睡，这个代价你得认；就像他爹当年把影剧院的售票员架到腰上，然后自己变成了门卫。那女人挺着肚子大摇大摆走了，他进去了。

这事是可以找沈警官的。后来沈警官说，一个电话的事，顶多放点血，交个三五千块钱就出来了。易长安没找，他知道这事不大，而且拿下半身惹的祸去劳烦人家，张不开嘴。正因为明白分寸，他们俩才能交往至今。现在，沈警官在电话里提醒了，易长安不得不重视。他让小林搜集了一下信息，果然，络腮胡子已经被通缉了。公开的通缉令里没他，但黑名单上肯定有，要不沈警官也不会知道——他从来不和沈警官聊业务上的事。

也许他们要找的是金赫永，易长安想，让他们找去吧。刚开始他还没有风声鹤唳，照样被林惠惠缠着去看房子、买时装，中午他们俩在中关村的比格披萨吃饭，小林打来电话，说一个兄弟转来消息，有人在这个圈里鬼鬼祟祟地打听他了。易长安挂了电话就开始拆手机电池，防窃听的手段他懂。此后他和别人联系只用公用电话。

车停在服务区，小林给车加油；林惠惠去洗手间；易长安到超市去打公用电话。他拨了沈警官的号。对不住了，非常时候，老兄多包涵吧。他想了解一下最新消息。沈警官倒也不绝情，言简意赅：迂回远遁，深居简出，避过风头再说。易长安谢过，匆匆挂了电话。油加好了，小林在给三人换一套新证件；林惠惠在盥洗池前对镜补妆；易长安抽了一根烟，是时候给初平阳打电话了。他料到会有亡命的一天，没想到这么快。不过话又说回来，来得早他也挺自豪，说明在这个行当里他很快就成功了。平庸的笨蛋一辈子都没机会被人追着跑。

他不知道初平阳和秦福小刚从精神病院出来，也看不见他们面前的牧羊老人和几百只羊，但他们是他这辈子最信得过的朋友。他不相信那些和他有过鱼水之欢的女人，一个都不信，包括林惠惠。他可以对她们好，尽其所能让她们觉得自己是世界上最幸福的女人，但要把身家性命都放在她们手里，想都别想。他断断续续把钱存到初平阳、杨杰和秦福小的账户上，甚至比存到自己户头上心里还踏实。他敢保证这些钱必能物尽其用，他敢保证他们能替他做出所有正确的决定。最后他对初平阳说：

“青天白日的，有啥敢不对的？一点儿小麻烦，so so。这几天要方便，撒泡尿工夫就能回去。先这么说。”

“待会儿进了城，”上了车，小林说，“咱们找个如家还是更小的旅馆？”

“五星的。”易长安坐在副驾座上闭了眼，“把自己弄舒服点。”

“会不会太招眼？”

“你是便衣，你会去如家找我还是会去希尔顿找？”

“明白。”

林惠惠的右手从易长安的右侧伸过来，在他的屁股上摸索开来。“希尔顿弄坏盏灯，他们都赔不起，是吧长安？”她说。这一路她断断续续地睡，精神头养足了，五根手指头隔着易长安的衣服，开始了意淫的旅程。希尔顿，亲爱的希尔顿。他们第三次做爱就在希尔顿，易长安决定从此带着她。北京三环边上，亮马桥的那个希尔顿。舒适，隔音效果好，林惠惠在那里突然养成了一到高潮就哭的习惯。她坚持认为是情之所至，到了制高点把持不住，非哭不能释放羽化登仙般的欢乐。但易长安倾向于是希尔顿本身让她哭了，在此之前的二十三年，她连希尔顿酒店的大堂都没进去过。心理学可以提供理论支持：环境带来的意外兴奋可以导致情绪失控。事实上，进了门一看见房间正中的那张大床，林惠惠就觉得下身一热。那么大的一张床，适宜两个人做任何高难度的运动。经过两次实践，她认为易长安也确是这方面的高手。在躺到那张床上之前，她已经充满了蓬勃的求知欲。

不管原因何在，那天晚上林惠惠的确在大叫之后哭了。稀里哗啦，委屈得不行似的。易长安遇到过高潮后一声不吭的，也见过顶点刚过人就晕过去的，还见过完事后整个人爽得抖成一团的，放声大哭的头一次撞上。他有点蒙。整个过程里，除了规定动作，他没对她使过任何有违职业道德的小动作，她怎么就哭了呢？问她也不理。直到她哭够了，破涕为笑，拿小拳头砸易长安的胸大肌。“讨厌，人家就想哭嘛！”好吧，想哭你就哭，可是你为什么就哭了呢。这是做爱，多快活的事，整得像受难。林惠惠也不明白。

剩下的这一夜他们俩也没闲着，照林惠惠的说法，要把昂贵的房费做回来。接下来的三个回合里，一高潮林惠惠就哭，把易长安搞得不知道该停下来还是继续。林惠惠拍了一把他的光屁股，不许走神，该干吗干吗！易长安才放心地进行新一轮的助跑、加速和冲刺。天亮时他们勉强睡了个囫囵觉。一醒来林惠惠就把易长安弄醒了，很认真地对他说：

“哥哥，我知道了！只要把爱做透了，做彻底了，就会哭。你想想啊，都通透了那还不得两头都流水啊！”

易长安被自己的笑声呛着了，她竟然如此严肃地跟你探讨问题。她有一股愣愣的傻劲儿，其实她很聪明。她知道高潮时的哭声把易长安征服了。或者说，易长安通过哭声确认他把她征服了。她从易长安翻来覆去地问她为什么哭看出来，他在乎这个；哭也让她跟别的女人区别开来了，一场爱因为哭声做得风情万种——所有人都笑的时候，哭反倒是稀罕和珍贵的。四年多里，他们做了无数次爱，百分之九十她是水到渠成地哭出声来，剩下的那百分之十，她努力让自己哭出来：靠对这个男人的心疼和憎恨，靠对自己年华逝去的祭奠和浮萍般的漂泊感，也靠对一种别样命运的虚构和悲伤。一上了林惠惠的身，易长安就开始想象她那楚楚动人的哭声，他要为这个“通透”的结局加倍努力，让她“两头流水”。

可惜天津没有希尔顿，他们住进了紫金山路上的喜来登大酒店。就要找繁华的地方，酒店临近国际展览中心和天津广播电视塔，窗外就是好景。他们用假证件登了记。为了防止小林听见他姐的叫声和哭泣，易长安让小林住在离他们三个房间之外的房间。如果他们就此别过，以后再也见不着了，这很可能是他们的最后一个五星级之夜。按照林惠惠姐弟俩的口味，他们把晚餐叫到房间里来吃。有上好的法国普罗旺斯的葡萄酒，有林惠惠喜欢的芥末三文鱼、烤秋刀鱼、松仁玉米、枇杷虾、酸辣藕带，有小林爱吃的东坡肉、双层肚丝、荷包青椒、清蒸鲩鱼。一桌子菜上来，小林说：

“老大，不过了？”

“过。还要好好过。所以喜欢什么吃什么。”

三人喝了两瓶，刚刚好，再喝都不像逃亡的了。他们要了最低层的房间，有人敲门必须保证拉开窗户就能跳下去，然后胳膊是胳膊腿是腿地狂奔。九点半，小林离开。林惠惠洗澡的时候易长安打开电视，看巴塞罗那队的比赛。林惠惠让他一起洗，她在路上就想着要在浴缸里哭一场，易长安不同意。卫生间里对着大镜子小镜子和喷涌的花洒和龙头，固然有助于提升奢华淫佚的情绪和氛围，可也难免局促和潦草，做得再从容优雅也像逃难路上的野合。他们在逃亡，但是不能把什么事情都弄得像在逃亡。易长安发现自己在要一种仪式感，并为此狠狠地嘲笑了一把自己。仪式是个正大庄严的、形式主义的东西，他一向看不上任何类型的装模作样。今天他决定做一回。林惠惠从卫生间里出来，巴塞罗那败了，终场前五秒钟被对方射穿了球门。作为巴塞罗那的球迷，易长安发现，所有的仪式感最终都是给自己找不痛快。

不过巴塞罗那球队的失利并未影响他在床上的发挥，他像战神一样完美地结束了上下两个半场。假如林惠惠不是因为超常的直觉去配合自己的男人，假如她不是因为预见了从明天开始就得改变的生活，那她的确是性致勃发，她的叫声足足穿透了四层墙壁，在到达弟弟的耳朵之前才停下来。她觉得她的身体里有那么多猩红嘹亮、荡气回肠、气急败坏、声嘶力竭、痛苦纠缠的声音需要释放出来。她觉得易长安的每一下撞击都是在向她体内充气，她要被充得爆炸开来；她想尽情地伸展紧绷的四肢，她想象胳膊越伸越长，能把整个房间都结结实实地抱在怀里；她想象自己的腿脚也越长越长，以便像钢筋铁索一样盘牢男人的屁股，让他一直暴涨在她体内，不留下一丝空隙。然后，她觉得泪水突然来到眼里，整个人像一锅沸腾的滚水，来了，又来了，她不能自抑地哭出声来；她想说脏话，想得不行，想象易长安就这么在她身上如永动机一般劳作，一生一世一分一秒也不要停，那么想她就像沸水般地说了：

“操我！操我！操死我！操——操——操——我——操——死——我！长安——你操死我吧！”

听见脏话之前，易长安觉得自己离终点还很远，“操”字入耳，终点线唰的金光闪闪地就来了。“完了，完了，”他绝望地说，同时开始了加速度。等他开始啊啊啊叫唤的时候，林惠惠猛地松开了盘在他腰上的双腿，卡着他的腰往上提。“我要吃！”她大张着嘴，“给我！”史无前例的要求。然后她把垫在腰下的枕头抽出来，蒙到脸上，继续号啕大哭。

易长安贴着林惠惠躺下，任她号哭。林惠惠从来没在做爱时说过脏话，也从来没像今天这样要求。易长安也没有，经常脏话到了嘴边就是出不了口；他也动过这样的念头，但一听见她哭，他就觉得自己的想法龌龊不堪。而对其他女人，他没有这些忌讳，他会尽情宣泄，各种稀奇古怪的花样都玩一遍；对她们说脏话，引逗她们跟着说，他要进她们身上所有能进的地方，她们会把他的体液当作蜂蜜一点点地舔食掉。

哭完了，已经是下半夜。林惠惠把脑袋扎进易长安的脖颈窝里，问他："我是不是很贱？"易长安说："你是最值钱的女人。"除了我妈，你是全世界最贵的女人。他把林惠惠光溜溜的上半身托起来。跑了一天的路，他竟然毫无疲倦；林惠惠的长头发埋了他的脸。

他闻着她的洗发水味、森林精粹补湿水的味、眼霜的味、护肤霜的味、汗味、浓重的体香和荷尔蒙的味，这些复杂的气味化合成一种看不见摸不着、说不清道不明的狂野的色情与生殖味道，这味道让他想起母亲养过的一只黑白相间的母猫，长一双咖啡色的眼睛，她是所有易培卿里最受宠的一只，因为漂亮，经常被一群竞争的公猫追着跑。这个独特的想象让性欲大风一样迅速灌满身体，他感到那玩意儿在一秒钟内如同路标一般竖起来。他把林惠惠整个人端起来，对准自己放下；林惠惠精确地坐到了他的胯上。她的长发和两只乳房动荡起来，黑的黑，白的白，像夏天傍晚泄洪的运河水，狂乱地寻找河床。

林惠惠在睡着前，抱着易长安说："爱你，大头宝贝。"

易长安不相信天作之合，更不相信绝配，忠贞不渝都不相信。小时候父亲喝了酒，巴掌扇到母亲的脸上、脚踢到母亲的腿上，他就在想：假如母亲嫁了另外一个男人，比如平阳的爸爸，是不是就一定没我呢？或者说，假如母亲这辈子注定要生下我，是不是一定就得嫁给这个叫易培卿的坏男人呢？结论：不是。母亲完全可以嫁给另外一个男人，比如初医生，那么我就会是初平阳；母亲嫁给任何一个男人都可能生下一个男孩，那个男孩毫无疑问是我——那么，她就没任何理由非得嫁给易培卿。他进一步得出结论：任何所谓的爱情其实都是偶然，任何婚姻皆非天生地牢靠。很多年后，一个叫李宁的运动员创立了一个叫"李宁"的运动品牌，广告词说得好：一切皆有可能。一切皆有可能意味着一切皆不可信。

就是这样。男女关系也不过如此：撞上了，对上眼，上了床；下了床，眼神不聚焦了，各自散掉。上床，也就是性交，男男女女的世界由此展开。一个男人与世界的关系，你在这个世界上所能开拓的你的疆域，很大程度上取决于你和女人们的联系，取决于你和多少女人上床；当阴阳两个器官交合时，你就在世界的棋盘上，又落下了一颗你的子。

“谬论吗？”初平阳到北大后，那年的十一月他和舒袖发生了严重的争执，精神颓败不堪，易长安坐在未名湖边长椅上开导他。他们谈到爱情和性。面对发小的焦虑和质疑，易长安不以为然，“我一点都不觉得荒唐可笑。如果你跟一个女人睡过了，又跟另一个女人睡过了，等你能够自如地进入到第三个女人的身体里时，你就明白爱情是多么无聊、脆弱和可笑。别那么当回事。有一种说法你听过吗，科学研究表明，爱情和大脑里的化学物质有关。”

初平阳没听过。

科学研究：爱情的强弱程度，与男女大脑深处的化学物质多巴胺、去甲肾上腺素和血清素有关。那些剪不断理还乱的热恋、生死恋，不过是因为这些化学物质此刻正处于激烈的活跃状态而已。没咱们想象的那么浪漫和诗意，就是几种小东西在作怪。男人在爱情上不那么较劲儿，可能因多巴胺、甲肾上腺素和血清素比女人要弱一点、少一些。据说，某位研究人员正在致力于一种抗抑郁药物的研究，以减弱患者对一些事物的持续关注与思考。不过这位研究人员有点担心，此药物的副作用会减弱情人间的爱恋感觉；他拿一种擅长从一而终的雌性田鼠做了实验，发现，该药物抑制了田鼠脑部的多巴胺后，田鼠很快就失去了对伴侣的迷恋。

“看看，书呆子，这就是我们的爱情。”

“也许爱情的确如此，”初平阳说，“我不知道。可是在这个问题上，我宁愿不相信显微镜下的报告。我知道我和舒袖是怎样一步一步走过来的。”

要是认死理，那谁也救不了你。易长安再一次想到父亲和母亲，嘴角往上挑了挑。等你从第三个、第四个女人的身上爬起来后，你就明白，真理都是从实验室里走出来的。他把他情感生活的约法三章介绍给初平阳——兄弟，仅供参考，跳出泥潭最终只能靠自己：

1. 不说我爱你；
2. 不结婚；
3. 不要孩子。

他做到了。从一个女人到另一个女人，击鼓传花般地践行这三条，一直到林惠惠。睡着了的林惠惠温顺地抱着他的左胳膊，发出小猪一样轻微的呼噜声。眼球在眼皮底下偶尔疾速转动两下，不知道她在做什么梦。

这个睡觉时喜欢在房间的某个角落开着一盏小灯的女人，左胳膊上有一块烫伤的疤痕，三枚硬币大小。小时候她和弟弟蹲在厨房里弹玻璃球，邻居家的猫爬上他们家的灶台，挤翻了热水瓶，她把弟弟推开，刚灌上的热水浇到她的胳膊上，留下三枚硬币大小的明亮的疤。做爱时她一定得把眼前的灯关掉，她不希望易长安看见那三枚硬币影响情绪。易长安说，它们只让他更加兴奋；那也不行，必须关掉。现在他的胳膊放在被子之外，她的两只胳膊在被子之外抱着它，她抖动身体的时候，碰巧某个角度反射到了远处的灯光，三枚硬币亮一下，倏忽又归于亚光。易长安的右手摸着那块疤，有种平滑和崎岖的手感。三个房间之外，累了一天的小林完全沉入了逃亡的梦境，他梦见三个影子在追赶他们。

他顺着她的肘关节往下滑动，只有在最安静的夜晚才能感受到的纤细柔软的汗毛。在所有的女人里，他和她在一起的时间差不多是他和她们在一起的时间的总和；在所有的女人里，他和她做爱的次数差不多是他和她们做爱的次数的总和。她凡事认真，生气的时候都认真，但又有点傻。她体贴你，但她绝不会自作聪明地替你做决定。她有财经专业的毕业生才有的强悍记忆力和高智商，但她更愿意用身体去思考。也许他应该早一点采纳她的建议，开个干正经营生的公司，实在不行做做房地产也可以，那样抢钱也有个合法的借口，公司可以取名“青天白日”或者“正大光明”；如果她正在卖珠宝，或者做书店的副总，或者当某个咖啡馆的老板娘，或者成立一个“安惠”慈善基金，那么现在，她就不必跟着自己和警察玩猫捉老鼠的游戏了。

他摸到了她的手腕，那一块倔强、小巧的圆骨头。她应该有做慈善和义工的天赋，“5·12”大地震之后，他在郊区监督一批汽车牌照的生产，她和小林押运了两卡车的救灾物资去了汶川，长途行车、联络、分发物资、现场救援，他在官方公布出来的救灾的图片里看见了她，穿着一次性雨衣，头发贴在前额上，抱着两箱农夫山泉，这个重量在北京打死她她也抱不动。救灾归来，他指着电脑上她的图片，对她说：“谁都不会相信这是一个做假证和造假牌照人的老婆。”她回答说：“因为你分裂，所以我分裂。”两个分裂的人，合在一起是不是就完整了？

手面的皮肤很薄，手指硬净细长，放松地弯曲着；摸到她的中指时，她抽搐了一下，随即平静了。也许她梦见他们被抓了。贴近指根处的白金戒指有点紧，转动时有些困难。款式是他们一起挑的，大小由她决定；她把它套到无名指上，首饰店的售货小姐都觉得没有比这个更合适了，款式、大小，无论从哪个角度讲（虽然她们通常对所有顾客都这么说）；他把它褪下来，套到她的中指上，有点紧，他让店员帮换一枚同款大一圈的；她夺过来，套回无名指，不换，就它；他握着她的手，你知道的，听话，他把戒指重新褪下来，放到柜台上；她的眼圈一下子红了，我就要这个，她把戒指捏起来，戴到中指上，因为用力过猛，皮肉挤在指关节处，戒指套到中指的一半就停住了，她低着头一边把中指往里挤，一边转身往首饰店外走；他对店员歉疚加自嘲地笑笑，对不起，有点小脾气，刷卡可以吗？

现在，戒指和中指已经十分契合，那一圈地方已经习惯了给戒指留下舒适的空间。易长安摩挲着戒指，开始慢慢转动它，一点一点地往下褪。林惠惠只在开始时抽搐了一下，然后安静地随他褪下戒指。易长安闭着眼睛，他在头脑里清晰地看见了整个过程：他只用一只右手，褪下了林惠惠中指上的戒指；接着，他看见自己的右手找到她中指旁边的无名指，从指尖开始，转着圈地把戒指戴到了无名指的指根前；他把戒指上的花纹调正，吐出一口气，像在运河里潜水多时终于露出了水面。这一阵子林惠惠停止了小呼噜，玻璃、窗帘和浓重的夜晚过滤掉天津后半夜的市声，他听见床头柜上卡地亚手表的指针走着接近于无声的小碎步，仿佛生活十分美好，他的睡意来临。正当他的另一只脚即将迈进睡眠的门槛里，打了一个寒噤醒了。他摸到了林惠惠的无名指，然后在头脑里清晰地看见了另外一个过程：

他把戒指从林惠惠的无名指上轻轻地褪下，找到她的中指，转着圈又套上去；戴戒指是一件考验耐心的艺术，他从容、悄无声息地克服了中指上漫长的困难；很好，那一小块空间依然停在原地，虚席以待，他把它放到了历史上的最正确的位置。林惠惠抽搐了两下。

他看见自己吐出了另外一口气。那是一个在运河里潜游了两个来回的人终于浮出了水面。哦，天长地久。

第二天早上，小林在外面敲门。他们俩同时醒来。林惠惠睁开眼看见易长安，满眼都是“你还在”的惊喜。“我梦见你被三个影子抓走了，”她抱着易长安的脖子哽咽着，姐弟俩都梦见了三个影子，“我和弟弟挡在你面前，他们对我俩视而不见，一把扔到了路边上，推着你就走，一声不吭。我怎么哭喊他们都不回头，你也不回头。宝宝，你也不回头。”易长安呵呵地笑，“天清地泰，这不好好的嘛。”他把她的胳膊分开，触到了她的左手。戒指还在中指上。

早餐送到房间里来，有著名的狗不理包子。吃完了，易长安让林惠惠把他和她的衣物分开来。

“为什么？”

“你和小林先回大连。”

“为什么？”

“分开走更安全。”

“开玩笑！”小林急了，“我姐是那种人还是我是那种人？”

“别说那没用的。你也回去收拾。车跟着你们俩。”

“那我姐先回，咱俩开车走。”

林惠惠一把揪住易长安的两只耳朵，把他的脸拉到自己面前。

“易长安，我哪儿对不起你了吗易长安？”两颗眼泪掉下来。她把易长安的脑袋抖来抖去。

“拽耳朵有点疼。”易长安说，扒开她的手。左手中指上的圆环。“回家看看爹妈，你爸的六十寿辰快到了。过了这阵风，我去大连给老爷子补上块好蛋糕。”

“那咱们一起回大连。”小林说。

“一堆人往那儿跑，你怕目标不够大？”

“我看根本就是风声鹤唳！”小林说，“咱们兜着圈子净浪费汽油了，连个鸟警察影子都没看到。”

“看到了咱就不用跑了。”易长安打开行李箱，开始分类，“就这么办。你先把你姐送回家。”

“少来！”林惠惠把他分好的衣服又扔回去，“要么一起走，要么你就别要我！”她的东北妞的蛮脾气又犯了。这时候对她来硬的不好使。易长安站起来，走到她跟前，像电影里风流倜傥的男主角一样缓慢地抱住她，拍了拍她的后背。手在后背上都能感受到她剧烈的心跳。这样的桥段几乎所有滥俗的三流电影里都会出现，但它的确管用。易长安想象自己和过去一样，穿风衣戴墨镜，如同《上海滩》里的许文强，酷得一塌糊涂，他拍了拍她的后背。“惠惠，听话，”他说，“听话。”说第二遍的时候突然觉得自己入戏了，天涯飘零之感油然而生。“一定要听话。”他松开她。林惠惠抓着他的手：左手中指上硬硬的圆环。他把她的左手举起来，慢慢地往下褪戒指。这是唯一的办法。林惠惠一直盯着他的眼，易长安不看她，低着头专心地伺候戒指。他把褪下来的戒指认真地套到她的无名指上。他把它戴到她的无名指上。戴好了，他笑笑，再把林惠惠抱在怀里，在她耳边说：

“过几天我去大连找你，希望它还在。”

林惠惠觉得这像梦境重现。她用右手转动那枚戒指，确认了它的确在无名指上。“在！”她说，又哭了，“它一定在的！”

“小林，你把你姐送回去我才放心。”易长安说，“我一个人更方便，也更安全。”

“你打算去哪？”小林问。

易长安指了指早饭时看的地图，“国家大就是好，起码逃跑的地方比较多。”

姐弟俩默认了，开始收拾行李。林惠惠把易长安的真假证件、化装用的道具、衣服、日常用品归类放进他的奥索卡大登山背包里。包背在身上跑起来更方便。小林问他藏刀和手枪带不带，易长安摆摆手，那些东西只能对付流氓无赖，真要出门撞见鬼，被警察堵上了，背颗飞毛腿导弹也白瞎，亮出来只会死得更早。

退房。到停车场。分别。小林发动了汽车。易长安向姐弟俩挥手，此地一为别，孤蓬万里征。小林松开刹车刚要起步，林惠惠喊：“停！”她从车上下来，用弟弟听不见的声音对易长安说：

“最后一句话：你，真的需要那么多女人吗？”

她指的是他的花心还是旺盛的性欲？你必须要过种猪一样的生活吗？或者是，她认为凭他的身体状况和性能力，应付那么多女人太过奢侈？易长安知道这句话一定把她憋坏了，可他的确无法在临别之际给出言简意赅的答案；是否存在一个正确答案他自己都没把握。他清了清嗓子说：“到了大连，我再告诉你。上车吧。”他决定在火车上把这个问题想清楚。林惠惠说：“那好，我等着你。”车起步，出了停车场，他们把手伸出窗外向他摇摆。等他们汇入天津五月初的车流再也分辨不出来，易长安背着包走到路边，坐上出租车去火车站。

到火车站他先去了洗手间。火车站的洗手间永远人满为患。他跟他们一起抽烟，以便把呛人的尿臊味压下去。两根烟之后等到了一个蹲位，他连人带包都进入小隔间，关上门把自己挡起来。易长安开始化装。这件事早两年是日常生活，因为他一个人干，出入大街小巷，要接货也要交货，一旦感觉到附近有可疑的人影晃动，他找个避风的地方转眼就能把自己变成另外一个人。从小隔间里出来，他是一个戴着棒球帽、长了鲁迅式的小胡子、鼻梁上架着方形黑框眼镜的看不出老也看不出年轻的男人，衬衫改成了圆领套头灰色文化衫，前胸和后背都印着鲜红的交通图标，前面是“不许鸣笛”，后面是“前方路障请绕行”。他没忘记给蹲坑冲水。等在隔间外面的第一个人一脸疑惑，难道自己站错位置了？之前进去的不是这个人啊。不过他顾不上细琢磨了，肚子里翻江倒海，括约肌眼看要失控，而易长安也如一个幻象，在浑浊的洗手间里消失了。

他用四川话对不小心撞到的一个大妈说：“对不起。”

他用天津话对面无表情的售票员说：“最近的一班，石家庄，一张。谢谢。”

车厢和洗手间里一样拥挤杂乱。这是趟过路车，易长安上车时已经没座位了。五一长假刚结束，全国人民乱鸟归巢般在各种交通工具中穿梭，长途火车上你别想找到空位置。这样最好，易长安环视左右，所有人都很安全。行李架上塞张纸的地方都没有，刚上车的旅客只能把行李带在身边，过道里挤满了男男女女和箱包。易长安在两节车厢连接处站着，后悔出门时没带游戏机，喧闹的环境里你要有比它更喧闹的方式才有意思。这不是立地成佛的地方，他觉得脑子有点乱，稍微深沉一点的问题都想不动。旁边站着一个姑娘，一手扶着一只巨型拉杆箱，一手拿着一本文摘类的杂志在读。长得不错，二十五六岁模样，或者再大一点，这些易长安不太关心；他关心她的胸，据他目测应该有36D，火车颠动一下，它们就在女孩的白衬衣里汹涌一阵，他很想问问她：小姐，你知道“呼之欲出”是什么意思吗？

为了让自己不显得十分流氓，他一手托着下巴，倚着车厢装作打瞌睡。只用一线目光足够了。如果她偶尔调整一下姿势更好，衬衫的两个纽扣之间的衣服会张开来，露出一部分丰白酥软的乳房。他敢肯定，这是天津地界上最美的两座山。希望她别在石家庄之前下车；希望车上一直这么多人；如果下一站上来的人更多，千万别把她挤到别人面前。易长安没更多的想法，只是看看，否则枯燥漫长的逃亡之路实在不好打发。

这些年来他已经习惯了在祖国的大地上奔波。开始他在不同的城市招募办假证的小兄弟，再把他们送到不同的城市去；后来他觉得网络更便捷，主要通过网络寻找客户和交易往来，但有些事情他还是得亲自去各地现场办公。如果不是络腮胡子开辟了他的汽车牌照业务，转移了他的大部分精力，他的理想，“金赫永证件股份有限公司”，很可能已经成了业界的托拉斯，他的连锁店和驻各大城市的办事处将会像一朵朵恶之花妖艳地盛开在我们能叫出名字的各个城市。尽管托拉斯未能实现，恶之花只开放了有限的十几朵，他的假证业务还是零零散散覆盖了半个中国。这些年他已经习惯了在祖国的大地上奔波，他也习惯了在奔波的长途里，靠此类的“审美”来调剂乏味的旅程。

在易长安，“审美”分两种：一是用视觉审，一是用身体审。前者无处不在，男人审女人，女人同样也在审男人，爱美之心，人皆有之；后者就是易长安的本事了，他就是能放出足够的手段，跟各种女人勾搭上。在他的身体审美史上，光按职业就可以列出一大串名单：空姐、火车乘务员、银行职员、教师、学生、护士、公务员、化妆品推销员、酒店大堂副理、公司老总、歌手、演员、无业游民、出租车司机、售楼小姐、房东女儿（易长安在北京租过一套两居室房子，是房东十二套房产中的一套；该房东是职业房东，靠收房租生活，房东的女儿也以收房租为生）、画家、记者、厨师……还有杨杰公司的一个女雕刻师，扬州人，杨杰带着她跟他和初平阳吃了顿饭；饭后一起去后海的酒吧，易长安在卫生间里搞了她。女雕刻师把裙子掀起来，双手撑着马桶的水箱，在易长安从她后面进去之前，她要求他必须对着她屁股扇满三十下。易长安的手掌心都打疼了，女雕刻师哼哼唧唧的，俨然很享受。据她说，这三十下让她的高潮来得比过去更高更快更强。做完后易长安开始提裤子，突发奇想，撅起屁股让她也扇三十下；她的力道比他想象的要大，但他的确感到前所未有的快感。晚上洗澡时，他摸着只剩下疼的屁股。为什么当时他那么爽？他坐在浴缸里往回想：在卫生间里。在卫生间里。哦，那快感源于他对自己施虐的歉疚：他觉得被扇过了，债就还上了。

火车保持着节奏不变的咣叽咣叽咣叽咣叽，视觉审美常见的疲劳很快出现，易长安觉得自己要睡着了。那姑娘的手机响了，她把文摘放到行李箱上，左手压着，右手去回短信。易长安因为看她的手指，顺便看到了一段话：

三十七岁的黄青州来到车站，他要坐火车回到北京。这些年青州跑营销，总是从北京出发，像子弹一样发射到全国各地。就他的工作状态，如果不在休息的床上，就在出差的车里和飞机上，或者在谈判桌前和酒桌上，尤以后者居多——我们中国人更喜欢酒桌外交。黄青州坐在火车上，窗外的楼房、树木、庄稼、野地和更远处天边的云朵唰唰唰往后跑。旅程如此漫长，回到北京时黄青州三十五岁，因为两年里除了出差、工作，他的生活乏善可陈。三十五岁这一年所以值得停留，是因为他破产了，在2006年，很多中国的散户股民腰包渐鼓时，黄青州赔了个底朝天。他也搞不清楚怎么就砸进去了，这些年的积蓄眼睁睁像灵魂一样变成尘烟，风吹过再没有聚集到一起，烟消云散归于无形了。

这段话眼熟，黄青州的名字貌似也听过。易长安盯着“黄青州”三个字使劲儿想，终于记起初平阳写过一个专栏，叫《时间简史》。讲1971年出生的黄青州在汶川地震中被压在了楼板下，差点死掉，灵魂出窍，晃晃悠悠往回走，回到了少年、童年和生命之初。这个回归本源的故事很有意思，等于逆时针重过了一遍。易长安顺着那姑娘的手指一根根看，在她小指尖处看见了文章的结尾，后面注着黑体字：

卢西元摘自《京华晚报》

初平阳的文章无疑了。以这种方式碰到初平阳的文章，有点意思。那姑娘发短信时面带微笑，手机装进牛仔裤兜里微笑还没有散掉。她发现了易长安在盯着自己看，不屑地白了他一眼。易长安笑了笑，36D的傲慢。“黄青州的灵魂一直往回跑，”易长安说，“跑过一年又一年，最后跑成了一颗精子。这家伙倒着也能活。”黄青州是个倒霉蛋，跟他差不多，经历都有几分像。她又白了他一眼，因为易长安偷看了她的杂志。“这文章是我哥们儿写的，发表之前我还给他改了两个错别字。”

"了不起啊？"女孩说，接着意识到这可能是个搭讪的小小骗局，"你哥们儿谁啊？"

"初平阳。"

"碰巧看到了，算什么本事！"

"你可是一直把杂志攥得紧紧的，缝撒得都没衣服大。"易长安说，"箱子可以坐吗？闲着也是闲着。站得我两腿打秋千。"

姑娘赶紧把衬衫整了整。没骂他流氓。很多年前，他骑着自行车跟踪下了班的父亲，他知道易培卿要去哪里，他也知道跟踪的结果只会平添羞耻和愤怒，但他还是要确认一下。他看见父亲把自行车锁在丹凤街上一所房子前，敲响了房门。门从里面打开，父亲进去。他一只脚撑地，斜坐在自行车上，远远地盯着那扇门。一个小时后，父亲懒洋洋地出来了。他看见那个长着一对大奶子的女人把父亲送到门口，父亲临走时她还亲了一下他的腮帮子。父亲走远了，他骑车来到那门前，咚咚咚敲门。在门打开之前，他听见那女人的声音："健忘鬼，你又落下什么了？"看见是个小男孩，立马把一张肉脸仰起来。其实她没那么高，但当时易长安就是觉得那是一具宏伟的肉体，尤其是她的两只奶子，傲慢而又咄咄逼人，雄踞在他头顶上。尽管她的衣服遮住了鼓鼓囊囊的两只大热水袋子，他依然觉得，她是在透过幽深的乳沟俯视他。

"你们家卖肉吗？"他仰着脸问。

"卖什么？"

"肉。"

不知道她是真听明白了，还是因为他在盯着她的大奶子，易长安认为是后者，因为除了她丈夫，出入她家的男人只有易培卿。她骂了一句："小流氓，滚！"

看初平阳文章的姑娘没骂他流氓。"要是不信，给你男朋友发个短信，让他到网上搜一下，"易长安说，"初平阳正在《京华晚报》上开一个叫'我们这一代'的专栏。1978年生，淮海人，北大社会学博士，长得不生气时勉强能看，左屁股上有颗——"他比画了一个扇形，"银杏叶状的胎记。有一条信息错了，我帮你扛行李箱。"

"这箱子撑不住你。"

"坐上去就撑住了。"易长安一屁股坐上去，"这种箱子最大的优点就是骨架结实。你要有一车皮，可以拿来盖房子。"

姑娘撇撇嘴，随他去了，继续看杂志；她想证实，黄青州最后是不是真跑成了一颗精子。这中间她收发短信，侧身让别的旅客通过，变换三次左右脚来调整身体重心。她知道小胡子还在看自己。后来她把文章读完，又看了一条短信，对易长安说：

"你赢了。只是，网上没说最后一条。"

"最后哪一条？"

"胎记那一条。"

关于胎记，易长安知道她也在开玩笑，就说："这就是网络的局限性，距离真相总差那么一点点。如果你想证实，我带你去实地考察，让平阳把裤子脱了给你看。"

"去你的！"

就算搭上了。姑娘住石家庄，会计（又是会计），在天津参加华北片业务培训，待了一个月；幸亏带了只大箱子，要不新买的衣服得穿着回去。"石家庄是难得的几个比北京空气更操蛋的城市，"易长安说，"祝贺你，待了这么多年还能健康地活下来。"

“北京挺好啊。”姑娘说。

“要是人类进化到不需要呼吸，那北京的确是个不错的地方。问题是，咱们离了空气谁也活不了。一月份的报纸和新闻你看了没有？北京雾霾。真不能看。三步之外，不见来人。咱俩这样靠得这么近，我才勉强能看清你的眼睛在哪儿。”易长安又瞟了一眼她的胸，看见它们俩这个距离刚好；当然，能再近些更好，“一点都没夸张。要夸我也是替北京往小里夸了。一天到晚都是灰扑扑的雾，出门你觉得是走在解放前。空气当然有毒。我听说瑞士、澳大利亚、新西兰还有马尔代夫来的洋鬼子，一下飞机就开始皮肤瘙痒，脸上开始往外冒大疙瘩，噗，一个，噗，又一个，从首都机场车还没坐到四环，一个个都跟得了天花似的。这还恶心？更恶心的我都没舍得跟你说。不信？信不信由你，反正我信了。那时候我在网上看到有人说：世界上最远的距离，莫过于站在天安门广场上看不见毛主席。这个你一定要信。我亲自去了天安门广场，站在旗杆下；让你失望了，我真没看见毛主席，天安门我都没看见。别笑啊，多严肃的事儿。你还笑。再笑让你看毛主席去。”

忽悠了一路，石家庄到了。石家庄的空气的确不能恭维，但易长安还是狠狠地嗅了两鼻子，他从小就喜欢闻煤烟味儿。

“不喜欢你还来我们庄上！”姑娘说。石家庄人爱说自己是“庄上人”。

其实是在问易长安此行的目的。没有目的。他看到售票员的那一瞬间想到的第一个地方是石家庄，就买了来石家庄的票；但他说：“领导不愿出的差，只好小兵张嘎来了。”为什么想到的是石家庄呢。

“那你是干什么的？”姑娘说，“要不方便回答就当我没问。”

“方便，问什么都方便。质检的。就是看你质量过不过关。主要是打假。”

易长安帮她拎箱子，自己的包背在身上。“家在哪儿？我送你回去。”

“不必了。出了站我打车。”

“跟我客气就等于跟公家客气。”易长安说，“先把你送回去。打车票我能报销。”

出了站，一辆出租车停过来。易长安把两人的行李放到后备厢，易长安坐副驾座，姑娘坐后排。这是一种纯洁的坐法。而她想的是，跟公家人没什么好客气的，说不定这笔打车费就是她纳的税。“燕赵大街丁香园。”她说。一个月之后的石家庄没有任何变化，还是人挤人、车撵车。但对易长安来说，此石家庄非彼石家庄。他终于想起来十六年前来过这里。那时的石家庄相对于现在，更像是“庄上”。他们四个人，杨杰、初平阳、吕冬和他，与其说是为了寻找出走的秦福小，不如说是因为对这个城市名字的好奇才决定来到这里。

福小去了哪儿谁都不知道。仅凭吕冬的记忆，但凡福小平常提到过的地方，都是他们的目的地。吕冬说，福小说到过石家庄，肯定说过。那就杀过来。石家庄，挺好玩的名字。他们的理解是，一个住满了姓“石”“人家”的“庄”子，但它是一个城市。他们从济南一路走过来，半道上爬上一辆东风牌大卡车。杨杰给了司机两包“大前门”香烟，操河南口音的斜眼司机才答应捎他们一段。车厢里装着一排箱子，箱子里装着冰镇的舟山带鱼，他们后背贴着驾驶室坐在仅有的空隙里。夜里起了大风，本来冰镇的冷气已经冻得他们一个劲儿地哆嗦，大风把他们抱团取暖得到的那点热气也给搜刮走了。再坐下去要出人命。杨杰把最后的一包半“大前门”拿出来，趁斜眼司机停车撒尿的工夫，硬塞给他，求他把副驾座让给他们，俩人俩人轮；每两个人进去坐半小时，暖和过来后再换另外两个人。他第一回进驾驶室，和吕冬挤到副驾座上，觉得被冻掉了半截的命一寸寸地慢慢活过来了。

跟他们在别的地方一样，在石家庄他们同样无功而返。他们打听、查问，在大街小巷和省政府、公安局门口贴自己写的寻人启事，结果和弥漫在这个城市上空的云雾一样，慵倦茫然。庄上太“平”，可能正因为那时候的石家庄的没有特色，导致了若干年后，易长安在十几个城市连锁了他的假证托拉斯，独独把靠近北京的河北省会给忘了。

路边有家像样的酒店，路面上有个坑，车猛地颠了一下，姑娘叫了一声。易长安回头看，因为惊吓她的乳房还在跳动。易长安对司机说：“停！”

“没到呢。”姑娘说。

“正好经过定点的酒店，”易长安说，“我喜欢住最低层的，晚了被人住光了。房间定下来我接着送你回丁香园。”姑娘没置可否，易长安已经下了车，让司机打开后备厢取行李。他把他们俩的行李都拎下来，待会儿重打一辆车。

如愿以偿，恰好还有一间二楼的空房间。先放置行李。易长安背上包，拖着石家庄姑娘的箱子，一起坐电梯上了二楼。进了门，就是易长安可以一手操控的舞台了。“没什么悬念，”过去面对初平阳们的讨伐，易长安为自己辩解，“她们都跟你进房间了。我也没办法，不做点啥多对不起人。”

易长安的动作轻柔缓慢，不管接下来如何炫目和暴烈，他坚持认为要给足女人温情脉脉的前戏。他极端厌恶易培卿那种霸王硬上弓的粗俗暴戾，从他很多次隔着一堵墙含泪听到他对母亲施暴的全过程，他断定，父亲在这件事上基本相当于畜生。无须想象他也知道父亲面对一个妓女时是副多么不堪的形象。所以他坚决不找妓女，他无法像父亲那样，上来就面对一具沉默的肉体。他知道很多男人，他断定易培卿肯定在内，在女人身上耸动出入，直到排泄掉那可笑的几毫升液体像死猪一样滚到一边，这个或漫长或短暂的过程中，听见女人唯一的声音就是伪装出来的叫床。易长安不能容忍自己也是这样的男人，他要听见她们更多的声音，他要听见她们声音里的诸多层次，他也要给予她们更多的声音：对他来说，沉默是他欲望的敌人，而沉默的欲望是可耻的。

姑娘比他料想的要娴熟。欲望纾解过半，穷凶极恶的欲望劲儿过去，她也玩起了花样，把乳房挤压到一起，让他进来。“知道是你想要的。”她说。易长安蹲坐在姑娘的肚子上，想起丹凤街上睥睨他的那对高耸的奶子，易培卿不知曾如何把玩它们；他把屁股向前推，钻进了姑娘留给他的艰险的空隙。姑娘说：“快！快！”他听从她的节奏，越来越快。与此同时，他的脑子里有种东西越来越慢，或者说，只是相对于加速度的活塞运动他的脑子慢了；其实那感觉并不是慢，而是清晰，越来越清晰，越来越无比清晰。他从来不会像别的男人和女人那样，情欲爆满或者激烈地性交时，脑子里就乱成一锅咕嘟咕嘟冒泡的热粥；他的理智从来不会躲到后台去怠工，他只会越来越清醒。天地澄明、万里无云、冰清玉洁的那种清醒。清醒到灵魂仿佛置身事外，出了窍站在床边，看着自己在某个女人身上像农夫一样不懈地劳作。

他的身上缀满细密的汗珠，身体中的卡路里像在万米长跑中一样迅速地消耗。他觉得过去历历在目，如同开了天眼。他想到小时候，想到父母，想到那些面目模糊甚至再也记不起的人和事——此时此刻，在火热的劳动现场，他们栩栩如生地回到他的记忆里。

前两年在玉渊潭公园，周末有个相亲会，多是工作太忙没时间谈恋爱的姑娘小伙子们，在特批的一块区域里，像赶集或者商品展销会，每人用纸板、招贴或者打印材料提供自己的相关信息，有意者可当面、也可以背后联系。当然更多的是未婚年轻人的家长，一群老头老太太，举着孩子的照片和言简意赅的黑体字简介，替孩子们展示。这就是我们的时代，奔腾4、奔腾5、双核技术的时代，年轻人忙得连从容地谈个恋爱的时间都没有。这个相亲会分研究生学历以上和以下的两拨，时间通常错开，这个周末硕士博士相，下个周末本科、专科的相，都不坏这规矩。易长安去玉渊潭看樱花，无意中转进了相亲市场，看见一个低着头站在树下的女孩。她的信息打印在一张八开的白纸上，夹在树上：学历专科。这个低学历让她自卑地低下头。易长安认真地阅读她的信息，她抬头的某一瞬间像一个人，像谁易长安说不清楚。这个相似如同猫爪挠心，让他无法安宁，转了三圈还是回到女孩身边。

“小妹，”他说，“想变成研究生学历吗？”

女孩狐疑地看看他。

“有了那张纸，你就可以换个时间站在这里。也可能根本不需要站在这里。”

两天后，他在她的单身宿舍里，把她赤裸的下半身抱到自己赤裸的胯间。当她闭着眼睛颠动得忘乎所以时，他明白她像谁了：运河影剧院的售票员。她们一样娇小，笑的时候眼睛弯成甜蜜蜜的两端向下的半圆弧。接着，他一一回忆起他见过她的二十一次中的各个细节；他还想起因为这个女人，母亲坐在地上哭了六场，喝敌敌畏自杀未遂一次；他想起那段时间易培卿像条脊椎被打断的草狗，寻寻觅觅地在文化站和影剧院之间转悠，他觉得父亲就是一条找不到屎吃的狗。整个性交的过程他没有乱过节奏，他有充分的体力和本能般的技巧。他把父亲在售票小屋里和那女人的苟且、连同被她的大块头丈夫捉奸的全过程像电影一样在头脑里过了一遍，其清晰和完整，如同现在他抱着已经拿到研究生学位证书的专科女孩映照在门后的穿衣镜里。女孩晕晕乎乎哼哼唧唧，他却比外科医生站在手术台前还要清明冷静。当他的高潮长途跋涉地来临时，除了性交本身带来的生理快感，他还得到了报复易培卿和父亲的那些女人的快感。

当然，他也尽最大努力让所有的女人快乐，包括满足她们某些隐秘和偏僻的要求。如同他在咖啡馆的卫生间里与杨杰的女雕刻师互扇屁股：他会把那些女人绑在床头，用皮带抽她们的后背，在她们的乳房和私处上滴蜡烛油，让她们模拟某一种母兽完成高难度的性爱动作，进入她们身上所有可能进入的器官，把精液涂抹到她们身体的各个部位，他让她们扮演妓女、肉铺的老板娘、农民的老婆、三岁女孩的母亲、临时工的寡妇、邮递员的情人、隔三岔五与公爹扒灰的儿媳妇、打鱼男人的贤内助、退休上司的女儿，易培卿曾分别与此类女人有染；他也乐于被绑在床头，被皮带狠抽后背，同意她们在他形同虚设的小乳头和怒目金刚般的阴茎上滴蜡烛油，他会配合她们完成男人极限内的任何一种力所能及的性交动作，他愿意亲近她们任何想要敞开的器官，任她们把散发着古怪气味的体液沾染到他的身体的各个角落，他还会服从她们的指导，去饰演她们意淫和幻想中的白马王子（对不起，他会真诚地道歉，我的皮肤偏黑），他当过国家领导人、美国驻华大使、尼日利亚约巴鲁部落的酋长、进入过外太空的宇航员、嫖客、好莱坞的万人迷影星、亿万富翁、靠假唱成名的歌星、每天至少能收到三个红包的骨科大夫、满嘴跑火车的房地产大鳄、写两篇文章就可以捧红一个女作家的文学系教授，以及她们各种莫名其妙的行业里的各种莫名其妙的上司。她们高兴了，满足了，歇斯底里结束了，他也跟着高兴；仿佛他以受虐的方式替易培卿赎了罪过。

“你的身体真好！”女会计真诚地夸奖他，拍着自己的白里透红的乳房，“我终于完美地用了一次它们！”

“谢谢。”他说。结束了，他觉得头有点昏。

“你知道你做爱的时候什么表情吗？太好玩了。一脸严肃，像我大学时教微积分的老师。想什么呢你？”

“可笑吧？”他摸了摸假胡子，还在。假的东西往往质量更好。数学老师是多么庄严的职业。他的数学一向很好，但高二分班选了文科，原因很简单：他爸让他学理科，他只好选文科。“好吧，你学文科，”易培卿说，“只要别当老师就行。臭老九最没出息。”高考填志愿时，从头到尾他填的都是师范院校，进了淮海师范大学。“师范就师范吧，”易培卿妥协了，“毕业后在市里找个好学校，让我和你妈也过两天好日子。”毕业前夕，他找到学生处主管分配的副处长，主动要求去鹤顶最困难的乡下中学教书。副处长问原因，他说，献身祖国的教育事业。校长在大会上公开表扬了他，他借口尿急去了厕所，让同学替他领了“优秀毕业生”证书。他没那么高的觉悟，他只想让易培卿不舒服；如果不是怕母亲过于担忧，他就申请援藏或者援疆了。

教了几年书，烦了，易培卿让他考公务员或者研究生，他辞职去北京了，成了个办假证的。“脑子一片空白，啥也没想。”

但他差不多想明白了。在刚才那一瞬间，他看着自己的那玩意儿出出进进，突然有种彻骨的荒诞感：这东西看起来茁壮勇猛，不过是在被动地劳作，它对自己的勇猛其实无能为力。为了让这个集体活动完满地进行下去，他尝试把思路往相反的方向转变。然后他发现，谁说这玩意儿没头没脑？对他来说，起码对他易长安来说，阴茎是他另一个思考的器官。事实已经证明，性交的时候是他一天中最清醒的时刻之一。这十几分钟至一两个小时不等的时间段里，他总能神思飞扬，要让擅长掉书袋的初平阳来描述，他可能会引用刘勰《文心雕龙》里的句子：思接千载，视通万里。这算不算不道德的性交罪状之一：走神？

反正多年来他的确养成了这样的习惯，当他阴茎忙碌的时候，他更容易看清过去、反思现在，也许还可以更好地预见未来。他一次次地在一具又一具美好的身体上不懈地起伏撞击，深入对方的同时，是不是也在形而上地深度掘进了自己？

——深入别人，是另一种意义上的深入自己。如果他要把这个结论告诉林惠惠，她会不会悲哀地狂笑到泪流满面？

他们穿好衣服。在酒店门前坐上出租车时，和他们从车上下来时一样正派体面。石家庄和两个小时前没区别。进了丁香园小区，易长安打算把女会计送到家，她制止了。

“让我老公来接吧，”她说，掏出手机准备打电话，“看见了不好。”

“不是你男朋友吗？”

“我看上去像没结婚？哈，太谢谢了！我好开心！”

“Shit！”易长安说。坏规矩了。他觉得下身有种不洁感。

“什么意思？我从来没说什么‘男朋友’好不好？”女会计也很生气，想着觉得不对，“结了婚怎么了？你觉得吃亏了？”她还想问问他什么时候离开石家庄，也许还有鸳梦重温的机会。

“Shit！”易长安这次是骂自己。怪不了别人，自己看走眼了。

“你从不和结过婚的女人那个？”女会计应该拖着箱子就走，但她不甘心自己美好的身体受到了偏见和侮辱。

“从不。”

“为什么？”

“因为我爸。”易长安掏出一根烟点上，“除了妓女，所有他上过的女人都是结过婚的。”

“去你妈的！”女会计压着声音骂道，“你个变态！滚！”拖着箱子转身就走，带着两只饱满的36D。

不知道因为“变态”还是因为雄伟的36D，易长安绝望地发现裆部的帐篷在升高。他气急败坏地往回跑。酒店离丁香园很近，出租车起步价之内。他在石家庄的大街上奔跑，完全忘了身后可能跟着三个影子。进了房间他直奔卫生间，褪下裤子坐到马桶盖上，开始手淫。

他的力道空前之重，完全像在给敌人打飞机，往把对方打残的方向撸。他的另一个思考的器官，它真切地为他反思过这件事没有？他以为他强大了，已经摆脱了父亲，但在最隐秘的事情上，父亲其实还在对他行使着暴力。他自以为是的报复、受虐和赎罪，不过是从相反的方向上证明了父亲的暴力阴魂不散。他撸啊撸。为什么不能彻底地忘掉多年前的那个易培卿，在最基本、最朴素的意义上看待女人和性，看待纯粹的身体和忘我的生理之乐？

有生以来，易长安的下半身头一次背叛了他。这个攻无不克的“战神”越撸越软，像一只自暴自弃的大虫子，丑陋地垂在两腿之间。易长安在镜子里看见自己，每一个眼袋上挂着一滴眼泪，稍微动一下就会掉下来。他站起来提上裤子，决定现在就退房，离开石家庄。

目的地济南。他在前台拿到最新的火车和汽车时刻表，最靠近的时间是一趟长途大巴，现在打车去汽车站，抽完两根烟就可以上车。结账之后，易长安去了洗手间，出来时变成一头卷卷毛，戴一副光线越强颜色越重的茶色平光镜。

再接下来要去的地方他也清楚：郑州、武汉、长沙、井冈山、南昌、杭州、上海、南京、合肥、连云港。顺序比较随机，因为他记不起当年四个人究竟按照什么顺序走完了这些地方。十七岁的秦福小此前从未迈出过淮海市辖区一步，她对世界的概念基本上由这些省会城市组成；吕冬忠实地传达了她对世界的想象。他们的寻人之旅首先从杭州开始，因为她和吕冬约定要搭的是去杭州的船。他们搭乘了除飞机和雪橇之外的几乎所有交通工具：轮船、竹排、乌篷船、火车、长途客车、小中巴、卡车、拖拉机、三轮车、马车、牛车、驴车、自行车，还骑过毛驴。自行车是偷的：他们在南昌的八一广场旁边成堆的自行车里，找了两辆车主忘了上锁的，骑上就跑；两人一组，轮流换骑，骑了两百多公里，四个人的大腿根全磨破了；为了搭一辆拖拉机，他们把自行车送给了拖拉机手。驴也是偷的：他们没多余的钱坐车，只好步行穿过合肥边上的农村；中午的太阳晒得他们昏昏欲睡，实在走不动了，吕冬解下村头树底下打瞌睡的毛驴；每人骑十分钟，到了晚上，他们错过了一个借宿的村庄，赶着毛驴希望它跑得再快点，毛驴使劲儿勾了勾头，前腿打了个绊子摔倒在地，口吐白沫再也不起来了；在空旷的野地里，他们饿得眼冒金星，眼前仿佛挂着条银河，杨杰提议，三人附议，割了毛驴的肉烤着吃，但他们需要等着毛驴自然死亡，谁都不敢在它喉咙上捅一刀；等待的过程比忍饥挨饿还痛苦，他们焦躁地围着毛驴转圈，只有易长安敢对着驴脖子踹上几脚，柴火一直在燃烧，到了凌晨两点，毛驴终于吐出最后一口气；接下来的三天，他们顿顿吃驴肉；都说天上龙肉、地下驴肉，美味中的至美之味，他们吃驴肉吃到变质才扔掉剩下的。以后好多年里，听见“驴”字他们每个人都犯恶心。

豪华大巴里有股正在消化的大葱味儿。所有的座位都坐满了。易长安只能忍受邻座男人的呼噜声和口臭。那家伙一上车就睡，嘴巴朝天，张得像百慕大黑洞。有小孩大哭，有女人窃笑，有老头老太梦游般漫无边际的聊天，有大嗓门的男人用听不懂的胶东方言打电话，有人在听手机里的音乐（没戴耳机），有人不知所云地抱怨；车上的电视里正播放杨钰莹的专辑，那浓得化不开的情、软得理不直的调调，听得人肝儿颤肠子抖。易长安无法集中思考任何像样的问题，这让他对自己在性交时的冷静和思虑清晰更加耿耿于怀。女会计骂得好，“变态”：一切不能自然的东西皆属变态。他如此地厌恶自己，都懒得环顾四周，检查一下身边是否潜伏了敌人。随他去，想抓就让他们抓吧。

发酵的大葱、喧嚣和浮躁。仿佛一切都不可改变。他不是随随便便就能绝望的人。如果把这样的旅程变成小说，他会写什么？十六年前他们从南昌去郑州，没买到火车票，四个人坐长途卧铺汽车，他无法肯定卧铺上的被褥多少年没洗了，每一根布纤维都散发着臭脚味儿、各种诡异的体味儿，以及永远说不清来路的味道。他记得车快开了的时候，一对去郑州伺候儿媳妇月子的老夫妻匆匆忙忙地爬上车，两只蛇皮口袋里分别装着四只走地鸡和八只老鸽子，煲汤给儿媳妇催奶用的。他们把四只鸡塞在下铺的床底下，和先前上车的乘客带的一只猫和一条巴儿狗，这辆车上除了人之外，还有四种动物。那一夜真是热闹，鸡抓口袋猫就抓关它的笼子，鸡和猫一有动静狗就开始叫，吓得鸽子也咕咕个不停。一激动它们就拉屎撒尿，易长安觉得自己生活在牲口棚里，车里的气味黏稠得可以直接用铲子端下地，放进田里做环保的肥料。到了凌晨，被折腾得疲惫不堪的乘客以为可以消停了，老两口的公鸡在狭小的空间里艰难地伸长脖子，开始打鸣，第二轮动物大战又开始了。

四个人被搞得神经都快衰弱了，头对头脚对脚地相互抱怨。抱怨吕冬那天早上不该迟到，否则他们就不用大海捞针一样来寻福小；抱怨初平阳晚了十分钟，没买到火车票；抱怨易长安贪图安逸，非要坐卧铺车；最后抱怨杨杰，谁让你想出贩卖毛竹的好主意，让我们赚到了钱！在此之前他们已经开始讨饭了，所有钱都已经花光：进了一个村庄，他们四个人分走四个方向找饭吃，免得因为集团作战招人烦；到了城市，他们在四条平行的街道上同方向乞讨，为的是最后能在正确的方向上碰头。走到吉安，他们碰上装运毛竹的车队，他们帮他们捆扎和装车，每人赚到了五十块钱。杨杰把钱汇总，建议钱生钱，留下五十应急，其余一百五十块钱批发毛竹，然后再卖给远道而来买竹子的人。买了卖，卖了再买，买了再卖，赚其间的差价，如此反复，五天竟然赚了九百三十六块七毛八分钱，他们觉得自己是全世界最有钱的人。然后搭车重回南昌，转向郑州进发。

他们走了很多路，坐了很多车，干了很多荒唐事，没找到秦福小。他们在吉安倒卖毛竹的时候，福小正在湖南邵阳的一个饭店里端盘子；他们到了郑州，她已经决定南下去广东。所有人都说，广东遍地是钱。

从南昌去郑州那次，后遗症是易长安再也不坐长途卧铺汽车了；石家庄去济南的这一次，后果是，他决定下一个逃亡区间无论如何也不能再坐长途汽车了。他宁愿步行着去讨饭，只要耳根子能清静，让他觉得自己还在，没有被集体的、喧嚣的东西取消掉；他受不了任何意义上的大型团体操（他有密集恐惧症吗？）。

1999年5月，他去南京找初平阳玩（也是坐长途汽车去的。感谢财神，那时候手机还不普及，接打收费都很高，一般人舍不得用它来拉家常、扯闲淡。那时候从淮海去南京的人也不像现在这么无聊，觉得整个车里就自己一个人），正赶上南京的各大高校举行反美游行。中国驻南斯拉夫大使馆被美国的导弹准确地误炸了。他在学校后门饥肠辘辘地撞上初平阳，后者正要加入走过来的游行队伍。他把背包往初平阳怀里一塞："帮我整点吃的，我先替你游一会儿。"举起手臂，高喊"打倒美帝国主义"就插进了爱国队伍。开始他觉得挺好玩，雄壮，激昂，凛然正义，赤子情、家国恨和青年的血，他在响彻南京上空的呐喊和讨伐声里喊哑了嗓子。走了两条街，他感到了隐隐的不适，他无法克服内心里冉冉升起的被淹没感和荒谬感。他仿佛看见了另外一个自己（正如若干年后，和那些女人性交时他看见了自己灵魂出窍，那个透明的易长安站在身边审视自己），那个易长安看见自己在人群里张大嘴，却听不见任何声音；看见自己举起钢铁般的胳膊和誓言般的拳头，却找不到它与森林般的其他手臂有任何不同；他淹没在人群里，可以忽略不计——易长安不在了；或者说，在如同不在，在与不在是一回事。他把声音放得更大，手臂举得更高，幅度挥舞得更大，他想驱赶掉这种可怕的被淹没感；他提醒自己，一个爱国的青年理当及时地、激情地、愤怒地表达自己对美国行径的抗议和谴责，这是五四以降的传统，他生长于这个伟大的传统；但他还是失败了，淹没感不仅覆盖了自己，也覆盖了游行的每一个人，他觉得所有人都被淹没了；明知道被淹没还依然淹没于被淹没，他感到了荒谬。发现荒谬感的前提是你得置身事外。我在这里干什么呢？他在原地停下来，人群像潮水般避开河道里他这块石头，继续向前奔流。十分钟后，河流消失了，整条街道上剩下他一个人，和随风飞舞的废纸、塑料袋、撕坏的标语。他看见了地上自己的影子，宽阔的路面都是它的，突然感到了舒展和自由，对着自己的大腿拧了一把，Fuck，I'm back（易长安他妈的回来了）！

回到初平阳的宿舍，初平阳正守着一盒米饭和一份回锅肉等着他。后门口的一溜小饭店里只有一家还在营业，一是不在饭点儿上，二是店老板、老板娘和伙计们都跟着队伍游行去了。他让易长安吃完了随便看他床上的书，他去游行。

“游什么行！我比画给你看，”易长安说，两脚交替跺着地板，举起手臂大声喊口号。“就这样。”

“那是你一个人的游行。我想体验一下走在革命队伍里的感觉。”

“你可别。”易长安往嘴里扒着米饭和回锅肉，“现身说法：本人经过深刻体验，发现更有意义的是一个人的游行。一个人时你是你，想说什么说什么，很多人时你就不知道是谁了；你得跟大家一样，大家说什么你说什么。也可以说，很多人时你谁也不是，你是个零，是个零蛋。集体像个陷阱。”

初平阳还是坚持去了。游行表达的本身就是集体的力量，巨大的数字是它必要的表现形式；加入它，意味着你认同它的力量和一加一加一加一加一等于一的逻辑。等他沿着游行路线追到大部队，他们已经到了终点，正在解散。此后的十一年里，初平阳没遇上任何游行的机会；每念及此，他就让易长安请客，因为他，他失去了一次“作为爱国青年”的机会。

一个人很好。易长安从豪华大巴上下来（总算摆脱了那些人），独自走在济南的街道上，觉得一个人真好。他梳理了卷卷毛，把茶色眼镜换成黑框的透明眼镜（他觉得这样的眼镜更适合这座城市），粘了络腮胡子，住进靠近趵突泉公园的一家四星酒店。济南有一群小兄弟，他的托拉斯的连锁店之一，但他没有跟任何人联系：兄弟们，闷头发财吧。距离上一次来济南，也有半年之久。络腮胡子（络腮胡子，他摸着刚贴到脸上的络腮胡子，此巧合是凶兆还是吉兆？）请他来商讨新一批汽车牌照的制作。他带了小林，济南的连锁店里来了一个头头，外号生姜。此人济南土著，曾在北京混过一年，入了易长安麾下，结婚后带着媳妇回老家，为易氏江山开拓疆土。他曾力谏老大三思：如果办假证相当于卖摇头丸，那造假牌照等于走私海洛因；政府一生气，改过自新的机会都不一定给你。易长安说，他懂，但是办假证的一抓一把，造假牌照的抓来抓去也就那么几个，他不喜欢在人堆里玩。生姜笑了笑，递给他一根烟。易长安接了，等生姜给他点上火，才说：

“你是不是想说，女人堆也不扎？除了女人堆。”

生姜的儿子现在该八个月了，很好。小生姜。遗憾不能给小东西送个礼物。易长安在济南逗留了两天（住过一晚后，从趵突泉公园左边的酒店换到了右边的另一个酒店），然后买了去淮海的火车票；火车临近淮海时，被抓了。三个影子把他夹在中间。

加上从火车上下来的那个胖子，一共四个。

回淮海乃是突发之举。在济南的两天，易长安把自己打扮成六七十岁的海归观光客，背有点驼，说一口不利索的汉语，偶尔夹杂几句英文（再不用英文，就全忘了。牙齿一定不漏风，洋鬼子和假洋鬼子对牙齿的关注已经到了病态的程度），出门拎着根拐棍。敌人在暗处，你永远无法判断他们什么时候会跳出来。没出现不等于不存在，他提醒自己别掉以轻心。凭借不太可靠的记忆，他把十六年前走过的地方走了一遍。能变的都变了，不能变的也变了；济南在大城市里不算是气急败坏求发展的那一类，看上去依然像个大乡镇，但十六年的变化照样天翻地覆。在一条条街巷里穿行，有时候易长安觉得自己真是一个海归观光客。一个三十三岁的亡命途中的老人。逃亡是一个人的游行。老年也是一个人的游行。济南的“游行”结束，他背着行李在火车站买了去郑州的火车票。在火车站里，他是一个优雅但迂腐的中年知识分子，不过此刻是休闲装；别人要刨根问底，他就说他是北大社会学系的教授；作为教授，我的名字你一定没听过，但我的师侄，初平阳，也许你听说过，他写了一个小有影响系列专栏；没办法，这是一个媒体为王的时代，谁占有了媒体，谁就可能成为时代的英雄。

因为半小时后火车就开动，易长安给家里打了个电话。老年是一个人的游行。他不担心警方跟踪到他的电话，即使他们已经监听了他家里的电话。就算查明了他在济南火车站，等他们济南警方的同行赶到，他们也搞不清楚他究竟是留下了还是离开了，离开又是坐的哪一趟车。老年是一个人的游行。他希望母亲接电话，但发出牛栏山二锅头味儿的声音的是父亲。

“震生啊，真是你！”易培卿的声音很兴奋，“电话一响你妈就说，可能是咱们儿子！”

“是长安。爸。”二十多年后，他坚持为父亲纠正。

易长安小名震生，出生那天赶上唐山大地震。唐山大地震的时候，《时间简史》里的黄青州五岁，因为别人哭，觉得自己也应该哭，就咧嘴哭了。唐山大地震的时候，预产期还要等一周的易长安，等不及了，提前来到这个百废待兴的世界。唐山地震的那一刻，凌晨三点多，易长安他妈正在做梦，觉得身底下猛的一震，肚子开始疼痛，接着剧烈的宫缩鬼撵似的一波追着一波。她让易培卿扶着自己下床，羊水已经顺着两腿往下流了，只好回床上再躺下。她还没做好准备，孩子已经进了产道。去东大街请接生婆肯定来不及，易培卿硬着头皮跑去请初医生（想到又一个男人能看见老婆的下身，易培卿胃里直泛酸水）。初医生背着药箱跑进易家，前脚进来的易培卿的嫂子正抓着弟媳妇的手，易长安的头顶已经露出来了。初医生就着灯光看一眼产妇的两腿之间，说：“胎发不错。再加把劲儿！”易培卿很想从门外冲进来，把医生掐死。

生产的过程挺顺当。事后易长安他妈说，生易长安的整个过程里她都觉得大地在颤抖。生完了，初医生抓着易长安的脚脖子倒拎着他，拍了一巴掌他就哇哇哭了。又过了一天，屋檐下的小喇叭突然响了，主持人用无比悲痛的声音说：唐山发生了罕见的大地震！当时外面的花街一片黑暗，陆陆续续传来越来越多的哭声。照时间推，生易长安的时候正赶上唐山地震。因此，生出易长安对易培卿两口子是件悲痛的事。

但也是一件他们极为骄傲的事。他们儿子在娘肚子里就准确地预测到了唐山大地震。于是取名震生。易长安是否有地震专家的天赋，没人检测过，不过三十二年后的汶川地震，易长安似乎有所感应。那个中午的午觉他辗转反侧就是睡不着，两点多的时候，他觉得床在动，一骨碌坐起来，对林惠惠说："有地震。"林惠惠迷迷糊糊地说："又做噩梦了，宝宝？"很快小林打来电话，证实四川发生了地震。但是易长安不喜欢震生这个名字，相当不喜欢。只有动物才会有预测地震的能力，你是猪、狗、鲤鱼还是癞蛤蟆或者蛇？据说蜻蜓也喜欢在地震之前大规模出现，你是蜻蜓吗？四岁之后他反感所有此类的戏弄。当然最主要的原因是，这是易培卿取的；易培卿在叫儿子"震生"时，有种参与了新中国历史进程的自豪。那易长安坚决不喜欢，"我叫长安，"他正告父母、同学、老师和所有叫他"震生"的人。"长安"是学名。母亲觉得"震生"固然很有纪念意义，但来得凶险动荡，人生在世，"长安"最好。

易培卿被纠正了无数次。

——震生。

——是长安。

——震生。

——请叫我长安。易长安。

在易培卿高度兴奋的时候，在他做出了重大决定和抉择的时候，在他突然又感觉参与了中国历史进程的时候，他就会习惯性地脱口而出："震生。"

"请叫我长安。爸爸。"

"对不起，长安。"易培卿说，"你的手机总打不通，是不是坏了？这两天联系不上你，没法跟你商量，爸爸只好独自做出决定了！"易长安等着父亲继续说，易培卿反而停下来，他觉得这么重大的问题应该等儿子问了再说出来，才显得其隆重；此外，他心里也没底，担心自己决策有误，不得不承认，儿子现在教训起老子越来越在行了，他脱口而出的“震生”已经让儿子不高兴了。易长安继续等。半分钟的空白，电话里只有一只名叫易培卿的猫在叫，以及母亲从楼上下来踢踢踏踏的拖鞋声。在这场沉默的较量中，易培卿率先缴械，他绝望地发现，一声不吭是如此的折磨人，半分钟已经是他的极限。“长安，是这样，”他的声音沉下来，飞扬的、轻飘的东西过滤掉了，如同撇去酒花的啤酒。一个父亲的溃败。“我和你妈商量过了，同意拆迁为了把斜教堂保留下来你知道的教堂是你死掉的秦奶奶的命根子——”他必须在儿子劈头盖脸地责骂之前把话说完，“福小找我谈过了。平阳和杨杰也支持我。不信你问他们。”接下来是等候审判。

“没问题，”儿子说，“迁就迁吧。”

易培卿松了口气，声调又扬起来，“能把文物保护下来，也是咱们对国家做出的贡献嘛！”

“拆迁可以，钱一分都不能让。”

“那是当然。一分都不能少。”易培卿说，“抽空给杨杰打个电话，他找你。要不要跟你妈说两句？”

易长安看看手表，还有二十二分钟开车。提前十分钟结束检票，走到检票口要两分钟，他还有十分钟的时间可以自由支配。“下次吧。跟妈说一声，我和惠惠都挺好，别担心。你们注意身体，酒别过量。就这样吧。”

他拨了杨杰的号。杨杰正在淮海市最好的酒店“运河名都”宴请客人。在座的有市文化局局长、工商局局长、水晶加工厂所在醴水镇的党委书记和镇长、花街所在的淮中区区长、沿河风光带管委会主任、齐苏红（她以双重身份赴宴：朋友和沿河风光带管委会副主任）；纯粹的亲友团成员有：崔晓萱、杨泽和初平阳。除了崔晓萱和杨泽，这一桌人聚在一起头绪纷繁，但杨杰举杯的时候给它化繁为简：为了友谊；答谢诸位。这一桌人这两天解决了两件大事情。

第一件：镇长和镇委书记答应杨杰的水晶加工车间可以继续租用前中学废弃校舍，并答应将剩下的空校舍一并租给杨杰，以鼓励其利用新设备扩大再生产；饭前他们签署了接下来的五年续租合同。

第二件：保留斜教堂；初步筹划由杨杰牵头，成立一个斜教堂的民间修缮管理基金。

这两个问题扯到一起有些怪诞，但的确就成了。易培卿以为，答应了拆迁就理所当然地保留下了斜教堂，没想到他的决定迟了。文化局和风光带管委会先前做好了易培卿拒不拆迁的预案，即拆掉教堂。他们对教堂进行了勘测，发现即使保留下这个文物，保护和维修也要花费一大笔钱；它一直在倾斜，修缮的费用会与时俱增，相当于无底洞；文化局和风光带管委会还有淮中区，谁也不愿当冤大头；所以，易培卿同意拆迁之后，他们依然打算再拆斜教堂（有一种意见是，在原址上复建一座教堂；从长远的费用看，新建一座也比保留老的划算）。初平阳从齐苏红处得到消息，赶紧叫上福小，一起去找杨杰。就他们目力所及，民间能够委此重任的只有杨杰，他的身家足以给政府提供可持续修缮斜教堂的承诺。

当时杨杰正为生产车间租约不能续签伤脑筋，还轮不到操心配备新机器扩大生产。醴水镇的领导层认为，工厂的地理位置没得说，但杨杰上缴的租金差了不少意思；城市像恶性瘟疫一样迅速蔓延，运河以南的地皮一天能涨两次价，这么一大块地方随便卖给哪个房地产商，数钱都能把镇领导们数残废。他们齐刷刷地盯上了房地产商的腰包。

杨杰叼着一根没点火的香烟，坐在杨泽的办公桌前；杨泽围着一株盆栽铁树转圈子。初平阳和秦福小不知道他们来错了时候，上来就跟杨杰兜底。“只能靠你了。”初平阳说。

“为什么非得是我？”杨杰说。他知道斜教堂是个有意思的地方，但跟他挂上钩，而且只能靠他，他想不明白。不管从哪个刁钻的角度想，这都该是官方的事儿。

“你是著名民营企业家嘛。”初平阳打趣道。这是那天杨杰给八十岁以上老人捐赠水晶佛像挂件活动上，主持人引用市工商局长的说法：“著名民营企业家”，“长居京城”，“经常与柳传志、任志强、王石、潘石屹、马云等大鳄一起出席各类重要商业活动”。

“还民营企业家，民族企业家我也不稀罕！”杨杰说，终于把烟点上了，“我就是个商人，做买卖的，见不到钱，说到天上去也白搭！”

秦福小坐在杨杰对面的沙发上，身后的墙上挂着初医生的字，装裱在玻璃镜框里。内容是弘一法师的一段话：识不足则多虑；威不足则多怒；信不足则多言。除了进门时打了个招呼，福小一直没出声，现在站起来就往外走。杨杰尴尬地站起来，初平阳示意他坐下，他追出门去。“这家伙一定有大麻烦，”初平阳安慰福小，“要不就是吃错药了。你先到花坛那儿歇会儿，我给他号号脉。”

果然，进了门，杨杰说：“福小没事吧？遇上点小麻烦。”

“就别谦虚了。钱的事儿我靠边站，其他的没准能参谋一下。”

“厂房。马上到期了，原定可以续租，醴水镇突然通知，到此为止。上午跟他们谈了，转机不大。这世道，房地产商一有想法，人就乱了。从上到下都开始乱。”

跟地产商比钱，那是找死。“如果没歪门邪道可走，”初平阳做了一个印把子的手势，“能惊醒小官僚的发财梦的，只有这个了。”

“给工商局局长打过电话，他说比较挠头。基层的日子也不好过，想钱想得嗷嗷叫呢，铁手腕往下压，未必好使。再说，人家凭什么帮你压？”

“民营企业家啊。淮海市十大杰出青年。新时代创业先锋。你给淮海推广了水晶、纳了税、扩大了就业、培养了工艺人才，这些还不够？政府不是一直把‘大力扶持民营企业、关心青年人才成长’挂在嘴上吗？”

“这个你也信？博士白念了。啥玩意儿会被整天挂嘴上？”杨杰用嘴努努墙上初医生的书法，“做不到的事情。”

初平阳也没辙了。如此说来，政府才是个儿最大的商人！这倒提醒了初平阳，“找点啥跟政府交换？”他也开始围着铁树转起圈来，“比如，修一修斜教堂？”

杨杰笑了，“我看你小子才是最大的商人。厂房的事先放放，刚才跑神了，你和福小到底啥意思？”

“说正经的。没准可以用斜教堂讨价还价。”初平阳越想越觉得有可能，“作为企业的那一块贡献就不必说了。如果还能在斜教堂上做做文章，我的意思是，比如成立一个‘杨杰修缮基金’，文化上也贡献了，上头总不会一点反应都没有吧？听齐苏红说，他们也纠结，拆除文物也要冒风险，全市这种年头的教堂，这是独一份。而且倾斜恰恰是它的特色，比萨斜塔都斜不过它，真拆了，谁拍板这事谁迟早是罪人。他们不就是相互踢球、不愿意往外掏钱吗？好，老爷们都坐好了，不让你们掏，咱们民间自己整。钱我们出，活儿我们干，文物还是你们的，牌子上、石碑上、功劳簿上刻的也都是你们的名字，满意了吧？”

“可行吗？没跟文化官员打过交道，不知道他们是不是也庸俗得没法看了。”

“有枣没枣打一竿。”初平阳说，“至于钱，我和福小不会敲你的竹杠，意思一下就成。不意思也无所谓，总会筹到的。我们就想借你的名，让他们觉得，我们有可持续发展的能力，教堂委托给我们，靠谱。有一个经济实体，相关的程序也好走。”

“早说清楚不就完了嘛！”杨杰说，“厂房的事另说。基金没问题，五十万够不够？不够我再加。如果能成，别叫什么‘杨杰基金’，我担不起。”

“给我根烟，”初平阳点了烟回到沙发上，挨着杨泽坐下来，“看上去是为了斜教堂，其实我们都明白，跟教堂没什么关系；甚至也不是为了福小和秦奶奶，而是为了天赐；甚至也不是为了天赐，是为了，我们自己。”

“明白。所以我想，得让长安也进来，落下他，知道了他能把咱俩给砍了。杨泽，”杨杰对弟弟说，“把福小叫过来。算了，还是我自己去吧。”

他们俩进了办公室。初平阳说，他想了个名字，“兄弟·花街斜教堂修缮基金”，如何？

杨杰说：“好，就这个。”

福小说：“听你们的。”

基金商定之后，初平阳带着杨杰去见齐苏红。通过齐苏红见到了风光带管委会主任。管委会主任带他们见了淮中区的区长。接着见到了文化局佟局长。初平阳一点都没开玩笑，如果厂房续租和斜教堂基金问题上局长不愿出力，尽管他知道“侠妓文化研究会”副会长是世界上最虚无缥缈的头衔之一，他也会辞掉。佟局长问这算不算要挟。初平阳说，假如这算是要挟，那这要挟本身就说明了问题。佟局长说，到底是北大博士，正说反说貌似都有道理，他会和工商局局长通个气，两件事一起向副市长反映，当官要为民做主嘛。一层层上去，又一层层下来，成立基金是没问题了，马跑马又不吃草，何乐不为？厂房续租的事，杨杰又带了礼品和醴水镇领导谈了一次。镇领导想，此人能把事情捅到副市长那里，看来有名堂，不如见好就收，也落一个顺水人情，没准哪天用得上。

事成当言谢，杨杰明白这个理。这年头谁都不缺顿饭吃，但很多人聚在一起吃，意义又不同了。文化局长得知工商局长要来，就来了；区长得知局长来了，也来了；主任得知区长来了，也来了；镇长听说局长、区长和主任都要来，这顿饭那无论如何得吃；副市长临行前打来电话，市委常委紧急会议，来不了，非常抱歉，同志们吃好喝好，谢谢杨企业家了。

易长安的电话打进来时，杨杰正端着意大利康帝葡萄酒逐一敬各位领导。不管这些头头们看着让人多么不舒服，他都得忍着，他们是地头蛇，不把这些地头蛇伺候好了，什么事你都干不成。杨杰让杨泽和崔晓萱代他接着敬下去，走到包间外接了电话。

"陪中央领导出访了？"杨杰说，"电话打坏了都没找到你。"

"就是陪中央领导我也得走在你后头。说吧，找我啥事？现在我惜时如金。"

"少扯淡。我跟平阳、福小想成立一个斜教堂修缮基金，有兴趣吗？"

"啥意思？"

“你爸答应拆迁，他们还是打算把斜教堂拆掉。他们拿不出钱来修，但歪下去迟早出事。我们想把教堂保下来，成立一个民间的修缮基金；平阳想了个名字，‘兄弟·花街斜教堂修缮基金’。”

“叫‘天赐·花街斜教堂修缮基金’，是不是更合适？”

“私下里我和平阳真讨论过这名字，怕福小和景叔叔、秦阿姨他们情感上接受不了。”

“倒也是。需要我干啥？你这着急上火的。”

“我想这两天要是能聚齐，咱们把基金数目敲定一下，每人签个名。钱我可以先支出来入基金的账，签名你得亲自来，他们要这道手续。基金让福小管理，你有意见没？”

“举双手双脚赞同。回去的时间定下来我再告诉你们。钱嘛，我看咱俩就多放点血，你是老大，我少你十万；平阳和福小，意思一下就行了。”

“我也这么想。你要没意见，我多二十万也没问题。平阳也在，和他说两句？”

初平阳看见杨杰推开门对他招了招手。

易长安抬起左手腕，还有两分钟。

“忙啥呢？”初平阳问。

“一个人游行。”逃亡也是一个人的游行。

“神神道道的。能回来吗？签名的事你得上点心。过两天我和杨杰都回北京了。”

“好，明天从郑州回。”从易长安的角度看，检票大厅空了一半，检票员举着小喇叭，请去郑州的旅客赶紧检票上车。“我得检票了。”

“你在哪儿？”

“济南。”

“济南直接回淮海多省事。刚开通的铁路线。”

易长安已经挂了电话。在检票厅门前的电子显示屏上，他看到北京开往南通方向的火车半小时后离开本站。初平阳说的就是这趟车，天亮到达淮海。易长安转身往售票口跑。退票很简单，扣除百分之二十五的费用；买去淮海的票就麻烦了，卧铺票一张没有，全卖光了，硬座票还剩最后两张，要吗？为什么所有售票员都长着一张债权人的脸？不要硬座票也没了！易长安还在犹豫，后面的人着急（为什么所有买票的人一站到别人后面都要心急火燎），装作站立不稳在推搡他。易长安转身白了后面人一眼，又白了售票员一眼，说：

“不要，留给他吧！我要明天晚上的，卧铺。”

唯一的一张下铺。很可能是别人刚刚退的票。“你运气不错。”售票员说，还了易长安一个白眼。易长安很想告诉她，她有一根眉毛画歪了。

易长安捏着车票来到济南站的一层，门口挤了一堆人，下雨了。从那些刚从外面跑进来的旅客神经质的哆嗦来判断，雨不小，他们的上衣至少湿了一半。易长安没带伞，也不打算冒雨在这个城市的马路上散步。他用棒球帽遮住眼睛和半个鼻子，重新回到公用电话机旁。

“运河名都”的饭局还在火热进行。

“明晚的票。”易长安说，“下雨了。”

初平阳关上包间的门，站在走道里。“老家的雨下到济南了？”初平阳说，“今天淮海就没消停，电闪雷鸣的，傍晚刚停。回来最好，咱们有多少年没在花街聚齐了？”

“要算上福小，十六年。”易长安听见初平阳在那头抽了口凉气，“不算福小，就咱们仨，鸡齐鸭不齐的，也四年了。”他还想说，要算上天赐，就是十九年了。“闪电还那么壮观？”

“办个闪电博览会没问题。”初平阳说，“西大街的铜钱，曹平凡儿子，前几天雷击的恐惧还没过去，中午又被雷追上了，当时就休克。头发烧掉了半边，成了阴阳头。”

“哪一种闪电？”

“这可怜的倒霉蛋。三番五次被雷劈，不被猪踢过也早傻了。”

“线形闪电还是链形闪电？还是叉状闪电或者球状闪电？”

“没人看见。他一个人在河边走，挨了一下子。应该是叉状闪电。中午我站在窗前，看见落到运河上的基本都是叉状的。你怎么突然关心起闪电了？”

“我还关心灵魂呢。大雨天他往河边跑什么，找魂哪？”

“多少年了。他想满世界跑。”

易长安把帽檐再压低一些，他努力让自己跟别的随便一个旅客没有任何区别。满世界跑有可能是逃亡。不过易长安倒并不恐惧。满世界跑久了，其实已经把最坏的结果都考虑过了。关于最坏的打算这道程序，多少年来一直在他的后台运作。他不恐惧，他只是想能避开就避开，能躲掉就躲掉。你要努力过上自由的生活，才有可能过上自由的生活。满世界跑惯了，突然强迫你停下来哪也不准去，就跟强行摁住指针想让时间停下来一样，结果所有精密的齿轮都打坏了。“如果不出意外，后天早上到家。”他说，“还有，仅限你和杨杰知道。我爸妈那里也别说。”

“说你神道还真神道了！真有麻烦了？”

“回去再说。”

“这事儿得你自己把握。回不来别逞强；能回来，我就和杨杰去车站接你。”

回不来也得回，易长安想，事关天赐。他等到雨稍微小一点，出车站打了辆车去酒店。雨夜的城市总显得萧索，他从车窗看远处的天，仿佛看见缥缈的闪电从黑暗中挤出来，迅速照亮一片夜空，那光明薄薄的，让心也跟着微微地颤。他想象一道火红的叉状闪电凶险地扎进水中，在十分之一也许百分之一秒内，闪电切断了水和水的联系，如同摩西分开了红海的海水，然后，水和水迅速怀抱了彼此。他用了第三个假名字和假身份证住进了济南的第三家酒店，夜里梦见叉状闪电在十分之一也许百分之一秒的时间里分开了运河水。

他确信擦着天赐鼻尖插进运河里的是叉状闪电。他坐在岸上，掐着大伯从深圳带回来的电子表（据说是从香港大批量走私到内地的），看天赐和另外两个伙伴谁能从南到北最先游完四个来回。他对他们的比赛本身没有任何兴趣，他只想看天赐四个来回要用多长时间。天赐胜过他们没有悬念，即使是在天赐已经和他比过两个回合之后。两个回合他都输给了天赐。这让易长安很不爽，他比他大两岁；无论他如何努力，冲刺时总要慢天赐半个身位。见了鬼了。他想测测天赐每个来回分别用多久。傍晚的黑云像赶集一样往花街奔跑，雷声和闪电在后面追赶。雷声和闪电让运河摇篮一般开始慢慢摇晃。往常这个时候，他们该穿上衣服回家了，但他鼓动另外两个伙伴跟天赐再比试一下。天赐的短裤都穿上了，易长安说：

“游得再好也怕输啊。”

“谁说我怕输？”娇纵惯了的天赐这点言辞上的委屈也受不了，“我是怕正游着天下雨了。你看黑云和雷电眨眼就到。”

“要不就下次再比，”两个伙伴说，“遭了雨回家又得一顿剋。”

“一群胆小鬼！”易长安说，“不比了，回家抱你妈的粗腿睡安稳觉去！”

“比就比，”两个伙伴说，“大不了再输一场！”

“好吧，”天赐轻蔑地笑笑，“那就比。让你们输得蛋疼！”

世界上完全可以没有这场比赛，但是易长安成功地让它有了。他看着他们仨一跃入水，摁下了手表。傍晚的黑云像赶集一样来到花街，雷声和闪电在后面追赶。运河黑下来。运河的黑是从底下往上黑。但天赐和他的对手们看不见，他们无暇他顾。雷声和闪电让运河摇篮一般慢慢摇晃，天赐和他的对手们同样感觉不到。一个来回之后天赐就开始领先。两个来回之后，天赐把领先的优势扩大到两个身位。闪电已经到了几里外的水面上，叉状的，根须状的枝枝杈杈伸进运河里。易长安站起来，打算在天赐第三个来回结束时让他停下来，但他感觉天赐在第三个来回中速度慢下来，他突然心生欢喜，仿佛看到了希望。他看见第三个来回结束时，天赐看了他一眼，因为他站起来了：天赐也许在征求他的意见，停下来还是继续游。他对着他一挥手，继续！天赐转身开始第四个来回。天赐快到北岸时，易长安觉得他是在黑暗里涌动的墨汁里游泳；天赐每次从水里探出脑袋和上半身的时候，他觉得墨汁浸透了天赐，这个小他两岁的小兄弟宛如传说里的非洲人。

因为黑，不仅运河的水黑，满天满地都是黑的，易长安有点怕了；在天赐从北岸游往南岸做最后的冲刺时，他又站了起来，手表都忘了看。他希望天赐和两个伙伴立刻、马上、迅速、飞一般地游上岸。他下意识地原地跑动起来。然后，他看见天地突然亮了，像一把刀将黑暗豁开了一个耀眼的口子；他仰起头，叉状闪电从天上落下来，如同一棵无比巨大的树，其速度之快，当他的目光跟着它落到水面时，它已经分开了运河水；他看见叉状闪电照亮了天赐惊恐的脸——他不是黑人，也不是黄种人，而是一个肤色银白的人：那张脸上仿佛本身就是哈哈镜，五官已经变了形，眼睛像乒乓球一样圆，嘴巴像银白色碗口，牙齿和舌头镀了银，鼻子、额头和耳朵小得可怜。他听见天赐银白色的尖叫淹没在霹雳中。

易长安感到两腿间一热，尿了。

“当时你在干什么？”一轮一轮地问。

“我在撒尿。”易长安坚持他的说法，“我什么都没看见。我真的在撒尿。那泡尿把我憋坏了，我撒了很长时间。”

他说后面两个人叫起来时，他才看见天赐已经漂在水面上了，那会儿闪电早就过去了。然后下起了瓢泼大雨，雨点落进河里像密密麻麻粗大的银灰色长钉子。他跳进水里，和两个伙伴把天赐抬上了岸。

没有人怪罪易长安，他当时正在撒尿。尽管时候不太对，但谁能算好了时间才撒尿？他还和两个伙伴把天赐从水里救上来。救人的人永远是恩人，秦家感激他。至于撺掇比赛，谁都没有认真提及此事，天赐和两个伙伴也许都忘了。比赛有什么好说的呢？夏天的运河边，每天都有无数这样的比赛，四条街上长大的男女老少，谁没在下大雨的时候游过运河？再说，一头扎下水从来都是自己的事，没人在你身后推了一把。

然后，天赐吓傻了。然后，天赐开始伤人。然后，天赐开始伤自己。然后，天赐割破血管，杀了自己。

半夜里，易长安在济南的酒店里醒来，拉开窗帘向外看。没有监视，没有盯梢，没有正在展开的围捕。湿漉漉的马路上空无一人，雨丝还在路灯头底下缠绕，天边没起闪电。他打开窗户抽了一根烟。这些年，只有他自己知道当年撒了一泡什么样的尿。他怕过，所以决定从此以后不再怕。这些年他的确没再怕过，不管什么事。易长安回到床上，睁着眼躺下。这趟淮海务必得回。

第一次坐上直达故乡的火车，易长安现买了行头，把自己收拾得像个故乡的逆子：粗犷，朋克，不修边幅：脑袋上只剩下头顶中央一圈板寸；戴一副无镜片的黑圆形镜框；胡子嘴唇上没有，下巴上曲里拐弯一大团，乍一看以为从新疆来的；圆领套头衫，色彩就是图案，或者说，图案本身就是色彩；裤子像最便宜的居民楼，口袋一个挨着一个，裤脚踩在鞋底下；脚上的两只大头皮鞋目测的重量应该有十斤；脖子上的银链子倒是一直都有，粗壮的程度可以用来拴狗；从靠近裆部的口袋里伸出来一根线，到了脖子处才岔开，这是两个没接任何播放器的空耳机，就是个摆设，这样他可以听见任何突发的动静。这是最后一关。以他的反追捕和逃亡能力，到了故乡，除非他把自己送到你面前，没有人能找到他。

他还是大意了。这最后一夜如果一直醒着，他就知道天亮时被抓实属必然；他还提醒自己，别睡着别睡着，凌晨一点多还是睡着了。睡眠像个泥潭，他慢慢就滑进去，然后被淹没。他梦见了叉状闪电，梦见了三个影子包围了他，闪电亮起的一刹那，他看见他们都长着十九年前天赐的脸。

凌晨两点，火车停在一个小站，对面的下铺换了一个人；他们在昏暗的灯光里悄无声息地完成了对接。新上来的乘客头靠着窗户，在小桌子下面一直盯着可疑的前卫青年。四点多，火车停下了，习惯早起的乘客看了看窗外，荒郊野外。黎明正从潮湿的大地上升起来。

第一次坐这趟车的人嘟囔：火车坏了？第二次、第三次乃至第好多次坐过这趟车的乘客说：难道又坏了？对该趟车稍有了解的乘客说：果然又坏了！然后，易长安在喧嚣起来的抱怨声和桶装方便面的香味里突然醒来。他猛地坐了起来，一时竟不知身在何处。窗外是正在黎明中醒来的大野地，凭直觉他明白车停在了淮海市的地界上。他所在的小隔间里六张床，一个人坐在对面的窗前吃泡面，一个人托着下巴对窗外发呆，另外三个还在睡。他对面下铺的人睡觉时还蒙着脑袋。喇叭里响起播音员甜美的女声：

“各位旅客请注意，各位旅客请注意，我谨代表本次列车的列车长和全体乘务人员抱歉地通知您：因突发事件，列车暂停行驶，请大家耐心等待，继续休息，我们的列车很快就将继续前行。给您带来的不便我们深表遗憾，祝您旅途愉快，祝您旅途愉快。”

不管谁的突发事件，都得保持高度警惕，易长安下床准备穿鞋。脚在床底下拨拉半天，什么都没碰到，却一眼瞥见对面摆着一双适于野战的军用鞋，后背噌地起了一层冷汗。背包是没法要了；打开对面的车窗容易，但爬出去比较困难，冒着倒头栽地的危险也得十来秒；从卫生间的窗户爬出去时间倒是充裕，只要进去了把门插上，问题是车停了通常卫生间也会锁上，百分之五十的成功率是不是有点低？但转念又想，假如卫生间门锁上了，他可以打开另外一个车厢的某扇窗户爬出去，不过前提是，他要把动静压到最低。

易长安做了一个无声的深呼吸，拎起军用鞋就往卫生间跑。他用眼睛的余光看见，他跑起来的时候，对面的下铺掀起了被子；等他跑到卫生间门口，才听见车厢里响起了和自己一样的没穿鞋的跑步声。谢天谢地，一个女人刚从卫生间出来，头发凌乱，一手掩着嘴打哈欠。对不住了，他把那女人推到一边，迅速钻进卫生间，插上门。他打开窗户，一股混合着泥土、青草与河流清香的清冽的风吹进来，熟悉的、故乡的味道。易长安先把军用鞋扔出去，然后踩着不锈钢的盥洗台，把上半身伸到车外，背后响起砸门声。他抓住垫着肚子的窗户把自己往外送，肚子出去了，胯部出去了，在整个人坠下火车时双手抱住了脑袋。落地时他就地滚了一下，铁轨路基上尖利的小石子划破了他的手面和胳膊。那人踹开卫生间的门，扒到窗户前往外看时，易长安已经穿好了军用鞋。大小正合适，跑起来肯定很舒服。他对那人肥大的脸挥了挥手（从那张脸和浑圆的上半身，可以预测他有一个大肚子；由此断定，他得花上自己三倍的时间才可能从窗户里爬出来，如果他的肚子还不算大得离谱的话），在潮湿的野地上跑了起来。

三分钟后，背后响起了焦躁的汽车发动机声，接着车上拉响了警笛。一辆越野，隶属淮海市公安局。易长安看见警车冲着自己驶来，后面两只轮子把湿泥巴甩到了天上去，好像这辆车长了一只松鼠一样古怪的尾巴。或者这辆车本身就是一只古怪的动物，正一边跑一边斜上四十五度朝黎明的天空拉着拉不完的稀屎。他们把喇叭伸到车窗外，用淮海普通话喊：

“站住！再不站住就开枪了！”

转眼他们就到了自己身后。易长安停下来，呼哧呼哧地喘粗气，心想，老话说，拳不离手曲不离口，是有道理的。他不愿意自己狼狈的逃跑之相被火车上的淮海人看见，他们一定都把浮肿的脸挤到了窗户前。

车上下来三个人。他们给他戴上手铐。火车上的那个人一蹦一跳地也跑来了，气喘得比易长安粗多了。易长安看了一眼胖子的脚，竟然穿了双白袜子，如果不是袜桩露出来一点白色，易长安还以为他穿了一双柔软贴脚的ECCO黑皮鞋。不是三个影子，是四个。易长安想，要是还能见到林惠惠姐弟俩，他得跟他们说，不是三个影子，是四个，咱们三个的梦都做错了。他抬了抬下巴对胖子说：

“麻烦你把我下巴上的胡子揭下来。”

“留着吧你！”胖子嘿嘿笑了一下，一口山东味儿，“装要不化得这么好，我都不敢确定是你！”跟着踹了他一脚，“给我脱下来！这鞋是他妈你能穿的么！”

淮海市公安局的人说：“上了车再说吧。”说话的人是个头头，他让一个瘦高的年轻人去火车上，把易长安的背包取下来，还有鞋。“这破火车，还真帮上了大忙。”

车在野地里跑。易长安歪头问身边押解他的公安：“你们窃听了我父母的电话？”

“那叫工作需要。”

“你们怎么知道我会坐这趟火车回来？”

“要找你的那个杨杰，我们查到他人在淮海。估计你要回来。”

“昨晚你已经害得我一个兄弟白坐了一夜车。”胖子插了一嘴，“他要是我，当场就把你摁床上，还容你钻出窗户往下跳？能的你！”

“留点神，”淮海的公安头头说，“对面来了一辆车。”

宝马轿车，屁股后头也甩出一只大松鼠尾巴。车牌上是杨杰的号，这个号不是假的。果然，易长安看见开车的是杨杰，副驾座上坐的是初平阳。他们的脸越来越近。

时间简史

去四川出差的朋友青州，2008年5月12日被一座四层小楼压在了身底下。在他明白遭遇了地震之前，他以为房间摇晃是因为自己喝多了，中午一顿喝了一斤半，事成了，这酒喝得值。然后他觉得自己醉倒了，身体倾斜着歪下去，动作迟缓如同慢镜头，不像后来传闻那样，咔嚓一下世界在瞬间就变了。醒来之前我朋友青州最后的意识是，这酒真厉害，一个人倒下去全世界都跟着噼里啪啦响，没喝过这样的酒。在他长达十年的营销史中，喝过的各种酒不下千种，白酒、红酒、黄酒、黑米酒、绿颜色的果酒，国产的、进口的，名牌的、小作坊的散酒、自己酿制的私房酒，醉过很多次，喝出脂肪肝、酒精肝和十二指肠溃疡，胃小出血数十次，大出血四次，为此胃被切除三分之一；尽管如此，他认为那些酒都赶不上今天喝的这个，不知道那客户从哪里弄来的，一个稀奇古怪的牌子。酒真是好，入口香，后劲儿足，喝完了还让你生出巨大的成就感：你倒下世界都陪着你一块倒下。

时间有多久他搞不清楚，醒来时发现胳膊腿没有了，想抬抬不起来，想伸伸不出去，然后才感到痛。他睁开眼，吓了一大跳，一块毛糙的东西杵在他眼皮上面，幸亏睫毛短，长一长就扫到那东西上了。那东西从脑袋一直覆盖到肚子以下，他只是凭感觉，呼吸一下肚子就顶到一块平整的东西上。这些年，他的业绩主要体现在大肚腩上。青州感到了痛，他闻到灰尘和水泥味，世界还在哗啦哗啦响，如在耳边又闷闷的仿佛远隔重峦叠嶂。他想，难道我一场酒喝出了地震？

根据救援现场留下的影像资料和青州的追忆，他被压在了一块楼板下。他要感谢那块与他对视近三天的毛糙的楼板，他住的那座四层小楼像积木一样散了架，整片废墟里就救出了五个人，楼板垫在了两边的砖头上，给了他一个喘气的空间，救了一命。

——惊恐吗？

——惊恐。

——比如？

三个月后，青州吊着石膏和夹板从医院出来，心灵恢复到先前的坚韧，开始回答亲朋好友的问题。他在叙述这场死里逃生的地震时，表情淡然目光邈远，那是死过了一回的人才有的旷达。

——一切事情都可以告诉你们。没什么不可说的。你问哪些惊恐？开始是对地震本身的惊恐。没有人告诉我在这里会碰上地震。唐山大地震时我才五岁，五岁的孩子只知道吃。我知道地震很可怕，但我真的不知道地震到底是什么样子，现在它来了，弄得我措手不及，我还没有醒酒呢。怎么能不怕。然后是对疼痛和死亡的惊恐。疼得要人命。你看看我的手和脚，当然你们看不见，我怀疑扒出来的时候抓一把下来可以直接当饺子馅用，如果你不嫌脏和恶心的话。那时候我怕死，怕死怕得要死。这些年我总想，如果死，就让我咯嘣一下死掉，别提前通知我，别让我等死。在楼板底下我觉得我在等死，我就很怕。后来？后来就不怕了。世界平静下来，一切仿佛自有安排，生死有命，要是你你也会想开的。我怕别的，怕孤独、寂寞和时间，漫长的时间。我从来没有想到，一分钟、一个小时、一天它们会有那么长。长如一生。我在黑暗的黑洞里，就算我把眼睛睁裂开，看到的也就是昏暗毛糙的楼板，恢复到最原初的水泥板结之后的样子。我觉得我离所有人都很远，远得恍如隔世，远得我像被扔进了茫茫宇宙中的唯一的人。你记得俄罗斯的登月宇航员说的话吗？他说，彻骨的孤独。这个词真好，骨头每一点都被冰镇过的彻底的孤独。我想，还是让我死吧，我希望楼板不堪重负，顺顺当当地断开来，让时间和黑暗结束。死亡对我来说，是光明的世界重新开放。

——你没死。

——我没死。我差不多死了。

——能说说吗？

——当然能。我说了，能活过来，疼痛、死亡、孤独和时间都不可怕了，还有什么不能说？我是说，到了后来，我饥饿和干渴，主要是渴，慢慢就感觉不到饿了。我喝了那么多酒，水开始报复我。无水可喝，想喝尿都够不着，一天之后，可能不止一天，我对时间的概念只有漫长，没完没了无始无终的漫长，没有别的概念，晨昏交割于我根本不存在。手脚流了不少血，我疲惫不堪。我睡了醒，醒了睡，身体像锈住了一样动弹不了。在梦里我都觉得自己要燃起来，眼角、嘴唇、喉咙、食道、肠胃、头发，整个身体都在冒烟，灵魂也在冒烟。你相信灵魂这回事吗？

——不信。

——我信。我亲眼看见他也焦渴，渴得冒烟，灵魂本身也像烟，我迷迷糊糊地看见丝丝缕缕从我冒烟的头发里飘出来，在楼板下面逼仄的空间里连缀成一个可以随物赋形的另一个我。我看见他慢慢地渗出楼板，然后重新在废墟外面集结。我看见他离开废墟和地震，向车站走。

——他要干什么？

——原路返回。他按我来的路倒回头走一遍。

说实话我没听明白。

——灵魂出窍，人就要死了。我想我要死了，我突然放松下来，如同得了解脱，整个人像懒洋洋地躺在了夏天里的水面上。你没听说过，人死了灵魂会将人生逆行一遍？此前我也没听过。我可以讲给你听听。

那一天，我朋友青州的灵魂（为了转述的方便，我称它为黄青州，青州姓黄）从废墟中穿过。他认识废墟之下的路。三十七岁的黄青州来到车站，他要坐火车回到北京。这些年青州跑营销，总是从北京出发，像子弹一样发射到全国各地。就他的工作状态，如果不在休息的床上，就在出差的车里和飞机上，或者在谈判桌前和酒桌上，尤以后者居多——我们中国人更喜欢酒桌外交。黄青州坐在火车上，窗外的楼房、树木、庄稼、野地和更远处天边的云朵唰唰唰往后跑。旅程如此漫长，回到北京时黄青州三十五岁，因为两年里除了出差、工作，他的生活乏善可陈。三十五岁这一年所以值得停留，是因为他破产了，在2006年，很多中国的散户股民腰包渐鼓时，黄青州赔了个底朝天。他也搞不清楚怎么就砸进去了，这些年的积蓄眼睁睁像灵魂一样变成尘烟，风吹过再没有聚集到一起，烟消云散归于无形了。

黄青州坐地铁回到家里，老婆已经想清楚了，夫妻本是同林鸟，大难临头各自飞，离婚协议放在客厅的淡绿色玻璃茶几上。他签了字。老婆年龄比他小八岁，很好，他们还没来得及要孩子。他坐在刚买来的沙发上，那时候他还不知道这个沙发将来财产分割后要送给前妻，去蓝景丽家买家具的一路上他们都很开心，货真价实的一对新婚夫妇。他在沙发上抽了一根烟，然后出门。如果没记错，这包烟是在小区门口的杂货店里买的。黄青州走到马路上，发现街上人烟稀少，偶尔有几个人经过也戴着口罩，相互之间像防贼一样环顾左右匆匆疾走，公交车里空空荡荡，只有司机和售票员；他拍拍脑袋，哦，这是2003年，“非典”来了。他低头看见了自己的肚子，在家里待了三个月哪也没去，吃完了就在网上看电影玩游戏，肚子的肥肉又多出了两斤。他将把周润发、成龙、李连杰和周星驰的所有能找到的电影全部看完，他要把游戏《三国》和《帝国》在最短时间内通关。他跑起来，几乎是以逃避“非典”的速度跑到了公司里。在写字楼的大厅里，进电梯时撞到了公司的副总，副总手里的咖啡溅到咖啡色的西装上。副总八字眉倒竖，说：

——抢银行啊你？！

——对不起，我到宝龙华公司面试，赶时间，非常对不起。

他在报纸的广告里看到宝龙华的招聘信息。对于一个二十七岁才想起来要闯荡京城的人来说，广告里提供的职位和薪水应该说相当不错。之前他在另外一家公司干过，跑业务，累倒无所谓，钱少。如果不想挣钱，他来北京干什么呢。他看见副总坐在面试的办公桌前，咖啡色西装散发着浓郁的咖啡味。凭他有限的经验，这个味道的咖啡一定出自星巴克。副总接纳了他。在递给他一份优厚的待遇合同之前，副总代表老总问他：

——在北京两年了，有哪些值得一说的经历？

黄青州想了想，说：

——跑一项不喜欢的业务，腿都跑细了，总挨人白眼，那感觉就是热脸贴到了冷屁股上。参加了反对美国轰炸中国驻南斯拉夫大使馆的游行；不过就走了不到两个街区，遇到一个老乡，他刚到北京，饿得头晕眼花，我想还是救人要紧，就请他吃了驴肉火烧。不能让人饿死在队伍里，是不是。回了一趟老家，家里遭洪水了，波浪滔天，百年不遇的大水，修大堤时差点被淹死。

他记得副总听完以后笑了，说好，就这么定了。

其实还有很多事他没说。现在，黄青州原路返回，在中关村大街上的一家银行门口往里看，似曾相识的人群排成一列长队。他走进去，他来是取钱的。这是1998年初，他从小地方来，还没学会用银行卡，每次取钱都拿着存折。存折上没几个钱。他排在一个少妇模样的人后面，因为无聊，两个人聊起天来。队伍有点长，办理的速度让人着急。

——你办理什么业务？他问。

——存钱。

——存多少？

——刚拿到的奖金，一千。

——这么巧，我就打算取一千。你看，你要存，我要取，干脆你直接给我得了，内部解决，省得我们都得排这么长的队。

少妇愣了一下，真就把钱给他了。他接过，说谢谢，出了银行大门撒腿就跑。他得承认他的玩笑里掺杂了侥幸和欺骗，但是他成功了。他不会想到，若干年后，类似的经历会被编成段子，作为“脑子进水”的表现之一，广泛地流传在中国的网络和手机短信里。那年轻的女人，当时还没有学会脑筋急转弯。黄青州需要这一千块钱，他的存折里只剩下八百。他从银行直接跑回民房，他租住的地方，在那套一百一十平米的三居室里，总共有四十二张床位，他五天前租下了其中一个床位。靠门，门总是关不严实，这样也好，他可以呼吸到一点新鲜空气。房间里目前的臭袜子味、放屁味、口臭味、长时间不洗澡散发出来的身体酸臭味，浓重到擦根火柴都能当液化气烧。他向周围邻居打听这间房子时，邻居劝他别租，几十号人住在里面，养猪一样，臭也臭死了。他还是租了，价钱合适。

我朋友青州的灵魂从出租屋里出来，走到夜晚的地下通道里。他来北京的第一个晚上就待在这里。他把行李放在地上，坐上去，倚着冰冷的墙缩成一团正打瞌睡，城管大呼小叫地来了。凭直觉黄青州知道不是好事，拎起包就跑，城管在后面追。城管只追了二十米，但他继续跑，跑了不下五公里。他尝到了跑的甜头，身体暖和过来了，北京生活的第一天，在逃跑中黄青州感到了温暖的幸福。黄青州一不小心跑出了北京城。

千里之外的南方小城，他是个戴着眼镜的中学老师，谈过几场失败的恋爱，做过几次失败的小生意。失恋这事就不要说了，谁也不想失恋，但谁又能不失恋呢？生意失败，照那个时候青州的想法，都赖学生家长不厚道。和那些家长做生意，在他还教着他们孩子时总能赚钱；一旦孩子毕业了，或者转到了其他班级，为什么他就立马赔本呢？那时候他发下愿望，以后如果自己孩子的老师和他做生意，该怎么做就怎么做，绝对不能因为孩子毕业或者转学就让人家受损失。过河拆桥的事不能干。黄青州从那所中学教工生活区简陋的月牙门进去，看见自己正坐在十五个平方米的宿舍里发呆，面前放着一本厚厚的日记，英雄牌墨水笔吸饱了英雄牌碳素墨水搭在日记本上，平庸的教书生活他总是不知道该记下来什么。

——我写日记你不信？青州让我帮他把打了石膏的胳膊抬一下，这也是运动。他对我说，我在来北京之前一直记日记。好习惯吧？被迫养成的。从小爸妈就逼我写日记，写着写着就写习惯了，不写难受。我爸妈还想着我能成个伟大的作家呢，成不了托尔斯泰，成高尔基也行。到了北京就不写了。两千万的人，像蚂蚁一样泛滥，你谁啊，还写日记？我忙得脚打后脑勺，整天跟客户两嘴角冒沫地说，哪还有心情再跟日记本说？不过教书之前的日记还真是有点意思，啥时候给你看看。我说到哪了？对，灵魂，走到校园里了，看到我打开的日记本。他一步步往回走，他什么都知道了——

1997年：按照教育局和学校的统一部署，我带学生全程收看电视上香港回归现场直播。一个没见过大人物的学生，指着电视说："那个人是谁，肚子怎么那么大？"因为这句话，我被校领导在大会上点名批评。我哪知道那学生会这么实话实说。

1995年：谢天谢地，我终于从镇中学调到了县二中。不为镇升县的虚荣，而是因为县二中门前有条河，下了课我可以去游泳。我谈对象了，那女的也是老师，教化学，尽管她元素周期表还没我记得清楚，我还是决定和她处一处。除此之外我还有什么事情可干呢？每个傍晚我都在操场上打篮球，年轻老师都打，我们浑身有使不完的劲儿。累得跑不动时还好，歇过来了下半身就像着了火。他们说，找点事干吧。我就答应和她处对象了。下半身虽然每天都蠢蠢欲动，我还是克制自己，抱完亲完了，各自回宿舍睡觉。可是有一天，她跟我说怀孕了，让我和她结婚。你说这是什么事儿？你哪来哪去吧，我全套健全的男科还没用过呢。你们一定要相信，我真的很难过，我想留着这套东西有什么用，就去了城边上的一条小巷子，那地方有“野鸡”站岗。我给了那大姐二十块钱，她让我知道了什么叫女人。

——在楼板底下，青州说，赶在灵魂还没出窍之前，我脑袋里闪过一下化学老师和那大姐的脸。平阳，我不是要跟你装圣人，当时我真在想，要是当年我娶了她就好了，起码不会让她遭那么多罪。她的老公打她，高兴了打一顿助兴，不高兴也打一顿解闷，就因为她给他带了个“小油瓶”来。那大姐，如果我还能见到她，我要多给她点钱，让她回家好好养养身体。不过照她的年龄，现在也没法再做了。

1992年：我师专毕业，中文系，到镇中学改教政治，因为政治老师短缺。我奶奶去世，就我背行李回家那天。（黄青州在巷子口听见哭声震天，邻居们在他家门口来来往往。钱东方他妈见到他愣头愣脑地站着，生气地说：“你奶奶死了，还不回家！”）

1989年：高考之前他从教室里逃出来，为了和邻居的大哥一起坐免费的火车去北京。有生以来第一次到大城市。在北京，别人以为他们俩是大学生，一路吃喝都不要钱。有天晚上他和邻居大哥坐在天安门广场上，因为太困他睡着了，突然又被电闪雷鸣一般的声音惊醒了，眼睛只睁开了一半，就被邻居大哥拖着拽着沿一条大街狂奔。那感觉像在梦里，钻进了某部激烈的电影里。世界乱了。他们俩气急败坏地跑，耳边继续电闪雷鸣，有人喊救命，有人喊出人命了。跑到一个十字路口，他对邻居大哥说，这辈子不去北京了，真不好玩。回家时没坐到免费的车，他们只好搭顺风车，从这里坐到那里，再从那里坐到这里，折腾了一个星期才回到家。又一个星期后，邻居大哥因为从北京带了不该带的东西回来，被戴大盖帽的抓进去了，判了三年。邻居大哥说，只有他一个人去了首都，没有第二个人。

1986年：到县里一中念书，整个镇上就考进去五个人（另有三个成绩好的同学考上了中专）。穿上亲戚送的皮鞋（质量很不好），开始打篮球，听说巧克力（到1991年才真正吃到嘴里，不喜欢发苦的味道）和咖啡（念大学的第一个星期天才有机会去全市唯一的咖啡馆买了第一杯）。向宿舍里的老大学习，开始了漫长的手淫史。

黄青州加快速度，逆时间之流而上。他在镇中学门前的桥头上看见捡破烂的老仇还坐在一张破报纸上，他喜欢把每一个经过的人都叫住说几句话。班主任董老师在教室门前徘徊，自习课上他会偷偷地站在门外和窗边看学生们在干什么。他按放学回家的方向走在回村的土路上，看见青州在向初三年级的同村人借手抄本《少女之心》，被拒绝了，只给了他一本不知谁写的武侠小说《金弓神掌日月刀》。他在村口遇到背着手溜达的做豆腐的麻子。然后经过村里小学，作为小学四年级的学生，青州正在课堂上向语文老师背诵课文《黄继光》。本来没要求背诵，老师只让大家举手复述一下故事，但没人举手，会吹笛子和拉二胡的语文老师很生气，责令第二天全班背诵出课文。青州是学习委员，理当第一个被拎起来。在另一个课堂里，他被教自然的老师抽了一教鞭，紫穗槐条做的教鞭断掉，他觉得两只眼睛里飞出了一群小蜜蜂。走过小学校是打谷场，1980年大队部响应上级的号召，大集体宣布解散，名副其实的“单干”时代来临，所有的公有资料以抓阄的方式分掉。父亲说，孩子手气一定好，让青州抓。黄青州看见自己从大人们的两腿之间挤进去，抓了一个纸团，上面写着：铡刀一把。

继续往前走。大队部的山墙上刷着红艳艳的大标语：毛主席万岁！五岁的青州蹲在地上睁大眼，听大人们说，千里之外的唐山发生了七点八级大地震，一座城市在二十三秒内变成废墟。多少万阶级弟兄和姐妹啊！报告消息的人说完放声大哭，听众们跟着哭。青州觉得别人都哭他也应该哭，也咧开嘴哭了。

我朋友青州的灵魂，黄青州，现在走路步履蹒跚，步子越来越小，姿势越来越笨拙。他看见自己越来越小无能为力，最后连走路都不会了，成了一个婴儿。他开始在地上爬，光着屁股哭叫，越爬皮肤越好，越爬身体越娇嫩。他看见前面有个温暖潮湿的黑洞，像百慕大三角一样向他欢快地招手，他想躲都躲不开，咕咚一声栽了进去。他还不会思考，但已经知道那是母亲的子宫，美好祥和，像以后每一个春节联欢晚会上主持人都要用的形容词。这是一个美好祥和的世界。然后他听见剧烈的喘息，看见一场肉体的搏斗，充满革命精神和批判色彩，毫无情欲气息可言。将做他父亲的那个男人刚从被批斗的戏台子上下来，脸上被石子、砖头、巴掌打得青肿；将做她母亲的那个女人刚刚拿掉拴在一起的两只破鞋，她把它们小心翼翼地放在门后的笸箩里，免得丢掉了想找都找不到。新鞋没有，破鞋同样不富余，明天下午五点到晚饭之间，她必须把它们挂在脖子上，主动从东街走到西街，反复三个来回，以便给革命群众的晚餐开胃。

两个身体无规则地抖动，黄青州听见世界在喧闹，突然眼前大放光明。黑暗的大光明。然后他，我的朋友青州，听见一个邈远的声音说：

——快，遮住他的眼！他还活着！

舒袖

SHU XIU

这是他两天来第三次接同一个电话。那个男人用醉醺醺的声音又一次报出自己的姓名："初平阳吗？我是周至诚。"他说，"我想买你的房子。"陌生人的舌头打着结，让初平阳觉得他的人和声音都很遥远。"对不起，房子已经有了买主。"初平阳提醒他，"已经告诉过您两次了。"他正要挂电话，对方说："还没过户，我知道。给你双倍的价钱！"他的声音跟脚步一样踉踉跄跄，"知道我是谁吗？"不知道。"舒袖，认识吧？我是她男人！"初平阳觉得头皮和裆下同时一紧。他等着对方继续说下去。"舒袖是我老婆！她是我儿子的妈！这回你知道我是谁了吧？我要买你的房子！"初平阳从他的话里没有听出要挟，稍微放了一点心。"周先生您好，"初平阳说，"非常抱歉，房子真的已经有了买主。"

"不行！一定要卖给我！"现在周至诚声音的背景开始嘈杂：一群人拖着舌头在告别，李总，严总，秦主任，朱总，田局长，周总，路处长；一个经过训练的女声在手机边提醒他们注意脚下，先生慢走，小心台阶。"必须的！我给你双倍的价钱！双倍！"

这家伙真醉了。晚上九点二十六分，他也许刚从某个酒场走出来。初平阳从书桌前坐到床上，然后重新回到书桌前，拨了舒袖的手机。舒袖说“喂”的时候他的心一颤。

“我是——”

“嗯。”舒袖说。

“你在干吗？”

“发呆。刚把平原哄睡。今夜可能要下雨，空气开始潮了。”

“抱歉，”初平阳说，开始翻手边的一本希伯来语字典。他得找点事干。“房子几天前就决定卖给福小了。”

“房子？”

“你——先生，刚给我打了第三个电话，要买大和堂。”

“周至诚？他怎么会有你的电话？”舒袖确信她老公不可能从她的手机里发现初平阳的号，但她还是打开通讯录。舒耳北：舒袖的耳朵在北京。除了她和初平阳，没人能知道这个怪兮兮的名字是谁。“他说什么了吗？”

“必须卖给他，双倍的价。他说他是你老公。”

“老公还是男人？”

“男人。”

“又喝大了，”舒袖说，“他要大和堂干吗？”

“我能问一下他是干什么的吗？”

“建房子的。至诚淮建。”

“哦，挺有名的。”初平阳明白了，至诚淮海建筑工程公司。“那就更奇怪了。”

“跟我没关系。他公司的事情我从来不问。”舒袖觉得自己的语气离妻子远了些，笑了笑，自嘲地说，“现在我就是个家庭妇女，带孩子，收拾家务。”

不工作。初平阳想，嫁了一个这么能挣钱的老公，的确不需要工作。但是她在北京的十六个月里，准确地说，是在北京后面的十四个月里，别一样生活的新鲜感过去之后，她无法容忍没有工作的生活。相对固定的工作如此难找。“我觉得我就是个游魂，没着没落的。”她在未名湖边的小屋里对初平阳说，“我会被这种悠闲的生活累死。每天一睁开眼，我就开始为打发漫长的又一天焦虑，想得脑仁子疼。”闲，是生命中不能承受之轻。她终于受不了了，回到了淮海。

也许舒袖也想起了北京的游魂生活，初平阳听见她的声音忽然离手机近了：“带孩子和家务很烦琐，没我妈和保姆帮忙，根本应付不下来。什么事情都干不了。”

湖边的小屋只有九平方米。除去一张床、一张小桌子、两把小椅子和一个简易小衣橱，两个人不能同时转身，想收拾也没东西可收拾。没孩子。放厨具的地方都没有，一天三顿饭他们只能在北大的几个食堂里转着圈地吃。

为了方便和省钱，他们只能租这么小的房子。之前他们住在北大西门外的蔚秀园，去北京之前，初平阳托朋友帮他租的，两居中的一间小的，四层，月租八百。这房子有个毛病，去北大旁听，到北大图书馆和教室自习，一天要进出校门好几次，时间都花在路上。他想在校内找个方便的住处。北大里头的房源极有限，他每天去三角地贴求租启事，一周过去没一个人搭理。有一天他又去三角地，一个四十岁的男人跟他说，他租的未名湖边上的房子，可以转租给他。这是个诗人，立志要在北京混出名堂，两年过去，在一个狭窄的小圈子里混得脸熟，但诗没写几首，更谈不上多大长进，半夜醒来突然觉得虚无彻骨，大哭了一场决定回福建老家，跟老婆孩子过实在日子。他带着初平阳和舒袖去看房子。在未名湖北岸，一个老四合院，垂花门已经烂掉了三分之一，当年住过嘉庆皇帝的公主，门前有棵连抱的老槐树。舒袖以为要住进公主府，欢喜得要命，等看见了房子，差点哭出来。四合院里住了好几家，正房房东住着；要租的，也就是诗人现在住的，是房东用砖头和几块楼板在院子中间顺手搭建起来的简易房，低矮，单薄，月租还六百。但就这样的房子（如果还能称作房子），这样的价，爱租不租，一刻钟后还有三拨人要来看。初平阳说：拿下。搬进去后，舒袖躺到床上，说：

“我怎么觉得是住在我家的卫生间里呢！不过也好，我起码算陪读夫人，不是管家婆。”

“是挺烦神的。”初平阳说，“我妈决定下辈子再不做女人；她说养孩子、做家务、伺候一家人她烦透了，打算过了六十就开始抽烟喝酒。”

“六十岁才要抽烟喝酒，”舒袖说，“那是嫁对了人。嫁错了，当晚就醉得以为自己嫁给了想嫁的人。”

希伯来语的单词一个也看不进去。“真要下雨了，”初平阳说，“空气都是湿的。”他等于把舒袖的话复述了一遍。在大和堂，这个逻辑是有问题的，只要不是烈日当头，只要他的窗户打开，书桌前的空气永远都是湿的；运河贴着家门日夜奔流。舒袖喜欢湿润的空气，皮肤自然，整个人舒展自在；在北京，空气干燥得皮肤都绷紧了，总让她觉得自己提前老了。小屋里什么都可能缺，水不会缺，不管春夏秋冬，早上起来，刷完牙她就得先灌一大杯温开水。喝完了，她会说，终于看见绿洲了。仿佛在沙漠里跋涉了一夜。

中间的沉默仿佛两个人都在伸头看天：阴沉的夜空一颗星都

看不见。如果天气预报准确，后半夜会下雨，伴有雷电。

“明天有空吗？”舒袖说，“房子的事你别考虑我。”

“嗯。好。”后者“嗯”，前者“有空”。

“那我睡了，”她说，“你也早点睡。”

雨从黎明开始下，断断续续一上午，运河上下电闪雷鸣。这样的天气，初医生两口子肯定不会出门了，初平阳打电话约舒袖两点在风水居见。他不想让舒袖在父母别别扭扭的目光里上楼。他只说“老地方”三个字，她就明白了。风水居是淮海风景最好的酒店之一，站在窗前可以看见运河，谈恋爱的时候常去。楼下有酒吧和咖啡厅，楼上是客房。

初平阳坐在咖啡厅的玻璃幕墙边，看见舒袖从出租车里出来，没打开伞直接冒雨跑进来。她在他对面坐下，头发梢上往下滴水。初平阳递给她纸巾，站起来出了咖啡厅；回来的时候在她身边说：“516。”然后就上楼了。516房间。舒袖的湿头发和脸上的水让他决定要一间房。五分钟后，他听见了敲门声。

他们像一对悲哀的偷情人。进了门抱在一起的姿态都是绝望的，摇摇晃晃几次要倒在地毯上。舒袖的舌头用尽此生最后的力量在初平阳嘴里搅动，初平阳觉得自己置身于一个动荡的旋涡，随时会被舒袖吃下去。舒袖的嘴移到他的耳朵上，“耳朵，耳朵，”她说，“赶快离开吧。去北京也好，去耶路撒冷也好，只要别待在淮海。我都不知道该怎么办了！”

“会好的，”初平阳说，“都会好的。”

“不会好！”舒袖说，“永远都不会好！你无法想象这几天我是怎么过来的。我必须盯着儿子一直看，二十四小时和他在一起，才能不冲出门去找你！我不想做个坏女人，平阳，我不想做个坏女人。我更不想做个坏妈妈。”

卫生间没用上，来之前两个人都做好了准备。他们知道会发生什么。该来的就让它来。不会有下一次了，他们都清楚。到此为止：一个像枚图钉被摁在原地，只能生活在过去和当下；一个两手空空，必须生活在未来。当然，你要说世界上没有不可改变的事情，你肯定是对的；可是，有些事肯定不是你想改就改想变就变的，当你图谋改变的时候，你不仅要有能力对自己破旧立新，你还得让围绕你的整个世界天翻地覆。“坏女人”已经突破了舒袖的底线；“坏妈妈”？你还是要了她的命吧。几年前在北京，他们俩接受过一个变态的问卷调查。问：在你和爱人之间只能活一个，你会选择哪一种？A，自杀；B，他杀；C，杀别人。初平阳选A。舒袖选B，理由是：对谁都下不了手。

他们把过去用过的所有姿势和偏僻的爱好全都复习了一遍。他把她牢牢地压在身底；她翻身骑坐在他胯上；他把她的两腿扛到肩上；她跪在床上，撅起屁股，让他在后面用整个身心撞击她；他让她赤脚站在床下；她要求脸贴着墙壁分开双腿站立，把乳房挤成两只即将爆炸的皮球。一个动作到另一个动作，其衔接之连贯和自然，仿佛他们的身体和技艺不曾荒废过三年漫漶的时光。语言让位给身体，他们只发出先民们最原始的那些声音，进化得无比复杂的语言此刻是多么的不及物。没有选择在家里是对的，初平阳想，在风水居空旷的大床上他们才能变成野兽，才可以肆无忌惮地喊叫。舒袖湿得像一口井，而她整个人却是一只饥饿的口袋，他必须不停地输送才能把她填满。口袋圆满的那一刻，她咬住初平阳的耳朵，以免失声痛哭。

平息下来，两个人肢体盘错地躺着。她有一种缥缈的满足感，时间仿佛失去了重量；如果就这样毫无痛苦地死掉，她断定是所有死亡方式中最美好的一种。她清了清嗓子，语言慢慢地从肉体的硝烟中浮现出来。“我那个时候为什么没有想过，”她说，“就这样躺在一起什么也不想，时间就会跑得飞快？”可她那时候实在顶不住了。春节前两天她离开的北京。已经宣布跟她断绝关系的父亲决定给她最后一次机会，就当送他亲生女儿的新年礼物：回来一起过年，还是一家人。母亲一天打十七个电话，发二十四条短信，求她，如果再不回来，以后就“没年可过”了（“没年可过”什么意思？她没去深究，父母也从未解释）。上一个春节就没回去，因为初平阳要复习。这一个春节跟初平阳要不要复习其实没关系，他们大可一起回去过年，但舒袖的父母显然意不在过年，而在试探女儿的承受极限：挺住了，就不会回来；一旦回来，很可能就不会再回去了；那就意味着她和初平阳的事到头了。这是他们愿意看到的结果。他们希望浪子回头。他们了解自己的女儿，起码比一个半路杀出来的、只认识了三四年的、看不到前途但又自以为是的小伙子要了解，不管两个年轻人有多相爱。爱情本身解决不了任何问题。女儿在北京的焦虑无时不在：初平阳前途未卜的焦虑，找不到合适工作的焦虑，无法融入初平阳的学术圈子的焦虑，低矮贫困的生活的焦虑，冬天冷得像冰窖、夏天热得如烤箱的住房的焦虑，无所事事的焦虑，焦虑本身的焦虑。两个人的所有积蓄都在舒袖手里，尽管他们尽力俭省，一年之后也已全部告罄，只是初平阳不知道；舒袖每个月让母亲往自己卡上打钱（幸亏父亲对此无所知，否则不知道会把初平阳贬低到哪个境界里去）。母亲说：你不是告诉我你找了个潜力股和摇钱树吗？我怎么看到的是个没结婚就开始吃软饭的主儿啊！尽管嘴上不饶人，钱还是每月照打。而这每月一次的慷慨让舒袖更加煎熬，欠了父母的情分，欠多了最后可能得把自己赔进去（结局正如她所料）。这是舒袖的又一个焦虑。当然，最大的焦虑是，初平阳无法提供给她足够的安全感，起码当时在她看来是这样。在生活上，初平阳基本是个甩手掌柜，一切服从舒袖，吃什么、穿什么、玩什么，舒袖说了算；进食堂、进饭店、进商场和超市，包括他们每周一次在百周年纪念讲堂里看电影，或者偶尔在大讲堂里看戏曲、话剧或者音乐会，他永远是舒袖的影子，坚持两个“凡是”：凡是舒袖说好的，他就真诚地选择；凡是舒袖选择的，他都真心认为好。尽管他的真诚出于真心，他的真心也源于真诚，他的宽容纯粹因为对舒袖的爱，但真诚和真心宽容到了泛滥的程度，舒袖总疑心是假的，她觉得他只是在敷衍了事、推卸责任，甚至是虚伪。他不知道他们的银行卡已经透支过很多次（他真的不知道吗？）。他为什么不拨冗一问呢？难道他的父母和姐姐从来没在电话里提醒过他，不管多少钱总有用完的一天吗？初家不缺钱，谁都知道开私人诊所是个多赚钱的行当（对不起，大和堂也不是舒袖父母理想的亲家；尽管“初三针”在淮海并非无名之辈，但在供职市政府的舒袖父母看来，大抵可划归江湖游医之列）；初平阳的姐姐和姐夫日子应该也很好过，每月花销的零头划到初平阳的账户上，他的腰包肯定鼓起来。最大的不安全感在于：初平阳的考博；他们就是为这个千里迢迢来北京的。如果第一年三月份考中文系的博士没考上，舒袖可以理解，复习时间短，竞争激烈，很多导师都有提前相中的学生，至多证明你能力不济、运气不佳；问题是，初平阳是跨专业考社会学的博士没考上。朋友们都觉得他疯了，没见过考博报名的最后一天改专业的；只有三个月的复习时间，考上了那真是没天理，就算你是个天才。也许在内心里，舒袖是乐于承认自己的男朋友是天才的，但天才的第一声啼哭不是诗，她还是有点不高兴。她劝他三思，他没听；如同当初劝他辞职要三思，他固执己见，那架势在师范大学多待一天都会出人命。辞职她倒还无所谓，辅导员的工作能把人烦死，她懂；她也跟着辞，固然是因为爱，是为了给他以最重大的支持，但其实也因为她有理想主义的支撑，她对世界意气风发的想象让她以为“世界”就是“我们的”；真到了北京，她发现他们俩的辞职不仅仅是拔地而起，还是连根拔起，然后落到了一个她完全无力把握的陌生地方——不需要给北京冠以无数名头，只中国最大的都市这一条，就足够了；人外有人、山外有山，除了稀有的几个朋友，可堪相依为命的，她只有初平阳，初平阳只有她；她在实践中发现，“世界”不仅是“我们的”，还是“他们的”，而首先是“他们的”，这给她的漂泊感中突然注入了无力感，她觉得生活在某种程度上正在失控，而且可能越来越失控；她空前地需要一根动荡里的定海神针，她只有初平阳，她辞掉工作背弃家庭以柔弱的姑娘之身追随他远道而来，他必须胜任，他的胜任要体现在他能成功地做成一切他想做的事、他们想做的事，她希望能让父母、让所有对他们心生忧虑的亲友和等着看笑话的阴影中的敌人看到，她的选择没有错，她敢于牺牲是因为她知道他值，至少她要看见他正走在通往成功的道路上，筚路蓝缕无所谓，饭蔬饮水无所谓——很遗憾，他失败了，败在他从康庄大道拐上了歧路：好端端的中文你不考，考什么八竿子打不着的社会学！而第二年，他依然固执地走在通往社会学的羊肠小道上。那有什么办法呢。多深的爱也不能帮你把所有的错误都纠正过来！她的焦虑在于他无法让她不焦虑。她的焦虑在于他不能深切地懂得她的焦虑。她的焦虑在于她不知道她怎么样和什么时候才可以不再焦虑。她为什么不想想，尽最大努力想想，焦虑终将会过去？她为什么没有想过，就这样躺在一起什么也不想，时间就会跑得飞快？能躺在一起是多么美好！“时间过去了，我的焦虑就会过去，父母的责难就会过去，你也会考上博士；我们会结婚，生孩子，在我们喜欢的地方生活。”

“我也没有想过，”初平阳说，“如果那时候我争取、争取再争取，我们很可能现在整天这样躺在一起，然后躺着躺着就老了。”他无论多么自信有充分的才华，失败本身是回避不掉的。失败了就是失败了，即使你知道明天可能成功，今天你依然是失败者，失败是你当下的现实。而未来深不可测，他都不能给自己一个承诺，如何能给别人承诺？一年多来，他让她举目无亲地生活在一个她不喜欢的城市，她的委屈和焦虑显而易见。他没理由继续拖累她，即使以爱情的名义也不行。倘若必须死一个，他从来都是选“A，自杀”的那个人。他也相信，事关分手的重大，她不会轻易做出决定，而一旦决定了，那就是深思熟虑的结果，是终点。“说到底还是年轻，只会意气用事。以为事情总是非黑即白，不明白生活和人生的常态其实是非黑非白、亦黑亦白，是介于黑白之间的过渡状态。我为什么没有伸手去拉一拉你呢？”舒袖回了淮海，除夕夜他蹲在荒凉的未名湖的冰上，哭到后半夜，两条腿冻得没了知觉，但他也就发了一条短信，光秃秃地祝她和全家新年快乐。大年初一一大早，他带着末日般孤绝的表情，开始在湖边读英语。全北大可能只有他的嘴里发出与新年格格不入的声音。后来他发现脸上的泪水结了冰花。

“你只要给我打两个电话，跟我说想我，大年初一我也会回去。”舒袖说，“我二十四小时随身带手机。都不需要打第三个。你没打。一直都没打。我开始盼着能怀孕，有了孩子我就有理由去找你了。爸妈的、你的、我的，不管难看不难看，所有人都有了台阶下。我偷偷地去买早孕试纸，每天验。你不知道好朋友来的那天我有多难过，我觉得天塌下来了。我睡了一天，晚上起来时，我妈说这孩子睡傻了。那么多天你都没打电话，就不会再打了。我知道你这个人。”

“那时候我以为自己是烈士。”初平阳说，“你怎么会想着怀孕？”

“你肯定不记得了。我回来的倒数第二个晚上，你问我是不是安全期，我说是。其实很危险。你担心安全期也不安全，结束的时候你要出来，被我死死地抱住。你还说我，最近有点贪啊。”

“我这么说了？”

“你说了。你就是说了。我没理你。你不懂。”现在你都未必懂。摇摆和无助的时候，除了以身体的名义到自己男人那里找信心，还有更好的办法吗？初平阳挺立在她身体里，她抱着他，那种拥抱的质感实在得足以把两个身体揉成一个时，她才能确证这个男人是自己的。她有无边的空虚和犹疑，需要一个强壮的身体来驱赶。那段时间初平阳在图书馆或者自修室看书，她经常绕着未名湖一圈一圈地走，走着走着就觉得身体里空了，风一吹就能飘起来的那种空。她把湖里的每一种鱼都看过了，跟所有坐在湖边长椅上的陌生人都打过招呼，她孤独得要哭出声来。她盼着天赶快黑下来，盼着初平阳从晚自修的教室里赶快回到小屋，盼着两个人收拾好，光着身子钻进被窝抱在一起。那段时间，她想要想得都觉得自己天生淫荡，下身整天都是湿的。做爱的时候她并非每次都有那么大快感，但她把叫声弄得很夸张。她知道房东的老婆经常会借口去储藏室查看自烧的暖气、给煤球炉上的水壶加水或者倒水，经过他们小屋，她会装作炉钳子拿错了、水泼了，在他们隔音效果极差的窗户下盘桓，偷听他们干坏事的声音。房东是个瘦弱多病的小个子男人，不知道在哪一个部门工作，他们只知道他喜欢钓鱼，公用的卫生间的浴缸里总是养着钓来的不同品种的鱼，过几天换一批。房东老婆是个庞然大物，大笑的时候浑身的肉都在抖，不笑时一脸幽怨，在一辆经过北大东门的公交车上当售票员。有一天舒袖晾完衣服回到小屋，看见房东老婆从外面回来，在初平阳的平角内裤前站了五秒钟。舒袖觉得很恶心。因此她觉得自己更恶心，一听见房东老婆经过窗前，她会瞬间将声音放大。事实上，不到万不得已，她在性事中是个沉默隐忍的女人。某个晚上他们正做爱，房东老婆提着脚走路的声音还是被舒袖发现了，舒袖从初平阳的身上下来，伸手要去撩开窗帘，初平阳赶紧把她拽进被窝，小声说：

“疯了啊你！”

“她不是想看吗？让她看个够！”

脚步声走远了。

“少恶心。”

“我就恶心！我恶心死她！”

然后舒袖开始大笑，笑到最后终于哭了。她一把攥住初平阳的下身，说：“除非我死了，谁都不能碰它！”

三年后，在风水居516房间的双人床上，舒袖的手再一次抓到了他的下身。

“我死的时候，我就会忘掉它的味道。”

作为爱的回应，初平阳把手放到了她的毛发卷曲的耻丘上。只轻轻地摸索，她也感到了隐隐的疼痛。他们的动作过于激烈和残暴。

“哪一个力量更大，”舒袖问，“爱还是绝望？”

“绝望的爱。”初平阳说。

绝望的爱。“从你把手从我身上拿走开始，我就要开始忘记你。把你埋在心里，往深里埋，往牢固里埋，往死里埋。”

“就像加固切尔诺贝利核电站，一层又一层钢筋水泥混凝土浇筑起来？”

“对，就像切尔诺贝利。”舒袖说，“只有核辐射才可能跟绝望的爱相比。我要把它包严实了，一点儿都不能泄漏。我不想毁掉这个家。我爱不爱他，他都是我丈夫。我有儿子，他从我身体里出来，他比世界上任何事都重要。在你没孩子之前，我不强求你能理解。我必须把你埋起来。我必须把你埋起来。直到你忘掉我，或者你找到更喜欢的女人。我宁愿你找到更喜欢的女人。”

他们从两点十分进房间，现在五点五十。他们从床上起来，冲过澡，穿好衣服，六点十分。他们沉默着拥抱，然后告别。舒袖先下楼，她得赶回家给孩子喂奶；五分钟后初平阳去结账。然后打车，去“运河名都”参加杨杰的答谢晚宴。续租的问题解决了，斜教堂也将保留下来，皆大欢喜。约定的时间是六点半，他可能得迟到几分钟；不过好在雨已经停了，希望去酒店的路上别堵车。

正如舒袖提醒他的，周至诚不会善罢甘休，还会跟他谈房子的事。第二天傍晚，初平阳和杨杰夫妇、杨泽一起参加“运河旅游文化节·水晶之夜”酒会，一个西装领带、全身名牌的男人端着一杯香槟走到他面前。

“初先生你好，我是周至诚。如果方便，我还想和你继续谈谈大和堂。”

周至诚是一个极有韧性的人，屡败屡战在他看来和屡战屡胜没有区别：达到目的之前，败多少次和胜多少次具有相等的意义。也许商人都这样？舒袖只经历过两个男人，他们在很多事情上思路完全相反。三年来她做过无数次后设性想象，如果初平阳能有周至诚三分之一的韧劲儿，她的儿子就会姓初，而不是姓周。她从北京回来，两个月后周至诚开始追她。父母担心她一跺脚又去了北京，在他们的交际圈里有意无意散布女儿没有男朋友的信息，周至诚闻着香味来了。他带了九十九朵玫瑰，很庸俗吧，他还每次都这么庸俗地送九十九朵玫瑰。但事实证明，最庸俗的从来都是最有效的，送了四个月，舒袖答应了。开始舒袖拒不相见，他就让司机把花送到舒袖单位的传达室（寒假之后，父母通过关系让舒袖进了环保局。“你爸只是希望工作能转移你的注意力，让你的心情尽快好起来，”母亲说，“我们就你一个宝贝闺女，怎么舍得把你捆起来？”），一周下来，见不见都至少可以收到四百九十五朵玫瑰。弄得隔壁的两个女同事眼都红了，一个说：周先生哪是建筑公司的老总，分明管的是花卉公司。另一个说：这么个送法，淮海的姑娘们想看一看玫瑰都难了！

此后舒袖就把玫瑰转送到隔壁，既然你们喜欢花，都给你们吧。她约周至诚到茶馆谈了一次，希望就此打住。她说到初平阳。“我很羡慕这位初老弟。这样，给你两个月时间，”周至诚说，“如果他有消息了，或者你决定去北京了，那咱们算有缘无分。如果两个月过去，你依然是现在这种状态，我认为你就不是准单身了，而是名副其实的单身，我还会再追。花我会一直送，这两个月内，你只当它是天然的办公和生活环境的一部分，别有任何心理负担。有好馆子好吃的好玩的，我也会再约你，你就当赏个脸跟朋友们乐一乐，也别有任何心理负担。”

两个月过去，初平阳没任何消息（他写了上百条短信，总在摁发送键之前犹豫着删掉了），舒袖也没去北京（她在汽车站的售票窗口前徘徊过不下二十次，等售票员问她要去哪里时，她才慌忙逃掉）。两个月里周至诚坚持每周至少四百九十五朵玫瑰的频率送花；现在，他开始送另一种意义上的九十九朵玫瑰。又过了一个月，超强台风“桑美”袭击了浙江和福建等地，那是五十年来登陆中国大陆的最强台风，东南沿海十天里就有四百多人遇难。死亡让人幻灭。周至诚给她发了条歧义丛生的短信：

妹妹，世界已经变了，咱们得接受。

舒袖看完短信伏在办公桌上大哭。世界的确已经变了。死亡离我们如此之近，而初平阳离她如此遥远。她早就从朋友那里得到消息，初平阳考上了，再过几天就该入学了。北大社会学博士。她突然觉得他离她如此之远，比她当初觉得自己离他的那些学术圈里的朋友还要远，远得她和他可能都没法在同一个层次上交流和生活。到此刻她才发现，潜意识里她对初平阳考博其实一直很纠结，希望他考上，又怕他考上。好了，终于结束了。世界变了。她给周至诚回了四个字：

晚上喝酒

那晚舒袖喝醉了。第二天答应了周至诚，条件是：9月1号前结婚。

平心而论，周至诚完全不是通俗想象中的暴发户形象；以他三十九岁的年龄，站在酒会大厅稍显昏暗的五彩灯光下，其长相和身材在一堆淮海商界、政界名流以及与水晶相关的外地嘉宾中，不管以什么名目都不会被埋没：没谢顶，不是满脸横肉，没有酒糟鼻，眼睛不三角、眉毛不吊梢，后脖子上没有槽头肉，肚子也仅仅凸出来一点点，站有站相，自我介绍的时候面带微笑，醉醺醺的声音暂时还没有出现，普通话在本地男人里也算上乘，如果他跟初平阳说，初先生你好，我是周至诚教授，初平阳不敢肯定自己有瞬间揭穿他的反应能力。

但初平阳没心思跟他谈，这个灯红酒绿的空旷寺庙大殿让他备感悲哀。撑船的渔民老何昨夜死了。酒会在丹棱街上的慈云寺举行。杨杰转交给他邀请函时，初平阳怀疑纸上印错了，跟主办方电话核实了两遍。酒会和一座五百多年的寺院扯在一起，荒唐。主办方解释，慈云寺现在已经改造成会所，承办各种展览、演出、宴席以及规模较大的社交活动。这几年寺院经营不善，跑剩下的三个职业和尚跟四个兼职和尚抱怨挣不到香火钱，明清留下来的老建筑慢慢也都缺胳膊少腿地等着维修，死的活的都要钱，上头的那点拨款杯水车薪，反正是要活不下去了，真假和尚们明里暗里跟市宗教局递消息，透露出还俗和转行的打算。恰好本地的某巨商别致地看出了这里的商机，跟有关方面二一添做五，把它拿下了。政府开出的条件是：

1. 在城边另建一座新慈云寺。大小和规模可以商榷，但必须保证和尚们的饭碗；能让香火繁盛、外地的和尚与香客慕名云集，那当然是更大的善举。

2. 及时修缮老慈云寺的馆阁楼台、大殿偏房，不得擅自动寺院一砖一瓦；会所装潢设计须与寺院整个风格协调；不得从事和举办色情、暴力及有伤宗教感情等活动。

3. 新老慈云寺服从政府统一管理。

酒会设在大雄宝殿。如果不看五彩缤纷的射灯灯光，不看曾经摆放佛祖释迦牟尼坐像处的条幅，“运河旅游文化节·水晶之夜”酬宾答谢酒会，不看铺着大红绸的半人高摆满各类杯盏和瓶瓶罐罐的长条桌，不看端着托盘在人群里魅影般婀娜穿梭的穿旗袍的窈窕女郎，不看站着坐着穿西装打领带旗袍套装晚礼服的光鲜的先生和女士们，不看他们手中端着的随灯光变幻各种诡异颜色的酒水，只看房间的四壁和屋顶，你还会怀念它作为大雄宝殿的五百多年时光。初平阳熟悉的，也是它作为寺庙的大雄宝殿的时光，小时候祖母和母亲经常带他和姐姐来烧香拜佛，假期里他也会和同学、伙伴一起来玩。一座古典的寺庙，一场喧嚣、浮华和现代的酒会，多么匪夷所思的混搭。但它的四壁和陈旧灰暗的梁顶，还是让他感到清寒和悲苦，接着让他想到老何之死。

一大早他被楼下的敲门声惊醒，老何的儿子小何和贾凡哆哆嗦嗦地站在大和堂门前。小何见到初医生就哭，说："初医生，我爸他死了！"两个人刚在清晨的水面上狂奔，脸被凉风吹青了；前一天他们才成为朋友。贾凡昨天没事，杨杰放他假，可以在淮海随便玩，玩累了回去睡觉。他在酒店里给贾凡开了个房间。贾凡去御码头坐摆渡船，因为无聊就逗小何说话，在摆渡船上来来回回地坐。还请小何给他在"南船北马，舍舟登岸"的碑刻前拍照留影。这字是几百年前的某任巡抚写的，原碑竖在十里外的另一个御码头，"破四旧"时被砸烂了一个角，此处的碑刻系复制品。两人年龄接近，瞎聊也聊成了朋友。

小何答应下了班教贾凡开水蹦子，贾凡许诺晚上请小何去网吧打通宵游戏。贾凡开够了水蹦子，小何在网吧也过足了瘾，外面的天地一夜电闪雷鸣他们根本不知道。从网吧出来天刚亮，小何请贾凡去他家喝鱼汤。到家发现老何还没起，房门关着，一推就开，叫两声爸爸没人应。可床上分明躺着一个人，分明就是老何，脚指甲里还有泥。小何推推老何，没反应，再推还没反应；摸一下瘦骨嶙峋的肋巴，皮肤是凉的，这才发现老何只穿着洗成了麻纱布的大裤衩，别的地方全是光的。小何胆怯地把手伸到父亲面前，半点鼻息都没有。小何当时声音就变了，他不相信这就是死亡。贾凡把屁股远远地拖在身后，也伸手去探老何的鼻息，然后火烧水烫似的跳起来，说：

“死了！死了！哎呀真死了！”

小何说：“去找初医生！”骑上水蹦子，驮着贾凡就往大和堂跑。

初医生带了简易的急救设备去了，又带了设备回来。“死透了。”他对老婆和儿子说，“体表看不出死因。我让小何找管委会了。”老何和小何父子俩，各自唯一的亲人就是对方。

“这一夜又雷又电的，”初平阳母亲说，“我就觉着没好事。恶时走雷电，乱世出盗贼！”

初平阳说：“他就不想在御码头船坞穿那身太监服。”

“也可能舍不下他老婆。”初医生说，“他老婆死的那天，他差点哭过去了。我就没见过哪个男人哭成过那样。”

老何爷儿俩去了御码头当船夫，小何住在船坞里，老何坚决不住，每天晚上摇着船回自己的小屋。老婆的坟在屋后头。可是，这才干了几天呀，犯不着去死。

一天工夫，老何的死就在河两岸传开了，各种不靠谱的猜测都有：谋财害命的；奸情败露遭杀的；纵欲过度致死的；自杀的；心脏病突发的；脑梗的；雷劈的；痰噎的；睡眠过深致死的；被老婆阴魂召走的；过量服用安眠药的；他人下毒的；误食毒物的；雷电吓死的；孤独而死的……绝大多数听着都不像在说老何。但老何的确死了，穿着一条穿了多年、几近透明的旧裤衩，屁股和裆部他自己打过四个补丁。

周至诚走过来的时候，初平阳刚刚接了父亲的电话。初医生说，老何直接火化了。他们原以为会做尸检，查明死亡真相。但是管委会不希望在文化节这几天添乱。不管死亡原因是哪一种，把人切开来心肝肺一件件轮着验，都是个大事；最好是大事化小、小事化了，越早处理完越保险。否则，小报和网络上你不知道他们会兴起多大风浪。

管委会跟小何说，因为不是死在工作岗位上，原则上跟管委会没半毛钱关系，但管委会本着仁爱负责、为人民服务的精神，还是决定介入，帮助他一起料理后事，一切从简，速战速决，还承诺提供给小何一定数额的抚恤金，你看如何？管委会的意思是，已经仁至义尽了，相关协议就签了吧。贾凡跟小何一块儿去的管委会，小何已经被父亲的暴毙弄傻了，人家说什么他都点头；打算签字时，贾凡把他拽到厕所里。贾凡建议他从长计议。当初管委会让他们爷儿俩去撑船，要的是老何的老字号手艺；现在老何死了，死了只能是死了，得优先考虑活人，御码头还让不让你待？待多久？别盯着那点抚恤金看，就是个门面，不会比眼药水更多；要是我，你们的条件我答应，反正人也死了，但得跟我签至少五年的工作合同，没有重大工作失误不得单方面毁约；当然你想干十年、二十年那另说；一句话，先把自己安顿好是头等大事。小何觉得在理，转过身跟管委会谈。管委会的小公务员挠头了，这事得请示领导，让他们在办公室里等，他去找领导。十分钟后回来了，小公务员对小何说：

“领导答应了。领导还夸了你。领导说，这么好使的头脑，都不像老何的儿子。”

协议修改好，签字画押。出了管委会，小何感谢贾凡。“别谢我，”贾凡说，“谁知道那纸协议顶多大用！他们要想开了你，可以找出一万条理由。老兄，啥也别说了，节哀顺变、自求多福吧。”

“我咋觉得你不是小我一岁半，”小何说，“是大我十岁呢？”

贾凡叼上一根烟，说：“江湖险恶啊。”

初平阳正在艰难地越过彩灯，盯着大雄宝殿的屋顶，想房梁一样的老何清寒悲苦的死，周至诚过来了。他们握过手。初平阳说：“真的非常抱歉，房子有主了。”

“只要没过户，就可以谈。”周至诚说，“再说，我们也未必非得谈房子，谈点别的也可以嘛。在咱们俩之间，”他用手比画着，“你，和我，一定有比房子更好的话题。”

把舒袖都扯进来了，不谈是不行了。舒袖提醒他的时候还说，你可以不卖给他，但你得允许他坚持到最后；当然，你允不允许对他来说都一样。

“好，”初平阳向他举了一下高脚杯，“方便的时候，随时恭候。”

“现在就方便，可以吗？这种酒会就是个摆设，意思不大。我们可以找个酒吧好好聊聊，我的车就在外面。请——”

初平阳去跟杨杰打招呼。杨杰正在准备一会儿站到麦克风前说两句。他是水晶工艺产业界的新星，而且身在首都，被认为是掌握了全国乃至全世界的水晶工艺发展动向的年轻专家。他要说的，除了言简意赅地推介本地质量和纯度皆属上乘的水晶，重点谈国外最新的水晶工艺走势，谈“我们的生活”如何“正在因为水晶而更美丽”。“舒袖老公？打架？”杨杰说，“说好了，苗头不对赶快给我电话。一会儿说完了我就没事了。”

“放心，”初平阳对崔晓萱指了一下杨杰稍显歪斜的领带，“只要眼镜不被打掉，对付他一个人，问题不大。”

没听到周至诚任何指示，司机直接把宝马开到风水居。初平阳吓了一大跳，仿佛是呈堂证供。车停在河边。风水居的霓虹灯映照在运河里，浓酽的色块蜿蜒流转，有了些惊慌的意味，晃得初平阳眼晕。但来都来了，他扶了扶眼镜走进风水居。去酒吧的路经过咖啡馆，他往昨天下午他们短暂地坐过的位子上看了看，他确信自己不会成为一个好演员。一对情侣在他们的位置上相互喂水果蛋糕。他们进了酒吧的包间。这包间也临水，幽暗的玻璃墙外面不远就是运河。

“除了椰林星诺，”周至诚说，“袖袖最喜欢的咖啡馆和酒吧就是这里。”

初平阳勉强挤出点微笑算作回答。袖袖。当别的男人这样称呼舒袖时，他觉得小肚子被人猛击了一拳；而现在这个男人是舒袖的老公，他感到疼痛钻心。

“水还是酒？”周至诚问，“酒会上看你喝的是苏打水。”

“酒。”

“好！老弟一定海量。德国黑啤，”周至诚对点单的服务员说，“先来两箱。”

“惭愧，一般般。喝着玩。”

“文化人就喜欢玩谦虚。袖袖能喝，她喜欢过的人，量肯定小不了！你猜袖袖答应嫁给我之前，最后一道考题是什么？喝酒！在椰林星诺，露天坐在夜风里，她跟我比酒，德国黑啤。每人先来十瓶预热，不许上厕所，撑不住算输；接下来开始比试，先倒下的算输。她输了，就嫁给我；我输了，以后见了面都不许和她打招呼。”

“你赢了。”

“我输了。看不下去她那喝法。男人也没那么玩命的，一声不吭，只喝酒。她已经醉了，鼻涕眼泪都喝出来了，还要喝。她说她没倒下。那好，我先倒下。”

“她酒量不错。”

“杜康也会醉。”说话的时候，周至诚右手中指习惯性地轻叩桌面，“结婚当晚她又醉了。我把她放到床上，她突然坐起来，抱着我的脑袋就啃我耳朵，”他把右耳朵提起来给初平阳看，“伤疤还在。她总说我喝多了乱来，她喝多了也乱来。”

服务员把酒搬来，问开多少。初平阳说：“全开。”

舒袖离开北京的前半年就经常一个人喝酒了。初平阳酒量可怜，也没兴趣，酒上了头只能睡觉，书一页看不了，舒袖不得不一个人喝。她说微醺时感觉最好，什么都不用想，晕晕乎乎的觉得自己是世上最快乐的人。那时候他们开始会为一些琐事闹别扭。她想找个合适的工作，总没有顺心满意的；初平阳觉得没必要非得找个长治久安的事做，好玩就做，不好玩换一个，都不好玩就在湖边看看小说，唱唱黄梅戏，又没到揭不开锅的地步。舒袖生日那天，他送了一个当时最新款的Mp4播放器，从网上给她下载了很多黄梅戏、流行歌曲和她喜欢的小说《红楼梦》与《安娜·卡列尼娜》的音频版（朗诵版）。他在包装盒上写：祝老婆大人生日和生日后都快乐！他的想法是，熬过这一阵子，他考上了，心安稳下来，他们再从长计议，找工作也要有个长远的规划；就算她不工作，他念书时打打零工找点活儿干，喂饱两张嘴总没有问题。但是舒袖等不了，闲散对她是个扛不住的大负担。Mp4里的歌曲和小说没听多少，电耗得倒挺快，她经常听几分钟就把耳塞拔出来，随手往桌上或者口袋里一放，想起来的时候，《红楼梦》已经念过了好几回。

“我就说你海量！”周至诚没让上啤酒杯，拿起酒瓶和初平阳瓶对瓶碰。“来，先走一个。”

一瓶酒下去初平阳就开始进入舒袖说的微醺状态，但他没觉得自己是世上最快乐的人，相反，他感到悲哀：和自己喜欢的女人的老公一起喝酒，听他讲他的妻子；明知道这酒喝不下去，还得装绅士，硬着头皮喝。他宁愿到外面宽敞的地方打一架。在某些特殊时候，最文明、最人道的方式的确不是和风细雨地坐下来交流，也不是心怀鬼胎地推杯换盏，而是到野地里卷起袖子，用拳头、腿脚跟对方相互砸个稀巴烂。

接着又两瓶。初平阳觉得大脑里有一片沙漠般寂寥的黑夜，一个闪亮的小人影飘飘忽忽从黑暗的天尽头向他走来，走几步叫一声他的名字，声音缥缈，细若游丝。每次喝酒喝到有人在远方召唤他时，对他来说，接下来的每一口酒都是毒药，不管它是德国黑啤还是茅台还是威士忌还是马丁尼还是人头马还是意大利干白还是路易十四、十六、十八、二十五、三十六。他想，与其喝下酒，不如流出血。他不想这样耗下去。

“坚持不一定会胜利，”他先在口腔里把舌头捋直了，确信张开嘴它不走样，才对周至诚说，“我敬佩你的耐心，但房子已经定下来卖给别人，不会更改了。”

“我跟你谈房子了吗？”周至诚笑笑说，“我们只是在喝酒。我们在说我太太，舒袖。稍等。”他掏出手机，拨了个号码打出去，“把包拿来。”挂了电话，他摁了服务铃叫来服务员，“丫头，麻烦你把灯光弄亮一点。谢谢。”

司机送来一个LV男士包，放下后就出去。周至诚把包打开，拿出一沓报纸，推到初平阳面前。尽管头版上红色的报名不在，初平阳也一眼认出是《京华晚报》，而且最上边的一张朝上的一面是副刊的专栏版，而且那篇专栏是他写的，题为《广场》。在这个专栏里，他要谈的是像地下水一样潜伏在上个世纪70年代出生的这代人灵魂深处的“广场意识”；当然，他需要从上个世纪

80年代的最后一年谈起，从“我爱北京天安门”谈起。他把报纸拿到面前，逐张翻看。全是《京华晚报》，全是副刊专栏版，全是他的“我们这一代”专栏；一共33张，有今年的，也有去年的。他翻了一下专栏的标题：

《偶像的黄昏》（谈70后之于神话、权威和偶像崇拜）《地球背面》（谈70后之于欧风美雨）《告诉我，我该相信什么》（谈70后之于信仰）《墙头马上》（谈70后之于集体主义和个人主义）《我和你一样想发财》（谈70后之于物质生活）《左右，左和右》（谈70后之于新左派和自由主义）《我们之所从来》（谈70后之于思想资源）《你确信？》（谈70后之于历史的反思）《通往都市的单行道》（谈70后之于城市化进程）《何为大事》（谈70后之于大事小事）《当肉夹馍和三明治一起摆在你面前》（谈70后之于民族性和全球化）《本期专栏插播广告》（谈70后之于消费文化）……

就翻到这里。有些篇名和内容初平阳自己都想不起写的啥了。三十岁开始写这个专栏，半个月一期。他要把每一个他意识到的与70后息息相关的问题通过平易、个人化的方式表达出来，要思考、查资料、访问，必要时还得想象和虚构，忙活起来不比喝下三瓶德国黑啤舒服。到五月份的第一个专栏《到世界去》，的确写了三十三篇。他从没想过要把所有专栏集中起来，责编小白寄给他的样报他也随手一丢；现在，距《京华晚报》千里之外的一个酒吧里，三十三篇完整地出现了；按照时间顺序，一篇篇整整齐齐地排列在一起。

“别高看我，我没这文化。”周至诚说，举起酒瓶又想碰，

“是袖袖。全淮海，不算几所大学和几家图书馆，我敢肯定，除了袖袖，没第二个人订阅这份报纸。她把它存在放首饰的箱子里。她以为我看不到。”

“你想说明什么？”

“别紧张。我只是想告诉你，这些文章我都拜读了，相当有水平，虽然有些地方我没能力完全弄明白。我还想告诉你，我很爱我的老婆，爱到可以允许她收藏这些报纸而我一声不吭。她是一个好女人，我想你也很清楚。你看这个专栏，”周至诚把手伸到初平阳眼前开始翻报纸，然后抽出一张来，“这一篇，《你不是你》，写得有意思。我不知道这个倒霉蛋当年是不是挡住了你的考试桌，但他是我的一个哥们儿，非常好的哥们儿。这故事是袖袖讲给你的吧？”

“她从没给我讲过什么故事。”

“不可能。这就是我的哥们儿啊，肯定是！”

“你到底想说什么？袖袖这些年一直和我有联系？这是去年写的文章。”

“这我可不能乱说。我只是对这个倒霉蛋感到好奇，他会是谁呢？来，喝酒。干！”

初平阳和他碰了瓶，很响。“我在文章开头已经说得很清楚。可能是你，可能是我，也可能是袖袖。可能是任何人，也可能谁也不是。”

“哦，原来是这样：可能是任何人，也可能谁也不是。谁也不是那他究竟是谁呢？我有点晕。你们文化人总是能把简单的事情搞得很复杂。”

“是你在把事情搞复杂。”初平阳觉得口干舌燥，没跟周至诚碰杯就独自喝起来。“你不是要谈房子吗？如果不谈，那我认为今晚可以结束了。”

窗外的运河上漂过来几盏许愿灯，小小的烛火在纸船里抖。刚才咖啡馆里那对相互喂蛋糕的年轻人蹲在河边，挥着手给纸船送风。除了他们俩，还有几个年轻人，看不出他们是否是情侣，然后又跑过来一个半大的小女孩。都在放灯。今天是什么特别的日子？初平阳想不起来。他对日期的感觉向来迟钝，和舒袖在一起时，最怕的事情之一是，舒袖突然转过脸问他：大耳朵，今天是什么日子？他对日子的记忆完全依赖于物象，比如水里的这几盏灯——他见过更多的，在未名湖上，浩瀚的一水面。未名湖不算太大，但漂满了灯火就显得极为辽阔，似乎既有了内涵也有了外延。北大已经进入了十二月初的夜晚，他昏昏沉沉从自修室里出来，冰冷地走在回小屋的路上。晚饭时舒袖又和他怄气了，为了一碗菜汤要不要再放点醋。一碗菜汤和几滴醋。他缩着脖子往靠近博雅塔的水边路上走，想到“贫贱夫妻百事哀”。

那天究竟是什么日子他始终没想起来，但未名湖上漂满了烛火和纸船。走动的时候他看湖面，觉得热闹和喜庆；当他站定了，风吹动那些虚弱的小火苗，他又觉得鬼魅、哀伤和荒凉。湖边影影绰绰有很多人站起来、蹲下去，他们的声音谨慎而又虚幻，他们跟一湖面的纸船和烛火一样，让他怀疑不是真的。因为冷，他沿着湖边路继续往前走。到了小屋，舒袖已经睡了，面对着一面薄墙。他知道她没睡着，就说：“未名湖上有人放灯，满满的一湖。你看到了吗？今天是什么日子？”舒袖没吭声。他就没再说话，开始倒热水烫脚。烫脚的时候还在想那天是什么日子，依旧没想起来。

然后他觉得两只脚痒，先用左脚和右脚相互挠，接着把手伸进洗脚盆里挠；脚痒了小腿也跟着痒，他开始挠小腿，越挠越痒，他就用力抓，抓出了一道道红印子；大腿也痒了，他继续往上挠，也是越挠越痒，指甲留得短，他把力道加大，每抓一道几乎要抠进肉里；腹股沟也痒了，屁股也痒了，小腹也痒了，肚子也痒了，后背也痒了，胸脯也痒了，脖子也痒了，胳膊也痒了，手也痒了，脸也痒了，头皮也痒了，他一路挠上去、抓上去，终于把自己抓挠得鲜血淋淋；然后他看见挠过的血红印子里长出了鱼的鳞片，那鳞片的大小酷似房东钓回来养在浴缸里的那些鱼身上脱落下来的，从脚开始往上长，一片片，一圈圈，一层层，生长的速度正好来得及让他恐惧和悲伤；鳞片在往上蔓延，脚踝，小腿，膝盖，大腿，两腿之间，他看见了鳞片爬上他的下身，累积，挤压，下身率先从他身上消失了；鳞片蔓延到他屁股上、小腹上，他感到坐在椅子上的屁股底下发出鳞片和木头摩擦的细碎的咯吱咯吱声；继续往上走，一片片，一圈圈，一层层，不紧不慢，让他来得及看清楚，让他来得及恐惧和悲伤；到了脖子和手臂，他看见手臂也在萎缩，慢慢地变成两扇翅膀一样的鱼鳍，而因为鳞片正往脖子以上蔓延，他感到整个人和呼吸都在被鳞片淹没，他开始喘不过气来；他拼命摇动脑袋，当他偶尔能够艰难地低下头时，看到自己的两条腿消失了，变成了鱼尾，他离洗脚盆里的水如此之远，尾巴只能绝望地甩动；他觉得自己惊恐的喊叫被封在嘴巴里，整个脸上都被鳞片覆盖了；鳞片正在淹没他的头顶，他的喊叫突然变成了类似气泡一样的东西，从口腔穿过鼻腔，穿过眼窝、眉骨和脑门，经过艰难险阻终于在正头心冒出来；他从椅子上滑下来，扑通掉进了洗脚盆里；他甩动尾巴和脑袋，吐出一个温暖的气泡，他成了一条鱼。

他看见舒袖从床上起来，洗脚盆里有条鱼让她备感意外。哪来的一条鱼？她的惊异、犹疑、厌恶和恐惧的表情清晰可见。她穿好睡袍下了床，端起洗脚盆出了小屋，在黑暗的北方寒夜里往未名湖边走。作为一条鱼，初平阳明白她要把他泼进未名湖里，他就把嘴挺出水面，对她喊：

“袖袖，袖袖，是我！别把我扔掉，我是平阳！我是你的耳朵啊，老婆！”

但他的声音实在太过微弱，刚出口就被冷风吹没了。舒袖站在湖边，端着盆的两手往后猛的一撤，然后用力送出去，他跟着洗脚水在寒冷的空气中划了一个弧，落进未名湖。跟洗脚水比，湖水冷入肌骨，他上下牙齿咯咯打架，他用最后的人声向正在转身要走的舒袖喊：

“袖袖，我不是鱼！袖袖，我不是鱼啊！”

然后他觉得有什么拍了一下他，他看见舒袖穿着睡衣坐在床上，手还搭在他的胳膊弯里。“你在喊什么？”舒袖气呼呼地说，“什么不是鱼不是鱼？谁说你是鱼了！这个脚你打算洗到过年？”

他把自己从脚往上仔细看了一遍，没有鳞片，只有不多的几道挠痕，脚还是脚，腿还是腿，他还好好地作为人坐在床边的椅子上。只是洗脚水已经冷透了，那种冷，跟作为鱼他在未名湖里感受到的冷是相等的。

“我睡着了。”他说，突然鼻塞想哭，赶紧拿毛巾擦脚。

“洗个脚都能睡着，真服了你。”舒袖说，“快点上来，我给你焐焐。我不生气了。”

周至诚哈哈笑起来。初平阳的目光从运河上的许愿灯转过来，看见周至诚洞开的口腔，他的烟酒过度的黑牙齿让初平阳稍稍宽慰了一些。接着他感到更加难过，他从没见过谁的牙齿能比舒袖的牙齿发出的光泽更让他沉醉。“你们文化人就不能有点旁逸斜出的情趣？”周至诚说，“一跑题就着急。这才几点？夜长着呢。一会儿我让司机送你回家。”

“不是‘我们文化人’，是我。”

“好好好，我错了。自罚两瓶。那我们真谈点房子事？这可是你要谈的。”

“不谈最好。”初平阳说，“但我还愿意继续坐下来，原因只有一个：你是袖袖的老公。”

“你看，我们谈了这么久袖袖，还是有必要的嘛。现在我们把报纸收起来，专心谈房子。专心谈房子。”

周至诚打了个电话，司机过来把装报纸的包拎走了。

“意思你都明白，想买。”周至诚递给初平阳一根烟，都点上，“多少钱都买。往高里开，往你不敢想的高里开。”

“扶贫？”

“假如真成了，你还这么想，那可以算作客观效果。主观为自己嘛。”

“你对袖袖家暴吗？”

“基本不。宠还来不及呢。喝得不知道自己是谁的时候，有过那么几次。跟房子有关吗？”

“无关。跑个题。”

“别觉得我气盛，”周至诚眯着半只眼抽烟，拿瓶子跟初平阳碰，“拿钱说话的时代都这样。你在北京、在首尔、在巴黎、在纽约，你就是跑到月球上，只要钱能买东西，就全都一样。我是个商人，靠钱说话。我不想装。我就看不上你们这些文化人，穷得连内裤都穿不起，还骂骂咧咧说孔方兄脏。我就是能给你全淮海最高的价，而且，还给这个价翻上一倍。”

“不像扶贫。想羞辱我？”

“换个时候可能会，掐死你的心都有。现在没那个时间。只要房子。”周至诚张开左手的五个手指头在初平阳面前摇晃，“五十万。”然后又张开右手的五个手指头在初平阳面前摇晃，“再加五十万。”

一百万。这个价在市中心也能买一套非常好的房子。

“你就对我们家这么感兴趣？”

“除了半夜想起来，我恨不得提刀宰了你，我对你家屁兴趣没有。有别的用。”

“你总得让我相信，买了以后不是去干伤天害理的勾当。”

“别人干不干我管不了。我只负责拿下，然后送人。”

初平阳不说话，抽几口烟喝一口酒。他突然对周至诚的买房动机有了好奇。他从没听说舒袖对大和堂表示过兴趣。

“生意上的事。”周至诚说，拿瓶子和初平阳碰了一下，“好吧，你是初平阳。有人看上了。送出去，我就能拿到一系列基建项目。我们这行业，一百万经常零头都当不上。”

“这么大的财神，会看上我们家？”

“开始我也想不通。有一天去财神办公室，瞟了两眼桌上的文件，明白了。”

周至诚去财神办公室谈的就是大和堂。之前他向财神试探基建项目的竞标安排，财神泛泛地打了两句官腔，委婉地透露了对大和堂的兴趣。周至诚一点即透。大和堂是初平阳家，这让他很不舒服。再一次过来，是因为想到大把的钞票会像运河水一样流过来，他认了。他打算用大和堂再试探一下财神，把心照不宣的契约再往前推一推，看见兔子影了再撒鹰。刚寒暄几句，没进入正题，更大的领导见召，财神出门前特地遮好了桌上的文件才出门。不遮反倒没事，周至诚一个人在财神的办公室里晃悠，装作不经意碰歪桌角上的《淮海史志》，殃及了其他书籍，整理书本时顺道看见了那份内部文件。

文件上有段话，大意是：沿河风光带临水一线，尤其石码头附近，不得再添新建筑，现有房产暂时保留，待三期规划敲定后再做安排。也就是说，大和堂会是若干年内面河的唯一建筑。一旦唯一了，其价值可就不是什么占了花街的头、挨着石码头这些看得见的价值可比；倘若新规划出来，要拆迁，守着那房子你要多少他们得给多少；也可能辟作他用，在那块地盘建个运河博物馆啥的，都不好说。迟早而已，聚宝盆是肯定了。

“这么看，我要不卖个一百万都对不起这块风水宝地了。”初平阳说。他觉得头脑清醒了一些，好像黑啤的那股劲儿过去了。“你的财神为什么自己不找我？”

“找了，你拒了。”周至诚说，又来碰瓶子。“点个头，那一百万就姓初！我就说，仇人没准好说话。”

初平阳摇摇头。

“敲竹杠？那我可就替袖袖不值了。”

初平阳想到的是吕冬。即使没有做宣传部常务副部长的母亲，有齐苏红这样的老婆，他去卢家仓也是迟早的事。“谢谢你的黑啤。我还得再拒她一次。”

周至诚转动啤酒瓶子。这家伙比他还有韧性：他有进攻的韧性，他有防守的韧性。“如果我告诉你，归根结底这房子是为袖袖和我儿子买的呢？”

初平阳扶好眼镜，盯着对方的嘴，好像他能看清对方接下来要说出的每一个字。

“看我这口牙，”周至诚咧开嘴把牙齿送到初平阳面前。在那些东倒西歪的黑牙里，初平阳首先闻到一股口臭。“医生说，可能问题不小，现在不能确诊。我说的不是牙本身。所以，不管结果如何，我想趁还能上蹿下跳，给他们娘儿俩多积点家产。风光带的那批基建项目拿下来，袖袖的后半辈子就不必愁了。这是个好机会。也可能是最后的机会。要不，就算我顽强到了不要脸的地步，也不会三番五次地要和你谈。我更想做的是一刀捅了你。”

初平阳再次把眼镜往鼻梁上推了推。太像一部三流影视剧里的桥段了。他不能肯定周至诚是否在演戏，他也不知道哪一种重大毛病跟一口黑牙有关。如果周至诚的确在演戏，那也得承认他演得不错，而且找准了自己的软肋。找得真准哪。

“你有足够的时间考虑。”周至诚又咧开嘴，把一口黑牙送到初平阳面前。他用右手食指的指尖敲击牙齿，发出似乎不那么正常的沉闷声音，“别让袖袖知道。拜托了！我先去趟洗手间。”他站起来，原地打理好衬衫（西装搭在椅背上）和领带才走出去。

率性、狡猾、从容、乐观，还有些无赖，无论如何他都不像一个大限将至的人。但谁规定一个来日无多的家伙非得悲悲戚戚、语重心长，谈到妻儿老小都一副托孤的样子？初平阳仅仅听过“至诚准建”，名头挺大，但它的老板是君子、小人、无赖还是骗子，无所耳闻。他是另一条道上的。他不愿以小人之心去揣度周至诚，尤其他是舒袖的老公。如若此事当真，那它确实关乎舒袖的后半生。也许周老板正是吃定了他这一点，所以他喝多了的时候说：“一定要卖给我！”

但福小那边是万不可反复的，只要“天赐”这个名字还没有从他头脑里彻底抹掉。周至诚算盘打得再好，也料不到他盘算的不仅仅是活人的事。初平阳又想起那个谶言似的问卷。他选“自杀”，舒袖选“他杀”；假如让周至诚选，十有八九是C：杀人。

“考虑好了？”周至诚回来了，“过户之前给我话就行。”

“比酒吧。”初平阳说，“喝完了再说。先倒下的算输。”他摁了服务铃。服务员进来，初平阳说，“再来四箱。打开。”

“老弟，不是我瞧不上你，看刚才三瓶下去你的状态，我看悬。真要比，我觉得还不如直接去过户算了，免得伤身体。”

“别废话。倒下的算输。”

“好，这可是你提的要求。咱们不追求速度，你可以慢慢喝，反正离天亮还早。”

每人先摆十瓶在跟前，十瓶之后再上新的十瓶。周至诚喝啤酒比喝水还轻松，几乎看不见下咽的动作。他轮换用左右手的大拇指和食指捏住瓶子（只用大拇指和食指这两根手指，另外三根闲着，让它们自然地、弯曲地跷起来），瓶底斜上六十度对着天；喝酒的时候他一直微笑，眼睛慈祥地看着初平阳。初平阳看着窗外的运河，也许仅仅是盯着玻璃墙或者玻璃墙外面的夜；有时候也会把眼睛闭上。他一口一口地咽，声音清晰又隆重；他像握手榴弹一样握着酒瓶子，酒瓶和他的脸通常成直角。

“不说说话？”周至诚说，“喝酒挺享受的事儿，弄得你追我赶跟奥运会似的，就没意思了。”

“听着呢，你说。”初平阳提醒自己掌握好节奏。说到底它就是粮食和水。人类离不开粮食和水，它们有益身心健康。他想象舒袖喝酒的样子，从第一次在椰林星诺看到的，到第二次在椰林星诺看到的，到第三次在椰林星诺看到的，到第n次在风水居看到的、在师范大学他的单身宿舍里看到的、在他们游玩时的各个城市的饭馆、酒吧和酒店房间里看到的、在北京的各个大小馆子里看到的、在未名湖北岸的小屋里看到的，他想象她啤酒下咽的样子，她喝啤酒的神情、空闲的那只手的小动作、杯子或瓶子离开嘴后牙齿的光亮和说出的第一句话。这么想的时候，他觉得他在做一件优雅的事情，而不是气急败坏地在把自己往死里逼。

当他发现桌上只剩下一瓶时，已经感觉到胃里出现了温泉，咕嘟咕嘟地要往上冒泡。但他很高兴，竟然喝下了九瓶，一举打破了保持了三十一年的纪录。周至诚依然慈祥地看着他，眉目带笑，他正在开始新一轮的十瓶。初平阳抓起第十瓶，动作有点大，第二口呛着了，差点把胃里的温泉带出来。他把速度放慢，完成了第一轮，然后站起来去洗手间。

小便时他的精神有点涣散，那泡尿好像永远也尿不完。沙漠一样的黑夜又出现了，那个人开始遥远地呼唤他。他走到盥洗盆前，摸了一下脸，滚烫，皮肤底下发出麻酥酥的刺痛。镜子里的脸大了一圈，红得像个哮喘病患者，眼泡也肿了，眼角水汪汪地红。他对镜子笑了一下，此刻要是有别的人进来，一定会以为他在哭。胃里的温泉在翻滚，他弯腰想洗一把冷水脸，温泉变成了喷泉，笔直有力地射进盥洗盆里。鼻涕眼泪都出来了。他两手撑着盥洗台，感受胃里正在平息的暴乱，想象它现在又恢复为一个可以战斗的皮囊，觉得整个人慢慢清爽了，如同得了新生。他洗了一把脸，回到包间，开始对付下一个十瓶。

初平阳坐下，周至诚已经解决了十瓶里的一半。他依然微笑（可恶的笑）。“别着急，”他说，“喝累了我就停下来等你。”他不知道坐在他对面的已经是一个新的初平阳了。

又是十瓶。喝到第六瓶的时候初平阳就发现，吐过了只是胃里的酒不在了，流进血管的那部分酒精不会撤出来，他只是个以旧翻新的初平阳。不管谁，用过一次都只能是个旧人；重生和凤凰涅槃只是个勉强可以自我安慰的神话。喝完第十瓶，他已经去了两次洗手间，没吐，只是撒尿。撒不完的尿。他已经无法像青春电影里那样清新、快节奏地想象舒袖喝酒的样子。想象里的舒袖变成了回忆里的舒袖，与他隔了越来越远的时光，他像隔着北京的沙尘暴看她在一天二十四小时、一年的四季里喝啤酒；他的目光转动缓慢，舒袖的动作也改成了慢镜头，一杯酒举到嘴边就要十几秒，喝掉需要更长的时间。在他的想象里，他们年纪轻轻就老了。

喝完比赛以来的第二十一瓶，初平阳又去洗手间吐了一次。吐故纳新。谁发明的这成语，真他妈好。他喝得越来越慢，有人在他胃里架起了烧烤，针尖大小的酒精的精灵在他皮肤下面跳着桑巴舞，跳着恰恰舞、探戈、迪斯科、霹雳舞，跳着肚皮舞、斗牛舞和弗拉明戈舞。他的脑袋一圈圈在紧，一定是谁在背后骂他，给他念了紧箍咒。他觉得，继有人在他脸里面吹气之后，又在他全身每一个部位都吹了气，去洗手间时他努力把每一脚都踩稳当，以免自己像气球那样飘起来。从洗手间回来，他感到后脑勺里被人揳进了一枚生锈的钉子，发出一种尖锐的、生涩的、粗糙的、即将感染和发生病变的疼痛。皮肤绷得越来越紧，但他却感到了漂洋过海的祥和与满足感。他举起一瓶德国黑啤，对舒袖说：

“干——”

舒袖越来越远。三十瓶了。第三次在卫生间吐过后回来，刚开始觉得喝下去的是白酒，每一口都是一团呼啸着进入食道和胃里的火苗，接着发现它不过是啤酒，再喝，越来越像水，但比水要喧软多泡，因此入口、入食道、入肠胃更舒滑、顺畅和容易。初平阳内心充满喜悦，就物理感觉而言，他很可能已经进入了酒仙的境界。但是他的脑袋越来越沉，眼皮越来越重。如果他的头脑还足够清醒，他会估出每只眼皮重量至少得十斤，否则怎么可能费那么大力气也不能全部睁开。如果他的头脑足够清醒，他还会估出自己的脑袋应该是体重的三分之二，也就是说，九十五斤左右，因为他总想倒头栽到地板上。但他不能倒下，绝对不能倒下；如果你真遇到了不幸，袖袖，你只要点个头，后半辈子我会像空气和德国黑啤一样，像椰林星诺和风水居一样无处不在，但我不能倒下。我得把脑袋支起来，左手撑左边的下巴，右手撑右边的下巴。

初平阳两手支着下巴，他模模糊糊觉得自己捧的其实是一块椭圆形的花岗岩石头。为了不让这颗石头滚下来，他的两只胳膊和脖子形成一个牢固的铁三角；一定要捧住。然后他晃晃悠悠进入了梦乡。梦境如常，他和舒袖言行都不是慢动作，耶路撒冷的街道、行人、石头、房屋、圣殿山、教堂、清真寺和诵经的声音都很清晰。他坐在酒吧门外的露天茶座上，舒袖穿着宽松的亚麻布裙子从酒吧里走过来，一手拎着四瓶德国黑啤。她把啤酒放到他们俩中间，啪啪啪啪，娴熟地打开了四瓶，递了一瓶给他。笑的时候露出好看的牙齿。

“你干活真快！”他由衷地称赞。

“我干啥慢过？”

他向她探过身子，看着她多少年不曾变化的脸，深情地说：“你老得慢。”

然后他听见了刘欢在唱《我和你》。他很奇怪，在耶路撒冷传来刘欢的歌声。但刘欢的确一直在唱，那声音像从梦中传来，从遥远的地方像火车一样一点点驶近；声音越来越大，越来越大，仿佛火车驶到了他跟前。他打了个激灵，才意识到是手机响了；他举起沉重的眼皮，艰难地醒来。

家里打过来的。“儿子你在哪个方向？”母亲急吼吼地问，

“没事吧？”

初平阳想了想，“市中心偏西。挺好。”

“那就好。”母亲说，接着在那头一个字一个字地小声跟初医生说：咱儿子好好的！“晚饭后我用一碗水和你爸的毛笔做了个占卜，笔倒东北方向了。不知道谁要倒霉。都一点了你还没回来，我跟你爸都不放心。”

“我没事。你们早点睡吧。”眼睛一直闭着。

“你也早点回！”

挂了电话，初平阳觉得自己又要睡着了。他发现自己无力阻止困意的到来。刘欢又开始唱《我和你》。初平阳让他唱，母亲现在不喜欢一次把话说完了。刘欢继续唱，初平阳直到觉得自己能够醒来时，才重新睁开眼去看手机。是杨杰。

“还在喝？”杨杰说，“没动手吧？”

“放心。”初平阳觉得脑袋疼得像花岗岩石头。

“那就好。能安安稳稳喝到现在，说明那家伙也是个爷儿们。别忘了五点的接站。四点半我把车开到石码头。”

初平阳看看手表，说：“好，待会儿见。”他艰难地转动着生锈的脖子，双手撑住桌子，试着站起来。现实中的慢镜头。看到对面的一堆空瓶子才想起周至诚，他不在椅子上，也不在沙发上。初平阳顺着椅子上的一只胳膊往下找，周至诚歪倒在地板上，隔一会儿突然响起一声尖厉的鼾声。这个喝多少也不会吐的男人，把自己放倒了。只进不出只能是失败者。初平阳拿起一瓶酒，举起来，说：

“袖袖，对不起，我赢了。”

然后一口气喝掉。

你不是你

我不能告诉你他是谁。或者说，他是另一半的我，也可能是另一半的你或另一半的他。总之我不能告诉你他是谁。

那一天中考，头天晚上我没睡好，迷迷糊糊来到考场，发现所有的位子都坐满了。准考证上写明我就在这个陌生的教室里。监考老师拿着我的准考证，带我一直往后走，在那一排最后一个的考生跟前停下来，这个大块头的考生身后还有一张课桌。他头大，肩宽，把我的考桌挡得严严实实。考试间隙，我在演算纸上画了他宽阔扁平的后脑勺。没见过那么宽大的后脑勺。进高中，开学第一天，我把被褥往刚分好的宿舍放，一个大个子同学在整理床铺，我们矜持地说了几句话。他是个腼腆的人，说话时目光像小偷。但他是个热心肠，转身爬到上铺帮我挂蚊帐时，我看见了他的像被一块砖拍平的大后脑勺。我说：

——你挡了我的考桌。

他茫然，不知道干过这事，同样不记得见过我。他在考场里除了看见走道，眼里仅有的东西就是考桌和试卷。我们成了同学和舍友，上下铺的兄弟。这下好了，你挡了我桌子，我住在你上铺，什么时候想踹你就什么时候踹你。当然我没踹，这是开玩笑。你都找不到理由踹他。只要你说什么好，他就点点头：嗯，好。你说这事咱们这么办吧，他也说：嗯，好。不是因为你说的都对，而是他不和你争辩，只要不犯天大的错，他都从了，脾气好得基本上等同于软弱和怯懦。你说什么就是什么。我们成了最好的朋友，他知道我不会害他。当然，我怀疑即使我害他，他也会顺从地往陷阱里跳。我一直不明白，是他愿意听你的还是只能听你的。顺从和听话，他的美德只有影子可比。

高二时分文理科，我严重偏科，数理化想着头都大，他理科更好；理科考大学的几率更大，这谁都知道，所以一个班齐刷刷四分之三去了理科班。我跟他说：

——学文吧，还可以一起玩。

——我再想想。

——别想了，就文科。

——好吧，那就文科。

我们继续同学。文科要有文科的样子，我们开始写诗。那时候所有文科生都把自己作为大学中文系的预科生，做诗人理所当然。来文科班不做诗人和作家你干什么呢？多年以后我必须承认，我缺少写诗的才华。写诗的那几年里，我每天都要为在一句话的第几个字后面开始分行纠结，为把月亮比作馒头还是从没见过的少女的乳房自我折磨。我写了泱泱两大本诗，每一本至少一百首。也就是说，两年两百首，我还要看书、听课，准备月考和七月里的那场生死之战。我把那些诗拿给他看，他不停地用笔把分开的下一行连到上一行屁股后头，他的意见是：不分行更好。

——如果你非要分，他补充说，也可以分。

结果就是这样，我以为写了很多诗，其实我只是个被迫习惯了分行的话痨。在写诗这一点上，作为一个理科更优秀的文科生，他显示了让我气愤的才华。他的诗比话还少，像说话一样慢腾腾半天来一句，即使不急着分行，你也知道那是首好诗。他把写诗弄得像说话一样漫不经心。他说话说出了诗，我写诗写出了话。他写诗的态度完全不是个狂热的人，他只是想起来就弄两句，在纸上摆一摆，就跟百无聊赖时嘬嘬牙花子一样。他甚至都不跟你说，你看，我写出了一首不错的诗。如果你要提起诗，他会刚睡醒似的回答，哦，诗。就跟他头一次见到这样一个汉字。

——写诗了没？我问他。

——诗？忘了。

——写两首吧。

——嗯，那就写两首。

他的口气不是给你面子，而是你说应该这样，那就这样吧。一切都好商量，甚至连商量都用不着：有事你说话。我们都知道女孩子喜欢沉默的男生，起码看上去是这样。沉默是能力，深沉的人不乱说话。虽然他沉默寡言，但他有女生缘。矜持沉静的女生经常慌乱匆忙地瞟他一眼；活泼大方的女生习惯于凑到他跟前，开他玩笑，既像挑衅又像调情，她们喜欢看一个大男生羞怯地低下头，从额头一直红到脚后跟。这里有真真假假的喜欢。那时候澎湃的荷尔蒙鼓荡着每一个少男少女，每个人都在明里暗里通过各种途径体味性与爱情。我加入到一群无聊的男生中间，不断地强化某个和某几个女生和他的关系。我们在女生和他调笑时起哄；也在只有他一个人时，为他乱点鸳鸯谱。这种事做多了，事情就趋于明朗，我们把他和一个女生在舆论上固定到一起。那个高个子大乳房的女同学从众多女生中像浮雕一样凸显出来，我们对他说：她是你的。我对他说：她是你的。她应该喜欢他，更重要的是，她长了一对那个年龄罕见的大乳房，我们对性的所有热情都赋予了这个女生。

那时候我还不懂舆论的巨大能量，十人成虎，一个判断就成了意识形态。她在众口一词的判定中，逐渐默认了。而他，当然肯定是从了。大家都说好嘛。我看见他在课上、课间以及做广播体操的时候，有意无意地看她一眼又一眼。也许他还给她写过诗，他把这个当成了爱情。不过很遗憾，那个女生在高三上学期转学了，去了某个偏远的省份高考，因为那样成功率更高。从此再没听过她的消息。

有高考顶在头上，他肯定也没时间去追思这转瞬即逝的爱情。我们都很忙，荷尔蒙也不得不退居二线。考前填报志愿，我说咱们报同一个大学吧，还能在一起玩。他说，嗯，好。从第一志愿到最后一个志愿，我们的学校和专业都一模一样。班主任看到我们俩的志愿大光其火，究竟是你们两个中的谁懒得抽筋，把另一个的志愿重抄了一遍？我们俩站在办公室里，初夏的阳光拉长了三个人的影子。我说：我们一起商量后定的。他低着脑袋也小声重复了一遍：一起商量的。班主任手里拿着一沓月考试卷，随时准备冲我们俩谁的脑袋上抡过去。前几个月他就这么被班主任劈头盖脸地抡过。他帮人代考。上面下了新举措，高考范围缩小，但副科必须全部通过测试才有高考资格，这个考试叫会考。他的同桌，赵同学化学会考没过，务必要在补考中通过才能拿到高考准考证。赵同学早被化学吓怕了，软磨硬缠求他帮忙。帮帮吧，帮帮吧。他说，好吧。当时抓作弊像抓强盗，强盗是送进去，作弊要赶出来。真就撞枪口上了，从考场一出来他就被人举报了。认识赵同学的人说，这不是赵。这是一向清明的我们学校的一大丑闻，校领导对班主任发火，班主任只能拿他撒气，一沓试卷抽坏了一半。目击者称，那只能是“劈头盖脸”。赵同学的爹是本城高官，教育局也不敢动，最终没照规定把他们俩开掉。算逃了一劫。现在他又看见一沓试卷，还卷成了棍棒的形状，忍不住心有余悸。

第一志愿都没考上，我们落到第二志愿的大学。又同学了。在三十岁以后回想过去，已然近事模糊远事清明，或者说，离得越远可供反刍的细节越多，近了可说的倒少了：生活产生了加速度，咔嚓咔嚓大步流星往前走，留下的只能是精要的梗概。我们念了一个可以把写诗当作毕生志业的系，但写的诗极少。鉴于前面申明的原因，我基本上放弃了诗歌完全可以理解；他继续写，产量少得堪称惊人，比中学里还要少。就算他写过的所有诗都能从散佚的状态中苏醒过来，就算他一生的诗歌能被搜寻齐备，也不会比一百页的小册子页码更多。他的诗歌在他的生活中如同闪电，是漫长时间里的惊鸿一瞥。他把写诗弄成了隐私中的隐私，神秘里的神秘，并非刻意，而是顺其自然就成了这样。我总开他玩笑，说他忙于生活。

这个嗜读的年轻人，只阅读不述不作，在大二下学期被一个已婚女人带到了床上。那一段时间，我总发现宿舍旁边的空地上有个时髦的女人倚树而立，当她出现时，他很快就没影了。有一天我去学校后门口买《参考消息》，看见一个男生从一辆红色的小车里钻出来。我就纳闷，这人咋那么眼熟。等他走过来，我从报纸里抽出一张递给他，我们一路看着海外的消息回到宿舍。

——那谁？我问。

——你是说，她吗？他目光还在报纸上，家教的孩子妈。

我知道他在做家教，挣点钱补贴生活，大家都这么干。他喜欢收藏稀罕的老书，需要不少钱。小车接送家教老师，稍微有点奢侈，但在情理之中。某个周末，我从图书馆回到宿舍，他正躺在床上翻书，我告诉他，孩子妈在外面。他的血在瞬间涌上了头脸，出门的时候走路姿势都变了形。这个倒霉蛋，不吭声也撒不了谎。他的确有点倒霉，孩子妈把他给盯上了，孩子不在家时也让他去家教。她把他从一个童男变成了在短期内就掌握了数十种体位的高手。他为高手所苦，不伦的关系让他无所适从，虽然开始时，在空旷的青春期尝到女人滋味让他欲罢不能。半学期过去，他说，那点事，就那么回事。我不懂“就那么回事”是怎么一回事，那时候还没有一个女孩子看上我。

孩子妈不放他。这是家有钱人，老公在广东做生意，她一个人带孩子在家。不必工作，不愁钱花，闲着也会难受，饱暖生出淫欲。那一天孩子在外面玩，他提前到了，她在淋浴。她让他递一件睡衣，他被顺手也递了进去。那点事我后来才知道的确很简单，谁先伸出一只手的事。问题是，在当时，她想如何他就如何，听你的，本来就是件快乐事。当然，他把事情看得也很严重，第一次嘛，他像19世纪欧洲的纯情青年一样，给她留个纸条都由衷地用“您”。因为视之严肃，越发感到了不伦，道德感作祟，他有点怯，她只好主动，一次次来学校找。他退一步，她就进一步；她进了一步，依他的性格就不好意思继续退下去，他就站住了；站住了等于是又贴了上去。在这个比他大十岁的女人面前，他被动地快乐和煎熬着，直到有一天，孩子妈对他说，孩子的课就这样吧，不打算再补了（事实是，孩子的成绩越补越差）。她不再来学校，断绝了一切消息。想必是南下广东的人回来了。这样也好，他一颗心安定下来，重新成为一个阳光的大学生，如释重负地回到教室、图书馆和宿舍，做回了我们的同学和好朋友。

他的女人历程就此开始。这么说希望不是误导和吸引眼球，他的确从此开始了与若干女人之间的纠缠。与家教的孩子妈结束后，他和高一届的师姐搞到了一起。

那师姐长相不敢恭维，但泼辣大胆。他说：她找我。他还说：有过那种事，在一起我也不知道为什么就变得简明方便了。师姐每天给他在图书馆占位子；到周末，会提前告诉他，电影票买好了，房间订好了。那好吧，占了位子就得去看书；买了票就得去看电影，订好了房间就该去住。他说：要不怎么办呢？

在我看来，我这哥们一辈子都在对自己和别人重复"要不怎么办呢？"这是答案吗？他认为是。除了中考时他用宽肩膀和巨大的后脑勺主动挡住我的考桌，此后的所有事情他都被动：走吧，那就走吧；抓着我的手，好，那就抓吧；亲我，好吧，我亲；抱抱，好，抱抱；咱们在一起吧，嗯，那就在一起。他缺少进攻性，同样不擅长防守，我们的师姐毕业去了荷兰，临行时我们去送她（我是他的朋友，因此不在避讳之列），师姐跟我说：

——这样的好人我再也不会遇到了。

我赞同。不过，师姐忽略了一个重要问题，他是她的好人，也可能是别人的好人。只要对方具有可靠的进攻性。师姐之后，他又有了一段三个月的小爱情，这回是师妹，老乡，入学报到时他接的她。他的关心无微不至，因为他是好人。小丫头就晕了，喜欢上他，表白时我们已经要实习离校了。然后他们紧急来了一场三个月的爱情，他毕业走人。

为了工作，大家只能四散，再好的朋友也不能腻着一辈子。我们去了不同的城市。关于他的消息，主要从书信、电话、手机短信、网络和同学聊天中获得，此外就是一两年有一次的见面交流。他分在某机关。衙门是他此生最厌烦的地方（难得地有了主动的情绪）。但当初那单位的某领导非常看好他的才华，三番五次和他联系，言辞恳切，他就答应了。好吧，那我去。这是他的天真处之一：欣赏你的只是组织中的某个人，一旦此人不足以代表组织时，组织就变成一个抽象的、失去温度的名词、形容词乃至动词，它不会从人性的、人道的意义上，把作为个体的你当回事。他不明白，组织是靠不住的。

他去了，为人沉默低调，工作认真负责。一个女孩以请教的名义频频来到他的办公室，以答谢的名义屡屡出现在他的业余生活里。如此过从甚密，谣言免不了要四起。解决这个状况最好的方法就是建立固定的关系，半夜了，她在他的房间里还不走，他同意了。那女孩不是他喜欢的类型，但也不至于讨厌，半年后他们奉子成婚。这期间他出了一次小轨，或者说是艳遇，去下面检查工作时，当地一个漂亮的女公务员不停地灌他酒，灌大了，两人在酒店里春风了一度。该女公务员据说在床上极有魅惑力，他不得不在三个月内连续四次要求下基层。后来是半夜里老婆给他电话，他正和女公务员在沙发上，儿子在电话里哭出来，他说他眼泪突然就下来了，穿上衣服连夜回了家。

据说，他起草的领导讲话稿从来都是这个系统里最好的；他不喜欢，但他知道如何把诗歌与庸俗的实用主义和形式主义完美地结合在一起。领导靠出色的讲话稿得到上面的赏识，上去了，因为种种原因没法带上他，通过关系把他借调到另一个单位锻炼，职务和职权上都升了。他只身赴任。这段时间是他一生中诗作最多的时候。离家六百公里，老婆孩子一个月见一次，也许他对自己的前程有所考虑，也许他对文学有了深入的心得，反正，这个而立之年的人，我的朋友，在尚能发现的诗稿中，他留下了足有三十八首半诗歌。两年，这绝对是个大数目。

在离家六百公里的地方，他和一个有夫之妇弄到了一起。那是个中学女老师，比他小一岁，年纪轻轻做了教导处主任，在一次他受命讲话的教育界会议上，被他的雄辩的口才折服。在相当文艺的该女教师看来，他的口才堪比脱口秀，但比脱口秀多了文才和深度，对中学教育具有高度的洞察力。她的学校就在他单位旁边。会下她去请教，会后她又拜访，邀请他到学校为师生演讲，当然还有借书、还书，探讨文学、人生、教育和社会，他们有共同语言。一来二去（在描述这种关系时，这个词果然有巨大的概括能力，既简洁又复杂），的确是一来二去。某个晚上他们聊到夜半，她说：

——不想回去了。

——那怎么办？他说，要不你住我这里，我到同事的宿舍挤一挤。

——那我宁愿回家。她在学校有宿舍，但她没说回宿舍，而是说回家。

他们在城东，她家在城西，要在午夜穿过整个城市。

——你要是不担心，我就一个人走回家去，不劳你送。

——那好吧。他说，留下。

女教师的老公做生意，人有点浑，整天忙于应酬，喝高了偶尔还会对她实施点家庭暴力。这也是她经常住在学校的原因之一。后来她老公发现，老婆回家的次数越来越少，回到家轻易也不让他碰，碰了身体的感觉也不对。出问题了，但他找不到把柄，最近老婆的工作的确是忙，忙急了谁还有那种心思？“五一”长假出了事。教育系统组织后备人才去度假，在郊区的一个有山有水的度假村。女教师不该晚饭后就关了手机，她老公晚上查岗，电话快打爆了都找不到人，本能地觉得不对头，凌晨三点了又带了两个兄弟，开着车冲到度假村。我的朋友从窗户逃跑（幸亏在一楼），虽然没留下蛛丝马迹，但大半夜窗户洞开无论如何不在情理。戴着粗大的金项链和金戒指的生意人多了个心眼，强迫工作人员打开楼道里的录像。影像记录表明，我的朋友在九点差五分时进了女教师的房间，再也没有出来。据说，幸亏他跑得快，跳了窗户就往度假村外跑，免了一劫，女教师当夜被老公打得鼻青眼肿，休养了一个半月才去上课。

那地方待不住了，他只能回到六百公里外的原单位。他的位置没了，坐在他的椅子上的人对他暧昧地笑，握手，问好，就是不提从这间办公室里搬出去。那人不走，领导也没办法，正常的逻辑是，我朋友锻炼完了是要去更高的位子的，所以就及时提拔了别人。他硬着头皮去找升迁的老领导，发现已经躺在床上成了植物人，两个月前遭了车祸，连自己是谁都不知道了。他回到家，老婆对这事有所耳闻，加上之前的出轨，新仇并旧恨，核弹头一样爆发了：

——滚出这个家！还不如死了算了！

这是他这辈子接受的最后一个决定：那好吧，死了算了。他在门外坐了一夜，抽了两包烟，天快亮的时候，打开六楼和七楼间的窗户，像卡夫卡小说里遵从父亲的旨意跳河的那个人，面对一楼平整的水泥世界，飞身而下。

初平阳
CHU PING YANG

初平阳到卫生间洗了个脸，出门敲周至诚的车窗户。司机躺在放倒的椅背上睡着了。他跟这个穿着体面的小伙子说，你的老板喝趴下了，就在风水居给他弄个房间睡吧，别回家折腾老婆孩子了。然后在路边拦了辆出租回家。

一开门母亲就醒了，她还惦记着占卜的事。她站在客厅里，不需要鼻子，只用眼睛看儿子的那张脸，就知道他喝多了。初医生在卧室里咳嗽一声，表明知道儿子回来了。她问平阳，要不要他老爸帮着掐掐穴位或者扎两针，走走酒精，初平阳摇摇头。她就带他到初医生的诊断桌前，碗里的水都在，父亲的一支羊毫小笔果然倒在瓷碗的东北方向。她掰着指头算过了，初家没有谁在那个方向出没。

“你有什么人这两天在东北方向吗？”她问儿子。

初平阳又摇摇头。这次摇头为了顺便测一下头疼的强度。现在头不那么重了，但疼得厉害，晃一下那枚生锈的钉子就在脑子里画上一圈。“妈，你们睡吧。四点半我去接长安。”

“火车站？”母亲说，“在东北方向啊！”

初平阳觉得母亲担心过头了。那是火车，不是自行车，你还真以为三天两头出问题啊。

“要不你打个电话让长安在车上小心点？”

“半夜三更的，满车的人都睡着呢。”他知道易长安这两天不用手机。

“好吧。”母亲挑挑眉毛撇撇嘴；奇怪了，儿子越有学问，她对自己的小把戏就越没信心。这两天三口人情绪都不太好。要离开这地方心里总不是个滋味，而卖房子在某种意义上已经是连根拔起。白天她和初医生又去寄行李，出了邮局门她就掉眼泪了。现在儿子还喝多了。“赶紧上楼，还够打个盹儿的。”

初平阳设了闹钟，躺下，眼睛没闭实在就睡着了。梦境的前半截挤满了叮当作响的德国黑啤的酒瓶子；后半截一直闪现舒袖的脸，以他在梦中的全知视角，他很清楚，当舒袖的两个嘴角往下拉的时候，她呈现出的就是一个年轻寡妇的表情。这个悲哀的表情让他在梦里也心碎，闹钟没响他就醒了，穿衣洗脸下楼。杨杰已经坐在石码头上的车里了。

“谁放倒谁了？”杨杰问。车穿过黎明前的花街，然后左拐，十五分钟后可以到达东北方向的淮海火车站。南大街有几家店铺的霓虹灯彻夜亮着，两个从“地球村”网吧打了通宵的半大小子，脚步踉跄地走到十字路口上。

“下午我想和福小去趟房产局。”初平阳搓着酒后浮肿正在消退的脸，“过完户就回北京。”

“别人的老婆了。太上心不是好事。”

初平阳说：“得回去好好准备毕业答辩了。”他的理由也正当，社会学系的博士生学制四年，他三年就修完了，论文答辩肯定会遭遇老先生们的刁难。

昨天顾教授打来电话，提交的论文定稿后他又读了一遍，挺满意，前两稿中存在的问题解决得也比较圆满；但也不能掉以轻心，因为他的论题在专业里相对前沿，带出的周边问题比较多，有些甚至相当棘手，尽管自身的逻辑比较严密，也得提前做好应对其他理论和数据的冲击和挑战的准备。总之，以顾教授做学问的风格，即使这个问题你已经考虑了一千遍，只要条件允许，你最好接着考虑第一千零一遍。

这正是初平阳投身顾教授门下的原因之一。刚去北大，他游魂般地旁听了全校几乎所有文科的课程，顾教授的课他最喜欢。当然中文系几位教授的课他也很喜欢，可是在文学系的诸多专业里，他无论如何看不见自己的方向。在中国现当代文学、中国古代文学、文艺学、语言学、文字学、文献学、比较文学等各自或辽阔或狭隘的版图上，他迷路了，不知道该往哪里走，或者说，他根本就缺少寻路的兴致。而在他看来，如果找不到通往某专业的源自生命深处的激情，那这学问最好别做。但在社会学领域，他突然觉得自己有话要说。尤其是面对顾教授高屋建瓴的立论和风雨不侵的逻辑，他总能勃发出突围的冲动。他一直在旁听顾教授的课，给本科生上的大课，还有限于研究生的小课。他知道顾教授的论述没有任何问题，但后脑勺不由人就生出反骨，想站起来批驳和辩证。通常旁听生没有课后作业的义务，也不具备要求教授批改的资格，但他还是多次将想法写出来，当作业发到顾教授的邮箱里。开始顾教授以为他是同事的研究生，系里开会他还私下问了几位教授，没人知道初平阳是谁。到了十二月初，在教研室的一次讨论课后，顾教授把他留下，他才知道这个侃侃而谈的小伙子是谁。上课前，教务秘书给了他一份今年报考他博士的考生名单，顾教授看到初平阳的名字。

“欢迎你报考我的博士。”顾教授让他坐下来，“你的文章和刚才讨论时的发言，想法都很好，论辩也很精彩，但是……”他有话直说，和做学问一样，从不拐弯抹角，“你所用的主要还是普泛意义上的学识和能力，专业层面还稍显欠缺。不是说非得狭隘地局限在专业内部才可以讨论问题，但要成为一个好的学者，首先要进得来；进得来，深入下去，然后寻求突破。这是基本功。”

顾教授给他列了一个书单。固然大师们的经典著作让他肃然起敬，尤令他心生敬意的，还是这份漫长的书单里，顾教授把系里老师的重要著作都列了，但独独他本人的著作一本没有；事实上在本专业内，顾念章三个字在国际学界也吃得开。

他没考上。阅卷的时候顾教授在日本讲学，报考他的考生的试卷只能由别的教授代为批阅，他们也许根本不知道这个初平阳是何许人。就算顾教授亲自阅卷，爱才之心也未必能让他手下留情；对待学术，他的确严肃到了不近人情的地步。但那一年顾教授一个博士生也没招，没有特别满意的。他在回复初平阳的邮件里说：

“好好读书，从头再来。今年空缺，希望明年我的两个招生名额里有你。”

淮海火车站设计成一个驶进站台的火车头。照说这样的设计效果应该沉稳隆重，但怎么看都觉得潦草，火车头慌慌张张就进了站。外墙上贴着长方形白瓷砖，白瓷砖之外的墙体全是绿色的玻璃，黎明干净的晨光映进玻璃，那绿色却变脏了。从哈尔滨过来的一趟车半小时前到站，有人接的乘客都离开了，没人接的混在去往下一个城市的候车旅客中，歪在候车大厅的塑料椅子上打瞌睡。早起来载客的的哥、黑车司机和人力三轮车夫在大而无当的广场来回跑动着取暖，见到人就问去哪里、坐不坐车。骑着三轮车过来卖早点的摊贩正在生火，他们的顾客只有北京过来的火车上的乘客。杨杰把车停在出站口，两人去候车大厅看稀奇。故乡的火车站。离火车到站还有十分钟。台阶很高，比人民大会堂前的台阶少不了几级。等他们爬上去，在门口的电子屏幕上看到一条红色的滚动信息，滚来滚去滚的是同一条：

北京发往我市的列车因故晚点，到站时间另行通知。给您带来的不便我们深感抱歉，请耐心等待！

“没有奇迹，只有意外。”杨杰说，“开往咱们淮海的火车，为什么就不能像条屎一样顺顺当当地拉出来呢！”因为业务和酒桌上高频率的应酬，这几天杨杰便秘了；哪一次要是能十分钟就从厕所里出来，他比做了一笔好买卖还高兴。

初平阳突然想到母亲那个不祥的占卜。“上车，快！”他说，“顺铁路往北走。”

一条水泥路与铁路平行，中间生长着矮树、荒草和灌木丛，他们的车声偶尔能惊醒几个躲在灌木里的小兽。车站在城市东北，再往北，跨桥过了运河，铁路往西北方向偏，公路朝东北方向走。车只能从公路上下来，跟着铁路，在野地里一条含含糊糊的车和人踩出的土路上跑。一路上都没看见火车。前面有个人影，杨杰踩了踩刹车。那人听见车声站住了，扭回头看他们。是铜钱。这个游魂，一大早跑到这么远的地方。初平阳想，他要到世界去呢。他让杨杰把车停在铜钱身边，打开车窗就能闻到铜钱身上散发的古怪的焦煳味，他被雷电烧了一半的阴阳头，很像脑袋被人砍掉了一半。

“铜钱哥，真早。”初平阳说。

“哦，是平阳，”铜钱把手插进袖管里，脸上有了笑，“你又要走啦？”

“我们看火车去。”初平阳说，下车拉开后面的门，“一起去吧。”

铜钱歪头看了看杨杰。杨杰对他摆摆手，“不认识啦？我是杨杰。”铜钱的手继续往袖管里插，看那架势，最后他想用两只胳膊把自己抱起来。他的裤子依然提得很高，离腋下只有六七厘米。“不去，”他想了想之后突然惊恐地说，眼睛顺着铁轨一直往前看，看两眼又收回目光。“我不去。我不去！”

“没事，你看，”初平阳说，“天好着呢，太阳快出来了。没雷电。”

“不去不去！我不去！”铜钱转身往回跑。

初平阳上了车。不能强迫他，吓怕了。

再往前跑，土路也漫漶，隐隐约约有个路的样子。也可能已经消失了，只是杨杰自己还觉得行驶在路上。他没法跑太快，宝马底盘低，掉进水洼里打个滑很可能爬不上来。现在他在后视镜里能看见后车轮甩出的泥水，有的竟被甩到了挡风玻璃和车头上。

对面来了一辆越野。这片野地里跑出一辆车已经够奇怪的了，又来一辆，其诡异让初平阳感到不妙。对方肯定也有同感，大老远就开始摁喇叭。两辆车因为防滑同时往相反的方向侧身时，初平阳和杨杰看见了越野车身上的英文单词，Police。事儿大了。两人都不说话。杨杰只管往前开，他想没准是巧合。他摁响了喇叭。在会车前的一瞬间，他们俩看见警车的后座上坐着三个人，中间那个是易长安。杨杰立马紧急掉头，绕一个圈去追前面的警车。快追上的时候，警车右前窗里伸出一只胳膊，把警报器放到了车顶上，跟着警笛响起来。然后，他们听见一个强硬的声音在喇叭里喊：

“后面的宝马，请注意保持距离！”

他重复着同一句话。杨杰把油门踩到底，很快和警车平行。杨杰打开车窗喊：“没别的意思，我们就想说句话！”

“没别的意思麻溜儿地退后！”喇叭里说，“有话到警局说！小心枪子儿不长眼！”

“老大，”易长安说，“那是我兄弟，都是良民。就停下来让他们说两句呗。要不放心，你们可以把枪先顶我脑袋上。”

“我让你张嘴了吗！”攥着喇叭的家伙说，然后对着喇叭又喊，“有事去警局！再跟着可就是犯法啦！”

杨杰把速度降下来。没法跟他们来硬的。他对初平阳说：“我不该让他回来。”

“迟早的事。”初平阳说，“出来混，都是要还的。顺其自然吧。”很久以前他就请教过法律专业的朋友，易长安这样造假，假证件、假车牌，罪不大，进去了撑死也就两年。问题是，不知道他还干过别的事没有。

而此刻，坐在警车里的易长安想，幸亏没答应络腮胡子入伙，做他们的啥股东，真弄个盗车团伙的罪名就够喝一壶了。络腮胡子曾让易长安拿造假的技术入股，年终分红；这办法既可以把易长安长久地套牢，又解决了安全隐患，大家都在一条船上了。易长安没干，要做就做别人的老板，要么挣现金，当什么股东！现在不过是制售配套的假车牌和驾照，偶尔搞点套牌，进去也就那么回事。他很清楚。比在鹤顶乡下教书差不了多少。先进一下淮海的局子也好，顺便还能把“兄弟基金”的字签了。

天亮了。杨杰踩了刹车，停下，不停地摁喇叭，他要让易长安在声音传送的极限之内一直能听见。易长安的确听到了，直到他被迫要坐的车拐了个弯，最终驶出了初平阳和杨杰的视野。他们俩看着他从野地里消失。初平阳给两人各点了一根烟。“当初要跟我一起做水晶就好了，”杨杰说，“不用整天被人追着跑了。”

“你让长安坐下来，盯着一块水晶把它盯出钱来？”初平阳说，“除非你把他送进去。不被人追着跑，他就得把别人追着跑。”初平阳从杨杰的变化就能看出来，水晶工艺不单是个买卖，还是个修为和境界。易长安那一肚子邪火。初平阳见过他把教书的那个乡镇的镇领导追得一顿饭要换三四个饭店。易长安教书的地方，是鹤顶西北部最穷的一个乡镇，从乡升级到镇都花了很多年时间。易长安就是冲着它穷才去的，他存心要恶心易培卿。但去了才发现，穷本身不可怕，顶多生活艰苦点，但穷之外还恶心，他就受不了了。天高皇帝远，没人盯着，穷地方的领导往往更专制，为所欲为。今天看沿街的墙刷成绿颜色不好看，明天就让刷成红的；发现刷成红的也不对劲儿，后天就再改成黄的；黄的效果还不如绿的，大后天再刷回去。领导把大部分决定当成儿戏，有种破罐子破摔的大无畏劲头。上行下效，镇领导的作风传染给了下面的小跟班的，各个小衙门和小单位的头头进出办公室都是一副死猪不怕开水烫的表情，令行禁止想到哪儿算哪儿。

“有这么邪乎？”杨杰家在鹤顶，但他从没去过易长安教书的乡镇，只是抽象地听说那里日子不太好过。易长安教书时他在北京，头脑里一天到晚伸出无数只小手，闪闪发光地去抓水晶和人民币，没心思关心别的。“我还以为他去了个桃花源。”

“穷地方只会产生苛政，”初平阳说，“哪有什么桃花源。”

易长安教书时，初平阳去过两次，一次夏天，一次冬天。因为寒暑假大学放假比中学早，他到了鹤顶时，易长安要么还在上课，要么还在准备放假。那所中学只有初中，没有高中，高中得考去鹤顶县城或者其他镇上的高中里念。学校坐落在野地里，男教师的宿舍前面有条臭水沟，夏天热，夜里睡觉都敞着门，青蛙、癞蛤蟆爬进来一地。冬天冷，食堂里只有一个师傅，用一双冻裂了的手做饭；一天三顿饭有两顿主食是跟黄土一样颜色的馒头，一个馒头重半斤；菜有三种，一种凉拌腌萝卜咸菜，一种凉拌雪里蕻咸菜，一种腌萝卜和雪里蕻一起炒的熟咸菜，后者必须每天晚饭排在前十个的打饭者才可能买到。有一天易长安去某学生家家访（他希望孩子过了年还能来念书，通常寒假结束是一年中的退学最高峰；过年要花钱，家长就没钱给孩子交学杂费了，顺手把孩子拉下来。易长安不愿去做此类的家访，去一次回来难受好几天，有的家长相当赖皮地说："易老师你要想孩子继续念书，那学杂费你帮他交了吧。反正咱们家没钱交。"如果班上辍学率很高，易长安就会被扣工资，最多一次工资只剩下不到一半。学校就这么规定，校长的口头禅是：好老师桃李不言，下自成蹊。好像念书不需要钱，跟听免费音乐会似的），初平阳早早地去替他排队，总算买到了，吃的时候的确挺香，因为师傅用热油炸了锅，油香味在。

尽管苦，易长安从没想过要离开他的半斤重一个的馒头、一年到头重复的三种咸菜和经常念不起书的孩子；他辞职是因为镇里突然决定，所有教师只发百分之五十六的工资，那剩下的四十四拿来促进乡镇建设。易长安就火了，他指望工资积累到一定数额，买一辆眼馋了多年的摩托车，那样他就可以在节假日骑着摩托车回花街，可以在平常很拉风地带着不同的女朋友去镇西边的水库里游泳。他喜欢带她们去人迹罕至的水边，全脱光了下水，游累了就在水里干坏事儿，干完了接着再游。他找到校长，校长摊摊手，他的工资也是百分之五十六，要喊冤找镇领导去。他真就去找镇领导了。一进镇政府大门，门卫就说领导不在，要么陪县里的领导视察了，要么下乡到村里开现场会了（他想起很多初一学生都会说的顺口溜：嘴里没滋味，下乡开个会），要么领导处理别的啥啥要事了。但他发现，下午两三点的时候，经常能在镇上最好的几个饭馆门口撞见领导，这帮狗日的正摸着肚子、叼着牙签从馆子里出来。整天忙着吃饭呢。狗日的一个个吃得油光满面，一开会却叫着没钱搞建设，希望教师兄弟们支持，然后往死里克扣。他很想弄清楚每顿饭他们都吃了多少公款。

第一次闯进领导吃饭的包间，领导们还不习惯，把他当成神经病推出去；第二次把他关到门外，第三次就知道这家伙是有预谋的，砸场子让他们难堪的。易长安提前拿了张菜单，冲进去就开始对照桌上的菜，一个个在单子上打钩，还有酒（酒是大头），然后随身掏出计算器，算出来这顿饭他们吃了多少人民教师的工资。他大声地告诉他们，他们吃掉了几个百分之四十四。搞了几次，镇领导真怕他了；想让派出所把他逮了，可易长安早把他的行为告知学校的同事，并且放言，如果突然蒸发了、进局子了、送精神病院了，务请同事们把真相公之于众，搞得领导们也不敢轻举妄动，只好每次团伙腐败或者陪同县里领导吃饭时，派几个警察在饭馆门口守着，易长安来了坚决拒之门外。一旦门口守卫不力，他们立马转移阵地，换个馆子继续吃。有一回镇长招待一个外地来的朋友，没派守卫，被易长安盯上了，吃了半截换地方；但他走到哪儿易长安跟到哪儿，跑了四家馆子，镇长实在被追急了，说：

“我用自己钱还不行吗？”

“你早说啊，”易长安说，“害得我跑了好几趟。你有车坐，老子可是用腿跑的。”

镇领导觉得这家伙留着是祸害，给校长打了电话：不管用什么招儿，让他滚蛋。

“长安不是自己辞职的吗？”杨杰说，“他跟我说，除了去我家，这辈子不想到鹤顶了。”

“让我滚蛋？”当时易长安坐在校长的办公室里，“要么把我开除，要么把咱们的百分之四十四全补回来。”

“结果是，镇上拨了一笔专款，把长安所有的四十四全补回来了。”初平阳说，“别人的没钱补。补一个学校就得补所有学校的，那可不是一个小数目。”校长在寒假刚开始的时候，请长安喝了顿牛肉汤。轮到易长安假期护校了，晚上他们俩拿着手电筒满校园晃悠。小偷挺多，因为小偷比学校更穷，能从教室的窗户上卸掉块玻璃装自家的窗户上，那也不枉深更半夜白跑一趟。然后校长把自家的煤球炉拎到办公室，让镇上杀牛的屠夫送来一锅牛肉，连汤带水，从柜子里摸出一瓶洋河酒，请易长安热乎热乎。“帮个忙，长安，悄没声息地拿着你的钱走吧。”校长苦哈哈地说，“想买摩托买摩托，想娶媳妇娶媳妇；要真娶那还得再添点，在咱这破地方，媳妇越来越娶不起了。（易长安插话说：“校长，只要在咱这九百六十万平方公里的地盘上，媳妇在哪儿都贵，越来越娶不起了。”）你说得对：生不起，死不起，养不起，娶不起。我这个做校长的也对不起你了。做过多少错事你大人有大量，这杯酒下去，这碗肉吃了，这碗汤喝了，全都一笔勾销，你看行不？就别难为我了，出了校门我他娘的也是孙子。行就干了！”易长安想，一个可怜虫折磨另一个可怜虫，没啥意思；干就干，不跟你们这帮鸟人玩儿了。干了酒，吃了肉，喝了汤，校长从包里把易长安的百分之四十四拿出来，块儿八毛的都在，一小摞，只看厚度还挺像样。第二天易长安坐上一辆破烂的中巴车去了鹤顶县城，买了辆摩托车骑回学校。卷铺盖回家之前，他花了三天时间，带不同的女朋友分别在镇上的各条街道上都转了一圈，然后跟她们说：

“老子不干了，翻过年去北京。只要没嫁人，哪天想我了，就去首都找我。”

“说实话，我挺羡慕长安的，”杨杰说，“拿得起放得下。我们都被声名和事业所累。”

“那是因为你不知道哪些事他也拿不起放不下。”初平阳说，“我还羡慕你呢。但你肯定有很多拿不起放不下的。”

“呵呵，”杨杰笑起来，“没错。所以，只要长安没问题，咱们就别太替他操心了；把他想做但做不了、我们又能替他做的，做好了就行了。回去吧，你补一觉，我找找人看能不能尽快见长安一面。”

车过运河桥，铜钱还在路边走。这次是往回走。杨杰停下，初平阳从车窗里问铜钱，要不要捎他回西大街。铜钱摆摆手又摇摇头，“我不回！不回，平阳。”他说，“警察来抓人啦！车很大，那么大，我就藏起来了。我趴在青草上，他们没看到我！”他的衣服上前襟和裤子的膝盖上沾了泥水，真趴过了。

“真不回？”杨杰问。

“不回。”铜钱说，又摆手又摇头。

初平阳说：“走吧。铜钱纠结着呢，想走远不敢，让他老老实实待着又不甘。被雷吓怕了。”车继续往前走，初平阳在后视镜里看见铜钱转了个身，开始往北走。走到临近他恐惧底线的距离时，他再走回来。如此反复，很可能从此贯穿他的后半生。

被雷电吓怕了的铜钱肯定让杨杰想起了天赐。两人接下来都沉默，到西大街时杨杰才说："要是能见到长安，咱们去的时候把要他签字的基金协议带上。"初平阳说好，车已经到了花街。

他们刚到石码头上，早起的初医生夫妇就从大和堂里走出来，好像两口子一直等在门后。他们看见从车里只走出来两个人，就明白易长安出事了。但他们不知道出的是什么事，他们一左一右站在门边上，等着走过来的两个人中的一个说出答案。

"长安被抓了，"杨杰如实告诉他们。"平阳得补一觉。现在我都能闻到他身上的酒味。"

"你们先喝口热汤，"初医生老婆说。这个消息给她的感觉也像卖房子搬家；他们仨，一个待在北京，一个不知道会待在哪里，一个将去异国他乡。"已经煲好了，放了黄芪和枸杞，补气。"

每人喝了两碗。杨杰开车先去老歪杂货铺，初平阳上楼补觉。时间是早上六点一刻。初平阳醒来是九点十六分，被手机响铃声弄醒的。他睡了三小时，准确地说两个半小时，因为前半个小时他在想，该如何走到南大街，用恰当的方式将易长安的消息告诉他的父母。《京华晚报》的编辑小白九点到办公室，打了一瓶开水，泡一杯无锡产的绿茶，开始了今天的第一项工作：给初平阳发短信，提醒他赶早别赶晚，五月的第二个专栏得提上日程了。短信提示音是敲门声。初平阳回短信说，放心，头脑里转着呢。其实现在他还是两眼一抹黑，头脑里空空荡荡。这些天大脑完全不在"书面"状态，静不下心来看书和思考，床头和书桌上此刻至少摆了二十本书：《圣经》《塔木德》《修道院纪事》《超越民主自由》《明夷待访录》《人的条件》《胡安·鲁尔福全集》《现代性与自我认同》《不平等与异质性》《河湾》《乡土中国》《社会学的想象力》《龚自珍文选》《简明汉语-希伯来语双向词典》《玫瑰之名》《心灵史》……没有一本能专心看上两个小时。从北京回来，给他的感觉如同从书斋里出来，生活汹涌，扑面而来；信息量和情感消耗比他待在北大一年里接受和支出的都要大。这就是学院的后遗症？再在花街待上十天半个月，他觉得日常生活就会成为他的负担，让他疲于应付。

初平阳赖了一会儿床，想接下来该写什么。可写的东西很多。至少在他看来，这一代人的确在众多方面呈现了区别于前后几代人的景观和问题，他也在自己的笔记本上罗列了一串。但现在他对那些问题一点兴趣都没有，他无法从花街的生活直接跳进那些问题里，就像他无法躺在大和堂二楼的床上，听着窗外运河的水流和花街的市声，假装自己正坐在两人一间的畅春园博士生宿舍，或者置身于邓小平题写馆名的北大图书馆里——在那里随便从架子上抽出一本书，他都可以安静地看上两个小时。他希望接下来的专栏能从他当下的花街生活里出来。可是，问题在哪儿呢？

楼下母亲在和街坊们提前告别。这些天一直陆陆续续有人来告别，四条街上的，父亲过去的病人，母亲那头的亲戚，多年来若即若离的朋友：待在原地感觉不到岁月流逝，一旦离开，时光的重量让我们不堪重负，亲情、友情和乡情各自油然而生。上了年纪和生活悲观的客人，跟父母正说着话就哭了，他们清楚生命中总会有一些告别是永别。他们说：不知道什么时候才能再见；不知道还有没有机会再见；不知道你们回来的时候我还在不在；不知道那个时候，我们大家，所有人，连同四条街和这条运河，会是什么样子。现在，东大街的大嗓门彭阿姨，和初平阳的母亲多年来同为黄梅戏的票友，哭哭笑笑地舍不得，咬牙切齿地重复着：

“十年，我说的是十年啊！我也就能活这么大了。你们得回来啊，搬回来，叶落归根；我要赶在死之前，跟你再唱一回《小辞店》，你唱柳凤英，我唱蔡鸣凤。”

“好，十年就十年。”初平阳母亲说，“你还是蔡鸣凤，我还是柳凤英。可是老姐姐，再十年，咱俩还唱得动吗？”

“唱几折算几折。唱不动，两个老太婆哼哼还不行么！”

“好，十年！”

两个准老太婆击掌为誓。

初平阳想，十年后母亲会是什么样？父亲呢？四条街和运河呢？十年后自己呢？十年后舒袖、杨杰、长安、福小、吕冬、齐苏红和铜钱呢？十年后我们分别会是什么样子？我们会把多少现在的自己带到2019年？初平阳胳膊肘一撑坐了起来，新的专栏就叫《2019》。为什么不能遥想一下我们的未来？十年后的70后。

正当初平阳在笔记本上记下题目，尝试着要去想象一下，包括他自己在内的七个人十年以后的生活，杨杰打来电话。“起来没？”他站在公安局门口对着手机说，“十一点半可以过来看长安，就五分钟。晚上他要被带回北京。”

“好，我会提前到。”初平阳说，“十年以后长安会是什么样？”

“不会那么久。我咨询了我的法律顾问，刚刚也请教了副局长，也就一两年。但因为受盗车案牵连，事儿显得挺大。”

“我是问，十年以后你觉得咱们会是啥样？你，长安，福小，我，还有吕冬他们。”

“谁知道呢。”杨杰停顿一下，似乎在替初平阳遥想一下十年后。他没仔细想过。百分之九十九的人都不会认真地想象十年以后的自己。但他做过一个关于公司发展的十年规划，在年初面向全体员工做的规划报告里，他希望十年后，也就是2019年，他的公司将成为全中国乃至全世界最好、最大的水晶挂件生产企业：天然水晶制品的比例会缩小到总量的三分之一弱，人工合成的水晶制品将增至三分之二强，因为天然水晶储量和开发在急剧萎缩，浪费过于严重；现在他用一般天然水晶制品的下脚料做原材料，五年之后，他将以小件天然水晶工艺品的下脚料（主要是现在的天然水晶挂件的下脚料）为原材料，批量生产水晶挂件和小型水晶装饰品；也就是说，他将逐步采用相关技术，把现在一般天然水晶制品的下脚料的下脚料人工合成为接近天然水晶的水晶，能源再利用，继续生产水晶挂件等小饰物。他对公司的前景有相当的信心和把握。但他知道初平阳问的不是这个，而是十年后他们可能的生活和精神状态，他没想过。不过一些基本的预见他还是有的。“长安会是个英雄。我是说他从号子里出来后，他会转身在正道上走得比我们都远都激进。正道上的先锋从来都是英雄。我预感这次进去很可能是他过去混乱生活的总结。他是个有激情和爆发力的家伙。当然，他得把力气用对了路才行。”

“你呢？”

“我？呵呵，这要问崔老师；我跟着领导走。”

十一点二十五分，初平阳和杨杰坐在拘留所的会见室里。他们没告诉福小，也没通知易培卿老两口；能让他们俩见易长安已经是天大的面子，副局长签了责任状的。会客室里的温度感觉上比室外低了三四度，他们觉得有点凉；整个房间的门窗、地板、天花板、桌椅和直径接近三个厘米粗的钢铁栅栏都处于一种坚硬、冰冷和噤若寒蝉的状态，你会觉得这个会客室在本质上是拒绝交流的，它的存在完全是为了让双方体会沉默的必要性。他们俩能听见彼此的心跳，在基本合拍的两个火热的心跳之外，还有一个宽阔、傲慢和沉闷的心跳，是这间会客室的。铁门打开的声音，一条锁链刮擦地面的声音，两个荷枪实弹的公安押着易长安从侧门进来。

除了胡子长长了一点，易长安的那张脸和他们天亮时瞥见的没有区别；衣服上的泥水已经晾干，留下土黄色的污迹，天亮时他坐在车里，他们没看见。“都来啦？”易长安说，看了看墙壁和天花板，坐下来。“别吊着个脸，能在这里聚聚也不错。他们对我很好，没打。你看——”他把两只胳膊伸到初平阳和杨杰面前。因为副局长的面子，进会客室之前他们把易长安的手铐下了。据研究，手铐是世界上最容易让人触景生情的物件之一。一点伤痕都没有。杨杰和初平阳每人抓住了他的一只手。“别这样，别这样。”易长安把自己挣脱出来，“男人抓男人，我鸡皮疙瘩都站起来了。先把正事办了，在哪儿签？”他那股浑不吝的劲儿还真不是装出来的。能跑他就跑，被逮着了他也不认为从此就天塌地陷了，又不是没进去过。

杨杰从档案袋里掏出一式七份的协议和一支黑色签字笔。按要求，进来之前他们已经被搜过身，七份协议和那支笔也被检查和审核过。他们四个人和市文化局、淮中区区委、沿河风光带管委会须共同签字盖章之后，协议方能生效；文化局是批准方，淮中区委和管委会是见证方。为了最大限度地保证政府的权益，文化局的秘书们字斟句酌，把条条款款都考虑到了，因此整得很厚，打印出来有十页。易长安根本没时间通览协议，也没那个必要。协议上他们四个人的捐款额度一项暂时空着。总数一百万，初平阳和福小两个人意思一下就行，杨杰得等易长安确定了数目之后才能决定最后拿多少。杨杰对他伸出食指和中指，二十万？易长安摇头，蜷起右手大拇指，把另外四根指头伸出来。四十万。杨杰摆手，太多了，点了点桌子：兄弟，你还在号子里呢。易长安指指初平阳：平阳知道，进去了我也不是个穷光蛋，在你们卡上呢。这事必须速战速决。初平阳说："那听我的。"他在桌面上用手指写了一个"30"。易长安点点头，但他在额度一栏写的却是"35"。写完七遍，签了七次名字。"签名的感觉不错，怪不得都争着当官。"易长安说。他对他们俩比画：剩下的初平阳拿十万，福小五万。杨杰点头。等看守警告必须出声交流时，这个环节已经结束了。探视的时间也差不多结束了。杨杰说：

"放心，家里有我们。惠惠那边怎么说？"

"她愿意等就等，等不了就嫁人，"易长安把两只手掌心向上摊在桌面上，"我绝不为难她。平阳你帮我带个信，嫁妆啥的已经给她了。你知道的。爸妈的身体我倒不担心，有空帮我照看一下就行。我爸的牛栏山，回花街的时候想起来就带上一桶，想不起来拉倒；喝多了也伤身。他那《群芳谱》，找个门路帮他出了吧。别说是自费的，他要版税给他版税，要稿费给他稿费，我都准备好了。我真打算气气我爸，让你们转告他我进去了，想想又算了，别一下把他气成个偏瘫，我妈后半辈子也麻烦。别的，别的就没啥了。"

看守在后头说："时间到！"

三个人同时站起来。初平阳眼泪开始越聚越满，要转着圈往下掉，易长安让他赶紧擦掉。他把初平阳的眼泪称作"知识分子的软弱"。易长安被押出会客室的最后一句话是：

"要有人说我欠了他钱，只要竹杠敲得不过分，就替我还上。”

从警察局出来，两个人往人民广场走，找地方吃午饭。“人民”和“广场”都是大词，人民广场曾经也是个大地方，现在很小，被各种饭馆、店铺、游乐园伙同艺术家本人都搞不懂是什么的诡异雕塑，挤得只剩下圆形喷泉和周边一条车道宽的地方；幸亏这地方改成了步行街，行人还能在路边的长椅上坐下来。他们走到一个看上去很像半流质的人体雕塑前，一只白鸽子飞到初平阳的肩膀上。这两年广场又新添一景，只要不下雨，每天有专人来放两次广场鸽。鸽子在初平阳的肩膀上站了五秒钟，斜着飞上天，在它的翅膀底下，杨杰看到运河商厦二楼“鸿毛饺子店”的大招牌。

“吃饺子去。”杨杰提议，“送行饺子接风面，替长安吃了。”

他们上二楼，找了个靠窗的位置坐下，整个广场尽收眼底。饺子上来之前，他们为易长安干杯。希望一切都好。广场上纷纷扰扰，满得像一间年轻懒女人的客厅，各种喧嚣、艳丽、新奇的杂物和小玩意儿堆满了窗台、沙发、茶几、桌椅和地板。

“这些天在街巷里走，”初平阳说，“我经常觉得这地方跟我没关系；她不是我的故乡。”

“我也同感。”杨杰说，“变化太大。我从南大街一直往南走，在我的感觉里，这应该是通往水晶的方向，每走一步都应该离我多少年来在内心里形成的‘水晶’的感觉更近一点，可惜不是，每走一步我反倒觉得离那‘水晶’又远了一点。我没你那些理论和说法，就是感觉哪儿地方不对了。南大街往南已经跟野地、跟深埋在泥土下面、摸上去沁凉的矿物质断了联系。”

“变化我不怕。不变化只有死路一条，这我懂。但我不能容忍我的故乡被篡改，被弄得面目全非。不仅是水晶在跟地底下断了联系，我们也在跟这个地方断了联系，这个城市本身也在跟她的过去失去联系。”健康的发展变化应该有它内在的逻辑，但是他所见到的更多是强扭的瓜，是鸡同鸭讲，是嫁接、转基因和石榴树上结樱桃。

饺子上来了。“上午你问我十年后会是什么样，”杨杰把素馅和肉馅的饺子分开，把醋和辣椒油调好，“我还真说不好。作为一个商人，从财富的意义上说，我自信应该比较成功；这不是一个风险性的经营，只要脑子不进水，按部就班地往前走，就没问题。但从一个整天与水晶打交道的人的角度，我最担心的是，十年后我对水晶的生理感觉还在不在。我把手放到一块水晶上，它还能不能给我一种类似女人的感觉，让我激动，充满激情，让我觉得这块石头是有生命的。其实这话应该反过来说，是我能不能让水晶给我这感觉。如果不能，那么十年以后你见到的，可能就只是一个靠水晶赚钱的大老板。他的兜里不会时刻都装着一块养了多年的水晶，以备他随时握在手心里。”他从兜里掏出一块形状不规则、手表盘大小的绿水晶（这块水晶和董师傅带进棺材里的那块，是从同一块绿水晶上分解下来的）；他又从衬衫里把挂在脖子上的水晶挂件拿出来（一块看不出妙处的菱形透明水晶，一面刻着“崔晓萱”，一面刻着“杨点点”，很有点甲骨文的样子，据说能刻出这个水平的字，全中国不超过五个人）。“也不会戴着这样一块平常的水晶挂件，把家人的名字刻在上面。对了平阳，你想来一个吗？出国前我请雕刻大师帮你雕一个。”

“我要它干吗？又没有名字可以刻到上面。”

“等等，”杨杰看着楼下的广场，左手推向他作暂停状，

“好像是，又好像不是。发型不对。”

初平阳跟着他往下看。广场上起码有两百号人在东奔西走，至少有两百只鸽子在喷泉旁边起起落落。喷泉已经多日不再喷水，喷水的地方落满鸽粪。尽管乱糟糟的如同集会，初平阳还是在十秒钟内发现了舒袖。“好像是，又好像不是”的正是舒袖。杨杰记忆中的舒袖还住在未名湖边的小屋里，一头女朋友式的长发；而现在舒袖是妻子和母亲，头发剪短了，烫了几个大卷。她蹲在鸽子群里，扶着儿子周平原；她在告诉他，这些咕咕咕会飞的鸟叫鸽子。蹲在娘儿俩旁边的应该是保姆，跟舒袖差不多年纪，衣着和气质稍逊一些，背着一个双肩包，包外的口袋里装着蓝色的儿童保温杯。平原很可能是头一次看见这么多鸽子，跺着脚高兴，两只胳膊学着鸽子扇动翅膀；可惜听不见他开心的叫声。现在舒袖一手抓着儿子的衣服，一只手伸直，掌心向上，一只鸽子落上来。她慢慢把手和鸽子移动到儿子面前，平原两手围过去，想把鸽子抱住，鸽子飞走了。初平阳看见舒袖和保姆一起大笑。

“是吗？”杨杰问。

“是。”初平阳说。

十年以后舒袖会是什么样子？继续作为周至诚的太太，还是成了周至诚有钱的寡妇？如果是前者，希望她快乐，他宁愿她终于爱上了自己的丈夫；他们有个十一岁的儿子，郎才女貌，她相夫教子，整个淮海都知道大企业家周至诚有个所有男人都羡慕的贤内助；也许她会比现在丰腴一些，四十岁的女人要适当地饱满一点，体态圆润优雅，皮肤下的脂肪还可以祛除皱纹；她将会全面地理解生活的真谛；即使他十几年如一日地在《京华晚报》上开专栏，他也不希望她一期一期整齐地阅读和收藏，如果碰巧看见了，他希望她对儿子说："这个写文章的叔叔妈妈认识，你在一岁的时候也见过他。"仅此而已。除此之外，初平阳就想不出还有什么更美好的生活了。假如不幸成了后者（他希望她成为后者吗？），他依然希望她能快乐；他希望她能及时地怀念自己的丈夫，当然偶尔能怀念一下自己就更好了；她会把平原健康茁壮地带进十一岁的欢乐天地里，她通晓一个母亲所有的痛苦和幸福，她一定比现在坚强，就像周至诚病逝之后的若干年里一样，她坚强地面对生活，而且越来越坚强。

现在，她把平原交给保姆，站起来走到长椅上坐下；她的方向斜对着初平阳他们吃饺子的窗户。她看着保姆弯腰领着孩子在鸽群里蹒跚走动，脸上带着只有母亲才会有的微笑。半分钟后，她低头看了看地面，忽然觉得有什么不对劲儿，她抬起头开始在人群里找，然后抬升目光继续找。她不知道自己要找什么，只是觉得应该找。她的目光在人民广场的上空巡游，半空中有楼房和鸽子，更高的地方是淮海的天空；蓝天深如大海，白云像集体观望的羊群，偶尔有一架飞机穿过我们肉眼看不见的大风。但这样的好天气对舒袖没有意义，她把目光降下来继续寻找。

当她看到"鸿毛饺子"的窗户时，初平阳往后闪了一下。杨杰对初平阳的反应感到奇怪，当舒袖的目光周游一圈之后，再次回到鸿毛饺子店的窗户上，他对舒袖挥起了手。只挥了两三下，在舒袖没来得及看见之前，他的手就被初平阳摁到了桌子上。

"怎么了？"杨杰说，"回忆的勇气都没了？"

初平阳硬挤出点笑，"老大，饶了我吧。"他无法跟杨杰说他们见过两次，见得干柴烈火、肝肠寸断；他还不要命地跟她老公斗酒，姓周的告诉他，他很可能有今天没明天。一本糊涂账。倘若十年后的生活遵照梦境的指示发生了，那舒袖穿着亚麻布裙子和他坐在耶路撒冷的一家酒吧，喝完德国黑啤后，他们会去哪里？他们会继续待在那个充满了庄严的石头的城市，还是回到住处，收拾完行李赶赴机场，搭乘国际航班飞回中国？他们会有自己的孩子，这孩子会叫平原哥哥，他们会像讲童话一样告诉这个孩子，姓周和姓初仅仅因为他们不是在同一个地方出生。要是两个人仅仅是在耶路撒冷偶遇呢？那时候巴勒斯坦和以色列再也不会打仗，世界上再没有排犹，没有恐怖分子，也没有“圣战”和宗教冲突；舒袖只是一个脖子上挂着相机的观光客，他们在某座庄严的建筑前碰到，决定一起去喝德国黑啤，然后分手，他们去往不同的方向，或者一起回到中国后，再分赴不同的城市。

“再别说故乡跟你没关系了，”杨杰说，“我看你就是到了毛里塔尼亚、厄瓜多尔和长城空间站，半夜里醒过来，脑子里转的可能还是这地方。”

在杨杰的意义上，这个论断是成立的。拿到毛里塔尼亚、厄瓜多尔和长城空间站也必然成立。只要她在，甚至她不在，同样成立；忘不掉的爱情是你的第二故乡。鸽子飞起来，鸽子落下去，舒袖的目光在一遍遍地转圈。也许事情并非如直觉所示，这个闹哄哄的广场其实什么都没有。假如她再看一次这扇窗户，假如她的目光能在这扇窗户上停留超过三秒钟，我就站起来，两只手一起向她挥动。窗户上的玻璃用清洁剂洗过，透明到了可以忽略其存在的程度，我已经把脑袋伸到窗前了，但是她没有再一次光顾这扇窗户。她惆怅地坐在椅子上，茫然地盯着一个看不见的地方，她在怀疑自己刚才是不是灵魂出窍，这座生活了三十年的城市，这个广场她来了无数次，要是有奇迹送给她，怎么会等到现在才发生呢。她听见孩子在保姆的搀扶下，对着一群鸽子欢乐地叫妈妈。

“什么时候回北京？”初平阳问。

“后天。”

“有我的位置吗？”

“提前了？”杨杰说，“带驾照没？”

“没带。”他想还是早点离开好。看见得越少，故乡在心里留下的越多。

“那就只能委屈你坐副驾座了。”

酒喝到最后一杯，饺子吃到最后两个，舒袖和保姆带着孩子离开了。走出广场前她最后一次环顾四周，目光在人群和建筑间磕磕绊绊地穿行，一无所见。她感到左边脑仁微微地疼。此后，每逢无端地若有所失时，她的偏头疼就及时发作。

杨杰把初平阳送回石码头，接着开车去工厂车间：新的一批佛像挂件即将出品，他要去抽检这批成品的质量。贾凡陪小何去选墓地了。“选”当然是官方的说法，他们已经定好了，在墓地的最边缘，因为那地方没人要，价钱可以忽略不计。初平阳喝了一杯咖啡，把房产过户所需要的身份证、房产证和评估机构出具的证明等材料准备停当，福小带着天送准时来了。景侉子、秦素文跟在后面，以便需要的时候帮上一把，带带孩子或者帮着提前排队。这两年淮海的房产交易跟着全国的大趋势走，火爆得令人发指。淮海人也和北京、上海、广州、深圳一样，只有两种人，不是男人和女人，而是买房的和卖房的：个个都像打了鸡血，争着抢着买和卖；买为了再卖，卖为了再买，再买和再卖为了继续买和继续卖。所以房产交易所成了车站和医院之外，第三个人口密度严重超标的公共场所。

就算已经充分预估到形势之严峻，到了交易所，初平阳他们还是被甩到交易大厅门外的队伍给吓着了。哪像动用全部身家来买卖房屋啊，简直就是免费领取救济，很多人午饭都没吃，勒紧裤腰带在排队。这其中，起码有半数人也是勒紧裤腰带在买房子。按照交易程序指南，他们应该先去2号窗口。秦素文从窗口附近跑过来，经过三十多号人跑到队尾，让初平阳和福小跟她走，天送爷爷快排到了。太神奇了，初平阳和福小望着漫长的队伍，他是如何做到的？

“我买了一个号，”景侉子得意地说，张开右手的五根手指晃了晃，“五十。我就知道有排队挣钱的。”景侉子的头发白得触目惊心，从后面看就是个白头翁。他比初医生还小一岁，现在初医生叫他叔叔都有人信。这辈子他没干过几件投机的事，但这一次，五十块钱他花得十分骄傲。在任何可以抱孙子的时候，他都坚持把天送抱起来；现在也抱着，理由是人太多，磕着碰着孩子可怎么了得。

这种变相插队肯定遭人白眼，初平阳和福小又不想伤老人（初平阳从不把父亲看作老人，但对景侉子，他觉得实在找不到比老人更合适的称谓了）的自尊，硬着头皮站到景侉子买来的位置上。前面只有两个人。十二分钟后，轮到他们了。在这十二分钟里，福小说，现在改变决定还来得及。初平阳说，留间客房给我就行，哪天要回了花街，顺便怀怀旧。那当然，福小说，你的房间不动，天赐就是站在你的窗前才知道，抬头看见运河有多好。然后福小告诉他，接下来还要经历的程序：要缴纳契税、印花税、公证费，要缴纳新的房产证的工本费，要这个要那个。初平阳只是点头，其实根本也没听懂。

工作人员握紧印章，复仇一般砸到纸面上。可以走了。秦素文又小跑着过来，快排到了。景侉子花了二十块钱插进了下一个程序的队伍里。福小站到队伍里，对父亲说：

“爸，你要是再这么做，房子我不买了。”

“不是想节约你们的时间嘛，”景侉子知道这种事干了两次就不太体面了，不好意思再跟福小邀功，就跟天送说，“爷爷想给妈妈和叔叔省下点时间，是不是啊天送？”

“是的，”天送说，“爷爷想给妈妈和叔叔省时间。”

“我一天二十四小时都闲着，爸，”福小说，“平阳的时间也没那么值钱。”

还说不值钱。秦素文用下巴往门口指，初平阳正抱着手机在玻璃门里边转来转去。人家忙着呢。初平阳又转了几圈，放下手机往这边看，犹豫着走过来。

“有点麻烦，”他跟福小说，“我可能得先走一下。”

“着急吗？”

“嗯，吕冬骨折了。”他还是决定告诉福小。

刚才齐苏红打来电话，他以为又是想要大和堂的事，就去门口接。摁了接听键，他连基本的问候都省了，上来就说：

“对不起，大和堂已经卖掉了。”

齐苏红在那头有点蒙，回过神后才说：“那只能怪吕冬没这个福气了。”

“什么意思？”

“你可能知道了，我们决定离婚。”齐苏红说，“本来我打算把大和堂买下来给他住，他喜欢石码头。卖了就卖了吧。就是卖给我，他也没那福气住。”

初平阳又不明白了，但他态度还是有所转变。“是不是领导的说话风格都改猜谜了？”齐苏红从来没跟他说过买下大和堂的目的。“照顾一下老百姓的智商，别拐那么多弯好不好？”

“换个时间再说这事。吕冬小腿骨折了，从三院的墙头上掉下来。哭着喊着非要见你，说自己尾椎摔坏了。”

“尾椎坏了没？”

“坏个屁！要么是病情加重了，要么就是存心折磨人。请了二院最好的骨科大夫给他查了三次，小尾巴好着呢！”

“现在就去？”

“现在到他都嫌晚。你稍等，”初平阳听见齐苏红高跟鞋踩在水磨石地面上的咯噔咯噔声，背景里有含混、遥远的人声，然后是开门声，“听听吧。”初平阳听见齐苏红的手机里传来吕冬哼哼唧唧的叫声：“平阳，你过来看看我！”吕冬躺在病床上，左腿打着石膏和绷带，用夹板吊在床尾。“我要见平阳，你们让他过来！平阳，我尾椎骨折啦！”

“在哪儿？”福小问。

“二院，骨科病房。”初平阳说，“担心卢家仓的条件跟不上，齐苏红托人找的高干病房。卢家仓的医生陪同看护。”

“很严重？”

“左腿小腿骨折。还有，”初平阳停住了，福小看着他。“他坚持说他尾椎骨折。”

“还办不办？”4号窗口的工作人员敲着桌子问他们。她的麦克风声音很大，夹杂了沙尘暴似的杂音；要不就是她的慢性气管炎犯了。“说你们俩呢！还聊！不办让开，没看见队伍老长的？你到底办还是不办？”

福小对她抱歉地笑笑，说：“不好意思，我们待会儿再办。谢谢。”从队伍里退出来。后面的一个中年男人担心她变卦，迅速扑到窗口前，先把位置占下了再说。反悔只能站我后面啦。

景侉子抱着天送在8号窗口排第三道程序的队。这次他是那支队伍的倒数第四个人。秦素文一直守在福小旁边，紧急情况时她可以充当通讯员。“好容易排到了，你怎么又不办了？”丢掉这么好的机会她感到揪心（这是个心理学问题：为什么在乌泱乌泱的队伍里，往前排一个都会变成极重大的事情？因为往前进一个，被抛弃的可能性就小了一分吗？）；她更担心买卖中途发生变故：福小能以现有的价格买下大和堂，她这个当妈的一直有种脆弱的侥幸心理在。

“妈，你跟爸爸带天送先回去，”福小说，“我们明天再来接着办。有个朋友住院了，我跟平阳去看看。”

“什么朋友这么重要？一个小时也等不了？”

“吕冬。”福小说。她不打算遮遮掩掩地跟父母亲一块儿生活。

秦素文多娴静的人，听说是吕冬也忍不住哆嗦起来。在她看来，女儿这辈子整个毁在了这兔崽子手里。就算考不上大学（怎么可能考不上？福小成绩可一点都不差！是他让福小早恋了），福小也不至于这么多年一个人漂泊在外，让她和景侉子以为此生再不能见到女儿，他们将孤寡至死；都是这个浑蛋食言，让福小绝了望，绝望到了音信全无的地步；这挨千刀的龟孙子、大恶人、流氓、乌龟王八蛋！“不行，我和你爸都不会同意你去的，”秦素文说，“除非他进了太平间！”

“妈，我带天送回来，”福小说，“不是为了听你说这些的。”

秦素文突然就沉默了，眼泪吧嗒吧嗒往下掉。福小赶紧搀住母亲。话重了，起码秦素文没扛住。福小在外十六年，她无法想象如果福小再走，她和景侉子怎么活下去。福小没有威胁她的意思，但秦素文依然听得风声鹤唳，草木皆兵。“妈，我不是那意思，”福小拿出纸巾给秦素文擦眼泪，“我是想告诉你和爸爸，我都三十多了，我知道轻重缓急。我们别在这地方哭好不好？都看着呢。”买房子急卖房子也急，但谁突然在买卖的队伍里悲伤得掉下眼泪，那也是不容错过的一景。没排到的全都转头看他们，看不明白的想，肯定为了房子，哭也正常，房子本来就是个能要命的大事情。

秦素文还是沉默。等景侉子因为天送的提醒往这边看，发现苗头不对走过来时，秦素文才说：“妈不哭了。妈是怕了。你不知道这些年我和你爸是怎么过来的。”她接过纸巾自己擦眼，“你去吧。别跟你爸说是去看那人的。”

初平阳看到福小瞬间红起来的两个眼圈，闪着光，仿佛时光隧道，让他看见了十年后的福小。十年后，不管福小在哪里（他几乎可以断定，除了花街，福小不会待在任何地方），她都会是最通达的那个女人；她会是一个好妈妈（即使她没有天送，即使她一直孤身一人生活，她也会是一个好母亲，接近于完美的那一个母亲）；她在四十三岁的时候，也许就已经有能力和她的祖母秦环并肩行走；她会沉默、谦卑、宽容和坦荡地过完她的一生，对任何一个愿意沉着地领会生活之要义的人来说，福小都将是典范。他说：

“你确定？”

“嗯。”福小点头。

他们出门打车去市第二人民医院。天送让爷爷奶奶带着。秦素文对景侉子说，福小和平阳共同的朋友进医院了；如果没法及时赶回来，那就明天接着来过户。

坐在出租车里，初平阳心神笃定。这几天他一直觉得有件事没做，是这件吗？不管怎么说，这是他希望的结果。想必也是吕冬的打算。你们不是说我头脑坏了么，那我就坏给你们看，所以我可以肆无忌惮地说尾椎骨折了……我知道小腿断了，疼痛在那里，但我就说尾椎骨折，那是因为我别的地方也疼……有人能听懂……有人一定明白我为什么从墙头上跌下来……卢家仓的那一截高墙对我来说从来不是问题，但我摔下来了……脚没滑，我只是往后轻轻一坐，那是一个美妙的瞬间……滑翔……降落……扑通……可惜落点不对，砖头垫到了腿上，而不是屁股底下……谁动了我的砖头……这说明一个人并不是什么都可以擅长，比如我，擅长翻墙但不擅长从墙上跌下来……人无完人，眼下我就不是完人，腿断了……我说过，我不想让福小在卢家仓看见我，现在我在二院，我们可以见了，十九年前你也来过……骨科，骨科病房，那时候你住的普通病房，一间屋里挨挨挤挤摆了五张病床，三个人吊着胳膊和腿，一个人脖子上套了个圆筒，你必须趴着，屁股朝上，因为你的尾椎骨折了……我的腿断了，我知道，可我就说尾椎骨折了……平阳是我兄弟，没有人头脑比他更好使，他明白……什么都明白……我们什么都明白吗？

他们来到二院，找到骨科的病区，走进吕冬所在的高干病房。初平阳先进门，福小跟在他后面。跟十九年前比，淮海市第二人民医院仿佛是坐落在同一个地方的另外一家医院，从医院大门开始，门诊楼，住院部，各个病区，所有建筑和设备都是新的，连粉刷墙壁的涂料都是新的。福小怀疑自己的尾椎是否真的骨折过。齐苏红倚在沙发上打瞌睡，她很累，里里外外都得跑，管委会那边冷不丁还会有电话来。吕冬精神很好，护士把他的病床摇到四十五度，他半躺着，目光炯炯地看着他们走进来。看见他们俩，他阴谋得逞似的笑了：耍赖的孩子终于得到了计划外的糖果。齐苏红从沙发上起来，认定跟在初平阳后面的女人就是秦福小；她站起来的时候理了理头发。如果初平阳提前告知还有这样一位来客，她是不会打瞌睡的，她会提前到卫生间里把头发梳理好，施点淡妆；最近的确是憔悴了，黑眼圈都出来了。但她还是希望初平阳能介绍一下秦福小。

“这位是？”她问。

“福小。”初平阳说，“秦福小。”

齐苏红微笑，向福小伸出手，“谢谢你来看吕冬。经常听他提起你，果然光彩照人。”

“谢谢，”福小说，“就是个家庭妇女。他们都夸你是女强人。”

“这是批评。一个女人到了不男不女的时候，经常被称为女强人。坐，请坐，”齐苏红递给他们一人一瓶农夫山泉，“嗨，吕冬，叽哇半天要见平阳，平阳来了你倒装安静了。尾椎又不骨折了？”

“那是刚才。”吕冬说。他想象过很多种和福小再见的场面，不管多尴尬和险恶，他总能收放自如、侃侃而谈，唯独这么平常的情景没能想象出来，他就不知道该说什么了。但他努力让自己从容一些。“现在我改想法了。就算医生的话向来不太可信，科学仪器还是应该能说点真话的，那我就是小腿断了。”

“好，吕冬，你就逮着我折腾吧，”齐苏红说，“咱俩真是名副其实的耗到头了。”

“再忍忍，”吕冬说，“你就解放了。”

福小看看初平阳。她的意思是，这家伙除了嘴欠，看不出有什么毛病啊。初平阳对她撇撇嘴，虚虚实实，他也搞不懂。他跟吕冬说，来得急，要看的书没带过来。吕冬拍拍他的断腿，先把这东西养好了再说。他悄悄地告诉初平阳，断了而已，没大问题。“现在我迫切要做的，”他恢复了正常的声音，“不是看书和思考，而是努力让自己保持清醒。医院真他妈是个坏地方。”今天，包括最近几天在卢家仓，每天醒来他得把眼睛睁过三分钟，才能让世界恢复其本来面目，他才能意识到他是谁，他在哪里。他转向福小，“天送挺好的？”

“很好，”福小说，“他喜欢花街。接下来就该给他找幼儿园了。”

“平阳，”齐苏红从卫生间出来，疲惫和萧疏的痕迹不见了，“在忙什么？”

“瞎忙。对了，做个口头问卷：你对十年后有过设想吗？”

“十年后？2019年？”齐苏红拿了一个橘子给福小，初平阳怕酸。他们俩这才发现来得的确是匆忙了，水果和鲜花都忘了买。“遥远得像下辈子。除了工作，我还能干什么？”

吕冬插嘴说：“十年后你会被‘双规’。”

“听听，平阳，这就是我老公对我的爱！”齐苏红说。虽然她已经习惯了吕冬在言辞上对她的小小冒犯和反抗，“双规”这个词对她还是过于刺耳了。但她让自己明朗地笑出声来，“不过，那也得先让我有被‘双规’的资格啊！”这也许是另外一种真话。“如果我还跟沿河风光带有什么关系，十年后，我想我会让你看到一个前所未有的风光带。跟形式主义无关，也不是浮皮潦草的面子工程，甚至连发展旅游、拉动内需的辅助项目都不是，而是一个自足的、完满的、有着充分的历史和美学内涵的日常生活环境。不是摆设和装点，就是我们的生活本身。”

“听上去很美。”初平阳说。福小坐在那里表情自然，但他觉得整个气氛有点尴尬。也许应该给他们一点空间，还应该去买一束鲜花，红的花绿的叶总能让人心情好。他站起来，“我先出去一下。”

“我跟你一块出去。”齐苏红说。让他们聊吧，反正离婚已是定局。她向秦福小表示感谢，劳烦她陪吕冬说说话。

所有的医院都有一个压抑的长走道。走到电梯口，齐苏红说：“大和堂——”

“对不起，已经卖了。”初平阳抢了她的话。

“我想说的是，可能会有点小意外。”齐苏红说到这里及时地停下，感到了某种快意。她已经不会因为拿不到这套房子而失落。盯上大和堂完全是因为吕冬，她想把大和堂作为离婚的歉疚送给吕冬。这些年吕冬没事就往石码头跑，她想你既然喜欢，孩子归我，另外几套房子也归我，总得有个满意的地方让你住，正好赶上大和堂要卖；此外，赶着吕冬病情反复时离婚，的确不是很厚道，送个大和堂就当补偿了，也可以宽慰一下自己。但是刚刚，就在见到秦福小之后，她忽然发现，吕冬喜欢往石码头跑是有原因的，他哪里是看什么运河跟船，他是在怀念和凭吊他的初恋。她不知道吕冬去石码头，是因为早年他曾故意错失了船上的约会，他为自己的背叛，以及背叛所导致的福小辗转的十几年，才去码头上自责和忏悔。不过就她十分钟前的发现，已足够让她快意了：幸亏没能拿下，否则一不小心成人之美，那就太冤了。而现在有了别的意外，“大和堂初步决定要拆迁。”

“谁的决定？”初平阳觉得这是个大意外，“什么时候？”

“上头。昨天下午。我只是听了传达过来的消息。”

昨天下午吕冬翻墙，掉下来摔断了腿，齐苏红经不住卢家仓连着四个电话要命地催，只好从接待省委要员的会上临时请假。接下来市领导、区领导和管委会领导陪同省委要员坐船巡察风光带的建设。船走到石码头，管委会主任亲自讲解运河、石码头和花街的关系及历史沿革，省委要员频频点头，其实啥都没听进去，眼珠子一直围着大和堂转，这房子他看不顺眼。

“大和堂。”他看到门楣上挂的匾额，“字不错。民房？干什么的？”

管委会主任恭敬地告知，一家私人诊所。

“哦，肯定赚钱。”要员前后左右转了一圈脑袋，“风水不错。只是啊，你们看，敞敞亮亮的码头上冷不丁冒出栋房子，还有这建筑风格，是不是跟古典的石码头和花街不搭调啊？咱们不是讲建设和谐社会么，我看这就不太和谐嘛。”

“我们曾经考虑过把它拆了，”管委会主任赶紧编理由，“又觉得拆掉了码头太空旷。没这房子挡着，花街上的老房子显得有点乱。”

“这好办，”陪同的市长挺着肚子说，“你们不是申请建造一座运河博物馆吗？我看这位置不错。”

“可以考虑，”省委要员拍了一下手，“建成一艘船的样子，设计成一条大鱼也行。”豪情跟着上来，要员肉乎乎的小手一挥，拉出一个虚拟的长度和纵深，“这一家伙过去，气派大了！”

陪同人员争相附和，都觉得气派果然很大，如在眼前。管委会主任说：“领导的决策我们一定认真执行，努力落到实处。”

“这可不是我一个人的决策，是大家共同的智慧。群策群力，群策群力！”

“大家共同的智慧？”初平阳在住院大楼前停下来，“‘大家’就这么被‘代表’了？”

“市领导也觉得这建议挺好。”齐苏红说，“我们也没办法。”

“也就是说，只要领导看上了，拆也得拆，不拆也得拆？”

“政府用地，基本上是这样。当然，会有评估机构来做一个相对精确的估价，其他的条件也不是不可以谈。”

“我对那估价没兴趣；我也没什么条件想谈。”

“一旦论证通过，你只能从了。”齐苏红递给初平阳一根烟，两个人找了个人迹罕至的墙角点上。“胳膊拧不过大腿。关键是领导发话了。”

“要是哪天领导看我不顺眼，想要我的命，我是不是就得乖乖地把脑袋端着送上去？”

“大博士也喜欢抬杠哈。”齐苏红说，“哪至于。再说，跟你有半毛钱关系？房子已经到了别人的名下。”

“当然有关系。我不能跟击鼓传花似的，把炸药包递别人手里自己就没事了。”

“我们就自求多福吧。”

初平阳突然笑起来。他想到一个词，“小民”，“小”字用得真是平易贴切。他几乎可以看见一根手指垂天而降，“小”民们蚂蚁一样纷纷被碾死。

“可乐吗？”齐苏红说，“再笑你也得去卢家仓了。”

“十年后，你确信你会是个好父母官吗？可以不回答。”

“那得看你怎么定义这个‘好’。没有绝对的好官。”

“两条：一，不强奸民意；二，问心无愧。”

“没法确信。”齐苏红点上第二根烟，她习惯一根烟抽半截就掐掉，“你必须在别人制定的游戏规则里走，除非你自愿出局。这个规则是‘好’与‘坏’博弈和制衡的结果，这不需要我解释。”

“也就是说，官是当着当着当坏的。”

“从绝对的意义上，是这样。即使从你的‘初两条’的意义上，也是这结果。你想做点实事，干出点名堂，你就得忍着，你得允许你的冰清玉洁偶尔沾染点不同成分的脏东西。我说错了吗，初大博士？”

“再给我根烟，”初平阳说，“就因为你说得全对。”没有比这更正确的了。他一直在想十年以后。十年以后，可以想象科技也许已经进步到了超乎我们想象的地步，就像科幻小说里写的，出门车都往天上开，半空里飘满了飞行器，能够自动辨识方向和目的地，两车相遇会自动选择合适的位置错车；粮食的亩产量袁隆平做梦都想不到，正在无限接近“文革”中放出的那颗最大的“卫星”；环境很好，雾霾消失了，沙尘暴也不见了，即便用美国大使馆的标准，PM2.5和PM10的测试结果也显示每天空气都达到了优良，凡人迹所至处皆宜人居，要风有风，要雨来雨，地下水和地上水掬一捧就能喝，淮海市的沿河风光带果然被齐苏红治理成为“自足的、完满的、有着充分的历史和美学内涵的日常生活环境”；可是，即以“初两条”的标准论，满天下也找不到“好”父母官，这将是十年后钢铁般坚硬的事实。既然“两条”之下全军覆没，我们还能在多大程度上相信，美好的想象将在2019年转变为现实？“没有比这更正确的了。”

“想开就行了。”齐苏红说，“跟离婚一个道理。哪有什么生死与共、不离不弃。真在协议书上签了字，你会发现离婚也不过如此。就那么回事。”

“祝贺你想开了。”初平阳说，“我再努力。先去趟花店。”

他们在医院门口分手。齐苏红开车去单位处理点公务，一小时后回来。有初平阳和秦福小在，她不担心吕冬会出问题。万一有风吹草动，就给她打电话，卢家仓的主治医生也会在半小时内赶到。

初平阳买了一大束花（卖花的姑娘搭配的玫瑰、康乃馨、六出花、百合和满天星，除了百合是白的，其他的都颜色艳丽。姑娘说，看望病人忌送白色、蓝色和黑色花卉，百合除外，因为它白得健康、喜庆）和一篮草莓（吕冬和福小两人都喜欢的水果）回到病房。福小还坐在原来的位置，姿势都没变过。她在听吕冬讲毗卢庵的故事。

是个淮海人都知道这故事。但吕冬讲述之投入，如同原创，福小也听得专注，似乎头一回知道淮海市郊曾有个毗卢庵。庵里住过一个法号慧宁的尼姑，“文革”时毗卢庵成了“破四旧”的对象，为毗卢庵的发展和自身生存，慧宁法师将庵里多年来得到的布施积蓄托付给附近的一个老太太保管。老太太与她素来交好，答应日后天下太平，把那一堆金银细软归还慧宁法师，修葺庵堂，重塑佛祖金身。奈何老太太的两对儿女不是好鸟，不知道用了什么办法，让老太太暴毙了，然后四个人把钱财分了，抵死不认账。慧宁法师躲在破旧的庵堂里，人不敢沾鬼不敢靠，饥寒交迫，大雪天病死了。毗卢庵继续毁损，最后成了废墟被铲平，从淮海市的地图上消失掉。吕冬要说的是，慧宁法师圆寂后，老太太的四个儿女相继遭遇诡异的死亡。

老大在院子里撵鸡，鸡飞过井口，他跳起来去抓，一米宽的井口愣是没跳过去，半空中直直地落进井里，捞上来的时候却是头朝下，死得直撅撅的。老二是女儿，死的时候四十八岁，喝水呛着了，咳嗽，咳得惊天动地，突然两眼一翻，嘴张了一半死了，死完了还坐在凳子上。老三开解放牌大卡车，多年的老司机，在一条窄路上倒车，踩刹车不知怎么就踩到油门上，车也没退多远，但他就是被甩出去了，而且卷到了轮子底下，从脖子处被碾成两截。老四在百货商店卖布，有一天正给顾客扯布，腿一软跪在地上，此后就没站起来，全身的骨头变软，小腿像两根粗面条；老四死在最后，她发现兄弟姊妹四个全摊了事，想起了毗卢庵慧宁法师的布施；家人私下请了个算命的来，算命先生说，若能亲自走到山门前谢罪，兴许还有救；此时法师死了好几年，毗卢庵也成了荒地，她不能走，只能以爬代走，山门不在了，能爬到山门处也行；她就从家里开始一寸寸往毗卢庵爬，爬了一夜，天亮时下起雨，山门前的位置汪了一个水洼，她想爬过那水洼，水没多深，但她发软的胳膊支撑不起脑袋，就脸朝下淹死在山门口了。

“报应！”吕冬讲完毗卢庵的故事，说，“他们都死了，报应啊！”然后自己笑起来。笑完了，他发现初平阳和福小都没笑，就问，“难道不好笑吗？”

初平阳说：“不好笑。”

“你呢，福小？”吕冬说，“你为什么不笑？”

福小说：“我以为我一直在笑呢。”

吕冬黯然神伤，开始神经质地抠夹板和绷带。抠半天，他问初平阳：“你要去耶路撒冷，你信宗教吗？”

“不信。”初平阳说，“信仰制度化以后才成为宗教。信仰可以是私人的选择，而宗教具有集体性和公共性。我只相信一个人可以自由选择的那部分。”

“那你为什么要往耶路撒冷跑？你知道那地方有战争，政治和宗教在那里纠缠不清。”

“我知道。”初平阳说，他把洗好的草莓分给吕冬和福小。“我知道这个以色列最贫困的大城市事实上并不太平。但对我来说：她更是一个抽象的、有着高度象征意味的精神寓所；这个城市里没有犹太人和阿拉伯人的争斗；穆斯林、基督徒和犹太教徒，以及世俗犹太人、正宗犹太人和超级正宗犹太人，还有东方犹太人和欧洲犹太人，他们对我来说没有区别；甚至没有宗教和派别；有的只是信仰、精神的出路和人之初的心安。”

吕冬呜呜地哭了，“平阳，我就是那个需要救助的人。”

“谁也救不了你，”初平阳说，“除了你自己。你最好是先把草莓吃掉，再把骨头养好，能活蹦乱跳了再去想救助的事。”

吕冬哭得更带劲儿了。初平阳只好给福小使眼色。福小说：“你再哭，我们现在就走。”吕冬的哭声戛然而止。吕冬委屈地说：

“我觉得我生活在阴雨天的野地里，就一个人。”

福小说：“你以为别人不是？”

吕冬拧着脖子想这句话，就跟它有多难懂似的。也许后来想通了，他擦干眼泪，开始凶猛地吃草莓，一口一个，一个接一个。

他们俩陪他到下午五点半。先是卢家仓的医生来，然后是吕冬的大姐来，接着吕冬的父亲；齐苏红来了以后，他们俩跟吕冬告别。吕冬对初平阳耳语，下次来，要是能带一本《圣经》就好了。初平阳告诉他，福小有一本《圣经》，非常珍贵，哪天胆子大了，可以向她借。福小离开后，吕冬看见她坐过的椅子上有一个凹下去的臀印；从坐到那把椅子上开始，一直到离开，福小就没挪过窝。吕冬盯着那把椅子，谁说话他都不搭理，直到那个臀印以谁都看不见的速度浮上来，最终消失。

初平阳和福小坐公交车回去。16路车一直通到南大街和花街对接处。两人抓住扶手站着，初平阳跟着车一起摇晃的样子很像当年的吕冬。那时候吕冬坐5路车上下学，每天包里都有一本童话书或者武侠小说，他给她讲不可能发生的事情，和武林高手们的行侠仗义；他以最快的速度跳上车，帮福小占到最后一个座位；他站着，抓着扶手，福小看他的身体随着车的颠簸摇晃。那个瘦高腼腆的少年，如今为人夫为人父，断了条腿，躺在病床上满脑子乱琢磨。

“大和堂有麻烦了，”初平阳说，他把齐苏红的消息转告福小，“政府看上了，谁也没办法。要不明天就别去过户了，反正手续也没办完。我不想把麻烦推给别人。”

“这不还没让迁嘛。”福小说，“能住一天就让天送看一天运河，能住两天就让天送看两天运河。”她丝毫不觉得这事情有多操蛋，好像她已经习惯了类似的消息。从十七岁离家出走，十六年来她从一个地方搬到另一个地方，一次次地离开和被迫离开，早已经有了告别免疫力，但她希望天送能在大和堂里看运河。“天送要是真喜欢运河，能在自己的家里，完完整整地看上一天，这辈子他都会开心的。”我也会开心的。她想。

他的担心是多余的。福小的很多想法经常让他肃然起敬。下了车，南大街街口走过一只花猫，尾巴像旗帜一样直直地竖起，踱着将军的方步，根本不在乎车来人往。初平阳觉得像易培卿，但他叫了名字它理都不理。福小说，应该是，听她妈说，四条街没几家养猫了，都学着大城市的样子养狗了，想找两只长得差不多的猫比找孪生的兄弟姐妹还难。他们看着易培卿走进南大街，钻进一个阴影处不见了，两人才一起步行进花街。现在是做晚饭的时候，但花街上看不见炊烟，煤球炉都绝迹了，都在用天然气。炊烟没了就闻不到饭香了，一点都闻不到，即使有人家当街的门大敞着，你也闻不到他们晚饭吃的什么。

“十年以后我们会是什么样子？”他问福小。

“我不想那么远。”福小说，“你要非让我说，那我就说，我希望所有人都能和现在一样；可能不会更好，但也不要比现在更坏。”

“总会有变化的。”

“那就变化在脸上和身上：你脸上多了两条皱纹；我变胖了；杨杰会瘦下来，他吃素；长安会越来越年轻，到了五十他可能还会像个小伙子。”福小突然停下来，“你是不是有什么事瞒着我？”

初平阳抓了抓头发。“长安被抓了。”一直没找到合适的机会告诉她，既然问了，正好。他从昨晚母亲的占卜说起，直到午饭时他和杨杰替易长安吃了送行饺子。“不过在里面的时间不会很长。”

“只要是在里面，一分钟一秒钟都嫌长。”福小说，“这么大的事，你们应该早点告诉我。”

“长安不想让你担心，”初平阳说，“这两年易伯伯和阿姨，你得多费心照看了。”然后他告诉福小，易长安给他们三个办了浦发行的卡，各存了一笔钱，这几年他的确赚了些钱，这些钱他们也可以应急，“他做了最坏的打算。”

他们走到福小家门口。景侉子在院子里用一根筷子教天送钓鱼。院门敞开一半，筷子上拴一根白线，景侉子说，天送你看，这盆水就是运河。天送说，运河不是圆的，运河比这盆大不知道多少倍。天送扭头看见福小，向她跑来，边跑边说：

“妈妈，爷爷骗人。爷爷说运河在我们家院子里。”

初平阳看见景侉子撑着膝盖站起来，傻呵呵地笑。他的头发怎么会白成那样？一大碗一大碗的红烧肉都吃到哪去了？初平阳跟景侉子打过招呼，向从厨房里闪了个照面的秦素文问声好，拍了拍天送的小脸，跟福小约定明天上午再去房产交易所，然后继续往家里走。从石码头过来几个街坊，他一一向他们问候寒暄，第三句话就得说到搬家、卖房子和远走他乡。傍晚落到运河里，水面上红一半黑一半，小船经过的地方总有几条鱼跳出来。母亲在做饭，初医生在打包，这是最后几样要带走的东西，明天寄走之后，他们就可以随时离开花街。当他们的双脚迈出大和堂，这里就不再是他们的家了。

晚饭后，初平阳陪父母说了会儿话，回到楼上自己房间，抱着君特·格拉斯的随笔和演说集《与乌托邦赛跑》，斜躺在沙发上。翻到哪页读哪页，他想在格拉斯的文章里找到一道闪电（唯有这一道闪电是他可以接受且愿意寻找的），照亮他头脑里关于专栏《2019》的第一句话。对他来说，第一句话永远是最重要的；这句话写对了，文章就完成了一半。一本书翻完了，闪电也没出现。他看看手表，八点四十六分放下书起身下楼。初医生在临明末清初的大书法家王铎的《拟山园帖》，母亲在看戏曲频道，播的是严凤英演的《女驸马》；因为打好的包裹在旁边，他们总走神。初平阳说他想出去走走，从储藏间里推出电动自行车，出了门就骑上去，往火车站跑。

去北京的火车九点四十二分离开淮海。

五月的夜风正舒爽，吹到脸上有种和心情格格不入的感觉。初平阳把速度加到最快，九点二十六分到达火车站广场。广场有十几辆车，目力所及内找不到警车。他把车停在路灯底下，两道锁全锁上；对自行车感兴趣的小偷少了，他们的注意力主要在电动自行车上，不带电的太便宜，犯不着费那个事。他刚把车锁好，一辆车在他身边停下，车头上的标志竟然是宝马。果然，他听见贾凡在叫他。杨杰从车上下来。

“不一定坐火车走，”杨杰说，“我打听了一下，他们不松口。”

“可你还是来了。”初平阳说。

“我知道就两三年，”杨杰说，手下意识地往兜里摸，贾凡把烟递给他，“我也知道他不想让我们过来，可我这心里还是堵得慌。”

“我也是。”初平阳把烟点上。

“后备厢里有啤酒，”贾凡说，“我还从卤菜店买了小菜。”

“待会儿再说。”

他们俩爬上高高的石阶，站到候车大厅门口。候车厅里一切如常。他们转过身，一边抽烟一边注视着广场。

“重新抽烟的感觉如何？”初平阳问。

“不舒服，”杨杰说，“就是给自己找点事干，要不没着没落的。”

他们听见孩子在奶声奶气地喊舅舅，扭头看见福小领着天送，从候车厅里走过来。“见到长安没？”福小问。

他们摇摇头。“他们未必坐火车，”杨杰说，“坐火车可能也不会从进站口走，人多招眼。”

“到站台上等是不是更合适？”初平阳建议。

杨杰和福小都觉得好。喇叭里广播，已经开始检票。贾凡去买了四张站台票，他们跟在一个拖着大行李箱的男人后面，装作送人的亲友，对检票员晃了一下站台票，就来到站台上。站台上搭了一个宽阔的银灰色棚顶，支撑棚顶的是直径一米二的粗壮大理石柱子，顺着柱子从这头看到那头，貌似相当壮观。火车还没到，等车的旅客已经把队伍排乱了。除了车站工作人员，看不见一个戴大盖帽的。九点四十分，汽笛声从远处传来，很快，车头上的灯光逐渐漫过来。“火车！火车！”天送指着慢慢驶近的火车兴奋地大叫；因为有人挡住他的视线，急得直跺脚。初平阳把他抱起来。视野里没障碍了，火车庞大而又现实地驶到他面前，天送叫得更激动，耸动着小身子要上去摸一摸火车头。

火车晚点四分钟。也许远行的乘客担心火车为了赶时间会把他们抛弃掉，所以上车的速度异常的快，两分钟后站台上几乎就空了。他们几个伸长脖子，在队伍后面来回走动寻找，没看见易长安，也没发现任何押解的迹象。现在，除了他们和别的几个捏着站台票的人，以及两个铁路管理人员，站台上空空如也。火车喘着粗气，夜色从灯光照不到的地方沉重地包围过来；广播最后一次广播：火车即将驶离本站，没上车的旅客请抓紧上车！没有没上车的旅客。一个精瘦的铁路人员把小旗子慢慢举起来，车门即将关闭。一辆警车突然从车站旁边的角落里踉踉跄跄地闯出来，那仓促的样子，不是驾驶员喝醉了就是车本身喝醉了，爬上站台才平稳下来，贴着大理石柱子飞速地往火车尾部的车厢开。这是唯一的可能。杨杰、初平阳和福小跟在车后就追。追到一半，警车已经在车尾处停下来。他们看见那个早上坐在副驾座上的那人先从警车里出来，三两步跳上火车，接着两个便衣押着易长安出了警车。他们三个差不多同时喊出来：

“长安——”

易长安扭过头往这边看。为了能看清他们，他必须克服两个便衣推搡他的力量；他的身体后倾，脖子后仰，他想把自己像一只垂死的对虾那样，让脚后跟和后脑勺反向对接。他很努力，但那两个便衣的力量实在太大，他被他们架着胳膊扔上了火车。两个便衣跟着上车，抓住他的胳膊往下摁，易长安失去了平衡，在车厢门前的铁板上跪了下来。车门在身后咣地关上。易长安听见火车吼叫一声，如同一个资深的哮喘病人，开始缓慢地移动，他想抬起头往车外看，无奈后脑勺上有只下压的手；即使不被压着，他也什么都看不见，便衣把车门挡得严严实实。等到他们松开手，等到他能够自由地伸长脖子、站起身来观望，火车已经完成了加速，进入正常的奔跑状态，淮海市火车站停在遥远的身后，而且还将越来越远。

送行的人走光了。车站的工作人员也没影了。下一趟火车不知道什么时候到，也不知道开往哪里。为了省电，站台上的路灯熄了一半。天送翻着初平阳的衣领，小声说：

“妈妈哭了。”

福小脸上挂着两行泪。她对儿子挤出半个笑，把眼泪擦了。最近她是越来越爱哭了。“来，妈妈抱。”她接过天送。天送把他的小手放到福小脸上，将剩下那些闪亮的地方都擦干净，“妈妈不许哭。天送都没哭。”

贾凡拍拍身上的鼓鼓囊囊的背包，叮叮当当瓶子撞击的声音。“啤酒。你们喝吗？”火车快进站的时候他回了一趟车上，凭着那张站台票又进来了。初平阳奇怪刚才一起往车尾跑的时候，贾凡竟然跑得起来，而且他也没听见酒瓶碰撞的声音。

他们在站台边缘坐下。福小坐在空包上，天送坐福小的腿上，杨杰、初平阳和贾凡坐在水泥地上，八瓶啤酒和四个用塑料袋包装的小菜，放在他们中间的空地上。只有卤菜店送的两双筷子，福小和天送用一双，剩下的三个人用另一双。杨杰准许贾凡喝一点，但不能超过两瓶。

那是一个相当怪异的场面：三男一女外加一个四岁的男孩，在五月夜晚荒凉的站台上，举起瓶子碰杯；哪怕一次只抿上一口，他们也坚持不懈地一次次举起瓶子；喝；喝；喝；喝；喝；大人说，小孩也说，男人说，女人也说；开始气氛还很沉闷凝重，仿佛在追念一段谁都忘不掉的伤心往事，接着就活跃和热烈起来，因为那件谁也不会忘掉的往事如此珍贵，他们决定以忘不掉为荣——能够深切地回忆的确是一件值得自豪的事；他们吃吃喝喝，说说笑笑，笑得过头时也会流出眼泪。只是这个场面没有人看见。在后半夜的一列火车进站前，车站里的管理人员也懒得出来转一圈，他们正趁着这段空闲，赶紧歪倒在椅子上眯一会儿。

不过，假如碰巧有只勤奋的夜鸟从高空飞过，它会发现这个城市的东北部一块空旷的水泥台上，在一处宽阔的银灰色顶棚覆盖不到的地方，大大小小一共五人（为了看清楚这五个人，这只鸟把它的飞行高度往下降了降。它发现，确切地说，是四个大人在狂欢，那个男孩躺在女人的怀里睡着了，身上盖着三个男人不同颜色的外套），围坐成一圈在狂欢，而此刻，天上斗转星移，露水正从头顶以谁都看不见的方式降落。八只酒瓶眼看都空了，四份卤菜也要吃光了，那个男孩在女人怀里转了转脑袋，嘟囔一声，睡得更沉了。

戴眼镜的年轻人说："天送刚才说什么？"

"说梦话呢。"那女人回答，把自己和孩子贴得更紧了，"天送说，掉在地上的都要捡起来。可能又梦见了吃青豆。"晚饭桌上有一盘菜是炒青豆，爷爷夹菜时掉了一颗豆子。他想反正已经沾了土，不能再吃了，没准接下来还会有夹不住的豆子往下掉，干脆等吃过饭一起收拾。可是四岁的孙子不答应。孙子说："妈妈说了，掉在地上的都要捡起来。"

"掉在地上的都要捡起来。"戴眼镜的年轻人歪着头重复着，“掉在地上的都要捡起来。”他忽然抚掌大喊，“有了！”

“有什么了？”年龄最大的男人问。

“《2019》的第一句有了。”那只夜鸟听见戴眼镜的年轻人说，“没有比这更合适的开头了。”他又把男孩的梦话重复了一遍。

——掉在地上的都要捡起来。

2013年3月2日，初稿，知春里

2013年5月16日，再改，知春里

2013年11月8日，改定，知春里

图书在版编目（CIP）数据

耶路撒冷 / 徐则臣著. — 北京 : 北京十月文艺出版社，2018.1
ISBN 978-7-5302-1722-1

Ⅰ. ①耶… Ⅱ. ①徐… Ⅲ. ①长篇小说—中国—当代
Ⅳ. ①I247.5

中国版本图书馆 CIP 数据核字（2017）第 195597 号

耶路撒冷
YELUSALENG
徐则臣 著

出　　版　北京出版集团公司
　　　　　北京十月文艺出版社
地　　址　北京北三环中路 6 号
邮　　编　100120
网　　址　www.bph.com.cn
发　　行　新经典发行有限公司
　　　　　电话（010）68423599
经　　销　新华书店
印　　刷　北京盛通印刷股份有限公司
版　　次　2018 年 1 月第 1 版
　　　　　2018 年 1 月第 1 次印刷
开　　本　880 毫米 ×1230 毫米　1/32
印　　张　19.5
字　　数　454 千字
书　　号　ISBN 978-7-5302-1722-1
定　　价　49.80 元
质量监督电话　010-58572393
如有印装质量问题，由本社负责调换。